CLÁSSICOS ZAHAR
em EDIÇÃO BOLSO DE LUXO

Aladim*

Persuasão
Jane Austen

Jane Eyre
Charlotte Brontë

O morro dos ventos uivantes
Emily Brontë

Alice
Lewis Carroll

As aventuras de Pinóquio*
Carlo Collodi

O Quebra-Nozes*
Alexandre Dumas e E.T.A Hoffmann

Medeia
Eurípides

O corcunda de Notre Dame
Victor Hugo

Frankenstein
Mary Shelley

Mary Poppins
A volta de Mary Poppins
P.L. Travers

Títulos disponíveis também em edição comentada e ilustrada
(exceto os indicados por asterisco)
Veja a lista completa da coleção no site zahar.com.br/classicoszahar

Louisa May Alcott

MULHERZINHAS

Tradução:
Bruno Gambarotto

ZAHAR

Grafia atualizada segundo o Acordo Ortográfico da Língua Portuguesa de 1990, que entrou em vigor no Brasil em 2009.

Título original
Little Women

Capa e ilustração
Rafael Nobre

Ilustrações
Frank T. Merrill (1848-1923), gravadas por George T. Andrew, para a edição de 1880 de *Little Women* (Boston, Roberts Brothers).

Revisão
Bonie Santos
Gabriele Fernandes

Dados Internacionais de Catalogação na Publicação (CIP)
(Câmara Brasileira do Livro, SP, Brasil)

Alcott, Louisa May
Mulherzinhas / Louisa May Alcott ; tradução Bruno Gambarotto — 1ª ed. — Rio de Janeiro : Clássicos Zahar, 2023.

Título original : Little Women.
ISBN 978-65-84952-08-9

1. Ficção norte-americana. I. Título.

23-154458 CDD: 813

Índice para catálogo sistemático:
1. Ficção : Literatura norte-americana 813

Tábata Alves da Silva — Bibliotecária — CRB-8/9253

EDITORA SCHWARCZ S.A.
Praça Floriano, 19, sala 3001 — Cinelândia
20031-050 — Rio de Janeiro — RJ
Telefone: (21) 3993-7510
www.companhiadasletras.com.br
www.blogdacompanhia.com.br
facebook.com/editorazahar
instagram.com/editorazahar
twitter.com/editorazahar

SUMÁRIO

Apresentação, por Bruno Gambarotto 9

MULHERZINHAS 15

Prefácio 17

PARTE I

1. Brincando de peregrinas 21
2. Um Natal feliz 38
3. O menino Laurence 55
4. Fardos 72
5. Como bons vizinhos 91
6. Beth encontra o Palácio da Beleza 109
7. Amy e o Vale da Humilhação 120
8. O encontro de Jo com Apolião 132
9. Meg vai à Feira das Vaidades 149
10. C.P. e A.P. 175
11. Experimentos 187
12. O Acampamento Laurence 205
13. Castelos de vento 236
14. Segredos 251
15. Um telegrama 266

16. Cartas *280*
17. A pequena leal *292*
18. Dias sombrios *304*
19. O testamento de Amy *317*
20. Confidencial *331*
21. Laurie faz bobagem, e Jo conserta tudo *341*
22. Campos aprazíveis *360*
23. Tia March resolve a questão *371*

PARTE II
24. Fofoquinhas *391*
25. O primeiro casamento *409*
26. Experiências artísticas *420*
27. Lições literárias *437*
28. Experiências domésticas *449*
29. Visitas *472*
30. Consequências *492*
31. Nossa correspondente estrangeira *510*
32. Doces preocupações *525*
33. Diário de Jo *543*
34. Um amigo *562*
35. Dor de cotovelo *585*
36. O segredo de Beth *602*
37. Novas impressões *611*
38. De canto *629*
39. Laurence, o Preguiçoso *648*
40. O vale da sombra *669*

41. Aprendendo a esquecer *679*

42. Sozinha *697*

43. Surpresas *710*

44. Milorde e milady *734*

45. Daisy e Demi *743*

46. Debaixo do guarda-chuva *753*

47. Tempo de colheita *775*

Cronologia: Vida e obra de Louisa May Alcott *791*

APRESENTAÇÃO

Foi com reticência que Louisa May Alcott aceitou o convite do editor Thomas Niles para escrever um "livro para garotas". Em maio de 1868, a autora registra a encomenda em seu diário e hesita: "Vou tentar". A literatura para crianças e adolescentes não fazia, a princípio, parte dos planos da jovem autora, que ambicionava voos mais altos. Nascida em 1832, no seio de uma esclarecida família da Nova Inglaterra, Louisa viu-se desde a infância cercada da vanguarda do pensamento norte-americano de seu tempo. Chefiada pelo teólogo e educador Amos Bronson Alcott e por Abigail "Abba" Alcott — o primeiro, um proeminente intelectual do grupo transcendentalista, que reunia literatos progressistas ligados a Harvard e promovia fortes questionamentos no campo das artes, da filosofia, da educação e da sociedade; a segunda, abolicionista, militante defensora do sufrágio feminino, e ativista do movimento da temperança (que almejava banir o consumo de bebida alcoólica do país) —, a casa dos Alcott recebia figuras do porte dos filósofos Ralph Waldo Emerson e Henry David Thoreau (que foi seu tutor) e do romancista Nathaniel Hawthorne. Os primeiros passos intelectuais de Louisa ocorreram em um mundo em profunda transformação: viveu o experimentalismo comunitário e reformista promovido pelo círculo transcendentalista em resposta à corrupção das instituições e dos costumes urbanos; assistiu ao encrudescimento das tensões políticas entre estados de economia livre e estados de economia escravagista, que culminaram em uma das maiores tragédias da história de seu país, a Guerra de Secessão (1861-65), na qual serviu como enfermeira de soldados de ambos os lados do conflito; e engajou-se nos importantes debates de seu tempo sobre o sufrágio feminino e os direitos da mulher.

O peso dessa formação está bastante presente em sua carreira de escritora e influenciou sua decisão de assumir um pseudônimo, A.M. Barnard, para assinar a literatura de mistério, de forte apelo popular, com que se fez profissionalmente escritora durante o difícil período econômico do conflito nacional. Escrever para jovens, então, lhe pareceu mais um desvio de seu objetivo de ser uma escritora séria — o que a literatura sensacionalista de crime e mistério tampouco lhe proporcionava. Posteriormente, Louisa confessaria seu incômodo durante o processo de escrita; porém, o gênero provou-se um ótimo ponto de equilíbrio entre as premências econômicas e uma literatura condizente com sua formação (vide o peso autobiográfico da prosa do romance) e pretensões intelectuais.

Louisa produziu rapidamente os 23 capítulos que compõem a primeira parte de *Mulherzinhas*, publicados naquele mesmo ano de 1868. O inesperado e estrondoso sucesso animou o editor e a escritora a produzirem, com igual celeridade, uma sequência (*Mulherzinhas II*, ou *Boas esposas*, como viria a ser conhecido na Inglaterra), que sairia no ano seguinte. A reunião dos dois romances em um só volume ocorreria apenas em 1880, tornando-se um marco da literatura infantojuvenil norte-americana e mundial, com renovadas adaptações teatrais, musicais e fílmicas voltadas ao grande público e fazendo-se desde então presente na formação e na escrita de uma miríade de pensadoras e escritoras nas duas costas do Atlântico — como a prosadora e filósofa francesa Simone de Beauvoir, a poetisa norte-americana Adrienne Rich e a romancista italiana Elena Ferrante.

SOB A SIMPLICIDADE do que se pode descrever como os (aproximadamente) quinze anos decisivos da história das irmãs Meg, Jo, Beth e Amy March (que iniciam a história com 16, 15, 13 e 12 anos, respectivamente), escondem-se importantes reflexões e enfrentamentos acerca da infância e do destino reservado às mulheres em uma sociedade de base patriarcal. Sob moldes morais por vezes antiquados, como veremos, revela-se um forte pensamento emancipador: o destino das *little women* (estamos falando de "mulherzinhas" no sentido de meninas que, em seu percurso de amadurecimento, devem mostrar-se "pequenas mulheres") não é meramente o casamento, no qual exerceriam um papel doméstico e procriativo, e tampouco está desprovido de acidentes e decisões autônomas.

No sentido dessas reflexões, dois pontos do enredo ganham destaque. O primeiro deles diz respeito à individualidade dos percursos das irmãs. Os termos em que cada uma delas realizará sua vida particular estabelecem-se sob as palavras do pai, Robin March, clérigo em serviço na Guerra de Secessão que, em carta do *front*, pede a suas filhas que cumpram com seus deveres, enfrentem corajosamente seus medos e dominem suas ansiedades, para que, quando ele retorne, tenha ainda mais orgulho de suas "mulherzinhas". À força da régua moral do sr. March, Meg, Jo, Beth e Amy contrapõem as condições particulares de realização de cada um de seus percursos de retidão, uma vez que o livre-arbítrio é a qualidade essencial para que, entre erros e acertos, construam suas vidas individuais. Preservando o livre-arbítrio de cada uma das irmãs, Alcott as eleva à condição de protagonistas de suas próprias vidas, em um movimento que remonta à tradição da prosa de romance de autoras como Jane Austen (*Orgulho e preconceito*) e Charlotte Brontë (*Jane Eyre*), entre outras igualmente responsáveis por tematizar a difícil afirmação da mulher em uma sociedade patriarcal regida por um código moral que determina e restringe seu espaço de atuação.

NÃO É APENAS NO TOCANTE à caracterização de suas personagens e suas implicações no enredo que Alcott quebra expectativas. Realista em seus temas, *Mulherzinhas* integra de forma bastante original o universo fantástico que já se consagrava na literatura juvenil. O mundo da fantasia e da aventura, que perfaz o horizonte de algumas das mais importantes obras do século — das fábulas dos irmãos Grimm a *Alice no País das Maravilhas*, de Lewis Carroll, publicado apenas três anos antes do romance de Alcott —, surge, sobretudo no primeiro volume de *Mulherzinhas*, mediante brincadeiras às quais concorrem inúmeras referências literárias.

A COMBINAÇÃO DE ESFORÇO didático e literatura de entretenimento foi fundamental para a conversão de *Mulherzinhas* em um clássico instantâneo. Se o que transforma uma obra em referência canônica de uma literatura é a capacidade que ela tem de responder, geração após geração, às preocupações e questionamentos de uma sociedade, a obra-prima de Louisa May Alcott encarna perfeitamente tais condições. Ao longo de 150 anos, os dilemas, dramas e conquistas das irmãs March nortearam jovens leitoras (e, é claro, leitores) de diferentes momentos em um mesmo embate entre a construção da subjetividade e do indivíduo e os padrões e convenções sociais herdados, em sua ambivalente função de orientar e restringir. A urgência do problema do gênero como construção livre e convenção pertence tanto às jovens que, mais próximas de Jo, buscaram sua autonomia sob a forma do trabalho, quanto àquelas que vivem os dilemas da liberdade de gênero atuais. Rompendo as barreiras do tempo e das circunstâncias, *Mulherzinhas* representa seu momento, com sua linguagem e dilemas específicos, para transcendê-lo sob a forma da afirmação da igualdade de gênero como condição para a produção de uma sociedade melhor.

Esta é uma versão editada da apresentação de Bruno Gambarotto para a edição comentada e ilustrada de *Mulherzinhas*, publicada pela Zahar em 2019.

MULHERZINHAS

PREFACE

PREFÁCIO

Ide então, meu livrinho, e mostrai a todos
Que as portas vos abram e gentis vos recebam
O que encerrado em vosso peito guardais;
E desejai que bendito e para sempre seja
O que lhes revelais, para que possam escolher
Ser peregrinos melhores do que vós e eu.
Falai da Misericórdia, peregrina
Que no raiar do dia a jornada inicia.
Sim, que as jovens aprendam com ela a prezar
A prudência, e com esta um mundo porvir;
E pelos caminhos que os santos pés trilharam
Que as trôpegas moças possam a Deus seguir.

ADAPTADO DE JOHN BUNYAN

PARTE I

1. BRINCANDO DE PEREGRINAS

— O NATAL NÃO VAI SER Natal sem presentes — resmungou Jo, estirada no tapete.

— Como é horrível ser pobre! — suspirou Meg, olhando para o vestido velho.

— Não é justo que algumas garotas tenham um monte de coisas bonitas e outras, absolutamente nada — acrescentou a pequena Amy, fungando magoada.

— Mas temos o papai e a mamãe, e temos umas às outras, de qualquer forma — disse Beth, satisfeita, do seu canto.

Os quatro jovens rostos sobre os quais reluzia o fogo iluminaram-se com as palavras alegres, mas logo voltaram a ficar soturnos quando Jo emendou, com tristeza:

— O papai não está com a gente, e vai ser assim por muito tempo.

Ela não disse "talvez para sempre", mas foi o que cada uma delas silenciosamente acrescentou, pensando no pai tão distante, na guerra.

Por um instante, ninguém disse uma palavra; Meg, então, quebrou o silêncio, em tom alterado:

— Vocês sabem por que a mamãe propôs não termos presentes neste Natal: foi porque vai ser um inverno duro para todo mundo, e ela acha que não devemos gastar dinheiro com caprichos, quando nossos homens estão sofrendo no Exército. Não podemos fazer muito, mas podemos fazer nossos pequenos sacrifícios, e é importante que os façamos com boa vontade. Mas acho que não vou conseguir. — E Meg balançou a cabeça, ao pensar com tristeza em todas as coisas bonitas que queria.

— Mas não acho que o pouco que íamos gastar faria diferença. Cada uma de nós tem um dólar, e isso não seria de muita ajuda para o Exército. Tudo bem que não espero ganhar nada da mamãe ou de vocês, mas quero comprar para mim *Undine e Sintram*. Faz *tanto* tempo que quero — lamentou Jo, que era uma leitora voraz.

— Minha ideia era gastar o meu dólar em novas partituras — revelou Beth, com um ligeiro suspiro que ninguém ouviu, exceto a escova da lareira e o apoio da chaleira.

— Vou comprar uma boa caixa de lápis de cor Faber; preciso muito deles — disse Amy, com firmeza.

— Mamãe não disse nada sobre o nosso dinheiro, e ela não vai querer que a gente abra mão de tudo. Vamos comprar o que quisermos e nos divertir um pouco; tenho certeza de que a gente se esfalfou um bocado para ganhá-lo — bradou Jo, examinando os saltos de suas botas à maneira de um cavalheiro.

— Sei *bem* o quanto trabalho, ensinando àquelas crianças terríveis quase o dia inteiro, quando queria mesmo me divertir em casa — começou Meg, novamente em tom queixoso.

— Você não tem nem metade do trabalho que eu tenho — rebateu Jo. — O que você ia achar de ter que passar horas a fio de bico calado com uma velhinha nervosa e exigente, que faz você

ir de um lado para outro, nunca está satisfeita com nada e fica no seu pé até você querer dar um sopapo nela ou pular pela janela?

— Não acho certo reclamar, mas não existe trabalho pior no mundo do que lavar pratos e deixar tudo limpo e arrumado. Fico mal-humorada, e minhas mãos ficam tão duras que não consigo estudar direito um mínimo que seja. — E Beth olhou para as mãos ásperas com um suspiro que, dessa vez, todas ouviram.

— Não acredito que alguma de vocês sofra como eu — exclamou Amy. — Vocês não têm que ir à escola com garotas impertinentes, que atormentam você quando não sabe a lição, e riem das suas roupas e defumam seu pai se ele não é rico, e insultam você se o seu nariz não é bonito.

— Se você tivesse dito *difamam*, eu concordaria, mas *defumam*... como se o papai fosse uma peça de carne — comentou Jo, rindo.

— Sei o que quero dizer, não precisa ser *sartástica* comigo. É correto usar boas palavras e melhorar o *vocabulhário* — retrucou Amy, com dignidade.

— Não impliquem uma com a outra, meninas. Você não gostaria que tivéssemos o dinheiro que papai perdeu quando éramos pequenas, Jo? Nossa, como seríamos felizes se não tivéssemos preocupações! — desejou Meg, que se lembrava de tempos melhores.

— Você disse outro dia que achava que éramos mais felizes do que os filhos do sr. King, porque eles ficam brigando e reclamando o tempo todo, apesar de todo o dinheiro que têm.

— Disse, sim, Beth. Bom, acho que somos, porque, embora precisemos trabalhar, nos divertimos por conta própria, e somos uma turma bem formidável, como a Jo diria.

— Jo usa mesmo essas palavras! — observou Amy, com um olhar de reprovação para a longa figura esticada no tapete. Jo sentou-se imediatamente, pôs as mãos nos bolsos do avental e começou a assoviar.

— Pare com isso, Jo. É coisa de menino!

— Mas é por isso que eu assovio.

— Detesto meninas sem educação, que não se comportam como senhoritas!

— E eu odeio borboletinhas bobas e afetadinhas!

— "Passarinhos que vivem no mesmo ninho não brigam" — cantarolou Beth, a pacificadora, com uma cara tão engraçada que a estridência das vozes das duas se transformou em suaves risadas, e as "bicadas" cessaram por algum tempo.

— Vamos, meninas: as duas têm culpa — disse Meg, começando a dar seu sermão de irmã mais velha. — Josephine, você está mais do que na idade de abandonar esses modos de menino e se comportar melhor. Quando você era garotinha, não tinha muita importância; mas agora que está grande, usando penteados, precisa se lembrar de que é uma jovem dama.

— Não sou! E se prender o cabelo faz de mim uma dama, vou usar duas marias-chiquinhas até fazer vinte anos! — exclamou Jo, arrancando a rede e sacudindo a juba castanha. — Odeio pensar que preciso crescer e ser a srta. March e usar vestidos longos e parecer delicada feito uma florzinha! É muito ruim ser menina quando se gosta mesmo é das brincadeiras de menino, dos trabalhos, do jeito como eles se comportam. Não consigo não me sentir frustrada por não ser menino, e agora isso é ainda pior, porque morro de vontade de ir para a guerra lutar com o papai, mas só posso ficar em casa e tricotar, feito uma velha estúpida! — E Jo sacudiu a meia azul do Exército até as agulhas soarem como castanholas, e o novelo sair rolando pela sala.

— Pobre Jo, isso é muito ruim! Mas não dá para evitar, então você tem que tentar se contentar em usar um apelido que parece nome de menino e brincar de ser nosso irmão — disse Beth, acariciando os cabelos maltratados da irmã com dedos de cujo toque nem mesmo toda a louça e o pó do mundo tirariam a delicadeza.

— Quanto a você, Amy... — prosseguiu Meg — você é ao mesmo tempo exagerada e certinha demais. Hoje seu jeito é engraçado, mas vai acabar uma pateta boba e afetadinha, se não prestar atenção. Gosto de suas boas maneiras, do seu jeito refinado de falar, quando você não tenta ser elegante; mas as palavras absurdas que diz são tão horríveis quanto as gírias de Jo.

— Se a Jo é um moleque e Amy uma pateta, o que eu sou, por favor? — perguntou Beth, disposta a participar do sermão.

— Você é um amor, só isso — respondeu Meg calorosamente, e ninguém a contradisse, pois a "Ratinha" era a queridinha da família.

Como as jovens leitoras gostam de "conhecer a aparência das pessoas", aproveitaremos o momento para lhes oferecer um rápido panorama das quatro irmãs, que tricotavam na penumbra enquanto a neve de dezembro caía silenciosamente do lado de fora e o fogo crepitava alegremente do lado de dentro. Era uma sala antiga e confortável, embora o tapete estivesse desbotado e os móveis fossem bem simples, pois havia um ou dois bons quadros, livros ocupando os nichos das paredes e crisântemos e rosas natalinas florindo as janelas. Havia por toda parte uma atmosfera agradável de paz doméstica.

Margaret, a mais velha das quatro, tinha dezesseis anos e era muito bonita, gordinha e de feições leves, com olhos grandes, cabelos castanhos macios, boca delicada e mãos brancas, das quais era bastante vaidosa. Jo, de quinze anos, era muito alta, magra e morena, e lembrava um potro, pois nunca parecia saber o que fazer de seus braços e pernas compridos, que sempre a atrapalhavam. Tinha uma boca decidida, um nariz cômico e olhos penetrantes e cinzentos que pareciam ver tudo, e se mostravam ora ferozes, ora engraçados ou pensativos. O cabelo comprido e grosso era seu único encanto, mas geralmente estava preso sob uma rede, para não a atrapalhar. Seus ombros eram curvados, as mãos e pés, grandes, tinha preferência por roupas largas, e a aparência desajeitada de uma garota que se transformava rapidamente em mulher e não gostava disso. Elizabeth — ou Beth, como todos a chamavam — era uma garota rosada de treze anos, de cabelos lisos e olhos brilhantes, com modos envergonhados, voz tímida e uma expressão pacífica que raramente era perturbada. Seu pai a chamava de "Pequena Paz", e a alcunha lhe caía bem, pois parecia viver em um mundo de felicidade só seu, apenas se aventurando a sair dele para encontrar os poucos em quem confiava e que amava. Amy, apesar de ser a mais nova, era uma pessoa muito importante — na sua própria opinião, ao menos. Uma donzela de pele alvíssima, olhos azuis e cabelo loiro que caía em cachos sobre os ombros; pálida e delgada, sempre se portando como uma jovem ciosa de seus modos. Quanto à personalidade das quatro irmãs, que se revele ao longo da narrativa.

O relógio bateu seis horas e, depois de ter limpado a lareira, Beth colocou ali um par de chinelos para aquecer. De alguma forma, ver os calçados gastos teve um bom efeito sobre as meninas, pois mamãe estava chegando, e todas se animaram para recebê-la. Meg parou de dar sermão e acendeu o lampião, Amy saiu da poltrona sem que lhe pedissem e Jo esqueceu-se do quanto estava cansada e se aprumou para segurar os chinelos mais perto do fogo.

— Estão bem gastos. Mami precisa de um par novo.

— Pensei em comprar um para ela com o meu dólar — disse Beth.

— Não, eu compro! — exclamou Amy.

— Eu sou a mais velha — começou Meg, mas Jo interrompeu com um decidido:

— Eu sou o homem da família agora que papai está longe, e *eu* vou dar os chinelos, porque ele me pediu que tomasse cuidado especial com a mãe enquanto ele estivesse fora.

— Vamos fazer assim: compramos presentes de Natal para ela, e nada para nós mesmas — disse Beth.

— É a sua cara, carinho! O que vamos comprar? — perguntou Jo.

Todas refletiram por um minuto; em seguida Meg anunciou, como se a ideia tivesse sido sugerida pela imagem de suas próprias mãos bonitas:

— Vou dar um belo par de luvas.

— Sapatos do Exército, os melhores! — exclamou Jo.

— Alguns lenços, todos debruados — disse Beth.

— Vou comprar um frasquinho de colônia. Ela gosta, e não vai custar muito caro, assim sobra um pouco para comprar alguma coisa para mim — acrescentou Amy.

— Como vamos dar tudo? — perguntou Meg.

— Colocamos sobre a mesa, trazemos a Mami até ela e então ficamos vendo enquanto ela abre os embrulhos. Você não lembra como a gente costumava fazer em nossos aniversários? — respondeu Jo.

— Eu ficava *tão* assustada quando era a minha vez de sentar na cadeira com uma coroa na cabeça e ver todas vocês me cercarem para dar os presentes com um beijo. Gostava das coisas e dos beijos, mas era terrível ver vocês paradas olhando para mim enquanto eu abria os pacotes — confessou Beth, que estava torrando ao mesmo tempo o rosto e o pão para o chá.

— Deixemos a Mami pensar que estamos comprando para nós mesmas, e então fazemos a surpresa. Precisamos ir às compras amanhã à tarde, Meg. Temos um monte de coisa para fazer para a peça da noite de Natal — disse Jo, marchando de um lado para o outro, com as mãos nas costas e o nariz empinado.

— Esta é a última vez que atuo. Estou ficando velha demais para essas coisas — observou Meg, que era a mesma criança de sempre quando o assunto era brincar de "se arrumar".

— Enquanto você puder andar num vestido branco com o cabelo solto e usar joias de papel dourado, nunca vai parar. Você é a nossa melhor atriz; se deixar o palco, está tudo acabado — disse Jo. — Precisamos ensaiar esta noite. Venha cá, Amy, e faça a cena do desmaio, porque você está dura feito um atiçador de lareira nela.

— Não consigo fazer de outro jeito. Nunca vi uma pessoa desmaiar, e não gosto de ficar toda roxa, caindo de madura como você. Se for para cair de levinho, caio; se não, caio em cima de uma cadeira e não perco a elegância. Não ligo se Hugo vier até mim com uma pistola — respondeu Amy, que não era dotada de poder dramático, mas fora escolhida porque era pequena o bastante para ser carregada aos gritos pelo vilão da peça.

— Faça desse jeito. Aperte suas mãos assim e cambaleie pelo quarto gritando freneticamente: "Roderigo! Salve-me!

Salve-me!". — E Jo se afastou, com um grito melodramático realmente de arrepiar.

Amy a imitou, porém esticou as mãos rigidamente diante de si e saiu aos solavancos, como se fosse movida por alguma máquina; e seu "Oh!" dava mais a impressão de que estava se espetando em um alfinete do que sentindo medo e angústia. Jo deu um gemido desesperado, e Meg riu de pronto, enquanto Beth deixava o pão queimar, assistindo com interesse à brincadeira.

— Não adianta! Faça o melhor que puder quando chegar a hora, e se a plateia vaiar, não me culpe. Vamos, Meg.

As coisas em seguida correram bem, pois dom Pedro desafiou o mundo em um discurso de duas páginas sem uma única pausa. Hagar, a bruxa, entoou terríveis palavras mágicas sobre o caldeirão em que cozinhava sapos, e o efeito foi assustador. Roderigo rompeu as correntes com vigor, e Hugo morreu em agonia de remorso e arsênico, com um enlouquecido "Ha! Ha!".

— É o melhor que já fizemos — disse Meg, enquanto o vilão morto se sentava e esfregava os cotovelos.

— Não sei como você pode escrever essas coisas maravilhosas e atuar nelas, Jo. Você é o próprio Shakespeare! — exclamou Beth, que acreditava piamente que suas irmãs eram dotadas de uma genialidade maravilhosa em todas as coisas.

— Não é tanto assim — respondeu Jo, modestamente. — Acho que *A maldição da bruxa, uma tragédia operística* é muito boa, mas eu gostaria de tentar montar *Macbeth*. Se tivesse um alçapão para Banquo! Sempre quis fazer a cena da morte. "Vejo mesmo uma adaga diante de mim?" — murmurou, revirando os olhos e erguendo as mãos em garra no ar, como havia visto um famoso ator trágico fazer.

— Não, é o garfo de assar, com o sapato da mamãe no lugar do pão. Beth está interessadíssima! — exclamou Meg, e o ensaio terminou em uma gargalhada geral.

— Fico feliz em encontrar minhas meninas todas alegres — disse uma voz animada à porta, e as atrizes e a plateia se viraram para dar as boas-vindas a uma senhora robusta e maternal com uma aparência de "Posso ajudar?" que era de fato encantadora. Não era uma mulher particularmente elegante, mas as mães estão sempre lindas aos olhos dos filhos, e as meninas achavam que o manto cinza e a touca fora de moda cobriam a mãe mais esplêndida do mundo.

— Bem, queridas, como passaram o dia? Havia tanta coisa para fazer, preparando as caixas para amanhã, que não vim para casa almoçar. Alguém apareceu, Beth? Como está o resfriado, Meg? Jo, você parece cansada demais. Venha e me dê um beijo, linda.

Enquanto fazia suas perguntas de mãe, a sra. March tirou as roupas molhadas, calçou os chinelos quentes e, sentando-se na poltrona, colocou Amy no colo, preparando-se para aproveitar a hora mais feliz de seu dia atarefado. As garotas corriam de um lado para o outro, tentando deixar as coisas confortáveis, cada uma à sua maneira. Meg botou a mesa para o jantar, Jo trouxe lenha e arrumou as cadeiras, batendo, virando de ponta-cabeça e deixando cair tudo em que encostava. Beth apressava-se entre a cozinha e a sala, silenciosa e ocupada, enquanto Amy dava instruções para todas, sentada de mãos cruzadas.

Quando todas se reuniram em torno da mesa, a sra. March disse, com o semblante particularmente feliz:

— Tenho uma surpresa para vocês depois do jantar.

Um sorriso rápido e reluzente tocou cada rosto como um raio de sol. Beth bateu palmas, esquecida do biscoito quente que segurava, enquanto Jo, lançando ao alto o guardanapo, exclamou:

— Uma carta! Uma carta! Três vivas para o pai!

— Sim, uma bela e longa carta. Ele está bem, e acha que provavelmente passará bem pelo frio do inverno, melhor do que temíamos. Ele envia muitas felicidades e muito amor para o Natal e uma mensagem especial para vocês, meninas — revelou a sra. March, batendo no bolso como se ali guardasse um tesouro.

— Anda logo e termina esse negócio. Não fica aí de dedinho empinado se fazendo de donzela em cima do prato, Amy — berrou Jo, engasgando com o chá e deixando o pão cair no tapete com a manteiga para baixo, em sua pressa de chegar à surpresa.

Beth parou de comer e se esgueirou até o seu cantinho escuro, para deliciar-se intimamente com a alegria que viria a sentir quando as demais estivessem prontas.

— Foi lindo da parte do papai ir à guerra como capelão, estando velho demais para ser convocado e já não sendo forte o bastante para se alistar — disse Meg, com carinho.

— Como eu queria estar lá trabalhando de caixeira ou... *vivan*, é esse o nome?, ou enfermeira, para poder estar perto dele e ajudá-lo — exclamou Jo, com um lamento.

— Deve ser muito desagradável dormir numa tenda, comer comida ruim e beber numa caneca de lata — suspirou Amy.

— Quando ele vai voltar pra casa, Mami? — perguntou Beth, com ligeiro tremor na voz.

— Vai demorar um pouco, querida, a não ser que ele fique doente. Ele vai fazer o que tiver de fazer por lá enquanto puder, e nós não vamos pedir que ele volte um minuto antes do necessário para que cumpra com seu dever. Agora venham e ouçam a carta.

Todas se aproximaram da lareira, a mãe sentada na cadeira com Beth a seus pés, Meg e Amy empoleiradas uma em cada braço, e Jo apoiada no espaldar, onde ninguém veria qualquer sinal de emoção em seu rosto, caso a carta fosse comovente.

Naqueles tempos difíceis, poucas eram as cartas que não eram comoventes, especialmente as que os pais enviavam para casa. Nesta, pouco foi dito sobre as dificuldades e os perigos enfrentados ou a saudade contida. Era uma carta alegre, cheia de esperança e descrições animadas da vida no acampamento, das marchas e de notícias do *front*; só no final o coração do remetente transbordou de amor paternal e saudades das menininhas em casa.

— "Dê-lhes todo o meu querido amor e um beijo. Diga a elas que penso nelas o dia todo, rezo por elas à noite e, em todos os momentos, encontro o meu melhor conforto em seu amor. Um ano me parece tempo demais para esperar, mas lembre a elas que, enquanto esperamos, podemos todos trabalhar, para que esses dias difíceis não sejam desperdiçados. Sei que vão se lembrar de tudo o que lhes disse, que serão filhas carinhosas com você, cumprirão fielmente com o seu dever, enfrentarão corajosamente seus inimigos íntimos e terão tão lindo domínio de si que, quando eu voltar, o amor que sinto por minhas mulherzinhas e o orgulho que delas tenho serão ainda maiores."

Todas fungavam quando chegaram a essa parte. Jo não se envergonhou da enorme lágrima que pingou da ponta de seu nariz, e Amy não se importou com os cachinhos amassados ao esconder o rosto no ombro da mãe e soluçar:

— *Como* sou egoísta! Mas vou tentar melhorar, de verdade, para ele não ficar decepcionado comigo depois.

— Todas nós vamos — bradou Meg. — Penso demais na minha aparência e detesto trabalhar, mas não vou mais fazer isso, se puder evitar.

— Vou tentar ser "uma mulherzinha", como ele gosta de me chamar, e não ser grosseira e sem modos; vou cumprir meu dever aqui em vez de querer estar em outro lugar — disse Jo, pensando que manter a calma em casa era uma tarefa muito mais difícil do que enfrentar um ou dois rebeldes no sul.

Beth ficou em silêncio, mas enxugou as lágrimas com a meia azul do Exército e começou a tricotar com todas as suas forças, cumprindo sem perder tempo o dever que estava mais próximo de si, enquanto resolvia em sua almazinha ser tudo o que o pai esperava encontrar nela quando o ano trouxesse o feliz retorno dele para casa.

A sra. March quebrou o silêncio que sucedeu as palavras de Jo, dizendo em sua voz alegre:

— Vocês se lembram de como costumavam brincar de *O peregrino* quando eram pequenas? Nada deixava vocês mais felizes do que quando eu amarrava meus sacos de retalhos nas suas costas, no lugar dos fardos, e lhes dava chapéus e bastões e rolos de papel e as deixava viajar pela casa desde o porão, que era a Cidade da Destruição, até lá no alto, no sótão, onde havia tudo de maravilhoso que vocês pudessem encontrar para fazer uma Cidade Celestial.

— Como era divertido, especialmente passar pelos leões, lutar contra Apolião, e atravessar o vale onde estavam os diabinhos — disse Jo.

— Gostava do ponto em que os fardos caíam e rolavam escada abaixo — falou Meg.

— Meu momento favorito era quando chegávamos ao sótão, onde estavam nossas flores e árvores e coisas bonitas, e ali ficávamos e cantávamos alegres, iluminadas pelo sol — disse Beth, sorrindo, como se tivesse recobrado aquele momento de alegria.

— Não me lembro muito bem, só que eu tinha medo do porão e da entrada escura e sempre gostava do bolo e do leite que tínhamos no sótão. Se não fosse grande demais para essas coisas, brincava de novo — declarou Amy, que começava a falar em renunciar às coisas infantis do alto da maturidade de seus doze anos.

— Nunca somos velhas demais para isso, minha querida, porque é uma peça que estamos interpretando o tempo todo, de uma forma ou de outra. Nossos fardos estão aqui, a estrada está diante de nós, e o desejo de bondade e felicidade é o guia que nos conduz por muitas dificuldades e erros rumo à paz que é uma verdadeira Cidade Celestial. Agora, minhas peregrinazinhas, imaginem que vocês estão começando de novo, não numa brincadeira, mas a sério, e vejam até onde podem chegar antes que seu pai retorne para casa.

— Sério, mãe? Onde estão nossos fardos? — perguntou Amy, que era uma jovem muito literal.

— Cada uma de vocês acabou de dizer o que eram seus fardos, exceto Beth. Acho que ela não tem nenhum — disse a mãe.

— Sim, tenho; são pratos e espanadores, e a inveja de meninas com pianos bonitos, e o medo das pessoas.

O fardo de Beth era tão engraçado que todas quiseram rir, mas ninguém o fez, pois isso teria ferido muito os sentimentos dela.

— Vamos fazer isso — disse Meg, pensativa. — É apenas outro nome para tentarmos ser boas pessoas, e a história pode nos ajudar; pois apesar de querermos, ser bom é um trabalho árduo e nos esquecemos, e não fazemos o nosso melhor.

— Estávamos no Pântano da Desesperança hoje à noite, e a mamãe chegou e nos tirou de lá como Auxílio faz no livro. Precisamos ter o nosso pergaminho de orientação, como o Cristão. O que devemos fazer a respeito disso? — perguntou Jo, encantada com a fantasia que emprestava um pouco de aventura à tarefa muito monótona de cumprir seu dever.

— Olhem debaixo dos travesseiros na manhã de Natal, e vocês encontrarão seus guias — respondeu a sra. March.

Elas conversaram sobre o novo plano enquanto a velha Hannah limpava a mesa; e então surgiram as quatro pequenas cestas de costura, e as agulhas trabalharam ligeiras para os lençóis da tia March. A costura era aborrecida, mas naquela noite ninguém resmungou. Adotaram o plano de Jo de dividir as junções dos tecidos em quatro partes e batizá-las Europa, Ásia, África e América, e dessa forma prosseguiram admiravelmente, em especial quando falavam sobre os diferentes países enquanto costuravam através deles.

Às nove, pararam de trabalhar e cantaram, como sempre, antes de ir para a cama. Ninguém além de Beth conseguia tirar muita música do velho piano, mas ela tinha um jeito suave de tocar as teclas amareladas e fazer um acompanhamento agradável para as músicas simples que elas cantavam. A voz de Meg era como uma flauta, e ela e sua mãe regiam o singelo coro. Amy soava como um grilo, e Jo vagava pelas árias obedecendo a nada além de sua própria e doce vontade, sempre se manifestando no momento errado com um grasnido ou trinado que acabava com a delicadeza da canção. Elas sempre tinham cantado, desde o tempo em que eram capazes de balbuciar "Bia, bia, esteinha", e esse se tornara um costume doméstico, pois a mãe era uma cantora nata. O primeiro som da manhã era o de sua voz, enquanto andava pela casa cantando como uma cotovia; e o último som da noite era o mesmo som alegre, pois as meninas nunca ficaram velhas demais para aquele acalanto familiar.

2. UM NATAL FELIZ

JO FOI A PRIMEIRA A ACORDAR no amanhecer cinzento do dia de Natal. Não havia meias penduradas na lareira, e por um instante ela sentiu a mesma decepção que vivera anos antes, quando sua meinha caíra, tão cheia que estava. Lembrou-se, então, da promessa da mãe e, enfiando a mão debaixo do travesseiro, tirou um livrinho de capa carmesim. Ela o conhecia muito bem: contava aquela linda e antiga história da melhor vida já vivida, e Jo sentiu que aquele era um verdadeiro guia para qualquer peregrino que fizesse a longa jornada. Acordou Meg com um "Feliz Natal" e pediu que ela visse o que havia sob o travesseiro. Um livro encadernado em verde apareceu, com a mesma ilustração dentro, e algumas palavras escritas pela mãe, que fizeram com que o único presente das meninas lhes parecesse preciosíssimo a seus olhos. Beth e Amy não demoraram a acordar, procurar e também encontrar seus livrinhos — um cinza, o outro azul; e todas ficaram olhando para os presentes e conversando sobre eles, enquanto a leste o céu ganhava o tom rosado do dia que nascia.

Apesar de suas pequenas vaidades, Margaret tinha uma natureza doce e piedosa que inconscientemente influenciava as irmãs, em especial Jo, que a amava com imensa ternura, e a quem obedecia porque seus conselhos eram dados com muita gentileza.

— Meninas, a mamãe quer que a gente leia e ame esses livros e que cuide deles com muito carinho, e devemos começar agora mesmo — disse Meg, séria, olhando da cabeça inclinada ao seu lado para as duas cabecinhas em toucas de dormir no quarto em frente. — Costumávamos ser fiéis a tudo isso, mas, desde que o papai foi embora e todo esse problema da guerra passou a nos perturbar, deixamos de lado muitas coisas. Vocês podem fazer como quiserem, mas *eu* vou deixar meu livro aqui na mesa e ler um pouquinho todas as manhãs assim que acordar, pois sei que vai me fazer bem e me ajudar ao longo do dia.

Então ela abriu o livro novo e começou a ler. Jo a abraçou e, com o rosto colado no da irmã, também leu, com uma expressão de tranquilidade raramente vista em seu semblante inquieto.

— Como a Meg é boa! Venha, Amy, vamos fazer como elas. Vou ajudar você com as palavras difíceis, e elas vão explicar o que não entendermos — sussurrou Beth, muito impressionada com a beleza dos livros e o exemplo das irmãs.

— Estou feliz que o meu seja azul — comentou Amy; e então os quartos ficaram muito silenciosos enquanto as páginas eram suavemente viradas, e o sol do inverno penetrava para tocar-lhes as cabeças cheias de esperança e os rostos sérios com uma saudação de Natal.

— Onde está a mamãe? — perguntou Meg, quando ela e Jo desceram para agradecer-lhe os presentes, meia hora depois.

— Só Deus sabe. Um pedinte pareceu, e sua mãe saiu na hora pra ver o que ele precisava. Num tem mulher feito ela pra dar de comer e beber, dar roupa e lenha pra num sentir frio — respondeu Hannah, que vivia com a família desde o nascimento de Meg e era considerada por todas mais como uma amiga do que uma criada.

— Ela vai voltar logo, acho, então faça os bolinhos e deixe tudo pronto — ordenou Meg, olhando para os presentes recolhidos em uma cesta e colocados debaixo do sofá, prontos para serem oferecidos no momento oportuno. — Mas onde está o vidro de colônia de Amy? — acrescentou, notando que o frasquinho não estava ali.

— Ela pegou agora mesmo. Saiu com ele, acho, para colocar uma fita ou alguma coisa assim — respondeu Jo, dançando pelo quarto para amaciar as pantufas novas do Exército.

— Olhem como estão bonitos os meus lenços... não estão? Hannah lavou e passou a ferro para mim, e eu mesma os bordei — disse Beth, olhando orgulhosa para as letras um tanto desiguais que lhe custaram imenso trabalho.

— Ô meu Deus, ela foi lá e bordou "Mamãe", em vez de "M. March". Que engraçado! — exclamou Jo, pegando um deles.

— Não está certo? Achei melhor fazer assim, porque as iniciais de Meg são M.M., e não quero que ninguém use isso, só a Mami — disse Beth, parecendo incomodada.

— Está tudo bem, querida. Foi uma ideia muito bonita, e fez muito sentido também, pois ninguém pode errar agora. Ela vai gostar muito, tenho certeza — acalmou-a Meg, com um olhar severo para Jo e um sorriso para Beth.

— É a mamãe. Escondam a cesta, rápido! — exclamou Jo, quando escutaram uma porta bater e passos soando no corredor.

Amy entrou apressada, e pareceu um pouco envergonhada quando viu as irmãs esperando por ela.

— Onde esteve e o que está escondendo atrás de você? — perguntou Meg, surpresa ao ver, pelo capuz e a capa, que a preguiçosa Amy saíra muito cedo.

— Não ria de mim, Jo! Não queria que ninguém soubesse até chegar a hora. Só queria trocar o frasco pequeno por um grande, e dei *todo* o meu dinheiro para comprá-lo. Estou realmente tentando não ser mais egoísta.

Ao falar, Amy mostrou o belo frasco que substituía o barato, e parecia tão séria e humilde em seu pequeno esforço para desprender-se de si que Meg a abraçou ali mesmo, e Jo a chamou de "danada", enquanto Beth correu até a janela e pegou a rosa mais bonita para enfeitar o frasco imponente.

— Depois de ler e falar sobre ser boa esta manhã, senti vergonha do meu presente; por isso, assim que levantei, corri aqui perto e troquei, e estou muito feliz, porque agora o meu presente é o mais bonito.

A porta da frente bateu de novo, e a cesta foi para debaixo do sofá, e as meninas para a mesa, ansiosas pelo café da manhã.

— Feliz Natal, Mami! Muitas felicidades e por muitos Natais! Obrigada por nossos livros. Nós lemos um pouco, e faremos isso todos os dias — exclamaram elas em coro.

— Feliz Natal, filhinhas! Fico feliz que já tenham começado a ler e espero que não parem. Mas quero dizer uma coisa antes de nos sentarmos. Não muito longe daqui, há uma pobre mulher com um bebê recém-nascido. Seis crianças estão amontoadas em uma cama para não congelarem, pois não há lenha. Eles não têm o que comer, e o mais velho veio até mim para dizer que estavam passando frio e fome. Meninas, vocês lhes dariam seu café da manhã como presente de Natal?

Estavam todas excepcionalmente famintas, depois de esperar quase uma hora, e por um instante ninguém falou. Só por um instante, pois Jo exclamou impetuosamente:

— Estou tão feliz por você ter chegado antes de começarmos!

— Posso ir e ajudar a levar as coisas para as pobres criancinhas? — perguntou Beth, ansiosa.

— *Eu* vou levar o creme e os muffins — acrescentou Amy, abrindo mão com heroísmo dos itens de que mais gostava.

Meg já estava cobrindo os grãos de trigo e empilhando o pão em uma travessa.

— Sabia que vocês iriam concordar — disse a sra. March, com um sorriso de satisfação. — Venham todas comigo e me ajudem. Quando voltarmos teremos pão e leite de café da manhã, e compensaremos no almoço.

Elas logo se aprontaram, e o préstito saiu. Felizmente era cedo, e elas passaram por ruas menores, então poucas pessoas as viram, e ninguém riu do grupo engraçado.

Era uma sala pobre, vazia e miserável, com janelas quebradas, sem fogo, roupas de cama rasgadas, uma mãe doente, um bebê chorando e um grupo de crianças pálidas e famintas aninhadas sob uma colcha antiga, tentando se aquecer. Que olhar naqueles grandes olhos, que sorriso naqueles lábios azuis, quando as meninas entraram!

— *Ach, mein Gott!* São bons anjos que vêm até nós! — exclamou a pobre mulher chorando de alegria.

— Anjos engraçados de capuz e luva — disse Jo, e os pôs a rir.

Em poucos minutos, de fato parecia que espíritos do bem haviam estado em atividade ali. Hannah, que carregara a lenha, acendeu a lareira e preencheu as vidraças quebradas com chapéus velhos e seu próprio lenço. A sra. March deu à mãe chá e mingau e consolou-a com promessas de ajuda, ao mesmo tempo que vestia o bebê com ternura, como se fosse seu. As meninas, enquanto isso, arrumavam a mesa, colocavam as crianças em torno do fogo e as alimentavam como a passarinhos famintos; rindo, conversando e tentando entender o inglês estropiado e engraçado que falavam.

— *Das ist gut! Die Engel-Kinder!* — exclamavam as coitadinhas, enquanto comiam e esquentavam as mãos roxas diante do fogo aconchegante. As garotas nunca tinham sido chamadas de "crianças anjos" antes e acharam isso muito agradável, especialmente Jo, considerada um "moleque" desde que nascera. Foi um café da manhã muito feliz, embora não tenham tocado na comida. E quando foram embora, deixando conforto atrás de si, acho que não havia em toda a cidade quatro pessoas mais felizes do que as meninas famintas que tinham doado seu café da manhã e se contentado com pão e leite no desjejum de Natal.

— Isso é amar ao próximo mais do que a nós mesmos, e eu gosto disso — disse Meg, enquanto as irmãs pegavam seus presentes, e a mãe estava no andar de cima buscando roupas para os pobres Hummel.

Não era um espetáculo esplêndido, mas havia muito amor nos poucos e pequenos embrulhos, e o vaso alto de rosas vermelhas, com crisântemos brancos e folhas de trepadeiras no meio, dava um ar bastante elegante à mesa.

— Ela está chegando! Apresse-se, Beth! Abra a porta, Amy! Três vivas para a Mami! — exclamou Jo, andando agitada de um lado para o outro, enquanto Meg encaminhou-se para conduzir a mãe ao assento de honra.

Beth tocou sua marcha mais alegre, Amy abriu a porta, e Meg fez a escolta com grande dignidade.

A sra. March ficou surpresa e comovida, e sorriu com os olhos rasos d'água enquanto examinava os presentes e lia os bilhetinhos que os acompanhavam. As pantufas foram imediatamente calçadas, um novo lenço foi levado ao bolso, bem perfumado com a colônia de Amy, a rosa foi presa ao peito, e as belas luvas celebradas em seu "ajuste perfeito".

Foram muitos os risos, os beijos e as explicações, simples e amorosos, da precisa maneira que torna as festas familiares tão agradáveis e tão doces de serem lembradas por muito tempo no futuro; depois, todas começaram a trabalhar.

A caridade e as cerimônias matinais tomaram tanto tempo que o restante do dia foi dedicado aos preparativos para as festividades noturnas. Ainda muito jovens para frequentar o teatro, e não suficientemente ricas para os grandes dispêndios das apresentações privadas, as garotas davam asas à imaginação e, sendo a necessidade a mãe da invenção, faziam o que era preciso. Algumas de suas soluções eram muito inteligentes: violões de papelão, lampiões de época feitos de velhas manteigueiras cobertas com papel prateado, maravilhosos mantos de algodão velho, brilhando com lantejoulas feitas de latas de picles, e armaduras cobertas com os mesmos e úteis objetos em forma de diamante, reduzidos a chapas quando as tampas das conservas eram cortadas. A mobília já se habituara a ser virada de cabeça para baixo, e a sala espaçosa era o palco de muitos sonhos inocentes.

Cavalheiros não eram admitidos; assim, Jo desempenhava os papéis masculinos, para a alegria de seu coração, e ficava imensamente satisfeita de usar um par de botas de couro vermelho que ganhara de uma amiga que conhecia uma dama que conhecia um ator. Essas botas, um velho florete e um gibão rasgado, usado uma vez por um artista para um retrato, eram os principais tesouros de Jo e apareciam em todas as ocasiões. Diminuta como era a companhia, fazia-se necessário que as duas atrizes principais interpretassem várias personagens cada; e certamente mereciam algum crédito pelo trabalho duro de decorar três ou quatro papéis diferentes, entrando e saindo de vários trajes, e ainda por cima gerenciando o palco. Foi excelente exercício para suas memórias, um divertimento inofensivo, e empregou muitas horas que, de outra forma, teriam sido ociosas, solitárias ou gastas em companhias menos proveitosas.

Na noite de Natal, mais de dez meninas se amontoaram na cama, que era o camarote, e postaram-se diante das cortinas azuis e amarelas de chintz no mais lisonjeiro estado de expectativa. Atrás das cortinas se via um pouco de fumaça de lamparina e se ouviam muitos sussurros e farfalhos e uma ou outra risadinha de Amy, que estava perto de ficar histérica com a agitação do momento. Logo um sino soou, as cortinas se abriram e a Tragédia Operística começou.

"Um bosque sombrio", segundo o único programa, era representado por alguns arbustos em vasos, um feltro verde no chão e uma caverna à distância. A caverna havia sido feita com um estendedor de roupas à guisa de telhado, cômodas no lugar das paredes; e dentro dela havia um pequeno aquecedor a todo vapor, com uma panela preta sobre a qual se debruçava uma velha bruxa. O palco estava escuro, e o brilho do aquecedor tinha um bom efeito, especialmente quando a bruxa abriu a tampa e saiu vapor de verdade da panela. Fez-se uma pausa para que o burburinho inicial arrefecesse; em seguida, Hugo, o vilão, entrou com uma espada na cintura, um chapéu, barba preta, um manto misterioso e as botas. Depois de andar de um lado para o outro muito agitado, ele bateu na testa e explodiu em uma melodia selvagem, cantando seu ódio por Roderigo, seu amor por Zara e sua boa decisão de matar um e conquistar a outra. Os tons ásperos da voz de Hugo e seus gritos ocasionais, sempre que os sentimentos o sobrepujavam, impressionaram todas as presentes, e o público aplaudiu assim que ele parou para tomar fôlego. Curvando-se com ar de quem está acostumado ao louvor público, ele entrou na caverna e ordenou a Hagar que saísse, com um imperioso "Vem, ó criada, pois preciso de ti!".

Eis que veio, então, Meg, com crina de cavalo cinza descendo-lhe pelo rosto, uma capa vermelha e preta, um cajado e símbolos cabalísticos no manto. Hugo pedia imediatamente uma poção para que Zara o adorasse e outra para eliminar Roderigo. Hagar, em uma melodia dramática, prometeu ambas as coisas e pôs-se a invocar o espírito que traria a poção do amor.

Vem, ó vem, de tua morada,
Assim te imploro, etérea fada!
Nascida das rosas, nutrida de orvalho,
Preparas um encanto, um elixir, um feitiço?
Traz-me então, rápido como um raio
O filtro perfumado de que preciso.
Que seja doce, boa e forte a poção!
Espírito, responde agora à minha canção.

Uma melodia suave soou, e então no fundo da caverna surgiu uma pequena figura num branco nebuloso, de asas brilhantes, cabelos dourados e uma guirlanda de rosas na cabeça. Acenando com uma varinha, a fada cantou:

Da minha etérea morada,
Distante, na lua prateada,
Eis-me vinda.

O feitiço aqui o tens.
Ó, use-o bem,
Ou seu poder logo finda.

E, deixando cair um frasquinho dourado aos pés da bruxa, o espírito desapareceu. Um novo canto de Hagar produziu outra aparição — dessa vez nada agradável, pois, com um estrondo, surgiu um demônio negro horrível, que, depois de ter grasnado uma resposta, jogou uma garrafa escura em Hugo e desapareceu com uma risada zombeteira. Cantarolando graciosamente seu agradecimento e colocando as poções em suas botas, Hugo partiu; e Hagar informou à plateia que, como ele tinha assassinado algumas de suas amigas no passado, ela o havia amaldiçoado e pretendia frustrar seus planos e se vingar. Então a cortina caiu, e o público descansou e comeu doces enquanto discutia os méritos da peça.

Antes que o pano se erguesse novamente, ouviu-se um bom número de marteladas, mas quando se pôde admirar a obra-prima da carpintaria que se erguera no palco, ninguém se queixou da demora. Estava de fato soberbo. Uma torre subia até o teto; a meio caminho havia uma janela com uma lamparina acesa, e atrás da cortina branca apareceu Zara, em um adorável vestido azul e prateado, à espera de Roderigo. Ele chegou, num belíssimo traje, com chapéu plumado, capa vermelha, um *denette* francês nos cabelos castanhos, um violão e, é claro, as botas. Ajoelhado ao pé da torre, cantou uma serenata de puro amor. Zara respondeu e, após um diálogo musical, aceitou fugir. Veio, então, o grande efeito da peça. Roderigo apresentou uma escada de corda, com cinco degraus, lançou ao alto uma ponta e convidou Zara a descer. Timidamente, ela se esgueirou pela gelosia, colocou a mão no ombro de Roderigo e estava prestes a pular graciosamente quando, "Ai, ai, pobre Zara!", ela se esqueceu da cauda do vestido. Este prendeu na janela, a torre cambaleou, inclinou-se para a frente, caiu com um estrondo e enterrou os pobres amantes nas ruínas!

Houve um grito geral, enquanto as botas avermelhadas balançavam desordenadamente em meio à catástrofe e uma cabeça dourada surgiu, exclamando: "Eu avisei! Eu avisei!". Com uma maravilhosa presença de espírito, dom Pedro, o pai cruel, surgiu impetuosamente e arrastou a filha apressadamente:

— Não ria! Aja como se estivesse tudo bem! — E, ordenando que Roderigo se pusesse de pé, baniu-o do reino com ira e desprezo. Embora claramente abalado pela queda da torre sobre si, Roderigo desafiou o velho cavalheiro e se recusou a se mexer. Esse exemplo de destemor inflamou Zara; ela também desafiou o pai, e ele ordenou que fossem levados para os mais profundos calabouços do castelo. Um pequeno criado robusto entrou com correntes e os levou embora, parecendo muito assustado e evidentemente esquecendo a fala que deveria ter declamado.

O terceiro ato foi no salão do castelo, e aqui Hagar apareceu para resgatar os amantes e eliminar Hugo. Ela o escuta chegar e se esconde; observa o momento em que ele coloca as poções em duas taças de vinho e pede ao tímido servo: "Leve-as aos cativos em suas celas e diga-lhes que chegarei logo". O criado leva Hugo a um canto para lhe dizer algo, e Hagar troca os copos, deixando em seu lugar outros dois, inofensivos. Ferdinando, o "criado", os leva consigo, e Hagar devolve a taça que contém o veneno destinado a Roderigo. Hugo, com sede depois de cantar longamente, toma da taça, perde o juízo e, depois de muito agarrar e bater, cai e morre, enquanto Hagar lhe informa o que fez em uma canção de extraordinário poder e melodia.

Foi uma cena realmente de tirar o fôlego; embora algumas pessoas pudessem ter sido da opinião de que o aparecimento súbito de certa quantidade de cabelos compridos talvez tivesse maculado o efeito da morte do vilão. Ele foi chamado à frente do palco, e com grande decoro apareceu, conduzindo Hagar, cujo canto era considerado mais maravilhoso do que todo o resto da apresentação.

O quarto ato mostrava o desesperado Roderigo a ponto de esfaquear a si mesmo, pois lhe haviam dito que Zara o abandonara. Com a adaga sobre o coração, uma linda canção é cantada sob sua janela, informando-o de que Zara lhe é fiel mas corre perigo, e ele pode salvá-la se quiser. Lançam-lhe uma chave que abre a porta e, em um violento gesto de arrebatamento, ele arranca as próprias correntes e chispa para encontrar e resgatar sua amada.

A abertura do quinto ato trouxe um tempestuoso encontro entre Zara e dom Pedro. Ele deseja que ela se recolha a um convento, mas ela não quer lhe fazer a vontade; e, depois de um apelo tocante, está prestes a desmaiar, quando Roderigo entra correndo e a pede em casamento. Dom Pedro recusa o pedido, pois o pretendente não é rico. Eles gritam e gesticulam muitíssimo sem chegar a um acordo, e Roderigo está prestes a levar consigo a exausta Zara, quando o tímido criado entra com uma carta e uma bolsa de Hagar, que havia desaparecido misteriosamente. Informa ao grupo que ela deixa incalculável riqueza ao jovem casal e uma terrível desgraça para dom Pedro, caso não os faça felizes. A bolsa é aberta, e uma grande quantidade de moedas de lata é despejada no palco, cobrindo-o de um brilho glorioso. O dinheiro amolece por completo o "senhor severo"; ele o aceita sem uma queixa sequer, todos se unem em um coro alegre, e a cortina cai sobre os amantes ajoelhados para receber a bênção de dom Pedro, em posturas da mais romântica graça.

Aplausos ruidosos se seguiram, porém foram interrompidos de forma inesperada: a cama portátil em que o camarote fora construído de repente se fechou e extinguiu a plateia entusiasmada. Roderigo e dom Pedro correram para o resgate, e todas foram retiradas ilesas, ainda que muitas não fossem capazes de falar, de tanto rir. A agitação mal diminuíra quando Hannah apareceu, com "os cumprimentos da sra. March" e o convite para que "as damas descessem para a ceia".

Foi uma surpresa, até mesmo para as atrizes, e quando viram a mesa entreolharam-se em arrebatado assombro. Era próprio de sua "Mami" fazer pequenas surpresas para elas, mas desde os idos tempos da bonança elas não viam nada tão bom. Havia sorvete, na verdade dois tipos dele — rosa e branco —, bolo e frutas e *bonbons* franceses de enlouquecer, bem como, no meio da mesa, quatro grandes buquês de flores de estufa!

Aquilo as deixou sem fôlego. Elas olharam primeiro para a mesa e depois para a mãe, que parecia ter gostado imensamente.

— Foram as fadas? — perguntou Amy.

— Foi o Papai Noel — disse Beth.

— Foi a mamãe que fez isso. — E Meg dirigiu-lhe o mais doce sorriso, apesar da barba grisalha e das sobrancelhas brancas.

— Tia March teve um ataque de bondade e mandou a ceia — exclamou Jo, com uma inspiração repentina.

— Todas erraram. Foi o velho sr. Laurence que mandou — esclareceu a sra. March.

— O avô do menino Laurence! Mas como ele teve essa ideia, se nós não o conhecemos? — exclamou Meg.

— Hannah contou a um de seus criados sobre a festa do café da manhã. Ele é um velho cavalheiro bem peculiar, mas a história o agradou. Ele conheceu meu pai, há muitos anos, e me enviou um bilhete educado esta tarde, dizendo que esperava que eu lhe permitisse exprimir seu sentimento de amizade para com minhas filhas enviando-lhes alguns agrados em homenagem ao dia. Eu não pude recusar; por isso, vocês ganharam um pequeno banquete à noite para compensar o café da manhã a pão e leite.

— Foi aquele menino que colocou essa ideia na cabeça dele, tenho certeza! Ele é ótimo, e eu adoraria ser amiga dele. Parece que ele gostaria de nos conhecer, mas é tímido, e Meg é tão cheia de decoro que não me deixa falar com ele quando nos cruzamos — disse Jo, enquanto as travessas circulavam e o sorvete começava a desaparecer completamente, com "ohs!" e "ahs!" de satisfação.

— Você quer dizer as pessoas que moram na casa grande aqui ao lado, não é? — perguntou uma das garotas. — Minha mãe conhece o velho sr. Laurence, mas diz que ele é muito orgulhoso e não gosta de se misturar com os vizinhos. Ele mantém o neto trancado em casa quando não está cavalgando ou caminhando com seu preceptor, e o faz estudar demais. Nós o convidamos para a nossa festa, mas ele não foi. Mamãe diz que ele é muito gentil, apesar de nunca falar conosco, com as meninas.

— Nossa gata fugiu uma vez, e ele a trouxe de volta, e nós conversamos por cima da cerca, e estávamos nos dando muito bem, falando horrores sobre críquete, coisas assim, quando ele viu Meg chegando, e foi embora. Quero conhecê-lo um dia, porque ele precisa de diversão, tenho certeza — disse Jo, decidida.

— Gosto dos modos dele, e ele parece um jovem cavalheiro, então não faço objeção a você conhecê-lo, caso tenha oportunidade apropriada. Ele mesmo trouxe as flores, e eu teria pedido que entrasse, se tivesse certeza do que estava acontecendo lá em cima. Ele parecia tão melancólico ao sair, tendo ouvido a brincadeira e, evidentemente, sem poder ele mesmo brincar.

— Que sorte que não chamou, mamãe! — riu Jo, olhando para as botas. — Mas montaremos em breve outra peça a que ele *possa* assistir. Talvez ele ajude atuando. Não seria divertido?

— Nunca recebi um buquê antes. Como é bonito! — E Meg examinou suas flores com grande interesse.

— São mesmo lindas, mas para mim as rosas de Beth são mais bonitas — disse a sra. March, sentindo o perfume do botão meio murcho preso ao cinto.

Beth aninhou-se nela e sussurrou baixinho:

— Gostaria de mandar meu buquê para o papai. Acho que ele não está tendo um Natal tão feliz quanto o nosso.

3. O MENINO LAURENCE

— Jo! Jo! Onde você está? — gritou Meg ao pé da escada do sótão.

— Aqui! — respondeu uma voz rouca lá de cima; ao subir correndo, Meg encontrou a irmã comendo maçãs e chorando sobre *O herdeiro de Redclyffe*, envolta em um edredom sobre um velho sofá de três pernas próximo à janela ensolarada. Esse era o refúgio favorito de Jo; ela adorava ficar no sótão com meia dúzia de maçãs e um livro agradável, desfrutando de paz e da companhia de um rato de estimação que morava por ali e não se importava nem um pouco com a presença dela. Quando Meg apareceu, Dentinho correu para dentro do seu buraco. Jo limpou as lágrimas do rosto e esperou para ouvir as novidades.

— Que diversão! Veja só! Um bilhete formal da sra. Gardiner nos convidando para amanhã à noite! — exclamou Meg, agitando o papel precioso e depois lendo-o com prazer juvenil: — "A sra. Gardiner ficaria feliz em receber a srta. March e a srta. Josephine para um pequeno baile na noite de Ano-Novo." Mami diz que devemos ir; mas o que vamos *vestir*?

— Para que perguntar, se você sabe que a gente vai usar os vestidos de popelina? A gente não tem outra coisa — respondeu Jo, de boca cheia.

— Ai, se eu tivesse um vestido de seda! — suspirou Meg. — Mamãe diz que talvez eu ganhe um quando fizer dezoito anos; mas dois anos é uma eternidade para esperar.

— Tenho certeza de que a nossa popelina parece seda, e são vestidos bons o bastante para nós. O seu está quase novo, mas eu não tinha percebido o queimado e o rasgo no meu. O que vou fazer? O queimado é horrível, muito visível, e não consigo tirar.

— Você vai ter que ficar sentada o máximo que puder e não deixar que lhe vejam as costas. A frente está boa. Vou usar uma fita nova no cabelo, Mami vai me emprestar o brochezinho de pérola dela, minhas sapatilhas novas são lindas, e minhas luvas vão servir, apesar de não serem tão bonitas quanto eu gostaria.

— As minhas estão manchadas de limonada, e não posso comprar novas, então vou ter que ficar sem — disse Jo, que nunca se preocupava muito com roupas.

— Você *precisa* de luvas, ou eu não vou! — exclamou Meg, decidida. — Luvas são mais importantes do que qualquer outra coisa. Você não pode dançar sem elas, e se você não dançar vou ficar *tão* constrangida.

— Então vou ficar quieta. Não ligo muito para dançar. Não é divertido ficar indo de um lado para o outro, eu gosto de correr e aprontar.

— Você não pode pedir luvas novas para a mamãe, são muito caras, e você é muito estabanada. Quando estragou as outras, ela disse que não compraria novas neste inverno. Você não consegue consertá-las? — perguntou Meg, ansiosa.

— Posso segurá-las bem apertado na mão, e ninguém vai saber o quanto estão manchadas. Isso é tudo que posso fazer. Não, já sei! Vou dizer como podemos resolver: cada uma usa uma luva boa e carrega uma ruim. O que você acha?

— Suas mãos são maiores do que as minhas, e você vai esticar muito a minha luva — respondeu Meg, que tinha muito ciúme das próprias luvas.

— Então vou sem. Não me importo com o que as pessoas dizem! — exclamou Jo, voltando ao livro.

— Tudo bem, pode usar! Só não manche, e comporte-se bem. Não coloque as mãos nas costas, nem fique encarando as pessoas, nem diga "Pelas barbas do profeta!". Pode ser?

— Não se preocupe. Vou ficar delicadinha feito uma bonequinha de porcelana; no que depender de mim, sairei sem um arranhão. Agora vá responder ao convite, que quero terminar esta história maravilhosa.

Assim, Meg saiu para "aceitar com gratidão" o convite, examinar o vestido e cantar alegremente enquanto fazia reparos em sua única roupa com babados de renda de verdade, enquanto Jo terminava a história e as quatro maçãs e brincava com Dentinho.

Na véspera de Ano-Novo, a sala estava deserta, pois as duas irmãs mais novas brincavam de criadas de quarto, e as duas mais velhas estavam envolvidas na importante tarefa de "preparar-se para a festa". Ainda que simples a toalete, havia muita movimentação, um correr constante para cima e para baixo, risadas e conversas; de repente, um forte cheiro de cabelo queimado invadiu a casa. Meg queria alguns cachos lhe descendo pelo rosto, e Jo se encarregou de apertar as madeixas envoltas em papelotes com uma tenaz quente.

— Deve sair fumaça desse jeito? — perguntou Beth, empoleirada na cama.

— É a umidade secando — respondeu Jo.

— Que cheiro esquisito! Parece pena queimada — observou Amy, alisando os próprios cachinhos bonitos com um ar superior.

— Vamos lá, agora vou tirar os papelotes, e você vai ver uma nuvem de pequenos cachos — disse Jo, guardando a tenaz.

Ela abriu os papelotes, mas nenhuma nuvem de cachos apareceu, pois o cabelo saiu com os papelotes, e a cabeleireira horrorizada dispôs uma fila de trouxinhas chamuscadas na escrivaninha diante de sua vítima.

— Oh, oh, oh! O que você *fez*? Você acabou comigo! Não posso mais ir! Meu cabelo, ai, meu cabelo! — lamentou-se Meg, olhando com desespero para o frisado irregular na testa.

— Ai, meu Deus! Você não deveria ter me pedido para fazer isso; sempre estrago tudo. Sinto muito, mas a tenaz estava muito quente, e saiu esse horror — gemeu a pobre Jo, contemplando os papelotes pretos com lágrimas de pesar.

— Não está estragado; basta frisá-lo e amarrar a fita para que as pontas desçam um pouco na testa, e vai parecer a última moda. Já vi um monte de meninas fazerem isso — disse Amy, consolando-a.

— Eu mereço, por ter tentado ficar bonita. Antes tivesse deixado meu cabelo em paz — exclamou Meg, mal-humorada.

— É o que eu acho, era tão liso e bonito. Mas logo vai crescer de novo — disse Beth, vindo beijar e consolar a ovelha tosada.

Depois de vários contratempos menores, os preparativos de Meg finalmente terminaram, e com o empenho de toda a família Jo vestiu-se e teve o cabelo arrumado. Elas pareciam muito bem em seus vestidos simples, Meg em seu cinza esverdeado, com um coque armado numa fita de veludo azul, babados de renda e o alfinete de pérola; Jo de marrom, com uma gola de linho rígida, de corte masculino, e um crisântemo branco ou dois como único ornamento. Cada qual vestiu uma bela luva limpa, e carregou a outra suja, e todas declararam o efeito "muito elegante e espontâneo". As sapatilhas de salto alto de Meg estavam terrivelmente apertadas e a machucavam, embora ela não o admitisse; e os dezenove grampos de cabelo de Jo pareciam enfiados diretamente em sua cabeça, o que não era exatamente confortável. Porém, ai, ai, sejamos elegantes, ou antes a morte.

— Divirtam-se, amores! — disse a sra. March, enquanto as irmãs seguiam graciosamente pelo caminho da frente da casa. — Não comam demais no jantar e retornem às onze, quando eu mandar a Hannah buscar vocês.

Quando o portão se fechou atrás delas, uma voz estridente alcançou-as de uma janela:

— Meninas, meninas! Vocês pegaram bons lenços de bolso?

— Sim, sim, bem cheirosos e limpinhos, e a Meg passou colônia no dela — exclamou Jo, acrescentando com uma risada enquanto continuavam. — Acho que a Mami faria essa pergunta mesmo se estivéssemos fugindo de um terremoto.

— É um dos seus gostos aristocráticos, e muito apropriado, pois uma verdadeira dama é sempre conhecida pelo asseio de suas botas, luvas e lenços — respondeu Meg, que tinha vários pequenos "gostos aristocráticos" próprios.

— Não se esqueça de manter o pedaço de tecido com problemas longe da vista de todos, Jo. A minha faixa está bem? E meu cabelo está *muito* feio? — perguntou Meg, virando-se de costas para o espelho no gabinete da sra. Gardiner depois de prolongados exame e ajustes.

— Sei que vou me esquecer. Se você me vir fazendo algo errado, me avise com uma piscadela, está bem? — devolveu Jo, puxando bruscamente a gola e escovando sem jeito e rapidamente os cabelos.

— Não, piscar não é elegante. Vou levantar minhas sobrancelhas se alguma coisa estiver errada, e balançar a cabeça, caso esteja tudo bem. Agora, endireite os ombros, dê passos curtos e não cumprimente quem lhe for apresentado com um aperto de mão. Não é coisa que se faça.

— *Como* você aprende todas essas sutilezas? Não consigo. Essa música não é alegre?

Elas desceram, sentindo-se um pouco tímidas, pois raramente iam a festas, e aquela, ainda que uma pequena reunião sem quaisquer formalidades, era um evento para elas. A imponente sra. Gardiner cumprimentou-as carinhosamente e entregou-as aos cuidados da mais velha de suas seis filhas. Meg conhecia Sallie e logo ficou à vontade, mas Jo, que não se importava muito com garotas ou fofocas femininas, ficou de pé, com as costas cuidadosamente encostadas na parede, e se sentia tão deslocada quanto um potro em um jardim florido. Em outra parte da sala, meia dúzia de rapazes joviais falava de patins, e ela desejava muito unir-se a eles, pois a patinação era uma das alegrias de sua vida. Ela procurou informar sutilmente seu desejo a Meg, mas as sobrancelhas subiram tão assustadas que ela não ousou se mexer. Ninguém se aproximara para conversar com ela, e um a um o grupo próximo diminuiu, até que ela foi deixada sozinha. Jo não podia andar e divertir-se, pois a parte queimada do tecido acabaria por se revelar, então observou solitariamente as pessoas, até a dança começar. Meg foi convidada imediatamente, e os sapatos apertados movimentavam-se com tanta vivacidade que ninguém teria adivinhado a dor que sofria sorrindo aquela que os calçava. Jo viu um jovem ruivo se aproximar de seu canto, e temendo que ele pretendesse chamá-la à dança esgueirou-se para um recanto cortinado, com a intenção de espreitar e se divertir em paz. Infelizmente, outra pessoa tímida havia escolhido o mesmo refúgio; pois, quando a cortina se fechou atrás de si, ela se viu cara a cara com o "menino Laurence".

— Ai, não sabia que tinha gente aqui! — gaguejou Jo, preparando-se para recuar com a mesma rapidez com que tinha avançado.

Mas o menino riu e disse de um modo agradável, embora parecesse um pouco surpreso:

— Não se preocupe comigo, fique se quiser.

— Não estou incomodando você?

— Nem um pouco. Só vim para cá porque não conheço muita gente e me senti um tanto estranho no começo, sabe?

— Eu também. Não vá embora, por favor, a menos que você prefira.

O menino não se moveu e ficou olhando para as próprias botas, até que Jo, tentando parecer educada e tranquila, disse:

— Acho que tive o prazer de vê-lo antes. Você mora perto de nós, não é?

— Somos vizinhos.

Ele olhou para cima e riu com franqueza, pois os bons modos de Jo pareceram bem engraçados quando ele lembrou da conversa sobre críquete quando ele levou a gata para casa.

Isso deixou Jo à vontade, e ela riu também, dizendo de forma mais sincera:

— Ficamos muito felizes com seu belo presente de Natal.

— Foi vovô quem mandou.

— Mas foi você quem deu a ideia, não foi?

— Como está a sua gata, srta. March? — perguntou o garoto, tentando parecer impassível, mas com os olhos negros brilhando de alegria.

— Muito bem, obrigada, sr. Laurence. Mas não sou a "srta. March", sou apenas Jo — retrucou a jovem.

— E não sou o "sr. Laurence", sou apenas Laurie.

— Laurie Laurence, que nome esquisito.

— Meu primeiro nome é Theodore, mas não gosto, porque os meninos me chamavam de Dora. Então mandei me chamarem de Laurie.

— Também odeio o meu nome... muito sentimental! Queria que todo mundo me chamasse de Jo, em vez de Josephine. Como você fez os garotos pararem de chamar você de Dora?

— Bati neles.

— Não posso bater na tia March, então acho que vou ter que aguentar. — E Jo resignou-se com um suspiro.

— Você não gosta de dançar, srta. Jo? — perguntou Laurie, como quem achasse que o nome lhe caía bem.

— Gosto muito, se há espaço de sobra e estão todos animados. Em um lugar como este, tenho certeza de que vou causar incômodo, pisar nos dedos de alguém ou fazer qualquer coisa terrível, então fico longe de problemas e deixo que Meg faça bonito por aí. Você não dança?

— Às vezes. Passei muitos anos no exterior, e ainda não circulei o suficiente para saber como funcionam as coisas por aqui.

— No exterior! — exclamou Jo. — Ah, me conte! Adoro ouvir as pessoas contarem sobre suas viagens.

Laurie parecia não saber por onde começar, mas, diante da intensidade que Jo imprimiu às perguntas, logo desandou a falar e contou como fora sua experiência na escola em Vevey, onde os meninos nunca usavam chapéu, tinham uma frota de barcos no lago e nas férias se divertiam em passeios a pé pela Suíça com os professores.

— Como eu queria ter estado lá! — exclamou Jo. — Você foi a Paris?

— Passamos o último inverno lá.

— Você sabe falar francês?

— Não podíamos falar outra língua em Vevey.

— Fale alguma coisa! Consigo ler, mas não sei pronunciar.

— *Quel nom à cette jeune demoiselle en les pantoufles jolis?* — perguntou Laurie com alegria.

— Que bonito você fala! Deixe-me ver... você disse: "Qual é o nome da moça de sapatilha bonita", não é isso?

— *Oui, mademoiselle.*

— É minha irmã Margaret, e você sabia quem era! Você a acha bonita?

— Sim, ela me lembra as meninas alemãs; parece tão leve e tranquila, e dança como uma dama.

Os elogios de menino a sua irmã fizeram Jo exultar de felicidade, e ela os decorou para contá-los a Meg. Os dois espiaram, criticaram e conversaram até que se sentiram como velhos conhecidos. A timidez de Laurie logo desapareceu, pois o jeito de menino de Jo o divertia e deixava à vontade, e a alegria de Jo retornou, pois já não havia quem a lembrasse do vestido ou lhe erguesse as sobrancelhas. Ela gostava mais do que nunca do "menino Laurence" e o examinava bastante para que pudesse descrevê-lo para as irmãs; pois elas não tinham irmãos, pouquíssimos primos, e os meninos eram criaturas quase desconhecidas para elas.

"Cabelo preto encaracolado, pele morena, grandes olhos pretos, nariz comprido, dentes bonitos, mãos e pés pequenos, da mesma altura que eu; muito educado para um menino e absolutamente alegre. Quantos anos ele tem?"

A pergunta estava na ponta da língua, mas Jo se conteve a tempo e, com tato incomum, tentou descobrir indiretamente.

— Imagino que esteja indo para a faculdade em breve? Sempre vejo você lendo feito um maluco... não, quero dizer, estudando muito.

E Jo corou com aquele "lendo feito um maluco" que havia escapado dela.

Laurie sorriu, mas não pareceu incomodado e respondeu com um encolher de ombros:

— Só daqui a um ou dois anos. É certo que não vou antes dos dezessete anos.

— Você só tem quinze anos? — perguntou Jo, olhando para o rapaz alto, a quem ela atribuía dezessete anos.

— Dezesseis, no mês que vem.

— Queria muito ir para a faculdade! Parece que você não gosta da ideia.

— Odeio! Ou se estuda feito um doido, ou se vive na flauta. E não gosto do modo como as pessoas deste país fazem nenhuma dessas duas coisas.

— Do que você gosta?

— Gosto de morar na Itália e desfrutar da vida do meu jeito.

Jo queria muito perguntar que jeito era esse, mas as sobrancelhas negras dele lhe pareceram bastante ameaçadoras quando contraídas; em seguida, ela mudou de assunto e perguntou, enquanto com o pé marcava o ritmo da música:

— Essa é uma polca maravilhosa! Por que você não vai lá e tenta dançar?

— Só se você vier comigo — respondeu ele, curvando-se de leve em uma estranha reverência à francesa.

— Não posso, disse a Meg que não dançaria, porque... — Neste ponto, Jo parou, indecisa, pois não sabia se devia contar ou rir.

— Por que o quê?

— Promete que não conta pra ninguém?

— Prometo!

— Bom, tenho o mau hábito de ficar de pé na frente da lareira, e acabo botando fogo nos meus vestidos, e queimei este; e apesar de ele estar bem remendado dá para notar, e Meg pediu para eu ficar quieta, para ninguém ver. Você pode rir, se quiser. É engraçado, eu sei.

Mas Laurie não riu. Ele apenas olhou para baixo por um instante, e a expressão de seu rosto intrigou Jo, quando, muito gentilmente, ele disse:

— Não se preocupe. Vou lhe dizer como podemos contornar isso: tem um corredor comprido lá fora, e podemos dançar muito ali, sem ninguém nos ver. Venha comigo.

Jo agradeceu e, alegre, o acompanhou, desejando ter duas luvas sem manchas quando atentou às lindas luvas peroladas que seu parceiro usava. O salão estava vazio, e eles dançaram uma grande polca, pois Laurie dançava bem e lhe ensinou o passo alemão, que encantou Jo por sua bossa e balanço. Quando a música terminou, sentaram-se na escada para recuperar o fôlego, e Laurie estava falando sobre um festival de estudantes em Heidelberg quando Meg apareceu em busca da irmã. Ela acenou, e Jo, relutante, seguiu-a para uma sala ao lado, onde a encontrou em um sofá, pálida, com as mãos segurando o pé:

— Torci o tornozelo. Esse salto alto estúpido virou, e dei uma torcida horrível no pé... está doendo muito, mal posso ficar de pé, nem sei como vou chegar em casa — queixou-se ela, balançando de um lado para o outro com dor.

— Sabia que você ia machucar os pés com esses sapatos idiotas. Sinto muito; mas não sei o que você pode fazer, a não ser pegar uma carruagem, ou ficar aqui até o fim da noite — respondeu Jo, esfregando suavemente o pobre tornozelo enquanto falava.

— Não é possível conseguir uma carruagem sem gastar muito. Digo mais: é impossível, pois a maioria das pessoas veio em suas próprias carruagens, e o caminho até o estábulo é longo, e não há quem vá até lá.

— Eu vou.

— De jeito nenhum; já são mais de dez, e tudo está em trevas feito o Egito. Não posso ficar aqui, pois a casa está cheia. Algumas meninas vão ficar com a Sallie. Vou descansar até Hannah chegar, e aí tento fazer o melhor que eu puder.

— Vou pedir ao Laurie. Ele vai — disse Jo, parecendo aliviada quando a ideia lhe ocorreu.

— Misericórdia, não! Não peça a ninguém nem conte para ninguém. Pegue minhas galochas e coloque essas sapatilhas nas nossas coisas. Não consigo mais dançar; mas assim que o jantar acabar, fique atenta à chegada de Hannah e me chame no instante em que ela aparecer.

— Estão todos indo agora para o jantar. Vou ficar com você. Prefiro.

— Não, meu bem... corra lá com todos, e me traga um pouco de café. Estou tão cansada que não consigo me mexer.

Então Meg reclinou-se, com as galochas bem escondidas, e Jo saiu desajeitada até a sala de jantar, que encontrou depois de entrar em um armário de louças e abrir a porta de uma sala onde o velho sr. Gardiner fazia um lanchinho a sós. Disparando para cima da mesa, ela garantiu o café, que imediatamente derramou sobre si, tornando a frente do vestido tão ruim quanto as costas.

— Ai, que pessoa mais sem jeito eu sou! — exclamou Jo, destruindo a luva de Meg ao esfregar o vestido com ela.

— Posso ajudar? — perguntou uma voz amiga; e lá estava Laurie, com uma xícara cheia em uma das mãos e um prato de sorvete na outra.

— Estava tentando conseguir alguma coisa para Meg, que está muito cansada, e alguém esbarrou em mim, e aqui estou, neste estado bonito de se ver — respondeu Jo, olhando com profunda tristeza da saia manchada à luva cor de café.

— Que pena! Eu estava procurando alguém para dar isso. Posso levar para sua irmã?

— Oh, obrigada! Mostro a você onde ela está. Não me ofereço para fazer isso sozinha, porque vou acabar causando mais confusão.

Jo guiou-o; e, como quem estivesse acostumado a atender damas, Laurie preparou uma pequena mesa, trouxe uma segunda travessa de café e sorvete para Jo e foi tão gentil que até mesmo Meg, tão difícil de agradar, disse que ele era um "bom menino". Eles se divertiram muito com os *bonbons* e seus dizeres, e estavam no meio de uma partida divertida de *buzz*, com dois ou três outros jovens que chegaram ali por acaso, quando Hannah apareceu. Meg esqueceu-se do pé e levantou-se tão rapidamente que foi obrigada a agarrar Jo, com uma exclamação de dor.

— Shhh! Não diga nada — sussurrou ela, acrescentando em voz alta: — Não é nada. Virei meu pé um pouquinho, só isso. — E mancou escada acima para pegar suas coisas.

Hannah ralhava, Meg chorava, e Jo estava no limite da paciência, até que decidiu tomar as rédeas da situação. Esgueirando-se para fora do quarto, ela desceu correndo e, encontrando um criado, perguntou se ele poderia conseguir uma carruagem para ela. Infelizmente era um garçom contratado, que nada conhecia da vizinhança, e Jo procurava ajuda quando Laurie, que ouvira o que ela dissera, apareceu e ofereceu a carruagem de seu avô, que, segundo ele, acabara de chegar para buscá-lo.

— É muito cedo! Não é possível que você já queira ir embora — começou Jo, parecendo aliviada, mas hesitando em aceitar a oferta.

— Sempre vou cedo, de verdade! Por favor, deixe-me levá-las para casa. É caminho, você sabe, e está chovendo, segundo ouvi.

Assim tudo se resolveu; e contando-lhe sobre o acidente de Meg, Jo aceitou, agradecida, a oferta e correu escada acima para trazer o restante do grupo. Hannah odiava chuva tanto quanto um gato; por isso, não fez objeções, e todas partiram na luxuosa carruagem fechada, sentindo-se muito festivas e elegantes. Laurie seguiu no assento do cocheiro para que Meg pudesse manter o pé elevado, e as meninas conversaram à vontade sobre a festa.

— A noite foi ótima! O que você achou? — perguntou Jo, amarrando o cabelo e pondo-se confortável.

— Também estava adorando, até me machucar. A amiga de Sallie, Annie Moffat, gostou de mim e me convidou para ir à casa dela e passar uma semana com ela quando Sallie estiver por lá. Ela vai na primavera, quando a ópera vier, e será absolutamente esplêndido se a mamãe me deixar ir — respondeu Meg, animando-se com a ideia.

— Vi você dançando com o homem ruivo de que eu fugi. Ele era agradável?

— Ah, muito! O cabelo dele é castanho-avermelhado, não ruivo, e ele foi muito educado, e dancei uma deliciosa *redova* com ele.

— Ele parecia um gafanhoto tendo um ataque quando fez o passo novo. Laurie e eu não conseguimos conter o riso. Você nos ouviu?

— Não, mas isso foi muito rude. O que vocês ficaram fazendo todo aquele tempo, escondidos ali?

Jo contou suas aventuras, e quando terminou já estavam em casa. Com muitos agradecimentos, elas deram boa-noite e entraram, esperando não incomodar ninguém; mas, no instante em que a porta rangeu, duas cabecinhas entoucadas surgiram de repente e duas vozes sonolentas, mas ansiosíssimas, clamaram:

— Contem sobre a festa! Falem sobre a festa!

Com o que Meg chamou de "uma imensa falta de modos", Jo guardara alguns *bonbons* para as menininhas, e elas logo se acalmaram, depois de ouvir sobre os acontecimentos mais emocionantes da noite.

— Realmente me sinto uma jovem dama, voltando para casa da festa em minha carruagem e sentando-me vestida com o vestido de baile, enquanto espero a criada para cuidar de minha toalete — disse Meg, enquanto Jo enfaixava seu pé com arnica e escovava seu cabelo.

— Não acredito que jovens damas se divirtam tanto quanto nós, apesar de nossos cabelos queimados, os vestidos velhos, uma luva para cada e sapatilhas apertadas que torcem nossos tornozelos quando somos bobas o bastante para usá-las.

E acho que Jo estava certa.

4. FARDOS

— AI, CÉUS, COMO PARECE DIFÍCIL erguer esses nossos fardos e continuar — suspirou Meg na manhã seguinte à festa, pois era o fim das férias, e a semana de folia não a preparara para prosseguir realizando tarefas de que jamais gostara.

— Queria que fosse Natal ou Ano-Novo o tempo todo. Não ia ser divertido? — devolveu Jo, bocejando tristemente.

— Não nos divertiríamos nem a metade do que agora. Mas é tão bom esse mundo de pequenos jantares e buquês de flores, de ir a festas e voltar para casa de carruagem, ler e descansar, e não se esfalfar de trabalhar. É como vivem as outras pessoas, sabe?, e sempre invejo as meninas que fazem essas coisas; gosto tanto de luxo — disse Meg, tentando decidir qual dos dois vestidos velhos era o menos gasto.

— Bem, não podemos ter isso, então não vamos reclamar; vamos carregar nossos fardos e caminhar, ainda que com dificuldade, mas com a mesma alegria da Mami. Tenho certeza de que a tia March é o meu Velho Homem do Mar, mas acho que quando aprender a carregá-la sem reclamar, ela vai cair, ou vai ficar tão leve que nem vou mais prestar atenção.

A ideia mexeu com a imaginação de Jo e a deixou de bom humor; mas Meg não se animou, pois seu fardo, feito de quatro crianças mimadas, parecia mais pesado do que nunca. Ela não tinha vontade sequer de se arrumar e ficar bonita, como de costume, colocando uma fita azul no pescoço e penteando o cabelo da maneira mais digna possível.

— Para que me arrumar se ninguém me vê, a não ser aqueles nanicos malcriados, e se ninguém se importa se estou bonita ou não? — murmurou ela, fechando a gaveta com um gesto brusco. — Vou ter que trabalhar como um cão para o resto da vida, recebendo apenas umas migalhas de diversão de vez em quando, e ficar velha, feia e azeda, porque sou pobre e não posso me divertir como as outras meninas. Que horror!

Assim, Meg desceu, com o semblante injuriado, e não foi de forma alguma agradável durante o café da manhã. Todas pareciam um tanto irritadas e inclinadas a reclamar. Beth começou a sentir dor de cabeça e se deitou no sofá, procurando consolo na gata e em seus três filhotinhos. Amy estava nervosa porque não havia estudado suas lições e não conseguia encontrar suas galochas. Jo assobiava *muito* e fazia um pandemônio ao se arrumar. A sra. March estava muito ocupada tentando terminar uma carta, que devia ser enviada imediatamente, e Hannah teve um ataque de mau humor, pois ficar acordada até tarde não combinava com ela.

— *Nunca* se viu uma família tão mal-humorada! — exclamou Jo, perdendo a paciência ao virar um tinteiro, arrebentar os cadarços da bota e sentar-se no chapéu.

— Você é a mais mal-humorada de todas! — devolveu Amy, apagando a soma, que estava toda errada, com as lágrimas que haviam caído na lousa.

— Beth, se você não prender esses gatos medonhos no porão, vou afogar todos eles — exclamou Meg com raiva, enquanto tentava se livrar do gatinho que tinha subido por suas costas e ficara preso como um carrapicho num lugar que ela não alcançava.

Jo ria, Meg ralhava, Beth implorava e Amy chorava porque não conseguia lembrar quanto era nove vezes doze.

— Meninas, meninas, fiquem quietas um minuto! Preciso mandar isto pelo correio, e vocês me distraem com essa reclamação toda — exclamou a sra. March, riscando a terceira frase errada em sua carta.

Fez-se um silêncio momentâneo, quebrado por Hannah, que entrou impetuosamente, colocou duas tortas quentes sobre a mesa e com igual fúria saiu. As tortas eram uma instituição, e as garotas as chamavam de “regalos”, pois não tinham outros, e achavam as tortas quentes muito reconfortantes para as mãos nas manhãs frias. Por mais ocupada ou mal-humorada que estivesse, Hannah nunca deixava de fazê-las, pois a caminhada era longa e difícil. As coitadinhas não tinham outro almoço e raramente estavam em casa antes das três.

— Faça muito carinho nos seus gatos e veja se acaba com essa dor de cabeça, Bethy. Até mais, Mami. Esta manhã parecíamos um bando de patifes, mas voltaremos para casa como anjos. Vamos, Meg!

E Jo se afastou a passos pesados, sentindo que as peregrinas não estavam iniciando a jornada como deveriam.

Elas sempre olhavam para trás antes de virar a esquina, pois a mãe estava sempre na janela, assentindo, sorrindo e acenando para elas. De alguma forma, era como se não pudessem passar o dia sem isso, pois qualquer que fosse o seu humor, o último vislumbre daquele rosto materno certamente as afetaria como a luz do sol.

— Se a Mami cerrar o punho em vez de nos soprar beijinhos, é o que merecemos, pois meninas mais topetudas e ingratas do que nós, nunca se viu — exclamou Jo, sentindo uma satisfação arrependida com o caminho coberto de lama e neve e no vento cortante.

— Não use palavras tão horríveis — respondeu Meg das profundezas do véu em que se amortalhara como uma freira cansada do mundo.

— Gosto de palavras boas e fortes, palavras que significam alguma coisa — respondeu Jo, levando a mão ao chapéu no instante em que ele se descolava da cabeça e se preparava para o voo.

— Aplique a você mesma os nomes que quiser, mas *eu* não sou patife, nem topetuda, e não quero ser chamada assim.

— Você é uma praga e está furiosa hoje, porque não pode ficar no luxo o tempo todo. Coitadinha! Espere até eu fazer a minha fortuna, e você vai se refestelar em carruagens e sorvetes e sapatos de salto alto e flores e meninos ruivos para dançar.

— Você é ridícula, Jo!

Mas Meg riu do absurdo e se sentiu melhor, mesmo sem querer.

— Sorte sua que eu sou ridícula; porque se eu fingisse cara de tristeza e tentasse ficar péssima, como você faz, a gente estaria numa ótima situação. Graças a Deus sempre consigo encontrar alguma coisa engraçada para me animar. Não reclame mais, volte para casa alegre, por favor.

Jo deu um tapinha encorajador no ombro da irmã, e as duas tomaram rumos diferentes, separando-se pelo restante do dia, cada qual abraçada ao calor de sua tortinha, cada qual procurando ficar alegre apesar do frio, do trabalho duro e dos desejos de juventude insatisfeitos e de seu amor pelo prazer.

Quando o sr. March perdeu seus bens na tentativa de ajudar um amigo em dificuldade, as duas meninas mais velhas haviam suplicado permissão para fazerem alguma coisa ao menos em prol do próprio sustento. Acreditando que sempre é hora de começar o cultivo da disposição, do empenho e da independência, seus pais consentiram, e ambas se lançaram ao trabalho com uma sincera vontade que, apesar de todos os obstáculos, por fim frutificou. Margaret encontrou um emprego de governanta e sentiu-se rica com seu pequeno salário. Como disse, ela de fato "apreciava o luxo", e seu principal problema era a pobreza. Achava mais difícil suportá-la do que as irmãs, pois se lembrava de um tempo em que a casa era bonita, a vida cheia de tranquilidade e prazer, e em que não se conhecia falta do que quer que fosse. Tentou não ser invejosa ou insatisfeita, mas era muito natural que a jovem desejasse coisas bonitas, amigos alegres, realizações e uma vida feliz. Na casa dos King, ela via diariamente tudo o que gostaria de ter, pois as irmãs mais velhas das crianças tinham acabado de ingressar na sociedade, e Meg não raro via, como que num vislumbre, os delicados vestidos de baile e os buquês, e ouvia comentários sobre teatros, concertos, cortejos de trenó e divertimentos de todo tipo, e via dinheiro esbanjado em ninharias que teriam sido muito preciosas para ela. A pobre Meg raramente reclamava, mas trazia consigo um sentimento de injustiça que às vezes a amargurava em relação a todos, pois ainda não havia aprendido o quão rica era das bênçãos que, por si mesmas, podem fazer a vida feliz.

Quanto a Jo, acontecera de atender bem às necessidades da tia March, que era manca e precisava de uma pessoa ativa para ajudá-la. A velha senhora sem filhos se ofereceu para adotar uma das meninas quando os problemas surgiram, e ficou muito ofendida quando sua oferta foi recusada. Amigos disseram aos March que assim perderiam toda a oportunidade de serem lembrados no testamento da rica senhora; os March, porém, com seu desprendimento, só responderam:

— Não seríamos capazes de abrir mão de nossas meninas nem por uma dúzia de fortunas. Ricos ou pobres, ficaremos juntos e seremos felizes entre nós.

A velha senhora não falou com eles por um tempo, mas, ao encontrar Jo na casa de uma amiga, alguma coisa em seu rosto cômico e na falta de modos tocou a imaginação da velha dama, e esta propôs tomá-la como acompanhante. A ocupação não combinava com Jo, mas ela aceitou o trabalho, já que nada melhor aparecia e, para surpresa de todos, se dava muito bem com a tia irascível. Havia explosões de mau humor ocasionais, e certa vez Jo marchou para casa declarando que não aguentava mais; mas a tia March sempre se acalmava rapidamente, e pedia que ela voltasse com tanta urgência que era impossível recusar, pois no fundo ela gostava da velha senhora geniosa.

Suspeito que a verdadeira atração era uma grande biblioteca de bons livros, legada ao pó e às aranhas desde a morte do tio March. Jo se lembrava do velho cavalheiro gentil, que costumava deixá-la construir estradas de ferro e pontes com seus grandes dicionários, contar histórias a partir de estranhas imagens em seus livros em latim e comprar biscoitos de gengibre sempre que a encontrasse na rua. A sala escura e empoeirada, com os bustos encimando as estantes altas, as poltronas aconchegantes, os globos e, o melhor de tudo, a imensidão de livros, por entre os quais podia desbravar onde quisesse, tornava a biblioteca um território de felicidade para ela. No momento em que a tia March tirava um cochilo, ou se ocupava de visitas, Jo corria para aquele lugar silencioso e, enrolando-se em si mesma sobre a poltrona, devorava poesia, romance, história, viagens e imagens como uma verdadeira ratinha de biblioteca. Mas, como toda felicidade, não durava muito; pois assim que ela chegava ao âmago da história, ao verso mais doce de uma canção, ou à mais perigosa aventura de seu viajante, uma voz estridente a chamava — "Josy-phine! Josy-phine!" — e ela era obrigada a deixar seu paraíso para imediatamente enrolar novelos, dar banho no poodle ou ler os *Ensaios* de Belsham ao seu lado.

A ambição de Jo era fazer algo muito esplêndido; o quê, ela não sabia ao certo, mas deixara ao tempo que este lhe dissesse. Enquanto isso, sua maior aflição estava no fato de que não podia ler, correr e cavalgar tanto quanto gostaria. De temperamento explosivo, língua afiada e espírito irrequieto, estava sempre envolvida em confusão, e sua vida era uma série de altos e baixos, tão cômicos quanto patéticos. Mas o treinamento que recebia na casa da tia March era exatamente do que precisava; e a ideia de que estava fazendo algo para se sustentar a deixava feliz, apesar do perpétuo "Josy-phine!".

Beth era muito tímida para ir à escola; haviam tentado, mas ela sofreu tanto que a família desistiu, e ela passou a estudar com o pai em casa. Mesmo quando ele partiu, e sua mãe foi chamada para votar sua habilidade e energia às Sociedades de Ajuda aos Soldados, Beth se dedicou fielmente e fez o melhor que pôde. Era uma criaturinha caseira e ajudava Hannah a manter a casa limpa e confortável para as trabalhadoras, nunca pensando em qualquer recompensa além de ser amada. Passava dias longos e tranquilos, nunca solitários, tampouco ociosos, pois o seu pequeno mundo era povoado de amigos imaginários, e ela era por natureza uma maquininha. Havia seis bonecas que ela precisava acordar e vestir todas as manhãs, pois Beth ainda era uma criança e amava seus brinquedos de estimação como nunca. Não havia uma inteira ou bonita entre elas, todas tinham sido abandonadas, até que Beth as acolhera; pois quando suas irmãs se desinteressaram desses ídolos eles lhe foram transmitidos, uma vez que Amy não teria nada velho ou feio. Beth as amava com ainda mais carinho por essa mesma razão e montou um hospital para bonecas doentes. Alfinetes jamais penetraram o algodão de seus órgãos vitais, nenhuma palavra dura ou golpe era dirigido a elas, e nenhuma negligência jamais entristecera o coração das mais repulsivas: todas eram alimentadas e vestidas, cuidadas e acariciadas com uma afeição infatigável. Um fragmento abandonado de "bonequidade" havia pertencido a Jo; e, tendo levado uma vida de intempéries, fora deixado em petição de miséria na caixa de retalhos, melancólico abrigo do qual foi resgatado por Beth e levado para o refúgio da menina. Desprovido de cocuruto na cabeça, recebeu um gorrinho; e, como já não dispunha de braços e pernas, teve as deficiências envoltas em um cobertor; por fim, sua invalidez crônica recebeu a melhor cama. Se soubessem dos cuidados dispensados àquela boneca, creio que teriam se comovido, mesmo rindo. Beth lhe trazia pedaços de buquês; lia para ela; levava-a para respirar ar puro, escondida sob seu casaco; cantava canções de ninar e nunca ia para a cama sem lhe beijar o rosto sujo e sussurrar ternamente:

— Espero que tenha uma boa noite, minha linda coitadinha.

Beth tinha suas tristezas, a exemplo das irmãs; e não sendo um anjo, mas uma garotinha muito humana, muitas vezes "chorava um chorinho", como Jo dizia, porque não podia ter aulas de música e um bom piano. Seu amor pela música era tão profundo, seus esforços para aprender eram tantos, e tão paciente era a sua prática sobre o velho instrumento, que parecia que alguém (não se pretende sugerir a tia March) acabaria por ajudá-la. Ninguém ajudou, no entanto, e ninguém via Beth enxugar as lágrimas que caíam, quando ela estava sozinha, nas teclas amareladas e jamais afinadas. Ao costurar, cantava como uma pequena cotovia, nunca estava cansada demais para tocar para sua Mami e as meninas, e dia após dia dizia esperançosa para si mesma:

— Sei que vou ter a minha música em algum momento, se eu for boa.

Há muitas Beths no mundo, tímidas e quietinhas, sentadas pelos cantos até serem chamadas e vivendo para os outros tão alegremente que não há quem lhes note os sacrifícios até que o grilinho na lareira para de cantar, e a doce presença do sol desaparece, deixando apenas silêncio e sombra em seu lugar.

Se alguém perguntasse a Amy qual era a maior provação de sua vida, ela teria respondido imediatamente: "Meu nariz". Quando era um bebê, Jo acidentalmente a deixara cair na lata de carvão, e Amy insistia que a queda arruinara seu nariz para sempre. Não era grande nem vermelho, como o da pobre Petrea; era apenas um tanto chato, e não havia beliscão no mundo capaz de lhe dar um toque aristocrático. Ninguém atentava a esse detalhe, exceto ela; e ele estava fazendo o melhor possível enquanto crescia, mas Amy sentia profundamente a falta de um nariz grego, e desenhou folhas inteiras deles para se consolar.

"O pequeno Rafael", como suas irmãs a chamavam, tinha inquestionável talento para o desenho e demonstrara rara felicidade copiando flores, imaginando fadas ou ilustrando histórias com particularíssimas amostras de arte. Seus professores queixavam-se de que, em vez de fazer as somas, ela cobria a lousa de animais, as páginas em branco do atlas eram usadas para copiar os mapas, e caricaturas das mais engraçadas e absurdas pululavam de todos os seus livros nos momentos mais inoportunos. Enfrentava as aulas da melhor forma que podia, e conseguia escapar das reprimendas como um modelo de comportamento. Era muito querida das amigas, graças ao bom humor e à feliz arte de agradar sem fazer esforço. Sua postura e delicadeza eram muito admiradas, assim como seus êxitos; pois, além de desenhar, conseguia tocar doze músicas ao piano, fazer crochê e ler francês sem errar a pronúncia de mais de dois terços das palavras. Tinha um modo melancólico de dizer "Quando papai era rico, fazíamos isso ou aquilo", o que era muito tocante, e suas palavras compridas eram consideradas "absolutamente elegantes" pelas garotas.

Amy estava no caminho certo para ser estragada: todos a paparicavam, e suas pequenas vaidades e egoísmos desenvolviam-se a olhos vistos. Uma coisa, no entanto, dava freio às vaidades: era obrigada a usar as roupas da prima. A mãe de Florence, no entanto, não dispunha de um mínimo de gosto; e Amy sofria profundamente por ter de vestir uma touca vermelha no lugar de uma azul, vestidos insossos e aventais espalhafatosos que não combinavam. Tudo era bom, bem-feito e pouco usado; mas os olhos artísticos de Amy eram muito atingidos, em particular neste inverno, quando o vestido da escola era de um roxo sem brilho com bolinhas amarelas e sem enfeites.

— Meu único conforto — confessou ela a Meg, com lágrimas nos olhos — é que a mamãe não sobe a bainha dos meus vestidos sempre que sou desobediente, como a mãe de Maria Parks. Meu Deus, é horrível, e às vezes ela se comporta tão mal que o vestido chega na altura dos joelhos, e ela não pode ir à escola. Quando penso nesse *degradamento*, sinto que consigo suportar até meu nariz achatado e o vestido roxo com aqueles bolsos amarelos.

Meg era a confidente e guia de Amy, e, por alguma estranha atração de opostos, Jo, a confidente e guia da gentil Beth. Só a Jo a criança tímida contava seus pensamentos; e inconscientemente Beth exercia mais influência sobre sua impetuosa irmã mais velha do que qualquer outra figura da família. As duas garotas mais velhas eram muito uma para a outra, mas cada uma colocava uma das irmãs mais novas sob seus cuidados e o fazia à sua própria maneira; elas chamavam isso de "brincar de mãe", e, com o instinto maternal de mulherzinhas, punham as irmãs no lugar das bonecas jogadas fora.

— Alguém tem alguma coisa para contar? O dia foi medonho, preciso muito de algum divertimento — perguntou Meg, quando se sentaram juntas naquela noite.

— Hoje tive um momento difícil com a tia March e, como acabei tirando proveito no final, vou contar a vocês — começou Jo,

que adorava contar histórias. — Estava lendo aquele eterno Belsham, arrastando a voz feito uma ladainha, como sempre faço, porque a tia logo cai no sono, então pego um bom livro e leio avidamente até ela acordar. O problema é que também fiquei com sono; e, antes que ela começasse a cochilar, bocejei com a boca tão aberta que ela me perguntou o que eu queria abrindo a boca daquele jeito, que parecia que ia engolir o livro inteiro. "Eu bem que queria conseguir acabar com isso", disse, tentando não ser atrevida. Então ela me passou um sermão sem fim sobre meus pecados, e me disse para sentar ali e pensar sobre eles enquanto ela "se ausentava" por um momento. Ela sempre demora um pouco para "retornar"; então no minuto em que a touca dela começou a balançar feito uma folha ao vento, tirei *O vigário de Wakefield* do bolso e comecei a ler, com um olho nele e outro na tia. Tinha acabado de chegar no ponto em que todos caem na água, quando me esqueci e ri alto. A tia despertou; e, mais bondosa depois do cochilo, pediu que eu lesse um pouco e mostrasse que obra ociosa eu preferia ao digno e instrutivo Belsham. Dei meu melhor, e ela gostou, apesar de só ter dito: "Não entendi do que se trata. Volte e recomece, menina". Eu voltei, e tentei tornar os Primrose tão interessantes quanto podia. A certa altura, fui maldosa e parei num momento de emoção. Eu disse para ela, com uma pitadinha de submissão: "Receio que isso esteja cansando a senhora. Não é melhor eu parar agora?". Ela pegou o tricô, que tinha deixado cair, me deu uma olhada bem cortante de trás dos óculos, e disse, com aquela grosseria dela: "Termine o capítulo, e não seja impertinente, senhorita".

— Ela admitiu que gostou? — perguntou Meg.

— Ah, claro que não! Mas deixou o velho Belsham lá descansando, e quando corri de volta atrás das minhas luvas esta tarde, lá estava ela, tão concentrada no *Vigário* que não me ouviu rir enquanto dançava uma jiga no corredor, por causa do bom tempo chegando. Que vida agradável ela poderia ter... bastava querer! Eu não a invejo muito, apesar de todo o dinheiro dela, porque no fim das contas os ricos têm tantas aflições quanto os pobres. É minha opinião — acrescentou Jo.

— Isso me lembra que tenho uma coisa para contar — manifestou-se Meg. — Não é engraçada como a história da Jo, mas pensei muito sobre isso quando vinha para casa. Hoje, na casa dos King, encontrei todo mundo numa correria só; e uma das crianças disse que o irmão mais velho tinha feito uma coisa horrível, e seu pai o mandara embora. Escutei a sra. King chorando e o sr. King falando muito alto, e Grace e Ellen viraram o rosto quando passaram por mim, para que eu não visse quão vermelhos e inchados estavam seus olhos. Não fiz perguntas, é claro, mas senti muito por eles e fiquei muito feliz por não ter nenhum irmão louco que fizesse coisas ruins e desgraçasse a família.

— Acho que estar desgraçado na escola é muito mais *desafiativo* do que qualquer coisa que um menino mau possa fazer — interveio Amy, balançando a cabeça, como quem tivesse uma profunda experiência da vida. — Susie Perkins foi para a escola hoje com um anel lindo de cornalina vermelha. Quis *muito* aquele anel, desejei ser a Susie com todas as minhas forças. Bom, ela fez um desenho do sr. Davis com um nariz monstruoso e uma corcunda e as palavras "Jovens senhoritas, estou de olho em vocês!" saindo de sua boca dentro de um balão. Nós estávamos rindo bastante disso quando, de repente, ele estava nos olhando e ordenou a Susie que levasse a lousa até ele. Ela ficou *paralítica* de medo, mas foi, e, ah!, o que vocês acham que ele fez? Pegou a Susie pela orelha... pela orelha! Imaginem como foi horrível!... E a levou para o tablado de recitação, e a fez ficar de pé por meia hora, segurando a lousa para que todo mundo visse.

— As garotas não riram do desenho? — perguntou Jo, que saboreou a confusão.

— Rir? Ninguém riu! Todo mundo ficou quietinho, quietinho, e Susie chorou em bicas, tenho certeza. Não tive inveja dela naquela hora, porque senti que nem um milhão de anéis de cornalina teriam me feito feliz depois daquilo. Nunca, mas nunca eu teria superado um martírio degradante daqueles — e Amy prosseguiu em sua costura, com a orgulhosa consciência da virtude e da pronúncia bem-sucedida e num só fôlego de duas palavras difíceis.

— Vi uma coisa de que gostei esta manhã. Quis contá-la no jantar, mas me esqueci — comentou Beth, colocando em ordem a bagunça da cesta de costura de Jo enquanto falava. — Quando fui buscar algumas ostras para Hannah, o sr. Laurence estava na peixaria, mas não me viu, porque fiquei atrás de um barril, e ele estava ocupado com o sr. Cutter, o peixeiro. Uma pobre mulher entrou com um balde e um esfregão e perguntou ao sr. Cutter se ele a deixaria fazer faxina em troca de um pouco de peixe, porque ela não tinha o que dar no jantar para os filhos e fora dispensada do trabalho que tinha para aquele dia. O sr. Cutter estava com pressa e disse "Não", um pouco irritado; ela estava indo embora, parecendo faminta e triste, quando o sr. Laurence fisgou um peixe grande com o gancho da bengala e o estendeu para ela. Ela ficou tão feliz e surpresa que abraçou o peixe e agradeceu sem parar. Ele lhe disse para "ir cozinhá-lo", e ela saiu correndo, muito feliz! Que bonito da parte dele, não? Ah, ela parecia tão engraçada abraçando aquele peixe enorme e escorregadio, e desejando que a cama do sr. Laurence no céu fosse "confortáver".

Quando já haviam rido da história de Beth, pediram a sua mãe que contasse uma, e ela, depois de pensar um instante, disse sobriamente:

— Eu estava costurando jaquetas de flanela azul hoje, na associação, e me senti muito angustiada com o pai de vocês e pensei como ficaríamos sozinhas e desamparadas se alguma coisa acontecesse com ele. Não era a coisa mais sensata a se fazer, mas continuei me preocupando, até que um senhor de idade entrou com um pedido de algumas peças. Ele se sentou perto de mim e comecei a conversar com ele, pois parecia pobre, cansado e aflito. "O senhor tem filhos no Exército?", perguntei, embora não tivesse feito o pedido para mim. "Sim, senhora. Tinha quatro, mas dois foram mortos, um é prisioneiro, e vou encontrar o outro, que está muito doente em um hospital em Washington", respondeu ele baixinho. "O senhor fez muito pelo seu país", eu disse a ele, sentindo respeito, em vez de pena. "Não fiz mais que o meu dever, minha senhora. Eu mesmo iria, se fosse de alguma utilidade. Como não sou, entreguei meus meninos, e entreguei-os sem pedir nada em troca." Falava com tanta alegria, parecia tão sincero e tão feliz em dar tudo que tinha, que tive vergonha de mim mesma. Eu dei um homem e achava que havia sido demais, enquanto ele tinha dado quatro, sem qualquer ressentimento; eu tenho todas as minhas filhas para me consolar em casa, e seu último filho o estava esperando, a quilômetros de distância, para talvez lhe dizer adeus! Senti-me tão rica, tão feliz, pensando nos meus tesouros, que lhe fiz um belo pacote, dei-lhe algum dinheiro e agradeci-lhe de todo coração pela lição que me havia ensinado.

— Conte outra história, mãe; uma com moral, feito essa. Gosto de pensar nelas depois, quando são reais e não parecem muito com sermão — disse Jo, após um minuto de silêncio.

A sra. March sorriu e começou imediatamente; pois havia contado histórias para esse pequeno público por muitos anos, e sabia como agradar.

— Era uma vez quatro meninas que tinham o bastante para comer, beber e vestir, além de muitos confortos e prazeres, amigos e pais adoráveis, que as amavam muito... mas mesmo assim elas não estavam contentes. — Aqui, as ouvintes furtivamente se entreolharam e começaram a costurar com aplicação. — Essas meninas queriam muito ser boas e tomaram muitas e ótimas resoluções, mas não as cumpriram muito bem e não paravam de dizer "Ah, se ao menos tivéssemos isso" ou "Ah, se pudéssemos fazer aquilo", esquecendo-se do quanto já tinham e quantas coisas realmente podiam fazer. Então elas perguntaram a uma velha que feitiço elas poderiam usar para se tornarem felizes, e a velha disse: "Quando vocês se sentirem infelizes, pensem em tudo com que foram abençoadas e sejam gratas".

Neste ponto, Jo levantou os olhos rapidamente, como se estivesse prestes a falar, mas mudou de ideia, pois a história ainda não havia terminado.

— Elas decidiram tentar seguir o conselho dela, e logo ficaram surpresas ao ver quão bem estavam. Uma descobriu que o dinheiro não podia manter a vergonha e a tristeza longe das casas dos ricos; outra, que, embora fosse pobre, era muito mais feliz com a juventude, a saúde e o bom humor do que certa senhora frágil e fraca que não podia desfrutar de seus confortos; uma terceira, que, por mais desagradável que fosse ajudar a ganhar o pão, era ainda mais difícil implorar por ele; e a quarta, que até os anéis de cornalina não eram tão valiosos quanto o bom comportamento. Assim, concordaram em parar de reclamar, em gozar das bênçãos que possuíam e em fazer por merecê-las, para que não lhes fossem tiradas, em vez de multiplicadas; e acredito que nunca se decepcionaram com o conselho da velha senhora, nem se arrependeram de segui-lo.

— Isso é muito esperto da sua parte, Mami, colocar nossas próprias histórias contra nós e nos dar um sermão em vez de um conto! — exclamou Meg.

— Gosto desse tipo de sermão. É do tipo que o papai costumava nos contar — lembrou Beth, pensativa, ajeitando as agulhas na almofadinha de Jo.

— Não reclamo tanto quanto as outras, e agora terei mais cuidado do que nunca, pois recebi um aviso com o castigo de Susie — disse Amy, em tom moral.

— Precisávamos dessa lição e não a esqueceremos. Se o fizermos, basta nos dizer, como a tia Chloe faz no *Pai Tomás*: "Pensa nas bençâo, misifia, pensa nas bençâo tuda!" — acrescentou Jo, que não podia, nem que lhe custasse a própria vida, deixar de tirar um pouco de diversão do sermãozinho, embora o levasse tão a sério quanto qualquer uma delas.

5. COMO BONS VIZINHOS

— CÉUS, O QUE VOCÊ vai fazer agora, Jo? — perguntou Meg numa tarde de neve, enquanto a irmã vinha marchando pelo corredor, calçando botas de borracha e capa e levando consigo um velho embornal, uma vassoura e uma pá.

— Sair para me exercitar — informou Jo com um brilho travesso nos olhos.

— Tenho para mim que duas longas caminhadas, esta manhã, teriam sido o bastante! Está frio e sem graça, e aconselho que fique perto do fogo, quente e seca, como eu — disse Meg com um arrepio.

— Nunca aceito conselhos! Não consigo ficar parada o dia inteiro. Também não sou uma gatinha para ficar cochilando do lado do fogo. Gosto de aventuras e vou encontrar uma.

Meg voltou a torrar os pés e a ler *Ivanhoé*, e Jo começou a cavar caminhos com muita energia. A neve estava leve e, com a vassoura, ela logo abriu um caminho ao redor do jardim para que Beth o usasse quando o sol saísse; as bonecas inválidas precisavam de ar. O jardim ficava entre a casa dos March e a casa dos Laurence, em um subúrbio da cidade, que ainda era rural, com bosques e gramados, grandes jardins e ruas tranquilas. Uma sebe baixa dividia as duas propriedades. De um lado, havia uma casa antiga marrom, parecendo vazia e descuidada, sem as trepadeiras que no verão lhe cobriam as paredes e as flores que então a rodeavam. Do outro, via-se um imponente casarão de pedra, que sugeria todo tipo de conforto e luxo, da grande cocheira e dos jardins bem cuidados até o jardim de inverno e os encantos que se vislumbravam por entre as ricas cortinas. No entanto, parecia uma casa solitária e sem vida, pois nenhuma criança fazia estrepolias no gramado, nenhum rosto maternal sorria pelas janelas e nem se via gente entrando e saindo, com exceção do velho cavalheiro e seu neto.

Para a viva imaginação de Jo, essa bela casa lembrava uma espécie de palácio encantado, cheio de esplendores e delícias de que ninguém desfrutava. Fazia tempo que ela desejava contemplar essas glórias ocultas e conhecer o menino Laurence, que parecia querer se fazer conhecer, mas não sabia como. Desde a festa, ela estava mais ansiosa do que nunca e planejara muitas maneiras de fazer amizade com ele; o menino, porém, não tinha sido visto ultimamente, e Jo começou a pensar que talvez tivesse partido, quando um dia avistou um rosto moreno em uma janela do andar de cima, olhando melancolicamente para o jardim delas, onde Beth e Amy faziam guerra de bolas de neve.

— Esse menino está louco para ter amigos e se divertir — ela dissera para si mesma. — O avô não sabe o que é bom para ele, e o deixa trancado sozinho. Ele precisa de um bando de meninos alegres para brincar, ou de alguém jovem e animado. Estou bem com vontade de ir lá e falar isso para o velho senhor!

A ideia divertiu Jo, que gostava de fazer coisas ousadas e sempre escandalizava Meg com suas atitudes extravagantes. O plano de "ir lá" não foi esquecido; e, quando a tarde de neve chegou, Jo decidiu tentar alguma coisa. Ela viu o sr. Laurence partir, e então saiu para abrir caminho até a sebe, onde parou e examinou. Tudo tranquilo: cortinas fechadas nas janelas mais baixas; os criados longe; e nada humano visível, a não ser uma cabeça preta e encaracolada apoiada sobre uma delicada mão na janela superior.

"Lá está ele", pensou Jo. "Pobre menino! Sozinho e doente neste dia triste. Que pena! Vou jogar uma bola de neve lá em cima, fazê-lo olhar aqui para fora e depois dizer uma palavra gentil para ele."

Ao alto um punhado de neve macia foi lançado, e a cabeça virou imediatamente, revelando um rosto que logo perdeu o olhar indiferente, os grandes olhos se iluminando e os lábios se abrindo num sorriso. Jo acenou com a cabeça em sua direção, riu e ergueu a vassoura ao se dirigir a ele:

— Como vai? Está doente?

Laurie abriu a janela e respondeu, rouco como um corvo:

— Estou melhor, obrigado por perguntar. Peguei um resfriado horrível, e estou trancado faz uma semana.

— Sinto muito. Com o que você se diverte?

— Com nada. Isso aqui é chato feito um túmulo.

— Você não lê?

— Não muito. Eles não deixam.

— Mas ninguém pode ler para você?

— O vovô lê às vezes, mas meus livros não interessam a ele, e odeio pedir a Brooke o tempo todo.

— Peça que alguém vá aí e leia para você, então.

— Não há ninguém que eu gostaria de ver. Garotos fazem baderna, e fico com dor de cabeça.

— Não tem alguma menina legal que pudesse ler e divertir você? As garotas são tranquilas e gostam de brincar de enfermeira.

— Não conheço nenhuma.

— Você me conhece — respondeu Jo, depois riu e parou.

— Então sim! Você vem? Por favor... — exclamou Laurie.

— Não sou calma e delicada, mas vou, se minha mãe deixar. Vou perguntar a ela. Agora seja um bom menino, feche a janela e espere eu chegar.

Com isso, Jo colocou a vassoura sobre o ombro e entrou em casa, imaginando o que todas diriam a ela. Laurie ficou um pouco alvoroçado com a ideia de ter companhia e correu para se arrumar, pois, como dizia a sra. March, era "um cavalheiro", e reverenciou a convidada penteando a cabeleira cacheada, pondo um colarinho limpo e tentando arrumar o cômodo, que, apesar da meia dúzia de criados, era tudo menos arrumado. Logo a sineta soou, em seguida uma voz decidida, que perguntava pelo "sr. Laurie", e uma criada surpresa veio às pressas anunciar uma jovem.

— Tudo bem, traga-a, é a srta. Jo — esclareceu Laurie, indo até a porta de sua salinha de estar para encontrar Jo, que parecia corada e gentil, com um prato coberto em uma das mãos e os três gatinhos de Beth na outra.

— Aqui estou, de mala e cuia — disse ela, ligeira. — Mamãe mandou saudações e está feliz de eu poder fazer qualquer coisa por você. Meg queria que eu trouxesse um pouco de seu manjar branco, que ela faz muito bem, e Beth achou que seus gatos poderiam confortá-lo. Eu sabia que você ia dar um berro quando os visse, mas não podia recusar, ela queria muito fazer alguma coisa.

Acontece que o curioso empréstimo de Beth foi perfeito; pois, ao rir dos gatinhos, Laurie esqueceu a timidez e ficou imediatamente sociável.

— Isso parece bonito demais para se comer — disse ele, sorrindo de prazer enquanto Jo descobria o prato e mostrava o manjar branco, cercado de uma guirlanda de folhas verdes, e as flores escarlate do gerânio de estimação de Amy.

— Não é nada. Apenas elas todas quiseram demonstrar a simpatia que sentem. Diga à criada para guardá-lo para o seu chá. É tão leve, você pode comê-lo; como é macio, vai descer por sua garganta sem machucá-la. Que salinha gostosa, essa!

— Poderia ser, se fosse mantida em ordem; mas as criadas são preguiçosas, e eu não sei como fazê-las dar atenção. Isso me preocupa.

— Eu ajeito em dois minutos. Só precisa escovar a lareira... e depois endireitar as coisas na prateleira... e colocar os livros aqui, e as garrafas ali... e tirar o sofá de perto do fogo, e afofar um pouco as almofadas. E pronto!

E de fato, pois enquanto ria e falava Jo colocava as coisas no lugar e dava um ar bastante diferente para a sala. Laurie a observava em respeitoso silêncio; e quando ela o convidou para o sofá, ele se sentou com um suspiro de satisfação, dizendo agradecido:

— Como você é gentil! Sim, era o que precisava. Agora, por favor, fique com a poltrona e permita-me fazer algo para divertir minha companhia.

— Não, eu é que vim para te divertir. Devo ler em voz alta? — E Jo olhou carinhosamente para alguns livros convidativos por perto.

— Obrigado, mas já li todos esses. Se você não se importar, prefiro conversar — respondeu Laurie.

— Claro que não. Sou capaz de falar o dia inteiro, se você deixar. Beth diz que nunca sei quando parar.

— Beth é a menina rosada, que fica bastante em casa e às vezes sai com uma cestinha? — perguntou Laurie com interesse.

— Sim, essa é Beth. É a minha menina, e é também muito boa.

— A bonita é a Meg, e a de cabelo encaracolado é a Amy, creio eu.

— Como você descobriu isso?

Laurie corou, mas respondeu francamente:

— Ora, sabe?, muitas vezes vejo vocês chamando uma a outra, e quando estou sozinho aqui não consigo deixar de olhar para sua casa, e vocês sempre parecem estar se dando muito bem. Peço mil desculpas por ser tão indiscreto, mas às vezes você se esquece de fechar a cortina na janela onde estão as flores; e, quando as lamparinas estão acesas, é como ver um quadro: o fogo, e vocês todas em torno da mesa e da sua mãe. O rosto dela fica bem de frente para mim, e parece tão amoroso por trás das flores que não consigo deixar de ficar admirando. Não tenho mãe. — E Laurie atiçou o fogo para esconder um pouco do tremor dos lábios que ele não conseguia controlar.

O olhar solitário e faminto de Laurie tocou diretamente o coração generoso de Jo. Tão singela fora sua educação que não havia malícia em seus pensamentos, e aos quinze anos era tão inocente e sincera quanto qualquer criança. Laurie estava doente e sozinho; e sentindo o quão rica era de amor e felicidade em seu lar, ela alegremente procurou compartilhá-los. Seu rosto moreno inspirava simpatia, e sua voz aguda se mostrou extraordinariamente carinhosa ao dizer:

— Nunca mais fecharemos aquela cortina, e lhe dou licença para olhar o quanto quiser. Só gostaria, no entanto, que, em vez de espiar você venha nos visitar. A mamãe é tão esplêndida que lhe faria bem à beça, e Beth cantaria para você se *eu* implorasse a ela, e Amy dançaria; Meg e eu o faríamos rir dos nossos talentos cômicos no palco, e teríamos momentos alegres. Seu avô não permitiria?

— Acho que sim, se sua mãe pedisse a ele. Ele é muito gentil, embora não pareça, e me deixa fazer o que quero. Apenas receia que eu seja um incômodo para estranhos — começou Laurie, cada vez mais alegre.

— Não somos estranhas, somos vizinhas; não faz sentido você pensar que nos incomodaria. *Queremos* conhecer você, e faz tempo que tenho tentado. Não estamos aqui há muito tempo, sabe?, mas conhecemos todos os nossos vizinhos, menos vocês.

— Veja, vovô vive entre os livros, e não se importa muito com o que acontece fora de casa. O sr. Brooke, meu preceptor, não mora aqui, você sabe, e não tenho com quem passear, então fico em casa e sigo como posso.

— Isso é ruim. Você precisa fazer um esforço e ir a tudo a que for convidado, e assim vai ter um monte de amigos e lugares agradáveis para ir. Não se importe com a timidez. Não vai durar muito se você fizer isso.

Laurie ficou vermelho de novo, mas não se sentiu ofendido por ser acusado de tímido, pois havia tanta bondade em Jo que era impossível não aceitar a sinceridade de suas palavras com a gentileza com que eram ditas.

— Você gosta da sua escola? — perguntou o menino, mudando de assunto, depois de uma pequena pausa, durante a qual ele fitou o fogo, e Jo olhou ao redor bem contente.

— Não vou à escola; sou um homem de negócios... quero dizer, uma menina de negócios. Cuido da minha tia, que é uma velha alma, uma alma boa e mal-humorada também — respondeu Jo.

Laurie abriu a boca para fazer outra pergunta, mas, lembrando-se a tempo de que não era educado fazer muitas perguntas sobre as pessoas, fechou-a de novo e aparentou algum desconforto. Jo gostava de sua boa educação, e não se importava em rir da tia March; assim, ofereceu a ele uma viva descrição da velha senhora inquieta, de seu poodle gordo, do papagaio que falava espanhol e da biblioteca, que Jo tanto prezava. Laurie gostou imensamente do que ouviu; e, quando ela contou sobre o velho cavalheiro empertigadíssimo que uma vez foi à casa da tia cortejá-la e, no meio das belas palavras que lhe dirigia, teve a peruca roubada por Polly, para seu desespero, o menino encostou-se no sofá e chorou de rir, e uma criada espiou dentro da sala para ver o que estava acontecendo.

— Nossa, isso me faz muito bem. Continue contando, por favor — disse ele, erguendo o rosto que estava afundado na almofada do sofá, vermelho e brilhando de felicidade.

Entusiasmada com o sucesso, Jo "continuou contando" tudo sobre as brincadeiras e os planos, seus e das irmãs, as esperanças e os medos que tinham em relação ao pai e os acontecimentos mais interessantes do pequeno mundo em que viviam. Em seguida, começaram a conversar sobre livros e, para deleite de Jo, ela descobriu que Laurie os amava tanto quanto ela e os lera até mais.

— Se você gosta tanto deles, desça e veja os nossos. O vovô está fora, então você não precisa ter medo — disse Laurie, levantando-se.

— Não tenho medo de nada — retrucou Jo, empinando a cabeça.

— Não penso que tenha, mesmo! — exclamou o menino, olhando para ela com muita admiração, embora pensasse, em seu íntimo, que ela teria boas razões para sentir um pouco de medo do velho cavalheiro, caso o encontrasse em alguns de seus maus humores.

Laurie abriu caminho de sala em sala, a casa toda numa temperatura de verão, permitindo que Jo parasse e examinasse o que quer que lhe agradasse. E assim finalmente chegaram à biblioteca, onde ela bateu palmas e saltitou, como sempre fazia quando estava especialmente encantada. Lá estavam os livros perfilados, e havia quadros e estátuas, e pequenos armários interessantes cheios de moedas e curiosidades, e poltronas confortáveis e estatuetas de bronze e mesas estranhas; e, o melhor de tudo, uma grande lareira aberta com belos azulejos ao redor.

— Que lindo! — suspirou Jo, afundando nas profundezas de uma poltrona de veludo e olhando ao redor com um ar de intensa satisfação. — Theodore Laurence, você tem tudo para ser o menino mais feliz do mundo — acrescentou ela, impressionada.

— Não se pode viver de livros — disse Laurie, balançando a cabeça enquanto se empoleirava em uma mesa oposta à poltrona.

Antes que dissesse mais, um sino tocou, e Jo se levantou num pulo, exclamando assustada:

— Meu Deus! É o seu avô!

— Bem, e se for? Você não tem medo de nada, não é? — retrucou o menino com um olhar travesso.

— Acho que estou com um pouco de medo dele, mas não sei por quê. Mami disse que eu poderia vir, e não acho que isso tenha feito mal a você — confessou Jo, recompondo-se, embora não tirasse os olhos da porta.

— Eu me sinto muito melhor por causa disso, e lhe sou muito grato. Só temo que você esteja muito cansada de falar comigo. Foi *tão* agradável, eu ia achar horrível parar — disse Laurie, agradecido.

— O médico deseja vê-lo, senhor. — E a empregada o chamou com um gesto, enquanto falava.

— Você se importaria se eu a deixasse por um minuto? Suponho que deva vê-lo — disse Laurie.

— Não se preocupe comigo. Estou muito, muito bem aqui — respondeu Jo.

Laurie deixou a sala, e sua visita divertiu-se à sua maneira. Ela estava de pé diante de um belo retrato do velho cavalheiro, quando a porta se abriu novamente e, sem se virar, ela disse com firmeza:

— Tenho certeza de que não deveria ter medo dele, pois tem olhos gentis, embora sua boca seja severa e ele pareça ter um gênio tremendo. Não é tão bonito quanto o *meu* avô, mas gosto dele.

— Obrigado, senhorita — disse uma voz áspera atrás dela, e ali, para a sua grande consternação, estava o velho sr. Laurence.

A pobre Jo corou até não conseguir ficar mais vermelha, e seu coração começou a bater desconfortavelmente rápido enquanto pensava no que dissera. Por um minuto, um desejo quase incontrolável de fugir a possuiu; mas isso era covardia, e as garotas ririam dela; então decidiu ficar e sair do embaraço como pôde. Um segundo olhar mostrou a ela que os olhos vivos sob as sobrancelhas espessas eram até mais gentis do que os da pintura, e havia uma luz astuta neles, o que diminuiu muito seu medo. A voz rouca mostrou-se rouca como nunca quando o velho cavalheiro disse abruptamente, depois da terrível pausa:

— Então não tem medo de mim, hein?

— Não muito, senhor.

— E não me acha tão bonito quanto seu avô?

— Não tanto, senhor.

— E tenho um gênio tremendo, não tenho?

— Só disse que era minha impressão.

— Mas gosta de mim apesar disso?

— Sim, senhor.

A resposta agradou o velho cavalheiro. Ele deu uma risada curta, apertou-lhe a mão e, colocando o dedo sob o queixo dela, levantou-lhe o rosto, examinou-o com seriedade e o deixou, dizendo com um aceno:

— Você tem o espírito de seu avô, ainda que não tenha seu rosto. Ele *foi* um bom homem, minha querida; mas, melhor do que isso, era um homem corajoso e honesto, e eu tinha orgulho de ser seu amigo.

— Obrigada, senhor. — E Jo ficou bastante à vontade depois disso, pois o comentário encaixava-se perfeitamente a ela.

— O que você tem feito com esse meu garoto, hein? — foi a pergunta seguinte, e brusca.

— Só tentando ser uma boa vizinha, senhor. — E Jo contou como se dera a visita.

— Acha que ele precisa de alguém para animá-lo um pouco?

— Sim, senhor, ele parece um pouco solitário, e a companhia de pessoas jovens talvez fizesse bem a ele. Somos apenas garotas, mas ficaremos felizes em ajudar, se pudermos, pois não nos esquecemos do esplêndido presente de Natal que o senhor nos enviou — disse Jo, ansiosamente.

— Tsc, tsc, tsc! Aquilo foi ideia do menino. Como está a pobre mulher?

— Está bem, senhor. — E assim Jo prosseguiu, falando muito depressa, contando tudo sobre os Hummel, pelos quais sua mãe havia despertado o interesse de amigos mais ricos do que ela e sua família.

— É bem o jeito do pai dela de fazer o bem. Farei uma visita a sua mãe um dia desses. Diga-lhe isso. Soou o sino do chá; tomamos mais cedo por causa do menino. Venha e continue agindo como uma boa vizinha.

— Se for do agrado do senhor.

— Se não fosse, não a convidaria. — E o sr. Laurence ofereceu-lhe o braço com uma cortesia antiquada.

"*O que* Meg acharia disso?", perguntou-se Jo, enquanto seguia para o chá e seus olhos dançavam divertidos ao se imaginar contando a história em casa.

— Ei! Ora, mas que diabo deu no amigo? — surpreendeu-se o velho cavalheiro, ao ver Laurie correndo escada abaixo e parar num sobressalto diante da espantosa imagem de Jo de braço dado com seu imponente avô.

— Não sabia que o senhor viria — começou ele, enquanto Jo lhe lançava um breve e triunfante olhar.

— Isso está mais do que claro, haja vista seus modos ao descer as escadas. Venha para o seu chá, senhor, e comporte-se como um cavalheiro.

E, depois de puxar o cabelo do menino à guisa de carinho, o sr. Laurence continuou andando, enquanto Laurie fazia uma série de movimentos cômicos às suas costas, o que quase provocou uma explosão de risadas em Jo.

O velho cavalheiro falou pouco enquanto tomava suas quatro xícaras de chá, mas observou os jovens, que logo conversavam como velhos amigos, e a mudança de postura do neto não lhe escapou. Havia cor, luz e vida no rosto do menino agora, vivacidade em seus modos e genuína alegria em seu riso.

"Ela tem razão, o rapaz *é* solitário. Vejamos o que essas garotinhas podem fazer por ele", pensou o sr. Laurence, enquanto observava e escutava. Jo o agradava, pois seus modos despachados e esquisitos combinavam com ele; e ela parecia entender o menino quase tão bem quanto se fosse ela própria um menino.

Se os Laurence fossem o que Jo chamava de "gente cheia de frufru", ela não teria ficado à vontade de forma alguma, pois tais pessoas sempre a deixavam tímida e sem jeito. Considerando-os, porém, acessíveis e tranquilos, também se comportou assim, e causou boa impressão. Quando eles se levantaram, ela indicou querer partir, mas Laurie disse que tinha algo mais a mostrar e levou-a ao jardim de inverno, que fora iluminado para a ocasião. Jo sentiu-se num mundo de fadas, indo de um lado para o outro pelos corredores, admirando as paredes floridas de ambos os lados — a luz suave, o ar úmido e doce, e as maravilhosas trepadeiras e árvores que pendiam sobre ela —, enquanto seu novo amigo colhia as mais belas flores, até que suas mãos se viram cheias delas; em seguida, amarrou-as em um buquê e disse, com o ar feliz que Jo gostava de ver:

— Por favor, entregue-as a sua mãe e diga que gostei muito do remédio que ela me mandou.

Encontraram o sr. Laurence de pé diante da lareira na grande sala de visitas, mas a atenção de Jo foi inteiramente absorvida por um piano que estava aberto.

— Você toca? — perguntou ela, virando-se para Laurie com uma expressão respeitosa.

— Às vezes — respondeu ele, modestamente.

— Toque agora, por favor. Quero ouvir para poder contar a Beth.

— Não quer tocar primeiro?

— Não sei tocar. Sou muito idiota para aprender, mas gosto muito de música.

Então Laurie tocou, e Jo ouviu, com o nariz luxuosamente enterrado em heliotrópios e rosas-chá. Seu respeito e consideração pelo "menino Laurence" aumentaram muito, pois ele tocava muito bem e não o ostentava. Ela desejou que Beth pudesse ouvi-lo, mas não o disse, apenas o elogiou até que ele ficou completamente envergonhado, e seu avô veio em seu socorro.

— Chega, chega, mocinha: tanto confete não lhe vai fazer bem. Ele até que se sai bem em música, mas espero que faça o mesmo em coisas mais importantes. Vai indo? Bem, agradeço muito sua visita e espero que volte. Meus cumprimentos para sua mãe. Boa noite, dra. Jo.

Apertou-lhe a mão gentilmente, mas parecia que algo não lhe agradava. Quando chegaram à entrada, Jo perguntou a Laurie se dissera alguma coisa errada. Ele balançou a cabeça.

— Não, fui eu. Ele não gosta de me ouvir tocar.

— Por que não?

— Um dia eu conto. John vai acompanhá-la até sua casa, já que eu não posso.

— Não há necessidade disso; não sou uma jovem dama, estou a um pulo de casa. Cuide-se, sim?

— Vou me cuidar, mas você virá de novo, espero?

— Se prometer nos visitar quando estiver bem.

— Prometo.

— Boa noite, Laurie!

— Boa noite, Jo, boa noite!

Depois que todas as aventuras da tarde foram contadas, a família sentiu-se inclinada a ir visitá-los em comitiva, pois todas encontravam algo de muito atraente no casarão do outro lado da sebe. A sra. March queria falar sobre seu pai, pois o velho não o havia esquecido; Meg estava louca para entrar no jardim de inverno; Beth suspirou pelo piano; e Amy estava ansiosa para ver as belas fotos e estátuas.

— Mãe, por que o sr. Laurence não gostou de ver Laurie tocando? — perguntou Jo, que era de índole questionadora.

— Não tenho certeza, mas acho que foi porque seu filho, o pai de Laurie, se casou com uma senhora italiana, uma musicista, o que desagradou o velho, que é muito orgulhoso. A senhora era boa e adorável e refinada, mas ele não gostava dela e nunca mais viu o filho depois que ele se casou. Eles dois morreram quando Laurie era criancinha, e então o avô o levou para casa. Imagino que o garoto, que nasceu na Itália, não seja muito forte, e o velho tenha medo de perdê-lo, o que o torna tão cuidadoso. Laurie adquiriu o amor pela música naturalmente, pois é como a mãe, e ouso dizer que o avô teme que ele queira ser músico; de qualquer forma, seu talento faz o avô lembrar-se da mulher de que ele não gostava, e por isso ele "ficou carrancudo", como disse a Jo.

— Meu Deus, que romântico! — exclamou Meg.

— Que besta! — disse Jo. — Que o deixe ser músico, se é o que ele quer, e não faça de sua vida um inferno enviando-o para a faculdade, pois ele detesta a ideia.

— É por isso que ele tem belos olhos negros e elegância. Os italianos são sempre bonitos — disse Meg, que era um pouco sentimental.

— O que você sabe sobre os olhos e a elegância dele? Você praticamente nunca conversou com ele — exclamou Jo, que *não* era sentimental.

— Eu o vi na festa, e o que você diz mostra que ele sabe como se comportar. Foi bonitinho o que ele disse sobre o remédio que a mamãe lhe enviou.

— Acho que estava falando do manjar.

— Como você é tonta, menina! Estava falando de você, é óbvio.

— É?

E Jo abriu os olhos como se aquilo nunca lhe tivesse ocorrido.

— Nunca vi uma garota assim! Não sabe reconhecer um elogio quando o recebe — disse Meg, com o ar de uma jovem que sabia tudo sobre o assunto.

— Acho que elogios são um grande absurdo, e eu agradeço se você puder não ser uma boba e estragar minha diversão. Laurie é um bom menino, gosto dele e não vou ficar toda sentimental por causa de elogios ou bobagens desse tipo. Todas vamos ser boas para ele porque ele não tem mãe, e ele *pode* vir nos ver, não pode, Mami?

— Sim, Jo, seu amiguinho é muito bem-vindo, e espero que Meg se lembre de que as crianças devem ser crianças o máximo que puderem.

— Não me considero criança e ainda não estou na minha adolescência — observou Amy. — E você, Beth?

— Estava pensando sobre o nosso *O peregrino* — respondeu Beth, que não tinha escutado uma palavra. — Sobre como saímos do Pântano e atravessamos o Portão Apertado quando resolvemos ser boas, e subimos a colina íngreme, ao tentar; e que talvez a casa ali, cheia de coisas esplêndidas, seja nosso Palácio da Beleza.

— Precisamos passar pelos leões primeiro — disse Jo, como quem gostasse da ideia.

6. BETH ENCONTRA O PALÁCIO DA BELEZA

O CASARÃO DE FATO provou-se um Palácio da Beleza, embora tenha levado algum tempo até todas elas o adentrarem, e embora Beth tenha achado muito difícil passar pelos leões. O velho sr. Laurence foi o maior deles, mas depois de ele as ter visitado, dito alguma coisa engraçada ou gentil para cada uma das meninas e conversado sobre os velhos tempos com a mãe, ninguém mais sentia muito medo dele, exceto a tímida Beth. O outro leão foi o fato de que elas eram pobres, e Laurie rico, pois isso as deixou acanhadas na hora de aceitar favores que não poderiam retribuir. Passado um tempo, porém, descobriram que ele as considerava as benfeitoras e não sabia mais como mostrar o quanto estava grato pela acolhida maternal da sra. March, pela alegre companhia das meninas e pelo aconchego que recebia naquele humilde lar. Assim, elas logo se esqueceram do orgulho e trocaram gentilezas, sem parar para pensar em quem tinha menos ou mais.

Aconteceram muitas coisas agradáveis naquela época, e de todo tipo, pois a nova amizade floresceu como a relva na primavera. Todas gostaram de Laurie, e ele confidenciou ao preceptor que “as March eram garotas de fato esplêndidas”. Com o delicioso entusiasmo da juventude, elas acolheram o menino solitário e o trataram com deferência, e ele encontrou algo muito encantador na companhia inocente daquelas moças de coração simples. Sem jamais ter sabido o que fosse mãe ou irmãs, ele rapidamente sentiu sua influência, e os modos ocupados e animados das meninas o deixaram envergonhado da vida indolente que levava. Estava cansado de livros, e agora achava as pessoas tão interessantes que o sr. Brooke foi obrigado a fazer relatórios muito insatisfatórios, pois Laurie estava sempre brincando e correndo para a casa das March.

— Não se preocupe, deixe que ele gazeteie e depois recupere o tempo perdido — sugeriu o velho cavalheiro. — Nossa boa vizinha diz que ele está estudando demais e precisa do convívio de jovens, de diversão e exercícios. Suspeito que esteja certa, e que eu esteja mimando o rapaz como se fosse sua avó. Que ele faça o que gosta, desde que fique feliz. Ele não incidirá no mal naquele pequeno convento, e a sra. March está fazendo mais por ele do que nós.

Que bons momentos eles viveram! Disso não resta dúvida. As peças de teatro e os *tableaux vivants*; os passeios de trenó e as brincadeiras sobre patins; as noites agradabilíssimas no velho salão; e, vez por outra, alegres festas no casarão. Meg podia caminhar pelo jardim de inverno sempre que quisesse e deleitar-se com buquês; Jo examinava vorazmente a nova biblioteca e agitava o velho cavalheiro com suas críticas; Amy copiava os retratos e desfrutava da beleza, até cansar; e Laurie fazia as vezes de senhor do casarão à maneira mais encantadora.

Mas Beth, apesar de desejar o piano, não reunia coragem para ir ao "Casarão da Glória", como Meg o chamava. Em uma ocasão ela foi com Jo, mas o velho cavalheiro, não estando ciente de sua vulnerabilidade, olhou para ela com tanta força sob as sobrancelhas pesadas e disse um "Olá!" tão alto que ela se assustou a ponto de "seus pés tremerem no chão", disse ela à mãe; e ela fugiu, declarando que nunca mais visitaria a casa, nem mesmo pelo desejado piano. Não havia argumento ou tentação que lhe superassem o medo, até que o fato chegou de forma misteriosa aos ouvidos do sr. Laurence, e ele começou a emendar as coisas. Durante uma das breves visitas que fazia, conduziu habilmente a conversa para a música e discorreu sobre os grandes cantores e cantoras que havia visto, os belos órgãos que ouvira, e contou casos tão encantadores que Beth achou impossível ficar em seu canto distante e, como que fascinada, aproximou-se mais e mais. Atrás do espaldar da cadeira ocupada pelo visitante ela parou para ouvir, com os olhos arregalados e as bochechas vermelhas de excitação diante de tão raras realizações. Sem dar mais atenção a ela do que a uma mosca, o sr. Laurence falou sobre as aulas e os professores de Laurie. E então, como se a ideia tivesse acabado de lhe ocorrer, disse à sra. March:

— Hoje o garoto negligencia a música, e fico grato em sabê-lo, pois estava gostando demasiado. Mas o piano sofre por falta de uso; será que suas meninas não gostariam de ir a nossa casa e praticar de vez em quando, só para mantê-lo afinado?

Beth deu um passo à frente e apertou as mãos com força, para não começar a bater palmas, o que era uma tentação irresistível; e a ideia de praticar naquele esplêndido instrumento quase lhe tirou o fôlego. Antes que a sra. March pudesse responder, o sr. Laurence continuou com um estranho aceno de cabeça e um sorriso:

— Elas não precisam ver ou falar com ninguém e podem ir a qualquer momento, pois fico trancado em meu gabinete do outro lado da casa, Laurie está quase sempre fora, e a criadagem nunca está perto da sala de visitas depois das nove horas.

Nesse momento ele se levantou como quem fosse partir, e Beth decidiu falar, pois, com as últimas palavras, tudo ficara perfeito.

— Por favor, diga isso às meninas, e se elas não quiserem ir, ora, não há problema — completou ele.

Foi então que uma pequena mão deslizou para dentro da dele, e Beth ergueu-lhe os olhos com um rosto cheio de gratidão, enquanto dizia, em seu tom sincero e tímido:

— Ah, senhor, elas querem. Elas querem muito!

— Você é a garota musical? — perguntou ele, sem qualquer "Olá!" assustador, mirando-a muito gentilmente.

— Sou Beth; adoro música, e eu vou, desde que o senhor garanta que ninguém vai me ouvir e que não vou perturbar — acrescentou ela, temendo ser rude, e tremendo ante sua própria ousadia ao falar.

— Nenhuma alma, minha querida. A casa fica vazia metade do dia; venha e toque o quanto quiser, ficarei grato.

— Como o senhor é gentil.

Beth corou como uma rosa sob o olhar amistoso do sr. Laurence, mas agora não estava assustada, e apertou reconhecida a mão grande, porque não tinha palavras para agradecer o precioso presente que ele lhe dera. O velho cavalheiro lhe afastou gentilmente o cabelo da testa e, curvando-se, beijou-a, dizendo num tom ouvido por poucas pessoas:

— Tive uma garotinha com olhos como os seus. Deus a abençoe, minha querida; tenha um bom dia, minha senhora.

E foi embora, com muita pressa.

Beth teve um momento de êxtase ao lado da mãe e em seguida correu para dar a gloriosa notícia à sua família de inválidas, pois as meninas não estavam em casa. Com que alegria ela cantou naquela noite! E como as meninas riram, porque Amy acordou à noite com Beth tocando piano em seu rosto... No dia

seguinte, depois de ver o velho e o jovem cavalheiro fora de casa — e não sem dois ou três recuos —, Beth entrou pela porta lateral e caminhou, tão silenciosamente quanto um ratinho, até a sala de visitas, onde seu ídolo estava. Era por acaso, é claro, que se encontrava sobre o piano a partitura de uma música bonita e fácil, e, com dedos trêmulos e frequentes interrupções para ouvir e olhar ao redor, Beth finalmente tocou naquele soberbo instrumento e de pronto esqueceu seu medo, ela própria e tudo mais, exceto o prazer indescritível que a música lhe proporcionava, pois era como a voz de um amigo amado.

Ali ela ficou até que Hannah veio buscá-la para jantar, mas ela não tinha fome. Só conseguiu permanecer ali sentada sorrindo para todas em um estado geral de beatitude.

Depois disso, o capuzinho marrom ladeou a sebe quase diariamente, e a grande sala de visitas era assombrada por um espírito melodioso que ia e vinha sem que o vissem. Ela nunca soube que o sr. Laurence abria a porta do escritório para ouvir as canções antigas de que gostava, tampouco que Laurie montava guarda no corredor para pedir que a criadagem ficasse longe da sala. Também jamais suspeitou que os livros de exercício e as novas partituras que encontrava na estante eram ali colocados para seu especial proveito; e quando ele conversava com ela sobre música em casa, Beth só pensava em como ele era gentil ao falar de coisas que a ajudavam tanto. Assim, ela se divertiu muitíssimo, e descobriu, o que nem sempre é o caso, que o desejo concedido era tudo que havia esperado. Talvez fosse por estar tão agradecida por essa bênção que recebeu outra maior. De qualquer forma, ela merecia as duas.

— Mamãe, vou costurar um par de pantufas para o sr. Laurence. Ele é tão gentil comigo, preciso agradecer, e não conheço outra maneira. Posso? — perguntou Beth, algumas semanas depois daquela visita memorável dele.

— Sim, querida. Ele vai ficar feliz, e é um bom jeito de agradecer. As garotas vão ajudá-la com as pantufas, e eu pago pelo sapateiro — respondeu a sra. March, que sentia especial prazer em satisfazer um pedido de Beth, porque ela raramente pedia algo para si.

Depois de muitos e sérios debates com Meg e Jo, um padrão de tecido foi escolhido, os materiais comprados, e as pantufas foram iniciadas. Um buquê de amores-perfeitos, sério porém feliz, sobre um fundo púrpura mais vivo, foi considerado muito apropriado e bonito, e Beth trabalhou dia e noite, com pausas vez por outra em partes mais difíceis. Era uma costureirazinha de mão cheia, e as pantufas ficaram prontas antes que qualquer uma delas se cansasse. Então escreveu um bilhete simples e curto, e, com a ajuda de Laurie, levou-as furtivamente à escrivaninha do velho cavalheiro, numa manhã, antes que ele acordasse.

Quando toda a agitação acabou, Beth esperou para ver o que aconteceria. O dia inteiro passou e parte do seguinte, antes que qualquer reconhecimento chegasse, e ela começava a temer que tivesse ofendido seu amigo irascível. Na tarde do segundo dia, ela saiu para resolver uma questão doméstica e levou a pobre Joanna, sua boneca inválida, para o exercício diário. Enquanto subia a rua, ao retornar, viu três — não, quatro — cabeças surgindo e sumindo nas janelas da sala; e várias mãos acenaram quando a viram, e várias vozes alegres gritaram:

— Chegou uma carta do velho cavalheiro! Venha depressa e leia!

— Oh, Beth, ele mandou para você... — começou Amy, gesticulando com indecorosa energia, porém não pôde terminar, pois Jo a interrompeu batendo a janela.

Beth se apressou, palpitando em suspense. Na porta, as irmãs a agarraram e levaram à sala de estar em uma procissão triunfal, todas apontando e dizendo ao mesmo tempo:

— Olhe lá! Olhe lá!

Beth olhou e empalideceu de prazer e surpresa, pois lá estava um pianinho de armário, com uma carta sobre a tampa lustrosa do teclado, endereçada, como um letreiro, para a "srta. Elizabeth March".

— Para mim? — ofegou Beth, segurando-se em Jo como se estivesse prestes a cair, tão imenso era o que tinha diante de si.

— Sim, tudo para você, minha linda! Não é esplêndido da parte dele? Você não acha que ele é o senhor mais adorável do mundo? Aqui na carta está a chave. Não abrimos, mas estamos morrendo de curiosidade para saber o que ele diz — exclamou Jo, abraçando a irmã e estendendo-lhe o bilhete.

— Leia você! Não consigo, estou me sentindo muito esquisita! Oh, é lindo demais! — E Beth escondeu o rosto no avental de Jo, bastante perturbada com o presente.

Jo abriu o papel e começou a rir, pois as primeiras palavras que viu foram:

Srta. March:

Cara madame...

— Soa tão bonito! Queria que alguém me escrevesse assim! — disse Amy, que achou o endereçamento antiquado muito elegante.

E Jo prosseguiu:

> Tive muitos pares de pantufas na vida, mas nunca um que me servisse tão bem quanto o seu. O amor-perfeito é minha flor favorita, e estas sempre me lembrarão da gentil remetente. Gosto de pagar minhas dívidas, então sei que você vai permitir que "o velho cavalheiro" lhe envie algo que pertenceu à netinha que ele perdeu.
> Com sinceros agradecimentos e votos de felicidades,
>
> Seu grato amigo e humilde servo,
>
> James Laurence

— Pois bem, Beth, isso é uma deferência da qual você deve se orgulhar, tenho certeza! Laurie me contou o quanto o sr. Laurence gostava da menininha que morreu e do cuidado que dedicou às coisas dela. Pense bem: ele lhe deu de presente o piano dela. É o que dá ter olhos azuis e gostar de música — disse Jo, tentando acalmar Beth, que tremia e parecia mais agitada do que nunca.

— Veja só esses suportes para as velas, essa seda verde pregueada, tão bonita, com essa rosa dourada no meio, e a estante e a banqueta… é lindo e é completo — acrescentou Meg, abrindo o instrumento e exibindo suas belezas.

— "Seu humilde servo, James Laurence." Imagine: ele escreveu isso para você. As meninas na escola vão morrer quando eu contar para elas — disse Amy, muito impressionada com a carta.

— Experimenta ele, querida. Vamos ouvir o som do pianinho-bebê — disse Hannah, que sempre participava das alegrias e tristezas da família.

Beth, então, tocou, e todas declararam aquele o mais incrível piano já ouvido. Ele tinha sido afinado, é claro, e deixado arrumadinho, mas, ainda que perfeito, creio que o verdadeiro encanto estava no mais feliz dos rostos felizes que se inclinavam sobre ele enquanto Beth carinhosamente tocava as belas teclas pretas e brancas e apertava os pedais brilhantes.

— Você vai ter que ir lá agradecer — comentou Jo, em tom de brincadeira, pois a ideia de que a menina realmente fosse não passava por sua cabeça.

— Sim, quero agradecer. Acho que vou agora, antes que fique com medo de pensar nisso.

E, para a absoluta surpresa da família reunida, Beth caminhou deliberadamente pelo jardim, atravessou a sebe e a porta dos Laurence.

— Juro que isso foi a coisa mais esquisita que já vi aqui! O pianinho mudou a cabeça da menina; ela nunca que teria ido lá de juízo perfeito — exclamou Hannah, olhando na sua direção, enquanto as meninas se viram sem palavras diante do milagre.

Elas ficariam ainda mais surpresas se tivessem visto o que Beth fez depois. Acreditem em mim: ela chegou à porta do gabinete e bateu, antes que tivesse tempo de pensar, e quando uma voz rouca gritou "Entre!" ela entrou, foi até o sr. Laurence, que parecia bastante surpreso, e estendeu-lhe a mão, dizendo, apenas com um ligeiro tremor na voz:

— Vim agradecer, senhor, por...

Porém ela não terminou, pois ele parecia tão simpático que ela esqueceu o discurso que tinha ensaiado; e, lembrando-se apenas de que ele havia perdido a menininha que amava, colocou os braços em torno de seu pescoço e o beijou.

Se o telhado da casa tivesse subitamente ido aos céus, o velho cavalheiro não teria ficado mais surpreso; mas ele gostou disso — ah, e como! Gostou imensamente! E ficou tão comovido e contente com aquele beijinho confiante que toda a sua dureza se desmanchou, e ele simplesmente a colocou sobre o joelho e encostou a bochecha enrugada contra a bochecha rosada da menina — e era como se tivesse sua própria netinha de volta. A partir desse momento Beth deixou de sentir medo dele, e permaneceu ali conversando tão à vontade como se o tivesse conhecido por toda a vida; pois o amor expulsa o medo, e a gratidão é capaz de subjugar o orgulho. Quando ela foi para casa, ele caminhou junto até seu portão, apertou-lhe a mão cordialmente e tocou o chapéu enquanto se punha a caminhar de volta, parecendo muito imponente e ereto, como o belo cavalheiro — elegante como um soldado — que era.

Quando as garotas viram a cena, Jo pôs-se a dançar de satisfação, Amy quase caiu da janela em sua surpresa, e Meg exclamou, com as mãos erguidas:

— Mas só pode ser o fim do mundo!

7. AMY E O VALE DA HUMILHAÇÃO

— AQUELE MENINO É um perfeito ciclope, não é? — disse Amy, um dia, enquanto Laurie passava a cavalo, com o chicote em riste.

— Como você ousa dizer isso, quando ele tem os dois olhos? E, aliás, muito bonitos — exclamou Jo, que se ressentia de qualquer comentário depreciativo sobre seu amigo.

— Não disse nada sobre os olhos dele, e não vejo por que você precisa se inflamar, quando admiro o modo como ele cavalga.

— Ai, meu Deus! A bobinha quer dizer centauro e o chama de ciclope — exclamou Jo, com uma gargalhada.

— Não precisa ser tão dura, só foi um "colapso de linguagem", como diz o sr. Davis — retrucou Amy. — Só queria ter um pouco do dinheiro que Laurie gasta naquele cavalo — acrescentou ela, como que para si mesma, mas esperando que suas irmãs ouvissem.

— Por quê? — perguntou Meg, amavelmente, porque Jo havia saído, rindo do segundo erro de Amy.

— Preciso muito. Estou terrivelmente endividada, e este não é meu mês de ficar com o dinheiro dos retalhos.

— Endividada, Amy? O que você quer dizer? — Meg perguntou, fazendo-se muito séria.

— Devo pelo menos uma dúzia de limões em conserva e não posso retribuí-los até ter dinheiro, porque a mamãe me proibiu de comprar fiado na loja.

— Conte-me tudo. Os limões estão na moda? A moda costumava ser picar pedaços de borracha para fazer bola. — E Meg tentou não rir, pois Amy parecia muito séria e preocupada:

— Veja, as meninas compram sempre, e a menos que você queira que ninguém goste de você, também precisa comprar. Todo mundo só quer limão. Todo mundo chupa limão na sala de aula e troca por lápis, anéis, bonecas de papel, ou qualquer outra coisa, no recreio. Se uma menina gosta de outra, ela dá um limão de presente. Se está brava com uma menina, come um na cara dela e não oferece nem um pouco. Cada menina tem sua vez, e já ganhei muitos limões, mas nunca dei, e eu precisava. É dívida de honra, sabe?

— De quanto você precisa para recuperar seu crédito? — perguntou Meg, pegando sua bolsa.

— Vinte e cinco centavos seria mais do que o suficiente, e ainda sobrariam alguns para dar de presente para você. Você não gosta de limão?

— Não muito. Pode ficar com a minha parte. Aqui está o dinheiro. Faça durar o máximo que puder, porque não é muito, você sabe.

— Ai, obrigada! Deve ser tão bom ter dinheiro no bolso! Vou fazer a festa, porque ainda não comi um limão esta semana. Fiquei sem graça de pegar na escola, porque não ia conseguir dar de volta, e estou doida por um.

No dia seguinte, Amy chegou um tanto atrasada à escola, mas não pôde resistir à tentação de exibir, com orgulho perdoável, um pacote úmido de papel pardo, antes de confiá-lo aos recessos mais íntimos de sua carteira. Durante os poucos minutos seguintes, o rumor de que Amy March tinha vinte e quatro limões deliciosos (ela comera um a caminho) e ia presenteá-las circulou por sua "roda" e chamou muito a atenção de suas amigas. Katy Brown imediatamente a convidou para sua próxima festa. Mary Kingsley fez questão de lhe emprestar o relógio até o recreio, e Jenny Snow, uma menina de verve satírica que zombara de forma vil de Amy por sua total carência de limões, prontamente hasteou a bandeira branca e se ofereceu para fornecer respostas a algumas somas absolutamente terríveis. Mas Amy não esquecera os comentários ferinos da srta. Snow sobre "certas pessoas cujos narizes chatos não as impedem de sentir o cheiro do limão das outras, e gente metida a besta que esquece o orgulho na hora de pedir", e instantaneamente esmagou as esperanças "daquela menina Snow" com um recadinho arrasador: "Não precisa ficar toda boazinha agora, porque não vai ganhar nenhum".

Uma ilustre personagem visitou a escola naquela manhã, e os mapas belamente desenhados de Amy receberam elogios, honra que gerou enorme dor de cotovelo na alma da srta. Snow, fazendo com que a srta. March assumisse os ares de um pavãozinho estudioso. Mas, ai! Quem não olha para baixo acaba tropeçando, e a vingativa Snow virou o jogo com um sucesso catastrófico. Assim que o convidado fez elogios protocolares e, com um meneio, deixou a sala, Jenny, sob o pretexto de fazer uma pergunta importante, informou ao sr. Davis que Amy March tinha limões em conserva em sua carteira.

Ora, o sr. Davis declarara os limões um artigo ilegal e jurara solenemente usar da palmatória, e em público, na primeira pessoa que encontrasse infringindo a lei. Esse homem muito tenaz já conseguira banir a goma de mascar, após longa e tempestuosa guerra, fizera uma fogueira dos romances e jornais confiscados, suprimira o correio privado, proibira as caretas, os apelidos e as caricaturas e fizera tudo que estivesse ao alcance de um homem para manter meia centena de meninas rebeldes em ordem. Os meninos têm testado deveras a paciência humana, isto todos sabemos, mas as meninas o fazem infinitamente mais, em especial no que toca a cavalheiros nervosos de temperamento tirânico e sem mais talento para ensinar do que o dr. Blimber. O sr. Davis sabia alguma coisa de grego e latim, de álgebra e das "logias", e por isso era chamado de bom professor; e as boas maneiras, a moral, os sentimentos e os exemplos não eram considerados de qualquer importância particular. Era um momento muito infeliz para denunciar Amy, e Jenny sabia disso. Estava evidente que o café do sr. Davis tinha ficado muito forte naquela manhã; havia um vento do leste, que sempre afetava sua nevralgia; e suas alunas não tinham lhe concedido o crédito que ele achava que merecia; portanto, para usar a linguagem expressiva, se não elegante, de uma aluna: "Ele estava nervoso feito uma bruxa e zangado feito um urso". A palavra "limão" foi como uma faísca em um rastilho de pólvora; seu rosto amarelo corou; e ele bateu em sua mesa com uma energia que fez Jenny pular para sua carteira com uma rapidez incomum.

— Quero a atenção das senhoritas, por favor!

Na ordem severa, o burburinho cessou, e cinquenta pares de olhos azuis, pretos, cinzentos e castanhos obedientemente se fixaram em seu rosto terrível.

— Srta. March, venha à mesa.

Amy levantou-se para obedecer-lhe, aparentando calma mas com um medo secreto que a oprimia, pois os limões pesavam em sua consciência.

— Traga com você os limões que tem em sua carteira — foi a ordem inesperada que a travou antes que deixasse seu lugar.

— Não leve tudo — sussurrou a vizinha, uma jovem dama de grande presença de espírito.

Amy apressadamente tirou meia dúzia do pacote e colocou o resto diante do sr. Davis, sentindo que qualquer homem de coração humano cederia quando aquele perfume delicioso lhe encontrasse o nariz. Por infelicidade, o sr. Davis particularmente detestou o odor da conserva da moda, e o nojo aumentou sua ira.

— Isso é tudo?

— N-n-não — gaguejou Amy.

— Traga o resto imediatamente.

Com um olhar desesperado para o grupo, ela obedeceu.

— Tem certeza de que não há mais?

— Nunca minto, senhor.

— Pois eu vejo. Agora pegue essas coisas repugnantes, de duas em duas, e jogue-as pela janela.

Houve um suspiro coletivo, o que gerou uma pequena rajada de vento, quando a última esperança fugiu e a guloseima foi arrebatada dos lábios desejosos. Vermelha de vergonha e raiva, Amy foi de um lado para o outro doze terríveis vezes; e, quando cada casal condenado — parecendo, oh... tão gordinho e suculento — caía de suas mãos relutantes, um grito vindo da rua completava a angústia das meninas, pois lhes dizia que seu banquete estava sendo celebrado pelas crianças irlandesas, suas inimigas declaradas. Aquilo — aquilo foi a gota d'água. Todas lançaram olhares de indignação ou apelo para o inexorável sr. Davis, e uma apaixonada amante dos limões começou a chorar.

Quando Amy retornou de sua última viagem, o sr. Davis soltou um imponente "Aham!" e disse, à sua maneira tão marcante:

— Senhoritas, lembrem-se do que lhes disse há uma semana. Sinto muito que isso tenha acontecido, mas jamais permito que minhas regras sejam violadas, e *nunca* falto com a minha palavra. Srta. March, estenda a mão.

Amy se assustou, levou as duas mãos para trás e voltou-se para ele com um olhar de súplica que implorava por ela melhor que as palavras que não conseguia pronunciar. Era uma favorita do "velho Davis", como, obviamente, ele era chamado, e tenho para mim que ele *teria* faltado com sua palavra se uma jovem descontrolada não tivesse deixado sua indignação escapar num sussurro. Aquele cicio, ainda que fraco, irritou o irascível cavalheiro e selou o destino da culpada:

— Sua mão, srta. March!

Foi a única resposta que o apelo mudo de Amy recebeu, e, orgulhosa demais para chorar ou suplicar, ela travou os dentes, lançou a cabeça para trás num gesto desafiador e suportou sem vacilar os vários golpes que lhe formigaram a palminha da mão. Não foram muitos, nem fortes, mas isso não fazia diferença para ela. Apanhava pela primeira vez na vida, e a desgraça, a seus olhos, era tão profunda quanto se ele a tivesse derrubado com um soco.

— Você vai ficar no estrado até o intervalo — disse Davis, decidido a ir até o fim, uma vez que começara.

Isso foi terrível. Já teria sido muito ruim retornar a seu lugar e ver a pena nos rostos de suas amigas e a satisfação no de suas poucas inimigas; mas encarar toda a escola, com aquela vergonha recentíssima sobre si, pareceu-lhe impossível, e por um segundo ela sentiu que não conseguiria nada além de cair ali onde estava e se acabar de chorar. Um doloroso sentimento de injustiça e a lembrança de Jenny Snow ajudaram-na a suportar; e, colocando-se no ignominioso lugar, fixou os olhos na chaminé do aquecedor acima do que então lhe parecia um mar de rostos, e ali ficou, tão imóvel e lívida que as meninas acharam muito difícil estudar, com aquela figurinha de dor e sofrimento diante delas.

Durante os quinze minutos que se seguiram, a menininha orgulhosa e sensível sofreu uma vergonha de que nunca mais se esqueceu. Para alguns, pode parecer um assunto ridículo ou trivial, mas para ela foi uma experiência difícil, pois durante os doze anos de sua vida ela fora governada unicamente pelo amor, e um golpe daquele gênero nunca a tocara antes. A mão dormente e o coração apertado foram esquecidos no aguilhão do pensamento: "Terei que contar em casa, e elas ficarão muito decepcionadas comigo!".

Os quinze minutos pareceram uma hora, mas finalmente chegaram ao fim, e a palavra "Intervalo!" nunca lhe tinha parecido tão bem-vinda.

— Pode ir, srta. March — disse o sr. Davis, parecendo tão desconfortável quanto se sentia.

Ele demorou a esquecer o olhar reprovador que Amy lhe lançou ao sair dali diretamente para a antessala sem dizer uma palavra a ninguém, recolher suas coisas e deixar o local "para sempre", como apaixonadamente declarou a si mesma. Estava num péssimo estado ao entrar em casa, e quando as meninas mais velhas chegaram, algum tempo depois, formou-se prontamente um círculo de indignação. A sra. March não disse muita coisa, apenas pareceu perturbada e consolou a filhinha aflita à sua maneira mais terna. Meg banhou a mão insultada com glicerina e lágrimas, Beth sentiu que mesmo seus amados gatinhos fracassariam como bálsamo de aflições como aquela, Jo exigiu irritadíssima que Davis fosse preso imediatamente e Hannah ergueu o punho contra o "vilão" e amassou as batatas para o jantar como se ele estivesse sob o pilão.

Ninguém notou a fuga de Amy, exceto suas companheiras, mas as *demoiselles* de olhos vivos perceberam que o sr. Davis estava muito bonzinho à tarde e também extraordinariamente nervoso. Pouco antes de a escola fechar, Jo apareceu com uma expressão sombria, aproximou-se da mesa como quem mirasse uma presa e entregou ao professor uma carta da mãe, recolhendo em seguida os pertences de Amy e partindo, não sem antes raspar cuidadosamente a lama das botas no tapete da porta, como se quisesse tirar da sola de seus pés a poeira daquele lugar.

— Sim, você pode tirar férias da escola, mas quero que estude um pouco todos os dias com Beth — disse a sra. March, naquela noite. — Não aprovo o castigo corporal, especialmente para meninas. Não gosto da maneira de ensinar do sr. Davis e não acho que as garotas com quem você está se relacionando estejam lhe fazendo bem, então vou pedir o conselho do seu pai antes de a mandar para qualquer outro lugar.

— Que bom! Queria que todas as meninas fossem embora, e a escola dele acabasse. É uma loucura pensar naqueles limões deliciosos — suspirou Amy, com o ar de um mártir.

— Não lamento que você os tenha perdido, pois você não seguiu as regras e merecia alguma punição por desobediência — foi a resposta severa, uma decepção para a jovem, que esperava nada além de compaixão.

— Você quer dizer que está feliz por eu ter sido humilhada diante de toda a escola? — exclamou Amy.

— Eu não teria escolhido essa maneira de corrigir um erro — respondeu a mãe —, mas não estou certa de que ela não lhe faça mais bem do que uma alternativa mais leve. Você anda muito convencida e presunçosa, meu amor, e é hora de corrigir isso. Você tem muitos pequenos dons e virtudes, mas não há a menor necessidade de exibi-los, pois a presunção estraga o melhor gênio. Não há perigo de o verdadeiro talento ou bondade ser ignorado por muito tempo; e, mesmo que seja, a consciência de possuí-lo e usá-lo bem deve satisfazer quem o tem. O grande encanto de todo poder é a modéstia.

— É mesmo! — gritou Laurie, que estava jogando xadrez em um canto com Jo. — Conheci uma menina, uma vez, que tinha um talento realmente impressionante para a música, mas ela não sabia; ela nunca percebeu que as coisas que compunha quando estava sozinha eram pequenas maravilhas, e não teria acreditado se alguém tivesse dito a ela.

— Gostaria de ter conhecido essa menina. Talvez ela tivesse me ajudado, sou tão burra — disse Beth, que estava ao lado dele, ouvindo ansiosamente.

— Você a conhece, e ela ajuda você mais do que qualquer outra pessoa — respondeu Laurie, olhando para ela com um brilho tão arteiro em seus alegres olhos negros que Beth de repente ficou muito vermelha e escondeu o rosto na almofada do sofá, bastante tocada pela descoberta inesperada.

Jo deixou Laurie ganhar a partida, em troca do elogio a Beth, que não pôde ser convencida a tocar para eles depois dos enaltecimentos. Assim, Laurie deu o melhor de si e cantou lindamente, mostrando-se particularmente animado, pois era raro ele exibir o lado melancólico de seu caráter para as March. Quando ele se foi, Amy, que permanecera pensativa a noite toda, disse de repente, como se estivesse ocupada com alguma ideia nova:

— Laurie é um menino talentoso?

— Sim, ele teve uma excelente educação e tem muito talento; será um ótimo homem, se não for mimado — respondeu a mãe.

— E ele não é convencido, é? — perguntou Amy.

— Nem um pouco. É por isso que é tão encantador e todas nós gostamos muito dele.

— Entendi. É bom realizar coisas e ser elegante, mas não se mostrar ou ficar convencida — compreendeu Amy, pensativa.

— Essas coisas são sempre vistas e sentidas nos modos de uma pessoa e em como ela fala, se usadas modestamente; mas não é necessário exibi-las — arrematou a sra. March.

— Assim como não é apropriado usar todas as toucas e vestidos e fitas ao mesmo tempo para que as pessoas saibam que você os tem — acrescentou Jo, e a conversa terminou em uma risada.

8. O ENCONTRO DE JO COM APOLIÃO

— MENINAS, AONDE VOCÊS VÃO? — perguntou Amy, ao entrar no quarto delas numa tarde de sábado e encontrá-las se arrumando para sair com um ar de sigilo que despertou sua curiosidade.

— Não interessa. Menininhas não devem ficar fazendo perguntas — retrucou Jo, bruscamente.

Se existe algo que nos magoa quando somos novos é ouvir que somos novos; e pedirem-nos "cai fora, querida" é ainda mais doloroso. Amy sentiu-se ofendidíssima com o insulto e decidiu descobrir o segredo, mesmo que para isso tivesse de provocá-las por uma hora. Virando-se para Meg, que nunca lhe recusava nada por muito tempo, disse, persuasiva:

— Ah, conta! E me deixa ir também. Beth está brincando com as bonecas, e não tenho nada para fazer, e estou *tão* solitária...

— Não posso, querida. Você não foi convidada — começou Meg, quando Jo a interrompeu impaciente:

— Fique quieta, Meg, ou vai estragar tudo. Você não pode ir, Amy. E não fique aí choramingando feito um bebê.

— Vocês vão para algum lugar com Laurie, eu sei que vão. Vocês estavam sussurrando e rindo juntos no sofá na noite passada, e pararam na hora em que eu entrei. Vocês não vão sair com ele?

— Sim, vamos. Agora fique quieta e pare de amolar.

Amy conteve a língua, mas usou os olhos e viu Meg enfiar um leque no bolso.

— Já sei! Já sei! Vocês vão ao teatro para ver os *Sete castelos*! — exclamou ela, acrescentando com firmeza: — E eu *vou*, porque a mamãe disse que eu podia ir e tenho o dinheiro dos retalhos, e foi maldade não me contarem a tempo.

— Amy, escute um minuto e seja uma boa menina — disse Meg, suavemente. — Mamãe não quer que você vá esta semana, porque seus olhos ainda não estão bons o suficiente para suportar a luz da peça. Na próxima semana você pode ir com Beth e Hannah e se divertir.

— Não vou gostar nem a metade do que se fosse com vocês e o Laurie. Por favor, deixe. Fiquei trancada, doente com esse resfriado por tanto tempo, estou morrendo de vontade de me divertir um pouco. Por favor, Meg! Vou ser muito boazinha — implorou Amy, carregando no drama.

— E se a levarmos? Não acho que mamãe se importaria, se nós a agasalhássemos bem — começou Meg.

— Se *ela* for, *eu* não vou, e se eu não for, Laurie não vai gostar; e vai ser muita falta de educação arrastar a Amy para lá se ele convidou só a gente. Eu esperaria que ela detestasse se meter onde não a querem — zangou-se Jo, desagradada ante a ideia de ter que se preocupar com crianças inquietas quando queria se divertir.

O tom e o jeito de Jo enfureceram Amy, que começou a calçar as botas e disse, muito irritada:

— Eu vou, *sim*. Meg disse que posso e, se eu pagar minha entrada, Laurie não tem nada a ver com isso.

— Você não pode se sentar com a gente. Os lugares são reservados, e você não pode ficar sozinha, então Laurie vai dar o lugar dele para você e isso vai estragar tudo. Ou ele vai conseguir outro lugar para você, e isso não é certo, quando você não foi convidada. Então sossegue e fique aqui — repreendeu-a Jo, mais irritada do que nunca, depois de ter espetado o dedo, na pressa.

Sentada no chão calçada de uma bota, Amy começou a chorar, e Meg a conversar com ela, quando Laurie chamou no andar de baixo, e as duas meninas se apressaram, deixando a irmã aos prantos. De vez em quando ela se esquecia de seus modos adultos e agia como uma criança mimada. No momento em que o grupo estava de saída, Amy foi ao corrimão da escada, gritando em tom ameaçador:

— Você vai se arrepender por isso, Jo March. Ah, vai.

— Não enche! — devolveu Jo, batendo a porta.

O grupo teve uma noite encantadora, pois *Os sete castelos do lago Diamante* era tão resplandecente e maravilhoso quanto se poderia sonhar. Mas, apesar dos diabinhos vermelhos e cômicos, dos elfos cintilantes e dos belos príncipes e princesas, Jo sentia uma gota de amargura em sua alegria. Os cachos amarelos da rainha das fadas a fizeram lembrar de Amy, e, entre os atos, ela se divertiu imaginando o que sua irmã faria para ela "se arrepender disso". Ela e Amy tinham experimentado muitos e acalorados conflitos durante o curso de suas vidas, pois ambas tinham temperamento explosivo e podiam agir com violência quando atiçadas. Amy provocava Jo, Jo irritava Amy, e de tempos em tempos ocorriam pequenas explosões das quais ambas ficavam muito envergonhadas depois. Embora mais velha, Jo tinha menos autocontrole e dificuldade de refrear o espírito inflamado e que sempre a colocava em problemas; a raiva nunca durava muito, e depois de humildemente confessar a culpa, demonstrava arrependimento sincero e procurava melhorar. As irmãs costumavam dizer que até gostavam de deixar Jo furiosa, pois ela ficava um anjo depois. A coitada tentava desesperadamente ser boa, mas seu inimigo íntimo estava sempre pronto para inflamá-la e derrotá-la. Foram anos de paciente esforço para subjugá-lo.

Quando chegaram em casa, encontraram Amy lendo na sala de estar. Ela assumiu um ar ferido quando entraram, não tirou os olhos do livro por um instante sequer, nem fez uma única pergunta. Talvez a curiosidade tivesse superado o ressentimento, caso Beth não estivesse lá para perguntar e receber como resposta uma descrição entusiástica da peça. Ao subir para guardar seu melhor chapéu, o primeiro olhar de Jo tomou a direção da escrivaninha, pois, na última briga das duas, Amy se acalmou virando a gaveta de Jo no chão. Tudo estava no lugar, porém, e depois de uma rápida passada de olhos por seus vários armários, sacolas e caixas, Jo concluiu que Amy havia perdoado e esquecido seus erros.

Mas Jo estava enganada; pois no dia seguinte ela fez uma descoberta que desencadeou uma tempestade. Meg, Beth e Amy estavam na sala, no fim da tarde, quando Jo invadiu o ambiente, parecendo agitada e querendo saber, quase sem fôlego:

— Alguém pegou a história que estou escrevendo?

Meg e Beth responderam "Não" imediatamente e se mostraram surpresas. Amy atiçava o fogo, e nada disse. Jo sentiu o rosto ficar vermelho e num instante estava aos brados:

— Amy, foi você!

— Não fui eu.

— Então você sabe onde está!

— Não, não sei.

— Balela! — exclamou Jo, agarrando-a pelos ombros com uma ferocidade capaz de assustar crianças muito mais corajosas do que Amy.

— Não é. Não peguei, não sei onde está e nem quero saber.

— Você sabe onde está, e é melhor dizer agora, ou vou fazer você dizer. — E Jo lhe deu uma leve sacudida.

— Pode brigar o quanto quiser, você nunca mais vai ver aquela sua história boba — gritou Amy, ficando também agitada.

— Por que não?

— Eu queimei.

— Quê? O livrinho que eu estava achando tão bom, me esforçando tanto, queria terminar antes de o papai voltar para casa. Você queimou mesmo? — perguntou Jo, ficando muito pálida, enquanto seus olhos se incendiavam e seus dedos se prendiam nervosamente nos braços de Amy.

— Sim, queimei! Disse que faria você pagar por estar tão chata ontem, e por isso...

Amy não conseguiu falar mais nada, pois a fúria tomou conta de Jo, e ela sacudiu Amy até seus dentes baterem, gritando com uma mistura de pesar e raiva:

— Você é horrível, muito horrível! Nunca vou conseguir reescrever, nunca mais vou perdoar você, enquanto viver.

Meg correu para resgatar Amy, e Beth para acalmar Jo, mas Jo estava completamente fora de si e, com um tapa de despedida no ouvido da irmã, deixou a sala correndo em direção ao velho sofá do sótão, onde terminou sua luta sozinha.

A tempestade se desarmou lá embaixo, pois a sra. March chegou em casa e, ao ouvir a história, logo levou Amy a ver como era errado o que havia feito à sua irmã. O livro de Jo era seu orgulho e considerado pela família como o despertar de uma grande promessa literária. Eram somente meia dúzia de pequenos contos de fadas, mas Jo trabalhara pacientemente neles, dedicando-se de coração, na esperança de fazer algo bom o bastante para ser publicado. Ela acabara de copiá-los com grande cuidado e destruíra o velho manuscrito, de modo que a fogueira de Amy consumira o querido trabalho de muitos anos. Parecia uma pequena perda para os outros, mas para Jo era uma terrível calamidade, e ela sentia que jamais poderia ser compensada. Beth chorou como se se tratasse de um gatinho morto, e Meg recusou-se a defender sua menininha. A sra. March estava séria e triste, e Amy sentiu que ninguém a amaria até que pedisse perdão pelo ato que agora ela lamentava mais do que qualquer uma delas.

Quando o sino do chá tocou, Jo apareceu, tão soturna e inacessível que Amy precisou de toda a coragem para dizer, humildemente:

— Por favor, me perdoe, Jo. Sinto muito, sinto muito.

— Nunca vou perdoar você — foi a resposta dura de Jo, e a partir daquele momento ela ignorou Amy completamente.

Ninguém falava do grande problema — nem mesmo a sra. March —, pois todos haviam aprendido por experiência que, quando Jo estava naquele humor, qualquer palavra era inútil, e o mais sábio era esperar que algum pequeno incidente ou mesmo sua própria natureza generosa lhe amainassem o ressentimento e curassem o corte. Não foi uma noite feliz, pois embora costurassem como de costume, enquanto a mãe lia em voz alta Bremer, Scott ou Edgeworth, faltava alguma coisa, e a doce paz doméstica estava perturbada. Elas sentiram isso com mais intensidade quando chegou a hora de cantar, pois Beth apenas tocava, Jo ficou muda como pedra e Amy permaneceu calada, então Meg e a mãe cantaram sozinhas. Apesar de seus esforços para se mostrarem alegres feito cotovias, as doces vozes não pareciam em harmonia como de costume, e tudo quedou fora de sintonia.

Quando Jo recebeu o beijo de boa-noite, a sra. March sussurrou gentilmente:

— Minha querida, não durma com raiva. Perdoem-se, ajudem-se e recomecem amanhã.

Jo quis deitar a cabeça naquele colo e chorar até que a dor e a raiva passassem; mas as lágrimas eram uma fraqueza nada viril, e ela se sentia tão profundamente ferida que não *conseguia* realmente perdoá-la. Então piscou com força, balançou a cabeça e disse rispidamente, porque Amy estava ouvindo:

— Foi uma coisa abominável, e ela não merece ser perdoada.

E com isso ela marchou para a cama, e não houve conversa alegre ou confidências naquela noite.

Amy se sentiu muito ofendida por suas propostas de paz terem sido repelidas, e começou a desejar não ter se humilhado, a se sentir mais ferida do que nunca e a se orgulhar de sua virtude superior de um modo particularmente exasperante. Jo ainda parecia uma nuvem negra, e nada correu bem o dia todo. Fizera um frio horrível pela manhã; ela deixara sua preciosa torta cair na sarjeta, a tia March estava cheia de fricotes, Meg pensativa, Beth *certamente* pareceria triste e melancólica quando chegasse em casa, e Amy continuava fazendo comentários sobre pessoas que sempre falavam em serem boas mas não o tentavam, quando outras pessoas lhes serviam de exemplo virtuoso.

"Todo o mundo é tão odioso. Vou convidar Laurie para patinar. Ele é sempre gentil e alegre, e vai me deixar bem, tenho certeza", pensou Jo consigo mesma, e saiu.

Amy ouviu os patins batendo um no outro e olhou para fora com uma exclamação impaciente:

— Olha! Ela prometeu que me levaria da próxima vez, porque esse é o último gelo do inverno. Mas não adianta pedir nada a uma chata dessas.

— Não diga isso; você *foi* muito má, e *é* muito difícil perdoar a perda do livrinho. Mas acho que ela poderia perdoar agora, até acho que vai, se você tentar na hora certa — disse Meg. — Vá atrás deles. Não diga nada até que Jo esteja bem com Laurie. Então, espere um instante tranquilo e só dê um beijo nela ou faça alguma coisa gentil, e tenho certeza de que ela fará as pazes, sinceramente.

— Vou tentar — respondeu Amy, pois o conselho lhe caía bem, e depois de se arrumar às pressas, correu na direção dos amigos, que ainda não chegavam a desaparecer na colina.

A distância até o rio não era longa, mas os dois se aprontaram antes que Amy os alcançasse. Jo a viu chegando e virou as costas; Laurie não viu, pois estava patinando com cuidado ao longo da margem, analisando o gelo, pois um breve período de calor precedera a onda de frio.

— Vou até a primeira curva ver se está tudo bem antes de começarmos a apostar corrida — Amy o ouviu dizer, enquanto o garoto se afastava, parecendo um jovem russo com seu casaco e gorro de pele.

Jo ouviu Amy ofegante atrás de si, batendo os pés e soprando os dedos enquanto tentava colocar os patins; porém, não se virou e seguiu em um lento ziguezague rio abaixo, sentindo uma espécie de satisfação amarga e infeliz com a dificuldade da irmã. Ela havia alimentado sua raiva até que esta ficou forte e a dominou, como sempre fazem os maus pensamentos e sentimentos, exceto quando imediatamente expulsos. Quando Laurie virou a curva, ele gritou de volta:

— Fique perto da margem. Não é seguro no meio.

Jo ouviu, mas Amy estava lutando para ficar de pé e não captou nada. Jo olhou por cima do ombro, e o pequeno demônio que ela estava abrigando soprou em seu ouvido: "Não importa se ela ouviu ou não; ela que cuide de si mesma".

Laurie havia desaparecido na curva, Jo acabara de chegar a ela, e Amy, muito atrás, avançava em direção ao gelo mais liso no meio do rio. Por um instante, Jo ficou parada com um sentimento estranho em seu coração; então decidiu seguir em frente, mas algo a prendeu e a fez virar, bem a tempo de ver Amy levantar as mãos e afundar, com o súbito rompimento do gelo fino, o barulho da água e um grito que fez o coração de Jo parar de medo. Ela tentou chamar Laurie, mas perdera a voz. Tentou correr à frente, mas seus pés pareciam não ter força; e, por um segundo, não conseguiu senão permanecer imóvel, olhando transida de terror na direção do pequeno capuz azul acima da água escura. Algo passou rapidamente por ela, e ela ouviu a voz de Laurie exclamar:

— Traga um pedaço de madeira da cerca. Rápido, rápido!

Como ela o fez, jamais soube; mas pelos minutos seguintes trabalhou como que possuída, obedecendo cegamente a Laurie, que estava bem tranquilo e, deitado de bruços, segurava Amy com um braço e o taco de hóquei, até que Jo trouxe uma haste da cerca e, juntos, conseguiram puxar a menina para fora, mais assustada do que ferida.

— Agora precisamos levá-la para casa o mais rápido possível. Coloque nossas roupas nela, enquanto tiro esses malditos patins — exclamou Laurie, colocando o casaco em torno de Amy e puxando as correias, que nunca lhe haviam parecido tão difíceis de abrir.

Tremendo, encharcada e aos prantos, Amy foi levada para casa e, passada a agitação, adormeceu, enrolada em cobertores na frente do fogo. Durante a comoção, Jo mal falara; apenas

correu de um lado para o outro, desgrenhada, lívida e desesperada, de vestido rasgado e as mãos cortadas pelo gelo, pela cerca e pelas fivelas teimosas. Quando Amy se encontrava confortavelmente adormecida e a casa silenciosa, a sra. March, sentada ao lado da cama, chamou Jo e começou a cuidar de suas mãos feridas.

— Tem certeza de que ela está bem? — sussurrou Jo, olhando com remorso para a cabecinha dourada, que poderia ter sido varrida para sempre de sua vida sob o gelo traiçoeiro.

— Muito bem, querida. Não está ferida, e nem vai ficar resfriada, acho. Você foi muito sensata ao cobri-la e trazê-la para casa depressa — respondeu a mãe, com alegria.

— Laurie fez tudo; só o que fiz foi abandoná-la. Mãe, se ela *morresse*, seria minha culpa. — E Jo desabou ao lado da cama com apaixonadas lágrimas de penitência, contando tudo o que havia acontecido, condenando amargamente a dureza de seu coração e soluçando de gratidão por ter sido poupada da pesada punição que poderia ter recaído sobre si. — É o meu temperamento terrível! Tento corrigi-lo; e quando acho que consegui, ele surge pior do que nunca. Ai, mãe, o que devo fazer? O que devo fazer? — exclamou a pobre Jo, em desespero.

— Vigie e ore, querida, nunca se canse de tentar, e nunca pense que é impossível subjugar o erro — aconselhou a sra. March, puxando o rosto vermelho e inchado de encontro a seu ombro e beijando a bochecha molhada com tanta ternura que Jo chorou ainda mais.

— Você não sabe, você não tem ideia do quão ruim é! Parece que sou capaz de fazer qualquer coisa quando estou em fúria. Fico tão fora de mim que poderia machucar alguém e gostar disso. Tenho medo de fazer alguma coisa terrível um dia, e de estragar a minha vida e fazer com que todos me odeiem. Ai, mãe, me ajude, me ajude!

— Claro, filha, claro. Não chore com tanta amargura, mas se lembre deste dia e decida, com toda a sua alma, que nunca haverá outro como ele. Jo, querida, todos temos nossas tentações, alguns muito mais do que você, e muitas vezes levamos a vida inteira para dominá-las. Você acha que seu temperamento é o pior do mundo; mas o meu costumava ser igual.

— O seu, mãe? Mas você nunca está com raiva! — E por um momento, Jo esqueceu-se do remorso na surpresa.

— Há quarenta anos que tento corrigi-lo, e tudo que consegui foi controlá-lo. Sinto raiva quase todos os dias da minha vida, Jo, mas aprendi a não demonstrar, e ainda espero aprender a não a sentir, embora possa levar outros quarenta anos para conseguir.

A paciência e a humildade do rosto que tanto amava eram para Jo uma lição maior do que a mais sábia palestra e a mais severa reprovação. Ela se sentiu de imediato confortada pela compaixão e confiança que lhe foram dirigidas; saber que sua mãe tinha um defeito como o dela e que tentava corrigi-lo tornou o seu mais fácil de suportar e fortaleceu sua decisão de dominá-lo; embora quarenta anos parecessem, aos seus quinze, muito tempo para vigiar e orar.

— Mãe, você está com raiva quando aperta os lábios com força, ou quando às vezes sai da sala quando a tia March ralha ou as pessoas a perturbam? — perguntou Jo, sentindo-se mais próxima e mais querida de sua mãe do que antes.

— Estou. Aprendi a controlar as palavras apressadas que me chegam aos lábios; e quando sinto que elas querem sair contra a minha vontade me afasto por um instante e me dou um chacoalhãozinho por ser tão fraca e má — respondeu a sra. March com um suspiro e um sorriso, enquanto acariciava e prendia o cabelo despenteado de Jo.

— Como você aprendeu a manter o controle? Isso é o que me incomoda, porque as palavras voam para machucar antes que eu saiba do que estou falando, e quanto mais falo, pior fico, até que sinto prazer em machucar os sentimentos das pessoas e dizer coisas terríveis. Diga como você faz, Mami.

— Minha boa mãe costumava me ajudar...

— ... como você faz... — interrompeu Jo, com um beijo agradecido.

— Mas eu a perdi quando era um pouco mais velha do que você, e por anos tive que lutar sozinha, porque era muito orgulhosa para confessar minha fraqueza para qualquer outra pessoa. Foi difícil, Jo, e chorei muito e com muita amargura por causa de meus fracassos, pois apesar de todo o meu esforço era como se nunca fosse conseguir superar isso. Então o seu pai apareceu, e fiquei tão feliz que descobri que era fácil ser boa. Mas de vez em quando, com quatro filhinhas à minha volta e a nossa pobreza, o velho problema retorna, porque não sou paciente por natureza, e fico muito tentada quando vejo minhas filhas sentindo falta de alguma coisa.

— Ai, mãe! O que ajudou, então?

— Seu pai, Jo. Ele nunca perde a paciência, nunca duvida ou reclama, sempre tem esperança, trabalha e espera tão alegremente que envergonha quem faça o contrário diante dele. Ele me ajudou e me consolou, e me mostrou que eu devia tentar praticar todas as virtudes que queria para as minhas filhinhas, pois eu era o exemplo delas. Foi mais fácil tentar por vocês do que por mim. Um olhar assustado ou surpreso de qualquer uma de vocês, quando eu falava com dureza, me servia de repreensão mais do que qualquer palavra, e o amor, o respeito e a confiança de minhas filhas foram a recompensa mais doce que poderia receber por meus esforços para ser a mulher que eu gostaria que elas copiassem.

— Ah, mamãe, se eu conseguisse ter metade da sua bondade, seria feliz! — exclamou Jo, muito tocada.

— Espero que seja muito melhor, querida, mas você precisa vigiar o seu "inimigo do peito", como seu pai o chama, pois ele pode tornar sua vida mais triste ou mesmo estragá-la. Você recebeu um aviso; lembre-se disso, e tente com o coração e a alma dominar esse pavio curto, antes que isso lhe traga mais tristeza e arrependimento do que você conheceu hoje.

— Vou tentar, mãe, realmente vou. Mas você precisa me ajudar, me lembrar, e me impedir de explodir. Eu costumava ver o papai às vezes colocar o dedo nos lábios e olhar para você com um semblante gentil, mas sério, e você sempre comprimia os lábios e ia embora. Ele estava lembrando você, então? — perguntou Jo, suavemente.

— Sim. Pedi a ele para me ajudar. Ele nunca esquecia e me salvou de muitas palavras impensadas com aquele pequeno gesto e olhar gentil.

Jo viu que os olhos de sua mãe se encheram de lágrimas, e seus lábios tremiam enquanto falava. Temendo que tivesse falado demais, sussurrou ansiosa:

— Foi errado prestar atenção em você e falar sobre isso? Não queria ser rude, mas é muito bom dizer tudo o que penso para você, e me sinto tão segura e feliz aqui.

— Minha Jo, você pode dizer qualquer coisa para sua mãe, pois é a minha maior felicidade e orgulho sentir que minhas meninas confiam em mim e sabem o quanto eu as amo.

— Pensei que tinha deixado você triste.

— Não, querida, mas falar do seu pai me lembrou do quanto sinto falta dele, do quanto devo a ele e de como devo cuidar e trabalhar muito fielmente para manter suas filhas a salvo e boas para ele.

— Mas você disse a ele para ir, mãe, e não chorou quando ele foi, e nunca reclamou ou pareceu precisar de alguma ajuda — refletiu Jo.

— Dei o que tinha de melhor para o país que amo, e guardei minhas lágrimas até sua partida. Por que reclamar, se na verdade apenas cumprimos, nós dois, o nosso dever e certamente seremos mais felizes por essa decisão? Se não parece que preciso de ajuda, é porque tenho um amigo melhor até mesmo do que seu pai para me confortar e dar força. Filha, as atribulações e tentações de sua vida estão no começo e podem ser muitas; mas você pode superar e sobreviver a todas, se aprender a sentir a força e a ternura de seu Pai Celestial assim como o faz com o seu pai na Terra: quanto mais você O amar e confiar n'Ele, mais próxima se sentirá d'Ele, e menos dependerá do poder e da sabedoria dos homens. O amor e cuidado d'Ele nunca cansam ou mudam, nunca poderão ser tirados de você, e podem se tornar a fonte de paz, felicidade e força para a vida toda. Acredite nisso de todo o coração e vá a Deus com todas as suas pequenas preocupações, esperanças, pecados e tristezas, com a mesma liberdade e confiança com que vem para a sua mãe.

A única resposta de Jo foi abraçar a mãe com força e, no silêncio que se seguiu, a mais sincera prece que ela já havia feito emanou sem palavras de seu coração; pois naquela hora triste e feliz, ela aprendera não apenas a amargura de quem se arrepende e desespera, mas a doçura da abnegação e do autocontrole; e, conduzida pela mão da mãe, aproximara-se do Amigo que recebe todas as crianças com um amor mais forte que o de qualquer pai, e mais terno que o de qualquer mãe.

Amy se agitou e suspirou em seu sono; e, como se estivesse ansiosa para imediatamente começar a se refazer da culpa, Jo olhou para cima com uma expressão que seu rosto nunca estampara antes.

— Fui dormir com minha raiva. Não quis perdoá-la, e hoje, se não fosse por Laurie, poderia ter sido tarde demais! Como pude ser tão má? — perguntou-se Jo, quase em voz alta, inclinada sobre a irmã e acariciando-lhe suavemente o cabelo molhado espalhado no travesseiro.

Como se a ouvisse, Amy abriu os olhos e estendeu os braços com um sorriso que tocou diretamente o coração de Jo. Nenhuma das duas disse uma palavra. Apenas se abraçaram, apesar dos cobertores, e tudo foi perdoado e esquecido em um carinho emocionado.

9. MEG VAI À FEIRA DAS VAIDADES

— Acho que foi a coisa mais abençoada do mundo que essas crianças tenham tido sarampo logo agora — disse Meg, num dia de abril, enquanto fechava o baú de "viagem para longe" em seu quarto, com as irmãs em torno.

— E foi tão bom que Annie Moffat não tenha esquecido da promessa. Duas semanas inteiras de diversão! Vai ser esplêndido! — comentou Jo, com os braços compridos mais parecendo um moinho de vento, enquanto dobrava as saias.

— E esse tempo tão gostoso… fico muito feliz por isso — acrescentou Beth, organizando com método as fitas de pescoço e cabelo em sua melhor caixa, emprestada para a grande ocasião.

— Queria tanto ter momentos assim agradáveis para usar todas essas coisas bonitas — disse Amy com a boca cheia de alfinetes, enquanto reabastecia com esmero artístico a almofadinha da irmã.

— Queria que todas vocês fossem, mas como não podem preciso guardar minhas aventuras para contar quando voltar. É o mínimo que posso fazer depois de tanta gentileza, me emprestando coisas e ajudando na arrumação — disse Meg, olhando rapidamente em torno para as roupas muito simples, que pareciam quase perfeitas aos olhos de todas.

— O que mamãe lhe deu da caixa do tesouro? — perguntou Amy, que não estivera presente à abertura do baú de cedro em que a sra. March guardava algumas relíquias do esplendor passado, como presentes para as meninas, a serem dados na hora certa.

— Um par de meias de seda, aquele leque lindo todo incrustado e uma faixa azul maravilhosa. Eu queria o vestido de seda violeta; mas não há tempo para deixá-lo bonito, então preciso me contentar com o meu velho vestido de tarlatana.

— Vai ficar bem com a minha saia nova de musselina, e a faixa vai ser um belo arremate. Queria não ter quebrado meu bracelete coral, porque você ia poder levá-lo — disse Jo, que adorava dar e emprestar, mas cujas posses estavam quase sempre em estado calamitoso para serem de alguma utilidade.

— Vi no baú do tesouro uma pérola antiga lindíssima, mas a mamãe disse que o enfeite mais bonito para uma jovem são as flores de verdade, e Laurie prometeu me dar todas as que eu quisesse — respondeu Meg. — Agora, deixe-me ver; aqui está o meu conjunto cinza para caminhada... Beth, você pode enrolar a pluma desse chapéu... Depois, meu vestido de popelina para o domingo, e a pequena recepção... parece pesado para a primavera, não? O de seda violeta ficaria tão bem... ai!

— Não importa, você tem o vestido de tarlatana para a grande festa, e sempre parece um anjo de branco — disse Amy, refletindo, não sem melancolia, sobre o pequeno conjunto de adereços em que sua alma se deleitava.

— Não é de decote baixo, e não chega a tocar de todo o chão, mas vai ter que servir. Meu vestido azul de casa está tão bonito, tão bem reformado e costurado, que para mim é como se fosse novo. Meu *sacque* de seda está um pouco fora de moda, e meu chapéu não se parece de forma alguma com o da Sallie. Não queria dizer nada, mas fiquei muito decepcionada com a minha sombrinha. Pedi para a mamãe: preta e com cabo branco, mas ela esqueceu e comprou uma verde com um cabo amarelo horroroso. É forte e bem-feita, então não posso reclamar, mas sei que vou ficar envergonhada do lado de Annie, que tem uma sombrinha de seda com um topo dourado — suspirou Meg, avaliando a sombrinha com um olhar tristonho.

— Troque, então — aconselhou Jo.

— Não vou ser boba a esse ponto, nem ferir os sentimentos da Mami, que se esforçou tanto para me dar isso. É um absurdo da minha parte; não vou me entregar a isso. As minhas meias de seda e os dois pares de luvas novas são o meu conforto. Foi muito gentil da sua parte me emprestar as suas, Jo; me sinto tão rica com elas, quase elegante, e as velhas limpas para o dia a dia.

E Meg olhou novamente a caixinha das luvas.

— Os gorros de dormir da Annie Moffat têm lacinhos azuis e rosa. Você costuraria alguns nos meus? — perguntou ela, enquanto Beth tomava das mãos de Hannah uma pilha de musselinas brancas como neve.

— Se fosse eu, não faria isso, porque gorros elegantes não vão combinar com as camisolas simples, sem enfeite. Gente pobre não tem frufru — disse Jo, com dureza.

— Eu me pergunto se *algum dia* vou ser feliz a ponto de ter rendas nas roupas e laços nos gorros — falou Meg, impaciente.

— Você disse outro dia que seria perfeitamente feliz se pudesse ir à casa de Annie Moffat — observou Beth, em seu tom calmo.

— Eu disse, e *estou* feliz, *não vou* me queixar, mas parece que quanto mais se tem, mais se quer, não é? Bom, as gavetinhas do baú estão arrumadas, só falta o vestido de baile, que vou deixar para a mamãe — disse Meg, animando-se, enquanto seus olhos passavam do baú quase cheio ao vestido de tarlatana branco tantas vezes passado e ajustado, que ela chamou de "vestido de baile" com um ar importante.

O dia seguinte estava bonito, e Meg partiu, em grande estilo, para quinze dias de novidades e prazeres. A sra. March consentira com o passeio, não sem hesitação, temendo que Margaret voltasse mais insatisfeita do que partira. Mas a filha implorou muito, Sallie prometeu cuidar bem dela, e um pouco de alegria parecera-lhe tão agradável depois de um inverno de tanto trabalho que, assim, a mãe cedeu, e a filha viajou para ter seu primeiro contato com a boa sociedade.

Os Moffat eram *de fato* muito refinados, e Meg, simples que era, ficou de início intimidada com o esplendor da casa e a elegância dos anfitriões. Tratava-se, porém, de uma gente amável, apesar da vida frívola que levavam, e logo deixaram sua hóspede à vontade. Talvez Meg tenha sentido, sem entender o porquê, que não eram pessoas particularmente cultas ou inteligentes, e que todo o verniz não era capaz de esconder o barro prosaico de que eram feitas. Claro que era agradável comer suntuosamente, passear em uma carruagem elegante, usar os melhores vestidos todos os dias e não fazer nada além de se divertir. Era uma vida que lhe convinha muito bem; e logo começou a imitar as maneiras e o modo de conversar que a cercavam; a afetar ares e graças, usar expressões em francês, frisar os cabelos, encurtar os vestidos e falar sobre moda, tão bem quanto lhe era possível. Quanto mais via as coisas bonitas de Annie Moffat, mais a invejava e suspirava desejando ser rica. Ao pensar nisso tudo, sua casa lhe pareceu mais simplória e triste do que nunca, o trabalho, ainda mais duro, e ela se sentiu muito destituída e prejudicada, apesar das luvas novas e das meias de seda.

Meg não teve, porém, muito tempo para se queixar, porque as três jovens estavam muito empenhadas em "se divertir". Faziam compras, caminhadas, passeios de carruagem e visitas o dia inteiro; iam a teatros e óperas ou distraíam-se em casa à noite; pois Annie tinha muitos amigos e sabia como entretê-los. Suas irmãs mais velhas eram moças muito boas; uma delas havia noivado, o que era muitíssimo interessante e romântico, achava Meg. O sr. Moffat era um cavalheiro gordo e alegre, que conhecia seu pai; e a sra. Moffat era uma senhora gorda e alegre, que tratava Meg como se fosse sua própria filha. Todos a mimavam, e "Daisy", como a chamavam, estava no caminho certo para ter a cabeça virada.

Quando a noite da "pequena recepção" chegou, ela descobriu que o vestido de popelina não serviria, pois as outras meninas colocavam vestidos leves e, de fato, estavam muito bonitas; assim, ela pensou em usar o vestido de tarlatana, que nunca havia lhe parecido tão velho, torto e surrado quanto ao lado do vestido novíssimo de Sallie. Meg viu as garotas olharem para ele e depois entre si, e suas bochechas começaram a arder; pois, apesar de toda a doçura, ela era muito orgulhosa. Ninguém pronunciou uma palavra sobre o vestido; Sallie se ofereceu para lhe arrumar o cabelo, e Annie para amarrar a faixa, enquanto Belle, a irmã noiva, elogiou-lhe a brancura dos braços; mas, em toda a gentileza, Meg não via senão pena por sua pobreza, e, sozinha, sentiu o peito apertado enquanto as outras mocinhas riam, tagarelavam, se exibiam e farfalhavam como borboletas diáfanas. O amargor só piorava, quando a criada trouxe uma caixa de flores. Antes que ela pudesse falar, Annie tirou a tampa, e todas se puseram a celebrar as lindas rosas e as folhas de avenca e urze.

— É para a Belle, é claro. George sempre lhe manda algumas, mas esse arranjo está demais de maravilhoso — exclamou Annie, cheirando-as.

— O homem disse que são para a srta. March. E tem um bilhete — emendou a criada, entregando-o a Meg.

— Que divertido! Quem as enviou? Não sabíamos que você tinha um admirador! — exclamaram as meninas, esvoaçando em torno de Meg em elevado estado de curiosidade e surpresa.

— O bilhete é da minha mãe; e as flores, de Laurie — disse Meg, sem mais, porém muito satisfeita por ele não ter se esquecido dela.

— Ah, claro! — disse Annie com um ar engraçado, enquanto Meg levava o bilhete ao bolso como uma espécie de amuleto contra a inveja, a vaidade e a soberba; pois aquelas poucas palavras de carinho lhe haviam feito bem, e as flores a animaram por sua beleza.

Sentindo-se quase feliz novamente, Meg separou algumas folhas e rosas para si mesma, e rapidamente transformou as demais em delicados buquês para o colo, o cabelo ou a saia de suas amigas, oferecendo-os tão lindamente que Clara, a irmã mais velha, lhe disse que ela era "a coisinha mais doce que já tinha visto", e todas pareceram bastante encantadas com seu pequeno desvelo. De alguma forma, o gesto gentil acabou com seu desânimo, e quando todas as garotas foram à sra. Moffat para se mostrar, ela viu um rosto feliz e de olhos brilhantes no espelho, enquanto colocava as folhas no cabelo ondulado e prendia as rosas no vestido que já não parecia *tão* surrado.

Divertiu-se muito naquela noite, pois dançou até cansar; todos foram muito gentis, e ela ganhou três elogios. Annie pediu que ela cantasse, e alguém disse que era uma voz extraordinariamente bonita. O major Lincoln perguntou quem era "a jovenzinha de olhos tão lindos"; e o sr. Moffat quis muito dançar com ela, pois ela "não se apressava, mas tinha elasticidade e movimentos leves", como ele graciosamente expressou. Então, de uma forma geral, foi uma noite agradável, até que ouviu um trecho de conversa que a perturbou muitíssimo. Havia se sentado no jardim de inverno, esperando que o parceiro da dança lhe trouxesse um sorvete, quando ouviu uma voz perguntar do outro lado da parede florida:

— Que idade ele tem?

— Dezesseis ou dezessete anos, eu diria — respondeu outra voz.

— Seria grande coisa para uma daquelas garotas, não? Sallie diz que eles são muito próximos agora, e que o velho as adora.

— Tenho para mim que a sra. M traçou seus planos e vai fazer bom uso das cartas que tem nas mãos, ainda que cedo. A menina evidentemente ainda não pensa nisso — disse a sra. Moffat.

— Ela contou aquela mentirinha da mãe, como se ela soubesse, e corou quando as flores chegaram, bem lindas. Coitadinha! Ela seria ótima se tivesse roupas na moda. Você acha que ela ficaria ofendida se lhe oferecêssemos um vestido para a quinta-feira? — perguntou outra voz.

— Ela é orgulhosa, mas não acredito que se importaria, pois aquele vestido de tarlatana desalinhado é tudo o que tem. Ela poderia rasgá-lo hoje à noite, e isso seria uma boa desculpa para oferecermos um decente.

— Vamos ver. Vou convidar o tal Laurence, por gentileza com ela, e depois vamos nos divertir comentando tudo.

Nesse instante, o parceiro de Meg retornou e a encontrou muito vermelha e um tanto agitada. Ela era orgulhosa, e seu orgulho foi útil naquele momento, pois a ajudou a esconder a humilhação, a raiva e o nojo do que acabara de ouvir. Pois, ainda que inocente e em nada desconfiada, era-lhe impossível deixar de compreender as palavras maldosas de suas amigas. Tentou esquecê-las, mas não conseguia, e repetia para si mesma "A sra. M traçou seus planos", "aquela mentirinha da mãe" e "vestido de tarlatana desalinhado", até que se viu a ponto de chorar e correr para casa para desabafar e pedir conselhos. Como isso era impossível, fez o melhor que pôde para parecer alegre; e, como estava agitada, foi tamanho seu sucesso que ninguém imaginou o esforço que estava fazendo. Ficou muito feliz quando tudo acabou, e permaneceu em silêncio em sua cama, onde pôde pensar e conjecturar e se enfurecer até sua cabeça doer e suas bochechas quentes esfriarem sob algumas poucas lágrimas que correram. Aquelas palavras tolas, ainda que bem-intencionadas, abriram um novo mundo para Meg, e perturbaram muito a paz do antigo, na qual ela até agora vivera feliz como uma criança. Sua amizade inocente com Laurie foi estragada pelas falas tolas que escutara; a fé em sua mãe fora um pouco abalada pelos planos mundanos atribuídos a ela pela sra. Moffat, que julgava os outros por si mesma; e a decisão sensata de contentar-se com o guarda-roupa simples que se adequava à filha de um homem pobre foi enfraquecida pela piedade desnecessária das meninas, que achavam um vestido gasto uma das maiores calamidades possíveis.

A pobre Meg teve uma noite agitada, levantou-se de olhos fundos, infeliz, um pouco ressentida com as amigas e meio envergonhada por não ter falado francamente com elas e colocado tudo em pratos limpos. Aquela foi uma manhã preguiçosa, e já era meio-dia quando as garotas encontraram energia o bastante para iniciar o tricô. Meg imediatamente percebeu alguma coisa nos modos das amigas. Elas a tratavam com mais respeito, pensou ela, demonstravam um interesse muito terno pelo que ela dizia, e olhavam para ela com olhos que claramente traíam curiosidade. Tudo isso a surpreendeu e a lisonjeou, embora não tenha entendido o que se passava até que a srta. Belle levantou os olhos do que escrevia e disse, com um ar sentimental:

— Daisy, querida, enviei um convite para o seu amigo, o sr. Laurence, para quinta-feira. Gostaríamos de conhecê-lo, e é apenas um agrado mais do que justo a você.

Meg corou, mas uma fantasia maliciosa de provocar as garotas a fez responder com desânimo:

— Você é muito gentil, mas tenho para mim que ele não virá.

— Por que não, *chérie*? — perguntou a srta. Belle.

— Ele é muito velho.

— Minha querida, o que quer dizer? Quantos anos ele tem, pode me dizer? — exclamou a srta. Clara.

— Quase setenta, acho — respondeu Meg, contando os pontos para esconder a alegria nos olhos.

— Sua criatura espertinha! Claro que queríamos dizer o rapaz — exclamou a srta. Belle, rindo.

— Mas não há nenhum rapaz. Laurie é só um garoto.

E Meg também riu do olhar esquisito que as irmãs trocaram ante essa descrição de seu suposto amante.

— Mais ou menos da sua idade — disse Nan.

— Mais perto da minha irmã Jo. *Eu* vou fazer dezessete anos em agosto — retrucou Meg, empinando a cabeça.

— Foi muito bonito da parte dele mandar flores para você, não foi? — disse Annie, jogando verde para colher maduro.

— Foi, ele sempre manda, para todas nós, porque a casa deles é repleta de flores, e nós gostamos muito delas. Minha mãe e o velho sr. Laurence são amigos, então é natural que nós, crianças, brinquemos juntas. — E Meg teve a esperança de que o assunto estivesse encerrado.

— Está claro que Daisy ainda não tem vida social — disse a srta. Clara para Belle com um aceno de cabeça.

— Vive numa inocência pastoral em todos os sentidos — devolveu a srta. Belle com um encolher de ombros.

— Vou sair para comprar umas coisinhas para minhas filhas. Precisam de alguma coisa, meninas? — perguntou a sra. Moffat, entrando desajeitada como um elefante, toda seda e rendas.

— Não, obrigada, senhora. Tenho minha nova seda rosa para quinta-feira e não quero nada — respondeu Sallie.

— Nem eu... — começou Meg, mas parou, ao pensar que de fato *queria* várias coisas e não podia tê-las.

— O que vai vestir? — perguntou Sallie.

— Meu velho vestido branco, novamente, se for capaz de consertá-lo. Ele ficou em péssimo estado ontem à noite — disse Meg, tentando falar com naturalidade, mas sentindo-se muito desconfortável.

— Por que não escreve para casa pedindo que lhe enviem outro? — disse Sallie, que não era uma jovem observadora.

— Eu não tenho nenhum outro.

Meg teve de esforçar-se para dizer isso, mas Sallie não percebeu e exclamou com amável surpresa:

— Só esse? Que engraçado... — E ela não terminou a frase, pois Belle acenou para ela e emendou, dizendo, gentilmente:

— Só esse, ora! Para que muitos vestidos se ela não sai de casa? Não há necessidade de escrever para a sua casa, Daisy, mesmo que tivesse uma dúzia deles, pois tenho um vestido de seda azul lindo que já não me serve, e você pode usá-lo. Você não o usaria por mim, querida?

— Você é muito gentil, mas não me importo se meu vestido é velho, se você também não se importar; serve muito bem para uma mocinha como eu — argumentou Meg.

— Ora, deixe-me agradar a mim mesma vestindo-a com estilo. Adoro fazer isso, e você ficaria uma beldadezinha, com um toque aqui e ali. Eu não deixarei ninguém ver você até que esteja pronta, e então vamos surgir diante deles como Cinderela e sua madrinha indo ao baile — disse Belle, em seu tom persuasivo.

Meg não pôde recusar uma oferta feita com tanta gentileza, pois o desejo de ver se ficaria "uma beldadezinha" depois de recomposta fez com que aceitasse a proposta e se esquecesse de todo o desconforto anterior em relação aos Moffat.

Na quinta-feira à noite, Belle trancou-se com sua criada; e as duas transformaram Meg em uma bela dama. Elas frisaram e enrolaram seus cabelos, cobriram seu pescoço e braços com um pouco de pó perfumado, passaram pomada de coralina em seus lábios para torná-los mais vermelhos, e Hortense teria acrescentado "um *soupçon* de *rouge*", se Meg não tivesse se rebelado. Espartilharam-na em um vestido azul-celeste com tanta força que ela mal podia respirar e com o colo tão descoberto que a modesta Meg corou diante de si mesma no espelho. Um conjunto de filigranas de prata foi acrescentado, pulseiras, colar, um broche e até mesmo brincos, pois Hortense os prendeu com um pedacinho de seda rosa que não se via. Um feixe de botões de rosa-

-chá no peito e um rufo fizeram com que Meg aceitasse a exposição de seus lindos ombros brancos, e um par de botas de seda de salto alto satisfez o último desejo de seu coração. Um lenço de renda, um leque de plumas e um buquê em um suporte de prata deram o toque final; e a srta. Belle examinou-a com a alegria de uma garotinha diante de uma boneca recém-vestida.

— A *mademoiselle* é *charmante, très jolie*, não é? — admirou-se Hortense, apertando as mãos em um êxtase afetado.

— Venha se exibir — pediu a srta. Belle, encaminhando-se para a sala onde as outras esperavam.

Farfalhando atrás, com as saias longas tocando o chão, os brincos tilintando, os cachos balançando e o coração batendo forte, Meg sentiu como se a "diversão" tivesse finalmente começado para ela, pois o espelho tinha de fato lhe dito que *era* uma "beldadezinha". As amigas repetiram com entusiasmo a expressão, e durante vários minutos ela ficou de pé, apreciando as plumas emprestadas, como a gralha da fábula, enquanto as demais tagarelavam como um bando de pegas.

— Enquanto eu me visto, ensine-a a lidar com a saia e os saltos franceses, Nan, ou ela vai tropeçar. Coloque sua borboleta de prata no meio dessa *barbe* branca e prenda aquele longo cacho no lado esquerdo da cabeça dela, Clara, e ai de quem desmanchar o trabalho encantador de minhas mãos — disse Belle, enquanto se afastava rapidamente, parecendo bem satisfeita com seu sucesso.

— Tenho medo de desabar, sinto-me muito dura, esquisita, meio descoberta — confessou Meg para Sallie quando a sineta tocou e, a pedido da sra. Moffat, todas as meninas foram convocadas a se apresentar.

— Você não se parece nem um pouco com você mesma, mas está muito bonita. Não chego nem perto de você, pois Belle tem muito bom gosto, e você está bem francesa, pode acreditar. Deixe as flores penduradas; não fique tão preocupada com elas e, por favor, cuidado para não tropeçar — alertou Sallie, tentando não ligar para o fato de que Meg estava mais bonita do que ela.

Com essas palavras cuidadosamente conservadas em seus pensamentos, Margaret desceu as escadas sem acidentes e deslizou para as salas de visita, onde os Moffat e alguns dos primeiros convidados estavam reunidos. Logo descobriu que há um encanto nas roupas finas que atrai certa classe de pessoas e garante seu respeito. Várias jovens senhoras que não a haviam notado antes mostraram-se de súbito muito afetuosas. Vários jovens cavalheiros que apenas a haviam visto na outra festa agora não só a viam como pediam que lhe fossem apresentados e lhe diziam todo tipo de coisa tola, mas agradável; e várias senhoras idosas, sentadas nos sofás e entretidas em criticar o restante do grupo, perguntavam quem ela era com ar de interesse. Ela ouviu a sra. Moffat responder a uma delas:

— Daisy March... o pai é coronel do Exército... uma de nossas famílias mais distintas, mas de má sorte, sabe?... Amigos íntimos dos Laurence... uma doce criatura, garanto-lhes que meu Ned está louco por ela.

— Meu Deus! — exclamou a velha senhora, erguendo os óculos para uma segunda avaliação de Meg, que tentava parecer que não havia escutado, nem ficado espantada com as mentiras leves da sra. Moffat.

A "sensação estranha" não passou, mas ela se imaginou no novo papel de uma bela dama e então tudo correu muito bem, embora o vestido apertado lhe desse dores, a cauda estivesse todo o tempo sob seus pés, e ela não perdesse o medo de que seus brincos voassem, se perdessem ou quebrassem. Ela abanava o leque e ria das piadas sem graça de um jovem cavalheiro que tentava ser espirituoso, quando de repente parou de rir e pareceu confusa, pois, do outro lado, viu Laurie. Ele estava olhando para ela com indisfarçada surpresa e também desaprovação, pensou ela, pois embora ele se curvasse e sorrisse, havia algo em seus olhos honestos que a fazia corar e desejar que estivesse em seu velho vestido. Para completar o constrangimento, viu Belle cutucar Annie, e os olhares das duas passaram de si a Laurie, que, para sua alegria, parecia estranhamente infantil e tímido.

"Criaturas bobas, pondo tais pensamentos em minha cabeça! Não vou me importar com isso, nem vou deixar que isso me faça mudar um mínimo sequer", pensou Meg, e atravessou a sala para cumprimentar o amigo.

— Fico feliz com a sua presença, receei que não viesse — disse ela, com seu ar mais adulto.

— Jo quis que eu viesse e contasse a ela como você estava, e foi o que fiz — respondeu Laurie, sem tirar os olhos dela, embora sorrisse levemente de seu tom maternal.

— O que vai dizer a ela? — perguntou Meg, curiosa por saber sua opinião a seu respeito, mas pela primeira vez não se sentindo muito à vontade com ele.

— Devo dizer que não reconheci você; pois parece tão adulta, tão diferente de si mesma. Estou com um pouco de medo de você — disse ele, mexendo nervosamente no botão da luva.

— Que absurdo da sua parte! As garotas me vestiram para se divertir, e eu gostei. Jo não ficaria espantada se me visse? — perguntou Meg, empenhada em fazê-lo dizer se a achava mais bonita ou não.

— Sim, acho que ficaria — respondeu Laurie, muito sério.

— Não gosta de mim assim? — perguntou Meg.

— Não, não gosto — foi a resposta seca.

— Por que não? — Em um tom ansioso.

Ele olhou para o cabelo frisado, os ombros nus e o vestido de extraordinário corte com uma expressão que a envergonhava mais do que sua resposta, que nada tinha da polidez habitual.

— Não gosto de extravagância e plumas.

Vindo de um rapaz mais novo que ela, isso era demais, e Meg se afastou, disparando irritada:

— Você é o menino mais sem educação que já vi.

Sentindo-se muito perturbada, ela saiu e ficou em uma janela tranquila para esfriar o rosto, pois o vestido apertado lhe dava uma cor incomodamente viva. Enquanto ali estava, o major Lincoln passou, e um minuto depois ela o ouviu dizer à mãe:

— Elas estão fazendo a menina de boba; queria que você a visse, elas a estragaram completamente. Parece uma boneca esta noite.

— Oh, céus! — suspirou Meg. — Como queria ter sido sensata e usado o que era meu; assim não teria afastado outras pessoas, nem teria me sentido tão desconfortável e envergonhada de mim mesma.

Ela encostou a testa no vidro frio e permaneceu meio escondida pelas cortinas, sem dar atenção ao começo de sua valsa favorita, até que alguém a tocou; virando-se, ela viu Laurie, com ar de desculpas, que lhe disse, curvando-se com elegância e estendendo a mão:

— Por favor, perdoe minha grosseria e venha dançar comigo.

— Receio que seja muito desagradável para você — disse Meg, tentando em vão parecer ofendida.

— Nem um pouco; estou louco para dançar com você. Venha, serei bonzinho. Não gosto do seu vestido, mas acho que você está... esplêndida. — E gesticulou, como se lhe faltassem palavras para expressar sua admiração.

Meg sorriu, cedeu ao pedido e sussurrou, enquanto esperavam para entrar no tempo da valsa:

— Tome cuidado para não tropeçar na minha saia; é um inferno, fui uma tonta de usá-la.

— Prenda-a em torno do pescoço, e então será útil — disse Laurie, olhando para as botinhas azuis, de que ele claramente gostara.

E lá se foram, com graça e elegância; por terem treinado em casa, estavam bem entrosados, e o alegre e jovem casal era agradável de se ver, girando feliz, sentindo-se mais amigos do que nunca depois da pequena briga.

— Laurie, quero que me faça um favor; você faz? — disse Meg, enquanto ele a abanava quando ela começou a ofegar, o que aconteceu muito rápido, embora ela não admitisse a razão.

— Eu não! — exclamou Laurie, em tom de brincadeira.

— Por favor, não conte em casa sobre minha roupa dessa noite. Elas não vão entender a brincadeira, e isso vai preocupar a mãe.

"Então por que você fez isso?", disseram os olhos de Laurie, tão claramente que Meg se apressou em acrescentar:

— Eu contarei tudo a elas, e confessarei à minha mãe o quão tola fui. Mas prefiro fazer isso eu mesma. Faz esse favor?

— Dou minha palavra que não contarei; mas o que direi quando me perguntarem?

— Basta dizer que eu parecia muito bem e estava me divertindo.

— Que você estava muito bem eu direi, de todo o coração; mas e quanto a estar se divertindo? Não parece que seja o caso. É?

E Laurie olhou para ela com uma expressão que a fez responder, em um sussurro:

— Não; e não só agora. Não pense que sou horrível. Só queria um pouco de diversão, mas esse tipo não me serve, foi o que descobri, e estou ficando cansada.

— Aí vem Ned Moffat. O que ele quer? — perguntou Laurie, franzindo as sobrancelhas negras como se não julgasse desejável a inclusão do jovem anfitrião no grupo.

— Ele solicitou três danças, e suponho que esteja vindo para isso. Que maçada! — disse Meg, assumindo um ar lânguido que divertiu imensamente Laurie.

Ele não voltou a falar com ela até a hora do jantar, quando a viu tomando champanhe com Ned e seu amigo Fisher, que se comportavam "como um par de idiotas", como disse Laurie para si mesmo, pois sentia uma espécie de direito fraternal de cuidar das March e apresentar-se sempre que um paladino se fazia necessário.

— Você vai ter uma dor de cabeça estrondosa amanhã, se beber muito disso. Eu não o faria, Meg; sua mãe não aprova, você sabe — sussurrou ele, inclinando-se sobre a cadeira, enquanto Ned se virava para completar o copo dela, e Fisher se abaixava para pegar seu leque.

— Não sou Meg hoje à noite; sou "uma boneca" que faz todo tipo de maluquice. Amanhã vou deixar de lado a tal "extravagância e plumas" e voltar a ser rigorosamente boa de novo — respondeu ela, com uma risadinha afetada.

— Queria que já fosse amanhã, então — resmungou Laurie, afastando-se, desgostoso com a mudança que viu nela.

Meg dançou e flertou, tagarelou e riu, como as outras garotas; depois do jantar, pôs-se a dançar o cotilhão e cometeu muitos erros, quase chegando a irritar seu parceiro com a saia longa, e movendo-se com uma energia que escandalizou Laurie, que a observava e pensava no que lhe dizer. Mas ele não teve chance de fazê-lo, pois Meg ficou longe dele até que Laurie se aproximou para se despedir.

— Lembre-se! — disse ela, tentando sorrir, pois a dor de cabeça já havia começado.

— *Silence à la mort!* — respondeu Laurie, num floreio melodramático, enquanto se afastava.

Esse brevíssimo aparte excitou a curiosidade de Annie; mas Meg estava cansada demais para fofoquinhas e foi para a cama, sentindo-se como quem tivesse ido a um baile de máscaras mas não tivesse se divertido tanto quanto queria. Passou mal todo o dia seguinte e, no sábado, foi para casa esgotada de seus quinze dias de diversão e com a impressão de que tinha passado tempo o bastante nos braços do luxo.

— É bom ficar em paz e não ter de agir formalmente o tempo todo. Minha casa *é* um lugar agradável, embora não seja luxuoso — disse Meg, olhando ao seu redor com uma expressão tranquila, sentada ao lado da mãe e de Jo no domingo à noite.

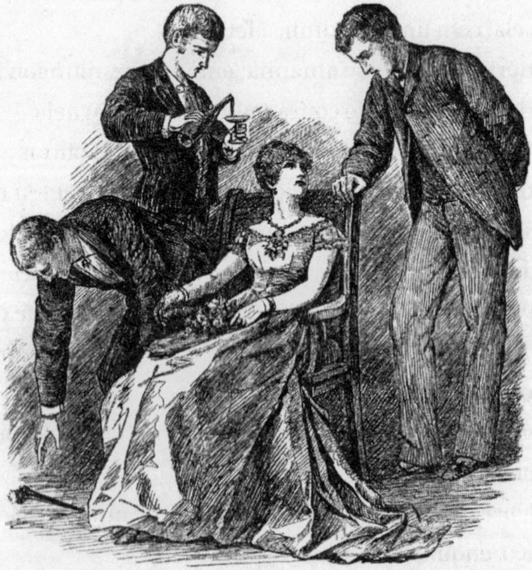

— Fico feliz em ouvir você dizer isso, querida, pois tinha medo de que o lar lhe parecesse tedioso e pobre depois de um lindo passeio — respondeu a mãe, que lhe lançara muitos olhares de preocupação naquele dia; pois os olhos das mães são rápidos para detectar qualquer mudança nos rostos dos filhos.

Meg contara suas aventuras alegremente e falara repetidas vezes que vivera momentos encantadores, mas algo ainda parecia pesar sobre seu espírito e, quando as meninas mais novas foram para a cama, ela se sentou, pensativa, olhando para o fogo, falando pouco e parecendo preocupada. Quando o relógio bateu nove horas e Jo propôs que fossem dormir, Meg de repente deixou a cadeira e, pegando o banquinho de Beth, apoiou os cotovelos nos joelhos da mãe e disse, corajosamente:

— Mami, preciso lhe contar.

— Foi o que pensei. Que houve, filha?

— Devo ir embora? — perguntou Jo, discretamente.

— Claro que não. Não conto tudo para você sempre? Tive vergonha de falar sobre isso na frente das mais novas, mas quero que vocês saibam todas as coisas terríveis que fiz na casa dos Moffat.

— Estamos preparadas — disse a sra. March, sorrindo, mas parecendo um pouco preocupada.

— Disse a vocês que elas me arrumaram, mas não contei que elas me passaram pó, me apertaram em um espartilho, frisaram meu cabelo e me fizeram parecer um anúncio de moda. Laurie achou que eu não estava adequada. Sei que achou, embora não o diga, e um homem me chamou de "boneca". Eu sabia que era uma bobagem, mas elas me adularam, disseram que eu era uma beldade e muitas outras tolices... então deixei que me fizessem de boba.

— Isso é tudo? — perguntou Jo, enquanto a sra. March olhava em silêncio para o rosto abatido de sua linda filha, sem ser capaz de encontrar em seu coração por onde culpá-la por suas pequenas tolices.

— Não, bebi champanhe, dancei desajeitadamente, tentei flertar... em resumo, fui péssima — disse Meg, num tom de autorreprovação.

— Há algo mais, acho. — E a sra. March alisou a bochecha macia, que de repente ficou rosada quando Meg respondeu devagar:

— Sim. É muito bobo, mas quero contar, porque detesto que haja pessoas dizendo e pensando essas coisas sobre nós e Laurie.

Em seguida, contou as várias fofocas que ouvira na casa dos Moffat e, enquanto falava, Jo viu a mãe comprimir os lábios com força, como se estivesse descontente de ver aquelas ideias postas na mente inocente de Meg.

— Ora, se isso não é a maior bobagem que já ouvi na vida! Por que você não apareceu e respondeu a elas na hora? — gritou Jo, indignada.

— Não pude, foi tão constrangedor para mim. Não pude deixar de ouvir, no começo, e então fiquei com muita raiva e vergonha, não lembrei que tinha de me afastar.

— Espere só até *eu* encontrar essa Annie Moffat, e vou mostrar para você como resolver esse tipo de coisa ridícula. A ideia de ter "planos" e ser gentil com Laurie porque ele é rico e logo pode se casar com uma de nós! Imagina se ele não vai dar um berro quando eu contar o que essas coisinhas estúpidas falam sobre a gente, crianças pobres!

E Jo riu, como se, pensando bem, tudo lhe parecesse uma boa piada.

— Se você disser a Laurie, nunca vou perdoar você! Ela não deve, deve, mãe? — disse Meg, parecendo angustiada.

— Não, nunca repita essa fofoca idiota, e esqueça-a assim que puder — disse a sra. March, com muita seriedade. — Fui muito insensata ao deixar você estar entre pessoas que conheço tão pouco; gentis, ouso dizer, mas mundanas, mal-educadas e cheias dessas ideias vulgares sobre jovens. Sinto muito, mais do que posso expressar, pelo mal que essa visita pode ter feito a você, Meg.

— Não se desculpe, não vou deixar isso me machucar. Vou esquecer todo o mal e lembrar-me apenas do que foi bom, porque gostei muito, e agradeço por ter me deixado ir. Não vou ficar triste ou insatisfeita, mãe; sei que sou uma garotinha boba e ficarei com você até que esteja em condições de cuidar de mim mesma. Mas *é* bom ser elogiada e admirada, e não posso dizer que não gosto — disse Meg, parecendo um pouco envergonhada da confissão.

— Isso é perfeitamente natural, e bastante inofensivo, se o gostar não se tornar uma obsessão e levar a pessoa a fazer coisas tolas ou indignas de uma moça. Aprenda a reconhecer e valorizar o elogio que vale a pena receber e a despertar a admiração de pessoas excelentes sendo modesta e graciosa, Meg.

Margaret ficou pensando por um instante, enquanto Jo estava com as mãos para trás, parecendo ao mesmo tempo interessada e um pouco perplexa; pois era uma coisa nova ver Meg corar e falar sobre admiração, amores e coisas desse tipo. E Jo sentiu como se, durante aqueles quinze dias, sua irmã tivesse crescido incrivelmente e estivesse se afastando dela para um mundo que não podia alcançar.

— Mãe, você tem "planos", como disse a sra. Moffat? — perguntou Meg, timidamente.

— Sim, minha filha, tenho muitos, todas as mães têm, mas os meus diferem um pouco dos da sra. Moffat, creio eu. Vou contar alguns deles, pois chegou a hora em que uma palavra sobre um assunto muito sério pode dar um jeito nessa cabecinha e coração românticos que você tem. Você é jovem, Meg; mas não jovem demais para me entender, e os lábios das mães são os mais adequados para falar dessas coisas para garotas como você. Jo, sua hora também vai chegar, talvez, então ouça meus "planos" e me ajude a executá-los, se eles forem bons.

Jo sentou-se em um braço da poltrona, com a expressão de quem achava que estavam prestes a se reunir em torno de um assunto muito sério. Segurando a mão de cada uma e mirando pensativa, a sra. March disse, com seu jeito sério e alegre:

— Quero que minhas filhas sejam bonitas, educadas e boas. Quero que sejam admiradas, amadas e respeitadas; tenham uma juventude feliz, sejam bem e sabiamente casadas; e que tenham uma vida útil e agradável, em que enfrentem o mínimo de preocupação e tristeza que Deus permitir. Ser amada e escolhida por um homem bom é a melhor coisa, a mais linda, que pode acontecer com uma mulher, e sinceramente espero que minhas meninas tenham essa experiência. É natural pensar nisso, Meg; é certo desejar e esperar por isso, assim como é sábio se preparar para isso, de modo que quando a hora feliz chegar, vocês se sintam prontas para os deveres e dignas da alegria. Minhas queridas garotas, *tenho* ambições para vocês, mas não que deem a volta ao mundo, casem com homens ricos simplesmente porque são ricos, ou tenham casas esplêndidas que não são lares porque nelas não existe amor. O dinheiro é uma coisa necessária e preciosa... e, quando bem usado, uma coisa nobre..., mas nunca quis que vocês pensassem que é o primeiro ou único prêmio pelo qual lutar. Prefiro vê-las como esposas de homens pobres, desde que sejam felizes, amadas, satisfeitas, mais do que rainhas em tronos, sem paz nem respeito por si mesmas.

— As moças pobres não têm nenhuma *chance*, disse a Belle, a menos que se mostrem — suspirou Meg.

— Então seremos solteironas — emendou Jo, com firmeza.

— Sim, Jo; é melhor sermos velhas solteironas felizes do que esposas infelizes, ou moças sem modos de dama correndo para encontrar um marido — cravou a sra. March. — Não se preocupe, Meg, a pobreza raramente assusta um admirador sincero. Algumas das melhores e mais honradas mulheres que conheço eram meninas pobres, mas tão dignas de amor que não lhes foi permitido que se tornassem solteironas. Deixem que o tempo cuide dessas coisas; tornem esta casa feliz, para que vocês fiquem preparadas para ter as suas próprias casas, se elas lhes forem oferecidas, e felizes aqui, caso não sejam. Lembrem-se de uma coisa, minhas filhas. Sua mãe está sempre pronta para lhes servir de confidente, e o seu pai para lhes ser amigo; e nós dois temos a esperança e a confiança de que nossas filhas, casadas ou solteiras, serão o orgulho e o conforto de nossas vidas.

— Seremos, Mami, seremos! — exclamaram elas, de todo o coração, enquanto lhe davam boa-noite.

10. C.P. E A.P.

Quando a primavera chegou, novos divertimentos se tornaram moda, e os dias mais compridos rendiam longas tardes para trabalhos e brincadeiras de toda sorte. Era preciso cuidar do jardim, e cada irmã tinha um quarto do pequeno espaço para fazer o que quisesse. Hannah costumava dizer "Eu ia saber de quem é cada jardim, até se eu estivesse lá longe na China", e era verdade, pois as preferências das meninas diferiam tanto quanto suas personalidades. O canteiro de Meg tinha rosas e heliotrópios, murtas e uma pequena laranjeira. O canteiro de Jo mudava ano a ano, pois ela sempre experimentava novidades; neste, plantaria girassóis, flores alegres e perfumadas cujas sementes serviriam para alimentar a tia Cacarejo e sua família de pintinhos. Beth preferia, em seu jardim, as flores perfumadas à moda antiga, ervilhas-de-cheiro e resedás, esporinhas, cravinas, amores-perfeitos e abrótanos, com alecrim-de-são-josé para os pássaros e erva-gateira para os gatos. Amy tinha um caramanchão em sua área, pequeno e infestado de tesourinhas, mas muito bonito de se ver, com madressilvas e glórias-da-manhã, que pendiam em grinaldas de coloridas cornetas e campânulas; lírios brancos altos, samambaias delicadas e tantas e vistosas plantas pitorescas quanto fosse possível que ali florescessem.

A jardinagem, os passeios a pé, os passeios de barco no rio e a procura de flores ocupavam os dias de sol; para os chuvosos, tinham as brincadeiras de casa, algumas antigas, outras novas, todas mais ou menos originais. Uma delas era o "C.P.", pois, como andavam em voga as sociedades secretas, as meninas julgaram adequado inventarem uma, e como todas admiravam Dickens, proclamaram-se o Clube Pickwick. Com alguns intervalos, mantiveram a agremiação por um ano, e se reuniam todos os sábados à noite no grande sótão, quando tinham lugar as seguintes cerimônias: três cadeiras eram dispostas em fila diante de uma mesa na qual havia uma lamparina, além de quatro distintivos brancos, cada qual com um grande "C.P." em diferentes cores, e o jornal semanal chamado *A Folha Pickwick*, do qual todas eram colaboradoras, e Jo, que adorava canetas e tintas, a editora. Às sete horas, os quatro membros subiam ao salão do clube, amarravam suas insígnias em volta das cabeças e ocupavam seus lugares com enorme solenidade. Meg, na condição de mais velha, era Samuel Pickwick; Jo, de verve literária, Augustus Snodgrass; Beth, por ser rechonchuda e rosada, Tracy Tupman; e Amy, que estava sempre às voltas com algo que não era capaz de fazer, Nathaniel Winkle. Pickwick, o presidente, lia o jornal, repleto de contos originais, poesia, notícias locais, anúncios engraçados e insinuações, nas quais, com bom humor, lembravam umas às outras de suas falhas e deficiências.

Em certa ocasião, o sr. Pickwick colocou um par de óculos sem lente, bateu na mesa, pigarreou e mirou duramente o sr. Snodgrass, que se inclinava para trás na cadeira. Quando este se endireitou, o sr. Pickwick começou a ler:

A Folha Pickwick

20 DE MAIO DE 18—

O canto do poeta

ODE DE ANIVERSÁRIO

Hoje cá estamos para celebrar
Com crachás e solene ritual,
Nosso quinquagésimo segundo ano,
Esta noite, em Pickwick Hall.

Estamos todos em perfeita saúde,
E em nosso grupinho não falta ninguém;
Vemos mais uma vez os rostos bem conhecidos,
E apertamos cada mão amiga, amém.

Nosso Pickwick, sempre em seu posto,
Saudamos com reverência cordial,
Enquanto com os óculos no nariz ele lê
Nossa bem-preenchida folha semanal.

Embora de resfriado padeça,
É com alegria que o ouvimos falar,
Pois verte palavras de sabedoria,
Mesmo se coaxar ou chiar.

O velho Snodgrass assoma,
Com graça elefantina, e tão comprido!
E sorrisos para a companhia distribui,
Com seu jeito jovial e atrevido.

O fogo poético seu olho ilumina,
E contra o seu destino ele luta, o infeliz.
Traz a ambição estampada na testa,
E um borrão a cobrir-lhe o nariz.

Em seguida vem nosso pacífico Tupman,
Róseo, doce e rechonchudinho,
Que engasga de rir com os trocadilhos,
E chega a tombar do seu ninho.

O empertigado Winkle também aqui está,
Com cada fio de cabelo no lugar.
Nele vemos um modelo de decoro,
Embora o rosto ele odeie lavar.

O ano se foi, e ainda estamos juntos
Para brincar e rir e ler com fartura,
E trilharmos o caminho que leva
À glória pela literatura.

Que o nosso jornal prospere bem,
E nosso clube indissolúvel seja,
E que os anos sobre o alegre C.P. derramem
Sua bênção benfazeja.

A. SNODGRASS

O CASAMENTO MASCARADO
UM CONTO DE VENEZA

Gôndola após gôndola tocou os degraus de mármore, depositando sua bela carga para engrossar a multidão brilhante que enchia os imponentes salões do conde de Adelon. Cavaleiros e damas, elfos e pajens, monges e floristas, todos se misturavam alegremente na dança. Vozes agradáveis e ricas melodias enchiam o ar, e assim, com riso e música, o baile de máscaras continuava.

— Sua Alteza viu Lady Viola hoje à noite? — perguntou um valente trovador à rainha das fadas que flutuava pelo corredor de braços dados com ele.

— Sim, ela não está adorável, embora tão triste? O vestido também está bem escolhido, pois em uma semana ela se casa com o conde Antonio, a quem odeia apaixonadamente.

— Pela minha fé, eu o invejo. Lá vem ele, trajado como um noivo, exceto pela máscara negra. Quando tirar a máscara, veremos o que pensa da bela dama cujo coração não é capaz de conquistar, embora seu severo pai lha conceda a mão — respondeu o trovador.

— Diz-se à boca miúda que ela ama o jovem artista inglês que lhe segue os passos e é rejeitado pelo velho conde — disse a senhora, quando se uniram ao baile.

O divertimento estava no auge quando um padre apareceu e, saindo com o jovem casal para um caramanchão revestido de veludo roxo, fez sinal para que se ajoelhassem. De pronto a multidão feliz silenciou; apenas o espargir das fontes ou o farfalhar de laranjeiras que dormiam ao luar rompia a quietude, quando assim disse o conde de Adelon:

— Meus senhores e senhoras, perdoem o ardil com que os reuni aqui para testemunhar o casamento da minha filha. Padre, esperamos as suas palavras.

Todos os olhos se voltaram para a festa nupcial, e um murmúrio de assombro atravessou a multidão, pois nem a noiva, nem o noivo retiraram suas máscaras. Todos os corações estavam tomados de curiosidade e maravilhamento, mas o respeito conteve todas as línguas até que o rito sagrado terminasse. Então, os espectadores ansiosos se reuniram em volta do conde, exigindo uma explicação.

— Contaria com prazer, se pudesse; sei apenas que era o capricho de minha tímida Viola, e cedi a ela. Agora, meus filhos, permitam que a cerimônia se complete. Tirem as máscaras e recebam minha bênção.

Mas nenhum dos dois se ajoelhou; o jovem noivo retrucou, num tom que assustou todos os ouvintes, enquanto a máscara caía revelando o rosto nobre de Ferdinand Devereux, o artista apaixonado, tendo encostada ao peito onde então brilhava a estrela de um conde inglês a adorável Viola, radiante de alegria e beleza:

— Meu senhor, o senhor desdenhou meu pedido da mão de sua filha, quando eu podia me gabar de um nome tão grande e uma fortuna tão vasta quanto os do conde Antonio. Posso fazer mais; pois até sua alma ambiciosa não pode recusar o conde de Devereux e De Vere, quando ele oferece seu nome antigo e riqueza sem limites em troca da mão desta bela e tão amada dama, agora minha esposa.

O conde permaneceu imóvel, como se alguém o tivesse transformado em pedra; e voltando-se para a multidão perplexa, Ferdinand acrescentou, com um sorriso alegre de triunfo:

— Para vocês, meus galantes amigos, só posso desejar que seu namoro prospere como o meu, e que todos possam ter uma noiva tão bela quanto a que conquistei com este casamento mascarado.

S. PICKWICK

Por que o C.P. é uma babel? Ele está cheio de membros que fazem o que dá na telha.

A HISTÓRIA DE UMA ABÓBORA

Era uma vez um fazendeiro que plantou uma sementinha em seu jardim, e depois de um tempo ela brotou e se tornou uma rama inteira e deu muitas abóboras. Um dia, em outubro, quando estavam maduras, ele escolheu uma e a levou ao mercado. Um merceeiro comprou a abóbora e a colocou em sua loja. Naquela mesma manhã, uma menininha de chapéu marrom e vestido azul, de rosto redondo e nariz arrebitado, foi comprá-la para a mãe. Ela levou a abóbora para casa, cortou, cozinhou na panela grande e amassou um pouco com sal e manteiga para servir no jantar. E ao resto ela acrescentou um litro de leite, dois ovos, quatro colheres de açúcar, noz-moscada e algumas bolachas, colocou em um prato fundo, e assou até ficar dourada e boa, e no dia seguinte tudo foi comido por uma família chamada March.

T. TUPMAN

Caro sr. Pickwick, *Sir*
Eu me dirijo ao senhor sobre o assunto do pecado o pecador a que me refiro é um homem que chama Winkle e que causa problema no seu clube rindo e tem vezes que não escreve a sua parte neste ótimo jornal espero que o senhor perdoe o transtorno que ele causa e deixe ele mandar uma fábula francesa porque ele não consegue escrever por conta própria porque ele tem muita lição para fazer e pouca ideia no futuro tentarei não perder uma ocasião ofortuna de preparar algum texto que vai ficar *comme la fo* que significa bom estou com pressa porque já está na hora de ir para a escola. Atenciosamente,

N. WINKLE

[O texto acima é um bonito e honesto reconhecimento de desregramentos passados. Se nosso jovem amigo estudasse pontuação, estaria ótimo.]

UM TRISTE INCIDENTE

Na última sexta-feira, fomos surpreendidos por um violento estrondo em nosso porão, seguido de gritos de dor. Correndo em um só grupo até o porão, descobrimos que nosso amado presidente havia se prostrado no chão, tendo tropeçado e caído enquanto pegava lenha para fins domésticos. Tínhamos diante dos olhos uma perfeita cena de ruína, pois, em sua queda, o sr. Pickwick mergulhara de cabeça e ombros em uma bacia d'água, virando um barril de sabão líquido sobre suas formas imponentes e rasgando de forma quase irrecuperável seus trajes. Ao ser removido dessa perigosa situação, descobriu-se que não sofrera qualquer ferimento, porém vários arranhões. Ficamos felizes em acrescentar que ele se recupera bem.

OS EDITORES

NOTA DE DESAGRAVO SOBRE UM DESAPARECIMENTO

É nosso doloroso dever registrar o súbito e misterioso desaparecimento de nossa querida amiga, sra. Gatita Bola de Neve. A adorável e amada gata em questão era o animal de estimação de um grande círculo de calorosos amigos, que muito a estimavam; pois sua beleza atraía os olhares de todos, suas graças e virtudes a faziam querida de todos os corações, e sua perda é profundamente sentida por toda a comunidade.

Foi vista pela última vez sentada ao portão, observando o carro do açougueiro. Teme-se que algum velhaco, tentado por seus encantos, a tenha abjetamente subtraído. Semanas se passaram, mas nenhum vestígio dela foi descoberto; e, assim, renunciamos a toda esperança, amarramos uma fita preta em sua cesta, guardamos seu pratinho e choramos por ela como um ente para sempre perdido.

Um amigo manda a pérola de compaixão que se segue:

UM LAMENTO
(PELA GATITA B. DE N.)

Lamentamos a perda
  Do nosso pequeno animal de
    estimação,
Que nunca mais sentará junto ao fogo
  Nem brincará próximo ao portão.

O pequeno túmulo onde seu bebê
    dorme
  está debaixo do castanheiro.
Mas no seu túmulo não podemos chorar,
  Pois não sabemos seu paradeiro.

Nunca mais a verão
  A cama vazia, o novelo ocioso;
Nada se ouve na porta...
  Adeus batidinhas gentis, adeus
    ronronar amoroso.

Outra gata vem atrás de seus ratos,
  Uma gata de sujo focinho,
Mas ela não caça como nossa querida
    fazia,
  Nem brinca com sua leveza e jeitinho.

Suas patas furtivas percorrem a sala
  Onde Gatita Bola de Neve brincava,
Mas ela apenas provoca os cães
  Que nossa mascote com galhardia
    expulsava.

Ela é útil e mansa, e faz o que pode,
  Mas não é bonita de se olhar,
E o seu lugar não podemos dar a ela,
  Nem adorá-la como costumávamos te
    adorar.

A.S.

ANÚNCIOS

A SRTA. BOLSETTE LARANGE, a refinada palestrante de opiniões fortes, dará sua famosa palestra sobre "A mulher e sua posição" no Salão Pickwick, no próximo sábado à noite, depois das apresentações habituais.

UMA REUNIÃO SEMANAL será realizada no Cozinha Palace, para ensinar jovens moças a cozinhar. Hannah Brown estará à frente dos trabalhos e todas estão convidadas a participar.

A SOCIEDADE PÁ DE LIXO se reunirá na próxima quarta-feira e desfilará no andar superior da Sede do Clube. Todos os membros devem aparecer de uniforme e empunhar suas vassouras às nove em ponto.

A SRA. BETH QUICA QUICANTE abrirá a nova coleção da sua Chapelaria de Bonecas na próxima semana. As últimas modas de Paris chegaram, e encomendas são respeitosamente solicitadas.

UMA NOVA PEÇA entrará em cartaz no Barnville Theatre nas próximas semanas e superará qualquer coisa já vista nos palcos americanos. "O escravo grego, ou Constantino o Vingador" é o título desse emocionante drama!!!

SUGESTÕES

Se S.P. não usasse tanto sabão nas mãos, não estaria sempre atrasado para o café da manhã. Pede-se que A.S. não assobie na rua. T.T., por favor, não esqueça o guardanapo de Amy. N.W. não deve se preocupar porque seu vestido não tem nove pregas.

RELATÓRIO SEMANAL

Meg — Boa
Jo — Má
Beth — Muito boa
Amy — Mais ou menos

Quando o presidente terminou a leitura do jornal (e peço licença para garantir aos meus leitores que se trata da reprodução *bona fide* de um jornal tal como outrora escrito por meninas *bona fide*), fez-se uma salva de palmas; em seguida, o sr. Snodgrass levantou-se para fazer uma proposta:

— Sr. presidente e caros senhores — começou ele, assumindo postura e tom parlamentares —, desejo propor a admissão de um novo membro; alguém que merece tal honra, por ela seria profundamente grato, acrescentaria imensamente ao espírito do clube e ao valor literário do jornal e ficaria infinitamente feliz. Proponho a inclusão do sr. Theodore Laurence como membro honorário do C.P. Peço-lhes que o aceitem.

A súbita mudança de tom de Jo fez as garotas rirem, mas todas pareciam um tanto inquietas, e ninguém disse uma palavra quando Snodgrass se sentou.

— Coloquemo-lo em votação — disse o presidente. — Os que estão a favor da moção, que se manifestem dizendo: "Sim".

Ouviu-se uma resposta enfática de Snodgrass, seguida, para surpresa de todos, de um tímido "Sim" de Beth.

— Os que se opõem, que se manifestem com um "Não".

Meg e Amy colocaram-se contrárias; e Winkle levantou-se para dizer com grande elegância:

— Não desejamos a presença de nenhum garoto; eles só fazem piadas e correm de um lado para o outro. Este é um clube de mulheres, e queremos que seja exclusivo e correto.

— Creio que ele riria do nosso jornal e zombaria de nós depois — observou Pickwick, puxando o cachinho da testa, como sempre fazia quando estava indeciso.

De um salto, Snodgrass levantou-se e disse, muito seriamente:

— Senhor, dou-lhe minha palavra de cavalheiro que Laurie não fará nada do gênero. Ele gosta de escrever e imprimirá firmeza às nossas contribuições e nos impedirá de sermos sentimentais, não percebe? Podemos fazer tão pouco por ele, e ele tanto por nós; por isso, o mínimo que podemos fazer é oferecer-lhe um lugar aqui, e recebê-lo bem, caso venha.

Essa alusão engenhosa aos benefícios concedidos colocou Tupman a seus pés, como se então tivesse mudado de ideia.

— Sim, devemos fazê-lo, ainda que tenhamos medo. Digo que ele pode vir, e seu avô também, se quiser.

A corajosa explosão de Beth animou o clube, e Jo deixou seu lugar para lhe apertar as mãos, em sinal de aprovação:

— Vamos votar de novo. Que todos se lembrem de nosso Laurie e digam "Sim!" — exclamou Snodgrass vivamente.

— Sim! Sim! Sim! — responderam três vozes de uma só vez.

— Ótimo! Abençoados sejam! E como não há nada melhor do que uma "ocasião ofortuna", como Winkle muito pitorescamente observou, permitam-me apresentar o novo membro.

E, para espanto do restante do clube, Jo abriu a porta do armário e apresentou Laurie sentado em um saco de trapos, corado e piscando com um riso contido.

— Velhaca! Traidora! Jo, como você pôde? — gritaram as três garotas, enquanto Snodgrass conduzia seu amigo em triunfo e, oferecendo-lhe uma cadeira e um distintivo, o instalava imediatamente.

— A frieza de vocês, patifes, impressiona — começou o sr. Pickwick, tentando fazer uma careta horrível, mas conseguindo apenas produzir um sorriso amável. Mas o novo membro estava à altura da situação e, levantando-se com grata saudação ao presidente, disse da maneira mais cativante:

— Senhor presidente e senhoras... perdão, cavalheiros... permitam-me que me apresente. Sam Weller, um humilde servo do clube.

— Ótimo! Ótimo! — gritou Jo, batendo com o cabo do velho aquecedor de cama em que se apoiava.

— Meu fiel amigo e nobre patrono — continuou Laurie com um aceno —, que me apresentou de forma tão lisonjeira, não deve ser culpado pelo vil estratagema desta noite. Eu planejei isso, e ela só cedeu depois de muita insistência.

— Por favor, não coloque toda a culpa em você. Você sabe que eu propus o armário — interrompeu Snodgrass, que estava gostando muito da brincadeira.

— Não liguem para o que ela diz. Sou eu o desgraçado que fez isso, senhor — disse o novo membro, com um aceno à la Weller dirigido ao sr. Pickwick. — Mas, por minha honra, nunca mais o farei, e daqui em diante *dewoto-me* ao interesse desse clube imortal.

— De acordo! — exclamou Jo, batendo na tampa do aquecedor.

— Prossiga, prossiga! — acrescentaram Winkle e Tupman, enquanto o presidente se curvava benignamente.

— Apenas desejo dizer, como pequena amostra de minha gratidão pela honra que me foi concedida, e como meio de promover relações amistosas entre as nações vizinhas, que montei uma Agência Postal na sebe no canto inferior do jardim; uma bela e espaçosa construção com cadeados nas portas e todas as conveniências para os senhores correios — e também para as senhoras correias, se me permitem a expressão. É a antiga casinha das andorinhas, mas travei a porta e abri o telhado, para que ali caiba todo tipo de coisa e poupe o nosso valioso tempo. Cartas, manuscritos, livros e pacotes podem ser colocados ali, e como cada nação tem uma chave, será extraordinariamente agradável, eu imagino. Permitam-me apresentar-lhes a chave do clube, e com muitos agradecimentos por sua generosidade, tomo o meu lugar.

Fez-se grande salva de palmas quando o sr. Weller depositou a chavinha sobre a mesa e sentou-se; a tampa do aquecedor foi per-

cutida e brandida freneticamente; e levou algum tempo até que a ordem se restaurasse. Seguiu-se uma longa discussão, da qual todos saíram surpresos, pois todos deram o seu melhor; assim, foi uma reunião muitíssimo animada e que durou até tarde, quando foi encerrada com três vivas estridentes ao novo membro.

Nenhuma das garotas jamais lamentou a admissão de Sam Weller: o clube nunca poderia ter encontrado membro mais dedicado, bem-comportado e jovial. É certo que ele acrescentou "espírito" às reuniões e "firmeza" ao jornal, pois seus discursos inflamavam os ouvintes, e suas contribuições eram excelentes — patrióticas, clássicas, cômicas ou dramáticas, mas nunca sentimentais. Jo as considerava dignas de um Bacon, de um Milton ou Shakespeare, e remodelava as suas próprias com bons resultados, julgava ela.

A A.P. era uma instituição pequena e fundamental, que floresceu maravilhosamente, pois quase tantas coisas estranhas passavam por ela como pelos correios de verdade. Tragédias e gravatas, poesia e picles, sementes de jardim e longas cartas, partituras e pão de mel, borrachas, convites, reprimendas e cachorrinhos. O velho cavalheiro gostava da brincadeira e divertia-se enviando pacotes estranhos, mensagens misteriosas e telegramas engraçados, e seu jardineiro, que estava apaixonado pelos encantos de Hannah, chegou a mandar uma carta de amor aos cuidados de Jo. Todos riram muito quando o segredo veio à tona, sem jamais sonhar com a quantidade de cartas de amor que essa pequena Agência Postal receberia nos anos vindouros.

11. EXPERIMENTOS

— PRIMEIRO DE JUNHO! Amanhã os King viajam para a praia, e estou livre. Três meses de férias! Quero aproveitar muito! — exclamou Meg, voltando para casa em um dia quente e encontrando Jo deitada no sofá em um estado incomum de exaustão, enquanto Beth tirava as botas empoeiradas e Amy fazia limonada para o refresco de todo o grupo.

— Tia March foi hoje, ah, que beleza! — disse Jo. — Estava morrendo de medo de ela me pedir para ir junto. Se tivesse pedido, teria me sentido mais ou menos no dever; mas Plumfield é animada como um cemitério, sabe?, e preferia ser dispensada. Foi dureza arrancar a velha de dentro de casa, e eu sentia calafrios sempre que ela falava comigo, porque estava com tanta pressa de acabar logo com aquilo que fiquei gentil e meiga como nunca, e temia que ela achasse impossível se separar de mim. Só parei de tremer quando ela já estava bem acomodada na carruagem, e ainda tive um susto final, porque, já saindo, ela enfiou a cabeça para fora e gritou: "Josy-phine, você não quer...?". Nem terminei de ouvir, porque muito covardemente me virei e fugi. Realmente corri e virei a esquina rapidinho, e aí me senti segura.

— Coitadinha da Jo! Entrou aqui de um jeito que mais parecia que tinha um urso atrás dela — lembrou Beth, abraçando os pés da irmã com ar maternal.

— Tia March é um *lampiro*, não é? — observou Amy, provando de sua limonada com ar crítico.

— Ela quer dizer *vampiro*; mas não importa... está calor demais para nos preocuparmos com linguagem — murmurou Jo.

— O que vocês vão fazer nas férias? — perguntou Amy, mudando de assunto com tato.

— Vou ficar deitada até tarde e não fazer nada — respondeu Meg, do fundo da cadeira de balanço. — Fui tirada cedo da cama o inverno todo e precisei passar meus dias trabalhando para outras pessoas; agora vou descansar e me divertir como quiser.

— Hum — disse Jo —, esse negócio de preguiça não combina comigo. Já separei uma pilha de livros, e vou ilustrar minhas deliciosas horas lendo empoleirada na velha macieira, quando não estiver voando feito uma...

— Não diga "cotovia"! — suplicou Amy, em desagravo à correção do "lampiro".

— Não, vou dizer, então, "rouxinol"... quando não estiver brincando feito um rouxinol com Laurie. Isso é correto e apropriado, já que ele também canta.

— Vamos parar de fazer lição um pouco, Beth, vamos só brincar o tempo todo e descansar, como as garotas pretendem fazer — propôs Amy.

— Bem, eu vou, se a mamãe não se importar. Quero aprender algumas músicas novas, e minhas filhas precisam ficar bonitas para o verão. Estão muito desalinhadas e precisando de roupas.

— Podemos, mãe? — perguntou Meg, voltando-se para a sra. March, que estava sentada costurando no lugar que chamavam de "cantinho da Mami".

— Vocês podem testar o experimento por uma semana, para ver se gostam dele. Acho que no sábado à noite vão achar que muita brincadeira e trabalho nenhum é tão ruim quanto muito trabalho e brincadeira nenhuma.

— Ah, não! Vai ser delicioso, tenho certeza — respondeu Meg, convencida.

— Agora proponho um brinde, como diria a minha "amiga e parce'ra Sairy Gamp". Muita brincadeira, pouca tranqueira! — exclamou Jo, copo em riste, enquanto a limonada era servida.

Todas beberam alegremente e começaram o experimento descansando pelo restante do dia. Na manhã seguinte, Meg não deu as caras até as dez horas. O desjejum solitário não lhe pareceu bom, e achou a sala deserta e desarrumada, pois Jo não enchera os vasos, Beth não havia tirado o pó, e os livros de Amy estavam espalhados. Nada estava limpo e agradável, exceto "o cantinho da Mami", que parecia o mesmo de sempre. E lá Meg sentou-se para "descansar e ler", o que significava bocejar e imaginar que lindos vestidos de verão compraria com seu salário. Jo passou a manhã no rio com Laurie e a tarde na macieira, lendo e chorando com *O vasto, vasto mundo*. Beth começou o dia revirando tudo no armário enorme onde sua família residia; mas, cansando-se antes de terminar, deixou o cômodo de pernas para o ar e foi ao piano, feliz de não ter de lavar louça. Amy arrumou suas dependências no quarto, vestiu seu melhor vestido branco, alisou os cachos e sentou-se para desenhar sob as madressilvas, na esperança de que alguém visse e perguntasse quem era a jovem artista. Como ninguém apareceu, fora uma inquisitiva mosca, que examinou seu trabalho com interesse, ela saiu para caminhar, foi pega pela chuva e chegou em casa ensopada.

Na hora do chá, todas compararam suas impressões e concordaram que fora um dia delicioso, embora excepcionalmente longo. Meg, que fizera compras à tarde e trouxera uma "musselina azul", descobrira, depois de cortar as medidas, que o tecido não serviria, infortúnio que a deixou ligeiramente zangada. Jo tinha queimado o nariz passeando de barco e teve uma terrível dor de cabeça depois de ler muito. Beth ficou ansiosa com a confusão de seu armário e a dificuldade de aprender três ou quatro músicas ao mesmo tempo; e Amy se arrependeu profundamente do estrago em seu vestido, pois a festa de Katy Brown seria no dia seguinte e agora, como Flora McFlimsey, ela "não tinha o que vestir". Mas tudo isso não passava de ninharia, e todas asseguraram à mãe que o experimento estava indo muito bem. Ela sorriu, nada disse e, com a ajuda de Hannah, fez o trabalho que todas haviam abandonado, mantendo a casa agradável, e as engrenagens domésticas funcionando sem problemas. Era espantoso como um processo de "descanso e prazer" era capaz de produzir um peculiar e desconfortável estado de coisas. Os dias foram ficando cada vez mais longos; o clima estava incrivelmente instável, e os ânimos também; um sentimento de inquietude tomou conta de todas, e Satanás encontrou bela morada na cabeça vazia de cada uma. No auge da frivolidade, Meg abandonou a costura e depois achou que o tempo passava tão devagar que começou a picotar e estragar suas roupas em uma tentativa de renová-las à la Moffat. Jo leu até os olhos não aguentarem mais; cansou e ficou tão inquieta que até Laurie, com todo o seu bom humor, acabou brigando com ela, e tão desanimada que desejou desesperadamente ter viajado com a tia March. Beth saiu-se muito bem, pois sempre se esquecia de que era para ser "muita brincadeira e nada de trabalho" e de vez em quando voltava a seus velhos costumes. No entanto, havia algo no ar que a afetava e, mais de uma vez, sua tranquilidade foi muito perturbada, tanto que em certa ocasião chegou a chacoalhar a pobre e tão querida Joanna e lhe disse que ela era "um horror". Amy era a que estava em pior situação, pois tinha poucos recursos; e, quando as irmãs a deixavam e ela tinha que se divertir sozinha e cuidar de si mesma, logo sentia que aquele pequeno eu, arrogante e delicado, era um imenso fardo. Não gostava de bonecas, contos de fadas lhe soavam infantis, e não era possível desenhar o tempo todo. As rodas de chá não eram bem-sucedidas, tampouco os piqueniques, a menos que fossem muito bem organizados.

— Se fosse possível ter uma bela casa, cheia de garotas bonitas, ou viajar, o verão seria delicioso; mas ficar em casa com três irmãs egoístas e um menino crescido é de testar a paciência de um Boaz — queixou-se a srta. Malaprop, depois de vários dias dedicados ao prazer, à irritação e ao tédio.

Nenhuma delas admitia que estava cansada do experimento, mas na noite de sexta-feira todas reconheceram para si mesmas

que estavam contentes pela semana estar quase chegando ao fim. Esperando tornar a lição mais profunda, a sra. March, que tinha bastante humor, resolveu encerrar o desafio de maneira apropriada, de modo que deu um dia de folga a Hannah e deixou que as meninas desfrutassem do efeito pleno do divertido experimento.

Quando se levantaram no sábado de manhã, não havia fogo na cozinha, café da manhã na sala de jantar nem mãe à vista.

— Deus misericordioso! O que *aconteceu*? — exclamou Jo, olhando ao redor, estarrecida.

Meg subiu as escadas e logo voltou, parecendo aliviada, mas um tanto perplexa e um pouco envergonhada.

— A mamãe não está doente, só muito cansada, e disse que vai ficar de repouso em seu quarto o dia todo e deixar que façamos o melhor que pudermos. É muito estranho, não parece coisa da mamãe fazer isso; mas ela disse que foi uma semana difícil para ela, então nada de resmungar, cuidemos de nós mesmas.

— É bem fácil, e eu gosto da ideia, estou ansiosa para ter o que fazer, quero dizer, alguma diversão nova, sabe? — acrescentou Jo, rapidamente.

Na verdade, *foi* um imenso alívio para todas ter um pouco de trabalho, e elas colocaram a mão na massa com vontade, mas logo perceberam a verdade das palavras de Hannah: "Cuidar de casa não é brincadeira". Havia muita comida na despensa, e, enquanto Beth e Amy arrumavam a mesa, Meg e Jo prepararam o café da manhã, perguntando-se por que as criadas sempre falavam sobre a dureza do trabalho.

— Vou levar um pouco de comida para a mamãe, embora ela tenha dito que não devíamos nos preocupar com ela, pois cuidaria de si mesma — disse Meg, que se colocou à frente e se sentiu bastante dona de casa atrás do bule de chá.

Assim, uma bandeja foi preparada antes que qualquer uma começasse a comer, e levada com os cumprimentos da cozinheira. O chá fervido estava muito amargo, a omelete queimada e os biscoitos salpicados de bicarbonato, mas a sra. March recebeu a refeição com gratidão e riu com gosto depois que Jo se foi.

— Pobres pequenas almas, terão dificuldades, receio, mas não sofrerão, e será bom para elas — disse, comendo da provisão mais saborosa que preparara para si e livrando-se do café da manhã ruim de modo que os sentimentos das filhas não fossem feridos, um pequeno truque maternal pelo qual elas agradeceram.

Muitas foram as queixas no andar de baixo, e grande o desgosto da cozinheira-chefe diante dos próprios fracassos:

— Não importa, vou fazer o almoço e servir; vocês, sejam senhoritas, mantenham as mãos limpas, recebam as visitas e deem ordens — organizou Jo, que sabia ainda menos do que Meg sobre questões culinárias.

A oferta foi aceita de bom grado, e Margaret retirou-se para a sala de estar, que colocou apressadamente em ordem, jogando a sujeira para baixo do sofá e fechando as persianas, para poupar-se do incômodo de tirar o pó. Jo, com perfeita fé em seus próprios poderes e intenções conciliadoras, imediatamente deixou um bilhete na Agência Postal convidando Laurie para almoçar.

— É melhor ver o que tem em casa antes de pensar em receber visitas — disse Meg, quando informada sobre o gesto hospitaleiro, mas precipitado.

— Ah, tem carne seca e bastante batata, e vou pegar alguns aspargos e uma lagosta "para um saboreio", como diz a Hannah. Temos alface, e vamos fazer uma salada. Não sei como, mas o livro ensina. Vou servir manjar branco e morango para a sobremesa, e café também, se vocês quiserem ser elegantes.

— Não se arrisque em muitos pratos, Jo, porque você não é capaz de fazer mais do que biscoito de gengibre e bala de melaço. Lavo minhas mãos no que se refere ao almoço e, como você convidou Laurie por sua própria conta e risco, você pode cuidar dele.

— Só o que estou pedindo é que você seja gentil com ele e ajude com a sobremesa. Se eu me complicar, você vai me orientar, não vai? — perguntou Jo, um tanto magoada.

— Sim, mas não sei fazer quase nada, só pão e umas outras bobeiras. É melhor pedir a permissão da mamãe antes de encomendar qualquer coisa — respondeu Meg, com prudência.

— Claro que vou. Não sou boba.

E Jo saiu num ataque de irritação diante da dúvida expressa quanto a sua competência.

— Pegue o que quiser e não me perturbe. Vou almoçar fora e não posso me preocupar com as coisas em casa — disse a sra. March, quando Jo falou com ela. — Jamais gostei de serviços domésticos e vou tirar folga hoje, ler, escrever, fazer visitas e me divertir.

O espetáculo incomum de sua mãe sempre tão cheia de ocupações balançando-se confortavelmente na cadeira e lendo no início da manhã fez com que Jo tivesse a impressão de que algum fenômeno contrário às leis da natureza tivesse ocorrido; pois um eclipse, um terremoto ou uma erupção vulcânica não teriam parecido tão estranhos.

"Tudo parece fora da ordem", disse para si mesma, ao descer as escadas. "Beth está chorando, o que é um sinal mais do que certo de que tem alguma coisa de errado nesta família. Se for a Amy incomodando, vou dar uma sacudida nela."

Sentindo-se, ela mesma, fora de prumo, Jo correu para a sala e encontrou Beth chorando por Pip, o canário, que jazia morto na gaiola com suas garrinhas dramaticamente estendidas, como se estivesse implorando por comida, cuja falta causara sua morte.

— É tudo minha culpa, eu o esqueci, não resta uma semente ou gota d'água. Ai, Pip! Ai, Pip! Como pude ser tão cruel com você? — exclamou Beth, tomando o pobrezinho nas mãos e tentando reanimá-lo.

Jo olhou em seus olhos entreabertos, buscou as batidas de seu coraçãozinho e, sentindo-o rígido e frio, sacudiu a cabeça e ofereceu sua caixa de dominó para o caixão.

— Coloque-o no forno, e talvez ele se aqueça e reviva — disse Amy, esperançosa.

— Ele morreu de fome, e não vai ser assado agora que está morto. Vou fazer uma mortalha para ele e enterrá-lo, e nunca mais vou ter outro passarinho, nunca, meu Pip! Sou muito má para ter um — murmurou Beth, sentada no chão e envolvendo o animal de estimação com as mãos.

— O funeral será esta tarde, e todas nós iremos. Não chore, querida; é uma pena, mas nada deu certo esta semana, e Pip ficou com o pior do experimento. Faça a mortalha e coloque-o na minha caixinha, e depois do almoço faremos um bom funeral — consolou-a Jo, começando a sentir como se tivesse se comprometido com tarefas demais.

Deixando que as outras consolassem Beth, partiu para a cozinha, que estava em uma confusão desalentadora. Depois de vestir um grande avental, pôs-se a trabalhar e empilhou os pratos prontos para serem lavados, quando descobriu que o fogo estava apagado.

— Que maravilha! — resmungou, abrindo com força a porta do fogão e mexendo vigorosamente as cinzas.

Com o fogo novamente aceso, pensou em ir ao mercado enquanto a água esquentava. A caminhada reavivou-lhe o ânimo e, lisonjeando-se por ter feito bons negócios, marchou para casa depois de comprar uma lagosta muito jovem, alguns aspargos muito velhos e duas caixas de morangos ácidos. Quando acabou o serviço, a hora do almoço chegou, e o fogão estava em brasa. Hannah deixara uma travessa com massa de pão para fermentar, Meg tinha trabalhado a massa e a colocado na lareira para uma segunda fermentação, porém a havia esquecido. Meg recebia Sallie Gardiner na sala de estar quando a porta se escancarou e uma figura desgrenhada e vermelha, cheia de farinha e fuligem, apareceu e perguntou, duramente:

— Você não acha que o pão já cresceu o bastante quando esparrama por cima da forma?

Sallie começou a rir; mas Meg assentiu com a cabeça e ergueu as sobrancelhas o mais alto que pôde, o que fez a aparição ir embora, e levou a massa lêveda imediatamente ao forno. A sra. March saiu, depois de espreitar aqui e ali para ver como as coisas iam e levar uma palavra de conforto a Beth, que costurava uma mortalha enquanto o finado querido jazia com pompa e circunstância na caixinha de dominó. Uma estranha sensação de desamparo recaiu sobre as meninas quando o gorro cinzento desapareceu na esquina; e o desespero se apoderou delas quando, alguns minutos depois, a srta. Crocker apareceu e disse que vinha para o almoço. A srta. Crocker era uma solteirona magra e amarela, de nariz comprido e olhos inquisitivos, que via tudo e fofocava sobre tudo o que via. As meninas não gostavam dela, mas haviam sido ensinadas a serem gentis com ela, simplesmente porque era velha e pobre e tinha poucos amigos. Então Meg lhe ofereceu a poltrona e tentou entretê-la, enquanto ela fazia perguntas, criticava tudo e contava casos das pessoas que conhecia.

Não há palavras que descrevam as inquietações, experiências e esforços de Jo naquela manhã; e o almoço que ela serviu tornou-se uma piada eterna. Temendo pedir mais conselhos, fez o melhor que pôde sozinha, e descobriu que energia e boa vontade não bastam para fazer um bom cozinheiro. Cozinhou os aspargos bem por uma hora e entristeceu ao ver as cabeças cozidas e os talos mais duros do que nunca. O pão ficou preto, pois o molho de salada a exasperou tanto que ela abandonou todo o resto, até que se convenceu de que não era capaz de torná-lo comível. A lagosta se lhe assomou um mistério escarlate, mas ela a martelou e cutucou até que ficou sem casca, e suas diminutas proporções encontraram escondido recanto em um bosque de folhas de alface. As batatas tiveram que ser feitas apressadamente, para não deixar os aspargos esperando, e no fim não ficaram bem cozidas. O manjar branco ficou encaroçado, e os morangos não estavam tão maduros quanto pareciam, uma vez que haviam sido "maquiados" pelo vendedor.

"Bem, eles podem comer carne, pão e manteiga, se estiverem com fome; só é humilhante ter de trabalhar a manhã inteira para nada", pensou Jo quando tocou a campainha meia hora depois do habitual, e enquanto supervisionava, de pé, com calor, cansada e desanimada, o banquete disposto sobre a mesa para Laurie, acostumado a todos os tipos de elegância, e a srta. Crocker, cujos olhos curiosos atentariam para todas as falhas e cuja tagarelice as descreveria por toda parte.

A pobre Jo teria se escondido com alegria debaixo da mesa conforme os pratos eram provados e abandonados, um após o outro; enquanto Amy se divertia, Meg parecia aflita, a srta. Crocker franzia os lábios e Laurie falava e ria num grande esforço para dar um tom alegre à cena festiva. O ponto forte de Jo eram as frutas, pois ela as tinha adoçado bem e havia uma jarra de um delicioso creme para acompanhá-las. Suas bochechas quentes esfriaram um pouco, e ela respirou fundo, enquanto os lindos pratos de vidro giravam e todos olhavam graciosamente para as pequenas ilhas rosadas que flutuavam em um mar de creme. A srta. Crocker provou primeiro, fez uma careta e bebeu um pouco de água apressadamente. Jo, que não havia provado, achando que talvez não houvesse o suficiente para todos, uma vez que o número de morangos minguou consideravelmente após a seleção, olhou para Laurie, que comia vigorosamente, embora houvesse um ligeiro franzido em sua boca, e ele mantivesse os olhos fixos no prato. Amy, que gostava de pratos delicados, serviu-se de uma generosa colherada, engasgou-se, escondeu o rosto no guardanapo e deixou a mesa precipitadamente.

— Mas o que aconteceu? — exclamou Jo, trêmula.

— Sal em vez de açúcar, e o creme está azedo — respondeu Meg com um gesto trágico.

Jo soltou um gemido e afundou em sua cadeira; lembrando-se de que dera uma última polvilhada apressada nas frutas usando o conteúdo de uma das duas caixas que estavam sobre a mesa da cozinha e esquecera de colocar o leite no refrigerador. Ela ficou vermelha e estava a ponto de chorar, quando encontrou os olhos de Laurie, que *parecia* feliz, apesar dos heroicos esforços; de repente ela se deu conta do lado cômico da situação, e riu até que lágrimas lhe correram pelas bochechas. E assim todos os demais se puseram a rir, até a "Croaker", como as garotas chamavam a velha senhora, e o infeliz almoço terminou alegremente, com pão e manteiga, azeitonas e diversão.

— Não tenho ânimo o bastante para tirar a mesa agora, então vamos voltar à seriedade com um funeral — disse Jo, enquanto eles se levantavam, e a srta. Crocker se preparava para ir embora, ansiosa para contar a nova história na mesa de jantar de outro amigo.

Eles se fizeram sérios por causa de Beth; Laurie cavou um túmulo sob as samambaias no bosque, e o pequeno Pip foi ali depositado, sob muitas lágrimas, por sua carinhosa senhora, e coberto de musgo, enquanto uma coroa de violetas e erva-estrela era pendurada na pedra que continha seu epitáfio, escrito por Jo enquanto lutava com o almoço.

Aqui jaz Pip March,
em 7 de junho falecido;
foi amado e chorado com dor,
e tão cedo não será esquecido.

No fim da cerimônia, Beth recolheu-se em seu quarto, tomada pela emoção e pela lagosta; mas não havia onde repousar, pois as camas não tinham sido feitas, e ela sentiu que aliviava bastante a sua dor enquanto batia os travesseiros e colocava as coisas em ordem. Meg ajudou Jo a limpar os restos do banquete, o que levou metade da tarde e as deixou tão cansadas que as duas concordaram em se limitar ao chá com torradas no jantar. Laurie levou Amy em um passeio de carruagem, o que foi um ato de caridade, pois o creme azedo parecia ter causado um péssimo efeito nos humores dela. Quando a sra. March voltou para casa, encontrou as três meninas mais velhas trabalhando duro no meio da tarde; e uma olhada na despensa deu-lhe uma ideia do sucesso de uma parte do experimento.

Antes que as donas de casa pudessem descansar, várias pessoas apareceram para visitar, e deu-se uma bagunça nos preparativos para recebê-las. E então o chá precisava ser feito, e as tarefas terminadas; e uma ou duas costurinhas eram necessárias, mas foram negligenciadas até o último minuto. Quando chegou o entardecer, orvalhado e silencioso, uma por uma elas se reuniram na varanda onde as rosas de junho brotavam lindamente, e todas gemeram ou suspiraram quando se sentaram, como se estivessem cansadas ou preocupadas.

— Que dia terrível foi esse! — começou Jo, geralmente a primeira a falar.

— Pareceu mais curto que o normal, mas *muito* desconfortável — comentou Meg.

— Nem parecia a nossa casa — acrescentou Amy.

— Não podia mesmo, sem a mamãe e o pequeno Pip — suspirou Beth, olhando com os olhos arregalados para a gaiola vazia acima de sua cabeça.

— Aqui está a mamãe, querida, e você ganhará outro passarinho amanhã, se quiser.

Enquanto falava, a sra. March aproximou-se e tomou seu lugar entre elas, como se o seu dia de folga não tivesse sido muito melhor do que o das filhas.

— Estão satisfeitas com o experimento, meninas, ou querem mais uma semana? — perguntou, enquanto Beth aninhava-se nela, e as demais se voltavam para a mãe com rostos brilhantes, como flores para o sol.

— Eu não! — exclamou Jo, decidida.

— Nem eu — ecoaram as demais.

— Vocês chegaram, então, à conclusão de que é melhor ter algumas tarefas e viver um pouco para os outros, não é?

— Descansar e brincar não recompensam — observou Jo, balançando a cabeça. — Estou cansada disso e pretendo agora mesmo fazer alguma coisa útil.

— Pense em aprender a cozinhar alguma coisa simples. É uma realização útil, que nenhuma mulher pode ficar sem saber — emendou a sra. March, rindo alto ao se lembrar do almoço preparado por Jo; pois encontrara a srta. Crocker e ouvira seu relato.

— Mãe, você foi embora e deixou tudo acontecer só para ver como nós nos sairíamos! — exclamou Meg, que conservara essa suspeita o dia todo.

— Sim, queria que vocês vissem como o conforto de todas depende de cada uma fazer sua parte fielmente. Enquanto Hannah e eu fizemos o trabalho de vocês, todas foram muito bem, embora não ache que vocês estivessem muito felizes ou gentis. Então pensei, como uma liçãozinha, em mostrar o que acontece quando todos pensam apenas em si mesmos. Vocês não acham melhor ajudar umas às outras, ter tarefas diárias que tornam o prazer mais doce quando ele tem a sua hora, e serem laboriosas e terem paciência, para que a casa seja confortável e agradável para todas nós?

— Sim, mamãe! — exclamaram as meninas.

— Então aconselho a todas retomar suas pequenas tarefas, pois, embora pareçam pesadas às vezes, são boas para nós, e ficam mais leves à medida que aprendemos a realizá-las. O trabalho é saudável e há o bastante para todas. Isso nos mantém livres do tédio e do mal, faz bem para a saúde e os espíritos; e nos dá uma sensação de poder e independência maior do que o dinheiro ou a moda.

— Trabalharemos como abelhas e com amor... e como trabalharemos! — disse Jo. — Vou aprender a cozinhar coisas simples como tarefa de férias, e o próximo almoço que preparar será um sucesso.

— Vou costurar um conjunto de camisas para o papai, em vez de deixar você fazer isso, mamãe. Posso e vou, embora não goste de costurar; isso vai ser melhor do que ficar me queixando das minhas próprias coisas, que são ótimas tal como são — disse Meg.

— Vou fazer minhas lições todos os dias, e não vou gastar muito tempo com partituras e bonecas. Sou uma bobinha e devia estar estudando, não brincando — foi a resolução de Beth; enquanto Amy seguiu o exemplo das irmãs declarando heroicamente:

— Vou aprender a fazer casas de botão e a cuidar da linguagem.

— Muito bem! Então fico bastante feliz com o experimento, e imagino que não teremos que repeti-lo; apenas não incorram no outro extremo e se esfalfem como escravas. Tenham a hora de trabalhar e a de brincar; façam com que cada dia seja útil e agradável; e provem que vocês entendem o valor do tempo empregando-o bem. Então a juventude será encantadora, a velhice trará poucos arrependimentos e a vida se tornará, apesar da pobreza, um belo sucesso.

— Nós vamos nos lembrar, mãe!

E assim o fizeram.

12. O ACAMPAMENTO LAURENCE

Beth era a responsável pela Agência Postal, pois, permanecendo boa parte do tempo em casa, podia ir até ela regularmente, e gostava muito da tarefa diária de abrir a portinha e distribuir a correspondência. Em um dia de julho, entrou em casa com as mãos cheias e percorreu os cômodos, deixando cartas e pacotinhos como o correio popular.

— Aqui está seu buquê, mãe! Laurie nunca se esquece — disse, colocando o ramalhete recém-colhido no vaso que ficava no "cantinho da Mami", sempre renovado pelo carinhoso menino.

— Srta. Meg March, uma carta e uma luva — prosseguiu Beth, entregando os artigos para a irmã, sentada próxima à mãe, costurando punhos de camisa.

— Ora, deixei um par lá, e aqui tem apenas uma — constatou Meg, olhando para a luva de algodão cinza.

— Você não deixou a outra cair no jardim?

— Não, tenho certeza que não, porque havia apenas uma na Agência.

— Detesto luvas sem par! Não importa, em algum momento encontraremos a outra. A carta é só a tradução de uma canção alemã, que eu queria. Acho que foi o sr. Brooke quem fez, pois esta não é a letra de Laurie.

A sra. March olhou para Meg, que estava muito bonita em seu vestido matinal de guingão, com os cachinhos que lhe brotavam em volta da testa e quase como uma mulher, enquanto se dedicava à costura em sua mesinha de trabalho, cheia de rolos brancos muito organizados; assim inconsciente dos pensamentos da mãe, costurava e cantava enquanto seus dedos voavam e sua mente se ocupava de fantasias de menina tão inocentes e cheias de vida quanto os amores-perfeitos em seu cinto — e a sra. March sorriu satisfeita.

— Duas cartas para a dra. Jo, um livro e um chapéu velho e engraçado, que cobriam toda a Agência Postal, enfiados pelo lado de fora — disse Beth, rindo ao entrar no escritório onde Jo escrevia.

— Mas o Laurie é um doido! Comentei que queria que a moda fossem chapéus maiores, porque queimo meu rosto nos dias quentes. Ele disse: "Por que se importar com a moda? Use um chapéu grande e fique à vontade!". Eu disse que faria isso, se tivesse um, e ele me enviou este, para experimentar. Vou usá-lo de brincadeira e mostrar que *não* me importo com a moda. — E, pendurando o velho chapéu de aba larga em um busto de Platão, Jo leu as cartas recebidas.

Uma, de sua mãe, fez suas bochechas brilharem e os olhos marejarem, pois dizia:

Querida filha,

Escrevo estas poucas palavras para expressar minha satisfação diante do esforço que tem feito para controlar seu temperamento. Você nada diz sobre as provações que tem vivido, seus fracassos ou sucessos, e pensa, talvez, que ninguém os veja, a não ser o Amigo a quem diariamente pede ajuda, se posso confiar na capa gasta do seu livro-guia. Eu também vejo, e acredito de todo o coração na sinceridade de sua decisão, uma vez que ela começa a dar frutos. Vá em frente, querida, com paciência e coragem, e sempre acredite que ninguém sente compaixão mais terna por você do que sua

Mãe, que a adora

— Como isso me faz bem! Vale milhões de dólares e milhões de elogios. Ai, Mami, vou tentar! Vou continuar tentando e não vou me cansar, já que tenho você para me ajudar.

Deitando a cabeça sobre os braços, Jo deixou que lágrimas de alegria caíssem sobre seu pequeno romance, pois *havia* pensado que ninguém percebia e apreciava seus esforços para se tornar uma boa pessoa, e aquele voto de confiança era duplamente precioso, duplamente incentivador, uma vez que inesperado e vindo da pessoa cujo elogio ela mais valorizava. Sentindo-se mais forte do que nunca para encontrar e subjugar seu Apolião, Jo prendeu o bilhete dentro do vestido, como um escudo e lembrete, temendo ser pega de surpresa, e começou a abrir a outra carta, pronta para boas ou más notícias. Em letra grande e apressada, Laurie escrevera:

Querida Jo,

E aí?

Algumas garotas e garotos ingleses estão vindo me ver amanhã, e quero me divertir à beça. Se o tempo estiver bom, quero montar minha barraca em Longmeadow e remar com toda a tripulação para almoçar e jogar *croquet*; fazer fogueira, cozinhar, imitar os ciganos, todo tipo de brincadeira. São pessoas legais e gostam dessas coisas. Brooke vai conosco, para manter os meninos sob controle, e Kate Vaughn vai garantir o mesmo para as meninas. Quero que todas vocês venham; não deixem a Beth de fora, de jeito nenhum, e ninguém vai incomodá-la. Não se preocupem com a comida, vou cuidar disso e de tudo mais; apenas venham, façam essa gentileza!

Em uma pressa louca,

Sempre seu,

Laurie

— Mas isso é ótimo! — exclamou Jo, voando para contar as novidades a Meg. — Claro que podemos ir, não, mãe? Seria de uma ajuda e tanto para Laurie, pois posso remar, e Meg cuidar do almoço, e as meninas podem ser úteis de alguma forma.

— Espero que os Vaughn não sejam adultos finos. Sabe alguma coisa sobre eles, Jo? — perguntou Meg.

— Só sei que são quatro. Kate é mais velha que você, Fred e Frank, que são gêmeos, têm a minha idade, e tem uma menininha, a Grace, que tem nove ou dez anos. Laurie os conheceu no exterior e gostava dos meninos. Imagino, pelo jeito com que franziu a boca quando falou de Kate, que não gostava muito dela.

— Fico muito feliz que meu vestido estampado francês esteja limpo, ele está na moda e é muito apropriado! — observou Meg, satisfeita. — Você tem alguma coisa decente para vestir, Jo?

— O vestido cinza e escarlate de veleiro, que está ótimo para mim. Vou remar e ficar andando de um lado para o outro, então não quero ficar me preocupando com nada engomado. Você vai, Betty?

— Só se você não deixar nenhum garoto falar comigo.

— Nenhum!

— Gosto de agradar Laurie, e não tenho medo do sr. Brooke, ele é muito gentil; mas não quero brincar, cantar, nem dizer qualquer coisa. Vou trabalhar duro e não incomodar ninguém; e você vai cuidar de mim, Jo, então eu vou.

— Assim que eu gosto. Você tenta lutar contra a timidez, e amo você por isso. Lutar contra os defeitos não é fácil, eu bem sei; e uma palavra de incentivo meio que dá para a gente um ânimo a mais. Obrigada, mãe. — E Jo deu um beijo agradecido no rosto magro, um beijo mais precioso para a sra. March do que se lhe tivessem devolvido as bochechas rosadas da juventude.

— Recebi uma caixa de gotas de chocolate e a foto que queria copiar — disse Amy, mostrando sua correspondência.

— E eu, uma nota do sr. Laurence, pedindo-me que vá a sua casa e toque para ele hoje à noite, antes que as lamparinas sejam acesas, e eu vou — acrescentou Beth, cuja amizade com o velho cavalheiro prosperava lindamente.

— Agora vamos voar e costurar duas vezes mais, para que possamos brincar amanhã com as mentes livres — conclamou Jo, preparando-se para abandonar a pena em favor da vassoura.

Quando o sol começou a espiar dentro do quarto das meninas, na manhã seguinte, trazendo a promessa de um bom dia, ele viu uma cena cômica. Cada qual preparara-se para a *fête* como parecia necessário e apropriado. Meg tinha uma fileira extra de papelotes na testa, Jo havia ungido fartamente seu rosto aflito com creme frio, Beth levara Joanna para a cama para compensar a separação que se aproximava, e Amy superava todas, tendo colocado um pregador no nariz, para afinar esse seu traço que tanto a desagradava. Era um pregador do tipo que os artistas usam para prender o papel em suas pranchetas e, portanto, bastante apropriado e eficaz ao propósito a que servia naquele momento. O espetáculo engraçado pareceu divertir o sol, pois ele explodiu com tamanha radiância que Jo levantou e acordou suas irmãs rindo sinceramente do enfeite de Amy.

O sol e o riso eram bons augúrios para uma festa alegre, e logo uma viva agitação teve lugar em ambas as casas. Beth, que se aprontou primeiro, relatava o que via acontecendo ao lado e animava a toalete das irmãs com frequentes telegramas da janela.

— Lá vai o homem com a tenda! A sra. Barker está colocando o almoço em uma cesta, e é uma cesta enorme. Agora o sr. Laurence está olhando para o céu e para o cata-vento. Queria tanto que ele fosse... lá está Laurie, parecendo um marinheiro, que menino bonito! Ai, misericórdia! Aí vem uma carruagem cheia de gente: uma senhora alta, uma menininha e dois garotos terríveis. Um é coxo, coitadinho, tem uma muleta! Laurie não falou disso. Rápido, meninas! Está ficando tarde. Ora, vejam só, é o Ned Moffat. Olhe, Meg, não é o rapaz que cumprimentou você um dia, quando estávamos fazendo compras?

— É, sim. Que estranho ele vir. Pensei que estivesse nas Montanhas. Lá está a Sallie. Estou feliz que tenha voltado a tempo. Estou bem, Jo? — perguntou Meg, agitada.

— Uma flor, como sempre; levante a barra do vestido e ajeite o chapéu; parece sentimental inclinado desse jeito e voará no primeiro sopro. Vamos lá!

— Ai, Jo, você não vai usar esse chapéu horrível, vai? É um absurdo! Você não *pode* sair tão ridícula — protestou Meg, enquanto Jo amarrava uma fita vermelha no chapéu de palha antiquado e de abas largas que Laurie enviara para fazer troça.

— Vou sim! É ótimo; faz sombra, é leve e grande. Vai ser engraçado, e não me importo de parecer ridícula, se estou confortável.

Dito isto, Jo marchou imediatamente, e as demais seguiram; um pequeno e luminoso grupo de irmãs, todas tão bonitas quanto podiam parecer em seus vestidos de verão, com rostos felizes e chapéus alegres.

Laurie correu a seu encontro e as apresentou a seus amigos com absoluta cordialidade. O gramado era a sala de recepção e, por vários minutos, ali teve lugar uma cena muito animada. Meg ficou feliz ao ver que a srta. Kate, embora com vinte anos, estava vestida com uma simplicidade que as moças americanas fariam bem de imitar, e muito lisonjeada com as garantias do sr. Ned de que viera especialmente para vê-la. Jo entendeu por que Laurie "franziu a boca" ao falar de Kate, pois a moça tinha um ar enjoado de "não me toques" que contrastava fortemente com as maneiras livres e relaxadas das outras. Beth observou os novos garotos e decidiu que o aleijado não era "terrível", mas sereno e frágil, e que por isso seria gentil com ele. Amy considerou Grace uma garota bem-educada e alegre; e, depois de ficarem se olhando mudas por alguns minutos, de repente se tornaram muito boas amigas.

Como as tendas, o almoço e os acessórios do *croquet* haviam sido levados antes, o grupo embarcou depressa, e os dois barcos partiram juntos, deixando o sr. Laurence acenando com o chapéu à beira d'água. Laurie e Jo remavam um barco; Brooke e Ned, o outro; enquanto Fred Vaughn, o gêmeo rebelde, fazia o que estivesse a seu alcance para incomodar ambos, remando em torno num botezinho como uma barata-d'água confusa. O chapéu engraçado de Jo mereceu um voto de agradecimento, pois era de utilidade geral; ele quebrou o gelo inicial, ao suscitar risos, além de criar uma brisa refrescante, batendo de um lado para o outro enquanto ela remava, e daria um excelente abrigo para todos se caísse uma chuva, disse ela. Kate se mostrou um tanto surpresa com a postura de Jo, especialmente quando exclamou "Pelas barbas do profeta!", ao perder um remo, e quando Laurie perguntou "Meu camarada, machuquei você?", ao tropeçar em seu pé enquanto tomava seu lugar. Mas, depois de colocar os óculos para examinar aquela estranha menina muitas vezes, a srta. Kate concluiu que era "excêntrica, mas inteligente", e sorriu para ela de longe.

Meg, no outro barco, estava muito bem instalada, de frente para os remadores, que admiravam o que tinham diante dos olhos enquanto manejavam os remos com "habilidade e destreza" incomuns. O sr. Brooke era um homem jovem, sério e silencioso, com belos olhos castanhos e voz agradável. Meg gostava de suas maneiras calmas e considerava-o uma enciclopédia ambulante de conhecimento útil. Ele nunca conversava muito com ela, mas olhava-a bastante, e ela estava certa de que não a tinha com antipatia. Ned, que já cursava a faculdade, investia-se, é claro, de toda a banca que os calouros acham um dever assumir. Não era muito sábio, mas muito bem-humorado e alegre e, de uma forma geral, uma ótima pessoa para se ter em um piquenique. Sallie Gardiner concentrava-se no esforço de conservar limpo seu vestido de piquê branco, enquanto conversava com o onipresente Fred, que mantinha Beth em constante sobressalto com suas brincadeiras.

Longmeadow não ficava distante; mas, quando chegaram, a tenda estava armada, e os aros do *croquet* enfiados no chão. Um agradável campo verde, com três grandes carvalhos no meio, e um gramado macio para o jogo.

— Bem-vindos ao acampamento Laurence! — deu as boas-vindas o jovem anfitrião, quando desembarcaram com vivas de alegria. — Brooke é o comandante em chefe, eu sou o comissário geral; os outros rapazes, oficiais do Estado-maior; e vocês, senhoras, são as convidadas. A tenda é para seu especial usufruto, e aquele carvalho é sua sala de visitas; este é o refeitório; e o terceiro carvalho é a cozinha do acampamento. Vamos disputar nossa partida antes que fique quente, e então preparamos o almoço.

Frank, Beth, Amy e Grace sentaram-se para assistir ao jogo dos outros oito. O sr. Brooke escolheu Meg, Kate e Fred. Laurie ficou com Sallie, Jo e Ned. Os ingleses jogaram bem, mas os americanos jogaram melhor e disputaram cada centímetro do terreno como que inspirados pelo espírito de 1776. Jo e Fred combateram em várias escaramuças, e chegaram a ponto de trocar palavras mais ríspidas. Jo estava no último aro e perdeu a jogada, erro que a deixou bastante irritada. Fred estava logo atrás; e sua vez veio antes da dela; ele deu a tacada, a bola bateu no aro e parou dois centímetros do lado de fora. Ninguém estava por perto; e, correndo para examinar a jogada, ele aplicou na bola uma cutucada furtiva com a ponta do pé, o que a colocou dois centímetros do lado de dentro.

— Consegui! Agora, srta. Jo, vou acabar com você e chegar primeiro — bradou o jovem cavalheiro, preparando o taco para uma nova jogada.

— Você ajeitou a bola. Eu vi! É minha vez — reclamou Jo, asperamente.

— Juro que não ajeitei. Ela rolou um pouco, talvez, mas isso é permitido. Então, se afastem, por favor, e me deixem tentar acertar a estaca.

— Não trapaceamos aqui na América, mas *você* pode, se quiser — provocou Jo, com raiva.

— Os ianques são muito mais trapaceiros, todo mundo sabe. Lá vai — devolveu Fred, lançando numa tacada a bola de Jo para longe.

Jo abriu os lábios para dizer algo rude, mas se conteve a tempo, enrubesceu do queixo à testa e ficou, por um minuto, martelando com toda a força um aro de *croquet*, enquanto Fred acertava a estaca e declarava, com muita alegria, que havia finalizado o percurso. Ela saiu para pegar a bola e demorou para encontrá-la entre os arbustos; mas retornou, parecendo fria e tranquila, e esperou sua vez pacientemente. Levou vários lances para recuperar a posição perdida e, quando a alcançou, o outro time estava prestes a vencer, pois a bola de Kate era a penúltima, e estava próxima da estaca.

— Nossa, estamos muito perto do fim! Adeusinho, Kate. A srta. Jo me deve uma, então você já era — gritou Fred, animado, enquanto todos se aproximavam para ver o final.

— Os ianques têm uma especial habilidade de serem generosos com os inimigos — disse Jo, com um olhar que deixou o rapaz vermelho —, em particular quando os derrotam — acrescentou ela, ao deixar a bola de Kate intocada e vencer o jogo com uma bela tacada.

Laurie lançou seu chapéu ao alto, depois se lembrou de que não seria bom comemorar a derrota dos convidados, e parou no meio de um aplauso para sussurrar à amiga:

— Que bom, Jo! Ele realmente trapaceou, eu vi; não podemos dizer isso a ele, mas ele não vai fazer isso de novo, pode acreditar em mim.

Meg puxou-a de lado, sob o pretexto de prender-lhe uma trança solta, e disse, em tom de aprovação:

— Foi enervante; mas você manteve a calma, e estou muito feliz, Jo.

— Não me elogie, Meg, porque eu seria capaz de socar a cara dele neste minuto. Eu teria explodido, se não tivesse ficado en-

tre as urtigas até controlar a raiva o bastante para conter a língua. Estou fervendo agora, então espero que ele fique longe de mim — confessou Jo, mordendo os lábios enquanto, sob o enorme chapéu, fuzilava Fred.

— Hora do almoço — disse o sr. Brooke, olhando para o relógio. — Comissário geral, pode acender o fogo e pegar água, enquanto a srta. March, a srta. Sallie e eu preparamos a mesa? Quem consegue fazer um bom café?

— A Jo — disse Meg, feliz por recomendar a irmã.

Assim, Jo, sentindo que suas últimas aulas de culinária a honrariam, tomou sob sua responsabilidade a cafeteira, enquanto os mais novos recolhiam gravetos secos, e os meninos faziam uma fogueira e pegavam água de uma fonte próxima. A srta. Kate desenhava, e Frank conversava com Beth, que fazia pequenas esteiras trançadas de junco para servir de prato.

O comandante em chefe e seus ajudantes logo abriram a toalha de mesa com uma variedade convidativa de comes e bebes, belamente decorados com folhas verdes. Jo anunciou que o café estava pronto, e todos se acomodaram para uma refeição farta; pois a juventude raramente sofre de incômodos digestivos, e o exercício desenvolve apetites saudáveis. Foi um almoço muito alegre, pois tudo parecia vivo e divertido, e as frequentes gargalhadas assustavam um venerável cavalo que se alimentava por perto. Havia uma agradável falta de cuidado à mesa, que suscitava muitos contratempos a xícaras e pratos; bolotas caíam no leite, formiguinhas negras tomavam o refresco sem serem convidadas, e lagartas felpudas desciam da árvore penduradas em seus fios para ver o que se passava. Três crianças de cabecinhas brancas espreitaram por cima da cerca, e um cão desagradável latia para eles do outro lado do rio a plenos pulmões.

— Temos sal aqui, se preferir — disse Laurie, ao entregar a Jo um pires de morangos.

— Obrigada, mas prefiro aranhas — respondeu ela, pescando duas pequenas incautas que haviam tido uma morte cremosa. — Como se atreve a me lembrar daquele almoço horrível, quando o seu é tão bom em todos os sentidos? — acrescentou Jo, enquanto os dois riam e comiam de um só prato, uma vez que não havia louça para todos.

— Eu me diverti muito naquele dia, e não o superei ainda. Não tenho crédito algum aqui, você sabe; não fiz nada. Você, Meg e Brooke é que fazem tudo andar; e não tenho como agradecer por isso. O que faremos quando não aguentarmos mais comer? — perguntou Laurie, sentindo que sua melhor carta já teria sido lançada quando o almoço acabasse.

— Organize alguns jogos, até que refresque. Trouxe Autores, e creio que a srta. Kate conheça algo novo e agradável. Vá e pergunte. Ela é uma convidada; e você deveria ficar mais com ela.

— Você também não é uma convidada? Achei que ela combinaria com Brooke, mas ele continua falando com Meg, e Kate fica observando os dois com aqueles óculos ridículos dela. Vou indo; assim você não precisa tentar me ensinar bons modos, porque você não pode fazer isso, Jo.

A srta. Kate conhecia vários jogos novos; e, como as garotas não queriam, e os garotos não conseguiam mais comer, todos seguiram para a "sala de estar" para jogar Rigmarole.

— Uma pessoa começa uma história, qualquer coisa que queira, e narra o quanto quiser, só tomando cuidado para parar em algum ponto emocionante, quando a próxima pessoa pega a deixa e faz o mesmo. É muito engraçado quando bem-feito; vira uma bagunça de coisas cômicas e trágicas, ótimo para dar risada. Por favor, comece, sr. Brooke — disse Kate, com ar de quem dá uma ordem, o que surpreendeu Meg, que tratava o preceptor com tanto respeito quanto qualquer outro cavalheiro.

Deitado na grama aos pés das duas jovens senhoras, o sr. Brooke obedientemente deu início à história, com seus belos olhos castanhos firmemente voltados ao rio ensolarado.

— Era uma vez um cavaleiro que saiu ao mundo para buscar sua fortuna, pois não tinha nada além da espada e do escudo. Ele viajou por um bom tempo, quase vinte e oito anos, e enfrentou muitas dificuldades, até chegar ao palácio de um bom e velho rei, que oferecia uma recompensa a qualquer um que pudesse amansar e treinar um potro muito bonito, porém indomado, do qual ele gostava muito. O cavaleiro aceitou o desafio e cumpriu-o devagar, porém com firmeza, pois o potro era valente, e logo aprendeu a amar seu novo mestre, embora fosse imprevisível e selvagem. Todos os dias, quando dava suas aulas ao animal de estimação do rei, o cavaleiro o conduzia pela cidade; e, enquanto cavalgava, procurava por toda parte certo rosto bonito que tinha visto muitas vezes em seus sonhos, mas sem jamais o encontrar. Um dia, cabriolando por uma rua tranquila, viu na janela de um castelo em ruínas o rosto adorável. Ficou maravilhado, perguntou quem vivia no antigo castelo, e lhe disseram que várias princesas cativas eram ali mantidas por um feitiço, e então ele passou o dia todo ruminando como arrumar dinheiro para lhes comprar a liberdade. O cavaleiro desejou intensamente libertá-las, mas era pobre e só podia ir ao castelo todos os dias e admirar aquele rosto tão bonito, desejando vê-lo ao sol. Por fim, resolveu entrar no castelo e perguntar como poderia ajudá-las. Ele foi e bateu. A grande porta se abriu, e ele viu...

— Uma bela e encantadora dama, que exclamou com um grito de arrebatamento: "Até que enfim! Até que enfim!" — prosseguiu Kate, que lera romances franceses e admirava o estilo. — "É ela!", exclamou o conde Gustave, caindo a seus pés em um êxtase de alegria. "Oh, levante-se!", disse ela, estendendo a mão de beleza marmórea. "Nunca! Até você me dizer como posso salvá-la", respondeu o cavaleiro com lealdade, ainda ajoelhado. "Infelizmente, meu destino cruel me condena a permanecer aqui até que meu tirano seja morto." "Onde está o vilão?" "No salão malva. Vá, coração valente, e me salve do desespero." "Obedeço, e retorno vitorioso ou morto!" Com essas palavras vibrantes, ele correu para longe e, abrindo as portas do salão malva, estava prestes a entrar, quando recebeu...

— Um golpe impressionante do grande dicionário grego, que um velho homem numa veste preta atirou nele — disse Ned. — Na mesma hora, sir Fulano se recuperou, lançou o tirano janela afora e retornou para se juntar à dama, vitorioso, mas com um galo na testa. Encontrou a porta trancada, rasgou as cortinas, fez delas uma corda e estava no meio da descida quando a dita arrebentou, e ele caiu de cabeça dentro do fosso, de uma altura de dezoito metros. Como conseguia nadar feito um pato, percorreu o entorno do castelo até chegar a uma portinha guardada por dois robustos companheiros; bateu suas cabeças uma na outra até que elas racharam como um par de nozes, e então, com um esforço insignificante, dada a sua força prodigiosa, derrubou a porta, subiu os lances de uma escada de pedra coberta de uma camada de poeira que lhe chegava às canelas, com sapos do tamanho do seu punho e aranhas capazes de fazer a senhorita gritar de medo, srta. March. No alto desses degraus, deparou-se de pronto com uma cena que lhe tirou o fôlego e gelou o sangue...

— Uma figura alta, toda de branco, com um véu sobre o rosto e um lampião na mão emaciada — prosseguiu Meg. — Ela o chamou, deslizando silenciosamente à frente por um corredor tão escuro e frio quanto qualquer túmulo. Nas sombras, efígies em armaduras estavam perfiladas de um lado e de outro, imperava um silêncio de morte, a chama azul do lampião ardia, e a figura fantasmagórica de tempo em tempo virava-se para ele, mostrando o brilho de seus olhos assustadores através do véu branco. Eles alcançaram uma porta com cortinas, atrás da qual soava uma música adorável. Ele saltou à frente para entrar, mas o espectro o puxou de volta, apresentando-lhe, ameaçadoramente, uma...

— Uma caixinha de rapé — disse Jo, num tom sepulcral, que convulsionou o público. — "Obrigadinho", disse o cavaleiro educadamente, enquanto se servia de uma pitada. Ele espirrou sete vezes e tão violentamente que sua cabeça caiu. "Ha ha ha!", riu o fantasma, e, espiando pelo buraco da fechadura as princesas que teciam furiosamente por suas vidas, o espírito maligno pegou sua vítima e colocou-a em uma grande caixa de lata, onde havia onze outros cavaleiros reunidos sem as cabeças, como sardinhas. E todos se levantaram e começaram a...

— Dançar um *hornpipe* — prosseguiu Fred, aproveitando que Jo fazia uma pausa para respirar. — E, enquanto dançavam, o velho castelo transformou-se em um navio de guerra a toda vela.

"Içar a bujarrona, rizar as adriças das velas de mezena, leme a sotavento, homens aos canhões!", rugiu o capitão, tão logo avistou a presença de um navio pirata português, com uma bandeira preta como breu tremulando no mastro de proa. "À luta! Vençam, meus homens!", diz o capitão, e uma tremenda batalha tem início. É claro que os ingleses vencem, é o que sempre acontece; e depois de fazer o capitão pirata prisioneiro, passaram pela escuna, cujos conveses estavam cheios de mortos, o sangue drenado escorrendo pelo costado a sotavento, pois a ordem tinha sido "Cutelos e resistência!". "Segundo contramestre, pegue um pedaço de cabo da bujarrona e bote medo nesse canalha se ele não confessar os pecados duas vezes mais rápido", ordenou o capitão inglês. O português fez um silêncio de pedra e caminhou na prancha, enquanto a marujada animada celebrava como louca. Mas o cão sorrateiro mergulhou, veio à tona ao lado do navio, abriu-lhe um buraco, e ele afundou, com todas as velas. "Para o fundo do mar, do mar, do mar, onde..."

— Oh, meu Deus! O que *posso* dizer? — perguntou-se Sallie, quando Fred terminou seu trecho, no qual havia misturado frases náuticas e fatos de um de seus livros favoritos. — Pois bem: eles foram para o fundo do mar, e uma bela sereia os acolheu, mas ficou muito triste em encontrar a caixa de cavaleiros sem cabeça, e gentilmente os conservou em salmoura, na esperança de descobrir o mistério sobre eles; pois, sendo uma mulher, era curiosa. Depois de um tempo, um mergulhador desceu ao leito do mar, e a sereia lhe disse: "Vou lhe dar uma caixa de pérolas se você puder levá-la à superfície", pois ela queria devolver a vida àquelas pobres criaturas, mas não era capaz de suportar o peso da carga sozinha. Então o mergulhador a içou e ficou muito desapontado ao abri-la e não encontrar pérolas. Ele a deixou em um grande campo solitário, onde foi encontrada por uma...

— Pastorinha de gansos, que cuidava de cem gansos gordos no campo — disse Amy, quando a inventividade de Sallie acabou. — A garotinha ficou triste por eles e perguntou a uma velha o que ela deveria fazer para ajudá-los. "Seus gansos dirão a você, eles sabem de tudo", respondeu a velha. Então, ela perguntou o que deveria usar no lugar das cabeças, já que as antigas estavam perdidas, e os gansos abriram suas cem bocas e gritaram...

— "Repolhos!" — continuou Laurie, imediatamente. — "Isso mesmo!", confirmou a moça, e correu para pegar doze belas cabeças de repolho em seu jardim. Ela as colocou em seus lugares, e os cavaleiros ganharam vida de imediato, agradeceram e seguiram felizes o seu caminho, sem nunca saber a diferença, pois eram tantas as cabeças como as deles no mundo que ninguém pensava o que fosse a respeito. O cavaleiro que me interessa voltou para encontrar o rosto bonito, e soube que as princesas haviam trabalhado em seus teares até ganhar a liberdade e se casado, exceto uma. Ele animou-se muitíssimo e, montando o potro, que lhe permaneceu fiel nas horas boas e nas horas más, correu para o castelo para ver quem restava. Espiando por cima da sebe, viu a senhora de seu coração colhendo flores no jardim. "Você vai me dar uma rosa?", perguntou ele. "Você precisa vir buscá-la. Não posso ir até aí, não é apropriado", respondeu ela, doce como o mel. Ele tentou escalar a sebe, mas esta parecia crescer cada vez mais alto; então, tentou atravessá-la, mas ela ficava mais e mais grossa, e ele ficou desesperado. Assim, quebrou pacientemente galho após galho, até que produziu um buraquinho pelo qual espiou, dizendo em tom de súplica: "Deixe-me entrar! Deixe-me entrar!". Mas a linda princesa não pareceu entender, pois colhia as rosas em silêncio e deixou que ele tentasse entrar por conta própria. Se ele conseguiu ou não, Frank lhes dirá.

— Não posso. Não estou jogando, nunca jogo — disse Frank, apreensivo com a situação sentimental da qual precisava resgatar o casal absurdo. Beth desaparecera atrás de Jo, e Grace estava dormindo.

— Então deixaremos o pobre cavaleiro entalado na sebe, é isso? — perguntou o sr. Brooke, ainda admirando o rio, e brincando com a rosa selvagem enfiada em uma casa de botão.

— Acho que a princesa deu a ele um buquê, e abriu o portão depois de um tempo — disse Laurie, sorrindo para si mesmo, enquanto jogava bolotas em seu preceptor.

— Que história mais sem sentido fizemos! Com a prática, podemos fazer algo muito inteligente. Vocês conhecem Verdade? — perguntou Sallie, depois que tinham terminado de rir da história.

— Espero que sim — disse Meg, sobriamente.

— O jogo, quero dizer: o Jogo da Verdade.

— Como é? — perguntou Fred.

— Ora, coloquem as mãos umas em cima das outras, escolham um número e tirem as mãos cada qual em sua vez; aquele que tirar a mão na vez do número escolhido precisa responder a qualquer pergunta feita pelos demais. É muito divertido.

— Vamos tentar — disse Jo, que gostava de novos experimentos.

A srta. Kate e o sr. Brooke, Meg e Ned recusaram, mas Fred, Sallie, Jo e Laurie empilharam as mãos e foram tirando, e o número escolhido ficou com Laurie.

— Quem são seus heróis? — perguntou Jo.

— Meu avô e Napoleão.

— Que moça você acha mais bonita? — perguntou Sallie.

— Margaret.

— De qual você gosta mais? — perguntou Fred.

— De Jo, claro.

— Que perguntas bobas vocês fazem! — E Jo deu de ombros com desdém, enquanto o restante ria do tom objetivo de Laurie.

— Tente de novo. O Jogo da Verdade não é ruim — disse Fred.

— É bom para você! — retrucou em voz baixa Jo, cuja vez veio em seguida.

— Qual é o seu maior defeito? — perguntou Fred, testando nela a virtude que faltava a si próprio.

— Pavio curto.

— O que você mais deseja? — perguntou Laurie.

— Um par de cadarços para bota — respondeu Jo, adivinhando e frustrando seu propósito.

— Não é uma resposta verdadeira. Você deve dizer o que realmente mais deseja.

— Gênio; não tem vontade de poder me dar isso, Laurie? — E ela sorriu maliciosamente ao rosto decepcionado do amigo.

— Que virtudes você mais admira em um homem? — perguntou Sallie.

— Coragem e honestidade.

— Agora é a minha vez — disse Fred, quando sua mão ficou por último.

— Vamos revidar — sussurrou Laurie para Jo, que assentiu e perguntou imediatamente:

— Você trapaceou no *croquet*?

— Bem... sim, um pouco.

— Bom! Você tirou sua história de *O leão dos mares*? — perguntou Laurie.

— Um pouco.

— Você não acha a nação inglesa perfeita em todos os aspectos? — perguntou Sallie.

— Deveria ter vergonha de mim mesmo se não achasse.

— Ora se não é um verdadeiro John Bull! Agora é sua vez, srta. Sallie, não precisamos de sorteio. Vou ser o primeiro a afligir um pouco seus sentimentos, perguntando se não acha que é um pouco coquete — disparou Laurie, enquanto Jo, com um meneio de cabeça, selava a paz com Fred.

— Que garoto impertinente! Claro que não — exclamou Sallie, com um ar que provava o contrário.

— O que você mais detesta? — perguntou Fred.

— Aranhas e arroz-doce.

— Do que mais gosta? — perguntou Jo.

— De dança e luvas francesas.

— Bom, *eu* acho o Jogo da Verdade bem bobo. Vamos jogar uma boa partida de Autores, para descansar a cabeça — propôs Jo.

Ned, Frank e as pequenas concordaram e, enquanto eles jogavam, os três mais velhos sentaram-se em separado e ficaram conversando. A srta. Kate retomou o esboço, e Margaret a observava, enquanto o sr. Brooke estava deitado na grama, com um livro que não lia.

— Como é lindo! Gostaria de saber desenhar — disse Meg, com uma mistura de admiração e lamento na voz.

— Por que não aprende? Talvez tenha bom gosto e talento para isso — respondeu a srta. Kate, graciosamente.

— Não tenho tempo.

— Sua mãe prefere outras realizações, imagino. Não é diferente da minha; mas provei a ela que tinha talento fazendo algumas aulas particulares, e então ela achou por bem que eu continuasse. Você não pode fazer o mesmo com a sua governanta?

— Não tenho governanta.

— Esqueci-me de que as jovens da América frequentam a escola mais do que nós. Papai também diz que são excelentes escolas. Você vai a uma escola particular, suponho?

— Não. Sou governanta.

— Ah, claro! — disse a srta. Kate, que também poderia muito bem ter exclamado: “Meu Deus, que horror!”, pois assim soava seu tom de voz, e algo em seu rosto fez com que Meg corasse e desejasse não ter sido tão franca.

O sr. Brooke olhou para cima e disse rapidamente:

— As moças na América amam a independência tanto quanto seus ancestrais, e são admiradas e respeitadas por se sustentarem.

— Ah, sim, claro! É muito bom e apropriado que o façam. Temos muitas moças, as mais respeitáveis e dignas, que fazem o mesmo e são empregadas pela nobreza, pois, sendo filhas de cavalheiros, são bem criadas e refinadas — disse a srta. Kate com um tom benevolente que feriu o orgulho de Meg e fez seu trabalho parecer não só mais desagradável, como degradante.

— A canção alemã estava adequada, srta. March? — perguntou o sr. Brooke, interrompendo um silêncio incômodo.

— Ah, sim! Foi muito gentil, e agradeço muito a quem a traduziu para mim. — E o rosto abatido de Meg se iluminou quando o disse.

— Você não lê alemão? — perguntou a srta. Kate, com uma expressão de surpresa.

— Não muito bem. Meu pai, que me ensinou, está fora, e sozinha não avanço muito rápido, pois não tenho quem corrija minha pronúncia.

— Tente um pouco agora. Aqui está *Mary Stuart*, de Schiller, e um preceptor que adora ensinar. — E o sr. Brooke colocou seu livro no colo dela com um sorriso convidativo.

— É tão difícil, tenho medo de tentar — disse Meg, agradecida, mas tímida na presença da jovem refinada ao seu lado.

— Vou ler um pouco para encorajar você. — E a srta. Kate leu uma das mais belas passagens de uma maneira absolutamente correta, porém inexpressiva.

O sr. Brooke não fez qualquer comentário quando ela devolveu o livro a Meg, que disse inocentemente:

— Pensei que fosse poesia.

— Parte é. Tente esta passagem.

Havia um sorriso esquisito nos lábios do sr. Brooke quando ele abriu o livro no lamento da pobre Mary.

Meg, seguindo com obediência a longa lâmina de grama que seu novo preceptor usava para apontar os versos, leu lenta e timidamente, sem perceber que fazia poesia das palavras duras com a entonação suave de sua voz musical. A guia verde desceu a página, e assim, esquecendo-se de sua ouvinte na beleza da cena triste, Meg leu como se estivesse sozinha, dando um pequeno toque de tragédia às palavras da rainha infeliz. Se tivesse visto os olhos castanhos então, teria interrompido a leitura, mas não olhou para cima, e a lição não se perdeu.

— Muito bem mesmo! — disse o sr. Brooke enquanto ela fazia uma pausa, ignorando seus muitos erros e dando a impressão de que de fato "adorava ensinar".

A srta. Kate ergueu os óculos e, tendo examinado o pequeno quadro à sua frente, fechou o caderno de rascunho, dizendo com benevolência:

— Você tem uma boa pronúncia e, com o tempo, será uma boa leitora. Aconselho-a a aprender, pois o alemão é uma realização valiosa para os professores. Preciso cuidar da Grace, ela está aprontando. — E a srta. Kate se afastou, acrescentando para si mesma com um encolher de ombros: — Não vim para acompanhar uma governanta, embora *seja* jovem e bonita. Que pessoas estranhas são esses ianques. Temo que Laurie se estrague no meio deles.

— Esqueci que os ingleses preferem torcer o nariz para as governantas e não as tratam como nós — disse Meg, voltando-se à figura que se afastara com uma expressão irritada.

— Os preceptores também têm bastante dificuldade por lá, como aprendi a duras penas. Não há lugar como os Estados Unidos para os trabalhadores, srta. Margaret. — E o sr. Brooke parecia tão contente e alegre que Meg ficou com vergonha de lamentar seu trabalho.

— Fico feliz de viver aqui, então. Não gosto do meu trabalho, mas, no final das contas, tenho muita satisfação com ele, então não vou reclamar. Só queria gostar de ensinar tanto quanto o senhor.

— Acho que ia adorar, se tivesse Laurie como pupilo. Lamento muito perdê-lo no ano que vem — disse Brooke, ocupado em abrir buracos no gramado.

— Indo para a faculdade, suponho?

Os lábios de Meg fizeram a pergunta, mas seus olhos acrescentaram: "E o que será do senhor?".

— Sim, já é hora de ele ir, pois está pronto, e assim que for, me tornarei soldado.

— Fico feliz em saber! — exclamou Meg. — Creio que todo jovem deveria querer ir, embora seja difícil para as mães e as irmãs que ficam em casa — acrescentou tristemente.

— Não tenho mãe, nem irmãs, e muito poucos amigos que se importem se estou vivo ou morto — disse o sr. Brooke com amargura, enquanto distraidamente colocava a rosa morta no buraco que fizera e a cobria, como um pequeno túmulo.

— Laurie e seu avô se importariam muito, e todos nós ficaremos bem tristes se acontecer alguma coisa com o senhor — afirmou Meg, com sinceridade.

— Obrigado, é bom ouvir isso — começou o sr. Brooke, parecendo alegre novamente, mas antes que pudesse terminar a frase, Ned, montado no velho cavalo, apareceu para exibir sua habilidade equestre às moças, e ali se acabou a tranquilidade do dia.

— Você não gosta de montar? — perguntou Grace a Amy, enquanto descansavam depois de uma corrida em volta do campo com os outros, liderados por Ned.

— Adoro. Minha irmã Meg costumava cavalgar quando papai era rico, mas não conservamos nenhum cavalo, exceto Ellen Frondosa — acrescentou Amy, rindo.

— Conte-me sobre Ellen Frondosa. É uma mula? — perguntou Grace, curiosa.

— Ora, Jo é louca por cavalos, e eu também, mas nós não temos nenhum cavalo, só temos um silhão velho. No nosso jardim há uma macieira que tem um galho baixo muito bom; então coloquei o silhão nele, fixei umas rédeas, e nós cavalgamos Ellen Frondosa sempre que dá vontade.

— Que engraçado! — riu Grace. — Tenho um pônei em casa e passeio quase todos os dias no parque com Fred e Kate; é muito bom, pois os meus amigos vão também, e o Row está cheio de cavalheiros e damas.

— Que delícia! Espero ir ao estrangeiro algum dia; mas preferiria ir a Roma, e não ao Row — devolveu Amy, que não tinha a menor ideia do que era o Row nem a mínima curiosidade de sabê-lo.

Frank, sentado logo atrás das meninas, ouvia a conversa delas e afastou a muleta com um gesto impaciente, enquanto observava os jovens ativos realizando todo tipo de ginástica cômica. Beth, que estava recolhendo as cartas do Autores, olhou para cima e disse, de maneira tímida, porém amigável:

— Receio que esteja cansado. Posso fazer alguma coisa por você?

— Converse comigo, por favor. É chato ficar sentado sozinho — respondeu Frank, que obviamente tinha se acostumado em casa a receber muita atenção.

Se ele tivesse pedido a ela que declamasse um discurso em latim, a tarefa não teria parecido mais difícil para a tímida Beth; mas não havia para onde correr, não podia se esconder atrás de Jo, e o pobre menino olhava com tanta tristeza para ela que corajosamente ela resolveu tentar.

— Sobre o que gostaria de conversar? — perguntou, já incapaz de segurar os cartões e deixando cair metade deles enquanto os tentava amarrar.

— Bem, gosto de ouvir sobre críquete, vela e caça — disse Frank, que ainda não aprendera a adequar os passatempos à sua fragilidade.

"Ai! O que devo fazer? Não sei nada sobre esses assuntos", pensou Beth; e, esquecendo-se do infortúnio do menino em meio a sua agitação, disse, esperando fazê-lo falar:

— Nunca vi nenhuma caçada, mas suponho que você saiba tudo sobre isso.

— Fui uma vez a uma caçada, mas nunca mais vou caçar de novo, porque me machuquei pulando uma maldita porteira; então cavalos e cães não existem mais para mim — contou Frank com um suspiro que fez Beth se odiar por seu engano inocente.

— Os cervos de vocês são muito mais bonitos que nossos búfalos horríveis — comentou ela, voltando-se às pradarias como quem pedisse socorro e sentindo-se feliz por ter lido um dos livros de meninos que eram a alegria de Jo.

Os búfalos se provaram um eficiente alívio; e, em seu desejo de divertir o outro, Beth se esqueceu de si, e estava completamente inconsciente da surpresa e do deleite de suas irmãs diante do espetáculo inusitado de Beth conversando com um dos garotos terríveis, contra os quais havia implorado proteção.

— Que Deus abençoe aquele coração! Ela tem compaixão por ele, então lhe faz bem — refletiu Jo olhando do campo de *croquet* para a irmã com um sorriso luminoso.

— Sempre disse que era uma santa — acrescentou Meg, como se já não pudesse haver dúvidas sobre isso.

— Fazia muito tempo que não ouvia Frank rir tanto — disse Grace a Amy, sentadas para tratar de bonecas e fazer jogos de chá com as bolotas abertas.

— Minha irmã Beth é uma garota *fastidiosa*, quando quer — disse Amy, satisfeita com o sucesso de Beth. Ela queria dizer "fascinante", mas como Grace não conhecia o significado exato de nenhuma das palavras, o "fastidioso" soou bem e causou boa impressão.

Um circo improvisado, uma rodada de raposas & gansos e uma partida amistosa de *croquet* encerraram a tarde. Ao pôr do sol, a tenda foi desarmada, os cestos empilhados, os aros arrancados do chão, os barcos carregados, e todo o grupo flutuou rio abaixo, cantando a plenos pulmões. Ned, ficando sentimental, cantarolou uma serenata com o refrão melancólico "Sozinhos, sozinhos, oh, tristeza, sozinhos", e nos versos "Somos jovens, temos um coração!/ Oh! Por que então devemos estar nessa fria separação?", voltou-se para Meg com tamanha languidez que ela não conteve o riso e estragou a música.

— Como pode ser tão cruel comigo? — sussurrou ele, abafado por um coro animado. — Você ficou perto daquela inglesa engomada o dia inteiro, e agora faz pouco de mim.

— Não era a minha intenção; mas você estava tão engraçado que realmente não consegui controlar — respondeu Meg, evitando a primeira parte da reprimenda, pois era *bem* verdade que ela o havia evitado, lembrando da festa dos Moffat e da conversa depois.

Ned ficou ofendido e virou-se para Sallie em busca de consolo, dizendo-lhe com uma pitada de ressentimento:

— Não há um pouco de coquetismo nessa garota?

— Nadinha; mas gosta de aparecer — retrucou Sallie, defendendo a amiga ao mesmo tempo que confessava seus defeitos.

— De qualquer forma, não se faz aparecida para mim — disse Ned, tentando ser espirituoso, e sendo tão bem-sucedido quanto os cavalheiros muito jovens costumam ser.

No gramado onde antes havia se reunido, o grupo se separou com boas-noites e despedidas cordiais, pois os Vaughn estavam indo para o Canadá. Enquanto as quatro irmãs voltavam para casa pelo jardim, a srta. Kate as observou, dizendo, sem o tom condescendente na voz:

— Apesar das maneiras esparramadas, as garotas americanas são muito agradáveis quando as conhecemos.

— Concordo totalmente — disse o sr. Brooke.

13. CASTELOS DE VENTO

LAURIE BALANÇAVA DELICIOSAMENTE de um lado para o outro em sua rede, numa tarde quente de setembro, perguntando-se o que as vizinhas estavam fazendo, mas com preguiça de se levantar e descobrir. Estava melancólico; pois o dia fora ao mesmo tempo improdutivo e insatisfatório, e desejava poder revivê-lo de outra forma. O calor o deixava indolente; e ele negligenciara os estudos, testara ao máximo a paciência de Brooke, desagradara o avô ao gastar metade da tarde tocando piano, quase apavorara a criadagem ao insinuar maliciosamente que um de seus cães estava com raiva; e, depois de ser ríspido com o cavalariço acerca de um suposto descuido em relação a seu cavalo, enfiou-se em sua rede para maldizer a estupidez do mundo em geral, até que a paz do dia agradável o acalmou, mesmo contra a sua vontade. De olhos fitos no verde-escuro das castanheiras-da-índia acima dele, sonhava sonhos de todos os tipos e imaginava-se lançando-se ao oceano em uma viagem ao redor do mundo, quando o som de vozes o trouxe de volta à terra firme em um piscar de olhos. Espiando pelas malhas da rede, viu as March saindo, como se rumassem a alguma expedição.

"Que diabo essas meninas vão fazer agora?", pensou Laurie, abrindo os olhos sonolentos para ver bem, pois havia algo de muito particular na aparência das vizinhas. Todas usavam chapéus grandes, de abas balouçantes, bolsinhas de linho marrom a tiracolo e um longo cajado. Meg levava consigo uma almofada, Jo, um livro, Beth, um cantil, e Amy, uma pasta. Atravessaram em silêncio o jardim, saíram por um portãozinho nos fundos e se puseram a subir a colina que ficava entre a casa e o rio.

"Ora, que antipatia...", disse Laurie para si mesmo. "Fazer um piquenique e não me chamar! Não podem ir de barco, pois não ficaram com a chave. Talvez tenham se esquecido. Vou levar para elas, e ver o que está acontecendo."

Embora possuísse meia dúzia de chapéus, levou algum tempo para encontrar um; depois, houve uma busca pela chave, finalmente descoberta em seu bolso, de modo que as garotas já não se encontravam ao alcance da vista quando ele pulou a cerca e correu atrás delas. Tomando o caminho mais curto até o ancoradouro, esperou que aparecessem; porém, ninguém veio, e ele subiu a colina para observar. Um bosque de pinheiros cobria uma parte da vista, e do coração dessa mancha verde surgiu um som mais claro que o suave suspiro dos pinheiros ou a guizalhada sonolenta dos grilos.

"Eis aí uma paisagem!", pensou Laurie, espiando pelos arbustos e já parecendo bastante desperto e bem-humorado.

Era uma cena bem bonitinha; pois as irmãs estavam sentadas juntas em um recanto umbroso, com sol e sombra bruxuleando sobre elas, a brisa perfumada erguendo-lhes os cabelos e esfriando-lhes o calor dos rostos, e todo o pequeno povo dos bosques que seguia com suas vidas, como se elas não lhes fossem

estranhas, mas velhas amigas. Meg estava sentada em sua almofada, costurando delicadamente com suas mãos brancas e parecendo tão cheia de frescor e doçura em seu vestido rosa quanto uma margarida, cercada de verde. Beth escolhia as pinhas que se acumulavam sob as coníferas próximas, pois fazia coisas bonitas com elas. Amy desenhava um grupo de samambaias, e Jo tricotava enquanto lia em voz alta. Uma sombra passou pelo rosto do menino enquanto as observava: sentia que devia partir, pois não tinha sido convidado; no entanto, demorava-se, pois a casa lhe parecia muito solitária, e o grupo tranquilo na floresta, mais atraente a seu espírito inquieto. Ali permaneceu, tão quieto que um esquilo, ocupado de sua colheita, desceu correndo um pinheiro, deparou-se com ele de repente e pulou para trás, com uma reprimenda tão sonora que Beth ergueu os olhos, vislumbrou o rosto melancólico atrás das bétulas e o chamou com um sorriso que o animou.

— Posso me juntar a vocês? Ou serei um incômodo? — perguntou, avançando devagar.

Meg ergueu as sobrancelhas, mas Jo desafiou-a franzindo o cenho e respondeu de pronto:

— Claro que sim. Deveríamos ter chamado antes, só que achamos que não se interessaria por uma brincadeira de meninas como essa.

— Sempre gosto de suas brincadeiras, mas se Meg não me quiser por perto, vou embora.

— Não faço objeção, desde que você faça alguma coisa. É contra as regras ficar ocioso aqui — respondeu Meg com seriedade, mas graciosamente.

— Muito obrigado. Farei qualquer coisa se me deixar ficar aí um pouco, porque lá embaixo tudo está tão tedioso quanto o Saara. Devo costurar, ler, escolher pinhas, desenhar ou fazer tudo de uma vez? Vocês que mandam, estou pronto. — E Laurie sentou-se com uma expressão submissa, encantadora de se ver.

— Termine de ler a história enquanto conserto minha meia — ordenou Jo, entregando-lhe o livro.

— Pois não — foi a resposta dócil, ao começar a leitura, esforçando-se para provar sua gratidão por ter sido admitido na "Sociedade das Abelhas Laboriosas".

A história não era longa e, quando terminou, ele se arriscou a fazer algumas perguntas como recompensa ao mérito.

— Por favor, senhora, eu poderia perguntar se é nova esta instituição muito instrutiva e encantadora?

— Vocês concordam em responder? — perguntou Meg às irmãs.

— Ele vai rir — disse Amy, alertando.

— Quem se importa? — esnobou Jo.

— Acho que ele vai gostar — opinou Beth.

— Claro que vou! Dou minha palavra, não vou rir. Diga, Jo, não tenha medo.

— Onde já se viu ter medo de você! Bom, nós costumávamos brincar de *O peregrino*, e nos empenhamos nessa brincadeira durante o inverno e o verão inteiros.

— Sim, eu sei — disse Laurie, assentindo sabiamente.

— Quem contou? — quis saber Jo.

— Espíritos.

— Não, fui eu. Quis diverti-lo uma noite, quando você estava longe, e ele estava um pouco triste. Ele gostou, então não brigue comigo, Jo — intercedeu Beth, humildemente.

— Você não é capaz de guardar segredo. Não importa, isso economiza tempo agora.

— Prossiga, por favor — disse Laurie, porque Jo se concentrou em sua costura, parecendo um pouco descontente.

— Ah, ela não lhe contou sobre este novo plano? Bem, tentamos não desperdiçar nossas férias: cada uma tem uma tarefa e trabalhou nela com afinco. As férias estão quase no fim, as metas estão todas cumpridas, e estamos muito felizes de não termos ficado à toa.

— Acredito que sim. — E Laurie pensou com tristeza em seus próprios dias ociosos.

— Mamãe gosta que fiquemos ao ar livre o máximo de tempo possível, então trazemos nossas tarefas para cá e temos momentos agradáveis. Para nos divertirmos, carregamos nossas coisas nessas bolsas, usamos os chapéus velhos, usamos cajados para subir a colina, e brincamos de peregrinos, como fazíamos anos atrás. Chamamos esta colina de "A Montanha dos Prazeres", pois podemos olhar ao longe e ver a terra onde esperamos viver em algum momento.

Jo apontou, e Laurie se sentou para examinar; pois através de uma abertura no bosque era possível ver, para além do vasto rio azul, os prados do outro lado, bem além dos arredores da grande cidade, até as colinas verdes que se erguiam para tocar o céu. O sol estava baixo, e os céus reluziam com o esplendor do pôr do sol de outono. Nuvens ouro e púrpura permaneciam sobre o topo das colinas; e, erguendo-se alto sob a luz rosada, havia alvos picos prateados que brilhavam como os pináculos etéreos de uma Cidade Celestial.

— Que coisa linda! — disse Laurie, baixinho, pois rapidamente via e sentia todo tipo de beleza.

— É sempre assim, e gostamos de admirar a paisagem, porque nunca é a mesma, mas sempre esplêndida — respondeu Amy, desejando poder pintá-la.

— Jo fala sobre a terra na qual temos a esperança de viver um dia... Ela quer dizer o campo de verdade, com porcos, galinhas e feno. Seria bom, mas eu gostaria que a terra bonita lá em cima fosse real, e que nós pudéssemos ir um dia para lá — comentou Beth, reflexiva.

— Existe uma terra ainda mais linda do que essa, para onde *iremos*, cedo ou tarde, se formos boas o bastante — respondeu Meg, com a voz cheia de ternura.

— Parece muito tempo para esperar, e é tão difícil. Quero voar para longe imediatamente, como as andorinhas voam, e passar por aquele portão esplêndido.

— Você vai passar, Beth, mais cedo ou mais tarde, não precisa temer — disse Jo. — Eu é que terei que lutar e trabalhar, e subir e esperar, e talvez nunca consiga.

— Você terá minha companhia, se isso for algum conforto. Precisarei caminhar um bocado antes de avistar sua Cidade Celestial. Se eu chegar atrasado, você vai interceder em meu favor, não vai, Beth?

Algo no rosto do menino preocupou sua amiguinha; mas ela disse alegremente, com os olhos tranquilos voltados às nuvens transitórias:

— Se as pessoas realmente querem ir, e realmente tentam por suas vidas inteiras, acho que vão entrar; porque não acredito que haja trava naquela porta ou guarda no portão. Na minha cabeça, é sempre como na imagem do livro, onde os iluminados estendem as mãos para receber o pobre Cristão quando ele sobe pela margem do rio.

— Não seria divertido se todos os castelos de vento que inventamos pudessem se tornar realidade, e pudéssemos viver neles? — disse Jo, depois de uma pequena pausa.

— Já fiz tantos que seria difícil escolher entre eles — respondeu Laurie, deitado e jogando pinhas no esquilo que o traíra.

— Você teria que escolher o seu favorito. Qual é? — perguntou Meg.

— Se eu disser o meu, você diz o seu?

— Sim, se as meninas também disserem.

— Diremos. Comece, Laurie.

— Depois de ver tudo que quisesse do mundo, gostaria de me estabelecer na Alemanha e estar cercado de toda a música que escolhesse. Eu mesmo seria um músico famoso, e não haveria filho de Deus que não corresse para me ouvir. E nunca me preocuparia com dinheiro ou negócios, mas apenas me divertiria e viveria para o que gosto. Esse é o meu castelo favorito. Qual é o seu, Meg?

Margaret pareceu achar um pouco difícil contar o seu, e levou uma folha de samambaia ao rosto, como se quisesse dispersar mosquitos imaginários, enquanto dizia lentamente:

— Gostaria de ter uma linda casa, cheia de todo tipo de coisa luxuosa: boa comida, roupas bonitas, móveis bonitos, pessoas agradáveis e muito dinheiro. Eu seria a senhora dessa casa e a administraria ao meu gosto, com muitos criados, então nunca precisaria trabalhar, nem um pouquinho. Como eu ia adorar isso! Pois não ficaria ociosa, e sim faria o bem, e faria com que todos me amassem muito.

— Você não teria um senhor para o seu castelo de vento? — perguntou Laurie, maliciosamente.

— Eu disse "pessoas agradáveis", entendeu? — e Meg amarrou cuidadosamente o sapato enquanto falava, para que ninguém visse seu rosto.

— Por que não diz que gostaria de ter um marido bom, sábio e esplêndido, e algumas filhinhas angelicais? Você sabe que o seu castelo não seria perfeito sem isso — declarou Jo, sem rodeios. Ela ainda não alimentava sonhos românticos, e até desprezava a fantasia, exceto nos livros.

— No seu você não teria nada além de cavalos, tinteiros e romances — respondeu Meg, irritada.

— E por que não? Teria um estábulo cheio de corcéis árabes, salas cheias de livros, e escreveria de um tinteiro mágico, para que minhas obras fossem tão famosas quanto a música de Laurie. Quero fazer algo brilhante antes de entrar no meu castelo, algo heroico ou maravilhoso que não será esquecido depois da minha morte. Não sei o quê, mas estou de olho nisso, e quero surpreender a todos vocês. Acho que vou escrever livros, ser rica e famosa; ia gostar disso, então esse é o *meu* sonho favorito.

— O meu é ficar em casa a salvo com o pai e a mãe e ajudar a cuidar da família — disse Beth, com um ar de contentamento.

— Você não deseja mais nada? — perguntou Laurie.

— Desde que ganhei meu pianinho, estou muito satisfeita. Só desejo que possamos ficar bem e juntos, mais nada.

— Tenho muitos desejos, mas o de que mais gosto é ser pintora, ir a Roma, pintar ótimos quadros e ser a melhor artista do mundo inteiro — era o modesto desejo de Amy.

— Somos um grupo ambicioso, não? Todos nós, exceto Beth, queremos ser ricos e famosos e magníficos em todos os aspectos. Pergunto-me se alguém aqui será capaz de realizar os próprios desejos — refletiu Laurie, mastigando a grama como um bezerro meditativo.

— Tenho a chave para o meu castelo de vento; mas se serei capaz de abrir a porta, não sei — comentou Jo, misteriosamente.

— Tenho a chave para o meu, mas não tenho permissão para tentar abri-lo. Maldita faculdade! — murmurou Laurie, com um suspiro impaciente.

— Aqui está a minha! — E Amy acenou com o lápis.

— Eu não tenho uma chave — disse Meg, tristíssima.

— Tem, sim — disse Laurie, imediatamente.

— Onde?

— Na sua cara.

— Bobagem, não vale de nada.

— Espere e veja se ela não vai lhe trazer algo que valha a pena — respondeu o menino, rindo ao pensar em um encantador segredinho que pensava conhecer.

Meg corou atrás da folha de samambaia, mas não fez perguntas e olhou para o outro lado do rio com a mesma expressão de expectativa que marcara o rosto do sr. Brooke enquanto contava a história do cavaleiro.

— Se todos estivermos vivos daqui a dez anos, vamos nos encontrar e ver quantos de nós realizamos nossos desejos, ou quão próximos estamos deles em relação a hoje — disse Jo, sempre com um plano na manga.

— Meu Deus! Quantos anos terei? Vinte e sete! — exclamou Meg, que já se sentia adulta, tendo acabado de chegar aos dezessete anos.

— Você e eu teremos vinte e seis, Teddy; Beth, vinte e quatro; e Amy, vinte e dois. Que grupo respeitável! — disse Jo.

— Espero ter feito algo de que me orgulhar, mas sou um preguiçoso, e tenho medo de "ficar enrolando", Jo.

— Você precisa de um objetivo, é o que minha mãe diz; quando você encontrar um, ela diz que tudo dará muito certo.

— Ela diz? Ah, mas eu vou encontrar, sim, se tiver a oportunidade! — bradou Laurie, sentando-se com repentina energia. — Eu deveria me contentar em agradar meu avô, e eu tento, mas é ir contra a minha vontade, sabe, e é difícil. Ele quer que eu seja um comerciante da rota da Índia, como ele foi, e prefiro morrer. Odeio chá, seda e especiarias, e todo tipo de porcaria que os navios velhos dele trazem, e, quando forem meus, vou me lixar para a rapidez com que afundem. Ir para a faculdade deveria satisfazê-lo, pois se eu lhe der quatro anos ele deveria me deixar fora dos negócios. Mas ele está decidido, e devo fazer exatamente o que ele fez, a menos que me afaste e faça o que me agradar, como o meu pai. Eu faria isso amanhã, se tivesse sobrado alguém para ficar com o velho cavalheiro.

Laurie falava impulsivamente, e parecia pronto a levar sua ameaça a cabo sob a menor provocação; ele estava crescendo muito rápido e, apesar dos modos indolentes, tinha a aversão à submissão que é própria dos rapazes — o desejo inquieto de ganhar o mundo para si.

— Saia em viagem em um dos seus navios e não volte para casa até ter se realizado à sua maneira — aconselhou Jo, pois a ousadia de uma façanha assim atiçara sua imaginação e o que ela chamava de "os males de Teddy" despertava sua compaixão.

— Isso não está certo, Jo. Você não deve falar assim, e Laurie não deve aceitar seus maus conselhos. Você tem que fazer o que seu avô quer, querido — sugeriu Meg em seu tom mais maternal. — Vá à faculdade, dê o seu melhor, e quando ele constatar que você está tentando agradá-lo tenho certeza de que não será duro ou injusto. Como você diz, não há mais ninguém que possa amá-lo, nem com quem ele possa ficar, e você jamais se perdoaria se o deixasse sem a permissão dele. Não desanime, nem se incomode, apenas cumpra o seu dever, e receberá a sua recompensa, como o bom sr. Brooke, sendo respeitado e amado.

— O que você sabe sobre ele? — perguntou Laurie, grato pelo bom conselho, mas opondo-se ao sermão, e contente por desviar o assunto de si, passado seu desabafo incomum.

— Só o que seu avô contou à mamãe: que ele ficou do lado da mãe dele até a morte; que deixou de viajar ao exterior como preceptor de uma pessoa respeitável porque não queria abandoná-la; que sustenta uma velha senhora que cuidou dela e não conta isso a ninguém, mas é absolutamente generoso, paciente e bom.

— Ele é assim, meu querido e velho companheiro! — disse Laurie, calorosamente, quando Meg terminou o que tinha para contar, corada e entusiasmada. — É bem do meu avô descobrir tudo sobre ele sem deixá-lo saber e contar sobre a sua bondade para os outros, para que possam gostar dele. Brooke não conseguia entender por que a mãe de vocês era tão gentil com ele, convidando-o para ir visitá-las comigo e tratando-o daquele jeito lindo e carinhoso dela. Ele a achava simplesmente perfeita, e falava sobre isso por dias inteiros, e falava sobre todas vocês com paixão. Se eu chegar a realizar meu desejo, vocês verão o que farei por Brooke.

— Comece agora, não o importunando — disse Meg, bruscamente.

— Como a senhorita sabe que o importuno?

— Vejo pelo rosto dele, quando vai embora. Se você foi bonzinho, ele sai com a expressão satisfeita e anda depressa. Se você o importunou, ele sai sério e anda devagar, como se quisesse voltar e fazer melhor o seu trabalho.

— Olha só, gostei disso! Então você faz um registro das minhas notas boas e ruins pelo rosto de Brooke? Eu o vejo se curvar e sorrir quando passa pela sua janela, mas não sabia que vocês se comunicavam assim.

— Não nos comunicamos. Não fique bravo e, ai, não conte a ele que eu disse alguma coisa! Foi apenas para mostrar que me importo com você, e o que eu disse aqui é segredo, tudo bem? — exclamou Meg, muito assustada ao pensar no que poderia resultar de suas palavras descuidadas.

— *Eu* não traio a confiança de ninguém — respondeu Laurie, com seu ar "elevado e altivo", como Jo chamava certa expressão que ele usava vez por outra. — Mas se Brooke é um termômetro, devo levar isso em consideração e providenciar um clima agradável para que ele o registre.

— Por favor, não se ofenda; eu não queria fazer nem sermão nem fofoca, e menos ainda ser impertinente. Só achei que Jo estava incentivando em você um sentimento do qual você poderia se arrepender em algum momento. Você é tão bom para nós, é como se fosse um irmão nosso, e dizemos exatamente o que pensamos. Perdoe-me; falei com boa intenção.

E Meg ofereceu a mão com um gesto a um só tempo afetuoso e tímido.

Envergonhado da mágoa de momento, Laurie apertou a mãozinha gentil e disse com sinceridade:

— Eu é que preciso pedir desculpas. Estou irritado e passei o dia inteiro sem cabeça para nada. Gosto que você me fale sobre meus defeitos e me trate como um irmão; então não se importe se estou mal-humorado às vezes. Agradeço mesmo assim.

Empenhado em mostrar que não estava ofendido, Laurie fez-se o mais agradável possível, fiou algodão para Meg, recitou poesia para agradar Jo, derrubou pinhas para Beth e ajudou Amy com as samambaias, provando-se digno de pertencer à "Sociedade das Abelhas Laboriosas". No meio de uma animada discussão sobre os hábitos domésticos das tartarugas (uma dessas amistosas criaturas acabava de sair do rio para um passeio), um sino soou ao longe e os avisou de que Hannah havia "posto o chá na água", e só lhes restava tempo para chegar em casa para o jantar.

— Posso vir de novo? — perguntou Laurie.

— Desde que fique bonzinho e trate o livro com carinho, como é dito aos meninos da cartilha — respondeu Meg, sorrindo.

— Vou tentar.

— Então pode vir, e vou ensiná-lo a tricotar como os escoceses; há uma demanda por meias agora — acrescentou Jo, balançando as dela como uma grande bandeira de lã azul, quando se separaram no portão.

Naquela noite, quando Beth tocou piano para o sr. Laurence, Laurie, parado à sombra da cortina, ouviu o pequeno Davi, cuja música simples sempre acalmava seu espírito melancólico, e observou o velho, sentado com a cabeça grisalha apoiada sobre a mão, cheia de carinhosos pensamentos sobre a criança já morta que ele tanto amara. Lembrando-se da conversa da tarde, o menino disse a si mesmo, com a determinação de realizar com alegria o sacrifício:

— Vou deixar meu castelo de lado e ficar com esse velho cavalheiro tão querido enquanto ele precisar de mim, pois sou tudo o que ele tem.

14. SEGREDOS

Jo estava bastante ocupada no sótão, pois os dias de outubro começavam a esfriar, e as tardes eram curtas. Durante duas ou três horas o sol batia quente na janela alta, revelando Jo sentada no velho sofá bastante ocupada em escrever, com os papéis espalhados em um baú à sua frente, enquanto Dentinho, o rato de estimação, passeava pelas vigas do telhado, acompanhado do filho mais velho, um bom rapaz, que evidentemente estava muito orgulhoso dos bigodes. Bastante envolvida com seu trabalho, Jo rabiscou até que preencheu a página final, quando assinou seu nome com um floreio e abandonou a caneta, exclamando:

— Aí está, dei tudo de mim! Se isso não servir, terei de esperar até poder fazer melhor.

Deitada no sofá, leu o manuscrito cuidadosamente, fazendo cortes aqui e ali e colocando muitos pontos de exclamação, que pareciam balõezinhos; em seguida, amarrou-o com uma fita vermelha e ficou um minuto olhando para ele com uma expressão sóbria e melancólica, em que se via com clareza o quanto o trabalho fora sério. A escrivaninha de Jo no sótão era uma velha tampa abaulada de um assador de metal, que ficava pendurada na parede. Nela, guardava papéis e alguns livros, prudentemente afastados de Dentinho, que, também dotado de interesse literário, encontrava particular prazer em montar uma biblioteca circulante com os livros que lhe apareciam pelo caminho, comendo-lhes as páginas. Desse receptáculo de lata, Jo tirou outro manuscrito e, colocando ambos no bolso, desceu discretamente as escadas, deixando os amigos mordiscarem suas penas e provarem de sua tinta.

Pôs o chapéu e a jaqueta o mais silenciosamente possível, e, indo até a janela da entrada dos fundos, saiu sobre o telhado de um alpendre baixo, pendurou-se e deu um impulso para cair no talude relvado, e tomou um caminho tortuoso para chegar à rua. Uma vez ali, ela se recompôs, fez sinal para um ônibus que passava e seguiu para a cidade, parecendo muito feliz e misteriosa.

Se alguém a estivesse observando, teria julgado seus movimentos de fato curiosos; pois, ao desembarcar, disparou na direção de certo número de uma rua movimentada; e, tendo encontrado o lugar com alguma dificuldade, foi até a porta, olhou para as escadas sujas e, depois de parar como uma estátua por um minuto, mergulhou de súbito na rua e foi embora tão rápido quanto viera. Tal manobra se repetiu várias vezes, para a grande diversão de um jovem cavalheiro de olhos negros que descansava à janela de um prédio em frente. Ao voltar pela terceira vez, Jo se recompôs, puxou o chapéu sobre os olhos e subiu as escadas como quem estivesse prestes a arrancar todos os dentes.

Havia uma placa de dentista, entre outras, na entrada, e depois de olhar um instante para o par de mandíbulas artificiais que abriam e fechavam lentamente para chamar a atenção para um bom conjunto de dentes, o jovem cavalheiro vestiu o casaco, tirou o chapéu e desceu para se postar na porta do outro lado da rua, dizendo com um sorriso e um arrepio:

— É típico dela vir sozinha, mas se ela passar maus bocados vai precisar de alguém para ajudá-la a voltar para casa.

Em dez minutos, Jo desceu correndo as escadas com o rosto muito vermelho e a aparência geral de uma pessoa que acabara de passar por uma terrível provação. Quando viu o jovem cavalheiro, parecia tudo menos satisfeita, e passou por ele com um meneio; ele, porém, a seguiu, perguntando com um ar de compaixão:

— Foi sofrido?

— Não muito.

— Mas foi rápido.

— Sim, graças a Deus!

— Por que foi sozinha?

— Não queria que ninguém soubesse.

— Você é a criatura mais estranha que já vi. Quantos você arrancou?

Jo olhou para o amigo como se não o entendesse, então começou a rir como se estivesse se divertindo enormemente com alguma coisa.

— Espero arrancar dois, mas preciso esperar uma semana.

— Do que você está rindo? Você está aprontando alguma, Jo — disse Laurie, parecendo confuso.

— Você também. O que estava fazendo naquele salão de bilhar, o senhor pode me dizer?

— Desculpe, senhora, não era um salão de bilhar; era um ginásio, e eu estava tendo aula de esgrima.

— Fico feliz.

— Por quê?

— Porque você pode me ensinar, e depois, quando fizermos *Hamlet*, você pode ser Laertes, e a cena de espada vai ficar boa.

Laurie explodiu numa risada gostosa de menino, que produziu vários sorrisos involuntários nos passantes.

— Vou ensinar, ainda que não interpretemos *Hamlet*. É muito divertido e vai endireitar bem a sua postura. Mas não acredito que essa tenha sido sua única razão para dizer "fico feliz" com tanta convicção...

— Não, fiquei feliz por você não estar no salão, porque espero que nunca vá a um lugar desse tipo. Você vai?

— Não muito.

— Antes não fosse.

— Não faz nenhum mal. Tenho uma mesa de bilhar em casa, mas não tem graça, a não ser quando você encontra bons jogadores; então gosto de ir, vou às vezes e jogo com Ned Moffat ou algum dos outros rapazes.

— Ai, fico triste, porque você vai acabar gostando mais e mais e vai perder tempo e dinheiro e acabar como um daqueles rapazes medonhos. Espero mesmo que permaneça respeitável e seja a alegria de suas amigas — disse Jo, balançando a cabeça.

— Um sujeito não pode ter um passatempo inocente de vez em quando sem perder a respeitabilidade? — perguntou Laurie, parecendo irritado.

— Depende de como e onde ele o cultiva. Não gosto de Ned e seu grupo, e desejo que você fique longe dele. A mamãe não nos deixa convidá-lo para a nossa casa, embora ele queira ir, e se você ficar como ele, ela não vai gostar de nos ver de brincadeira juntos como estamos agora.

— Não vai? — perguntou Laurie, preocupado.

— Não, ela não suporta jovens da moda, e preferiria nos trancar todas em caixas de chapéu a nos ver em contato com eles.

— Bom, ela ainda não precisa ir atrás das caixas de chapéu. Não estou na moda, nem quero estar, mas gosto de umas brincadeirinhas inofensivas de vez em quando, vocês não?

— Sim, ninguém se importa com isso, então fique com as brincadeirinhas, mas não perca a cabeça, tudo bem? Ou será o fim de todos os nossos bons momentos.

— Vou ser um santinho.

— Não suporto santinhos; apenas seja um bom rapaz, honesto e respeitável, e nunca abandonaremos você. Não sei o que eu *faria* se você agisse como o filho do sr. King; ele tinha muito dinheiro, mas não sabia como gastá-lo, e ficava bêbado e jogava, e fugiu, e falsificou a assinatura do pai, se não me engano, e foi absolutamente medonho.

— Você acha que vou acabar do mesmo jeito? Muito obrigado.

— Não, não acho... ai, caramba, *não*!... Mas ouço as pessoas falando sobre a tentação do dinheiro, e às vezes gostaria que você fosse pobre. Não ficaria preocupada, se fosse assim.

— Você se preocupa comigo, Jo?

— Um pouco, quando você parece melancólico e infeliz, como às vezes acontece, porque você deseja as coisas com tanta força que, se enveredasse por um caminho errado, acho que seria difícil pará-lo.

Laurie andou em silêncio por alguns minutos, e Jo o observou, desejando que tivesse permanecido calada, pois parecia haver irritação em seus olhos, embora seus lábios sorrissem como se o sorriso se dirigisse a suas advertências.

— Você vai dar sermão o caminho inteiro até em casa? — perguntou ele, então.

— Claro que não. Por quê?

— Porque, se for, vou pegar um ônibus. Caso não vá, eu gostaria de caminhar com você e contar uma coisa muito interessante.

— Não vou mais dar sermão; gostaria muito de ouvir as novidades.

— Muito bem, então; vamos. É um segredo, e, se eu contar, você tem que me contar o seu.

— Não tenho segredos — começou Jo, mas parou de repente, lembrando-se de que tinha.

— Você sabe que tem... não consegue esconder nada, então trate de confessar, ou não vou contar — exclamou Laurie.

— O seu segredo é bom?

— Claro que é! Sobre gente que você conhece, e é tão divertido! Você precisa ouvir, e faz tempo que ando com vontade de contar para você. Vamos lá, você começa.

— Você não vai dizer nada sobre isso em casa, vai?

— Nenhuma palavra.

— E não vai ficar me provocando quando estivermos só nós dois?

— Nunca provoco.

— Provoca, sim. Você consegue tudo o que quer das pessoas. Não sei como faz isso, mas você é um sedutor nato.

— Obrigado. Pode começar.

— Bom, deixei dois contos com um jornalista, e ele vai dar uma resposta na semana que vem — sussurrou Jo no ouvido de seu confidente.

— Viva a srta. March, a célebre escritora americana! — bradou Laurie, lançando o chapéu ao alto e pegando-o de novo, para grande deleite de dois patos, quatro gatos, cinco galinhas e meia dúzia de crianças irlandesas; pois já estavam fora da cidade.

— Shhh! Acho que não vai dar em nada, mas eu não sossegaria se não tentasse, e não disse nada sobre isso porque não queria que mais ninguém ficasse decepcionado.

— Vai dar certo. Seus contos, Jo, são obras de Shakespeare se comparadas à metade do lixo que é publicado todos os dias. Não será divertido vê-los publicados? Não nos sentiremos orgulhosos de nossa autora?

Os olhos de Jo brilharam, pois é sempre bom acreditarem na gente; e o elogio de um amigo é sempre mais gostoso que a louvação exagerada de uma dúzia de jornais.

— E o *seu* segredo? Jogue limpo, Teddy, ou nunca mais vou acreditar em você — disse ela, tentando extinguir as expectativas cintilantes que se acenderam com aquelas palavras de incentivo.

— Posso me meter em confusão por contar, mas não prometi não contar, então vou contar, porque nunca me sinto à vontade com meus pensamentos até que tenha dito a você qualquer novidade boa que fico sabendo. Sei onde está a luva de Meg.

— É só isso? — perguntou Jo, parecendo decepcionada, quando Laurie assentiu e piscou com uma cara de quem conhece um mistério.

— É bastante coisa por enquanto, como você concordará quando eu lhe disser onde está.

— Diga, então.

Laurie se inclinou e sussurrou três palavras no ouvido de Jo, que produziram uma transformação cômica. Ela ficou parada olhando para ele por um instante, parecendo ao mesmo tempo surpresa e incomodada, depois caminhou em frente, dizendo bruscamente:

— Como você sabe?

— Eu vi.

— Onde?

— No bolso.

— Todo esse tempo?

— Sim. Não é romântico?

— Não, é horrível.

— Você não gostou?

— Claro que não. É ridículo; não vai ser permitido. Meu Deus! O que Meg vai dizer disso?

— Você não vai contar para ninguém. Não se esqueça.

— Eu não prometi.

— Estava subentendido, e eu confiei em você.

— Bom, por enquanto não vou contar, de todo modo; mas estou indignada, e preferia que você não tivesse me contado.

— Pensei que você ia gostar.

— Da ideia de alguém vir e levar a Meg embora? Não, não mesmo.

— Você vai se sentir melhor quando alguém vier para levar você embora.

— Quero ver quem vai ter coragem de tentar! — exclamou Jo, com vigor.

— Eu também! — e Laurie riu diante da ideia.

— Acho que não me dou bem com segredos; minhas ideias ficaram bagunçadas, agora que você me contou — disse Jo, um tanto desagradada.

— Corra comigo colina abaixo e você vai ficar bem — sugeriu Laurie.

Não havia ninguém à vista; a estrada suave se inclinava convidativamente diante dela, e, considerando a tentação irresistível, Jo disparou, logo deixando o chapéu e a presilha para trás e espalhando grampos de cabelo enquanto corria. Laurie alcançou primeiro a linha de chegada e ficou bastante satisfeito com o sucesso do tratamento, pois sua Atalanta ficou ofegante e com os cabelos esvoaçantes, os olhos brilhando, as bochechas coradas e nenhum sinal de insatisfação no rosto.

— Eu queria ser um cavalo; assim, ia poder correr quilômetros neste ar maravilhoso e não perder o fôlego. Seria o máximo, mas veja o estado ridículo em que essa corrida me deixou. Vá, pegue minhas coisas, como o querubim que você é — pediu Jo, caindo debaixo de um bordo, cujas folhas vermelhas cobriam como um tapete a margem.

Laurie partiu calmamente para recuperar a propriedade perdida, e Jo amarrou as tranças, com a esperança de que ninguém passasse até que estivesse novamente arrumada. Mas houve quem passasse; e não poderia ser outra pessoa senão Meg, parecendo particularmente uma dama em sua pompa e traje social, pois estava fazendo visitas.

— Mas que raio você está fazendo aqui? — perguntou ela olhando com uma refinada surpresa para a irmã desgrenhada.

— Colhendo folhas — respondeu docilmente Jo, examinando o punhado avermelhado que acabara de recolher.

— E grampos de cabelo — acrescentou Laurie, jogando meia dúzia no colo de Jo. — Eles crescem nesta estrada, Meg, assim como presilhas e chapéus de palha marrons.

— Você estava correndo, Jo. Como pôde? *Quando* vai parar com essas traquinadas? — disse Meg em tom de crítica, enquanto ajeitava as pulseiras e alisava os cabelos, com os quais o vento tomara liberdades.

— Nunca até que eu esteja velha e encarquilhada e tenha de usar bengala. Não tente me fazer crescer antes do tempo, Meg. Já é bem difícil mudar de repente; deixe-me ser uma garotinha enquanto eu puder.

Ao falar, Jo se inclinou sobre as folhas para esconder o tremor dos lábios; pois nos últimos tempos sentira que Margaret estava se transformando rapidamente em mulher, e o segredo de Laurie a fez temer a separação que certamente viria e que agora parecia muito próxima. Ele viu o incômodo no rosto de Jo e chamou a atenção de Meg, perguntando rapidamente:

— De onde você vem, tão elegante?

— Estava na casa dos Gardiner, e Sallie me contou tudo sobre o casamento de Belle Moffat. Foi maravilhoso; eles passaram o inverno em Paris. Imagine como deve ser delicioso!

— Você a inveja, Meg? — perguntou Laurie.

— Temo que sim.

— Acho bom! — murmurou Jo, amarrando o chapéu com um puxão.

— Por quê? — perguntou Meg, parecendo surpresa.

— Porque, se você ligar muito para a riqueza, não vai sair se casando com um homem pobre — disse Jo, franzindo o cenho para Laurie, que silenciosamente a alertava para tomar cuidado com as palavras.

— Nunca vou "*sair* me casando" com ninguém — observou Meg, caminhando com grande dignidade enquanto os outros a seguiam, rindo, sussurrando, pulando pedras e "comportando-se como crianças", como Meg disse para si mesma, embora pudesse ter se sentido tentada a unir-se a eles, se não estivesse em seu melhor vestido.

Por uma semana ou duas, Jo comportou-se de maneira tão estranha que as irmãs ficaram bastante espantadas. Ela corria para a porta quando o carteiro tocava; era rude com o sr. Brooke sempre que se encontravam; sentava-se olhando para Meg com uma expressão acabrunhada, vez por outra colocando-se subitamente de pé para um chacoalhão e, em seguida, um misterioso beijo na irmã. Laurie e ela sempre faziam sinais um para o outro e falavam sobre *Spread Eagles*, até que as garotas declarassem que ambos haviam perdido o juízo. No segundo sábado depois de Jo ter saído pela janela, Meg, ocupada da costura junto à janela, horrorizou-se ao ver Laurie correndo atrás de Jo por todo o jardim e finalmente alcançando-a no caramanchão de Amy. O que aconteceu lá Meg não pôde ver, mas gritinhos de alegria foram ouvidos, seguidos pelo murmúrio de vozes e um grande farfalhar de jornais.

— Que faremos com essa menina? *Nunca* vai se comportar como uma jovem dama — suspirou Meg, enquanto observava a corrida com um semblante de reprovação.

— Espero que nunca, mesmo. É tão engraçada e adorável desse jeito — emendou Beth, que nunca traíra estar um pouco magoada por Jo ter segredos com alguém além dela.

— É muito difícil, mas nunca conseguimos deixá-la *comme la fo* — acrescentou Amy, que costurava novos rufos para si e tinha os cachos amarrados de uma forma muito atraente, duas coisas agradáveis que a faziam se sentir excepcionalmente elegante, como uma dama.

Em poucos minutos, Jo entrou aos saltos, sentou-se no sofá e fingiu ler.

— Tem alguma coisa interessante aí? — perguntou Meg, com ar de superioridade.

— Nada além de uma história; não chega a ser muita coisa, acho — respondeu Jo, cuidadosamente mantendo escondido o nome do jornal.

— Por que você não lê em em voz alta? Isso nos divertirá e manterá você longe da bagunça — disse Amy, em seu tom mais adulto.

— Qual é o título? — perguntou Beth, tentando compreender por que Jo mantinha o rosto atrás da página.

— "Os pintores rivais".

— Parece interessante. Leia — disse Meg.

Com um alto "rã-rã!" e um longo suspiro, Jo começou a ler muito rápido. As garotas escutaram com interesse, pois a história era romântica e um tanto comovente, já que a maioria dos personagens morria no final.

— Gosto desse negócio de um quadro maravilhoso — foi o comentário de aprovação de Amy, quando Jo fez uma pausa.

— Prefiro a parte do amor. Viola e Ângelo são dois dos nossos nomes favoritos, não é estranho? — disse Meg, enxugando os olhos, pois "a parte do amor" era trágica.

— Quem escreveu? — perguntou Beth, que vislumbrara o rosto de Jo.

De repente, a leitora levantou-se, lançou de lado o jornal, exibindo o rosto vermelho, e, com uma mistura engraçada de seriedade e agitação, respondeu em voz alta:

— A irmã de vocês.

— Você? — exclamou Meg, deixando a costura.

— É muito bom — disse Amy, criticamente.

— Eu sabia! Eu sabia! Ai, minha Jo, estou *tão* orgulhosa! — E Beth correu para abraçar a irmã e comemorar aquele esplêndido sucesso.

Puxa, como todas ficaram felizes, meu Deus! Meg não acreditou até ver as palavras "Srta. Josephine March" impressas no jornal; Amy analisou com delicadeza os pontos do conto relativos à pintura e ofereceu sugestões para uma sequência, que infelizmente não poderia ser realizada, já que herói e heroína estavam mortos; Beth ficou animadíssima e pulou e cantou de alegria; Hannah entrou para exclamar: "Ô meu Pai! Que que é isso?", muito maravilhada com "o feito da Jo"; a sra. March ficou orgulhosa quando soube do que se tratava; e Jo ria, com lágrimas nos olhos, quando declarou que mais parecia um pavão e bastava; e pode-se dizer que o *Spread Eagles* bateu as asas triunfantemente sobre a casa dos March, enquanto o jornal passava de mão em mão.

— Conte-nos tudo.

— Quando saiu?

— Quanto você ganhou?

— O que o *papai* vai dizer?

— Laurie não vai rir?

A família toda fazia perguntas, reunida em torno de Jo, pois essas pessoas singelas e cheias de amor exultavam a cada mínima alegria doméstica.

— Parem de tagarelar, garotas, e vou contar tudo — disse Jo, imaginando se a srta. Burney se sentira maior com sua *Evelina* do que ela com seu "Os pintores rivais". Depois de contar como apresentou seus contos, Jo acrescentou: — E quando fui receber a resposta, o homem disse que havia gostado dos dois, mas não pagava aos iniciantes, apenas os deixava imprimir em seu jornal e comentava os contos. Era uma boa prática, disse ele, pois quando os iniciantes melhoravam, podiam passar a receber pagamento de qualquer um. Então permiti que ele ficasse com os dois contos, e hoje enviaram o jornal para mim, e Laurie me viu andando com ele e quis vê-lo, e eu deixei; e ele disse que era bom, que eu devo escrever mais e que ele vai conseguir que o próximo seja pago e, ah... estou *tão* feliz, pois com o tempo posso ser capaz de me sustentar e ajudar as meninas.

Jo perdeu o fôlego nesse ponto; e, cobrindo o rosto com o jornal, ela respingou sua historieta com algumas lágrimas, compreensíveis; pois ser independente e ganhar o elogio dos que amava eram os desejos mais profundos de seu coração, e aquele parecia ser o primeiro passo rumo a esse final feliz.

15. UM TELEGRAMA

— Novembro é o mês mais desagradável do ano — comentou Margaret, de pé junto à janela, numa tarde aborrecida, olhando para o jardim congelado.

— Por isso nasci neste mês — observou Jo, pensativa, sem notar a mancha no nariz.

— Se algo muito bom acontecesse agora, provavelmente o consideraríamos um mês delicioso — comentou Beth, que tinha uma visão esperançosa de tudo, mesmo de novembro.

— Sem dúvida; mas *nada* de agradável acontece nesta família — disse Meg, que estava mal-humorada. — Vamos cavando dia após dia, sem nem um pouquinho de mudança e muito menos de diversão. Quase o mesmo que estar na roda de um moinho.

— Credo, como estamos desanimadas! — exclamou Jo. — Não me admira, coitada, porque você vê as outras garotas vivendo momentos maravilhosos, enquanto você trabalha e trabalha, entra ano e sai ano. Ai, como eu gostaria de poder ajeitar as coisas para você como faço com as minhas heroínas! Você já é muito bonita e muito boa; então eu inventaria uma parente rica para lhe deixar uma fortuna inesperada. Então você, herdeira, fugiria correndo, pisando em todos que fizeram pouco de você, iria para o exterior e voltaria como *Lady* Fulana num arrebatamento de esplendor e elegância.

— Hoje em dia as pessoas não recebem fortunas nesse estilo; os homens precisam trabalhar, e as mulheres precisam se casar por dinheiro. É um mundo desgraçadamente injusto — comentou Meg, com amargura.

— Jo e eu vamos fazer fortuna para todas vocês; espere dez anos e veja se não vamos conseguir — anunciou Amy, sentada a um canto, fazendo "tortas de lama", como Hannah chamava suas esculturinhas de pássaros, frutas e rostos em barro.

— Não posso esperar, e temo não ter muita fé em tinta e barro, apesar de ser grata pelas boas intenções de vocês.

Meg suspirou e voltou-se novamente ao jardim congelado; Jo gemeu e apoiou os dois cotovelos sobre a mesa numa postura desanimada, mas Amy continuou a modelar energicamente; e Beth, sentada na outra janela, disse sorrindo:

— Duas coisas boas vão acontecer agora mesmo. Mami está descendo a rua, e Laurie está atravessando muito rápido o jardim, como se tivesse algo bom para contar.

Entraram ambos — a sra. March com sua pergunta costumeira:

— Alguma carta do pai de vocês, meninas?

E Laurie para indagar, de forma sedutora:

— Alguém quer dar uma voltinha de carruagem? Estou me matando de estudar matemática e minha cabeça fundiu; preciso espairecer um pouco com um passeio animado. O dia está péssimo, mas o ar não está ruim, e vou levar o Brooke em casa, então nos divertiremos dentro da carruagem, mesmo que o tempo lá fora esteja feio. Vamos, Jo, você e Beth virão comigo, não?

— Claro que sim.

— Muito obrigada, mas estou ocupada. — E Meg sumiu, levando sua cesta de costura, pois concordara com a mãe que era melhor, pelo menos para ela, não sair a passeio com muita frequência com o jovem cavalheiro.

— Nós três estaremos prontas num minuto — exclamou Amy, saindo correndo para lavar as mãos.

— Posso fazer alguma coisa pela senhora? — perguntou Laurie à sra. March, inclinando-se diante de sua poltrona com o tom e o olhar afetuosos que sempre lhe dirigia.

— Não, obrigada, exceto ir ao correio, se for possível tal gentileza, querido. Hoje é nosso dia de receber cartas, e o carteiro não passou. O sr. March é regular feito o sol, mas talvez tenha ocorrido algum atraso no caminho.

A campainha tocou, aguda, interrompendo-a; um minuto depois, Hannah entrou com uma carta.

— É uma daquelas coisa telegráfica de dar medo, senhora — avisou ela, estendendo o papel como se tivesse medo que explodisse e causasse algum dano.

Ao ouvir a palavra "telegráfica", a sra. March tomou-lhe de imediato o telegrama das mãos, leu as duas linhas que trazia e caiu sobre a poltrona, lívida, como se o papelzinho lhe tivesse pregado uma bala no coração. Laurie correu escada abaixo em busca de água, enquanto Meg e Hannah a seguraram, e Jo leu em voz alta, assustada:

Sra. March

Seu marido está muito doente. Venha imediatamente.

S. Hale,

Blank Hospital, Washington

Que silêncio se fez na sala, enquanto todas a ouviam com a respiração suspensa! Escurecia estranhamente lá fora e, de repente, o mundo inteiro pareceu mudar, enquanto as meninas se reuniam em torno da mãe, sentindo como se toda a felicidade e o amparo de suas vidas estivessem prestes a lhes ser arrancados. A sra. March voltou a si de pronto; leu novamente a mensagem e estendeu os braços às filhas, dizendo-lhes, com um tom de voz que lhes ficou gravado na memória:

— Partirei imediatamente, mas pode ser tarde demais. Ai, minhas filhas, ajudem-me a suportar este momento!

Durante vários minutos, nada se ouviu na sala além dos soluços, misturados às palavras embargadas de conforto, as ternas garantias de ajuda e sussurros esperançosos que se apagavam em lágrimas. A pobre Hannah foi a primeira a se recuperar e, com sabedoria involuntária, deu um bom exemplo às demais, pois, para ela, o trabalho era a panaceia para a maioria das aflições.

— Que o Senhor guarde esse bom homem! Não vou ficar aqui perdendo tempo e chorando; vou é aprontar tudo pra senhora partir — disse, energicamente, enquanto enxugava o rosto no avental e apertava calorosamente a mão da senhora com seus dedos calejados, e deixou a sala para trabalhar, como se fosse três mulheres em uma.

— Ela está certa; não há tempo para lágrimas agora. Acalmem-se, garotas, e deixem-me pensar.

Elas tentaram se acalmar, coitadas, enquanto a mãe ajeitava-se na poltrona, pálida, porém firme, e punha a dor de lado para pensar e planejar tudo para elas.

— Onde está Laurie? — perguntou, então, quando organizou o pensamento e decidiu sobre as primeiras tarefas que deveriam ser cumpridas.

— Aqui, senhora. Oh, deixe-me fazer alguma coisa! — exclamou o garoto, correndo da sala ao lado, para onde se recolhera ao sentir que a primeira dor da família era sagrada demais para ser vista mesmo por seus olhos amigos.

— Envie um telegrama dizendo que irei imediatamente. O próximo trem sai de manhã cedo; partirei com ele.

— O que mais? Os cavalos estão prontos; posso ir a qualquer lugar... fazer qualquer coisa — prosseguiu ele, parecendo pronto para correr aos confins da terra.

— Entregue um bilhete na casa da tia March. Jo, me passe a pena e o papel.

Rasgando o pedaço em branco de uma de suas páginas recém-copiadas, Jo estendeu a mesa para a mãe, sabendo bem que seria necessário um empréstimo para a longa e triste viagem e sentindo-se pronta a fazer qualquer coisa para acrescentar um pouco à quantia destinada ao pai.

— Agora vá, querido, mas não precisa se matar de correr. Não há necessidade disso.

A advertência da sra. March foi ignorada, é claro: cinco minutos depois, Laurie passou voando pela janela em seu cavalo veloz, cavalgando como se lutasse por sua vida.

— Jo, corra à sra. King e diga que não poderei ir. No caminho, compre essas coisas, vou anotar; elas serão necessárias, e devo ir preparada para servir de enfermeira. Os estoques dos hospitais nem sempre são bons. Beth, vá e peça ao sr. Laurence algumas garrafas de vinho velho. Não sou tão orgulhosa a ponto de não implorar em nome de seu pai; ele há de ter o melhor de tudo. Amy, diga a Hannah para descer o baú negro; e Meg, venha e me ajude a encontrar minhas coisas, pois estou um pouco desnorteada.

Escrever, pensar e dar instruções, tudo ao mesmo tempo, poderia muito bem desnortear a pobre senhora, e Meg implorou que ela permanecesse quieta em seu quarto por algum tempo e as deixasse trabalhar. Todas se espalharam, como folhas ao sopro de uma rajada de vento, e a casa tranquila e feliz se desfez subitamente, como se o telegrama tivesse trazido um feitiço maligno.

O sr. Laurence voltou apressado com Beth, trazendo consigo todo o conforto em que pôde pensar para o enfermo e a promessa de proteção para as meninas durante a ausência da mãe, o que muito a alentou. Não houve o que ele não oferecesse, de seu roupão a si mesmo, na condição de acompanhante. Essa última oferta era inaceitável. A sra. March nem quis ouvir falar da possibilidade do velho cavalheiro empreendendo a longa viagem; porém foi visível a expressão de alívio em seu rosto quando ele fez a oferta, pois a ansiedade não faz bem ao viajante. Ele reconheceu o olhar, franziu as sobrancelhas pesadas, esfregou as mãos e afastou-se abruptamente, dizendo que logo voltaria. Ninguém teve tempo de pensar nele novamente até que Meg, que cruzava a porta às pressas com um par de galochas numa das mãos e uma xícara de chá na outra, deparou-se subitamente com o sr. Brooke.

— Lamento muito a notícia, srta. March — declarou ele, em seu tom calmo e gentil, que soou muito agradável ao espírito perturbado de Meg. — Vim me oferecer como acompanhante de sua mãe. O sr. Laurence me deu incumbências em Washington, e terei verdadeira satisfação de me colocar ao serviço de sua mãe lá.

As botas foram ao chão, e o chá estava muito perto de seguir o mesmo destino, quando Meg estendeu-lhe a mão, com um rosto tão cheio de gratidão que o sr. Brooke teria se sentido recompensado por um sacrifício muito maior do que o sacrifício insignificante de tempo e conforto que estava prestes a fazer.

— Que gentis todos vocês são! Mamãe vai aceitar, tenho certeza, e será um alívio saber que haverá alguém para cuidar dela. Muito obrigada, muito mesmo!

Meg o disse com sinceridade, e esqueceu-se de si completamente até que algo nos olhos castanhos que se voltavam para ela a fez se lembrar do chá que esfriava e seguir para a sala, dizendo que chamaria a mãe.

Estava tudo pronto, quando Laurie retornou com um envelope da tia March com a quantia desejada e um bilhete de algumas linhas que repetia o que ela já dissera muitas vezes, que sempre lhes falara que era um absurdo March entrar no Exército, que sempre previra que nada de bom resultaria disso, e que esperava que a família seguisse seu conselho da próxima vez. A sra. March pôs o bilhete no fogo, o dinheiro na bolsa, e seguiu com os preparativos, com os lábios fortemente comprimidos, de um jeito que Jo teria entendido, caso estivesse ali.

A tarde curta voou; todas as demais tarefas foram cumpridas. Meg e sua mãe se ocuparam dos reparos à linha necessários, enquanto Beth e Amy preparavam o chá, e Hannah terminava de passar a roupa com o que ela chamava de "tapa e pancada", mas Jo não chegava. Todos começaram a ficar ansiosos, e Laurie saiu à sua procura, pois ninguém nunca sabia que tipo de loucura Jo decidia fazer. Ele não a encontrou, no entanto, e ela chegou andando com uma expressão muito estranha, uma mistura de diversão e medo, satisfação e dor, que intrigou a família tanto quanto o rolo de dinheiro que colocou diante da mãe, dizendo com a voz embargada:

— Esta é minha contribuição para dar mais conforto a meu pai e trazê-lo para casa!

— Minha filha, onde você conseguiu esse dinheiro? Vinte e cinco dólares! Jo, espero que não tenha feito nada irresponsável...

— Não, é meu e é honesto; não implorei, nem peguei emprestado ou roubei. Ganhei, e não acho que você vá me culpar, pois apenas vendi o que era meu.

Enquanto falava, Jo tirou o chapéu, e houve um clamor geral, pois todo o seu basto cabelo fora cortado.

— Seu cabelo! Seu cabelo lindo!

— Ai, Jo, como você pôde? Era sua única beleza.

— Minha filha querida, não havia necessidade disso.

— Ela não se parece mais com a minha Jo, mas eu a amo muito por isso!

Enquanto todos mostravam-se espantados, e Beth abraçava com carinho a cabeça tosada, Jo assumiu um ar indiferente, que não iludia ninguém, e disse, amarfanhando o mato castanho da cabeça como se tentasse parecer feliz com ele:

— Isso não afeta o destino da nação, por isso não chore, Beth. Vai ser bom para a minha vaidade; eu estava ficando muito orgulhosa da minha peruca. Vai fazer bem ao meu cérebro ter esse esfregão longe da cabeça; ela agora parece deliciosamente leve e fresca, e o barbeiro disse que logo eu poderia ter um cabelo curto encaracolado, que vai ficar bem com cara de menino, digno e fácil de cuidar. Estou contente; então, por favor, peguem o dinheiro e vamos jantar.

— Conte-me tudo sobre isso, Jo. *Eu* não estou muito contente, mas não posso culpá-la, pois reconheço a boa vontade com que sacrificou sua vaidade, como você a chama, por seu amor. Mas, minha filha, não era necessário, e tenho medo de que se arrependa — disse a sra. March.

— Não, não vou me arrepender! — respondeu Jo com firmeza, sentindo-se muito aliviada por sua traquinagem não ter sido inteiramente condenada.

— O que a levou a isso? — perguntou Amy, que antes teria pensado em cortar a própria cabeça do que seu lindo cabelo.

— Bem, eu estava louca para fazer alguma coisa pelo papai — pôs-se a explicar Jo, enquanto se reuniam em volta da mesa, pois jovens saudáveis podem comer mesmo em meio à preocupação.

— Detesto pedir dinheiro emprestado, tanto quanto a mamãe, e sabia que a tia March ia resmungar; é o que ela sempre faz, se você pede um centavo. Meg deu todo o seu salário trimestral para o aluguel, e eu tinha acabado de comprar algumas roupas com o meu, então me senti mal e saí para conseguir algum dinheiro, mesmo que tivesse de vender os olhos da cara.

— Você não precisa achar que é má, filha! Você não tinha roupas de inverno e comprou as coisas mais simples com seu dinheirinho suado — disse a sra. March, com um olhar que aqueceu o coração de Jo.

— No começo, sequer tinha pensado em vender meu cabelo; mas enquanto andava, ficava pensando no *que* poderia fazer, e sentindo quase que uma vontade de entrar numa dessas lojas finas e roubar. Na vitrine de um barbeiro, vi mechas de cabelo com os preços marcados; uma trança negra, não tão grossa quanto a minha, embora mais comprida, custava quarenta dólares. Ocorreu-me de repente que eu tinha como ganhar um dinheiro a partir de uma coisa que era minha, e sem parar para pensar entrei, perguntei se eles compravam cabelo, e o que dariam pelo meu.

— Não sei como teve coragem — admirou-se Beth.

— Oh, ele era um homenzinho que parecia viver só para passar óleo no próprio cabelo. Começou a me encarar, como se não estivesse acostumado a ver garotas saltarem para dentro da barbearia e pedindo que comprasse seus cabelos. Disse que não se interessava pelo meu, não era a cor da moda, e não pagaria muito por ele, para começar; o cuidado que ele exigia o deixava caro demais, e assim por diante. Estava ficando tarde, e fiquei com medo de que se não fizesse naquela hora, não faria mais, e vocês sabem que quando começo uma coisa, detesto desistir; então implorei para ele ficar com o meu cabelo, e contei a razão de estar tão apressada. Foi bobo, acho, mas isso acabou mudando a opinião dele, porque fiquei bastante inflamada e contei a história do meu jeito maluco, e a mulher dele ouviu e disse, muito gentil: “Fique com o cabelo, Thomas, faça esse favor à jovem. Eu faria o mesmo pelo nosso Jimmy a qualquer momento, se tivesse uma cabeleira que valesse a venda”.

— Quem era Jimmy? — perguntou Amy, que gostava que as coisas fossem explicadas imediatamente.

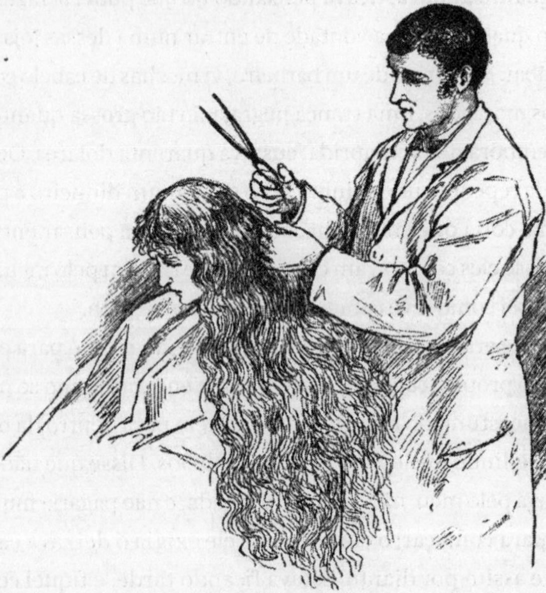

— O filho dela, que está no Exército. Como essas situações deixam os estranhos amigáveis, não? Ela conversou comigo durante todo o tempo em que o homem cortou meu cabelo e me distraiu muito bem.

— Você não se sentiu mal na hora do primeiro corte? — perguntou Meg, com um arrepio.

— Dei uma última olhada no meu cabelo enquanto o homem pegava as coisas dele, e foi isso. Nunca choramingo com bobagens assim. Mas confesso que me senti esquisita quando vi o meu cabelo, tão bom e querido, em cima da mesa, e só senti as pontas curtas na minha cabeça. Era como se tivessem me arrancado um braço ou uma perna. A mulher me viu olhar para o cabelo e me deu uma mecha longa para guardar. É sua, Mami; guarde para lembrar-se das glórias do passado, pois ter cabelo curto é tão confortável que não acho que eu vá ter uma juba de novo.

A sra. March dobrou a madeixa castanha ondulada e guardou-a, com outra pequena, grisalha, em sua escrivaninha.

— Obrigada, querida — foi tudo o que disse, mas algo em seu rosto fez as garotas mudarem de assunto e falarem tão alegremente quanto podiam sobre a gentileza do sr. Brooke, a perspectiva de um dia seguinte de bom tempo, e os momentos felizes que viveriam quando o pai chegasse em casa para receber seus cuidados.

Ninguém queria ir para a cama quando, às dez horas, a sra. March terminou o último reparo e disse:

— Venham, garotas.

Beth foi ao piano e tocou o hino favorito do pai. Todas começaram corajosamente, mas desmoronaram uma a uma, até que Beth ficou sozinha, cantando com todo o coração, pois para ela a música era sempre um doce consolo.

— Vão para a cama e não conversem, pois temos de acordar cedo e precisaremos dormir o quanto pudermos. Boa noite, queridas — disse a sra. March, quando o hino terminou, pois ninguém queria começar outro.

Elas a beijaram sem dizer palavra e foram para a cama em silêncio, como se o querido enfermo estivesse no quarto ao lado. Beth e Amy logo adormeceram, apesar da enorme preocupação, mas Meg continuou acordada, cultivando os pensamentos mais sérios que já tivera em sua curta vida. Jo permaneceu imóvel, e sua irmã achou que ela estivesse dormindo, até que um soluço contido a fez exclamar, enquanto lhe tocava a bochecha molhada:

— Jo, querida, que foi? Está chorando por causa do papai?

— Não, agora não.

— Que foi, então?

— Meu... meu cabelo! — explodiu a pobre Jo, tentando em vão sufocar a emoção no travesseiro.

Meg não achou engraçado, e beijou e fez carinho na heroína aflita com absoluta ternura.

— Não me arrependo — reforçou Jo, com um engasgo. — Faria de novo amanhã, se pudesse. É apenas a parte vã e egoísta de mim que fica chorando dessa maneira estúpida. Não conte a ninguém; já passou. Pensei que você estivesse dormindo, foi só um gemidinho para lamentar minha única beleza. Por que está acordada?

— Não consigo dormir, estou muito ansiosa — revelou Meg.

— Pense em alguma coisa agradável e você logo cai no sono.

— Tentei, mas me senti mais acordada do que nunca.

— Em que você pensou?

— Em rostos bonitos, particularmente em olhos — respondeu Meg, sorrindo para si mesma no escuro.

— Qual é a cor de que você mais gosta?

— Castanhos... quer dizer, às vezes... os azuis são lindos.

Jo riu, e Meg ordenou-lhe rispidamente que não falasse; em seguida, prometeu amavelmente fazer cachos no cabelo dela, e enfim adormeceu, sonhando em morar em seu castelo de vento.

Os relógios badalavam meia-noite e os quartos estavam muito quietos, quando uma figura deslizou silenciosamente de cama em cama, alisando uma colcha aqui, colocando um travesseiro ali, e parando para olhar longa e ternamente cada rosto adormecido, beijar cada uma com lábios selados que as abençoavam, e rezar as orações fervorosas que só as mães proferem. Quando levantou a cortina para olhar para a noite sombria, a lua irrompeu subitamente de trás das nuvens e brilhou sobre ela como um rosto reluzente e cheio de bondade que parecia sussurrar no silêncio: "Sinta-se confortada, alma querida! Há sempre luz atrás das nuvens".

16. CARTAS

Na madrugada fria e cinzenta, as irmãs acenderam o lampião e leram seu capítulo com sinceridade nunca antes sentida, pois agora a sombra de um problema concreto lhes mostrava quão ricas de sol suas vidas haviam sido. Os livrinhos estavam repletos de auxílio e conforto; e, enquanto se vestiam, concordaram em se despedir com alegria e esperança e deixar a mãe seguir em sua viagem difícil sem lágrimas ou queixas da parte delas. Tudo parecia muito estranho quando desceram; tanta escuridão e quietude do lado de fora, tanta luz e desassossego do lado de dentro. O café da manhã àquela hora lhes parecia estranho, e mesmo o rosto familiar de Hannah causava estranheza, apressando-se na cozinha com a touca de dormir. O baú grande estava pronto no corredor, o manto e o chapéu da mãe sobre o sofá, e a própria mãe sentou-se para tentar comer, mas parecia tão pálida e cansada de insônia e preocupação que as meninas acharam muito difícil manter sua decisão. Os olhos de Meg continuaram a se encher de lágrimas, a despeito de sua vontade; Jo foi mais de uma vez obrigada a esconder o rosto no pano de prato e as menores traziam o semblante grave e perturbado, como se a tristeza fosse uma experiência nova para elas.

Ninguém falava muito, mas à medida que a hora se aproximava, e todas esperavam a chegada da carruagem, a sra. March disse às garotas, todas ocupadas em seu entorno, uma dobrando o xale, a outra alisando as fitas do chapéu, uma terceira lhe vestindo as galochas e uma quarta buscando sua mala de viagem:

— Meninas, deixo vocês sob os cuidados de Hannah e a proteção do sr. Laurence. Hannah é a lealdade em pessoa, e nosso bom vizinho cuidará de vocês como se fossem filhas dele. Não temo por vocês, mas me preocupa que encarem o problema da forma correta. Não se aflijam ou se preocupem quando eu partir, nem pensem que podem encontrar consolo no ócio e tentando esquecer. Prossigam com suas tarefas de costume, pois o trabalho é um abençoado consolo. Tenham esperança e mantenham-se ocupadas, e, aconteça o que acontecer, lembrem-se de que nunca ficarão sem pai.

— Sim, mãe.

— Meg, querida, seja prudente, cuide de suas irmãs, consulte Hannah e, diante de qualquer complicação, recorra ao sr. Laurence. Seja paciente, Jo, não desanime ou faça coisas precipitadas, me escreva com frequência e seja minha menina corajosa, pronta para ajudar e nos animar a todos. Beth, encontre consolo em sua música e seja fiel aos pequenos deveres domésticos, e você, Amy, ajude em tudo que puder, seja obediente e mantenha-se feliz e a salvo em casa.

— Sim, mãe! Faremos assim!

O estrépito de uma carruagem que se aproximava fez elas pararem e escutarem. Era chegado o minuto difícil, mas as garotas se saíram bem; ninguém chorou, ninguém fugiu ou se lamentou, embora sentissem os corações muito pesados ao enviar mensagens de amor ao pai, lembrando-se, enquanto falavam, de que poderia ser tarde demais para serem entregues. Elas beijaram a mãe em silêncio, agarraram-se a ela com carinho e tentaram acenar alegremente quando ela se foi.

Laurie e seu avô vieram vê-la partir, e o sr. Brooke parecia tão forte, sensível e gentil que as garotas o batizaram, na mesma hora, de "Sr. Bom Coração".

— Adeus, minhas lindas! Deus nos abençoe e nos guarde! — sussurrou a sra. March, enquanto beijava um rostinho querido depois do outro, e entrou apressadamente na carruagem.

Enquanto se afastava, o sol saiu e, olhando para trás, ela o viu brilhar sobre o grupo reunido no portão, como um bom presságio. Eles também viram, sorriram e acenaram, e a última coisa que ela viu ao dobrar a esquina foram os quatro rostos reluzentes, e atrás deles, como guarda-costas, o velho sr. Laurence, a leal Hannah e o dedicado Laurie.

— Todos são tão gentis conosco! — disse, voltando-se e encontrando uma prova renovada disso na simpatia respeitosa do rosto do jovem.

— Não vejo como poderiam evitá-lo — respondeu o sr. Brooke, com um riso tão contagiante que a sra. March não pôde deixar de sorrir; e assim a viagem começou com os bons presságios de sol, sorrisos e palavras alegres.

— Sinto como se tivesse ocorrido um terremoto — disse Jo, enquanto seus vizinhos seguiam para o café da manhã, deixando-as para descansar e se refazer.

— Parece que metade da casa foi embora — acrescentou Meg, desolada.

Beth abriu os lábios para dizer alguma coisa, mas só pôde apontar a pilha de meias belamente remendadas que estava na mesa da mãe, mostrando que, mesmo em seus últimos e apressados instantes, pensara e trabalhara para elas. Era coisa pouca, mas que lhes tocava diretamente o coração, e apesar de suas corajosas resoluções todas desmoronaram e choraram amargamente.

Hannah sabiamente permitiu que aliviassem seus sentimentos, e quando o choro mostrou sinais de ter terminado, veio em seu resgate, armada de um bule de café.

— Agora, minhas queridas jovens senhoras, lembrem do que a mãe de vocês disse e não se preocupem. Quero todo mundo tomando uma xícara de café e, depois, trabalho. Vocês precisam ser motivo de honra nessa família.

O café estava uma delícia, e Hannah demonstrou grande sensibilidade em fazê-lo naquela manhã. Não havia quem pudesse resistir a seus meneios persuasivos, ou ao convite perfumado que saía do bico do bule. Elas se aproximaram da mesa, trocaram os lenços por guardanapos e, em dez minutos, estavam bem de novo.

— "Tenham esperança e mantenham-se ocupadas", esse é nosso lema, então vamos ver quem vai se lembrar melhor. Vou para a casa da tia March, como de costume; ai, mas ela vai dar sermão! — disse Jo, enquanto bebericava o café, com o espírito renovado.

— Irei para os meus King, embora preferisse ficar em casa e cuidar das coisas aqui — disse Meg, desejando não estar com os olhos tão vermelhos.

— Não há necessidade disso. Beth e eu podemos cuidar da casa perfeitamente bem — disse Amy, com ares de autoridade.

— Hannah vai nos dizer o que fazer; e tudo estará em ordem quando vocês chegarem — acrescentou Beth, buscando o esfregão e o balde sem demora.

— A ansiedade é um negócio muito interessante — observou Amy, comendo torrões de açúcar, pensativa.

As meninas não puderam deixar de rir e se sentiram melhor, embora Meg sacudisse a cabeça para aquela menina capaz de encontrar consolo em um açucareiro.

Ao ver as tortas, Jo recobrou a sobriedade; e quando as duas saíram para suas tarefas diárias, olharam tristemente para trás, em direção à janela onde estavam acostumadas a ver o rosto da mãe. Ela não estava lá; mas Beth se lembrara da pequena cerimônia doméstica e ali se postara, acenando para as duas como um mandarim de rosto rosado.

— Isso é tão típico da minha Beth! — disse Jo, acenando com o chapéu, com uma expressão agradecida. — Adeus, Meggy, espero que os King não aporrinhem hoje. Não se preocupe com o papai, querida — acrescentou ela, quando se separaram.

— E espero que a tia March não resmungue. Seu cabelo está bonito... bem de menino, bem legal — reforçou Meg, tentando não sorrir para a cabeça encaracolada, que parecia comicamente pequena nos ombros da irmã alta.

— É o meu único conforto — respondeu ela; e, tocando o chapéu à la Laurie, lá se foi Jo, sentindo-se uma ovelha tosquiada num dia de inverno.

As notícias do pai traziam muito alívio às meninas; pois, embora perigosamente doente, a presença da melhor e mais cuidadosa das enfermeiras já lhe havia feito bem. O sr. Brooke enviava-lhes boletins todos os dias e, como chefe da família, Meg insistia em ler os despachos, que ficavam mais e mais alegres à medida que a semana passava. No início, todas estavam loucas para escrever, e envelopes gordinhos eram cuidadosamente enfiados na caixa de correio por uma ou outra das irmãs, que se sentiam bastante importantes na condição de correspondentes com Washington. Como um desses pacotes levava bilhetes característicos do grupo, roubaremos imaginariamente as cartas e as leremos:

Minha querida mãe,

É impossível descrever a felicidade que sua última carta nos trouxe, pois as notícias foram tão boas que não pudemos deixar de rir e chorar por isso. Como é gentil o sr. Brooke! Que alegria é saber que os negócios do sr. Laurence o mantêm próximo por tanto tempo, já que ele é tão útil para você e para o papai. As meninas estão todas muito boazinhas. Jo me ajuda com a costura e exige fazer todo tipo de trabalho difícil. Eu poderia até temer que ela exagerasse, se não soubesse que seu "ataque moral" não dura muito. Beth é metódica como um relógio em suas tarefas, e nunca esquece o que você disse a ela. Ela se entristece pensando no papai e fica séria, exceto quando está em seu pianinho. Amy me entende muito bem, e cuido muito dela. Ela arruma o próprio cabelo, e eu a estou ensinando a fazer casas de botão e a consertar as próprias meias. Ela se esforça muito, e sei que você ficará feliz com seus progressos quando chegar. O sr. Laurence cuida de nós todas como uma velha galinha cuida dos pintinhos (é assim que Jo diz), e Laurie é muito gentil e bom vizinho. Ele e Jo nos mantêm alegres, pois às vezes ficamos muito melancólicas e nos sentimos órfãs, com você tão longe. Hannah é uma santa. Ela não repreende, e sempre me chama de "srta. Margaret", o que é bastante apropriado, você sabe, e me trata com respeito. Estamos todas bem e ocupadas, mas esperamos, dia e noite, ter vocês de volta. Envie meu mais querido amor ao papai. Da sempre sua

Meg

O bilhete, lindamente escrito em papel perfumado, fazia grande contraste com o seguinte, rabiscado em uma grande folha de papel fino e estranho, enfeitado de borrões e todo tipo de floreios e letras encaracoladas:

Minha preciosa Mami,

Três vivas para o papai, tão querido! Brooke foi o máximo por correr para nos telegrafar e nos avisar assim que o papai melhorou. Corri para o sótão quando a carta chegou e tentei agradecer a Deus por ser tão bom para nós; mas só consegui chorar e dizer: "Estou feliz! Estou feliz!". Isso não funciona tão bem quanto uma oração normal? Pois senti que havia muitas no meu coração. Vivemos tantos momentos engraçados; e agora consigo apreciá-los, porque todo mundo é tão desesperadamente bom que é como viver em um ninho de rolinhas. Você ia rir tanto de ver a Meg na mesa e querendo bancar a mãe. Ela fica cada dia mais bonita, e fico apaixonada por ela às vezes. As menininhas são como anjos, sem tirar nem pôr, e eu, bom, eu sou a Jo, e nunca vou ser outra coisa. Ah, preciso contar que cheguei bem perto de brigar com o Laurie. Falei o que pensava sobre uma coisinha boba, e ele ficou ofendido. Eu estava certa, mas não falei como deveria ter falado, e ele marchou de volta para casa, dizendo que não viria de novo antes que eu implorasse perdão. Eu disse que não ia pedir e fiquei brava. Isso durou o dia todo. Eu me senti mal e queria muito você. Laurie e eu somos tão orgulhosos que é difícil pedir perdão. Mas achei que ele faria isso, porque *eu* estava certa. Ele não veio, e só à noite me lembrei do que você disse quando Amy caiu no rio. Li meu livrinho, me senti melhor, resolvi não dormir com a *minha* raiva e corri para dizer a Laurie que sentia muito. Encontrei com ele no portão, vindo para dizer a mesma coisa. Nós dois rimos, pedimos perdão um ao outro e nos sentimos bem e à vontade novamente.

Fiz um "poema" ontem, quando estava ajudando a Hannah a lavar roupa; e como o papai gosta de minhas coisinhas bestas, mando-o aqui para entretê-lo. Dê-lhe o abraço mais amoroso do mundo, e beije-se uma dúzia de vezes, por sua

Jo Doida

Uma canção do sabão

Rainha da minha bacia, canto com alegria e leveza
  Enquanto vejo a espuma branca se elevar
E lavo e enxáguo e torço com firmeza
  E prendo toda a roupa pra secar;

Então ao ar livre ela balança, e sua limpeza
  Se estende sob o céu azul e solar.

Eu gostaria que pudéssemos lavar as manchas da semana
  Que maculam nossos corações e almas
E permitir que água e ar nos concedessem
  A pureza que carregam, com sua magia calma;
E então na terra se celebraria
  um dia de lavagem glorioso — palmas!

Ao longo do caminho de uma vida útil,
  Sempre floresce a violeta da vontade
A mente ocupada não tem tempo para pensar
  No lamento, na preocupação ou na infelicidade;
E os pensamentos inquietos podem ser varridos
  Enquanto manejamos uma vassoura com agilidade.
Fico feliz quando uma tarefa me é dada,
  A cada dia para diligente fazer,
Pois isso me traz saúde e força e esperança,
  E eu alegremente aprendo a dizer:
"Cabeça, você pode pensar; Coração, você pode sentir,
  Mas, Mãos, vocês precisam trabalhar sem esmorecer!"

Querida mamãe,

Só tenho espaço para enviar meu amor e alguns amores-perfeitos prensados, do pezinho que estou cultivando em casa, para o papai ver. Leio todas as manhãs, tento ser boa o dia todo, e canto a música do papai para dormir. Não posso cantar "A terra dos Leais" agora; ela me faz chorar. Todos são muito gentis e estamos tão felizes quanto podemos estar sem você. Amy quer o restante da página, então preciso parar. Não me esqueci de cobrir os candelabros, dar corda no relógio e arejar os quartos todos os dias.

Beije o papai na bochecha que ele diz ser minha. Oh, venha logo para junto daquela que te ama tanto,

Pequena Beth

Ma Chere Mamma,

Estamos todas bem faço minhas lições sempre e nunca corroboto as meninas — Meg diz que quero dizer contratico por isso coloco as duas palavras e você pode ficar com a que é mais propriada. Meg é um grande conforto para mim e me deixa comer gelatina todas as noites no jantar é tão bom para mim porque a gelatina me deixa docinha segundo a Jo. O Laurie não é tão respeitoso quando devia agora que sou quase dolecente, ele me chama de menininha e me magoua falando francês comigo muito rápido quando digo merci ou bonjour como a Hattie King. As mangas do meu vestido azul estavam todas puídas e a Meg colocou novas mas a frente toda deu errado e elas são mais azuis que o resto do vestido. Eu me senti mal mas não me irritei eu guento meus problemas bem mas eu queria que Hannah engomasse mais os meus aventais e desse mais trigo sarrasseno todos os dias. Ela não pode? Fiz direitinho o ponto de imterrogação não foi. Meg diz que minha pontuassão e a ortografia são de dar vergonha e eu fico arrazada mas mãe eu tenho tanta coisa pra fazer que não dá pra parar. Adieu, mando um monte de amor pro papai.

Sua filha carinhosa,

Amy Curtis March

Cara sinhora March,

Só tô escrevendo aqui pra dizer que a gente tá indo muito bem. As menina são uma joia e ficão de um lado pro outro tudo bem elegante. A sinhorita Meg vai dá uma dona de casa de primera. Ela pegou o gosto pra coisa e aprende tudo rápido de um jeito que até assusta. A Jo ganha de todo mundo na vontade de trabaiá, mas num para pra pensar primero e a gente nunca sabe o que vai dar. Ela lavou um balde de roupa na segunda, mas engomou antes de secar e tingiu de azul um vestido de florzinha rosa que quase caí dura de tanto dar risada. A Beth é uma criatura bençoada e me ajuda um bocado, tão quietinha e confiável que ela é. Ela tenta aprender de tudo e vai no mercado feito uma menina de mais idade e toma nota de tudo, com a minha ajuda, muito bem. A gente tem economizado um bocado até aqui. As menina só toma café uma vez por semana, que foi o que a senhora disse, e só come coisa simples, mas que faz bem. A Amy tá indo bem: num briga, num fica gastando as roupa boa e num come doce. O sinhor Laurie tá sempre cheio de brincadeira e vira a casa de ponta-cabeça, mas anima as menina, então deixo ele ficá à vontade. O velho manda um monte de coisa, é meio chato, mas tá fazendo o bem, e não é pra mim falar nada. Tô fazendo pão, preciso voltar. Manda o meu respeito pro sinhor March, espero que esteje ficando bom da peneumonia. Com todo o respeito, da sua

Hannah Mullet

Enfermeira-chefe da Ala II,
Tudo em paz no Rappahannock, tropas em boas condições, o comissariado bem conduzido, a vigilância da casa sob os cuidados do coronel Teddy, sempre em serviço; o comandante em chefe Laurence passa o Exército diariamente em revista, a intendente Mullet mantém a ordem no acampamento, e o major Leão faz a vigília no turno da noite. Uma salva de vinte e quatro tiros de canhão foi disparada ante as boas notícias chegadas de Washington, e uma parada de vestidos teve lugar no quartel-general. O comandante em chefe envia felicitações, nas quais ele é cordialmente acompanhado pelo

Coronel Teddy

Cara senhora,
As menininhas vão bem; Beth e meu neto dão notícias da casa todos os dias. Hannah é um modelo de empregada e guarda a bela Meg como um dragão. Fico feliz com o bom tempo, que parece ter se firmado. Que Brooke lhe esteja sendo útil; e recorra a mim para obter fundos, caso as despesas excedam sua projeção. Não permita que seu marido careça do que for. Graças a Deus ele está melhorando.

Seu sincero amigo e criado,

James Laurence

17. A PEQUENA LEAL

Por uma semana, a quantidade de virtude na velha casa teria abastecido a vizinhança. Era realmente incrível, pois todas pareciam em um estado de espírito celestial, e a abnegação tornou-se regra. Sem que o percebessem, aliviadas de sua primeira preocupação com o pai, as garotas afrouxaram um tanto seus louváveis esforços e, aos poucos, retomaram os velhos hábitos. O lema não fora esquecido; porém, "ter esperança e manterem-se ocupadas" já não lhes parecia exigir tanto, e, depois de esforços tremendos, sentiram que o Empenho merecia alguns dias de folga, e elas lhe deram muitos.

Jo pegou um forte resfriado por deixar de cobrir adequadamente a cabeça tosquiada e recebeu ordens de ficar em casa até que tivesse se recuperado, pois a tia March não gostava de ouvir as pessoas lerem de nariz entupido. Jo gostou da ideia, e depois de uma busca minuciosa, do sótão ao porão, enterrou-se no sofá para cuidar da própria saúde com arsênico e livros. Amy julgou que o trabalho doméstico e a arte não eram compatíveis e voltou a suas tortas de lama. Meg ia todos os dias ao seu "reino" e costurava em casa, ou pensava que costurava, mas passava muito tempo escrevendo longas cartas para a mãe, ou lendo repetidas vezes os despachos de Washington. Beth seguiu, com apenas uma ou outra recaída no ócio ou na dor. Realizava todos os dias suas pequenas tarefas, assim como muitas das de suas irmãs, pois estas eram esquecidas, e a casa se assemelhava a um relógio cujo pêndulo tivesse saído em visita pela vizinhança. Quando sentia o coração apertar de saudades da mãe ou temores pelo pai, ia a um determinado armário, escondia o rosto nas dobras de um vestido velho e querido, gemia baixinho e rezava uma breve oração em silêncio. Ninguém sabia o que a animava depois de um ataque de tristeza, mas todas sentiam a doçura e a utilidade de Beth, e passaram a recorrer a ela em busca de conforto ou conselho em seus pequenos assuntos.

Nenhuma delas percebia que a experiência que viviam era um teste de caráter; e, ao fim da agitação inicial, sentiram que haviam se saído bem e mereciam elogios. Assim era; mas seu erro foi deixar de fazer o bem, e elas aprenderam a lição com muita angústia e arrependimento.

— Meg, queria que você fizesse uma visita aos Hummel. Você sabe que a mamãe nos disse para não nos esquecermos deles — pediu Beth, dez dias depois da partida da sra. March.

— Estou cansada demais para ir esta tarde — respondeu Meg, balançando-se confortavelmente na cadeira enquanto costurava.

— Você não pode, Jo? — perguntou Beth.

— O tempo está muito ruim para mim, com esse resfriado.

— Mas achei que já estivesse quase boa.

— Boa o bastante para sair com Laurie, mas não para visitar os Hummel — disse Jo, rindo, mas parecendo um pouco envergonhada da incongruência.

— Por que não vai sozinha? — perguntou Meg.

— Tenho ido *todos* os dias, mas o bebê está doente, e não sei o que fazer por ele. A sra. Hummel sai para trabalhar, e Lottchen cuida dele; mas ele só piora, e acho que você ou Hannah deveriam ir.

Beth falava com seriedade, e Meg prometeu que iria no dia seguinte.

— Beth, peça a Hannah um pouco de comida e leve; o ar vai lhe fazer bem — disse Jo, acrescentando desculpas: — Eu iria, mas quero terminar minha história.

— Estou com dor de cabeça e cansada, então pensei que talvez uma de vocês pudesse ir — disse Beth.

— Amy está para chegar e vai correr lá para nós — sugeriu Meg.

Então Beth deitou-se no sofá, as demais voltaram ao trabalho, e os Hummel foram esquecidos. Uma hora se passou. Amy não veio, Meg foi ao quarto para experimentar um vestido novo, Jo estava absorta em sua história, e Hannah dormia profundamente diante do fogão da cozinha, quando Beth colocou o capuz silenciosamente, encheu a cesta com uma variedade de coisas para as coitadinhas das crianças e saiu no frio com a cabeça pesada e tristeza nos olhos pacientes. Era tarde quando voltou, e ninguém a viu subir e se fechar no quarto da mãe. Meia hora depois, Jo foi ao "armário da mamãe" para buscar alguma coisa, e lá encontrou a pequena Beth sentada diante do baú de remédios, parecendo muito séria, com os olhos vermelhos e uma garrafa de cânfora na mão.

— Pelas barbas do profeta! Qual é o problema? — exclamou Jo, quando Beth estendeu a mão como que para afastá-la e perguntou rapidamente:

— Você já teve escarlatina, não teve?

— Anos atrás, quando a Meg teve. Por quê?

— Bom, vou contar. Ai, Jo, o bebê morreu!

— Que bebê?

— O da sra. Hummel. Morreu no meu colo antes de ela chegar em casa — exclamou Beth, com um soluço.

— Minha querida, coitadinha, que coisa terrível! Eu devia ter ido — lamentou-se Jo, tomando a irmã no colo enquanto se sentava na poltrona da mãe com um semblante carregado de remorso.

— Não foi terrível, Jo, só muito triste! Logo vi que ele estava mais doente, mas Lottchen disse que a mãe tinha saído para buscar um médico, então fiquei com o bebê e deixei Lotty descansar. Ele parecia ter adormecido, mas de repente deu um gritinho e tremeu, e então ficou muito quietinho. Tentei aquecer os pés dele, e Lotty lhe deu um pouco de leite, mas ele não se mexeu, e percebi que estava morto.

— Não chore, amor! O que você fez?

— Apenas fiquei lá sentada e o segurei com delicadeza, até que a sra. Hummel veio com o médico. Ele disse que o bebê estava morto, e examinou Heinrich e Minna, que estão com dor de garganta. “Escarlatina, senhora. Devia ter me chamado antes”, foi o que ele disse, muito irritado. A sra. Hummel respondeu que era pobre, que tinha tentado curar o bebê sozinha, mas agora era tarde demais, e ela só podia pedir a ele que ajudasse os outros e confiasse à caridade como pagamento. Ele sorriu e ficou mais gentil, mas foi muito triste, e chorei com eles até que ele se virou de repente, e me disse para ir para casa e tomar beladona imediatamente, ou pegaria a febre.

— Não, você não pegou! — exclamou Jo, abraçando-a apertado, com um olhar assustado. — Ai, Beth, se você ficasse doente, eu nunca seria capaz de me perdoar! O que *faremos*?

— Não tenha medo, acho que não vou ficar mal. Procurei no livro da mamãe e vi que começa com dor de cabeça, dor de garganta e sensações estranhas como as que sinto, então tomei uma beladona e já estou melhor — disse Beth, colocando as mãos frias na testa quente e tentando parecer bem.

— Se pelo menos a mamãe estivesse em casa! — exclamou Jo, pegando o livro e sentindo que Washington era muito muito distante. Ela leu uma página, olhou para Beth, tomou a temperatura em sua testa, examinou-lhe a garganta e disse, com seriedade: — Você ficou com o bebê todos os dias por mais de uma semana, e esteve entre os outros, que provavelmente pegaram, então temo que também esteja doente, Beth. Vou chamar a Hannah, ela sabe tudo sobre doenças.

— Não deixe a Amy vir. Ela nunca teve, e eu ia odiar passar para ela. Você e a Meg não podem pegar de novo, não é? — perguntou Beth, ansiosa.

— Acho que não; mas não me importo se pegar. Aliás, eu merecia, egoísta que fui de deixar você ir para ficar aqui escrevendo bobagem! — murmurou Jo, enquanto saía para consultar Hannah.

A boa alma pôs-se completamente desperta num instante e de pronto assumiu a liderança, assegurando a Jo que não havia necessidade de se preocupar: todo mundo pegava escarlatina, e, com o tratamento certo, ninguém morria. Jo acreditou em tudo e se sentia muito aliviada quando as duas foram ao encontro de Meg.

— Agora vou dizer o que a gente vai fazer — disse Hannah, quando examinou e interrogou Beth. — A gente chama o dr. Bangs só para dar uma olhada em você e ver que a gente começou fazendo o certo. Depois a gente manda a Amy pra casa da tia March por um tempo, pra ela ficar fora de perigo, e uma de vocês pode ficar em casa e distrair a Beth uns dias.

— Vou ficar, claro, sou a mais velha — começou Meg, parecendo ansiosa e arrependida.

— *Eu* fico, porque é culpa minha que ela esteja doente. Eu disse a mamãe que cumpriria minhas obrigações, e não cumpri — disse Jo, decidida.

— Quem você quer, Beth? Só precisa de uma — disse Hannah.

— Jo, você fica?

E Beth encostou a cabeça na irmã com um olhar satisfeito, que de fato resolveu a questão.

— Vou conversar com a Amy — disse Meg, sentindo-se um pouco magoada, mas bastante aliviada, porque não gostava de fazer as vezes de enfermeira, e Jo, sim.

Amy ficou revoltada e declarou passionalmente que preferia ter febre a ficar com a tia March. Meg argumentou, implorou e ordenou — tudo em vão. Amy não arredou de sua decisão de ficar, e Meg a deixou, desesperada, para perguntar a Hannah o que devia ser feito. Antes de ela voltar, Laurie adentrou a sala e encontrou Amy soluçando, com a cabeça nas almofadas do sofá. Ela contou sua história, esperando ser consolada; mas Laurie apenas enfiou as mãos nos bolsos e caminhou pelo quarto, assoviando baixinho e franzindo as sobrancelhas pensativo. Em seguida, sentou-se ao lado dela e disse, em seu tom mais persuasivo:

— Seja uma mulherzinha sensata, Amy, faça o que elas dizem. Não, não chore... apenas ouça o plano alegre que eu tenho. Você vai para a casa da tia March, e eu vou até lá e levo você para passear todos os dias, de carruagem ou a pé, vai ser o máximo. Não é melhor do que ficar entediada aqui?

— Não quero ser expulsa como se estivesse atrapalhando — começou Amy, com um tom magoado.

— Mas meu Deus, menina! É para o seu bem. Quer ficar doente?

— Não, claro que não; mas acho que vou ficar, pois estive com a Beth esse tempo todo.

— Mas essa é justo a razão pela qual você deve ir embora imediatamente, para que possa escapar. Mudança de ares e cuidado vão mantê-la a salvo, creio eu, ou pelo menos sua febre não será tão forte. Meu conselho é que você parta assim que puder, porque escarlatina não é brincadeira, senhorita.

— Mas é chato na casa da tia March, e ela é muito mal-humorada — reclamou Amy, parecendo bastante assustada.

— Não vai ser chato se eu aparecer todos os dias para contar como a Beth está e levar você para passear. A velha gosta de mim, e vou ser um doce com ela, então ela não vai ficar ralhando com a gente, não importa o que façamos.

— Você vai me levar na aranha puxada pelo Feitiço?

— Por minha honra de cavalheiro.

— E vai me visitar todos os dias?

— Como não?

— E me trazer de volta assim que a Beth estiver melhor?

— No mesmo minuto.

— E me levar ao teatro?

— A uma dúzia de teatros, se pudermos.

— Bom... então... acho... que vou — disse Amy, lentamente.

— Boa menina! Chame a Meg e diga a ela que você se rende — disse Laurie, com um tapinha de aprovação que irritou Amy ainda mais do que o "se rende".

Meg e Jo desceram correndo para contemplar o milagre que fora operado, e Amy, sentindo-se muito preciosa e abnegada, prometeu ir, se o médico dissesse que Beth ia adoecer.

— Como está a queridinha? — perguntou Laurie, pois Beth era sua bonequinha de estimação, e ele estava mais preocupado com ela do que queria demonstrar.

— Está deitada na cama da mamãe e se sente melhor. A morte do bebê a perturbou, mas creio que só ficou resfriada. Hannah *diz* que acha o mesmo, mas *parece* preocupada, e isso me deixa aflita — respondeu Meg.

— Quanta provação neste mundo! — exclamou Jo, esfregando a cabeça com irritação. — Mal saímos de uma encrenca, entramos em outra. Quando a mamãe não está, parece que não temos onde nos agarrar; eu me sinto desnorteada.

— Bom, você não precisa se transformar num porco-espinho, não é adequado. Arrume esse cabelo, Jo, e me diga se devo mandar um telegrama para a sua mãe, ou fazer alguma coisa — pediu Laurie, que nunca se conformara com o desaparecimento da única beleza da amiga.

— Isso é o que me aflige — compartilhou Meg. — Acho que devemos contar a ela, se Beth estiver realmente doente, mas Hannah diz que não devemos, porque a mamãe não pode abandonar o papai e isso só vai deixá-los ansiosos. Beth não vai ficar doente por muito tempo, e Hannah sabe exatamente o que fazer, e minha mãe disse que deveríamos obedecer a ela, então acho que lhe devemos obediência, mas não me parece muito correto.

— Hum... bem, não sei o que dizer; que tal perguntar ao meu avô depois da visita do médico?

— Faremos isso; Jo, vá buscar o dr. Bangs imediatamente — ordenou Meg. — Não podemos decidir nada até que ele venha.

— Fique onde está, Jo. Sou eu o mensageiro neste estabelecimento — disse Laurie, pegando seu chapéu.

— Mas talvez você esteja ocupado — começou Meg.

— Não, já fiz as lições do dia.

— Você estuda em época de férias? — perguntou Jo.

— Sigo o bom exemplo que minhas vizinhas me dão — foi a resposta de Laurie, quando saiu da sala.

— Meu garoto vai longe — comentou Jo, ao vê-lo voar por cima da cerca com um sorriso de aprovação.

— Ele se sai muito bem... para um menino — foi a resposta um pouco deselegante de Meg, pois o assunto não lhe interessava.

O dr. Bangs veio, disse que Beth tinha sintomas da febre, mas considerou que seria um caso leve, embora parecesse preocupado em relação ao caso dos Hummel. Amy foi imediatamente levada para longe e, munida de medicamentos para afastar o perigo, partiu com grande pompa, na companhia de Jo e Laurie.

A tia March os recebeu com sua hospitalidade habitual.

— O que vocês querem agora? — perguntou, olhando fixamente por sobre os óculos, enquanto o papagaio, sentado no encosto da cadeira, gritava:

— Vá embora. Menino não entra aqui.

Laurie ficou na janela, e Jo contou o caso.

— Era de se esperar, se vocês têm permissão para se meter no meio de gente pobre. Amy pode ficar e se fazer útil, caso não esteja doente, e duvido que não vá ficar, já parece estar. Não chore, menina; me incomoda ouvir as pessoas fungarem.

Amy *estava* a ponto de chorar, mas Laurie maliciosamente puxou o rabo do papagaio, o que fez Polly soltar um grasnado atônito e gritar:

— Opa, opa, opa! — de um jeito tão engraçado que ela acabou por dar risada.

— Quais são as notícias de sua mãe? — perguntou a velhinha, rispidamente.

— Papai está muito melhor — respondeu Jo, tentando manter a calma.

— Ah, está? Bom, não vai durar muito, imagino. March nunca teve vigor — foi a alegre resposta.

— Ha, ha! Nunca diga Deus! Tome seu gole de grogue e adeus! — Polly gritou, dançando em seu poleiro, e arranhando o gorro da velha senhora, enquanto Laurie lhe aplicava um beliscão na traseira.

— Morda a língua, papagaio velho sem educação! Jo, é melhor você ir logo. Não é apropriado ficar pra lá e pra cá a essa hora com um menino tão impertinente feito...

— Morda a língua, papagaio velho sem educação! — exclamou Polly, esvoaçando da poltrona num pulo e correndo para bicar o menino "impertinente", que rachava de rir por causa da última frase.

"Não acho que eu *consiga* aguentar, mas vou tentar", pensou Amy, quando foi deixada a sós com a tia March.

— Vá embora, você é um horror! — gritou Polly, e, diante dessa grosseria, Amy não conseguiu deixar de fungar.

18. DIAS SOMBRIOS

BETH ESTAVA DE FATO com escarlatina e muito mais doente do que todos suspeitavam, exceto Hannah e o médico. As meninas nada sabiam sobre doenças, e o sr. Laurence estava proibido de vê-la, de modo que Hannah assumiu o controle da situação, e o dr. Bangs, atarefado, se esforçava ao máximo, mas deixava boa parte do trabalho nas mãos da excelente enfermeira. Meg permaneceu em casa, com receio de infectar os King, e cuidou dos afazeres domésticos, sentindo-se muito aflita e um tanto culpada ao escrever cartas em que não mencionava a doença de Beth. Era incapaz de achar certo enganar a mãe, mas tinha recebido ordens de obedecer a Hannah, e Hannah não queria saber de "contar pra sra. March, que ia acabar preocupada com uma bobagem". Jo era inteira desvelos à irmã, dia e noite; o que não chegava a ser difícil, pois Beth era muito paciente e suportava a dor sem queixas, desde que pudesse se controlar. Chegou no entanto um momento em que, durante a febre, ela começou a falar com uma voz rouca e fraca, a tocar sobre a colcha como se esta fosse seu pianinho querido e a tentar cantar tendo a garganta tão inflamada que dela não saía música; um momento em que ela deixou de reconhecer os rostos familiares ao redor, dirigindo-se a eles com os nomes trocados, e chamando em tom de súplica pela mãe. Então Jo ficou assustada, Meg implorou permissão para escrever a verdade, e mesmo Hannah disse que "pensaria nisso, embora *ainda* não tivesse perigo". Uma carta de Washington contribuiu para aumentar a angústia, pois o sr. March tivera uma recaída e não podia pensar em voltar para casa por um longo tempo.

Quão sombrios os dias pareciam agora, quão triste e solitária a casa, e quão apertados estavam os corações das irmãs, que trabalhavam e aguardavam, enquanto a sombra da morte pairava sobre o lar outrora feliz! Foi então que Margaret, sentada sozinha com sua costura, sobre a qual frequentemente deixava caírem lágrimas, sentiu o quão rica fora em coisas mais preciosas do que qualquer luxo que o dinheiro pudesse comprar; em amor, proteção, paz e saúde, as verdadeiras bênçãos da vida. Foi então que Jo, que já morava no quarto escuro ao lado da irmãzinha que tanto sofria, sem nunca desviar o olhar dela e com sua voz dolorosa soando nos ouvidos, aprendeu a ver a beleza e a doçura da natureza de Beth, a sentir a profundidade e a ternura do lugar que ela ocupava em todos os corações e a reconhecer o valor de sua abnegada ambição, de viver para os outros e tornar o lar feliz pelo exercício de virtudes simples que todos podem possuir e deveriam amar e valorizar mais do que talento, riqueza ou beleza. E Amy, em seu exílio, desejava ansiosamente estar em casa, para que pudesse servir Beth, sentindo agora que nenhum serviço seria difícil ou aborrecido, e lembrando, arrependida e aflita, quantas tarefas negligenciadas as mãos tão prestimosas da irmã haviam realizado em seu lugar. Laurie vivia pela casa como um fantasma inquieto; e o sr. Laurence trancou o piano de cauda, porque não suportava ser lembrado da jovem vizinha que costumava alegrar-lhe o entardecer. Todos sentiam falta de Beth. O leiteiro, o padeiro, o merceeiro e o açougueiro perguntavam como ela estava; a pobre sra. Hummel veio pedir perdão por sua imprudência e obter uma mortalha para Minna; os vizinhos enviavam todo tipo de conforto e bons pensamentos; e mesmo aquelas que melhor a conheciam ficaram surpresas ao descobrir quantos amigos a tímida e pequena Beth havia feito.

Enquanto isso, ela permanecia na cama com a velha Joanna ao seu lado, pois, mesmo em seus delírios, não se esquecia de sua desamparada *protégée*. Tinha saudades de seus gatos, mas não queria que fossem trazidos para que não ficassem doentes; e em suas horas de paz, era toda aflição a respeito de Jo. Enviou mensagens amorosas para Amy, pediu-lhes que dissessem à mãe que escreveria em breve; e, muitas vezes, implorava por lápis e papel para tentar dizer uma palavra, para que o pai talvez não pensasse que ela o havia esquecido. Mas logo esses intervalos de consciência acabavam, e ela permanecia horas a fio deitada e balançando-se para a frente e para trás, com palavras incoerentes nos lábios, ou afundada em um sono pesado que não lhe trazia descanso algum. O dr. Bangs vinha duas vezes por dia, Hannah fazia a vigília à noite, Meg mantinha sobre a mesa um telegrama pronto para ser enviado a qualquer momento, e Jo não mexia um fio de cabelo para longe de Beth.

O primeiro de dezembro foi de fato um dia de inverno para todos: soprou um vento gelado, a neve caiu com força, e o ano parecia se preparar para a morte. Quando o dr. Bangs chegou naquela manhã, olhou por muito tempo para Beth, segurou as mãos quentes da menina por um instante e deitou-as suavemente, dizendo em voz baixa para Hannah:

— Se a sra. March *puder* deixar o marido, é melhor que seja chamada.

Hannah acenou com a cabeça sem falar, pois seus lábios tremiam nervosamente; Meg desmoronou em uma cadeira, pois àquelas palavras sua força lhe pareceu abandonar os membros; e Jo, depois de permanecer imóvel e lívida por um instante, correu para a sala de visitas, pegou o telegrama e, vestindo-se apressadamente, lançou-se na tempestade. Não tardou a retornar e, enquanto tirava a capa sem qualquer ruído, Laurie entrou com uma carta dizendo que o sr. March estava se recuperando de novo. Jo leu com gratidão, mas não sentia alívio do peso que trazia no coração, e seu rosto estava tão cheio de tristeza que Laurie perguntou de pronto:

— O que está acontecendo? Beth está pior?

— Mandei chamar a mamãe — disse Jo, puxando as botas de borracha com uma expressão trágica.

— Que bom, Jo! Foi você quem tomou essa decisão? — perguntou Laurie, sentando-a na poltrona do corredor e tirando-lhe as botas rebeldes, ao mesmo tempo que observava como suas mãos tremiam.

— Não. O médico nos pediu.

— Ai, Jo, é ruim assim? — exclamou Laurie, com o rosto assustado.

— Sim, é. Ela não nos reconhece, nem sequer fala sobre os bandos de pombas verdes, que é como chama as folhas de videira no papel de parede. Já não se parece com a minha Beth, e não há quem nos ajude a suportar isso. Minha mãe e meu pai estão longe, e Deus parece tão distante que não sou capaz de encontrá-Lo.

As lágrimas desciam velozes sobre o rosto da pobre Jo, e ela estendeu a mão com o desamparo de quem tateia na escuridão. Laurie tomou-lhe a mão, sussurrando tanto quanto o nó que tinha na garganta lhe permitia:

— Estou aqui, Jo, segure firme em mim!

Ela não conseguia falar, mas "segurou firme", e aquela mão humana e afetuosa consolou seu coração repleto de dor, e pareceu levá-la para mais perto do braço Divino, o único capaz de ampará-la em sua angústia. Laurie desejava dizer palavras de conforto e carinho, mas nenhuma apropriada veio em seu socorro; assim, permaneceu em silêncio, acariciando gentilmente a cabeça de Jo, como a sra. March costumava fazer. Foi a melhor coisa que poderia ter feito; muito mais reconfortante do que as palavras mais eloquentes, pois Jo sentiu a compaixão implícita e, no silêncio, conheceu o doce consolo com que o afeto cura a tristeza. Logo enxugou as lágrimas que a tinham aliviado e voltou-se para Laurie com o rosto agradecido.

— Obrigada, Teddy, estou melhor agora. Não me sinto tão desamparada e tentarei suportar o golpe, caso aconteça.

— Continue esperando o melhor, porque isso vai ajudar muito você, Jo. Logo sua mãe estará aqui, e então tudo vai ficar bem.

— Estou tão feliz com a melhora do papai. Agora ela não vai se sentir mal por deixá-lo. Ai! Parece que todos os problemas vieram de uma só vez, e eu fiquei com a parte mais pesada nos ombros — suspirou Jo, abrindo o lenço molhado sobre os joelhos para secar.

— Meg não ajuda? — perguntou Laurie, parecendo indignado.

— Ah, sim, ela tenta, mas não ama Beth como eu, e não vai sentir falta dela como eu. Beth é minha consciência, e não posso deixá-la partir. Não posso! Não posso!

Jo baixou o rosto contra o lenço molhado e chorou em desespero, pois havia se mantido firme até então, sem nunca derramar uma lágrima. Laurie passou a mão nos olhos, mas não conseguiu falar até vencer a sensação sufocante na garganta e firmar os lábios. Podia ser um sinal de fraqueza, mas ele era incapaz de refreá-lo, e fico feliz por isso. Assim, quando os soluços de Jo se calaram, ele disse esperançoso:

— Não acho que ela vá morrer. Ela é tão boa, e todos a amamos tanto que não acredito que Deus a leve embora ainda.

— As pessoas boas e queridas sempre morrem — gemeu Jo, porém parou de chorar, pois as palavras do amigo a animaram apesar de suas próprias dúvidas e medos.

— Você está cansada, coitada. Não é do seu jeito ficar desamparada. Pare um minuto. Vou animá-la rapidinho.

Laurie desceu as escadas aos saltos, e Jo repousou a cabeça cansada no capuzinho marrom de Beth, que ninguém havia pensado em tirar da mesa onde ela o deixara. O capuz devia ter alguma magia, pois o espírito pacífico e gentil de sua dona pareceu penetrar Jo, e quando Laurie chegou correndo com uma taça de vinho, ela a pegou com um sorriso e disse, corajosamente:

— Bebo... à saúde de minha Beth! Você é um bom médico, Teddy, e um amigo que me dá *muito* conforto. Como posso retribuir? — acrescentou, enquanto o vinho trazia novo vigor a seu corpo, como as palavras amáveis haviam feito com suas preocupações.

— Um dia desses mando a conta; e hoje à noite vou lhe dar algo que vai aquecer seu coração mais do que jarras de vinho — prometeu Laurie, sorrindo para ela com uma expressão de satisfação reprimida.

— O que é? — perguntou Jo maravilhada, esquecendo-se por um instante de seus infortúnios.

— Telegrafei ontem para sua mãe, e Brooke respondeu que ela viria imediatamente. Ela vai estar aqui esta noite, e tudo vai ficar bem. Você não ficou feliz por eu ter feito isso?

Laurie disse tudo isso muito depressa, e ficou vermelho e animado em um segundo, porque conservara o segredo de sua trama por medo de desapontar as garotas ou ferir Beth. Jo ficou lívida, saltou da poltrona e, assim que ele terminou de falar, ela o assustou lançando os braços em torno de seu pescoço e gritando de alegria:

— Ai, Laurie! Ai, mãe! Estou *tão* feliz.

Não chorou de novo, mas riu histericamente e tremeu e agarrou-se ao amigo como se estivesse um pouco desorientada com a notícia repentina. Laurie, embora definitivamente surpreso, comportou-se com grande presença de espírito; deu-lhe tapinhas tranquilizadores nas costas e, ao ver que ela se recuperava, um ou dois beijinhos tímidos, que fizeram com que Jo voltasse a si. Apoiando-se no corrimão, ela o afastou gentilmente, dizendo sem fôlego:

— Ai, não! Não foi minha intenção; foi terrível de minha parte; mas você foi tão adorável de fazer isso, apesar de Hannah, que não consegui me conter e voar em cima de você. Conte-me tudo, e não me dê vinho novamente; ele me faz agir assim.

— Eu não ligo, não! — riu Laurie, enquanto ajeitava a gravata. — Bom, fiquei inquieto, assim como o vovô. Achamos que Hannah estava exagerando nessa coisa de controlar tudo, e sua mãe precisava saber. Ela nunca nos perdoaria se Beth... Bem, se alguma coisa acontecesse, sabe... Então fui até o vovô e disse que já era hora de tomarmos uma atitude, e ontem lá fui eu ao escritório, porque o médico parecia preocupado, e Hannah quase me decapitou quando propus um telegrama. Não suporto ser tolhido, de modo que me decidi e telegrafei. Sua mãe virá, eu sei, e o último trem chega às duas da manhã; vou buscá-la, e você só tem que sossegar o facho e manter Beth quieta até que essa abençoada senhora chegue aqui.

— Laurie, você é um anjo! Como posso agradecer?

— Voe em cima de mim de novo. Gostei muito — sugeriu Laurie, com um ar travesso, coisa que não acontecia havia duas semanas.

— Não, obrigada. Seu avô fará por mim, quando retornar. Não me provoque, apenas vá para casa e descanse, pois você vai passar metade da noite acordado. Obrigada, Teddy, obrigada!

Jo havia recuado a um canto; ditas essas palavras, escafedeu-se para a cozinha, onde se sentou em um aparador e disse aos gatos ali reunidos que estava "muito feliz, muito feliz!", enquanto Laurie partia com o sentimento de que havia feito uma coisa maravilhosa.

— Esse é o sujeito mais *interferidor* que já vi, mas tá perdoado e espero mesmo que a sra. March teja vindo — disse Hannah, com um ar de alívio, quando Jo contou a boa notícia.

Meg teve um êxtase silencioso e, em seguida, meditou sobre a carta, enquanto Jo colocava a enfermaria em ordem e Hannah "recheava umas torta no caso de alguém chegar de repente". Uma lufada de ar fresco parecia soprar pela casa, e algo melhor que a luz do sol iluminou os cômodos silenciosos; tudo parecia sentir a mudança esperançosa; o passarinho de Beth se pôs a gorjear novamente, e uma rosa semiaberta foi descoberta no arbusto de Amy na janela. A chama nas lareiras parecia queimar com uma felicidade incomum, e cada vez que as garotas se encontravam, seus rostos pálidos se abriam sorridentes enquanto se abraçavam, sussurrando em tom de encorajamento: "A mamãe está vindo! A mamãe está chegando!". Todos se alegraram, exceto Beth. Ela jazia em um pesado estupor, inconsciente de esperança ou alegria, dúvida ou perigo. Era uma visão lastimável: o rostinho antes rosado agora tão mudado e vazio; as mãos outrora laboriosas agora tão fracas e ociosas; os lábios outrora sorridentes agora tão mudos e indiferentes; e o cabelo outrora bonito e asseado agora espalhado e desgrenhado no travesseiro. Durante todo o dia ela permaneceu deitada, levantando-se apenas de vez em quando para murmurar: "Água!", com os lábios tão ressecados que mal conseguiam esboçar a palavra. Durante todo o dia, Jo e Meg ficaram ao seu lado, observando, aguardando, alimentando esperanças e confiando em Deus e na mãe; e durante todo o dia a neve caiu, um vento cortante rugiu, e as horas se arrastaram lentamente. Mas a noite chegou, por fim, e a cada badalada do relógio as irmãs, ainda sentadas cada qual a um lado da cama, olhavam uma para a outra com brilho nos olhos, pois a cada hora a ajuda estava mais perto. O médico viera para dizer que alguma mudança, para melhor ou pior, provavelmente aconteceria por volta da meia-noite, quando ele voltaria.

Hannah, bastante esgotada, deitou-se no divã ao pé da cama e adormeceu; o sr. Laurence marchava de um lado para o outro na sala de estar, sentindo que preferia enfrentar uma bateria rebelde do que o semblante aflito da sra. March ao chegar; Laurie estava deitado no tapete, fingindo descansar, mas olhando para o fogo com o olhar pensativo que tornava belos e claros seus olhos negros.

As meninas nunca se esqueceram daquela noite, pois não sentiam sono algum, enquanto mantinham os olhos fitos no relógio, com aquela terrível sensação de impotência de que somos acometidos nessas horas.

— Se Deus poupar Beth, nunca mais vou reclamar — sussurrou Meg, com sinceridade.

— Se Deus poupar Beth, vou tentar amá-Lo e servi-Lo toda a minha vida — respondeu Jo, com igual fervor.

— Gostaria de não ter coração; como dói — suspirou Meg, depois de uma pausa.

— Se a vida sempre for tão difícil assim, não vejo como a atravessaremos — acrescentou a irmã, desanimada.

O relógio bateu, então, meia-noite, e ambas se esqueceram de si mesmas velando Beth, pois imaginaram ter visto uma mudança em seu rosto pálido. A casa estava quieta como a morte, e nada além do lamento do vento quebrava o profundo silêncio. Cansada, Hannah dormia, e ninguém, a não ser as irmãs, viu a sombra pálida que pareceu cair sobre a caminha. Uma hora se passou, e nada aconteceu, exceto a saída silenciosa de Laurie rumo à estação. Mais uma hora, e ninguém aparecia, e temores nervosos de atraso na tempestade, ou acidentes pelo caminho, ou, pior de tudo, um grande dissabor em Washington, amedrontavam as pobres meninas.

Já eram mais de duas horas, quando Jo, que estava na janela pensando em como o mundo parecia lúgubre em sua mortalha de neve, ouviu um movimento próximo à cama e, virando-se rapidamente, viu Meg ajoelhada diante da poltrona da mãe, com o rosto escondido. Jo transiu-se de um medo sombrio ao pensar: "Beth está morta, e Meg está com medo de me dizer". Ela retornou a seu posto imediatamente e, para seus olhos injetados, uma grande mudança parecia ter ocorrido. A vermelhidão da febre e o olhar de dor haviam sumido, e o amado rostinho parecia tão pálido e pacífico em seu absoluto repouso que Jo não sentiu vontade de chorar ou lamentar. Inclinando-se sobre a mais querida de suas irmãs, beijou a testa úmida com o coração nos lábios e sussurrou suavemente:

— Adeus, minha Beth. Adeus!

Como se tivesse sido acordada pela movimentação, Hannah ergueu-se de um salto, correu para a cama, olhou para Beth, tocou-lhe as mãos, auscultou-lhe os lábios e, em seguida, jogando o avental sobre a cabeça, sentou-se balançando para a frente e para trás, exclamando num sussurro:

— A febre cedeu, ela tá dormindo, suada, respirando bem. Deus seja louvado! Oh, meu Deus!

Antes que as meninas pudessem acreditar na realidade feliz, o médico chegou para confirmá-la. Era um homem comum, mas elas consideraram suas feições quase divinas quando sorriu e disse, virando-se para elas com um olhar paternal:

— Sim, minhas queridas, acho que a menininha vai aguentar desta vez. Mantenham a casa em silêncio, deixem-na dormir e, quando ela acordar, deem a ela...

O que deviam dar, nenhuma delas ouviu; pois ambas deslizaram para o corredor escuro e, sentadas nas escadas, abraçaram-se em silêncio, porém com os corações transbordando de alegria. Quando retornaram para receber os beijos e carinhos da tão leal Hannah, depararam-se com Beth deitada com o rosto apoiado sobre a mão, como costumava fazer, já sem a lúgubre palidez e respirando em paz, como se tivesse acabado de adormecer.

— Se a mamãe chegasse agora... — disse Jo, enquanto a noite de inverno começava a abrandar.

— Veja — chamou a atenção Meg, chegando com uma rosa branca, semiaberta. — Pensei que ela não abriria em tempo de a colocarmos na mão de Beth amanhã se... se ela tivesse partido.

Mas floresceu no meio da noite, e agora quero colocá-la no meu vaso aqui, para que, quando a nossa maninha acordar, a primeira coisa que veja sejam a rosinha e o rosto da mamãe.

Nunca o sol nasceu tão lindamente, e nunca o mundo pareceu tão adorável quanto aos olhos fatigados de Meg e Jo, admirando a manhã que chegava depois que sua longa e triste vigília teve fim.

— Parece um mundo de fadas — disse Meg, sorrindo para si mesma, parada atrás da cortina, observando a vista deslumbrante.

— Ouça! — exclamou Jo, colocando-se de pé.

Sim, ouviu-se um som de sinos na porta abaixo, um grito de Hannah e, em seguida, a voz de Laurie proclamando em um sussurro alegre:

— Garotas, ela chegou! Ela chegou!

19. O TESTAMENTO DE AMY

ENQUANTO ESSAS COISAS ACONTECIAM, Amy vivia tempos difíceis com a tia March. O exílio foi profundamente sentido, e pela primeira vez na vida percebeu o quanto era amada e mimada em casa. A tia March nunca havia mimado ninguém; não aprovava tal postura; tinha a intenção, porém, de ser gentil, pois a menininha muito bem-comportada a agradava muito, e a tia March reservava um lugar amoroso em seu vetusto coração para as filhas de seu sobrinho, embora não julgasse apropriado confessá-lo. Ela realmente fez o que estava a seu alcance para deixar Amy feliz, mas, nossa!, que erros cometeu! Alguns idosos conservam-se jovens no coração, apesar das rugas e dos cabelos brancos; são capazes de sentir compaixão das pequenas preocupações infantis e simpatizar com suas pequenas alegrias; fazem as crianças se sentirem em casa e conseguem infundir sábias lições em brincadeiras divertidas; e dão e recebem amizade com absoluta ternura. Mas a tia March não tinha tais dons, e enfastiava Amy com suas regras e ordens, o decoro excessivo e os longos e aborrecidos sermões. Julgando a menina mais dócil e amável do que a irmã, a velha senhora viu-se no dever de submeter à prova e neutralizar, na medida do possível, os maus efeitos da liberdade e da complacência domésticas. Assim, tomou a menina sob sua responsabilidade e educou-a como ela própria havia sido educada sessenta anos antes; um processo que consternava a alma de Amy, e a fazia se sentir como uma mosca na teia de uma aranha muito severa.

Era obrigada a lavar as xícaras todas as manhãs e a polir as colheres antiquadas, o bule de prata gordo e os copos, até que estivessem brilhando. Em seguida, precisava tirar o pó da sala — que trabalho desafiador! Nenhuma partícula escapava ao escrutínio da tia March, e toda a mobília tinha pés de garras e muitos entalhes, que nunca ficavam devidamente espanados. Terminada a tarefa, Polly tinha de ser alimentado, o cachorro penteado e uma dúzia de viagens feitas escada acima e escada abaixo para buscar coisas ou dar ordens, pois a velha era muito entrevada e raramente deixava sua poltrona. Depois de todos esses cansativos trabalhos, Amy precisava fazer suas lições, uma provação diária de todas as virtudes que possuía. Por fim, tinha uma hora reservada a exercícios ou brincadeiras, e ela aproveitava! Laurie vinha todos os dias e lisonjeava tia March até que Amy fosse autorizada a sair com ele, quando passeavam a pé ou de carruagem e tinham ótimos momentos. Depois do almoço, ela tinha de ler em voz alta, e permanecer quieta enquanto a velha senhora dormia, o que normalmente fazia por uma hora, desmaiando na primeira página. Então, surgiam remendos ou toalhas, e Amy costurava, humilde por fora e rebelde por dentro, até o anoitecer, quando lhe era permitido divertir-se como quisesse até a hora do chá. As noites eram a pior etapa, pois a tia March se punha a contar longas histórias sobre sua juventude, tão indescritivelmente maçantes que Amy estava sempre pronta para ir para a cama, com a intenção de chorar por seu triste destino, mas geralmente caía no sono sem espremer mais do que uma ou duas lágrimas.

Amy sentia que, não fosse por Laurie e pela velha Esther, a criada, jamais teria suportado aqueles tempos terríveis. O papagaio era o bastante para incomodá-la, pois ele logo percebeu que não caíra em suas graças e se vingava sendo o mais malicioso possível. Puxava-lhe o cabelo sempre que ela se aproximava; atormentava-a atacando o pão e o leite em sua gaiola assim que ela acabava de limpar tudo; fazia Mop latir, bicando-o, quando a madame cochilava; xingava-a diante das visitas e se comportava em todos os aspectos como um velho pássaro inconveniente. Ela também não suportava o cão, uma besta gorda e ranzinza que rosnava e latia para ela quando o penteava, e que se deitava de costas com as quatro patas para o ar e uma expressão absolutamente idiota quando queria algo para comer, o que acontecia mais de dez vezes por dia. O cozinheiro era mal-humorado; o velho cocheiro, surdo; e Esther era a única pessoa que dava qualquer atenção à jovem.

Esther era uma francesa que morava com a "madame" (como chamava sua patroa) havia muitos anos e, é possível dizê-lo, tiranizava a velha senhora, que não conseguia viver sem ela. Seu nome verdadeiro era Estelle; mas a tia March ordenou que o mudasse, ao que ela obedeceu, com a condição de que nunca lhe pedisse para mudar de religião. Ela se afeiçoou pela *mademoiselle* e a divertia muito com as curiosas histórias de sua vida na França, quando Amy se sentava ao seu lado enquanto ela arrumava as rendas da madame. Também permitia que Amy perambulasse pela casa, que era grande, e examinasse as coisas pitorescas e bonitas guardadas nos enormes guarda-roupas e nos vetustos baús; pois a tia March acumulava coisas como uma pega. O principal deleite de Amy era um gabinete indiano, cheio de estranhas gavetas, pequenos escaninhos e compartimentos secretos, nos quais se guardavam todos os tipos de ornamentos, alguns preciosos, outros meramente curiosos, todos mais ou menos antigos. Examinar e organizar essas coisas deu grande satisfação a Amy, especialmente os estojos de joias, nos quais, sobre almofadas de veludo, repousavam enfeites que quarenta anos antes adornaram uma *belle*. Havia o conjunto vermelho-granada que a tia March usava quando saía, as pérolas que seu pai lhe dera no dia de seu casamento, os diamantes de seu amor, os anéis e broches do luto, os estranhos medalhões, com retratos de amigos mortos e salgueiros-chorões feitos de cabelo, as pulseiras de bebê que sua única filhinha usara, o grande relógio do tio March, com o sinete vermelho com o qual tantas crianças haviam brincado, e, em um estojo, solitária, a aliança de casamento da tia March, pequena demais para o dedo gordo, mas cuidadosamente conservada em separado como a joia mais preciosa da coleção.

— O que *mademoiselle* escolheria, se pudesse? — perguntou Esther, que sempre ficava por perto para vigiar e guardar os objetos de valor.

— Gosto mais dos diamantes, mas não há colar entre eles, e gosto muito de colares, são muito elegantes. Escolheria este aqui, se pudesse — respondeu Amy, olhando com grande admiração para um cordão de ouro e contas de ébano, do qual pendia uma cruz pesada da mesma madeira.

— Também o cobiço demais, mas não como colar. Ah, não! Para mim, é um rosário e eu o usaria como tal, como boa católica — disse Esther, olhando para o bonito objeto melancolicamente.

— É para usar como você usa aquele colar de contas de madeira cheirosas que fica em cima do seu espelho? — perguntou Amy.

— Sim, para as orações. Agradaria aos santos se alguém usasse um rosário tão bonito, em vez de transformá-lo em uma mera *bijou*.

— Você parece encontrar paz em suas orações, Esther; sempre desce tranquila e satisfeita. Eu queria sentir o mesmo.

— Se a *mademoiselle* fosse católica, encontraria verdadeiro conforto, mas como não é assim, seria bom se você se recolhesse todos os dias para meditar e rezar, como a boa senhora a quem eu servia antes da madame. Ela tinha uma capelinha, e nela encontrava alívio para muitas inquietações.

— Seria correto eu fazer isso? — perguntou Amy, que em sua solidão sentiu necessidade de algum tipo de ajuda e descobriu que tendia a esquecer seu livrinho, agora que Beth não estava lá para lembrá-la dele.

— Seria excelente e encantador, e irei de bom grado arrumar o quartinho de vestir para você, se quiser. Não fale nada para a madame, mas quando ela dormir, vá até lá e fique sozinha por um tempo, para pensar bons pensamentos e orar ao querido Deus para salvar a sua irmã.

Esther foi verdadeiramente piedosa e bastante sincera em seu conselho; pois tinha um coração afetuoso e se compadecia das irmãs e sua preocupação. Amy gostou da ideia e deu-lhe permissão para arrumar seu gabinete iluminado ao lado do quarto, com a esperança de que lhe fizesse bem.

— Gostaria de saber o destino de todas essas coisas bonitas quando a tia March morrer — comentou ela, enquanto lentamente devolvia o rosário reluzente e fechava os estojos de joias, um a um.

— Para você e suas irmãs. Eu sei, a madame assim me confidenciou. Fui testemunha de seu testamento, e é para ser assim — sussurrou Esther, sorrindo.

— Que bom! Mas eu gostaria que ela nos permitisse ficar com elas agora. Não é bom pro... cras... ti... nar — observou Amy, dando uma última olhada nos diamantes.

— Ainda é muito cedo para as senhoritas usarem essas coisas. A primeira que noivar ganhará as pérolas. Foi o que a madame disse, e imagino que você receberá o anelzinho de turquesas quando partir, pois a madame aprova seu bom comportamento e modos encantadores.

— Acha mesmo? Ah, sou capaz de virar um cordeirinho para ganhar esse anel tão lindo! É muito mais bonito do que o da Kitty Bryant. No fim das contas, gosto da tia March — e Amy experimentou o anel azul com alegria no rosto e uma firme determinação em conquistá-lo.

A partir daquele dia, ela se tornou um modelo de obediência, e a velha senhora admirou com satisfação o sucesso de seu treinamento. Esther arrumou o gabinete com uma mesinha, colocou um banquinho diante dela e, na parede, um quadro que buscou em um dos cômodos fechados. Tinha para si que não era objeto de grande valor, mas, sendo apropriado, tomou-o de empréstimo, sabendo que a madame nunca descobriria, nem se importaria se o fizesse. Era, no entanto, uma cópia muito valiosa de um dos famosos quadros do mundo, e os olhos de Amy, amantes da beleza, nunca se cansavam de olhar para o rosto doce da mãe divina, enquanto seus próprios e ternos pensamentos estavam, em verdade, ocupados. Sobre a mesa, ela colocou sua pequena Bíblia e o hinário, mantinha um vaso sempre cheio das melhores flores que Laurie lhe trazia e ali ia todos os dias para "ficar consigo mesma, pensando bons pensamentos, e pedindo ao querido Deus para salvar sua irmã". Esther havia lhe dado um rosário de contas pretas com uma cruz de prata, mas Amy o pendurou e não usou, sentindo-se receosa quanto à sua adequação às orações protestantes.

A menininha era muito sincera em tudo isso, pois, ao ser deixada sozinha fora do ninho seguro do lar, sentiu a necessidade dolorosa de alguma mão gentil em que segurar, e instintivamente se voltou ao Amigo forte e carinhoso, cujo amor paternal envolve Seus filhinhos da forma mais íntima. Sentia falta da ajuda da mãe para entender e governar a si mesma, mas, tendo aprendido onde procurar, fez o melhor que pôde para encontrar o caminho e seguir nele com confiança. Amy, porém, era uma jovem peregrina, e agora seu fardo lhe parecia muito pesado. Procurou não pensar tanto nas dificuldades, manter-se alegre e satisfeita por fazer o certo, embora ninguém a visse ou a elogiasse por isso. Em seu primeiro esforço de ser muito, muito boa, Amy decidiu fazer o próprio testamento, como a tia March fizera, para que, no caso de adoecer e morrer, seus bens pudessem ser justa e generosamente repartidos. Custou-lhe algum sofrimento o simples gesto de pensar em abrir mão dos pequenos tesouros que, a seus olhos, eram tão preciosos quanto as joias da velha senhora.

Durante uma de suas horas livres, escreveu o importante documento da melhor maneira possível, com alguma ajuda de Esther quanto a certos termos legais; e quando a boa francesa assinou seu nome, Amy sentiu-se aliviada e guardou-o para mostrar a Laurie, a quem queria como segunda testemunha. Como fosse um dia chuvoso, subiu para se divertir em um dos grandes aposentos e levou Polly para lhe fazer companhia. Nessa sala havia um guarda-roupa cheio de vestidos à moda antiga, com o qual Esther permitia que ela brincasse. Sua diversão favorita era arrumar-se com os brocados desbotados e desfilar para cima e para baixo diante do espelho comprido, fazendo majestosas reverências e arrastando a cauda do vestido com um farfalhar que lhe deleitava os ouvidos. Ocupou-se tanto nesse dia que não escutou a campainha de Laurie, nem notou o rosto do amigo a espiá-la enquanto desfilava de um lado para o outro, abanando o leque e lançando para trás a cabeça, coberta com um grande turbante rosa, em estranho contraste com o vestido de brocado azul e a anágua amarela de matelassê. Era obrigada a andar com cuidado, pois usava sapatos de salto alto, e, como Laurie confidenciou a Jo depois, era engraçado vê-la caminhando cheia de afetação em seu traje alegre, com Polly andando de lado e se empertigando logo atrás dela, imitando-a tão bem quanto podia, e ocasionalmente parando para rir ou exclamar:

— Não estamos bem? Vamos, coisa medonha! Cale a boca! Beije-me, querida! Ha! Ha!

Contendo com dificuldade uma explosão de alegria, com receio de ofender sua majestade, Laurie bateu à porta e foi gentilmente recebido.

— Sente-se e descanse enquanto tiro esse monte de roupa. Quero consultar você sobre um assunto muito sério — anunciou Amy, depois de mostrar-se em seu esplendor e levar Polly a um canto. — Esse pássaro é a provação da minha vida — continuou ela, removendo a montanha cor-de-rosa da cabeça, enquanto Laurie se escarranchava em uma cadeira. — Ontem, enquanto minha tia dormia, e eu tentava ficar imóvel como um rato, Polly começou a berrar e a agitar as asas na gaiola; então eu o deixei sair e encontrei uma grande aranha lá dentro. Dei um cutucão nela para ela sair, e ela correu por baixo da estante de livros; Polly marchou logo atrás, inclinou-se e espreitou por baixo do móvel, dizendo, desse jeito divertido dele, com uma piscadela: "Vem aqui fora dar uma voltinha, minha querida". Não *pude* deixar de rir, o que fez Polly xingar, e a tia acordou e nos repreendeu.

— A aranha aceitou o convite do velho amigo? — perguntou Laurie, bocejando.

— Sim, ela saiu, e Polly correu para longe, muito assustado, e subiu na cadeira da tia, gritando: "Peguem ela! Peguem ela! Peguem ela!", enquanto eu perseguia a aranha.

— Isso é mentira! Ai, Deus! — gritou o papagaio, bicando os pés de Laurie.

— Eu torcia esse seu pescoço se você fosse meu, seu tormento — gritou Laurie, sacudindo o punho para o pássaro, que inclinou a cabeça de lado e grasnou:

— Aleluia! Deus seja louvado, meu caro!

— Agora estou pronta — disse Amy, fechando o guarda-roupa e tirando um pedaço de papel do bolso. — Quero que leia isso, por favor, e me diga se é legal e certo. Senti que deveria fazê-lo, porque a vida é incerta, e não quero nenhum sentimento ruim sobre o meu túmulo.

Laurie mordeu os lábios e, afastando-se um pouco da interlocutora melancólica, leu o seguinte documento, com louvável gravidade, considerando-se a ortografia:

Testimento

Eu, Amy Curtis March, estando em minha mente sã, dou e douo todas as minhas propriedades terrenas, tal como se segue, a saber:

Para o meu pai, minhas melhores pinturas, esboços, mapas e obras de arte, incluindo molduras. Também meus $100, para fazer o que ele gostar.

Para minha mãe, todas as minhas roupas, menos o avental azul com bolsos — também meu retrato e minha medalha, com muito amor.

Para minha querida irmã Margaret, dou meu anel turcoesa (se eu ganhar ele), também minha caixinha verde com as pombas, também meu pedaço da renda real para o pescoço dela, e meu esboço dela como uma lembrança de sua "menininha".

Para a Jo, deixo meu broche, o que remendei com lacre de cera, também meu tinteiro de bronze — ela perdeu a tampa — e meu coelho de gesso mais precioso, porque lamento muito ter queimado a história dela.

Para a Beth (se ela viver depois de mim), dou minhas bonecas e minha escrivaninha, meu leque, meus colarinhos de linho e meus chinelos novos, se ela puder usá-los, caso esteja magra quando ficar boa. E também deixo meu arrependimento de sempre ter caçoado da velha Joanna.

Para o meu amigo e vizinho Theodore Laurence, douo minha pasta de papel marchê, meu modelo de argila de um cavalo, apesar de ele dizer que falta o pescoço. Também como agradecimento a sua grande bondade na hora da aflição, qualquer um dos meus trabalhos artísticos que ele gostar, *Noter Dame* é o melhor.

Para o nosso venerável benfeitor, sr. Laurence, deixo minha caixinha roxa com um espelho na tampa, que vai servir bem para as penas dele e fica de lembrança da moça que o agradeceu por seus favores à família, especialmente a Beth.

Desejo que minha companheira de brincadeira favorita, Kitty Bryant, fique com meu avental de seda azul e meu anel de contas douradas, com um beijo.

Para a Hannah dou a caixa de chapéu que ela queria e tudo que fiz com retalhos, que deixo com a esperança de que ela "se lembre de mim, quando vir isso".

E agora, tendo dado destino a minha mais valiosa propriedade, espero que todos estejam satisfeitos e não culpem a morta. Perdouo a todos e confio que todos possamos nos encontrar quando a trombeta soar. Amém.

Neste testimento, coloco minha firma e selo neste dia 20 de novembro, *Anni Domino* 1861.

Amy Curtis March

Testemunhas: Estelle Valnor,
Theodore Laurence

O último nome estava escrito a lápis, e Amy explicou que ele deveria reescrevê-lo a tinta e selá-lo para ela corretamente.

— O que a levou a isso? Alguém lhe falou sobre Beth estar dando suas coisas? — perguntou Laurie sobriamente, enquanto Amy colocava um pedaço de fita vermelha com lacre, uma vela e um tinteiro diante dele.

Ela explicou e perguntou ansiosamente:

— E Beth?

— Desculpe-me por ter falado, mas como comecei, melhor terminar. Ela se sentiu tão mal um dia que disse a Jo que queria dar o piano para Meg, o passarinho para você, e a coitada da boneca para Jo, que cuidaria dela em seu lugar. Lamentava ter tão pouco para dar e deixava mechas de cabelo para o resto de nós, e todo o seu amor para o vovô. Ela nunca pensou em um testamento.

Laurie estava assinando e selando enquanto falava, e não olhou para cima até que uma lágrima gorda pingou sobre o papel. O rosto de Amy estava cheio de preocupação, mas ela apenas disse:

— Às vezes, as pessoas não colocam pós-escritos em seus testamentos?

— Sim, chamam-se "codicilos".

— Coloque um no meu, então: que desejo que *todos* os meus cachos sejam cortados e entregues aos meus amigos. Eu esqueci; mas quero assim, ainda que acabe estragando a minha aparência.

Laurie fez o acréscimo, sorrindo para o último e maior sacrifício de Amy. Em seguida, divertiu-a por uma hora e mostrou-se muito interessado em todas as suas provações. Mas quando decidiu partir, Amy o puxou para sussurrar com os lábios trêmulos:

— Existe realmente algum perigo para Beth?

— Temo que sim; mas devemos esperar o melhor, então não chore, querida. — E Laurie abraçou-a com um gesto fraterno que foi muito reconfortante.

Depois que ele foi embora, ela foi a sua capelinha e, sentada ao crepúsculo, orou por Beth, com lágrimas que lhe escorriam pelo rosto e uma dor no peito, sentindo que um milhão de anéis de turquesas não a consolariam pela perda da irmãzinha gentil.

20. CONFIDENCIAL

Creio não ter palavras para contar o reencontro da mãe com as filhas; essas horas são bonitas de viver, mas muito difíceis de descrever, portanto deixarei-as à imaginação de minhas leitoras; dizendo simplesmente que a casa estava repleta da mais genuína felicidade, e que a terna esperança de Meg foi concretizada, pois quando Beth acordou daquele longo sono de cura o que de pronto viu, ao abrir os olhos, *foram* a rosinha e o rosto da mãe. Fraca demais para pensar em qualquer coisa, apenas sorriu e aninhou-se nos braços amorosos que a cingiam, sentindo que o sôfrego desejo finalmente se satisfazia. Em seguida, dormiu novamente, e as meninas auxiliaram a mãe, que não soltava a mão emaciada que se agarrava à dela, mesmo durante o sono. Hannah havia preparado uma extraordinária "pratada" de café da manhã para a viajante, julgando impossível exprimir de qualquer outra forma a emoção que sentia; e Meg e Jo alimentaram sua mãe como jovens cegonhas zelosas, enquanto ouviam o relato sussurrado sobre o estado do pai, a promessa do sr. Brooke de ali permanecer e cuidar dele, os atrasos que a tempestade causou na viagem de volta, e o indescritível alívio que o rosto esperançoso de Laurie lhe oferecera em sua chegada, esgotada de cansaço, preocupação e frio.

Que dia estranho e agradável foi aquele! Tão brilhante e feliz do lado de fora, pois o mundo inteiro parecia ter saído para saudar a primeira neve; tão pacífico e reconfortante do lado de dentro, pois todos dormiam, cansados da vigília, e uma quietude dominical reinava pela casa, enquanto Hannah montava guarda junto à porta e cabeceava. Com a abençoada sensação de um enorme peso que se tira dos ombros, Meg e Jo fecharam os olhos cansados e ficaram em repouso, como barcos castigados pela tempestade que enfim ancoram a salvo em um porto tranquilo. A sra. March não abandonou seu lugar à beira da cama de Beth e descansou na poltrona, acordando com frequência para olhar, tocar e amparar a filhinha, como um avarento sobre algum tesouro recuperado.

Enquanto isso, Laurie seguiu em missão para confortar Amy e contou tão bem sua história que a tia March chegou, ela mesma, a "fungar" e nem uma vez disse "eu avisei". Amy mostrou-se tão forte que acho que os bons pensamentos na capelinha realmente haviam começado a dar frutos. Ela enxugou as lágrimas rapidamente, reprimiu a ansiedade de ver a mãe e nem sequer pensou no anel de turquesas quando a velha senhora concordou com Laurie que ela se comportava "como uma ótima mulherzinha". Até mesmo Polly pareceu impressionado, pois a chamou de boa menina, deu-lhe a bênção e incentivou-a, em seu tom mais afável, a "dar uma volta, querida". Ela teria adorado sair para desfrutar daquele luminoso clima invernal; mas, ao descobrir que Laurie dormia em pé, apesar dos esforços para esconder o fato, persuadiu-o a descansar no sofá enquanto ela escrevia um bilhete para a mãe. Levou bastante tempo na tarefa e, quando voltou, Laurie estava estendido com os dois braços embaixo da cabeça, ferrado no sono, enquanto a tia March tinha fechado as cortinas e estava sentada sem fazer nada, em um ataque incomum de bondade.

Depois de um tempo, começaram a achar que ele não acordaria até a noite, e não tenho certeza se acordaria, caso não tivesse sido posto de pé pelo grito de alegria de Amy ao ver a mãe. Provavelmente havia um bom número de garotinhas felizes na cidade naquele dia, mas tenho para mim que Amy era a mais feliz de todas quando se sentou no colo da mãe e contou suas provações, recebendo consolo e recompensa sob a forma de sorrisos de aprovação e carícias. Elas estavam sozinhas, juntas na capelinha, à qual a sra. March não se opôs quando seu propósito lhe foi explicado.

— Pelo contrário, gostei muito, filha — disse ela, enquanto seus olhos passavam do rosário empoeirado ao livrinho velho e ao lindo quadro, com sua guirlanda de sempre-verdes. — É uma excelente ideia ter um lugar onde se possa ficar em silêncio quando as coisas nos atormentam ou nos entristecem. Há muitos momentos difíceis na vida, mas sempre podemos suportá-los se pedirmos ajuda da forma correta. Minha filhinha está aprendendo isso?

— Sim, mãe, e quando for para casa, quero ter um canto no armário grande para colocar meus livros e a cópia que tentei fazer do quadro. O rosto da mulher não está bom, é lindo demais para o meu desenho, mas o bebê eu fiz melhor, e gosto muito dele. Gosto de pensar que Ele foi uma criança, porque então não me sinto tão distante, e isso me ajuda.

Quando Amy apontou para o sorridente bebê Jesus no colo de sua mãe, a sra. March viu algo na mão erguida que a fez sorrir. Ela nada disse, mas Amy entendeu o olhar, e depois de um minuto de pausa, acrescentou com seriedade:

— Queria falar sobre isso com você, mas esqueci. A tia me deu o anel hoje. Ela me chamou e me beijou e o colocou no meu dedo e disse que eu era um orgulho para ela, e que gostaria de ficar sempre comigo. Como ele é muito grande, ela me deu também esse outro anel engraçado, para o anel de turquesas não cair. Eu gostaria de usá-los, mãe. Posso?

— São muito bonitos, mas acho que você é jovem demais para esse tipo de adereço, Amy — opinou a sra. March, olhando para o indicador gordinho com a faixa de pedras azul-celeste e o curioso anel de proteção, formado por duas mãozinhas minúsculas de ouro unidas.

— Vou tentar não ser vaidosa — disse Amy. — Não acho que goste só porque é muito bonito. Quero usá-lo como a garota da história usava o bracelete, para me lembrar de uma coisa.

— Você quer dizer a tia March? — perguntou a mãe, rindo.

— Não, para me lembrar de não ser egoísta.

Amy parecia tão séria e sincera que sua mãe parou de rir e escutou respeitosamente o pequeno plano.

— Tenho pensado muito ultimamente sobre o meu "pacote de defeitos", e ser egoísta é o maior deles, então vou realmente me esforçar para tentar me curar, se eu for capaz. Beth não é egoísta, e essa é a razão pela qual todo mundo a ama e se sente tão mal com a ideia de perdê-la. As pessoas não se preocupariam tanto comigo se eu estivesse doente, e não mereço que se preocupem, mas gostaria de ser amada por um grande número de amigos, gostaria que sentissem minha falta, então vou tentar ao máximo ser como Beth. Tendo a esquecer minhas resoluções; mas se tivesse algo sempre comigo para me lembrar, acho que conseguiria fazer melhor. Posso tentar dessa maneira?

— Sim, mas tenho mais fé no canto do armário grande. Use seu anel, filha, e faça o seu melhor. Acho que você vai prosperar, pois o desejo sincero de ser boa é metade da batalha. Agora preciso voltar para Beth. Força, filha, e em breve teremos você em casa.

Naquela noite, enquanto Meg escrevia para o pai para relatar a chegada segura da viajante, no andar de cima Jo deslizou para o quarto de Beth e, encontrando a mãe em seu lugar habitual, ficou por um instante torcendo os dedos nos cabelos, num gesto preocupado e com um olhar indeciso.

— Que foi, filha? — perguntou a sra. March, estendendo-lhe a mão, com um olhar que convidava à confidência.

— Quero contar uma coisa, mãe.

— Sobre a Meg?

— Como você adivinhou rápido! Sim, é sobre ela, e embora seja coisa pequena, me sinto incomodada.

— Beth está dormindo. Fale baixo, e me conte tudo. Aquele menino Moffat não esteve aqui, espero? — perguntou a sra. March, bastante bruscamente.

— Não. Eu teria fechado a porta na cara dele — disse Jo, acomodando-se no chão aos pés da mãe. — No verão passado, Meg deixou um par de luvas na casa dos Laurence e só uma delas foi devolvida. Esquecemos disso até que Teddy me contou que o sr. Brooke ficou com a outra. Ele a guardou no bolso do colete, mas ela caiu um dia, e Teddy brincou com ele a respeito disso, e o sr. Brooke admitiu que gostava de Meg, mas não ousava dizê-lo, ela era tão nova, e ele tão pobre. Não é uma situação *horrível*?

— Você acha que Meg sente algo por ele? — perguntou a sra. March, com um olhar preocupado.

— Misericórdia! Não sei nada sobre o amor e esses absurdos! — exclamou Jo, com uma mistura engraçada de interesse e desprezo. — Nos romances, as moças demonstram isso se assustando e corando, desmaiando, ficando magras e agindo como idiotas. Meg não faz nada do tipo. Ela come e bebe e dorme como uma criatura sensata, não desvia o olhar quando falo nele, e só fica um pouco envergonhada quando Teddy faz piadas sobre namorados. Eu o proíbo de fazer isso, mas ele não me ouve.

— Então você acha que Meg *não está* interessada em John?

— Em quem? — exclamou Jo, pasma.

— O sr. Brooke. Eu o chamo de "John" agora. Começamos a fazer assim no hospital, e ele gosta.

— Ah, Deus, já entendi que você vai defendê-lo. Ele tem sido bom para o papai, e você não vai mandá-lo embora, vai deixar que Meg se case com ele, se ela quiser. Que horror! Ficar paparicando o papai e adulando você, só para fazer vocês gostarem dele. — E Jo puxou o próprio cabelo, cheia de ira.

— Minha filha, não fique zangada com isso, e lhe contarei como aconteceu. John viajou comigo a pedido do sr. Laurence, e foi tão dedicado ao coitado do seu pai que não pudemos deixar de nos afeiçoar a ele. Foi absolutamente sincero e honrado sobre Meg, pois nos disse que a amava, mas desejava conquistar um lar confortável antes de pedi-la em casamento. Ele só queria nossa permissão para amá-la e trabalhar por ela, e o direito de despertar o amor dela, se conseguir. Ele é um jovem excelente, sem dúvida alguma, e não poderíamos nos recusar a ouvi-lo; mas não vou consentir que Meg se comprometa tão jovem.

— Claro que não. Seria uma idiotice! Sabia que aí tinha, senti que tinha; e é pior do que eu imaginava. Queria era que eu mesma pudesse me casar com Meg e mantê-la a salvo na família.

Esse arranjo estranho fez a sra. March sorrir, mas ela disse gravemente:

— Jo, confio em você e não quero que diga nada para Meg, ainda. Quando John voltar, e eu os vir juntos, poderei julgar melhor os sentimentos dela em relação a ele.

— Ela verá os sentimentos dele naqueles olhos bonitos de que tanto fala e acabou. Ela tem um coração tão mole que vai derreter como manteiga ao sol se alguém olhar para ela com um ar sentimental. Ela lia os relatos curtos dele mais do que lia suas cartas, e me beliscou quando falei sobre isso, e gosta de olhos castanhos, e não acha John um nome feio, e vai acabar se apaixonando, e vai ser o fim da nossa paz, dos nossos momentos íntimos e divertidos, juntas. Já vi tudo! Eles vão passear pela casa, e teremos que nos esquivar. Meg só terá olhos para ele e não será mais boa para mim. De algum jeito, Brooke vai cavar o milhão dele... Vai levar minha irmã embora e deixar um buraco na família; e vou ficar de coração partido, e tudo será medonhamente embaraçoso. Ai, mãe, por que não nascemos todos meninos? Não haveria incômodo algum.

Jo apoiou o queixo nos joelhos numa postura desconsolada e brandiu o punho fechado contra o repreensível John. A sra. March suspirou, e Jo levantou os olhos com ar de alívio.

— Você não está gostando disso, mãe? Fico feliz. Vamos mandá-lo cuidar da própria vida, e não contar a Meg uma palavra sobre isso, e ficaremos todas felizes juntas como sempre.

— Errei ao suspirar, Jo. É natural e certo que vocês todas tenham suas próprias casas, a seu tempo; mas quero ficar com as minhas garotas o mais que puder; e sinto muito que isso tenha acontecido tão cedo, porque Meg só tem dezessete anos, e viveremos alguns anos até que John possa fazer um lar para ela. Seu pai e eu concordamos que ela não vai se comprometer de forma alguma, nem se casará antes dos vinte anos. Se Meg e John amarem um ao outro, poderão esperar, e com isso pôr esse amor à prova. Ela é prudente, e não temo que o trate com indelicadeza. Minha menina linda, de coração tão bom! Espero que tudo corra bem para ela.

— Você não preferia que ela se casasse com um homem rico? — perguntou Jo, enquanto a voz da mãe vacilava um pouquinho nas últimas palavras.

— O dinheiro é uma coisa boa e útil, Jo, e espero que minhas filhas nunca experimentem duramente a falta dele, nem sejam tentadas a ter muito. Ficaria feliz de saber que John estivesse firmemente estabelecido em bons negócios, que lhe dessem uma renda boa o bastante para se manter livre de dívidas e dar conforto a Meg. Não tenho ambições de uma fortuna esplêndida, uma posição de destaque, ou um grande nome para as minhas filhas. Se posição e dinheiro vierem com amor e virtude, eu os aceitarei com gratidão, e ficarei feliz por seu bom destino; mas sei, pela experiência, o quanto de felicidade genuína se pode conhecer em uma casinha simples, onde o pão de cada dia é conquistado, e algumas privações infundem doçura nos poucos prazeres. Fico satisfeita em ver Meg começar humildemente, pois, se não estou enganada, ela será rica na posse do coração de um bom homem, e isso é melhor do que uma fortuna.

— Entendo, mamãe, e concordo totalmente. Mas estou desapontada, pois planejei que Meg se casasse com Teddy mais cedo ou mais tarde, e encontrasse acolhida nos braços do luxo todos os dias da vida. Não seria bom? — perguntou Jo, olhando para cima com um rosto mais animado.

— Ele é mais novo do que ela, você sabe... — começou a sra. March; mas Jo interrompeu:

— ... ah, mas isso não importa; ele é maduro para a idade e alto; e pode ser bastante adulto em suas maneiras, se quiser. Além disso, é rico, generoso e bom, e ama a todas nós. *Acho* uma pena que meu plano esteja arruinado.

— Receio que Laurie não seja maduro o bastante para Meg; além disso, parece muito instável ainda para cuidar de outra pessoa. Não faça planos, Jo; deixe os que você ama aos cuidados do tempo e de seus próprios corações. Não podemos nos intrometer com segurança em tais assuntos, e é melhor não ter "lixo romântico", como você diz, em nossas cabeças, para não estragar nossas amizades.

— Bem, não vou fazer planos, mas detesto ver as coisas emaranhadas e bagunçadas, quando um puxão aqui e um corte ali endireitariam tudo. Gostaria que pudéssemos usar chapas de ferro na cabeça que nos impedissem de crescer. Mas botões viram rosas, filhotinhos, gatos… uma pena danada!

— Que negócio é esse de chapas de ferro e gatos? — perguntou Meg, enquanto entrava silenciosamente no quarto com a carta pronta na mão.

— Apenas um dos meus estúpidos discursos. Vou para a cama. Venha, Meg — disse Jo, desdobrando-se como um boneco de montar que ganhasse vida.

— Muito bem, está lindamente escrita. Por favor, acrescente que envio meu amor a John — disse a sra. March, enquanto olhava para a carta e a devolvia.

— Você o chama de John? — perguntou Meg, sorrindo, com os olhos inocentes voltados para a mãe.

— Sim, ele foi como um filho para nós, e gostamos muito dele — respondeu a sra. March, devolvendo o olhar com interesse e atenção.

— Fico feliz por isso, ele é tão solitário. Boa noite, mãe querida. Não tenho palavras para expressar o quanto é reconfortante ter você aqui — foi a resposta de Meg.

O beijo que a mãe lhe deu foi muito carinhoso; e, quando ela foi embora, a sra. March disse, com uma mistura de satisfação e melancolia:

— Ela ainda não ama John, mas logo aprenderá a amar.

21. LAURIE FAZ BOBAGEM, E JO CONSERTA TUDO

No dia seguinte, o rosto de Jo era um enigma, pois a menina sentiu o peso do segredo e achava difícil não parecer misteriosa e importante. Meg o notou, mas não se preocupou em fazer perguntas, pois aprendera que a melhor forma de lidar com Jo era pela lei dos contrários, de modo que tinha certeza de que seria informada de tudo, desde que não perguntasse. Daí sua surpresa quando o silêncio permaneceu inalterado e Jo assumiu um ar superior, que sem dúvida exasperou Meg, que por sua vez assumiu um ar de altiva reserva e dedicou-se à mãe. Isso deixou Jo à vontade, pois a sra. March ocupara seu lugar de enfermeira, permitindo-lhe descanso, exercícios e diversão, depois do longo confinamento. Sem Amy em casa, Laurie era o seu único refúgio; e, por mais que gostasse de sua companhia, ela o via naquele momento com um pouco de medo, pois ele era um provocador incorrigível, e ela temia que ele conseguisse descobrir seu segredo.

Estava certa; pois o rapaz, tão dado a travessuras, não media esforços para desvendar o mínimo mistério que se lhe insinuasse, e fez com que Jo vivesse momentos difíceis. Ele adulou, subornou, ridicularizou, ameaçou e repreendeu; fingiu indiferença, com o intuito de lhe arrancar a verdade de surpresa; declarou que já sabia de tudo, e que por isso não se importava; e, por fim, depois de muito perseverar, soube que dizia respeito a Meg e Brooke e deu-se por satisfeito. Indignado por não ter sido objeto da confiança do seu preceptor, empenhou todo o seu engenho na invenção de alguma retaliação à altura da descortesia.

Enquanto isso, Meg aparentemente esquecera o assunto e se dedicava aos preparativos para o retorno do pai; porém de uma hora para a outra a moça foi acometida de uma mudança e, por um dia ou dois, ficou bastante alterada. Assustava-se quando se dirigiam a ela, corava quando olhavam para ela, estava muito calada, e debruçava-se sobre a costura com um olhar tímido e perturbado. Quando inquirida pela mãe, respondia que estava muito bem; quando Jo a interpelava, calava-a pedindo para que a deixasse em paz.

— Ela sente no ar... o amor, quero dizer... e está indo muito rápido. Ela tem quase todos os sintomas: a fala nervosa e o mau humor, não come, não tem sono e fica pelos cantos da casa. Eu a peguei cantando aquela música sobre "o regato de voz argentina" e uma vez ela disse "John", como você, e ficou vermelha feito um pimentão. O que faremos? — perguntou Jo, parecendo pronta para qualquer medida, ainda que violenta.

— Nada além de esperar. Deixe-a em paz, seja gentil e paciente, e a vinda do pai resolverá tudo — respondeu a mãe.

— Aqui está um bilhete para você, Meg, selado e tudo. Que estranho! Teddy nunca sela os meus — comentou Jo, no dia seguinte, ao distribuir o conteúdo da pequena Agência Postal.

A sra. March e Jo estavam concentradas em suas próprias tarefas, quando Meg produziu um som que fez com que erguessem os olhares e a encontrassem com os olhos fitos no bilhete e o semblante assustado.

— Filha, o que é isso? — exclamou a mãe, correndo até ela, enquanto Jo tentava pegar o papel que havia feito o mal.

— É tudo um engano... não foi ele... ai, Jo, como você pôde ter feito isso? — E Meg levou as mãos ao rosto, chorando como se tivesse o coração dilacerado.

— Eu? Eu não fiz nada! Do que ela está falando? — exclamou Jo, perplexa.

Os olhos tranquilos de Meg se acenderam de raiva quando ela sacou um bilhete amassado do bolso e lançou contra Jo, dizendo em tom de reprovação:

— Foi você quem escreveu, e aquele menino malvado a ajudou. Como pôde ser tão rude, tão má e cruel conosco?

Jo mal a ouvia, pois ela e a mãe liam o bilhete, escrito com caligrafia bastante particular.

Margaret, minha querida,

Não posso mais conter minha paixão e preciso saber o que me reserva o destino antes de retornar. Não me atrevo a contar a seus pais ainda, mas creio que consentiriam, caso soubessem que adoramos um ao outro. O sr. Laurence vai me ajudar a encontrar um lugar para viver, e então, minha menina, você será minha felicidade. Imploro que ainda guarde o segredo em sua família; apenas envie uma palavra de esperança através de Laurie para o

seu John

— Oh, aquele vilãozinho! É assim que quer que eu pague por honrar minha promessa à minha mãe. Ele vai tomar uma bela bronca e vir aqui pedir perdão! — exclamou Jo, ardendo de raiva e pronta a fazer justiça imediatamente. A mãe, porém, a segurou, dizendo, com um olhar que não lhe era usual:

— Um minuto, Jo. Primeiro você deve explicações. São tantas as brincadeiras que já fez que receio que haja um dedo seu nisso.

— Dou minha palavra que não tenho nada a ver com isso, mãe! Nunca vi esse bilhete antes, não sei nada sobre ele... pela minha vida! — jurou Jo, e tão sinceramente que a mãe e a irmã acreditaram nela. — Se eu *tivesse* participado, teria feito melhor que isso, e teria escrito um bilhete sensato. Acho que você saberia que o sr. Brooke jamais escreveria esse tipo de coisa — acrescentou ela, desdenhosa, jogando o papel no chão.

— Mas a caligrafia parece a dele — disse Meg, hesitante, comparando-a com o bilhete em sua mão.

— Ai, Meg, você respondeu? — exclamou a sra. March, rapidamente.

— Sim! — e Meg escondeu o rosto de novo, dominada pela vergonha.

— Que enrascada... Deixe-me trazer aquele menino malvado para se explicar e receber um sermão. Não vou descansar até colocar as mãos nele! — E Jo seguiu para a porta.

— Quieta. Deixe-me cuidar disso, pois é pior do que eu pensava. Margaret, conte-me toda a história — ordenou a sra. March, sentando-se ao lado de Meg, mas ainda segurando Jo, para que ela não saísse correndo.

— Recebi a primeira carta de Laurie, que não parecia saber nada sobre isso — começou Meg, sem olhar para a mãe. — Estava preocupada a princípio e pretendia contar; então me lembrei de como você gostava do sr. Brooke, por isso achei que você não se importaria se eu mantivesse meu pequeno segredo por alguns dias. Sou tão boba que quis achar que ninguém sabia; e enquanto me decidia sobre o que dizer, me senti como as meninas dos livros que vivem esse tipo de coisa. Perdoe-me, mãe, pago agora por minha tolice. Nunca mais vou conseguir encará-lo.

— O que disse a ele? — perguntou a sra. March.

— Disse apenas que era jovem demais para fazer algo sobre o assunto; que não queria guardar segredos de você; e que ele deveria falar com o meu pai. Disse também que me sentia muito agradecida por sua gentileza e seria sua amiga, mas nada mais, por um bom tempo.

A sra. March sorriu, como se estivesse bem satisfeita, e Jo bateu palmas, exclamando, com uma risada:

— Você é quase igual a Caroline Percy, que era um exemplo de prudência! Continue, Meg. O que ele disse a respeito disso?

— Respondeu de um modo completamente diferente; disse-me que nunca me enviou nenhuma carta de amor, e lamentou muito que minha irmã traquinas, Jo, tomasse liberdades com nossos nomes. Foi muito gentil e respeitoso, mas pense em como é horrível para mim!

Meg recostou-se na mãe, parecendo a imagem do desespero, e Jo andava pela sala, xingando Laurie. De repente, ela parou, pegou os dois bilhetes e, depois de olhá-los de perto, disse com firmeza:

— Duvido que Brooke tenha visto alguma dessas cartas. Teddy escreveu as duas e guardou a sua para me azucrinar, porque não contei a ele o meu segredo.

— Não tenha nenhum segredo, Jo. Conte para a mamãe e fique longe de problemas, como eu deveria ter feito — disse Meg, em tom de conselho.

— Mana! Foi a mamãe quem me contou...

— Já é o bastante, Jo. Confortarei Meg enquanto você vai buscar Laurie. Vou esclarecer esse assunto tim-tim por tim-tim e botar um fim nessas brincadeiras de uma vez por todas.

Jo saiu, e a sra. March declarou gentilmente a Meg os verdadeiros sentimentos do sr. Brooke.

— Agora, querida, quais são os seus? Você o ama o bastante para esperar até que ele possa propiciar-lhe um lar, ou neste momento quer permanecer desimpedida?

— Fiquei tão assustada e preocupada que não quero namorados por um bom tempo, talvez nunca — respondeu Meg, irritada. — Se John *não* souber nada sobre esse absurdo, não conte a ele, e faça Jo e Laurie fecharem o bico. Não quero ser enganada, atormentada e feita de idiota... É uma vergonha!

Observando que o temperamento normalmente gentil de Meg fora provocado, e seu orgulho ferido por essa traquinagem, a sra. March acalmou-a com promessas de absoluto silêncio e grande discrição. No instante em que se ouviram os passos de Laurie no corredor, Meg fugiu para o escritório, e a sra. March recebeu o culpado a sós. Jo não lhe contara a razão da solicitação, temendo que ele não se apresentasse; mas ele soube no minuto em que viu o rosto da sra. March e ficou girando o chapéu com um ar culpado que o condenou imediatamente. Jo foi dispensada, mas preferiu caminhar de um lado para o outro no corredor como uma sentinela, temendo que o prisioneiro pudesse fugir. O som das vozes na sala se elevou e baixou por meia hora, mas o que de fato aconteceu durante a conversa as garotas jamais souberam.

Quando as meninas foram chamadas, Laurie estava de pé ao lado da sra. March com um rosto tão penitente que Jo perdoou-o no ato, porém não achou prudente acusar isso. Meg recebeu seu humilde pedido de desculpas e sentiu-se muito aliviada ante a garantia de que Brooke nada sabia da brincadeira.

— Nunca contarei a ele, até a hora da minha morte... Nada vai me fazer falar; então me perdoe, Meg, e farei qualquer coisa para mostrar o quanto estou muito, muito arrependido — acrescentou ele, parecendo bastante envergonhado de si mesmo.

— Vou tentar; mas o que você fez não é digno de um cavalheiro. Nunca pensei que pudesse ser tão ardiloso, Laurie — respondeu Meg, tentando esconder sua confusão de moça sob um ar grave e reprovador.

— Foi totalmente abominável; não mereço que fale comigo por um mês... mas você vai, não vai? — E Laurie uniu as mãos com um gesto de tal humildade e revirou os olhos arrependidos com tanta doçura, enquanto falava em seu tom de irresistível persuasão, que tornava impossível devolver-lhe qualquer reprimenda, a despeito do comportamento vergonhoso. Meg o perdoou, e a sra. March relaxou a expressão dura, apesar dos esforços para manter-se séria, quando o ouviu declarar que expiaria seus pecados mediante todo tipo de penitência, e se humilharia como um verme diante da donzela ferida.

Jo, enquanto isso, permaneceu indiferente, procurando endurecer o coração contra ele, mas logrando tão somente aprumar o rosto em uma expressão de total reprovação. Laurie olhou para ela uma ou duas vezes; porém, como Jo não demonstrou qualquer intenção de ceder, ele sentiu-se ferido e deu-lhe as costas até que Meg e a sra. March dissessem o que tinham ainda a dizer, quando então lhe dirigiu um meneio e saiu sem dizer uma palavra.

Assim que ele partiu, Jo desejou ter sido mais branda, e quando Meg e sua mãe subiram, ela se sentiu solitária e desejosa da companhia de Teddy. Depois de resistir por algum tempo, cedeu ao impulso e, armada com um livro sob o pretexto de devolvê-lo, foi ao casarão.

— O sr. Laurence está? — perguntou Jo a uma criada que descia as escadas.

— Sim, senhorita, mas não acredito que seja possível vê-lo ainda.

— Por que não? Está doente?

— Não, não, senhorita, mas teve uma discussão com o sr. Laurie, que está numa das suas birras por alguma coisa, o que irrita o velho cavalheiro, então eu não iria lá.

— Onde está Laurie?

— Trancado no quarto; e não quer responder, eu estava batendo. Não sei o que vai ser do almoço, porque está pronto e não tem ninguém para comer.

— Vou ver qual é o problema. Não tenho medo de nenhum dos dois.

E assim Jo subiu e bateu à porta do pequeno gabinete de Laurie.

— Pare já, ou abro a porta e faço você parar! — ameaçou o jovem cavalheiro.

Jo imediatamente bateu de novo. A porta se abriu, e ela saltou para dentro antes que Laurie pudesse se recuperar da surpresa. Vendo que ele realmente estava fora de si, Jo, que sabia como lidar com ele, assumiu uma expressão contrita, e ajoelhando-se teatralmente, disse com humildade:

— Por favor, perdoe-me por ter ficado tão zangada. Vim para fazer as pazes, e não posso partir até ter conseguido.

— Está tudo bem; levante-se, não fique aí como uma tonta, Jo — foi a resposta altiva ao pedido.

— Obrigada; vou me levantar. Posso perguntar qual é o problema? Você não parece exatamente em paz em seus pensamentos.

— Ele me sacudiu. Não vou suportar isso! — rosnou Laurie, indignado.

— Ele quem? — quis saber Jo.

— Meu avô. Se tivesse sido outra pessoa eu teria... —

e o jovem ferido terminou a frase com um gesto enérgico do braço direito.

— Mas que bobagem. Sempre sacudo você, e você não se importa — disse Jo, suavemente.

— Ora! Você é uma menina, e é divertido, mas não permitirei que um homem me sacuda!

— Não vejo quem fosse tentar fazer isso, com você parecendo mais uma nuvem de tempestade como está agora. Por que ele tratou você dessa forma?

— Só porque não contei o que sua mãe queria conversar comigo. Prometi não contar, e é claro que não ia quebrar minha palavra.

— Você não poderia satisfazer seu avô de alguma outra forma?

— Não; ele só *aceitaria* a verdade, toda a verdade, e nada além da verdade. Eu teria falado sobre o constrangimento que causei, se pudesse não dizer que se tratava de Meg. Não havendo como, me calei, e suportei a bronca até que ele me pegou pelo colarinho. Então fugi, com medo de perder a cabeça.

— Não foi bom, mas ele deve estar arrependido, tenho certeza de que está; então desça e faça as pazes com ele. Eu te ajudo.

— Nunca! Não quero sofrer reprimenda e ouvir sermão de todos só por causa de uma brincadeira à toa. Me arrependi do que fiz com Meg, e pedi perdão como um homem; mas não farei isso de novo, se não estou errado.

— Ele não sabia disso.

— Ele devia confiar em mim, e não agir como se eu fosse um bebê. Não adianta, Jo; ele precisa aprender que sou capaz de cuidar de mim mesmo, e não sou criança para ficar na barra do avental de ninguém.

— Que esquentadinho, você! — suspirou Jo. — Como quer resolver esse caso?

— Bom, ele deveria pedir perdão, e acreditar em mim quando falo que não posso lhe dizer do que se trata.

— Mas ele não vai fazer isso!

— Não vou descer até que ele o faça.

— Seja sensato, Teddy. Deixe para lá; e vou explicar o que puder. Você não pode ficar aqui; qual a vantagem de ser melodramático?

— Não pretendo ficar aqui por muito tempo, de qualquer maneira. Vou escapar e fazer uma viagem para algum lugar, e quando o vovô sentir minha falta, vai me procurar bem rapidinho.

— Talvez; mas você não deve partir e preocupá-lo.

— Não me repreenda. Vou a Washington encontrar Brooke. É animado por lá, e vou me distrair um pouco depois de tantos problemas.

— Que divertido! Eu gostaria de poder fugir também — disse Jo, esquecendo seu papel de Mentor em animados devaneios sobre a vida militar na capital.

— Venha, então! Por que não? Você faz uma surpresa a seu pai, e vou dar uma animada no velho Brooke. Seria uma brincadeira gloriosa. Vamos lá, Jo! Deixamos uma carta dizendo que estamos bem e botamos o pé na estrada. Tenho dinheiro o bastante. Vai fazer bem para você, e não haverá problema algum, já que você vai encontrar o seu pai.

Por um instante, parecia que Jo iria concordar com o plano; pois, apesar de louco, caía como uma luva para ela. Estava cansada de preocupações e confinamento, ansiava por mudanças, e os pensamentos a respeito do pai misturaram-se tentadoramente à novidade encantadora de acampamentos e hospitais, liberdade e diversão. Seus olhos se acenderam voltando-se melancolicamente para a janela, mas depararam-se com a velha casa em frente, e ela balançou a cabeça, numa dolorosa decisão.

— Se eu fosse um garoto, nós fugiríamos juntos e teríamos momentos maravilhosos, mas como sou uma garota infeliz, preciso me comportar e ficar em casa. Não me tente, Teddy, é um plano maluco.

— Mas essa é a graça — começou Laurie, que estava em um acesso de obstinação e decidido a romper limites de alguma forma.

— Cale-se! — exclamou Jo, cobrindo as orelhas. — Minha sina é me adequar aos "prússias e prismas", e tenho de me conformar com isso. Vim até aqui para chamá-lo à razão, e não para ouvir coisas que me fazem saltitar só de pensar.

— Sei que Meg jogaria um balde de água fria nessa ideia, mas pensei que você tivesse mais coragem — provocou Laurie.

— Que garoto atrevido... Fique quieto! Sente-se e pense em seus próprios pecados, não me faça aumentar os meus. Se eu fizer com que seu avô peça desculpas pelo chacoalhão, vai desistir de fugir? — perguntou Jo, seriamente.

— Sim, mas você não vai fazer isso — respondeu Laurie, que queria "fazer as pazes", mas sentia que sua dignidade ultrajada deveria ser satisfeita primeiro.

— Se posso lidar com o jovem, posso fazer o mesmo com o velho — murmurou Jo, enquanto se afastava, deixando Laurie debruçado sobre um mapa ferroviário com a cabeça apoiada nas mãos.

— Entre! — E a voz áspera do sr. Laurence parecia mais áspera do que nunca, quando Jo bateu à porta.

— Sou eu, senhor; vim devolver um livro — disse ela suavemente, ao entrar.

— Quer um novo? — perguntou o velho cavalheiro, parecendo desanimado e irritado, mas procurando não o demonstrar.

— Sim, por favor. Gosto tanto do velho Sam... acho que vou experimentar o segundo volume — retornou Jo, na esperança de agradá-lo ao aceitar uma segunda dose do *Johnson* de Boswell, já que ele havia recomendado a interessante obra.

As sobrancelhas desgrenhadas relaxaram um pouco, enquanto ele deslocava a escada em direção à prateleira onde a literatura johnsoniana estava. Jo subiu os degraus e, sentada no topo, fingiu estar à procura do livro, enquanto de fato se perguntava qual seria a melhor forma de apresentar o perigoso assunto de sua visita. O sr. Laurence pareceu suspeitar que algo se agitava em seus pensamentos; e depois de várias voltas enérgicas pela sala, virou-se para ela, falando tão abruptamente que Rasselas caiu de cara no chão.

— O que esse menino aprontou? Não tente protegê-lo. Sei que fez bobagem, pela maneira como se comportou quando chegou em casa. Não consigo arrancar uma palavra dele; e quando ameacei obter a verdade à força, ele correu escada acima e trancou-se no quarto.

— Ele errou, mas nós o perdoamos, e todos prometeram não dizer uma palavra a ninguém — começou Jo, hesitante.

— Não basta. Ele não vai se esconder atrás de uma promessa aos seus corações moles. Se ele fez algo errado, deve confessar, implorar perdão e ser punido. Diga, Jo. Preciso saber.

O sr. Laurence parecia tão assustador e falava tão alto que Jo teria fugido de bom grado, se pudesse, mas ela estava empoleirada nos degraus, e ele parado embaixo, um leão no caminho, então ela teve de ficar e enfrentá-lo.

— De fato, senhor, não posso dizer. Mamãe proibiu. Laurie confessou, pediu perdão e recebeu a punição devida. Não mantemos silêncio para protegê-lo, mas para proteger a outra pessoa, e, se o senhor interferir, o problema só aumentará. Por favor, não faça isso. Em parte foi minha culpa, mas está tudo bem agora. Então vamos esquecer, e falar sobre o *Rambler* ou algo agradável.

— Que o *Rambler* vá para o diabo! Desça e me dê sua palavra de que esse meu garoto de cabeça oca não foi ingrato ou impertinente. Se foi, depois de toda a gentileza que vocês lhe dedicaram, acabo com ele com minhas próprias mãos.

A ameaça parecia horrível, mas não alarmou Jo, pois sabia que o velho, não obstante irascível, jamais ergueria um dedo contra o neto, dissesse o que dissesse em contrário. Desceu obedientemente e minimizou a brincadeira de Laurie quanto foi possível sem trair Meg nem se afastar da verdade.

— Hum... hã... bem, se o menino se calou porque havia feito uma promessa, e não por teimosia, eu o perdoarei. Ele é teimoso, muito difícil de controlar — disse o sr. Laurence, esfregando a cabeça até que seus cabelos pareciam ter passado por um vendaval, e relaxando o cenho franzido com um ar de alívio.

— Também sou, mas uma palavra gentil vai me colocar de pé quando todos os cavalos e homens do rei não conseguirem — disse Jo, tentando proteger o amigo, que parecia sair de uma dificuldade para cair em outra.

— Você acha que não sou gentil com ele? — foi a resposta ríspida, em forma de pergunta.

— Não foi isso que eu quis dizer, senhor. O senhor é bastante gentil às vezes, e apenas um bocadinho áspero quando ele testa sua paciência. O senhor não concorda?

Jo estava determinada a conseguir a conciliação e tentava parecer bastante tranquila, embora tremesse um pouquinho depois do discurso ousado. Para seu grande alívio e surpresa, o velho cavalheiro apenas jogou os óculos sobre a mesa e exclamou, com sinceridade:

— Tem razão, menina, eu sou! Amo o menino, mas ele testa minha paciência para além do suportável, e não sei como vai acabar, se continuarmos assim.

— Vou dizer como: ele vai fugir.

Jo se arrependeu do que disse no mesmo instante. Sua intenção era alertá-lo de que Laurie não suportaria muita restrição, e esperava que o velho cavalheiro fosse mais cuidadoso com o rapaz.

O rosto corado do sr. Laurence mudou de repente, e ele se sentou com o olhar perturbado voltado ao retrato de um homem bonito, pendurado acima de sua mesa. Era o pai de Laurie, que fugira em sua juventude e se casara contra a imperiosa vontade do velho. Jo imaginou que ele se lembrava e se arrependia do passado, e desejou ter ficado calada.

— Ele não quer fazer isso, a menos que esteja muito aflito; só faz essa ameaça às vezes, quando fica cansado de estudar. Muitas vezes acho que eu também gostaria disso, especialmente desde que cortei o cabelo; então se o senhor sentir nossa falta, pode anunciar o desaparecimento de dois meninos e fazer a busca entre os navios com destino à Índia.

Ela riu enquanto falava, e o sr. Laurence pareceu aliviado, evidentemente assumindo o todo como brincadeira.

— Menina levada, como se atreve a falar dessa maneira? Onde está o seu respeito por mim e sua educação? Abençoados sejam os meninos e as meninas! Que tormentos eles são, mas não podemos ficar sem eles — disse ele, beliscando-lhe as bochechas com bom humor. — Vá e traga o rapaz para o almoço, diga-lhe que está tudo bem, e aconselhe-o a não ostentar ar de tragédia com o avô. Não vou suportar isso.

— Ele não virá, senhor. Ele se sente mal porque o senhor não acreditou quando ele disse que não poderia contar. Acho que o chacoalhão feriu muito os sentimentos dele.

Jo tentou parecer comovida, mas deve ter falhado, pois o sr. Laurence começou a rir, e ela sabia que havia vencido a batalha.

— Sinto muito por isso, e acredito que eu deva agradecer a ele por não ter *me* chacoalhado. Que raio o sujeito espera? — E o velho cavalheiro parecia um tanto envergonhado da própria intolerância.

— Se eu fosse o senhor, escrevia um pedido de desculpas. Ele diz que não vai descer até receber um; e fala sobre Washington e outros absurdos. Um pedido formal de desculpas vai fazer com que ele veja o quanto é tolo, e assim vai amansá-lo. Tente. Ele gosta de diversão; e fazer desse jeito é melhor do que falar. Eu levo o bilhete, e ele aprenderá a lição.

O sr. Laurence lançou-lhe um olhar penetrante e pôs os óculos, dizendo devagar:

— Você é muito espertinha, mas não me importo de ser influenciado por você e Beth. Aqui, me dê um pedaço de papel e vamos acabar com esse absurdo.

A nota foi escrita nos termos que um cavalheiro usaria com outro após um grave insulto. Jo deu um beijo na cabeça calva do sr. Laurence e correu para entregar o pedido de desculpas por baixo da porta de Laurie, aconselhando-o, através do buraco da fechadura, a ser humilde, decoroso e outras poucas adequadas impossibilidades. Encontrando a porta novamente trancada, deixou que o bilhete fizesse seu trabalho; e ia saindo em silêncio quando o jovem cavalheiro deslizou pelo corrimão e esperou por ela no pé da escada, dizendo, com a expressão mais virtuosa:

— Que boa pessoa você é, Jo! Foi muito bombardeada? — acrescentou ele, rindo.

— Não, ele foi bem gentil, no geral.

— Ah! O bombardeio foi todo contra mim! Até você me abandonou, e estive a ponto de ser massacrado! — começou ele, de forma autodepreciativa.

— Não fale assim, vire a página e comece de novo, Teddy, meu filho.

— Continuo virando as páginas, e estragando as folhas novas, como costumava estragar meus cadernos, e faço tantos começos que nunca haverá um fim — disse ele, tristemente.

— Vá comer; você vai se sentir melhor depois disso. Os homens sempre resmungam quando estão com fome. — E, dito isso, Jo saiu a passos leves e ligeiros pela porta da frente.

— Isso é "defumação", uma besteira que dizem do "séquito" forte — respondeu Laurie, citando Amy, enquanto calçava as sandálias da humildade para encontrar o avô, então de humores bastante pacíficos e modos espantosamente respeitosos pelo resto do dia.

Todos consideraram o assunto encerrado e a nuvem dissipada, mas a bobagem estava feita, pois se os outros a haviam esquecido, esse não era o caso de Meg. Ela nunca fez alusão àquela determinada pessoa, mas pensou muito nela, sonhou mais do que nunca. Certa feita, Jo, vasculhando a mesa da irmã em busca de selos, encontrou um pedaço de papel rabiscado com as palavras "Sra. John Brooke"; após um lamento trágico, atirou o papel ao fogo, sentindo que a brincadeira de Laurie apressara a realização do mal que ela tanto temia.

22. CAMPOS APRAZÍVEIS

AS SEMANAS DE PAZ que se seguiram foram como a luz do sol depois da tempestade. Os enfermos melhoraram bem, e o sr. March começou a falar em retornar à casa no começo do ano seguinte. Beth logo pôde passar o dia deitada no sofá do escritório, a princípio se divertindo com os gatos tão queridos e, por fim, com a costura para as bonecas, que quedara em triste abandono. Seus membros outrora ativos estavam tão rígidos e fracos que diariamente Jo a levava em seus braços fortes para tomar ar. Com alegria, Meg sujou e queimou as mãos brancas cozinhando delicados pratos para "a queridinha", enquanto Amy, uma fiel escrava do anel, celebrou seu retorno doando às irmãs tantos tesouros quantos foi capaz de convencê-las a aceitar.

Com a aproximação do Natal, as tarefas habituais começaram a povoar a casa, e Jo não raro colocava a família de cabelos em pé propondo cerimônias absolutamente inviáveis ou magnificamente absurdas, em homenagem a esse Natal de extraordinária alegria. Laurie também estava impossível, e por ele teria havido fogueiras, fogos de artifício e arcos triunfais. Depois de muitas escaramuças e reprimendas, deram a ambiciosa dupla por contida, e os dois vaguearam com os rostos carregados de tristeza, esta desmentida, no entanto, por explosões de riso quando se encontravam.

Vários dias de clima excepcionalmente ameno foram coroados com uma esplêndida manhã de Natal. Hannah "sentia em seus ossos que ia ser um dia incomumente saboroso", e ela se provou uma verdadeira profetisa, pois tudo e todos pareciam destinados a produzir um grande sucesso. Para começar, o sr. March escreveu que logo deveria estar com eles; em seguida, Beth se mostrou particularmente bem naquela manhã e, vestida com o presente da mãe, um xale carmesim de lã de merino, foi levada em triunfo à janela para contemplar o presente de Jo e Laurie. Os Indomáveis haviam dado o seu melhor para se fazerem dignos do nome, pois, como elfos, trabalharam à noite e armaram uma surpresa cômica. No jardim, havia uma majestosa donzela de neve, coroada de azevinho, com uma cesta de frutas e flores em uma das mãos, um grande rolo de partituras novas na outra, uma manta arco-íris sobre os ombros frios e uma canção de Natal saindo de seus lábios, em uma bandeirola de papel rosa.

Da *Jungfrau* para Beth

Rainha Bess querida, que Deus e os anjos a abençoem!
Que nada a deixe mal,
Mas saúde, paz e felicidade ao seu redor revoem
Neste dia de Natal.

Eis aqui fruta para alimentar nossa abelhinha ocupada,
E flores para que lhes sinta o odor.
Eis também música a ser no pianinho tocada,
E para os dedos dos pés, um cobertor.

Veja esse retrato de Joanna, que desenho!
    Feito por nosso pequeno Rafael,
Que trabalhou com grande indústria e empenho
    Para torná-lo justo e fiel.

Essa fita vermelha, eu imploro, pegue!
    É para o rabo da Madame Ronrom,
E também o sorvete feito pela adorável Meg —
    Um Mont Blanc em um balde só pode ser bom.

Meus criadores puseram, com zelo,
    Em meu peito de neve todo o seu amor.
Aceite-o, e a essa donzela de gelo,
    De Laurie e de Jo.

Como Beth riu, ao vê-la! Como Laurie corria, subindo e descendo, para entregar-lhe os presentes! Que discursos engraçados Jo fazia ao apresentá-los!

— Estou tão feliz que, se o papai estivesse aqui, eu transbordava — disse Beth, suspirando de contentamento, enquanto Jo a levava para o escritório para descansar, depois de tanta emoção, e se revigorar com algumas das deliciosas uvas que a *Jungfrau* lhe dera.

— Eu também, Beth — acrescentou Jo, batendo no bolso onde repousavam os tão desejados *Undine e Sintram*.

— Tenho certeza de que estou transbordando — ecoou Amy, examinando a cópia gravada de *Madona e o Menino*, que sua mãe lhe dera em uma bonita moldura.

— Claro que estou! — gritou Meg, alisando as dobras prateadas de seu primeiro vestido de seda, com o qual o sr. Laurence insistira em presenteá-la.

— Como *eu* poderia estar diferente? — disse a sra. March, agradecida, enquanto seus olhos iam da carta do marido ao rosto sorridente de Beth, e com a mão acariciava o broche que as garotas acabavam de lhe prender no colo, feito de cabelos grisalhos e dourados, castanho-claros e castanho-escuros.

De vez em quando, em meio ao ordinário da vida, as coisas acontecem como em um delicioso livro de histórias, e que conforto isso nos dá! Meia hora depois de todas terem se declarado tão felizes que só lhes faltava uma última gota para tudo transbordar, essa gota veio. Laurie abriu a porta da sala e muito discretamente insinuou a cabeça para dentro. Poderia muito bem ter dado uma cambalhota e um grito de guerra indígena, pois tinha o rosto tão pleno de emoção contida e a voz tão traiçoeiramente alegre que todas saltaram, embora ele apenas tenha dito, com uma voz esquisita, sem fôlego:

— Outro presente de Natal para a família March.

Antes que as palavras tivessem acabado de sair de sua boca, ele foi de alguma forma tirado do caminho, e em seu lugar surgiu um homem alto, coberto até os olhos, apoiado no braço de outro homem alto, que tentava dizer alguma coisa, sem conseguir. Houve uma correria geral, é claro; e, por vários minutos, todos pareciam ter enlouquecido, pois se faziam as coisas mais estranhas e sem que se dissesse uma só palavra. O sr. March desapareceu sob quatro pares de braços amorosos. Jo perdeu o controle a ponto de desmaiar e precisou receber socorro de Laurie na despensa das louças. O sr. Brooke beijou Meg inteiramente por engano, como explicou de modo um tanto incoerente. E Amy, sempre tão formal, tropeçou em um banquinho e, sem se preocupar em levantar, abraçou chorando as botas do pai, da maneira mais comovente. A sra. March foi a primeira a voltar a si e ergueu a mão com um aviso:

— Silêncio! Lembrem-se de Beth.

Mas era tarde demais. A porta do escritório se abriu, o pequeno xale carmesim apareceu à porta, a alegria deu força a seus membros frágeis, e Beth correu direto para os braços do pai. Não importa o que aconteceu logo depois disso; pois os corações cheios transbordaram, lavando a amargura do passado e deixando apenas a doçura do presente.

Não foi de forma alguma romântico, mas uma risada gostosa recompassou a todos, pois Hannah foi descoberta atrás da porta, soluçando sobre o gordo peru que havia esquecido de largar quando saiu correndo da cozinha. Tão logo a risada diminuiu, a sra. March começou a agradecer ao sr. Brooke pelo cuidado fiel que dedicara ao marido, com o que o sr. Brooke de repente se lembrou de que o sr. March precisava descansar e, agarrando Laurie, retirou-se precipitadamente. Em seguida, os dois enfermos receberam ordens para repousar, o que fizeram, ambos sentados em uma poltrona e conversando bastante.

O sr. March contou como ansiara por lhes fazer uma surpresa e como, quando fez bom tempo, recebera permissão do médico para aproveitá-lo; o quanto Brooke lhe fora dedicado, e como ele era um rapaz absolutamente honesto e merecedor de toda a estima. Deixo às leitoras imaginar a razão pela qual o sr. March interrompeu por um instante sua fala e, depois de dar uma olhada em Meg, que atiçava violentamente o fogo, olhou para a esposa com um erguer interrogativo das sobrancelhas; e, do mesmo modo, a razão pela qual a sra. March acenou gentilmente com a cabeça e perguntou, de repente, se ele não gostaria de comer alguma coisa. Jo flagrou e compreendeu o olhar; e afastou-se, irritada, para servir-se de vinho e caldo de carne, murmurando para si mesma enquanto batia a porta:

— Detesto rapazes merecedores de estima e com olhos castanhos!

Nunca houve um jantar de Natal como aquele. O peru gordo estava lindo de se ver quando Hannah o trouxe, recheado, dourado e decorado. Da mesma forma o pudim de ameixa, que derretia na boca; assim como as geleias, nas quais Amy se deleitava como mosca em pote de mel. Tudo correu bem, o que foi uma bênção, pois, segundo Hannah, "Eu tava com a cabeça tão zonza que só um milagre exprica que não pus o pudim pra dourar e não enchi o peru de passa, nem embrulhei ele num pano".

O sr. Laurence e o neto cearam com a família, assim como o sr. Brooke, a quem Jo lançava olhares ameaçadores, para a diversão infinita de Laurie. Duas poltronas estavam lado a lado na cabeceira da mesa, onde se sentavam Beth e seu pai, banqueteando-se modestamente de frango e algumas frutas. Todos brindaram, contaram histórias, cantaram, "memoraram", como dizem os velhos, e se divertiram muitíssimo. Um passeio de trenó fora planejado, mas as moças não queriam deixar o pai; assim, os convidados partiram cedo e, ao anoitecer, a família feliz sentou-se ao redor do fogo.

— Há apenas um ano, estávamos lamentando o Natal triste que esperávamos ter. Lembram? — perguntou Jo, interrompendo uma breve pausa que se seguiu a uma longa conversa sobre muitas coisas.

— No geral, foi um ano bastante agradável! — comemorou Meg, sorrindo ao fogo e parabenizando-se por ter tratado o sr. Brooke com dignidade.

— Acho que foi muito difícil — comentou Amy, observando a luz brilhar em seu anel, com um olhar reflexivo.

— Estou feliz que tenha acabado, porque temos você de volta — sussurrou Beth, sentada no joelho do pai.

— Vocês percorreram uma estrada bem difícil, minhas pequenas peregrinas, especialmente neste último trecho. Mas vocês perseveraram, e acho que os fardos estão bem perto de cair — vaticinou o sr. March, olhando com satisfação paterna para os quatro rostos jovens reunidos em torno de si.

— Como você sabe? Mamãe contou? — perguntou Jo.

— Não muito. A palha aponta o caminho do vento, e fiz várias descobertas hoje.

— Ah, conte-nos quais! — exclamou Meg, que se sentou ao lado dele.

— Eis aqui uma.

E tomando a mão que repousava no braço da poltrona, ele apontou para o indicador áspero, uma queimadura no dorso da mão e dois ou três pequenos pontos duros na palma.

— Eu me lembro de uma época em que essa mão era branca e macia, e seu primeiro cuidado era mantê-la assim. Ela era muito bonita então, mas para mim é muito mais bonita agora, pois nesses supostos defeitos leio um pouco de história. A vaidade foi sacrificada ao fogo; essa palma endurecida ganhou algo melhor do que bolhas; e tenho certeza de que a costura feita por esses dedos calejados durará muito tempo, de tanta boa vontade que foi transferida aos pontos. Meg, minha querida, valorizo a habilidade feminina que mantém o lar feliz, mais do que mãos brancas ou refinamento. Tenho orgulho de cumprimentar essa mãozinha boa e diligente, e espero que não me peçam tão cedo para entregá-la.

Se Meg queria uma recompensa por horas de trabalho paciente, recebeu-a na pressão amorosa da mão do pai e no sorriso de aprovação que ele lhe dirigiu.

— E quanto a Jo? Por favor, diga algo bom para ela, porque se esforçou muito e foi boa demais para mim — confidenciou Beth ao ouvido do pai.

Ele riu e olhou para a garota alta sentada do lado oposto, com um semblante extraordinariamente tranquilo.

— Apesar do cabelo curto encaracolado, não vejo "meu menino Jo" que deixei há um ano — disse o sr. March. — Vejo uma jovem senhorita que endireita a gola, amarra bem as botas e não assovia, nem fala gírias, nem fica deitada no tapete como costumava fazer. Agora o rosto dela parece um pouco magro e pálido, de cuidado e preocupação; mas gosto de olhar para ele, pois se tornou mais delicado, e sua voz é mais baixa. Em lugar de pular, ela se move tranquilamente e cuida de certa menininha de um modo maternal que me encanta. Talvez eu tenha perdido minha menina moleca; mas se, no lugar dela, eu tiver uma mulher forte, prestativa e de bom coração, me sentirei bastante satisfeito. Não sei se a tosa deixou nossa ovelha negra mais séria, mas sei que em toda a Washington não encontrei nada bonito o bastante para ser comprado com os vinte e cinco dólares que minha boa menina me mandou.

Os olhos vivos de Jo ficaram um pouco embaçados por um minuto, e seu rosto magro ficou rosado à luz do fogo enquanto recebia o elogio do pai, sentindo que merecia uma parte dele.

— Agora, Beth — disse Amy, ansiosa por chegar a sua vez, mas preparada para esperar.

— Sobrou tão pouco dela que temo dizer demais, por medo de que desapareça de todo, embora já não seja tão tímida quanto costumava ser — começou o pai, alegremente. Mas, lembrando-se de como *quase* a perdera, ele a abraçou, dizendo com ternura, com o rosto colado ao dela: — Você está a salvo agora, minha Beth, e vou mantê-la assim, se Deus quiser.

Depois de um minuto de silêncio, ele olhou para Amy, que estava sentada no banquinho a seus pés, e disse, acariciando-lhe os cabelos brilhantes:

— Observei que Amy comeu comedidamente no almoço, ajudou a mãe a tarde inteira, cedeu a Meg o seu lugar esta noite e cuidou de cada um com paciência e bom humor. Também vejo que não se irrita muito, não se olha no espelho e sequer mencionou o anel muito bonito que agora usa; concluo, então, que aprendeu a pensar mais nas outras pessoas e menos em si, e decidiu moldar seu caráter com o mesmo cuidado com que molda suas pequenas esculturas de barro. Fico contente com isso; pois embora eu fosse ter muito orgulho de uma graciosa estátua feita por ela, terei infinitamente mais orgulho de uma filha adorável com talento para tornar a vida bonita para si e para os outros.

— Em que está pensando, Beth? — perguntou Jo, quando Amy agradeceu ao pai e contou-lhe sobre o anel.

— Li no *Peregrino* hoje como, depois de muitos problemas, Cristão e Esperança chegaram a um belo prado verde, onde havia lírios o ano inteiro, e lá descansaram com alegria, como fazemos agora, antes de partirem para o fim da jornada — respondeu Beth; acrescentando, ao deixar os braços do pai e seguir para o piano: — É hora de cantar, agora, e quero estar no meu antigo lugar. Vou tentar cantar a canção do pastorinho que os peregrinos escutavam. Fiz a música para o papai, porque ele gosta dos versos.

Então, sentando-se ao pianinho querido, Beth tocou suavemente as teclas; e, na doce voz que pensaram jamais ouvir de novo, cantou, acompanhando-se, o hino de peculiar beleza, uma canção singularmente apropriada para si mesma:

Aquele que está embaixo, quedas não precisa temer,
    Aquele que está embaixo não tem orgulho vão;

Aquele que é humilde há sempre de ter
  Deus a guiá-lo pela mão.
Estou contente com o que me veio,
  Pouco ou muito, é-me igual.
E Senhor! Contentamento ainda anseio,
  Porque tudo Vós reservastes como tal.

Para quem segue em peregrina atitude,
  A abundância é um fardo, tanto pior.
Ter pouco aqui e mais adiante a plenitude
  Será sempre melhor!

23. TIA MARCH RESOLVE A QUESTÃO

Como um enxame de abelhas atrás de sua rainha, no dia seguinte mãe e filhas pairaram em torno do sr. March, abandonando tudo o mais para dedicar atenção, cuidados e ouvidos ao novo enfermo, que bem se viu perto de sucumbir ante tanta bondade. Recostado na poltrona próxima ao sofá de Beth, com as outras três por perto, e Hannah espreitando de vez em quando "para espiar o senhor querido", nada mais parecia necessário para completar a felicidade familiar. Mas algo *era* necessário, e os mais velhos sentiam isso, embora nenhum dos dois confessasse o fato. O sr. e a sra. March entreolhavam-se com uma expressão preocupada, enquanto seus olhos acompanhavam Meg. Jo teve súbitas crises de sobriedade e foi vista brandindo o punho para o guarda-chuva do sr. Brooke, que ficara no corredor; Meg andava distraída, tímida e silenciosa, assustava-se ao som da campainha e corava quando o nome de John era mencionado. Amy disse que "todos pareciam esperar por algo e não conseguiam se aquietar, o que era estranho, já que o papai estava a salvo em casa", e Beth se perguntou inocentemente pela razão de seus vizinhos não os visitarem como costumavam.

Laurie foi aos March à tarde e, ao ver Meg na janela, pareceu de súbito acometido de um ataque melodramático, pois se apoiou sobre um joelho na neve, bateu no peito, puxou os cabelos e apertou as mãos em posição de súplica, como quem implorasse algum favor. E quando Meg lhe pediu que se comportasse e fosse embora, ele torceu lágrimas imaginárias do lenço e cambaleou como se estivesse em absoluto desespero.

— O que esse bobo quer dizer? — falou Meg, rindo e tentando parecer não compreender.

— Ele está mostrando a você como o seu John vai agir, em breve. Comovente, não é? — respondeu Jo, com desdém.

— Não diga "meu John", não é apropriado, nem verdadeiro — mas a voz de Meg se demorou nas duas palavras como se lhe parecessem agradáveis. — Por favor, não me atormente, Jo; eu lhe disse que não ligo *tanto* assim para ele, e nada precisa ser dito, mas todos devemos ser amigos e continuar como antes.

— Não é possível, porque algo *foi* dito, e a brincadeira de Laurie estragou você para mim. Eu vejo, e a mamãe também. Você não é mais como era antes, nem um pouco, e parece estar sempre longe de mim. Não quero atormentá-la, e vou suportar isso como um homem, mas gostaria que tudo se resolvesse. Detesto esperar; então, se é isso que quer, se apresse e termine logo com a questão — disse Jo, de mau humor.

— *Eu* não posso dizer nada até que ele fale, e ele não vai falar, porque o papai disse que eu era muito jovem — começou Meg, curvando-se sobre a costura com um sorrisinho estranho, que sugeria que não concordava muito com o pai nesse ponto.

— Se ele falasse, você não ia saber o que dizer, apenas ia chorar ou ficar vermelha, ou deixá-lo fazer o que quisesse, em vez de responder com um bom e decidido "Não".

— Não sou tão boba e fraca quanto você pensa. Sei exatamente o que devo dizer, pois planejei tudo, então não preciso ser pega desprevenida. Não há como saber o que pode acontecer, e eu queria estar preparada.

Jo não pôde deixar de sorrir ao ar importante que Meg assumira inconscientemente, e que era tão atraente quanto a cor bonita que variava em suas bochechas.

— Se importa de me contar o que diria? — perguntou Jo, respeitosamente.

— Não. Você tem dezesseis anos agora; é idade o bastante para ser minha confidente, e minha experiência será útil para você em algum momento, quando chegar sua hora de viver esse tipo de coisa.

— Não quero viver esse tipo de coisa. É divertido ver outras pessoas flertando, mas me sentiria uma idiota fazendo isso — disse Jo, parecendo assustada com o pensamento.

— Acho que não, se você gostasse muito de alguém, e essa pessoa de você.

Meg falava como que para si mesma e voltou os olhos para a alameda onde muitas vezes vira amantes caminhando juntos nos crepúsculos de verão.

— Pensei que você ia contar o que diria àquele homem — disse Jo, encurtando rispidamente o pequeno devaneio da irmã.

— Ah, eu diria simplesmente, com bastante calma e firmeza: "Obrigada, sr. Brooke, é muito gentil da sua parte, mas concordo com meu pai: sou muito jovem para assumir qualquer compromisso por ora, então, por favor, não diga mais nada, mas vamos ser amigos como éramos".

— Hum, isso é duro e frio o bastante! Não acredito que vá dizer isso, e sei que ele não ficará contente se você disser. Se ele se portar como os amantes rejeitados nos livros, você vai ceder, em vez de ferir os sentimentos dele.

— Não, não vou! Vou dizer a ele que me decidi e sairei da sala com dignidade.

Meg se levantou enquanto falava, e estava a ponto de ensaiar a saída digna, quando um passo no corredor a fez voar para o assento e começar a costurar tão rápido quanto se sua vida dependesse de terminar aquele trabalho específico em um determinado momento. Jo conteve o riso com a mudança repentina, e quando ouviu uma discreta batida à porta, atendeu-a com um aspecto severo que era tudo exceto hospitaleiro.

— Boa tarde. Vim buscar meu guarda-chuva, isto é, ver como seu pai está hoje — disse o sr. Brooke, ficando um pouco confuso, enquanto seus olhos iam de um rosto revelador ao outro.

— Está muito bem, está no cabideiro, vou informá-lo de que você está aqui. — E, tendo misturado pai e guarda-chuva em sua resposta, Jo saiu da sala para dar a Meg uma chance de dizer o que preparara e externar sua dignidade. Mas, no instante em que Jo desapareceu, Meg começou a se dirigir para a porta, murmurando:

— Mamãe vai gostar de vê-lo. Por favor, sente-se, vou chamá-la.

— Não vá. Está com medo de mim, Margaret?

O sr. Brooke parecia tão magoado que Meg julgou ter feito algo muito rude. Corou até os pequenos cachos na testa, pois ele nunca a chamara de "Margaret" antes, e ficou surpresa ao descobrir como parecia doce e natural ouvi-lo dizer aquilo. Ansiosa por parecer simpática e à vontade, ela estendeu a mão com um gesto confiante, e disse com gratidão:

— Como posso ter medo, quando foi tão gentil com meu pai? Só queria poder agradecer por isso.

— Devo dizer-lhe como? — perguntou o sr. Brooke, segurando firme a mãozinha de Meg em suas mãos grandes e olhando para a moça com tanto amor nos olhos castanhos que o coração dela pôs-se a tremer, e ela quis a um só tempo fugir e ficar para ouvir.

— Oh não, por favor, não, prefiro que não — respondeu ela, tentando retirar a mão e parecendo amedrontada, a despeito de sua negativa.

— Não quero incomodá-la. Só quero saber se gosta um pouco de mim, Meg. Eu a amo tanto, querida — acrescentou o sr. Brooke, com ternura.

Este era o momento para as palavras calmas e firmes, mas Meg não foi capaz de proferi-las. Esqueceu-se de cada uma delas, abaixou a cabeça e respondeu "Eu não sei", tão baixinho que John teve de se curvar para ouvir a respostinha tola.

Ele parecia pensar que valia a pena, pois sorriu para si mesmo como se estivesse satisfeito, apertou com gratidão a mão roliça e disse, em seu tom mais persuasivo:

— Aceita tentar descobrir? Quero *muito* saber; porque não vou conseguir continuar me empenhando até saber se receberei minha recompensa no final ou não.

— Sou muito jovem — vacilou Meg, perguntando-se por que estava tão trêmula, não obstante estivesse gostando.

— Vou esperar e, enquanto isso, você pode aprender a gostar de mim. Seria uma lição muito difícil, minha querida?

— Não se eu decidir aprender, mas...

— Por favor, decida aprender, Meg. Adoro ensinar, e isso é mais fácil do que alemão — interrompeu John, tomando-lhe a outra mão, para que ela não tivesse como esconder o rosto enquanto ele se curvava para examiná-lo.

O tom do sr. Brooke era bastante implacável; mas, lançando-lhe um olhar breve e tímido, Meg percebeu alegria e ternura em seus olhos, e um sorriso satisfeito no rosto, próprio de quem não tinha dúvidas quanto a seu sucesso. Isso a irritou. Lembrou-se das estúpidas lições de coqueteria de Annie Moffat, e o amor ao poder, que dorme no peito da melhor das mulherzinhas, acordou de súbito e tomou conta dela. Sentia-se agitada e estranha e, sem saber mais o que fazer, seguiu um impulso caprichoso e, retirando-lhe as mãos, disse com empáfia:

— *Não* decido. Por favor, vá embora e me deixe em paz!

O pobre sr. Brooke pareceu soterrado por seu adorável castelo de vento, pois nunca vira Meg com tal humor antes, e isso o deixara um tanto perplexo.

— Fala a sério? — perguntou ele, preocupado, seguindo-a enquanto ela se afastava.

— Sim. Não quero me preocupar com essas coisas. Meu pai diz que não preciso; é muito cedo, e acho melhor não.

— Não posso esperar que acabe mudando de ideia? Esperarei e não direi nada até que você tenha tido mais tempo. Não brinque comigo, Meg. Não esperava isso de você.

— Simplesmente não espere. Prefiro que não espere — disse Meg, tendo uma satisfação impertinente em testar a paciência de seu amante e seu próprio poder.

Ele estava sério e pálido agora. Decididamente lembrava os heróis de romance que ela admirava, mas não bateu na testa, tampouco se descabelou pela sala, como eles faziam. Apenas ficou olhando para ela, tão melancólica e docemente que ela sentiu o coração encher-se de ternura, à sua revelia. Não sei dizer o que aconteceria a seguir se a tia March não tivesse claudicado sala adentro nesse interessante momento.

A velha senhora não resistira ao desejo de ver o sobrinho; pois havia encontrado Laurie quando saíra para tomar ar fresco, e, ao saber da chegada do sr. March, dirigiu-se diretamente à casa da família para vê-lo. A família estava inteira ocupada na parte de trás da casa, e ela entrou silenciosamente, na esperança de surpreendê-los. Surpreendeu, de fato, dois deles, a ponto de Meg se assustar como quem tivesse visto um fantasma, e o sr. Brooke desaparecer no escritório.

— Meu Deus, o que significa isso? — exclamou a velha senhora com um golpe de bengala no chão, ao olhar do cavalheiro lívido à jovem escarlate.

— É amigo do papai. Estou *tão* surpresa de ver a senhora! — gaguejou Meg, sentindo que não escaparia de um sermão.

— Não tenho a menor dúvida — respondeu a tia March, sentando-se. — Mas o que o amigo de seu pai disse para fazer você parecer uma peônia? Sinto cheiro de malícia e quero saber do que se trata — completou, com uma nova pancada.

— Estávamos apenas conversando. O sr. Brooke veio buscar o guarda-chuva — começou Meg, desejando que o sr. Brooke e o guarda-chuva estivessem em segurança fora da casa.

— Brooke? O preceptor daquele menino? Ah! Já entendi. Sei tudo sobre o assunto. Jo tropeçou em uma indiscrição em uma das cartas ao seu pai, e eu a obriguei a me contar. Você não aceitou, não é, menina? — exclamou a tia March, parecendo escandalizada.

— Shhh! Ele vai ouvir. Devo chamar a minha mãe? — disse Meg, muito perturbada.

— Ainda não. Tenho algo a lhe falar e preciso descarregar agora meus pensamentos. Diga-me, você quer casar com esse tal Cook? Se fizer isso, não herdará nem um centavo do meu dinheiro. Lembre-se disso e seja uma garota sensata — disse a velha senhora, com vigor.

A tia March cultivara à perfeição a arte de despertar a vontade de contrariar, mesmo nas pessoas mais gentis, e gostava de exercitá-la. Os melhores de nós levamos conosco certo tempero de perversidade, especialmente quando jovens e apaixonados. Se a tia March tivesse implorado à sobrinha que aceitasse John Brooke, é provável que Meg tivesse dito que estava fora de cogitação; mas, como recebeu arbitrariamente ordens para *não* gostar dele, imediatamente se convenceu do contrário. A inclinação e a perversidade tornaram a decisão mais fácil e, já muito agitada, Meg se opôs à velha senhora com uma força incomum.

— Vou me casar com quem me agrade, tia March, e pode deixar o seu dinheiro a quem quiser — declarou ela, acenando com a cabeça com um ar resoluto.

— Que empáfia! É desse jeito que recebe meu conselho, senhorita? Vai se arrepender por isso, mais cedo ou mais tarde, quando tiver conhecido o amor numa cabana e considerá-lo um fracasso.

— Não pode ser pior do que o amor que algumas pessoas encontram em grandes casas — retrucou Meg.

A tia March pôs os óculos e deu uma olhada na garota, pois ela não a conhecia nesse novo humor. Meg mal se reconhecia, sentia-se muito corajosa e independente, absolutamente feliz de defender John e afirmar seu direito de amá-lo, se assim o quisesse. A tia March percebeu que havia começado errado, e depois de uma breve pausa, voltou a falar, dizendo, da forma mais gentil possível:

— Meg, minha querida, seja razoável e aceite meu conselho. Eu o ofereço gentilmente, pois não quero que estrague a sua vida inteira cometendo um erro no começo dela. Você deve se casar bem e ajudar sua família; é seu dever fazer um casamento rico, e você precisa entender isso.

— Meu pai e minha mãe não pensam assim. Eles gostam de John, embora ele seja pobre.

— Seu pai e sua mãe, minha querida, não sabem mais do mundo do que dois bebês.

— Fico feliz com isso — exclamou Meg, com firmeza.

A tia March ignorou-a e seguiu com a reprimenda.

— Esse Rook é pobre e não tem parentes ricos, não é?

— Não, mas tem muitos amigos afetuosos.

— Você não pode viver de amigos; tente, e veja como eles ficarão frios. Ele não tem nenhum negócio, não é?

— Ainda não; o sr. Laurence vai ajudá-lo.

— Isso não vai durar muito tempo. James Laurence é um velho excêntrico e não merece confiança. Então você pretende se casar com um homem sem dinheiro, posição ou negócios, e continuar trabalhando mais do que agora, quando poderia viver com conforto todos os seus dias ouvindo meu conselho e agindo melhor? Pensei que tivesse mais siso, Meg.

— Não poderia fazer melhor se esperasse metade da minha vida! John é bom e sábio, tem muito talento, disposição para trabalhar e certeza de progredir, é tão enérgico e corajoso. Todo mundo gosta dele e o respeita, e tenho orgulho de pensar que ele gosta de mim, embora eu seja tão pobre, jovem e boba — disse Meg, mais bonita do que nunca em sua sinceridade.

— Ele sabe que você tem parentes ricos, minha filha. Esse é o segredo desse gostar, suspeito.

— Tia March, como a senhora se atreve a dizer uma coisa dessas? John está acima de uma maldade dessas, e não quero escutá-la mais um minuto se for para falar dessa forma — exclamou Meg, indignada, esquecendo-se de tudo, exceto da injustiça das suspeitas da velha senhora. — Meu John não se casaria por dinheiro, assim como eu. Estamos dispostos a trabalhar e queremos esperar. Não tenho medo de ser pobre, porque tenho sido feliz até hoje, e sei que serei com ele porque ele me ama, e eu...

Meg parou nesse ponto, lembrando-se de repente de que ela não havia se decidido; de que havia pedido a "seu John" que fosse embora; e de que era possível que ele estivesse escutando seus comentários incongruentes.

Tia March ficou muito zangada, porque em seu coração estava decidida a fazer com que a bela sobrinha tivesse um bom casamento, e alguma coisa no rosto feliz da moça entristecia e amargurava a senhora solitária.

— Bem, lavo minhas mãos em relação a tudo isso! Você é uma menina teimosa, e perde mais do que sabe com essa loucura. Não... digo mais: estou desapontada com você e não tenho condições de visitar seu pai agora. Não espere o que seja de mim quando se casar. Os amigos do seu sr. Brooke que olhem por você. Daqui para a frente, não tratamos mais uma com a outra.

E, batendo a porta, no mais absoluto ressentimento, tia March deixou a casa. Ela parecia ter levado toda a coragem da garota consigo, pois, quando se viu a sós, Meg ficou por um instante sem saber se ria ou chorava. Antes que pudesse se decidir, foi tomada pelo sr. Brooke, que disse num só fôlego:

— Não pude deixar de ouvir, Meg. Obrigado por me defender, e agradeço à tia March por provar que você *de fato* gosta um pouco de mim.

— Eu não sabia o quanto, até que ela o insultou — respondeu Meg.

— E não preciso ir embora, mas posso ficar e ser feliz... posso, querida?

Ali estava outra boa oportunidade para o discurso esmagador e a saída imponente, mas Meg não pensou em nenhuma das duas coisas, e desonrou-se para sempre aos olhos de Jo ao sussurrar docilmente:

— Pode, John. — E esconder o rosto no colete do sr. Brooke.

Quinze minutos depois da partida da tia March, Jo desceu as escadas sem fazer barulho, parou por um instante na porta da sala e, sem ouvir qualquer som do lado de dentro, meneou a cabeça e sorriu, com uma expressão satisfeita, dizendo para si mesma:

— Ela o mandou embora como planejamos, e o caso está resolvido. Vou entrar para ouvir a história e dar umas risadas.

Mas a pobre Jo não conseguiu rir, pois uma cena fez com que ficasse pregada no limiar da porta, de boca aberta e olhos arregalados. Chegando para festejar um inimigo caído e cumprimentar uma irmã decidida por ter banido um amante censurável, *foi* sem dúvida alguma um espanto contemplar o dito inimigo serenamente sentado no sofá, tendo a decidida irmã entronizada em seu joelho, com o semblante da mais abjeta submissão. Jo arfava, como se tivesse acabado de receber um banho de água fria, pois uma reviravolta tão inesperada a deixara sem fôlego. Ante o som estranho, os amantes se viraram e a viram. Meg deu um salto, parecendo orgulhosa e tímida; mas "aquele homem", como Jo o chamava, riu e disse tranquilo, enquanto cumprimentava a recém-chegada:

— Jo, minha irmã, venha nos dar os parabéns!

Era um insulto a mais! Era a gota d'água! E, com um gesto selvagem de mãos, Jo desapareceu sem dizer uma palavra. Correndo para o andar de cima, assustou os enfermos ao exclamar tragicamente, invadindo o quarto:

— Ah, alguém *precisa* descer, rápido! John Brooke está agindo horrivelmente, e Meg está gostando!

O sr. e a sra. March deixaram o quarto imediatamente; e, lançando-se sobre a cama, Jo chorou e disse cobras e lagartos relatando a terrível notícia a Beth e Amy. As meninas, no entanto, consideraram que era um acontecimento muito agradável e interessante, e Jo encontrou pouco conforto junto às irmãs; então foi até seu refúgio no sótão e confiou seus problemas aos ratos.

Ninguém nunca soube o que aconteceu na sala de visitas naquela tarde; porém, falou-se muito, e o sr. Brooke, em geral tranquilo, surpreendeu os amigos pela eloquência e espírito com que defendia sua causa, descrevia seus planos e os persuadia a fazer tudo exatamente como queria.

A sineta do chá tocou antes que ele terminasse de descrever o paraíso que pretendia ganhar para Meg, e ele orgulhosamente conduziu-a até a sala de jantar, ambos parecendo tão felizes que Jo não teve coragem de ficar com ciúme ou triste. Amy ficou muito impressionada com a devoção de John e com a dignidade de Meg. Beth sorriu para os dois à distância, enquanto o sr. e a sra. March examinavam o jovem casal com tanta ternura que era evidente que a tia March estava certa em dizer que "sabiam tanto do mundo quanto dois bebês". Ninguém comeu muito, mas todos pareciam muito felizes, e a antiga sala pareceu iluminar-se surpreendentemente quando o primeiro romance da família ali teve início.

— Agora você não pode dizer que "nada de agradável acontece nesta família", pode, Meg? — disse Amy, tentando decidir como ela disporia os amantes em um desenho que planejava fazer.

— Não, com certeza não posso. Quanta coisa aconteceu desde que eu disse isso! Parece que se passou um ano — respondeu Meg, que estava em um sonho feliz, pairando muito acima de coisas comuns como pão e manteiga.

— A alegria vence a tristeza desta vez, e prefiro pensar que este é o início das mudanças — disse a sra. March. — Na maioria das famílias surge, vez por outra, um ano repleto de acontecimentos; este foi um desses anos, porém com um bom desfecho, afinal de contas.

— Espero que o próximo termine melhor — resmungou Jo, que achava muito difícil ver Meg absorvida por um estranho diante de si; pois Jo amava demais algumas pessoas e temia ter seu carinho perdido ou diminuído de qualquer forma.

— Espero que o terceiro ano a partir deste acabe *ainda* melhor. Quero dizer, se eu viver para realizar meus planos — disse o sr. Brooke, sorrindo para Meg, como se agora tudo tivesse se tornado possível para ele.

— Não parece muito tempo para esperar? — perguntou Amy, que tinha pressa para o casamento.

— Tenho ainda muito a aprender antes de estar pronta, parece pouco tempo para mim — respondeu Meg, tendo no rosto uma doce gravidade que nunca o frequentara antes.

— Você só tem de esperar, *eu* preciso fazer o trabalho — disse John, iniciando o labor ao pegar o guardanapo de Meg com uma expressão que fez com que Jo sacudisse a cabeça e então dissesse para si mesma, com um ar de alívio, quando ouviu a porta da frente bater:

— Lá vem Laurie. Agora teremos uma conversa sensata.

Jo enganou-se, contudo, pois Laurie entrou aos trotes, transbordando de bom humor, entregando um enorme buquê de noiva para a "sra. John Brooke", evidentemente achando que todo o caso fora produzido por seu excelente gerenciamento.

— Sabia que Brooke faria tudo segundo sua vontade... É sempre assim, pois quando ele decide realizar qualquer coisa, ele o faz, ainda que o céu caia — disse Laurie, quando presenteou a noiva e deu-lhes os parabéns.

— Agradeço o elogio. Eu o considero um bom presságio para o futuro e o convido para o meu casamento aqui e agora — respondeu o sr. Brooke, que se sentia em paz com toda a humanidade, até mesmo com o pupilo travesso.

— Estarei presente, ainda que tenha de sair dos confins da terra, pois só ver o rosto de Jo nessa ocasião valeria uma longa viagem. Você não parece festiva, minha senhora, qual é o problema? — perguntou Laurie, seguindo-a ao canto da sala à qual todos haviam se retirado para cumprimentar o sr. Laurence.

— Não aprovo a união, mas decidi suportá-la, e não vou dizer uma palavra contra ela — disse Jo, solenemente. — Você não pode imaginar como é difícil para mim abrir mão de Meg — continuou ela, com um ligeiro tremor na voz.

— Você não tem de abrir mão dela. Só vai dividi-la com outra pessoa — disse Laurie, em tom de consolo.

— Nunca mais vai ser a mesma coisa. Perdi minha amiga mais querida — suspirou Jo.

— Você tem a mim, de qualquer maneira. Não sirvo para muita coisa, eu sei; mas vou ficar ao seu lado, Jo, todos os dias da minha vida. Dou minha palavra! — E Laurie o disse a sério.

— Sei que vai, e sou muito, muito agradecida. Você é sempre um grande conforto para mim, Teddy — respondeu Jo, cumprimentando-o com gratidão.

— Bem, agora, não fique triste, por favor. Está tudo bem: Meg está feliz, Brooke vai se apressar para se estabelecer logo; o vovô vai ajudá-lo, e vai ser uma alegria ver Meg em sua casinha. Teremos momentos maravilhosos depois que ela se for, pois terminarei os estudos em breve, e então faremos boas viagens, para lugares distantes ou próximos. Isso não iria consolar você?

— Acho que sim, mas não há como saber o que pode acontecer em três anos — disse Jo, pensativa.

— Isso é verdade. Você não gostaria de poder dar uma olhada e ver como todos estaremos então? Eu gostaria — retornou Laurie.

— Acho que não, porque poderia ver algo triste, e todo mundo parece tão feliz agora, não acho que possa melhorar mais.

E os olhos de Jo percorreram lentamente a sala, iluminando-se com o que viam, pois era agradável.

Pai e mãe estavam sentados juntos, revivendo em silêncio o primeiro capítulo do romance que para eles começara havia cerca de vinte anos. Amy desenhava os noivos, que permaneciam à parte em um belo mundo próprio, cuja luz lhes tocava os rostos com uma graça que a pequena artista não era capaz de reproduzir. Beth estava deitada em seu sofá, conversando alegremente com seu velho amigo, que segurava sua mãozinha como se sentisse que esta possuía o poder de conduzi-lo pelos caminhos pacíficos em que ela andava. Jo descansava em seu assento baixo favorito, com o olhar grave e silencioso que melhor a caracterizava; e Laurie, apoiado nas costas da cadeira da amiga, com o queixo no espaldar, alinhado a seus cachos, sorria com sua expressão mais cordial e acenava para ela no longo espelho em que os dois estavam refletidos.

E assim a cortina cai sobre Meg, Jo, Beth e Amy. Se ela se erguerá novamente ou não, isso dependerá da recepção dada ao primeiro ato do drama doméstico chamado *Mulherzinhas*.

FIM DA PARTE I

PARTE II

24. FOFOQUINHAS

PARA QUE POSSAMOS RECOMEÇAR e ir ao casamento de Meg com as mentes desimpedidas, será bom iniciar com uma fofoquinha sobre a família March. E aqui me permitam pressupor que, se há entre os mais velhos quem considere a história "amorosa" demais, como temo que a possam julgar (não creio que os mais jovens façam tal objeção), só posso fazer minhas as palavras da sra. March: "O que se pode esperar quando tenho quatro garotas felizes em casa e um jovem vizinho cheio de vida por perto?".

Os três anos que se passaram trouxeram poucas mudanças à paz familiar. A guerra é finda, e o sr. March está em casa e em segurança, ocupado de seus livros e da pequena paróquia que encontrou nele um pastor por vocação e graça, um homem tranquilo e estudioso, rico da sabedoria que é melhor do que o saber, da caridade que chama toda a humanidade de "irmão", da piedade que floresce sob a forma do caráter, tornando-o digno e amável.

Tais atributos, apesar da pobreza e da integridade rigorosa que o excluíam dos mais mundanos sucessos, atraíram para si muitas e admiráveis figuras, tão naturalmente quanto as ervas-doces atraem as abelhas, e de maneira igualmente natural ele lhes devolvia o mel em que cinquenta anos de dura experiência não infundiram uma gota sequer de amargura. Homens jovens e determinados consideravam o erudito grisalho tão jovem e determinado em seu coração quanto eles próprios; mulheres pensativas ou aflitas lhe levavam instintivamente as dúvidas, seguras de receberem a mais gentil compaixão e o mais sábio conselho; os pecadores contavam seus pecados ao velho de coração puro e nele encontravam a um só tempo reprimenda e salvação; homens talentosos o tinham por companheiro; os ambiciosos vislumbravam nele ambições mais nobres; e mesmo os mundanos admitiam que suas crenças eram belas e verdadeiras, embora "não compensassem".

Para quem os via de fora, as cinco enérgicas mulheres pareciam governar a casa, e assim o faziam em muitas coisas; mas o homem tranquilo, sentado entre livros, ainda era o chefe da família, a consciência doméstica, a âncora e o consolo; pois a ele as mulheres atarefadas e inquietas sempre se voltavam em tempos difíceis, encontrando, no mais puro sentido dessas sagradas palavras, um marido e um pai.

As meninas entregavam seus corações à guarda da mãe e suas almas ao pai; e a ambos, que viviam e laboravam por elas com absoluta lealdade, ofertavam um amor que crescia junto com elas e os unia carinhosamente com o mais doce laço que abençoa a vida e sobrevive à morte.

A sra. March continua alegre e vivaz como nunca, embora ligeiramente mais grisalha do que quando a vimos pela última vez, e agora tão imersa nos assuntos de Meg que os hospitais e lares ainda repletos de "meninos" e viúvas de soldados sem dúvida sentem falta das visitas da maternal missionária.

John Brooke cumpriu seu dever com bravura por um ano, foi ferido e enviado para casa e não teve permissão para voltar. Não recebeu medalhas, apesar de merecê-las, pois arriscou com entusiasmo tudo o que tinha; e a vida e o amor são muito preciosos quando ambos estão em pleno desabrochar. Perfeitamente resignado com a dispensa, dedicou-se a ficar bem, preparando-se para os negócios e providenciando uma casa para Meg. Com o bom senso e a independência robusta que o caracterizavam, recusou as mais generosas ofertas do sr. Laurence e aceitou o cargo de subcontador, sentindo-se mais à vontade em começar com um salário honesto do que correndo qualquer risco com dinheiro emprestado.

Meg vivera aqueles anos entre o trabalho e a expectativa, tornando-se mais mulher em caráter, mais sabedora das artes domésticas e mais bonita do que nunca, pois o amor muito embeleza. Ela tinha suas ambições e esperanças de menina e sentia um pouco de frustração com o início humilde daquela nova vida. Ned Moffat acabara de se casar com Sallie Gardiner, e Meg não pôde deixar de comparar a bela casa e a carruagem, os muitos presentes e o enxoval esplêndido com os seus, desejando em segredo que pudesse ter o mesmo. De algum modo, porém, a inveja e o descontentamento logo desapareciam, quando pensava em todo o amor e trabalho, tão pacientes, que John empenhara na casinha que esperava por ela. E quando eles se sentavam juntos ao crepúsculo, conversando sobre seus pequenos planos, o futuro sempre se apresentava tão lindo e brilhante que ela se esquecia do esplendor de Sallie e se sentia a garota mais rica e feliz do mundo cristão.

Jo não voltou para a casa da tia March. A velha senhora gostou tanto de Amy que a aliciou com a oferta de aulas de desenho ministradas por um dos melhores professores; e, em nome de tal vantagem, Amy teria servido senhoras ainda mais exigentes. Assim, ela devotava suas manhãs ao trabalho, suas tardes ao prazer, e prosperava belamente. Jo, por sua vez, dedicava-se à literatura e a Beth, que permaneceu frágil ainda muito tempo depois de a escarlatina ter se tornado assunto do passado. Não era exatamente uma inválida, mas nunca mais voltara a ser a criatura rósea e saudável de outrora; seguia, porém, sempre esperançosa, feliz e serena, ocupada dos silenciosos deveres que amava, amiga de todos e um anjo na casa, muito antes que aqueles que a amavam tivessem olhos para vê-lo.

Com o jornal *The Spread Eagle* lhe pagando um dólar a coluna por seu "lixo", como ela dizia, Jo se sentia uma mulher de recursos e produzia com dedicação seus pequenos romances. Mas grandes planos fermentavam em seu cérebro agitado e mente ambiciosa, e o velho assador de metal no sótão comportava uma pilha de manuscritos borrados que crescia lentamente e, um dia, colocaria o nome March no rol da fama.

Laurie, tendo ido obedientemente à faculdade para agradar o avô, completava sua missão da maneira mais tranquila possível para agradar a si mesmo. Querido de todos, graças ao dinheiro, às boas maneiras, a muito talento e ao mais bondoso coração, que colocava seu dono em embaraços para tirar outras pessoas deles, Laurie corria um enorme risco de ser mimado, e provavelmente o teria sido, como muitos outros garotos promissores, caso não encontrasse talismãs contra o mal na memória do velho bondoso empenhado em seu sucesso, na amiga maternal que olhava por ele como se fosse seu filho, e, por fim, mas não menos importante, na consciência de que quatro meninas inocentes o amavam, admiravam e nele acreditavam de todo o coração.

Sendo apenas "um glorioso menino humano", é claro que se divertia e galanteava, bancava o dândi, o sentimental, o amante dos esportes aquáticos ou da ginástica, ao sabor da moda universitária; deu e recebeu trotes, usava gírias e mais de uma vez chegara perigosamente perto da suspensão e da expulsão. Mas, como o bom humor e o amor à diversão eram as causas dessas brincadeiras, sempre conseguia se safar mediante a franca confissão, a honrosa expiação ou o irresistível poder de persuasão de que dispunha. De fato, orgulhava-se de suas escapadas por um triz e gostava de impressionar as garotas com relatos vivos de seus triunfos sobre preceptores irados, professores imponentes e inimigos vencidos. Os "homens da minha classe" eram heróis aos olhos das garotas, que nunca se cansavam das façanhas de "nossos companheiros" e eram frequentemente convidadas a se aquecer sob os sorrisos dessas grandes criaturas, quando Laurie os levava para casa consigo.

Amy gostava especialmente dessa alta honraria, e tornou-se uma espécie de *belle* entre eles; pois a dama logo tomou consciência e aprendeu a se valer do dom de encantar. Meg estava muito imersa em seu John para cuidar de quaisquer outros senhores da criação, e Beth era tímida demais para fazer mais do que espiar e se perguntar como Amy ousava dar-lhes ordens, mas Jo adorava e achava muito difícil abster-se de imitar as posturas, frases e feitos cavalheirescos, que lhe pareciam mais naturais do que os decoros prescritos às moças. Todos gostavam imensamente de Jo, mas nunca se apaixonavam por ela, não obstante pouquíssimos escapassem de sacrificar um ou dois suspiros sentimentais ao altar de Amy. E falar de sentimento nos traz muito naturalmente ao "Pombal".

Esse era o nome da casinha marrom que o sr. Brooke havia providenciado para ser o primeiro lar de Meg. Laurie a batizara, argumentando que era mais do que apropriado para os gentis amantes, que "ficavam juntos como um par de rolinhas, entre bicadinhas e arrulhos". Era uma casinha minúscula, com um pequeno jardim na parte de trás e, na frente, um gramado não muito maior do que um lenço de bolso. Ali, Meg desejava ter uma fonte, cercas de arbustos e adoráveis flores em abundância; embora naquele exato momento a fonte fosse representada por um vaso bastante castigado pelo tempo, os arbustos consistissem em diversos lariços jovens, que pareciam indecisos entre viver e morrer; e a profusão de flores se insinuasse somente por regimentos de varetas que indicavam onde as sementes haviam sido plantadas. Mas, por dentro, era uma casinha absolutamente encantadora; do porão ao sótão, a noiva feliz não encontrava nela defeitos. A bem da verdade, a sala de visitas era tão estreita que era uma sorte não terem piano, pois era impossível que coubesse um inteiro; a sala de jantar era tão pequena que não comportava mais de seis pessoas; e as escadas da cozinha pareciam construídas para o único propósito de fazer criados e louça caírem atabalhoadamente no depósito de carvão. Uma vez acostumados, porém, a esses insignificantes defeitos, nada poderia ser mais completo, pois bom senso e bom gosto haviam ditado a escolha da mobília, e o resultado era muito satisfatório. Não havia mesas com tampo de mármore, espelhos compridos ou cortinas de renda na salinha de estar, mas móveis simples, muitos livros, poucos, porém belos, quadros, uma jardineira de flores na janela saliente e, espalhados por toda parte, bonitos presentes dados por mãos amigas, ainda mais belos pelas mensagens de amor que traziam.

Não creio que a Psiquê de porcelana que Laurie dera tenha perdido minimamente a beleza pelo fato de ter sido John quem fez o suporte sobre o qual estava instalada; que qualquer tapeceiro pudesse ter drapejado as cortinas lisas de musselina com mais delicadeza do que a mão artística de Amy; ou que qualquer despensa jamais tenha conhecido maior provimento de bons sentimentos, palavras alegres e esperanças felizes do que aquela em que Jo e sua mãe depositaram as poucas caixas, barris e trouxas de Meg. E tenho a certeza moral de que a cozinha novinha em folha jamais poderia ter parecido tão aconchegante e arrumada, se Hannah não tivesse ordenado cada panela e frigideira uma dúzia de vezes e preparado minuciosamente a lenha para que fosse acesa no instante em que "a sra. Brooke botasse o pé em casa". Também duvido que alguma jovem senhora tenha começado a vida com uma oferta tão rica de espanadores, porta-moedas e sacolas de pano, pois Beth as confeccionara em número suficiente para chegarem às bodas de prata do casal e inventou três diferentes tipos de panos de prato para servirem exclusivamente aos jogos de porcelana da noiva.

As pessoas que pagam para que todas essas coisas sejam feitas para elas jamais sabem o que perdem; pois as tarefas mais caseiras são embelezadas se mãos amorosas as fazem, e Meg encontrou tantas provas disso que tudo em seu pequeno ninho, do rolo para a toalha na cozinha até o vaso de prata na mesa da sala de estar, era evidência do amor no lar e do mais terno cuidado.

Que momentos felizes eles tinham planejando juntos! Que empenhadas excursões de compras fizeram, que erros engraçados cometeram, e quantas explosões de riso acompanharam as ridículas barganhas de Laurie! Em seu amor às piadas, o jovem cavalheiro, embora praticamente formado na faculdade, mostrava-se mais menino do que nunca. Seu último capricho era levar consigo, em suas visitas semanais, algum objeto novo, útil e engenhoso para a jovem dona de casa. Ora um notável saco de prendedores de roupa; ora um maravilhoso ralador de noz-moscada, que se despedaçou no primeiro teste; em seguida, um limpador de facas que estragou todas as facas; ou uma vassoura que tirava a felpa do tapete e deixava a sujeira; um sabão prático que arrancava a pele das mãos; uma massa infalível que se prendia firmemente a nada além dos dedos do comprador iludido; e todo tipo de utensílio de lata, de um cofrinho de brinquedo a uma maravilhosa caldeira que lavava os utensílios no próprio vapor com toda a probabilidade de explodir no processo.

Meg implorou que ele parasse, mas era um esforço vão. John riu dele, e Jo o chamava de "sr. Toodles". Desenvolvera uma obsessão por patrocinar o engenho ianque e ver os amigos apropriadamente equipados. Assim, cada semana dava ensejo a um novo absurdo.

Tudo, por fim, ficou pronto, inclusive o arranjo de Amy de sabonetes de cores diferentes casando com os quartos de cores diferentes, e a mesa que Beth arrumou para a primeira refeição.

— Está contente? A casa lhe parece um lar? Sente que será feliz aqui? — perguntou a sra. March, enquanto ela e a filha atravessavam o novo reino de braços dados, pois naquele momento pareciam mais próximas do que nunca.

— Sim, mãe, absolutamente contente, graças a todos vocês, e tão feliz que não tenho como expressá-lo — respondeu Meg, com um olhar que era muito mais eloquente do que palavras.

— Se ela tivesse um ou dois criados, tudo ficaria bem — comentou Amy, deixando a sala de visitas, onde estivera tentando decidir se o Mercúrio de bronze ficaria melhor nas estantes de enfeites ou no aparador da lareira.

— Mamãe e eu conversamos sobre isso, e decidi tentar a opção dela. Haverá tão pouco para fazer que, com Lotty para executar minhas tarefas fora de casa e me ajudar aqui e ali, terei trabalho na medida para me impedir de ficar com preguiça ou saudade de casa — respondeu Meg, tranquilamente.

— Sallie Moffat tem quatro — Amy começou.

— Se Meg tivesse quatro, a casa não os acomodaria, e o senhor e a senhora teriam de acampar no jardim — interrompeu Jo, que, envolta em um grande avental azul, dava um último polimento às maçanetas das portas.

— Sallie não é esposa de um homem pobre, e ter uma criadagem numerosa faz parte de viver em uma bela propriedade. Meg e John começam humildemente, mas tenho a sensação de que haverá tanta felicidade nesta casinha quanto naquele casarão. É um grande erro para moças como Meg permitirem-se nada fazer além de se preocuparem com as próprias roupas, dar ordens e fofocar. Quando me casei, costumava desejar que minhas roupas novas ficassem gastas ou rasgadas, porque então teria o prazer de consertá-las; ficava muito cansada de fazer bordados e cuidar do meu lenço de bolso.

— Por que você não entrava na cozinha e fazia comida, como Sallie diz que faz para se divertir, embora nunca fique boa e os criados riam dela? — perguntou Meg.

— Fiz depois de um tempo, não para "me divertir", mas para saber de Hannah como as coisas deveriam ser feitas e para que meus criados *não rissem* de mim. Era brincadeira, na época, mas houve um tempo em que me senti agradecida de verdade por não só dispor de vontade, mas do poder de cozinhar boa comida para as minhas filhinhas, e fazer tudo por minha conta quando não pude mais pagar quem me ajudasse. Você está começando a vida da forma inversa, Meg, querida, mas o que aprender agora lhe será útil cedo ou tarde, quando John for um homem mais rico, pois uma dona de casa, por mais esplêndida que seja, precisa saber como o trabalho *deve* ser feito, se ela quiser ser bem-servida, e honestamente.

— Sim, mãe, tenho certeza disso — aquiesceu Meg, ouvindo respeitosamente o pequeno sermão; pois as melhores mulheres atentam a esse assunto fundamental que é a manutenção do lar. — Sabe, mãe, que este é o cômodo da minha casinha de que mais gosto? — acrescentou, um instante depois, quando subiram as escadas e ela olhou para o armário de toalhas e roupas de cama bem fornido.

Beth ali estava, colocando as pilhas lisas e alvas como neve nas prateleiras, felicíssima com sua boa disposição. As três riam enquanto Meg falava; pois aquele armário tornara-se uma piada. Vejam vocês: depois de dizer que, se Meg se casasse com "aquele tal de Brooke", ela não veria um centavo de seu dinheiro, a tia March entrou em uma espécie de dilema, quando o tempo lhe aplacou a ira e a fez arrepender-se da promessa. Ela nunca quebrava uma promessa, e precisou de muitos torneios mentais para saber como contorná-la, chegando por fim a um plano que a poderia satisfazer. A sra. Carrol, mãe de Florence, recebeu um pedido de compra, costura e bordado de um generoso suprimento de roupas de cama e mesa, e o enviou como presente *pessoal*. Tudo se fez segundo pedido, mas o segredo vazou e divertiu muito a família; pois a tia March tentou se mostrar como quem nada soubesse e foi categórica ao dizer que nada podia dar além das pérolas antiquadas há muito prometidas à primeira noiva.

— Isso é um gosto de dona de casa que me agrada ver. Tinha uma jovem amiga que começou a vida doméstica com seis lençóis, mas ela tinha tigelas de dedo para servir as visitas e isso a satisfazia — disse a sra. March, acariciando as toalhas de mesa adamascadas com uma apreciação verdadeiramente feminina de sua fineza.

— Não tenho nenhuma tigela de dedo, mas, segundo diz Hannah, este é um "começo" que vai durar a minha vida inteira — e Meg parecia bastante contente, tanto quanto poderia.

— Toodles está chegando! — exclamou Jo, no andar de baixo, e todas desceram para encontrar Laurie, cuja visita semanal era um importante acontecimento em suas vidas tranquilas.

Um rapaz alto e de ombros largos, cabelos bastante aparados, chapéu de feltro e sobretudo aberto desceu a rua a passos largos e saltou a cerca baixa, sem parar para abrir o portão, em direção à sra. March, de braços abertos e com um caloroso:

— Cheguei, mãe! Sim, está tudo bem.

As últimas palavras foram em resposta ao olhar que a senhora lhe dirigiu, um olhar amistoso e questionador que os belos olhos do rapaz receberam com tamanha franqueza que a pequena cerimônia terminou, como era costume, com um beijo maternal.

— Para a sra. John Brooke, com os parabéns e cumprimentos do inventor. Deus a abençoe, Beth! Jo... que espetáculo revigorante você é! Amy, você está ficando bonita demais para uma moça solteira.

Enquanto falava, Laurie entregou um embrulho de papel pardo para Meg, puxou a fita de cabelo de Beth, encarou o avental enorme de Jo e lançou-se num arrebatamento cômico diante de Amy; depois, apertou as mãos de todas, e eles começaram a falar.

— Onde está o John? — perguntou Meg, ansiosa.

— Parou para obter a licença para amanhã, minha senhora.

— Quem ganhou o último jogo, Teddy? — perguntou Jo, que ainda sentia interesse em esportes viris, apesar de seus dezenove anos.

— Nós, é claro. Queria que você tivesse visto.

— Como está a adorável srta. Randal? — perguntou Amy, com um sorriso sugestivo.

— Cruel como nunca. Não vê como estou sofrendo? — e Laurie deu um tapa forte no peito largo e soltou um suspiro melodramático.

— Qual é a última brincadeira? Desamarre o pacote e veja, Meg — disse Beth, olhando com curiosidade o embrulho.

— É uma coisa útil de ter em casa, em caso de incêndio ou ladrões — observou Laurie, quando uma pequena matraca se fez ouvir em meio ao riso das meninas.

— Sempre que o John estiver fora e a senhorita se assustar, sacuda-a para fora da janela da frente, e a vizinhança vai despertar em um instante. É ótimo, não?

E Laurie deu-lhes uma demonstração de seus poderes que as fez cobrir os ouvidos.

— Nossa, é assim que agradece? E por falar em gratidão, ocorre-me mencionar que você pode agradecer a Hannah por salvar seu bolo de casamento da destruição. Eu o vi entrando em sua casa quando cheguei, e se ela não o tivesse defendido bravamente, eu teria roubado um pedaço, pois parecia uma coisa extraordinariamente deliciosa.

— Eu me pergunto se você vai crescer, Laurie — disse Meg, em tom matronal.

— Estou fazendo o meu melhor, minha senhora, mas não posso ficar muito mais alto, creio eu, já que um metro e oitenta é tudo o que os homens são capazes de ter nestes tempos de decadência — respondeu o jovem cavalheiro, cuja cabeça quase batia no pequeno lustre. — Suponho que seria uma profanação comer qualquer coisa nesta alcova tão novinha; como estou tremendamente faminto, proponho passarmos a outro ambiente — acrescentou ele.

— Mamãe e eu vamos esperar por John. Há algumas últimas coisas para resolver — disse Meg, apressando-se.

— Beth e eu vamos até Kitty Bryant para pegar mais flores para amanhã — acrescentou Amy, amarrando um chapéu pitoresco sobre seus cachos pitorescos, e apreciando o efeito tanto quanto os demais.

— Venha, Jo, não abandone um colega. Estou em tal estado de exaustão que não posso chegar em casa sem ajuda. Não tire o avental, não importa o que você faça; está particularmente encantador — gracejou Laurie, enquanto Jo guardava aquele desgosto no espaçoso bolso do avental e oferecia o braço como apoio aos passos débeis do amigo.

— Teddy, quero falar seriamente com você sobre amanhã — começou Jo, enquanto caminhavam juntos. — Você *precisa* prometer se comportar bem, e não fazer nenhuma brincadeira e estragar o que planejamos.

— Nenhuma.

— E não diga coisas engraçadas quando precisarmos estar sérias.

— Jamais; isso é coisa sua.

— E peço, por favor, não olhe para mim durante a cerimônia. Eu certamente vou rir se você olhar.

— Você não vai me ver; vai estar chorando tanto que a névoa espessa ao seu redor vai cobrir tudo.

— Nunca choro a não ser por alguma grande aflição.

— Como ver bons amigos que vão para a faculdade, certo? — cortou Laurie, com uma risada sugestiva.

— Não seja vaidoso. Só resmunguei um pouco para acompanhar as garotas.

— Claro. Diga-me, Jo, como está o vovô esta semana? Amável?

— Amável. Por quê? Você se meteu em confusão e quer saber como ele vai receber a notícia? — perguntou Jo, bastante bruscamente.

— Ora, Jo, acha que eu olharia para a cara da sua mãe e diria "Tudo bem" se não estivesse? — E Laurie interrompeu o passo de súbito, com um ar ferido.

— Não, não acho.

— Então não fique desconfiada. Só preciso de um pouco de dinheiro — disse Laurie, andando novamente, tranquilizado pelo tom sincero da amiga.

— Você gasta muito, Teddy.

— Pelo amor de Deus! *Eu* não gasto; é o dinheiro que se gasta e, sabe-se lá como, acaba antes que eu perceba.

— Você é muito generoso, tem o coração muito bom, e deixa as pessoas tomarem dinheiro emprestado sem negar a quem quer que seja. Soubemos do que fez por Henshaw. Se sempre gastasse dessa forma, ninguém culparia você — disse Jo, calorosamente.

— Oh, ele exagerou! Você não ia querer que eu deixasse aquele belo companheiro trabalhar até a morte só por falta de uma ajudinha, quando ele vale por uma dúzia de nós, preguiçosos, não?

— Claro que não, mas não vejo razão para você ter dezessete coletes, gravatas sem fim e um chapéu novo sempre que chega em casa. Pensei que tivesse superado a fase dândi; mas ela sempre se manifesta de algum jeito novo. Agora é bonito ficar feio, fazer a cabeça parecer uma escova, usar uma camisa de força, luvas cor de laranja e botas de bico quadrado. Se fosse barato ficar feio assim, eu não ligava; mas custa tão caro quanto a moda anterior, e não vejo graça nisso.

Laurie jogou a cabeça para trás e riu com tanto entusiasmo diante do ataque que o chapéu de feltro caiu, e Jo o pisoteou, insulto que tão somente proporcionou a Laurie a oportunidade de falar sobre as vantagens de roupas de fábrica, enquanto dobrava o chapéu maltratado e enfiava-o no bolso.

— Não dê mais sermão, sou uma boa pessoa! A semana me cansa o bastante, e gosto de me divertir quando chego em casa. Vou me levantar amanhã, independentemente das despesas, e alegrar os meus amigos.

— Se *ao menos* você deixasse o cabelo crescer, eu o deixava em paz. Não sou aristocrática, mas me oponho a ser vista com uma pessoa que se parece com um boxeador — observou Jo, duramente.

— Esse estilo humilde é um incentivo ao estudo, e é por isso que o adotamos — retrucou Laurie, que certamente não poderia ser acusado de vaidade, tendo de bom grado transformado belas madeixas encaracoladas em uma carapinha rala. — A propósito, Jo, acho que o pequeno Parker está realmente ficando desesperado pela Amy. Ele fala dela sem parar, escreve poemas, e divaga sobre o assunto da maneira mais suspeita. Era melhor que cortasse essa paixãozinha pela raiz, não acha? — acrescentou Laurie, num tom confidencial, de irmão mais velho, depois de um minuto de silêncio.

— Claro que sim. Não queremos mais casamentos nesta família pelos próximos anos. Misericórdia, o que as crianças estão pensando? — E Jo parecia inconformada, como se Amy e o pequeno Parker não fossem adolescentes.

— São tempos rápidos, e não sei aonde vamos chegar, minha senhora. Você é uma mera criança, mas é a próxima, Jo, e vamos lamentar a sua partida — disse Laurie, balançando a cabeça sobre a decadência dos tempos.

— Eu? Não se preocupe, não sou do tipo agradável. Ninguém vai me querer, e é uma bênção, pois sempre deve haver uma solteirona na família.

— Você não dá uma oportunidade a ninguém — disse Laurie, com um olhar de soslaio e o rosto bronzeado ligeiramente mais corado. — Não revela o lado suave de seu caráter, e se alguém topa com ele por acidente e não pode deixar de demonstrar seu apreço, você o trata como a sra. Gummidge fazia com seu amado, jogando água fria nele e ficando tão insuportável que ninguém vai se atrever a tocar ou olhar para você.

— Não gosto desse tipo de coisa. Estou muito ocupada para me preocupar com bobagens, e acho terrível separar famílias. Por favor, não diga nada mais sobre isso. O casamento de Meg deixou todo mundo maluco, só falamos de namoro e absurdos desse tipo. Não quero ser grosseira, então vamos mudar de assunto. — E Jo parecia absolutamente disposta a jogar água fria à menor provocação.

Quaisquer que fossem os seus sentimentos, Laurie deu vazão a eles em um assovio longo e baixo e no terrível vaticínio, enquanto se separavam no portão:

— Escute o que eu digo, Jo, você é a próxima.

25. O PRIMEIRO CASAMENTO

NAQUELA MANHÃ LUMINOSA, as rosas de junho despertaram cedinho no alpendre, jubilosas sob o sol de um céu sem nuvens, como se fossem pequenas e calorosas vizinhas. Bastante corados de felicidade estavam seus rostinhos vermelhos, e elas balançavam ao vento, em meio a sussurros em que confidenciavam umas às outras o que viam; pois umas espiavam pelas janelas da sala de jantar, onde o banquete se organizava, outras subiam para cumprimentar sorrindo as irmãs que vestiam a noiva, e algumas acenavam para os que iam e vinham em um sem-número de tarefas no jardim, no alpendre e na antessala, e todas, da flor aberta em sua plenitude ao mais novo botão, ofereciam sua homenagem de beleza e perfume à noiva gentil que as amava e delas cuidara por tanto tempo.

Meg também parecia uma rosa; pois tudo de bom e amoroso em sua alma e coração parecia florir em seu rosto naquele dia, tornando-a graciosa e delicada, com um encantamento mais belo que a própria beleza. Ela não teria sedas, rendas ou flores de laranjeira:

— Não quero parecer estranha ou muito arrumada — disse. — Não quero um casamento elegante; quero apenas os que vivem em meu entorno e que amo, e para eles quero parecer a Meg de sempre.

Assim, ela mesma fez seu vestido de noiva, nele costurando as tenras esperanças e os inocentes sonhos de um coração de menina. As irmãs trançaram-lhe os lindos cabelos, e seus únicos ornamentos eram os lírios do vale, dos quais "seu John" gostava mais do que de todas as flores que havia.

— Você *está* parecendo a nossa querida Meg de sempre, tão doce e adorável que eu queria mesmo era abraçá-la, se não fosse amassar o vestido — exclamou Amy, examinando-a com prazer quando tudo estava terminado.

— Então estou satisfeita. Mas, por favor, quero um beijo e um abraço de todas, e não se importem com o vestido. Quero um monte de amassados desse tipo, hoje. — E Meg abriu os braços para as irmãs, que a cingiram com rostos primaveris, sentindo por um instante que o novo amor não transformara o antigo.

— Agora vou dar o nó da gravata de John e ficar alguns minutos em silêncio com o papai no escritório. — E Meg correu a realizar tais breves rituais e, então, seguiu todos os passos da mãe, consciente de que, apesar do sorriso que estampava o rosto materno, havia uma tristeza secreta escondida em seu coração, ante a partida do ninho.

Aproveitemos que as mais novas se reúnem para os últimos retoques em seus trajes desprovidos de luxo para dar notícia de algumas mudanças que esses três anos trouxeram a suas aparências, pois todas se mostram agora em seu melhor.

As feições angulosas de Jo estão bastante atenuadas; ela aprendeu a caminhar com leveza, se não com graça. O cabelo

curto e encaracolado cresceu em densas espirais, mais adequadas para a cabecinha que encima sua alta figura. Há um frescor em suas bochechas bronzeadas e um brilho suave em seus olhos; hoje, de sua língua afiada vêm apenas gentilezas.

Beth cresceu e está esbelta, pálida e mais tranquila do que nunca. Os olhos bonitos e gentis estão maiores; há neles uma expressão que entristece, embora não triste em si. É a sombra da dor que dota o rosto jovem de uma comovente paciência; mas Beth raramente se queixa e sempre fala com esperança de "melhorar logo".

Amy é, com razão, considerada "a flor da família", pois aos dezesseis anos tem o ar e o porte de uma mulher adulta — não bela, mas com aquele indescritível encanto chamado graça. Isso era visível nos contornos de sua figura, na constituição e gesto de suas mãos, nos movimentos de seu vestido, no caimento de seu cabelo — sem arte, porém harmonioso, e tão atraente para muitos quanto a própria beleza. Seu nariz ainda a afligia, pois *jamais* se tornaria grego, bem como sua boca, muito grande e com um lábio inferior acentuado. Essas feições desarmoniosas conferiam personalidade a seu rosto como um todo, mas ela não era capaz de enxergá-la e se consolava com a pele maravilhosamente bela, o brilho de seus olhos azuis e os cachos mais dourados e abundantes do que nunca.

Todas as três usavam vestidos de um belo cinza prateado (seus melhores vestidos de verão), com rosas vermelhas no cabelo e no peito; e todas as três pareciam exatamente o que eram: garotas de semblante leve e coração feliz, parando um instante em suas ocupadas vidas para ler com olhos enternecidos o mais elegante capítulo do romance da vida de uma mulher.

Não haveria apresentações cerimoniosas; tudo seria tão natural e familiar quanto possível. Daí a tia March ter se escandalizado ao ver a noiva se aproximar correndo para recebê-la, e ao encontrar o noivo prendendo uma guirlanda que caíra, e ao ver de relance o pai pastor subindo as escadas com a expressão grave e uma garrafa de vinho embaixo de cada braço.

— Meu Deus, o que está acontecendo aqui? — exclamou a velha senhora, tomando o lugar de honra para ela preparado, e ajeitando as dobras de seu vestido de chamalote lavanda com um ruidoso farfalhar. — Você não deveria ser vista até o último instante, menina.

— Não sou um espetáculo, tia, e ninguém virá para me assistir, criticar meu vestido, ou calcular o custo do banquete. Estou feliz demais para me importar com o que se diz ou se pensa, e meu casamento será simples como quero que seja. John, querido, aqui está o martelo. — E lá foi Meg ajudar "aquele homem" em sua ocupação altamente imprópria.

O sr. Brooke nem sequer agradeceu, mas, quando se inclinou para receber a tão antirromântica ferramenta, beijou a sua noivinha atrás da porta camarão, com um olhar que fez tia March sacar o lencinho, diante do súbito orvalhar de seus velhos olhos afiados.

Um estrondo, um grito e uma risada de Laurie, acompanhados da indecorosa exclamação "Júpiter Amon! Jo mexeu no bolo de novo!", causaram uma comoção momentânea, que mal havia terminado quando, com a chegada de um bando de primos, "a festa começou", como Beth costumava dizer quando criança.

— Não deixe esse jovem gigante se aproximar de mim; ele me preocupa mais do que os mosquitos! — sussurrou a velha senhora para Amy, enquanto os cômodos se enchiam, e a cabeça preta de Laurie se elevava acima de todos.

— Ele prometeu ficar bonzinho hoje, e é capaz de se comportar como um cavalheiro quando quer — retrucou Amy, afastando-se para pedir a Hércules que tomasse cuidado com o dragão, advertência que fez com que ele cercasse a velha senhora de uma dedicação que quase a tirou do sério.

Não houve cortejo nupcial; porém, um súbito silêncio se fez na sala quando o sr. March e o jovem casal se colocaram sob o arco de folhagem perene. Mãe e irmãs se aproximaram, como relutassem em entregar sua Meg. A voz paterna vacilou mais de uma vez, o que só parecia tornar o discurso ainda mais belo e solene. Era visível o tremor da mão do noivo, e ninguém ouviu suas respostas. Meg, no entanto, olhava diretamente nos olhos do marido e disse "Sim!" com tanta ternura e confiança em suas feições e voz que o coração de sua mãe se regozijou, e a tia March fungou em alto e bom som.

Jo *não* chorou, embora tenha chegado muito perto a certa altura, quando foi salva pela consciência de que Laurie a fitava, com uma mistura cômica de alegria e emoção nos perversos olhos negros. Beth conservou o rosto escondido no ombro da mãe, mas Amy ficou de pé como uma estátua graciosa, com um elegantíssimo raio de sol tocando-lhe a fronte e a flor no cabelo.

Não era de modo algum necessário, temo eu, mas no minuto em que passou a responder como uma mulher casada, Meg exclamou:

— O primeiro beijo para a mamãe! — E, virando, deu-lhe o beijo com o coração nos lábios.

Durante os quinze minutos que se seguiram, seu rosto ganhou os matizes de uma perfeita rosa, pois todos quiseram seus favores, do sr. Laurence à boa Hannah, que, ostentando na cabeça um casquete a um só tempo temerário e maravilhoso, voou sobre ela na antessala, exclamando entre soluços e risos:

— Que Deus te abençoe cem vezes, minha filha! O bolo não tá nadinha feio, e tudo tá lindo.

Todos se recompuseram depois disso, dizendo ou tentando dizer algo alegre, o que dava no mesmo, pois o riso é fácil em corações leves. Não houve qualquer apresentação de presentes, pois todos já estavam na casinha, nem houve um elaborado café da manhã, mas um farto almoço de bolo e frutas, adornados com flores. O sr. Laurence e a tia March encolheram os ombros e sorriram um ao outro quando descobriram que água, limonada e café eram os únicos néctares que as três Hebes serviam. Ninguém fez qualquer comentário, porém, até que Laurie, que insistiu em servir a noiva, surgiu diante dela com uma bandeja lotada na mão e uma expressão intrigada no rosto.

— Por acaso Jo quebrou todas as garrafas por acidente? — sussurrou ele. — Ou me engano ao achar que vi algumas espalhadas por aqui, nesta manhã?

— Não; seu avô gentilmente nos ofereceu o seu melhor, e a tia March de fato mandou que trouxessem algumas garrafas, mas papai separou um pouco para Beth e despachou o resto para os soldados da reserva. Você sabe que ele acha que o vinho deveria ser usado apenas em casos de doença. Mamãe diz que nem ela nem suas filhas jamais oferecerão bebida a um jovem sob seu teto.

Meg falava sério e esperava ver Laurie franzir o cenho ou rir; mas ele não fez nem uma coisa, nem outra; porque, depois de lançar-lhe um rápido olhar, disse, de maneira impetuosa:

— Parece ótimo! Já vi muito estrago e desejo que outras mulheres pensem como você.

— Espero que você não tenha aprendido isso por experiência própria. — E havia um tom preocupado na voz de Meg.

— Não; dou-lhe minha palavra. Mas, também, não pense muito bem de mim; essa não é uma das minhas tentações. Tendo sido criado em um lugar onde o vinho é tão comum quanto a água e quase tão inofensivo, não me importo muito com isso; mas quando uma garota bonita oferece, não é bom recusar.

— Mas você vai, se não pelo seu próprio bem, pelo bem dos outros. Vamos, Laurie, prometa, e me dê mais uma razão para chamar este de o dia mais feliz da minha vida.

Uma exigência tão súbita e séria fez o jovem hesitar por um instante; pois o ridículo é muitas vezes mais difícil de suportar do que a autonegação. Meg sabia que, se o prometesse, ele manteria seus votos a todo custo; e, sentindo o poder que tinha, valia-se dele para o bem do amigo. Ela não falou, mas olhou para ele com um semblante que a felicidade tornava muito eloquente e um sorriso que dizia: "Hoje ninguém pode me recusar nada".

Laurie certamente não podia; e, com um sorriso em resposta, deu-lhe a mão e respondeu cordialmente:

— Prometo, sra. Brooke!

— Agradeço muito, muito mesmo.

— E eu brindo. "Vida longa à sua decisão, Teddy!" — gritou Jo, batizando-o com um pouco de limonada, enquanto balançava a taça e lançava-lhe um sorriso de aprovação.

Assim, bebeu-se o brinde e fez-se a promessa, lealmente mantida, apesar das muitas tentações; pois, com sabedoria instintiva, as meninas aproveitavam-se do momento feliz para fazer um favor ao amigo, pelo qual ele agradeceria por toda a vida.

Depois do almoço, os convidados passearam, em grupos de dois ou três, pela casa e pelo jardim, desfrutando da luz do sol por dentro e por fora. Meg e John estavam juntos no meio do pequeno gramado, quando Laurie foi acometido de uma inspiração que deu o toque final a esse casamento tão singelo.

— Todas as pessoas casadas! Deem-se as mãos e dancem em torno dos recém-casados, como fazem os alemães, enquanto nós, moços e moças, homens e mulheres solteiros, desfilamos em casais em volta do círculo! — exclamou ele, saltitando pelo caminho com Amy, com tal habilidade e espírito contagiante que todos os demais seguiram seu exemplo sem murmurar. O sr. e a sra. March, a tia e o tio Carrol foram os primeiros; outros se juntaram rapidamente; até mesmo Sallie Moffat, depois de um momento de hesitação, colocou a cauda do vestido sobre o braço e seguiu com Ned para o círculo. Mas a cereja do bolo foram o sr. Laurence e a tia March; pois enquanto o velho cavalheiro dirigia-se solenemente até a velha senhora, atravessando a sala entre *chassés*, ela enfiou a bengala debaixo do braço e pulou apressadamente para dar as mãos aos demais e dançar em torno do casal de noivos, ao passo que os jovens espalhavam-se pelo jardim como borboletas em um dia de verão.

A falta de fôlego deu um fim ao baile improvisado, e então as pessoas começaram a ir embora.

— Desejo-lhe todo o bem, minha querida, e de todo o coração, mas acho que você vai se arrepender — disse tia March a Meg, acrescentando ao noivo, enquanto este a conduzia à carruagem:

— Você tem um tesouro, meu jovem. Faça por merecê-lo.

— Este é o casamento mais bonito que vi em um bom tempo, Ned, e não entendo a razão, pois não havia nem um pouco de sofisticação — observou a sra. Moffat ao marido, enquanto se afastavam.

— Laurie, meu rapaz, se você quiser entrar nesse tipo de coisa, peça a uma dessas garotinhas para ajudá-lo, e ficarei absolutamente satisfeito — disse o sr. Laurence, acomodando-se em sua poltrona para descansar, depois da alegria da manhã.

— Farei o meu melhor para satisfazê-lo, senhor — foi a resposta inusitadamente obediente de Laurie, enquanto tirava com cuidado a florzinha que Jo colocara em seu paletó.

A casinha não ficava longe, e a única viagem nupcial que Meg conheceu foi a caminhada tranquila com John, da antiga morada à nova. Quando ela desceu, parecendo uma linda quacre em seu vestido cinza e chapéu de palha amarrado com uma fita branca, todos se reuniram em torno dela para dizer adeus, tão ternamente como se ela estivesse prestes a fazer o *grand tour.*

— Não sinto que esteja me separando de você, mãe querida, ou que a amo menos por amar tanto John — disse ela, abraçando a mãe, com os olhos marejados, por um instante. — Virei todos os dias, papai, e espero manter meu antigo lugar em todos os seus corações, embora esteja casada. Beth vai ficar bastante comigo, e as outras garotas me farão visitas de vez em quando para rir de minha luta doméstica. Obrigada a todos por um dia de casamento tão feliz. Adeus, adeus!

Todos ficaram observando, com rostos cheios de amor, esperança e terno orgulho, enquanto ela se afastava, apoiando-se no braço do marido, com as mãos cheias de flores e o sol de junho iluminando seu rosto feliz. E assim começou a vida de casada de Meg.

26. EXPERIÊNCIAS ARTÍSTICAS

As pessoas levam bastante tempo para aprender a diferença entre genialidade e talento, em especial quando se trata de moços e moças com aspirações. Amy aprendia essa distinção com muitas dificuldades; pois, confundindo entusiasmo e inspiração, tentou todos os ramos da arte com audácia juvenil. Fez-se uma longuíssima pausa nas "tortas de lama", e ela se dedicou aos mais delicados desenhos em bico de pena, nos quais demonstrava tal gosto e habilidade que suas graciosas obras eram a um só tempo agradáveis e lucrativas. Mas a vista cansada fez com que a pena e a tinta fossem preteridas em favor de ousados experimentos com pirogravura em madeira. Enquanto essa fase durou, a família viveu em constante temor de um incêndio, pois o cheiro de madeira queimada dominava a casa todo o tempo; a fumaça que saía do sótão se espalhava com alarmante frequência; pontas incandescentes jaziam promiscuamente por toda parte; e Hannah nunca ia para a cama sem um balde de água e a sineta do jantar à sua porta, em caso de fogo. Encontrou-se um rosto de Rafael corajosamente executado na face inferior de uma tábua de pão; e um Baco na tampa de um barril de cerveja. Um querubim cantor adornou a tampa da barrica de açúcar; e tentativas de desenhar *Garrick comprando luvas da trabalhadora* forneceram madeira para acender o fogo da cozinha por algum tempo.

A transição do fogo ao óleo foi natural para os dedos queimados, e Amy começou a pintar com ardor inabalável. Um artista amigo forneceu-lhe paletas, pincéis e tintas descartadas, e ela produziu cenas pastorais e marinhas como nunca foram vistas em terra ou no mar. As monstruosidades que criava à guisa de bois e vacas teriam conquistado prêmios em feiras agrícolas; e o perigoso balanço de seus navios teria mareado mesmo os mais náuticos observadores, se o total desrespeito a todas as regras conhecidas de construção naval e aparelhamento não os fizesse desatar a rir à primeira vista. Os garotos morenos e as madonas de olhos escuros fitando o visitante de um canto do estúdio *não* sugeriam Murillo; as sombras oleosas e castanhas de rostos, com faixas luminosas no lugar errado, eram inspiradas em Rembrandt; as senhoras de colos bastos e os bebês gorduchos, em Rubens; e Turner surgia em tempestades de trovões azuis, relâmpagos laranja, chuva marrom e nuvens roxas, com um salpico cor de tomate no meio, que poderia ser o sol ou uma boia, uma camisa de marinheiro ou uma túnica real, ao gosto do espectador.

Os retratos a carvão vieram em seguida; e a família inteira foi perfilada, tão negra e bravia quanto se tivesse acabado de ser retirada de uma mina. Suavizados em esboços de giz de cera, todos se saíam melhor; pois as representações eram boas, e o cabelo de Amy, o nariz de Jo, a boca de Meg e os olhos de Laurie eram declarados "maravilhosamente belos". Seguiu-se um retorno ao barro e ao gesso, e os moldes fantasmagóricos dos conhecidos assombravam os cantos da casa, ou caíam das prateleiras dos armários na cabeça das pessoas. Crianças eram seduzidas para servirem de modelo, até que relatos inconsistentes das misteriosas atividades da artista fizeram com que a srta. Amy fosse vista como uma jovem bruxa. Seus esforços nessa linha, no entanto, foram levados a um abrupto termo por um infeliz acidente que lhe esfriou o ardor. Sem outros modelos por um tempo, ela decidiu fazer o molde de seu próprio e bonito pé; certo dia a família viu-se alarmada por pancadas e gritos assustadores, e correndo ao resgate deparou-se com a jovem amadora pulando desesperada na edícula do quintal com o pé preso a uma panela cheia de gesso que endurecera com inesperada rapidez. Com muita dificuldade e algum perigo, ela foi desenterrada; pois Jo estava tão dominada pelo riso ao escavar que sua faca foi longe demais, cortou o pobre pé e deixou ao menos um registro duradouro do experimento artístico.

Depois disso, Amy se acalmou, até que uma mania de desenhar a natureza a fez assídua de rio, campo e bosque à procura de estudos pitorescos e suspirosa de ruínas que pudesse copiar. Pegou resfriados intermináveis ao se sentar na grama úmida para registrar "uma deliciosa cena" composta de uma pedra, um coto de árvore, um cogumelo e um talo de verbasco quebrado, ou "uma celestial massa de nuvens", que, quando concluída, mais parecia uma delicada exibição de penas de colchão. Sacrificou sua compleição flutuando no rio sob o sol do verão para estudar luz e sombra, ganhou uma ruga sobre o nariz, experimentando "pontos de vista", ou qualquer que seja o nome que se dá a tamanhos esforços oculares.

Se "o gênio é paciência eterna", como afirma Michelangelo, Amy podia reivindicar um pouco do atributo divino, pois perseverou apesar de todos os obstáculos, fracassos e frustrações, acreditando firmemente que com o tempo haveria de fazer algo digno de ser chamado de "grande arte".

Enquanto isso, aprendia, fazia e desfrutava de outras coisas, pois havia decidido ser uma mulher bela e refinada, mesmo que nunca se tornasse uma grande artista. Nesse ponto, foi mais bem-sucedida; pois era uma daquelas criaturas felizes que agradam sem esforço, fazem amigos em toda parte, e levam a vida tão graciosa e tranquilamente que almas menos afortunadas são tentadas a acreditar que elas nascem sob uma estrela da sorte. Todos gostavam dela, pois entre seus bons dons estava o tato. Ela tinha um senso instintivo do que era agradável e apropriado, sempre dizia a coisa certa para a pessoa certa, fazia exatamente o que convinha ao momento e ao lugar, e era tão senhora de si que suas irmãs costumavam dizer: "Se Amy fosse ao tribunal sem qualquer ensaio prévio, saberia exatamente o que fazer".

Uma de suas fraquezas era o desejo de circular em "nossa melhor sociedade", sem ter certeza do que realmente era esse "melhor". Dinheiro, posição, sofisticação e modos elegantes eram o que havia de mais desejável a seus olhos, e gostava de se relacionar com quem os possuía, muitas vezes confundindo o falso com o verdadeiro, e admirando o que não era admirável. Sem jamais esquecer que era uma dama por nascimento, cultivava gostos e sentimentos aristocráticos, de modo que, quando a oportunidade surgisse, estivesse pronta para tomar o lugar que a pobreza agora lhe tirava.

"Milady", como os amigos a chamavam, desejava de todo o coração ser uma dama de verdade, e assim era, no íntimo; porém, ainda precisava aprender que o dinheiro não é capaz de comprar o refinamento da natureza, que a posição social nem sempre confere nobreza, e que a boa criação se faz sentir apesar das desvantagens externas.

— Quero lhe pedir um favor, mãe — disse Amy, certa feita, aproximando-se com elegância.

— Diga, filhinha — respondeu a mãe, a cujos olhos a imponente jovem ainda era "o bebê".

— Nossa aula de desenho termina na semana que vem, e antes que as garotas viajem para o verão, quero convidá-las para passar o dia aqui em casa. Elas estão loucas para ver o rio, fazer esboços da ponte quebrada e copiar algumas das coisas que acham bonitas em meu caderno. Elas têm sido sempre muito gentis comigo, e lhes sou grata, pois todas são ricas, e sei que sou pobre, mas elas nunca fizeram qualquer diferença.

— E por que deveriam?! — E a sra. March fez a pergunta com o que as meninas chamavam de "ar de Maria Teresa".

— Você sabe tão bem quanto eu que isso *faz* diferença para quase todo o mundo, então não fique eriçada como uma galinha amorosa quando seus pintinhos são bicados por pássaros mais inteligentes. O patinho feio virou cisne, como sabe. — E Amy sorriu sem melancolia, pois possuía um temperamento feliz e um espírito esperançoso.

A sra. March riu e serenou o orgulho materno quando perguntou:

— Bem, meu cisne, qual é a ideia?

— Gostaria de convidar as garotas para almoçar na semana que vem, para levá-las a um passeio pelos lugares que elas querem conhecer... Passear de barquinho no rio, talvez, e fazer uma *fêtezinha* artística para elas.

— Parece viável. O que você quer para o almoço? Bolo, sanduíches, frutas e café são o bastante, suponho.

— Ah, meu Deus, não! Devemos oferecer língua e salada de frango, chocolate francês e sorvete. As garotas estão acostumadas com essas coisas, e quero que meu almoço seja formal e elegante, embora eu costure para viver.

— São quantas moças? — perguntou a mãe, começando a parecer séria.

— Acho que são doze ou catorze na classe, mas penso que não virão todas.

— Meu Deus, menina, você vai precisar fretar um ônibus para trazê-las.

— Ora, mãe, como você é capaz de pensar em uma coisa dessas? Não mais do que seis ou oito virão, provavelmente por isso vou contratar uma daquelas jardineiras de praia e pedir emprestado ao sr. Laurence o xará-banco. — Era a pronúncia de Hannah para *char-à-banc*.

— Tudo isso vai sair caro, Amy.

— Não muito. Calculei o custo, e eu mesma vou pagar.

— Pense uma coisa, querida: como essas garotas estão acostumadas a tudo isso, e o melhor que podemos fazer não trará nada de novo, não seria mais agradável para elas um plano mais simples, que pelo menos lhes serviria para variar um pouco, e muito melhor para nós, do que comprar ou pedir emprestado o que não precisamos, e afetar um estilo que não está de acordo com nossa condição?

— Se não posso fazer as coisas como gosto, não faço questão de fazê-las. Sei que posso realizar tudo isso perfeitamente bem, se você e as meninas ajudarem um pouco; e não vejo por que não possa, se estou disposta a pagar — afirmou Amy, com uma decisão que qualquer oposição estaria fadada a transformar em teimosia.

A sra. March sabia que a experiência era excelente professora e, quando possível, deixava as filhas aprenderem sozinhas as lições que teria facilitado de bom grado, se não tivessem se oposto a receber conselhos tanto quanto sais e sena.

— Muito bem, Amy, se está decidida e acha que é capaz de fazê-lo sem despender muito dinheiro, tempo e humor, não direi mais nada. Fale com as meninas, e ficarei feliz em ajudá-la no que quiser fazer.

— Obrigada, mãe, você é sempre *tão* gentil. — E assim partiu Amy para expor seu plano diante das irmãs.

Meg concordou de imediato e prometeu-lhe ajuda, oferecendo alegremente qualquer coisa que possuísse, de sua casinha até suas melhores colheres de sopa. Mas Jo fez cara feia para todo o plano e não quis se envolver de forma alguma, a princípio.

— Por que diabos você deveria gastar seu dinheiro, preocupar sua família e virar a casa de cabeça para baixo por um bando de garotas que não gostam o mínimo de você? Pensei que tivesse orgulho e bom senso o bastante para não ser submissa diante de uma mulher só porque ela usa botas francesas e passeia em um cupê — criticou Jo, que, tendo de abandonar o trágico clímax de seu romance para atender ao chamado, não estava no melhor humor para o contato social.

— *Não sou* submissa e odeio a complacência tanto quanto você! — retrucou Amy nervosa, pois as duas ainda discordavam violentamente quando essas questões vinham à baila. — As garotas gostam de mim, e eu delas, e há muita gentileza, bom senso e talento entre elas, apesar do que você chama de bobagem da moda. Você não se importa em fazer as pessoas gostarem de você, em frequentar a boa sociedade e cultivar seus gostos e maneiras. Eu me importo, e quero extrair o melhor de toda oportunidade que apareça. Você pode sair pelo mundo de mangas curtas e desdenhosa de tudo e chamar isso de independência. Não é o meu jeito.

Quando Amy afiava a língua e dava liberdade a seus pensamentos, em geral ia muito bem, pois raramente deixava de ter o bom senso ao seu lado, enquanto Jo não conhecia limites para seu amor à liberdade e ódio aos protocolos sociais, a tal ponto que invariavelmente se via envolvida em discussões. A definição que Amy produzira da ideia de independência de Jo era tão boa que ambas caíram na gargalhada, e a discussão tomou um rumo mais amigável. Muito contra sua vontade, Jo por fim consentiu em sacrificar um dia à sra. Grundy e ajudar a irmã no que considerava "um negócio sem sentido".

Os convites foram enviados, quase todos foram aceitos, e a segunda-feira seguinte foi reservada para o grande evento. Hannah estava de mau humor porque o trabalho de sua semana fora desorganizado, e profetizou que "si num desse pra lavá e passá direito, nada dava certo de jeito nenhum". Esse problema na mola mestra da engrenagem doméstica teve um efeito ruim sobre tudo; mas o lema de Amy era "*Nil desperandum*", e tendo decidido o que fazer, passou a fazê-lo apesar de todos os percalços. Para começar: a comida de Hannah não deu certo; o frango ficou duro, a língua muito salgada, e o chocolate não espumou direito. Já o bolo e o gelo custaram mais do que Amy esperava, assim como o transporte; e várias outras despesas que de início pareciam insignificantes assomaram um tanto quanto alarmantes posteriormente. Beth ficou resfriada e de cama; Meg teve um número incomum de visitas que a manteve em casa; e Jo tinha sentimentos tão conflitantes que a quantidade de erros, acidentes e coisas quebradas provou-se incrivelmente numerosa, séria e desgastante.

— Se não fosse por mamãe, jamais teria conseguido chegar ao fim — declarou Amy depois, lembrando-se, cheia de gratidão, quando "a melhor piada da temporada" já estava inteiramente esquecida por todos.

Se não fizesse bom tempo na segunda-feira, as moças viriam na terça, combinação que incomodou Jo e Hannah deveras. Na segunda de manhã, o tempo mostrava-se naquela indecisão que é mais exasperante do que uma chuva sem fim. Chuviscava um pouco, abria um pouco, soprava um pouco e não se decidiu até que fosse tarde demais para alguém tomar uma decisão. Amy acordou com o nascer do sol, apressou todos para que saíssem de suas camas e tomassem o café da manhã e a casa fosse posta em ordem. A sala pareceu-lhe particularmente velha, mas, sem parar para lamentar o que não tinha, habilmente fez o melhor que pôde com o que tinha, arrumando cadeiras sobre os pontos gastos do tapete, cobrindo manchas nas paredes com imagens emolduradas com hera e preenchendo cantos vazios com estatuária feita em casa, que deram um ar artístico ao cômodo, assim como os adoráveis vasos de flores que Jo espalhou.

O almoço pareceu encantador; e, ao examiná-lo, esperou de todo o coração que estivesse bom, e que os copos, a porcelana e a prata emprestados voltassem para casa em segurança. As carruagens foram prometidas, Meg e a sra. March estavam prontas para fazer as honras, Beth pôde ajudar Hannah nos bastidores, Jo se empenhara em ser tão alegre e amável quanto uma mente avoada, uma dor de cabeça e uma firme reprovação de tudo e todos lhe permitissem; e enquanto se vestia, cansada, Amy animou-se imaginando os momentos felizes em que, findo o almoço sem sobressaltos, ela partiria com as amigas para uma tarde de delícias artísticas, pois o "xará-banco" e a ponte quebrada eram seus pontos fortes.

Depois vieram duas horas de suspense, durante as quais ela se agitou da sala à varanda, enquanto a opinião pública variava como um catavento. Uma chuvarada insolente às onze havia, era claro, extinguido o entusiasmo das moças que chegariam ao meio-dia, pois ninguém viera; e, às duas horas, a família exaurida sentou-se sob um raio de sol para consumir as porções perecíveis do banquete, para que nada fosse perdido.

— Hoje o tempo não deixa dúvidas. Elas certamente virão; por isso, devemos voar e estar prontas para elas — anunciou Amy, quando o sol a acordou na manhã seguinte. Ela falou com alegria, mas em seu íntimo desejou não ter dito nada sobre a terça-feira, pois seu interesse, como seu bolo, estava ficando um tanto dormido.

— Não posso comprar lagosta; então, você terá que ficar sem salada hoje — disse o sr. March, apresentando-se meia hora depois, com uma expressão de plácido desespero.

— Use o frango, então; ele estar duro não incomodará em uma salada — aconselhou a esposa.

— Hannah o deixou na mesa da cozinha um minuto, e os gatinhos o comeram. Sinto muito, Amy — acrescentou Beth, que ainda era uma protetora dos gatos.

— Bom, *preciso* de uma lagosta, porque a língua sozinha não vai funcionar — afirmou Amy, decidida.

— Devo correr à cidade e buscar uma? — perguntou Jo, com a magnanimidade de um mártir.

— Você a traria debaixo do braço, sem embrulho, só para me provocar. Eu mesma vou — respondeu Amy, cujo humor começava a abandoná-la.

Envolta em um véu espesso e armada com uma aristocrática cesta de viagem, ela partiu, sentindo que um passeio frio acalmaria seu espírito agitado e a prepararia para os trabalhos do dia. Depois de algum atraso, o objeto de seu desejo foi adquirido, assim como uma garrafa de molho, que evitava mais perda de tempo em casa, e ela retornou, bastante satisfeita com a própria providência.

Como o ônibus levasse apenas um passageiro, uma velhinha sonolenta, Amy guardou o véu e distraiu-se do tédio do caminho tentando descobrir o destino de todo o seu dinheiro. Tão ocupada estava com seu cartão cheio de números resistentes à compreensão que não observou a presença de um recém-chegado, que subiu sem que o veículo parasse, até que uma voz masculina disse:

— Bom dia, srta. March.

E, olhando para cima, ela viu um dos mais elegantes amigos de faculdade de Laurie. Esperando ardentemente que ele saltasse antes dela, Amy ignorou por completo a cesta a seus pés e, feliz consigo mesma por ter posto seu novo vestido de viagem, retribuiu a saudação do jovem com sua suavidade e gênio habituais.

O caminho de ambos foi ótimo, pois a principal preocupação de Amy logo se apaziguou, quando soube que o cavalheiro saltaria primeiro, e ela conversava em tom particularmente afetado, quando a velha senhora saiu. Ao cambalear até a porta, ela esbarrou na cesta, e — ai, horror! — a lagosta, em todo o seu vulgar tamanho e brilho, revelou-se aos olhos de um Tudor!

— Meu Deus, ela esqueceu-se do jantar! — exclamou o jovem desavisado, devolvendo com a bengala o monstro escarlate a seu lugar e prestes a estender a cesta à velhinha.

— Por favor, não... É... é minha — murmurou Amy, com um rosto quase tão vermelho quanto o crustáceo.

— Ah. Peço-lhe desculpas. Mas que bela lagosta, não? Incomparavelmente bela — elogiou Tudor, com grande presença de espírito e um ar de interesse sóbrio digno de sua criação.

Amy recuperou-se sem muito esforço, ajeitou a cesta com ousadia no banco e disse, rindo:

— Você não gostaria de um pouco da salada em que ela vai estar, e de ver as moças encantadoras que a vão comer?

Era o tato em ação, pois tocava duas das fraquezas dominantes da mente masculina. A lagosta foi instantaneamente cercada por um halo de agradáveis reminiscências, e a curiosidade sobre "as moças encantadoras" desviou-lhe os pensamentos do contratempo cômico.

"Suponho que ele vá rir e fazer troça disso com Laurie, mas não os verei, isso é um conforto", pensou Amy, quando Tudor a cumprimentou e partiu.

Ela não mencionou em casa o encontro (embora tenha descoberto que, graças ao incidente, seu vestido novo fora muito danificado pelos regatos de molho que serpentearam saia abaixo), mas continuou com os preparativos que agora pareciam mais irritantes do que antes; e, ao meio-dia, estava tudo pronto novamente. Sentindo que os vizinhos estavam interessados em seus movimentos, desejou apagar a memória do fracasso do dia anterior com um grande sucesso; pediu, então, o "xará-banco" e saiu com grande pompa para encontrar e acompanhar as convidadas do banquete.

— Escuto os cavalos, elas estão chegando! Vou para o alpendre recebê-las. Parece hospitaleiro, e quero que a menina se divirta depois de todos os seus problemas, coitada — disse a sra. March, adequando ações e palavras. Em um vislumbre, porém, ela se recolheu com uma expressão indescritível, pois, parecendo completamente perdidas na grande carruagem, estavam Amy e uma moça.

— Corra, Beth, e ajude Hannah a tirar metade das coisas da mesa. Seria muito absurdo servir um almoço para doze pessoas diante de uma garota sozinha — exclamou Jo, apressando-se para as profundezas da cozinha, agitada demais para parar até mesmo para rir.

Amy entrou, bastante calma e tratando com deliciosa cordialidade a única convidada que cumprira a promessa; o restante da família, com seu talento dramático, desempenhou cada papel igualmente bem, e a srta. Eliott os considerou divertidíssimos, pois era impossível controlar inteiramente a animação que os tomara. Depois de o almoço redimensionado ter sido servido, o estúdio e o jardim visitados, e a arte discutida com entusiasmo, Amy pediu uma charrete (pobre do elegante "xará-banco"!) e conduziu a amiga calmamente pela vizinhança até o pôr do sol, quando "a festa foi embora".

Quando entrou em casa, parecendo muito cansada, mas calma como sempre, observou que todos os vestígios da festa infeliz tinham desaparecido, exceto um franzido suspeito nos cantos da boca de Jo.

— Você teve uma tarde agradável para o seu passeio, querida — disse a mãe, tão respeitosamente quanto se as doze convidadas tivessem comparecido.

— A srta. Eliott é uma menina muito doce, e pareceu se divertir, acho — observou Beth, incomumente calorosa.

— Você poderia me dar um pedaço do bolo? Realmente quero um pouco; recebo tantas visitas, e não seria capaz de fazer coisas tão deliciosas quanto as suas — perguntou Meg, sobriamente.

— Leve tudo. Sou a única aqui que gosta de doces, e vai mofar antes que eu jogue fora — respondeu Amy, pensando com um suspiro na quantidade de provisões que usara para um fim como aquele.

— É uma pena que Laurie não esteja aqui para nos ajudar — começou Jo, quando se sentaram para tomar sorvete e comer salada pela quarta vez em dois dias.

Um olhar de advertência de sua mãe refreou quaisquer comentários adicionais, e toda a família comeu em silêncio heroico, até que o sr. March comentou suavemente:

— Salada era um dos pratos favoritos dos antigos, e John Evelyn...

Nesse momento, uma explosão geral de riso interrompeu a "história das saladas", para grande surpresa do erudito cavalheiro.

— Empacote tudo em uma cesta e envie para os Hummel. Alemães gostam de comida. Não aguento mais olhar para isso; e não há motivo para todos vocês se matarem de comer só porque fui uma tola — bradou Amy, enxugando os olhos.

— Pensei que *ia* morrer quando vi vocês duas tagarelando dentro daquele sabe-se-lá-qual-é-o-nome, como dois grãozinhos em uma enorme casca de noz, e mamãe esperando com toda a pompa para receber a multidão — suspirou Jo, bastante cansada de rir.

— Sinto muito que você tenha ficado desapontada, filha, mas todos fizemos o melhor para satisfazê-la — disse a sra. March, num tom cheio de lamento maternal.

— *Estou* satisfeita. Fiz o que queria, e não é minha culpa que tenha falhado. Eu me consolo com isso — disse Amy, com um pequeno tremor na voz. — Agradeço muito a todos por me ajudarem, e vou agradecer ainda mais se não mencionarem isso por um mês, pelo menos.

Ninguém o fez durante vários meses, mas a palavra "*fête*" sempre produzia um sorriso geral, e o presente de aniversário de Laurie para Amy foi uma minúscula lagosta de coral na forma de talismã para a proteger.

27. LIÇÕES LITERÁRIAS

A SORTE SORRIU DE REPENTE para Jo e deixou pingar uma moedinha de boa fortuna em seu caminho. Não era uma moeda de ouro, é preciso dizê-lo; mas duvido que meio milhão lhe tivesse dado mais felicidade genuína do que a pequena quantia que lhe caiu em mãos dessa forma.

A cada poucas semanas, ela se trancava em seu quarto, vestia o traje com que gostava de escrever e "mergulhava num furacão", como dizia, produzindo seu romance com absoluto empenho de coração e alma, pois até que terminasse não teria paz. Seu "traje de escrever" consistia em um avental preto, no qual podia limpar a pena à vontade, e um gorro do mesmo material, enfeitado com um alegre laço vermelho, no qual enfiava o cabelo quando tudo estava pronto para levantar âncora e zarpar. O dito gorro era um farol para os olhos observadores da família, que durante tais períodos guardava distância, apenas espiando de quando em quando para perguntar, com interesse: "O gênio está em chamas, Jo?". Nem sempre se arriscavam com a pergunta; apenas atentavam ao gorro e o julgavam segundo seu estado. Se a expressiva peça de roupa lhe cobria a testa, era sinal de que trabalho duro estava em curso; em momentos de emoção, ele aparecia puxado de um lado; e quando o desespero se apoderava da autora, era arrancado e jogado no chão. Nessas ocasiões, o intruso se retirava silenciosamente; e ninguém ousava lhe dirigir a palavra até que o laço vermelho fosse visto alegremente sobre a sobrancelha talentosa.

Ela não pensava em si como um gênio, de forma alguma; mas quando o furor da escrita se manifestava, entregava-se a ele com absoluto abandono, e levava uma vida alegre, sem pensar em carências, preocupações ou mau tempo, a salvo e feliz em um mundo imaginário, repleto de amigos quase tão reais e queridos para si quanto qualquer um de carne e osso. O sono lhe abandonava os olhos, as refeições permaneciam intocadas, dia e noite eram curtos demais para desfrutar da felicidade que a abençoava somente naqueles períodos e tornava esses momentos da vida valiosíssimos, ainda que não produzissem outros frutos. O sopro divino durava, em geral, uma ou duas semanas, e então ela emergia de seu "furacão", faminta, sonolenta, zangada ou deprimida.

Ela ainda se recuperava de um desses ataques quando foi convencida a acompanhar a srta. Crocker a uma palestra e, como prêmio por sua virtude, foi agraciada com uma nova ideia. Era um curso popular, a palestra versava sobre as Pirâmides, e Jo perguntou-se sobre a necessidade de um assunto como aquele para tal público, mas presumiu que algum grande mal social seria remediado ou algum grande desejo suprido pelo desdobramento das glórias dos faraós para pessoas cujos pensamentos se ocupavam do preço do carvão e da farinha, e cujas vidas haviam sido gastas na tentativa de resolver enigmas mais difíceis que o da Esfinge.

Elas haviam chegado cedo; e, enquanto a srta. Crocker ajeitava o calcanhar da meia, Jo divertia-se examinando os rostos das pessoas que dividiam o assento com elas. À sua esquerda, havia duas senhoras com enormes testas e toucas a elas adequadas, discutindo os Direitos da Mulher e fazendo bordado. Mais adiante, se via um casal humilde de namorados, que seguravam inocentemente a mão um do outro, uma solteirona esquisita que comia balas de hortelã de um saco de papel, e um velho cavalheiro que tirava seu cochilo preliminar sob um lenço amarelo. À direita de Jo, seu único vizinho era um rapaz de aparência estudiosa, imerso em um jornal.

Era uma folha ilustrada, e Jo examinou a obra de arte mais próxima a ela, perguntando-se sem maior preocupação que fortuita concatenação de circunstâncias tornava necessária a ilustração melodramática de um índio em traje de guerra completo, caindo de um precipício com um lobo preso à garganta, enquanto dois jovens cavalheiros enfurecidos, bizarramente representados com pés pequenos e olhos grandes, esfaqueavam-se nas proximidades, e uma mulher de cabelos revoltos corria para longe, ao fundo, de boca aberta. Parando para virar a página, o rapaz percebeu que Jo observava e, com boa disposição de menino, ofereceu metade de seu jornal, dizendo sem rodeios:

— Quer ler? É uma história de primeira.

Jo aceitou com um sorriso, pois nunca superara sua simpatia pelos meninos, e logo se viu envolvida no clássico labirinto de amor, mistério e assassinato, pois a história pertencia àquela classe de literatura ligeira em que as paixões se entretêm e, quando falta inventividade ao autor, uma grande catástrofe tira de cena uma metade das *dramatis personae*, deixando a outra metade a comemorar sua queda.

— De primeira, não? — perguntou o rapaz, quando os olhos de Jo chegaram ao último parágrafo da folha que ele lhe dera.

— Acho que você e eu poderíamos escrever quase tão bem quanto isto, se tentássemos — retrucou Jo, divertindo-se com a admiração do rapaz por aquele horror.

— Eu ia me achar um sujeito de sorte, se conseguisse. Segundo dizem, ela leva uma vida muito boa escrevendo essas histórias. — E ele apontou o nome da sra. P.I.A.D.A. Northbury, sob o título do conto.

— Você a conhece? — perguntou Jo, com súbito interesse.

— Não, mas li tudo que ela escreveu, e conheço um rapaz que trabalha no escritório onde esta revista é impressa.

— Você disse que ela vive bem escrevendo histórias como essa? — E Jo olhou com mais respeito para o grupo agitado e para os pontos de exclamação que enfeitavam a página.

— Acho que sim! Ela sabe exatamente do que as pessoas gostam e é bem paga para dar isso a elas.

Nesse momento, a palestra começou, mas Jo ouviu muito pouco dela, pois enquanto o professor Sands discorria sobre Belzoni, Quéops, escaravelhos e hieróglifos, ela anotava discretamente o endereço do jornal e decidia corajosamente disputar o prêmio de cem dólares oferecido em sua coluna por um conto sensacionalista. Quando a palestra terminou, e a plateia acordou, ela já havia amealhado uma esplêndida fortuna (e não a primeira baseada em escrita), e já estava imersa no preparo de sua história, ainda incapaz de decidir se o duelo deveria vir antes da fuga ou após o assassinato.

Não disse nada em casa sobre o plano, mas começou a trabalhar no dia seguinte, para a inquietude de sua mãe, que sempre parecia um pouco aflita quando "o gênio estava em chamas". Jo nunca experimentara esse estilo antes, contentando-se com histórias leves de amor para o *The Spread Eagle*. Sua experiência teatral e leituras variadas seriam de grande serventia, pois davam a ela uma ideia do efeito dramático e forneciam enredo, linguagem e figurino. A história era tão cheia de angústia e desespero quanto sua limitada familiaridade com essas desconfortáveis emoções lhe permitiam fazê-lo e, tendo-a ambientado em Lisboa, acabava em um terremoto, desfecho impressionante e apropriado. Jo enviou o manuscrito em sigilo, acompanhado de uma nota, dizendo modestamente que, se o conto não obtivesse o prêmio, ao qual o escritor não tinha pretensões, ficaria muito feliz em receber qualquer quantia que pudesse ser considerada digna.

Seis semanas é muito tempo para esperar, e ainda mais tempo para uma garota guardar um segredo; mas Jo fez as duas coisas, e começava então a abandonar toda esperança de ver seu manuscrito novamente, quando a chegada de uma carta quase a deixou sem ar; pois, ao abri-la, um cheque de cem dólares caiu sobre seu colo. Por um minuto, ela olhou para ele como se fosse uma cobra; em seguida, leu a carta e começou a chorar. Se o amável cavalheiro que escreveu aquele gentil bilhete pudesse saber que intensa felicidade havia proporcionado a um semelhante, penso que dedicaria suas horas de lazer, caso as tivesse, a tal diversão; pois Jo valorizava mais a carta do que o dinheiro, porque a incentivava, e depois de anos de esforço, era *muito* agradável descobrir que aprendera a fazer *alguma coisa*, ainda que fosse escrever contos sensacionalistas.

Poucas vezes se viu jovem mais orgulhosa do que ela, quando, já recomposta, agitou a família aparecendo diante de todos com a carta em uma das mãos e o cheque na outra, anunciando que havia ganhado o prêmio! É claro que se fez grande festa, e quando a história chegou, todos leram e elogiaram, embora o pai, depois de comentar que a linguagem era boa, o enredo vivo e sincero e a tragédia bastante emocionante, tenha balançado a cabeça e dito, à sua maneira etérea:

— Você pode fazer melhor que isso, Jo. Almeje o mais elevado, e não se importe com o dinheiro.

— Acho que o dinheiro é a *melhor* parte disso. O que você vai fazer com essa *fortuna*? — perguntou Amy, com um olho reverente dirigido à tira mágica de papel.

— Mandar Beth e mamãe para o litoral por um mês ou dois — respondeu prontamente Jo.

— Oh, que esplêndido! Não, não posso fazer isso, querida, seria muito egoísta — exclamou Beth, que batera palmas com as mãozinhas emaciadas e respirara fundo, como quem desejasse ardentemente o frescor da brisa do mar, parando em seguida e afastando o cheque que a irmã balançava em sua direção.

— Ah, mas você precisa ir, estou decidida; por isso me esforcei e por isso venci. Nunca faço progressos quando penso apenas em mim mesma; então, pensar em você quando trabalho me ajuda, entende? Mamãe precisa mudar um pouco de ares, e ela não vai deixá-la, então você *precisa* ir. Não vai ser divertido ver você voltar para casa gordinha e corada de novo? Uma salva de palmas à dra. Jo, que sempre cura seus pacientes!

Ao litoral elas foram, depois de muita discussão; e embora Beth não tenha voltado para casa tão gordinha e corada quanto se desejava, estava muito melhor, enquanto a sra. March declarou sentir-se dez anos mais jovem. Assim, Jo ficou satisfeita com o investimento do prêmio em dinheiro e pôs-se a trabalhar com alegria, empenhada em ganhar mais desses deliciosos cheques. Foram vários naquele ano e começou a sentir-se uma potência na casa; pois pela magia de uma pena, seu "lixo" se transformava em conforto para todos. "A filha do duque" pagou a conta do açougueiro; "A mão fantasma", um novo tapete; e "A maldição dos Coventry" provou-se a bênção dos March sob a forma de mantimentos e vestidos.

A riqueza é coisa muito desejável, quanto a isso não resta dúvida; mas a pobreza tem seu lado luminoso, e um dos doces benefícios da adversidade é a satisfação genuína que advém do trabalho sincero da cabeça ou das mãos. Devemos à inspiração nascida da necessidade metade das sábias, belas e úteis bênçãos do mundo. Jo gostava dessa satisfação e deixava de invejar as garotas mais ricas, muito confortada por saber que podia suprir suas próprias necessidades e não precisava pedir um centavo a quem quer que fosse.

Suas histórias chamaram pouca atenção, mas encontraram um mercado; e estimulada por este fato, decidiu realizar um movimento ousado visando à fama e à fortuna. Depois de copiar seu romance pela quarta vez, lê-lo a todos os amigos confidentes e submetê-lo com medo e tremor a três editores, ela finalmente optou por transformá-lo, sob a condição de abreviá-lo em um terço e omitir todas as partes de que particularmente gostava.

— Ou empacoto o romance e o devolvo ao meu assador de metal para mofar, ou pago eu mesma para publicá-lo, ou desmembro-o para atender aos compradores e conseguir o que puder por ele. A fama é uma coisa muito boa de se ter em casa, mas dinheiro é mais conveniente; por isso gostaria de chegar a um bom termo comum sobre esse assunto importante — disse Jo, convocando um conselho de família.

— Não estrague seu livro, minha filha, pois há mais nisso do que você sabe, e a ideia está bem elaborada. Espere e permita que amadureça — foi o conselho de seu pai; e ele praticava o que pregava, tendo esperado pacientemente trinta anos para que seus próprios frutos amadurecessem, e, mesmo então, quando estavam doces e suaves, não tinha pressa de colhê-los.

— Parece-me que Jo vai lucrar mais passando pelo julgamento do que esperando — opinou a sra. March. — A crítica é o melhor teste para esse tipo de trabalho, pois lhe mostrará os méritos e as falhas insuspeitas e a ajudará a fazer melhor em outra oportunidade. Somos parciais demais; mas o elogio e a censura de estranhos serão úteis, mesmo que ela só consiga pouco dinheiro.

— Sim, é exatamente isso — disse Jo, franzindo as sobrancelhas. — Mexi tanto tempo nele sem necessidade que realmente não sei se é bom, ruim ou nem uma coisa, nem outra. Será uma grande ajuda se pessoas distantes e imparciais derem uma olhada nele e me disserem o que pensam.

— Eu não deixaria uma palavra de fora. Você vai estragar o livro, se fizer isso, porque o interesse da história está mais nas mentes do que nas ações das personagens, e vai ficar uma bagunça se você não explicar tudo à medida que a história seguir — disse Meg, que acreditava firmemente que o romance de Jo era o mais notável jamais escrito.

— Mas o sr. Allen diz: "Deixe de fora as explicações, faça-as breves e dramáticas, e permita que as personagens contem a história" — interrompeu Jo, voltando-se para o bilhete do editor.

— Faça o que ele diz. Ele sabe o que vai vender, nós não. Faça um livro bom e popular e ganhe tanto dinheiro quanto puder. Cedo ou tarde, quando tiver um nome, você poderá se permitir divagar e ter personagens filosóficas e metafísicas em seus romances — falou Amy, que tinha uma visão estritamente pragmática do assunto.

— Bem, se minhas personagens *são* "filosóficas e metafísicas", não é minha culpa, porque não sei nada sobre essas coisas, exceto o que ouço o papai dizer, às vezes — riu Jo. — Se tenho algumas dessas ideias sábias misturadas com meu romance, tanto melhor para mim. E você, Beth, o que diz?

— Gostaria de vê-lo impresso *logo* — foi tudo o que Beth disse, e sorriu ao dizê-lo. Mas havia uma ênfase inconsciente na última palavra e uma melancolia nos olhos, que nunca perdiam a sinceridade infantil, que gelaram o coração de Jo por um instante com um pressentimento ruim, e a levaram a decidir pôr seu pequeno empreendimento em prática "logo".

Assim, com firmeza espartana, a jovem autora deitou seu primogênito na mesa e cortou-o com a impiedade de um ogro. Na esperança de agradar a todos, seguiu-lhes os conselhos todos e, como o velho e seu burro na fábula, não agradou a ninguém.

O pai gostava do toque metafísico que inconscientemente havia nele, de modo que ela o manteve, embora tivesse dúvidas quanto a isso. A mãe pensou que havia um *pequeno* excesso de descrição; assim, as descrições desapareceram quase que por completo, levando consigo muitos elos necessários ao enredo. Meg admirava a tragédia; por isso, Jo carregou nas tintas da agonia para agradá-la; Amy se opunha ao humor, e, com as melhores intenções, Jo apagou as cenas vivas que aliviavam o caráter sombrio da história. Por fim, para completar a catástrofe, ela reduziu a história a um terço e, cheia de confiança, despachou o coitadinho do romance, como um passarinho depenado, ao mundo, vasto mundo, para tentar seu destino.

Bem, o romance foi impresso, e ela ganhou trezentos dólares por ele, recebendo o mesmo quinhão de elogios e críticas, ambos maiores do que esperava, de tal modo que se viu lançada em um estado de perplexidade do qual levou algum tempo para se recuperar.

— Você disse, mamãe, que a crítica me ajudaria. Mas como é possível, quando tudo é tão contraditório que não sei se escrevi um livro promissor ou se violei todos os dez mandamentos? — bradou a pobre Jo, virando uma pilha de comentários, cuja leitura a enchia de orgulho e alegria num instante, ira e desânimo no instante seguinte. — Este homem diz: "Um livro sofisticado, cheio de verdade, beleza e seriedade; tudo é doce, puro e saudável". O outro: "A teoria do livro é ruim, cheia de fantasias mórbidas, ideias espiritualistas e personagens inaturais". Agora, como eu não tinha teoria alguma, não acredito em espiritualismo e copiei meus personagens da vida, não vejo como esse crítico pode estar certo. Outro diz: "É um dos melhores romances americanos que apareceram em anos". Que absurdo. E o outro ainda afirma que: "Embora seja original e escrito com muita força e sentimento, é um livro perigoso". Não é! Alguns zombam do livro, alguns exageram, e quase todos insistem que eu tinha uma teoria profunda para expor, quando apenas escrevi por prazer e dinheiro. Antes o tivesse imprimido inteiro, ou não o tivesse imprimido, porque odeio ser tão terrivelmente julgada.

Família e amigos foram generosos nas palavras de conforto e elogio; no entanto, foi uma época difícil para Jo, tão sensível e orgulhosa, que tinha a melhor das intenções e aparentemente agira tão mal. Mas isso lhe fez bem, pois aqueles cuja opinião tinha de fato valor deram a ela a crítica que é a melhor educação de um autor; e, quando a primeira mágoa se apagou, ela pôde rir de seu pobre livrinho sem perder a fé nele e se sentir mais sábia e forte pelos golpes que recebera.

— Não ser um gênio como Keats não vai me matar — concluiu ela, com audácia —, e tenho a ironia a meu favor, afinal; pois as partes que foram tiradas da vida real são denunciadas como impossíveis e absurdas, e as cenas que fiz da minha própria cabeça boba são consideradas "encantadoramente naturais, ternas e verdadeiras". Então, me confortarei com isso; e quando estiver pronta, subirei ao sótão e tentarei de novo.

28. EXPERIÊNCIAS DOMÉSTICAS

Como a maioria das outras jovens senhoras, Meg começou a vida de casada com a determinação de ser uma dona de casa exemplar. John devia encontrar um paraíso em casa; devia sempre ver um rosto sorridente; comer suntuosamente todos os dias e jamais conhecer a perda de um botão. Ela colocava tanto amor, energia e alegria no trabalho que disso não podia resultar menos do que o sucesso, apesar de alguns obstáculos. Seu paraíso não era tranquilo, pois a mulherzinha se preocupava demais com miudezas, ansiava demais por agradar e agitava-se como uma verdadeira Marta, sobrecarregada de cuidados muitos. Às vezes, ficava cansada demais até mesmo para sorrir; John teve o estômago atacado depois de um cardápio de elegantes pratos e, ingrato, exigiu refeições simples. Quanto aos botões, logo aprendeu a se perguntar sobre seu paradeiro, a se abismar com o descuido dos homens e a ameaçar obrigá-lo a costurá-los ele próprio e ver se a costura *dele* suportaria melhor os puxões de linha impacientes e os dedos desajeitados.

Eram muito felizes, mesmo depois de descobrir que não podiam viver apenas de amor. Meg não se tornou menos bela aos olhos de John, embora ela se iluminasse para ele detrás do bule de café; tampouco ela perdeu o interesse no romance da despedida diária, quando o marido pontuava o beijo com a delicada pergunta: "Devo pedir que entreguem vitela ou carneiro para o jantar, querida?". A casinha deixou de ser a cabaninha adorada para se tornar um lar, e o jovem casal logo sentiu que essa fora uma mudança para melhor. No início, brincavam de casinha e se divertiam nela como crianças. John, porém, pôs-se a trabalhar a sério, sentindo sobre os ombros as preocupações de um chefe de família, e Meg deixou de lado os xales de cambraia, vestiu um grande avental e começou a trabalhar, como antes se disse, com mais energia do que discernimento.

Enquanto durou a mania de cozinhar, passou pelo livro de receitas da sra. Cornelius como se fosse um exercício matemático, resolvendo os problemas com paciência e cuidado. Por vezes, convidou a família para ajudar a comer banquetes por demais generosos de êxitos culinários, ou Lotty era despachada às escondidas com uma carga de fracassos, a serem escondidos dos olhos de todos nos convenientes estômagos dos pequenos Hummel. Uma noite com John debruçado sobre o livro-caixa era, em geral, o bastante para arrefecer temporariamente o entusiasmo culinário, e a ele se seguia um ajuste frugal, durante o qual o pobre homem era submetido a um cardápio de pudim de pão, guisado e café fervido, uma provação para sua alma, embora o suportasse com uma força louvável. Antes de chegar a um bom meio-termo, porém, Meg acrescentou às suas posses domésticas algo sem o qual os jovens casais raramente conseguem ficar muito tempo: frascos para conservas.

Arrebatada por um desejo doméstico de ver sua despensa abastecida com conservas caseiras, ela decidiu fazer sua própria geleia de groselha. Pediu a John que encomendasse cerca de uma dúzia de potinhos e uma quantidade extra de açúcar, pois as groselhas estavam maduras e deviam ser usadas imediatamente. Como John acreditava firmemente que "minha mulher" tinha plenas condições de realizar o que fosse, e sentia um orgulho natural em sua habilidade, decidiu que ela deveria ser recompensada, e que a única safra de frutas do casal seria conservada da maneira mais agradável para uso no inverno. Foram enviadas para casa quatro dúzias de lindos potinhos, meio barril de açúcar e um menininho, que deveria colher para ela as groselhas. Com o cabelo bonito enfiado num gorrinho, os braços nus até o cotovelo e um avental xadrez que lhe dava ares de coquete, apesar do peitilho, a jovem dona de casa começou a trabalhar, segura de seu sucesso; pois não havia visto Hannah fazer aquilo centenas de vezes? O conjunto de potes a surpreendeu a princípio, mas John gostava tanto de geleia, e os potinhos ficavam tão bonitos na prateleira do alto, que Meg decidiu enchê-los todos e passou um longo dia colhendo, fervendo, trabalhando com afinco e indo de um lado para o outro, tudo pela geleia. Fez o melhor que pôde; aconselhou-se com a sra. Cornelius, esforçou-se para se lembrar do que Hannah fazia que ela deixara de fazer; tornou a cozinhar, colocou mais açúcar e coou de novo, mas aquela coisa horrível não *queria* virar geleia.

Sua vontade era de correr para casa, com peitilho e tudo, e pedir à mãe que lhe desse uma mão, mas John e ela concordaram que nunca incomodariam quem quer que fosse com suas preocupações, experiências ou discussões. Tinham rido da última palavra, como se a ideia fosse a mais absurda; mas tinham mantido a determinação e sempre que eram capazes de seguir sem ajuda o faziam, e ninguém interferia, pois a sra. March havia recomendado o plano. Assim, Meg lutou sozinha com o insubmisso doce ao longo de todo aquele dia quente de verão e, às cinco horas, sentou-se de pernas para o ar em sua cozinha, apertou as mãos grudentas uma na outra, ergueu a voz e chorou.

Ora, no primeiro rubor da nova vida, ela costumava dizer:

— Meu marido deve se sentir à vontade para trazer amigos em casa, sempre que quiser. Estarei sempre preparada. Não haverá confusão, repreensão, nem desconforto, mas uma casa elegante, uma esposa alegre e um bom jantar. John, querido, não é preciso pedir permissão; convide quem quiser e esteja certo de que será bem-recebido.

Era encantador, disso não resta dúvida! John reluzia de orgulho ao ouvi-la dizer aquilo e sentia a bênção que era ter uma esposa de qualidades superiores. Mas, embora tivessem convidados de vez em quando, nunca fora inesperado, e até então Meg nunca tivera a oportunidade de se distinguir. Sempre acontece assim, neste vale de lágrimas; há algo de inevitável nessas coisas e só podemos nos admirar, deplorar e suportar da melhor maneira possível.

Se John não tivesse se esquecido completamente da geleia, teria sido de fato imperdoável escolher justo aquele dia, dentre todos os dias do ano, para levar um amigo para jantar em casa inesperadamente. Felicitando-se por ter encomendado um belo repasto naquela manhã, sentindo-se seguro de que este estaria pronto assim que solicitado e entregando-se a agradáveis prenúncios do encantador efeito que suscitaria, quando sua linda esposa saísse correndo a seu encontro, conduziu o amigo a sua morada, com a irreprimível satisfação de um jovem anfitrião e marido.

Este é um mundo de decepções, como John descobriu quando chegou ao Pombal. A porta da frente em geral ficava hospitaleiramente aberta. Agora não só estava fechada, como trancada, e a lama do dia anterior ainda adornava os degraus. As janelas da sala de estar encontravam-se fechadas e cortinadas; não havia qualquer imagem da linda esposa costurando na varanda, vestida de branco e com uma desconcertante tiara no cabelo, ou de uma anfitriã de olhos brilhantes, sorrindo timidamente ao dar boas-vindas ao convidado. Nada do tipo, pois não aparecia vivalma, com exceção de um menino como que coberto de sangue, dormindo sob as groselheiras.

— Receio que algo tenha acontecido. Vamos pelo jardim, Scott, enquanto procuro a sra. Brooke — pediu John, assustado com o silêncio e a solidão.

Ele contornou a casa a passos céleres, guiado por um forte cheiro de açúcar queimado, com o sr. Scott atrás de si, com uma expressão intrigada. O convidado parou discretamente à distância, tão logo Brooke desapareceu; mas podia ver e ouvir e, sendo solteiro, divertiu-se muitíssimo com a cena.

Na cozinha reinava confusão e desespero. Uma versão da geleia havia sido escorrida de panela a panela, outra se espalhava no chão, e uma terceira queimava alegremente no fogão. Lotty, com sua fleuma teutônica, comia calmamente pão acompanhado de vinho de groselha, pois a geleia ainda estava em um estado irremediavelmente líquido, enquanto a sra. Brooke, com o avental na cabeça, soluçava de tristeza.

— Minha querida, qual é o problema? — exclamou John, entrando às pressas, com terríveis visões de mãos escaldadas, sustos e aflições e uma secreta consternação ao pensar no convidado no jardim.

— Ai, John, estou *tão* cansada e nervosa e zangada e preocupada! Fiquei nisso até me esgotar. Venha e me ajude ou vou *morrer*! — E a exausta dona de casa se lançou sobre o peito do marido, dando-lhe uma recepção doce em todos os sentidos da palavra, pois o avental dela e o chão haviam sido batizados ao mesmo tempo.

— O que a preocupa, querida? Aconteceu alguma coisa terrível? — perguntou o ansioso John, beijando ternamente o topo do gorrinho, todo torto.

— Aconteceu — soluçou Meg, em desespero.

— Diga-me rápido, então. Não chore. Posso suportar qualquer coisa melhor do que isso. Vamos, amor.

— A... a geleia não quer virar geleia... e não sei o que fazer!

John Brooke riu então, como nunca se atreveria a rir depois; e o zombeteiro Scott sorriu involuntariamente ao ouvir a explosão vigorosa, que deu o golpe final na desgraça da pobre Meg.

— Isso é tudo? Jogue-a pela janela, e não se preocupe mais com isso. Compro um barril de geleia, se você quiser, mas por favor, não fique histérica, pois trouxe Jack Scott para o jantar, e...

John não conseguiu terminar, pois Meg o empurrou e apertou as mãos com um gesto trágico ao mesmo tempo que se sentava em uma cadeira, exclamando com indignação, reprovação e desalento:

— Um homem para jantar, e essa bagunça toda? John Brooke, como pôde fazer uma coisa dessas?

— Fale baixo, ele está no jardim! Esqueci-me da maldita geleia, mas já não tem jeito — lamentou John, olhando nervoso ao redor.

— Você deveria ter mandado uma mensagem, ou me dito esta manhã, e você deveria ter se lembrado de como eu estava ocupada — continuou Meg, arisca, pois mesmo as rolinhas se bicam quando eriçadas.

— Não sabia disso hoje de manhã, e não tive tempo de mandar uma mensagem, pois o encontrei quando voltava para casa. Nunca pensei em pedir permissão, pois você sempre me disse para fazer o que quisesse. Nunca havia feito antes, e ai de mim se fizer de novo! — acrescentou John, com um ar ofendido.

— Espero que não! Leve-o embora imediatamente. Não posso recebê-lo. Não tem jantar!

— Ah, mas que maravilha! E onde estão a carne e os legumes que mandei para casa, e o pudim que você prometeu? — exclamou John, correndo para a despensa.

— Não tive tempo de cozinhar nada; pensei em jantar na casa da mamãe. Sinto muito, mas estava *tão* ocupada. — E as lágrimas de Meg voltaram a correr.

John era um homem gentil, mas humano; e, depois de um longo dia de trabalho, voltar cansado, com fome e esperançoso, e encontrar uma casa caótica, uma mesa vazia e uma esposa nervosa não era exatamente propício ao repouso do corpo e da mente. Ele se conteve, no entanto, e a pequena tempestade teria se dissipado, não fosse por uma palavra infeliz.

— É um embaraço, reconheço; mas se você ajudar, vamos superá-lo e ainda vamos nos divertir. Não chore, querida; apenas se esforce um pouco, e arranje-nos algo para comer. Nós dois estamos com uma fome de caçador, então não nos importa o que seja. Sirva frios, pão e queijo. Não vamos pedir geleia.

Ele queria que soasse como uma piada bem-humorada, mas aquela palavra selou seu destino. Meg julgou ser cruel *demais* a menção velada a seu triste fracasso, e sua última gota de paciência evaporou enquanto ele falava.

— Você que saia desse embaraço como puder. Estou muito cansada para me "esforçar" para qualquer um. É coisa de homem oferecer reles pão e queijo barato para uma visita. Não vou fazer uma coisa dessas na minha casa. Leve esse Scott até a casa da mamãe e diga que saí... que estou doente, morta, qualquer coisa. Não vou recebê-lo, e vocês dois podem rir de mim e da minha geleia o quanto quiserem; não terão mais nada aqui. — E, depois de lançar o desafio, Meg tirou o avental e saiu precipitadamente do campo de batalha para se lamentar em seu próprio quarto.

O que aquelas duas criaturas fizeram em sua ausência, ela nunca soube; mas o sr. Scott não foi levado "até a casa da mamãe", e quando Meg desceu, depois que eles saíram juntos em caminhada, encontrou vestígios de um banquete criminoso que a encheu de horror. Lotty relatou que haviam comido "um bocado, e riram bastante; e o senhor pediu que ela jogasse fora todo o doce e escondesse as panelas".

Meg desejou sair para contar tudo à mãe; mas um sentimento de vergonha das deficiências de sua vida de casal, de lealdade a John, "que podia ser cruel, mas ninguém deveria saber", a conteve, e, depois de uma limpeza rápida, vestiu-se belamente e sentou-se para esperar que John viesse e fosse perdoado.

Infelizmente, John não veio, uma vez que não via o assunto sob essa perspectiva. Diante de Scott, transformara toda a situação em uma boa piada, pedira desculpas em nome de sua mulherzinha tão bem quanto pôde e fizera o papel de anfitrião de forma tão hospitaleira que seu amigo gostou do jantar improvisado e prometeu voltar. Mas John estava irritado, embora não o demonstrasse; sentia que Meg o colocara em uma situação de constrangimento e, então, o abandonara em sua hora de necessidade. "Não é justo dizer a um homem que tenha absoluta liberdade para trazer pessoas a sua casa, a qualquer hora, e, quando ele toma suas palavras ao pé da letra, inflamar-se, criticá-lo e deixá-lo em apuros, para que o ridicularizem ou o vejam como digno de pena. Não é justo, não mesmo! E Meg precisa saber disso." Em seu íntimo, estava enfurecido durante o banquete; mas quando a agitação acabou e voltou para casa, após se separar de Scott, foi tomado de sentimentos mais amenos. "Pobre menina! Foi difícil para ela, mas estava tentando sinceramente me agradar. Ela estava errada, é claro, mas é jovem. Preciso ser paciente e ensiná-la." Esperava que ela não tivesse ido para a casa da mãe — ele detestava fofoca e interferência. Por um instante, a simples ideia da situação o irritou; e então o medo de que Meg chorasse de tristeza amoleceu seu coração e imprimiu mais velocidade a seus passos, decidindo ser calmo e gentil, mas firme, bastante firme, e mostrar a ela onde falhara em seu dever para com seu marido.

Meg também decidiu ser "calma e bondosa, mas firme", e mostrar *a ele* o seu dever. Sua vontade era de correr para encontrá-lo, pedir perdão e ser beijada e consolada, como tinha certeza de que seria; mas, é claro, não fez nada do gênero; e, quando viu John chegando, começou a cantarolar com naturalidade, enquanto se balançava na cadeira e costurava, como uma dama livre de obrigações em sua melhor sala de estar.

John ficou um pouco frustrado por não encontrar uma carinhosa Níobe, mas, sentindo que sua dignidade exigia o primeiro pedido de desculpas, não tomou a iniciativa; apenas entrou devagar e se deitou no sofá com a observação de singular interesse:

— Vamos ter lua nova, querida.

— Não faço objeção — foi o comentário igualmente sereno de Meg.

Alguns outros tópicos de interesse geral foram introduzidos pelo sr. Brooke e frustrados pela sra. Brooke, e a conversa cessou. John foi a uma janela, desdobrou o jornal e se enfiou nele, figurativamente falando. Meg foi à outra e costurou como se novas rosetas para seus chinelos estivessem entre as necessidades vitais. Nenhum dos dois falou. Ambos pareciam bastante "calmos e firmes", e ambos se sentiam desesperadamente desconfortáveis.

"Ai, meu Deus", pensou Meg, "a vida de casada é muito difícil e precisa de infinita paciência, além de amor, como diz mamãe." A palavra "mamãe" sugeria outros conselhos maternos dados havia muito tempo e recebidos com incrédula oposição.

— John é um homem bom, mas ele tem seus defeitos, e você deve aprender a vê-los e ser paciente, lembrando-se dos seus. Ele é muito decidido, mas nunca será teimoso, se você conversar com delicadeza e não se opuser com impaciência. Ele é muito meticuloso, e preciso em relação à verdade, uma boa característica, embora você diga que ele é "exagerado". Nunca o engane com aparências ou palavras, Meg, e ele lhe dará a confiança que você merece, o apoio de que precisa. Ele se irrita, mas não como nós... que explodimos e depois nos acalmamos... A raiva invisível e calada que raramente é despertada, uma vez inflamada, é difícil de apagar. Tenha cuidado, muito cuidado, para não despertar a raiva dele contra você mesma, pois a paz e a felicidade dependem de manter o respeito dele. Cuidado, seja a primeira a pedir perdão, se ambos errarem, e protejam-se contra os pequenos ressentimentos, os desentendimentos e palavras impensadas que muitas vezes pavimentam o caminho para a amargura e o remorso.

Essas palavras voltaram à memória de Meg, enquanto ela costurava ao pôr do sol — especialmente as últimas. Era o primeiro desentendimento sério; suas próprias e impensadas palavras soaram a ela tolas e indelicadas, ao relembrá-las; sua própria raiva parecia infantil agora, e pensar no pobre John voltando para casa e encontrando tal cena derreteu-lhe o coração. Ela olhou para ele com lágrimas nos olhos, mas ele não as viu. Então ela deixou a costura e se levantou, pensando: "Serei a *primeira* a pedir perdão", mas ele não parecia ouvi-la; ela atravessou a sala bem devagar, pois era difícil engolir o próprio orgulho, e ficou ao lado dele, mas ele não virou a cabeça. Por um instante, ela sentiu como se realmente não pudesse fazê-lo; então lhe ocorreu o pensamento: "Este é o começo. Farei a minha parte e não poderei ser criticada", e, curvando-se, ela beijou delicadamente o marido na testa. É claro que assim tudo se resolvia; o beijo penitente era melhor que um mundo de palavras, e num piscar de olhos John estava com ela em seu colo, dizendo ternamente:

— Foi muito ruim rir dos pobres potes de geleia. Perdoe-me, querida. Nunca mais farei isso!

Mas ele o fez, creiam-me, centenas de vezes, assim como Meg; e ambos declararam que era a geleia mais doce que já haviam feito, pois a paz da família estava preservada naqueles pequenos potes de conserva.

Depois disso, Meg chamou o sr. Scott para jantar, a convite especial, e serviu-lhe um agradável banquete sem uma esposa cansada de entrada; ocasião em que foi tão alegre e graciosa, e fez tudo parecer tão encantador, que o sr. Scott disse a John que ele era um sujeito de sorte, e durante todo o caminho para casa lastimou as dificuldades de ser solteiro.

No outono, Meg enfrentou novos testes e experiências. Sallie Moffat renovara sua amizade, estava sempre correndo até a casinha para um mexerico rápido ou convidando "a coitadinha" a passar o dia na mansão. Isso era agradável, porque nos dias melancólicos da estação, Meg se sentia sozinha. Todas estavam ocupadas em casa, John ausente até a noite e nada havia a fazer além de costurar, ler ou caminhar a esmo. Por isso, naturalmente, ocorreu que Meg se pôs a perambular e fofocar com a amiga. Ver as coisas bonitas de Sallie fez com que ela as desejasse e sentisse pena de si mesma por não as ter. Sallie foi muito gentil e muitas vezes lhe ofereceu as ninharias mais cobiçadas; mas Meg recusou-as, sabendo que John não gostaria; e então essa tola mulherzinha acabou por fazer o que John detestava ainda mais.

Meg sabia quanto o marido ganhava e adorava sentir que ele confiava a ela não apenas sua felicidade, mas o que alguns homens parecem valorizar ainda mais: seu dinheiro. Ela sabia onde o guardava e tinha liberdade para pegar o que lhe aprouvesse, desde que — era o que ele lhe pedia — mantivesse o controle de cada centavo, pagasse as contas uma vez por mês e se lembrasse de que era a mulher de um homem pobre. Até então ela se saíra bem, era prudente e precisa, mantinha em dia seus livrinhos-caixa e os mostrava a John mensalmente, sem medo. Mas naquele outono a serpente entrou no paraíso de Meg e a tentou, não com maçãs, mas, como acontece a muitas Evas modernas, com roupas. Meg não gostava que tivessem pena dela e a fizessem se sentir pobre; isso a irritava; mas tinha vergonha de confessá-lo, e vez por outra procurava consolar-se comprando algo bonito, para que Sallie não precisasse pensar que a amiga tinha de ser sovina. Ela sempre se sentia mal depois disso, pois as coisas bonitas raramente eram necessárias; mas elas custavam tão pouco, que não valia a pena se preocupar; assim, as ninharias aumentaram inconscientemente, e nas excursões de compras ela já não era mais uma observadora passiva.

Mas as ninharias custam mais do que se poderia imaginar; e quando ela calculou os gastos no fim do mês, a soma total a assustou. John estava atarefado naquele mês e deixou as contas para ela; no mês seguinte, ele esteve ausente; mas no terceiro ele tinha um grande pagamento trimestral, e Meg jamais o esqueceu. Poucos dias antes, ela fizera uma coisa horrível, que pesava em sua consciência. Sallie estava comprando seda, e Meg ansiava por um novo vestido — apenas um, leve e bonito, para festas —, já que seu vestido de seda preto era tão comum, e coisas que não chamavam a atenção para usar à noite eram adequadas apenas a meninas. A tia March geralmente dava a cada irmã um presente de vinte e cinco dólares no Ano-Novo; bastava esperar um mês, mas ali estava uma linda seda violeta numa oferta, e ela tinha o dinheiro, desde que ousasse pegá-lo. John sempre dizia que o que era dele era dela, mas acharia ele correto gastar não só os vinte e cinco dólares que ela em breve receberia, mas outros vinte e cinco das economias domésticas? Essa era a questão. Sallie insistira para que ela fizesse isso; oferecera-se para emprestar o dinheiro e, com as melhores intenções, tentara Meg para além de suas forças. Num momento, o vendedor ergueu as belas e reluzentes dobras e disse:

— É uma pechincha, asseguro-lhe, senhora.

Ao que ela respondeu:

— Aceito. — E o tecido foi cortado e pago. Sallie exultou, e Meg riu como se fosse uma ninharia, partindo com o sentimento de que havia roubado alguma coisa, e a polícia estava atrás dela.

Quando chegou em casa, Meg tentou aliviar as dores do remorso abrindo a adorável seda; mas esta lhe pareceu menos reluzente então, não a seduziu, por fim, e era como se as palavras "cinquenta dólares" marcassem o tecido como uma estampa em cada dobra. Ela o guardou; mas o tecido invadia seus pensamentos, não com as deliciosas fantasias que um vestido novo suscitaria, e sim como o terrível fantasma de uma loucura que não cedia facilmente. Quando John buscou os livros-caixa naquela noite, Meg sentiu o coração gelar e, pela primeira vez em sua vida de casada, teve medo do marido. Os gentis olhos castanhos pareciam poder se tornar severos; e, embora ele parecesse extraordinariamente feliz, ela imaginou que ele a havia descoberto, mas não queria deixar que ela soubesse. As contas da casa estavam pagas, os livros-caixa em ordem. John a elogiara e já ia abrindo a velha carteira que chamavam de "banco", quando Meg, sabendo que estava vazia, interrompeu-lhe o movimento da mão, dizendo nervosamente:

— Você ainda não viu meu livro de despesas privadas.

John nunca pedia para vê-lo; mas ela sempre insistia que o fizesse, e costumava observar com gosto o espanto masculino do marido diante das coisas esquisitas que as mulheres queriam, e o fazia adivinhar o que era um "rolotê", exigir ardentemente o significado de uma "pala", ou se perguntar como uma coisinha composta de três botões de rosa, um pedaço de veludo e um par de cordões poderia ser uma touca e custar cinco ou seis dólares. Naquela noite, ele parecia disposto à brincadeira de questionar suas contas e fingir estar horrorizado com sua extravagância, como sempre fazia, particularmente orgulhoso de sua prudente esposa.

O caderninho foi lentamente exposto. Meg ficou atrás dele, fingindo alisar-lhe as rugas da testa cansada, e dali disse com o pânico aumentando a cada palavra:

— John, querido, tenho vergonha de lhe mostrar meu livro, porque tenho sido extravagante demais nos últimos tempos. Saio tanto que preciso ter coisas, sabe?, e Sallie aconselhou-me que fizesse isso, então eu fiz; e meu dinheiro de Ano-Novo servirá parcialmente para pagá-las; mas me arrependi depois de ter feito, pois sabia que você acharia errado.

John riu e puxou-a para perto de si, dizendo com bom humor:

— Não se esconda. Não vou bater em você se tiver um par de botas lindas. Sou bem orgulhoso dos pés da minha esposa e não me importo se ela pagar oito ou nove dólares pelas botas, se forem boas.

Essa tinha sido uma de suas últimas “ninharias”, e os olhos de John haviam descido até elas enquanto falava. “Ai, *o que* ele dirá quando chegar àqueles horríveis cinquenta dólares!”, pensou Meg, com um arrepio.

— É pior do que um par de botas; é um vestido de seda — disse ela, com a calma do desespero, pois queria que o pior acabasse.

— Bem, querida, quanto é o “mardito total”, como diz o sr. Mantalini?

Isso não soava como John, e ela sabia que ele a mirava com o olhar direto a que ela sempre esteve pronta a corresponder com outro igualmente franco, até aquele momento. Ela virou a página e a cabeça ao mesmo tempo, apontando a soma que teria sido ruim o bastante, descontados os cinquenta, mas que era apavorante para ela com seu acréscimo. Por um instante o silêncio imperou na sala; em seguida, John disse devagar, num tom em que ela podia sentir o esforço de não expressar descontentamento:

— Bem, não sei se cinquenta dólares são muito para um vestido, com todos os babados e fricotes que são precisos para acabamento hoje em dia.

— Não está cortado, nem costurado — suspirou Meg, fracamente, pois uma súbita lembrança do custo adicional a apavorou.

— Vinte metros de seda parecem um bocado de tecido para cobrir uma mulherzinha, mas não tenho dúvida de que minha esposa ficará tão bonita quanto a de Ned Moffat, quando a vestir — disse John, secamente.

— Sei que você está com raiva, John, mas é mais forte do que eu; não quero gastar seu dinheiro à toa, e não achei que essas coisinhas custariam tanto. Não consigo resistir a elas quando vejo Sallie comprando tudo o que quer e sentindo pena de mim porque não o faço. Tento ficar satisfeita, mas é difícil, e estou cansada de ser pobre.

As últimas palavras foram ditas tão baixinho que ela pensou que ele não as havia escutado, mas não foi o que aconteceu, e o feriram profundamente, pois negara a si mesmo muitos prazeres por causa de Meg. Ela podia ter mordido a língua no instante em que disse aquilo, pois John afastou os livros e se levantou, dizendo com um ligeiro tremor na voz:

— Eu temia isso. Faço o que posso, Meg.

Se ele a tivesse repreendido, ou mesmo a sacudido, não lhe teria partido o coração como aquelas breves palavras fizeram.

Ela correu para ele e o abraçou, chorando, com lágrimas arrependidas:

— Ai, John, meu menino querido, gentil, trabalhador! Não quis dizer isso! Foi tão perverso, tão falso e ingrato; como eu pude? Ai, como eu pude dizer isso?

Ele foi muito gentil, perdoou-a prontamente, e não a repreendeu; mas Meg sabia que fizera e dissera coisas que não seriam esquecidas tão cedo, ainda que ele nunca mais lhes fizesse alusão. Ela prometera amá-lo em todos os momentos, nos bons e nos ruins; e então ela, sua esposa, o repreendia com sua pobreza, depois de gastar seus ganhos de forma imprudente. Era horrível; e o pior foi que John permaneceu depois em silêncio, como se nada tivesse acontecido, exceto por ter ficado na cidade até mais tarde e ter trabalhado à noite, enquanto ela se retirara para chorar até dormir. Uma semana de remorsos fez Meg quase ficar doente; e a descoberta de que John havia cancelado a encomenda de um novo sobretudo a reduziu a um estado de desespero que cortava o coração de se ver. Ele simplesmente dissera, em resposta a suas perguntas surpresas sobre a decisão:

— Não posso pagar, minha querida.

Meg não disse mais nada, mas alguns minutos depois ele a encontrou no corredor com o rosto enterrado no velho sobretudo, chorando como se o seu coração fosse se partir.

Eles tiveram uma longa conversa naquela noite, e Meg aprendeu a amar ainda mais seu marido por sua pobreza, porque ela parecia ter feito dele um homem, dando-lhe a força e a coragem de lutar com seus próprios meios, e ensinando-lhe uma terna paciência com que suportar e consolar os anseios e fracassos naturais daqueles que ele amava.

No dia seguinte, ela engoliu o próprio orgulho, foi até Sallie, disse-lhe a verdade e pediu-lhe que comprasse a seda, como um favor. A bem-humorada sra. Moffat fez isso de bom grado e teve a delicadeza de não a transformar em presente imediatamente depois. Então Meg encomendou o sobretudo e pediu que o entregassem em casa; e quando John chegou, ela o vestiu e perguntou-lhe se gostava de seu novo vestido de seda. Pode-se imaginar a resposta que ele deu, como ele recebeu o presente e o estado de felicidade que se seguiu. John chegava em casa mais cedo, Meg não perambulou mais; e aquele sobretudo era vestido de manhã por um marido muito feliz e tirado à noite por uma esposinha muito dedicada. Assim, o ano se passou e, no meio do verão, Meg teve uma nova experiência — a mais profunda e terna da vida de uma mulher.

Laurie entrou sorrateiramente na cozinha do Pombal num sábado, com um rosto animado, e foi recebido com o estrépito de címbalos, pois Hannah bateu palmas com uma panela em uma mão e a tampa na outra.

— Como está a mamãezinha? Onde está todo mundo? Por que não me disse antes de eu voltar para casa? — começou Laurie, num sussurro alto.

— Feliz feito uma rainha, a querida! Não tem uma alma nessa casa que não tá lá em cima, em adoração. A gente não queria bagunça por aqui. Agora você vai pra sala de estar, e vou dizer pra eles descer pra te encontrar — respondeu Hannah, um tanto emocionada, desaparecendo logo em seguida, rindo em êxtase.

Naquele momento, Jo surgiu, carregando com orgulho um embrulhinho de flanela sobre um travesseiro grande. O rosto de Jo estava muito sério, mas seus olhos brilhavam e havia um som estranho em sua voz, como que de uma emoção reprimida.

— Feche os olhos e estenda os braços — pediu ela, convidativa.

Laurie recuou de pronto a um canto e colocou as mãos para trás, implorando:

— Não, obrigado. Melhor não. Posso deixá-lo cair, ou machucá-lo, não tenha dúvida.

— Então você não vai ver o seu sobrinho — disse Jo decididamente, virando-se como se fosse partir.

— Eu pego, eu pego! Mas a responsável pelos danos é você. — E, obedecendo às ordens, Laurie fechou heroicamente os olhos enquanto recebia algo nos braços. Uma explosão de risos de Jo, Amy, sra. March, Hannah e John fez com que ele os abrisse e se visse em posse de dois bebês, em vez de um.

Não é de admirar que eles rissem! A expressão de seu rosto era divertida o suficiente para perturbar um quacre, de pé ali, olhando, perplexo, dos pequenos inocentes para a plateia às gargalhadas, com tamanha consternação que Jo se sentou no chão e berrou de tanto rir.

— Gêmeos, minha nossa! — foi tudo o que ele disse por um minuto.

Depois, virando-se às mulheres com um olhar a um só tempo suplicante e comicamente digno de pena, acrescentou:

— Alguém pegue essas crianças, depressa! Vou rir e deixá-las cair.

Jo resgatou os bebês e caminhou de um lado para o outro, com um em cada braço, como se já iniciada nos mistérios do cuidado de recém-nascidos, enquanto Laurie ria até as lágrimas lhe escorrerem pelo rosto.

— É a melhor piada da temporada, não é? Não quis que você soubesse, pois decidi que queria surpreendê-lo, e estou feliz por ter conseguido — revelou Jo, quando recuperou o fôlego.

— Nunca fui tão surpreendido na vida. Não é divertido? São meninos? Que nome vão ganhar? Deixe-me dar outra olhada. Segure-me, Jo, pois acho que é demais para mim — respondeu Laurie, admirando as crianças com o ar de um cão labrador grande e benevolente que olha para um casal de gatinhos.

— Menino e menina. Não são umas beldades? — disse o papai orgulhoso, sorrindo para os bebezinhos vermelhos que se contorciam como se fossem anjinhos que ainda não sabiam voar.

— As crianças mais notáveis que já vi. Qual é qual? — e a cabeça de Laurie desceu como um balde de poço para examinar os prodígios.

— Amy colocou uma fita azul no menino e uma rosa na menina... é a moda francesa... para que você possa sempre saber. Além disso, um tem olhos azuis e o outro castanhos. Beije-os, tio Teddy — sugeriu a travessa Jo.

— Receio que não gostem — disse Laurie, com uma timidez incomum em tais assuntos.

— Claro que vão gostar, já estão acostumados. Faça isso agora, senhor! — ordenou Jo, temendo que ele pudesse propor um representante.

Laurie franziu o rosto e aquiesceu, aplicando um beijo cauteloso em cada bochechinha, o que produziu outra risada e fez os bebês gritarem.

— Viu, sabia que eles não iam gostar! Esse é o garoto, olha como chuta e bate de punho fechado, é um dos bons. Agora, pequeno Brooke, quer fazer o favor de atacar um homem do seu próprio tamanho? — exclamou Laurie, deliciando-se com um soco no rosto que recebeu do pequeno punho, que se agitava no ar.

— Ele vai se chamar John Laurence, e a menina Margaret, como a mãe e a avó. Vamos apelidá-la Daisy, para não termos duas Megs, e suponho que o menininho será Jack, a menos que encontremos um nome melhor — disse tia Amy, com interesse.

— Apelidem-no de Demijohn, e chamem-no de Demi para encurtar — disse Laurie.

— Daisy e Demi, é isso! *Sabia* que Teddy conseguiria — gritou Jo, batendo palmas.

Teddy certamente conseguiu, pois os bebês foram "Daisy" e "Demi" pelo resto da vida.

29. VISITAS

— VENHA, JO, É HORA.

— Do quê?

— Não vá me dizer que esqueceu que prometeu fazer meia dúzia de visitas comigo hoje?

— Fiz muitas coisas imprudentes e tolas na vida, mas acho que nunca fiquei louca o bastante para dizer que faria seis visitas em um dia, quando uma só me aborreceria por uma semana.

— Sim, você prometeu, foi uma troca. Eu devia terminar o desenho em giz de cera da Beth para você, e você viria comigo para retribuir as visitas dos nossos vizinhos.

— Se o tempo estivesse bom... isso estava no acordo, e sigo à risca os termos de nossa troca, Shylock. Veja quantas nuvens se acumulam a leste... o tempo não está bom, e eu não vou.

— Você está se esquivando. Está um dia lindo, sem perspectiva de chuva, e você se orgulha de cumprir promessas; então seja honrada, venha e cumpra seu dever, e então fique em paz por mais seis meses.

Naquele instante, Jo estava particularmente imersa na confecção de roupas; pois era a costureira geral da família e se orgulhava disso, sendo tão destra na agulha quanto na pena. Era muito irritante ser interrompida em uma primeira prova de vestido e ser obrigada a fazer visitas em seus melhores trajes em um dia quente de julho. Detestava visitas formais e nunca as fazia até que Amy a obrigasse com uma troca, suborno ou promessa. No caso presente, não houve escapatória, e, tendo batido a tesoura com rebeldia, enquanto se queixava do cheiro de chuva, cedeu, largou a costura, pegou o chapéu e as luvas com ar de resignação e disse a Amy que a vítima estava pronta.

— Jo March, sua teimosia é capaz de irritar um santo! Não pretende fazer visitas nesse estado, espero! — exclamou Amy, admirando-a com espanto.

— Por que não? Estou direita e fresca e confortável; bastante adequada a uma caminhada empoeirada em um dia quente. Se as pessoas se importam mais com minhas roupas do que comigo, não quero vê-las. Você pode se vestir por nós duas, e ser tão elegante quanto quiser. Compensa para você ficar bem vestida; para mim, não, e os babados só me incomodam.

— Oh, céus! — suspirou Amy. — Agora ela está num ataque de teimosia, e vai me irritar antes que seja capaz de arrumá-la adequadamente. Não é nenhum prazer para mim sair hoje, mas é uma dívida que temos com a sociedade, e não há ninguém que a possa pagar, apenas você e eu. Farei qualquer coisa, Jo, se você se vestir bem e vier comigo fazer essa cortesia. Você é capaz de falar tão bem, de parecer tão aristocrática em seus melhores trajes e de comportar-se exemplarmente, quando quer, que tenho orgulho de você. Tenho medo de ir sozinha; venha e cuide de mim.

— Você é uma gatinha ardilosa, para lisonjear e persuadir a sua irmã mais velha desse jeito. A ideia de eu ser aristocrática e bem-educada, e de você ter medo de ir a algum lugar sozinha! Não sei que absurdo é maior. Bem, irei se é preciso, e farei o meu melhor. Você será a comandante da expedição, e eu lhe obedecerei cegamente. Está bem assim? — disse Jo, com uma mudança repentina, abandonando seus ardis para se mostrar submissa como um cordeiro.

— Você é um perfeito querubim! Agora coloque todas as suas melhores peças, e vou lhe dizer como se comportar em cada lugar, de modo que cause uma boa impressão. Quero que as pessoas gostem de você, e elas gostariam, se você apenas tentasse ser um pouco mais agradável. Deixe o seu cabelo bonito, e coloque a flor cor-de-rosa na touca; fica encantador, e você parece muito sóbria no seu vestido simples. Pegue suas luvas leves e o lenço bordado. Vamos parar na casa da Meg e pegar emprestada a sombrinha branca, e então você pode ficar com a minha cinzinha.

Amy emitiu suas ordens enquanto se vestia; e Jo aquiesceu, porém não sem protestos, pois suspirou ao entrar em seu farfalhante vestido de organdi, franziu o cenho para si mesma ao amarrar os cordões da touca em um laço irrepreensível, lutou ferozmente com os alfinetes ao prender o colarinho e enrugou as feições de um modo geral, enquanto estendia em uma sacudidela o lenço, cujo bordado era tão irritante para o nariz quanto a missão atual para seus sentimentos; e quando espremeu as mãos nas luvas apertadas de dois botões e uma borla, toque final da elegância, virou-se para Amy com uma expressão estúpida no rosto, dizendo com humildade:

— Estou perfeitamente infeliz; mas se você me considera apresentável, morro feliz.

— Você está absolutamente satisfatória; vire-se devagar e deixe-me ver com atenção.

Jo deu uma volta, e Amy fez retoques aqui e ali, depois recuou, com a cabeça inclinada para um lado, observando graciosamente:

— Sim, assim está bom. Sua cabeça está divina, pois aquela touca branca *com* a flor é muito bonita. Coloque os ombros para trás e dê leveza às mãos, ainda que suas luvas as apertem. Uma coisa que você faz bem, Jo: usar um xale. Eu não posso; mas é muito bom ver você com um, e fico feliz que a tia March tenha lhe dado aquele tão lindo... É simples, mas bonito, e aquelas dobras sobre o braço têm realmente um toque de arte. O fecho da minha capa está no centro? Enrolei a saia do jeito correto? Gosto de mostrar minhas botas, pois meus pés *são* bonitos, ainda que meu nariz não seja.

— És belo e eternamente uma alegria — recitou Jo, mirando através da mão, com ar de conhecedora, a pena azul contra o cabelo dourado. — Arrasto o meu melhor vestido pela poeira, ou o enrolo? Por favor, senhora.

— Segure-o enquanto andar, mas largue-o quando entrar nas casas. O estilo solto lhe é mais adequado, e você precisa aprender a arrastar suas saias graciosamente. Você não abotoou metade de um punho; faça isso agora. Nunca vai parecer arrumada de fato se não for cuidadosa com os pequenos detalhes, pois eles fazem o todo agradável.

Jo suspirou e começou a abrir violentamente os botões da luva para erguer o punho; por fim, as duas estavam prontas e partiram, "lindas feito retrato", apreciou Hannah, ao sair à janela superior para admirá-las.

— Atenção, mana querida: os Chester são gente muito elegante; por isso, quero que você se valha de sua melhor postura. Não faça observações abruptas, nem qualquer coisa de estranho, tudo bem? Apenas fique calma, fria e tranquila... o que é seguro e digno de uma dama; e você pode fazê-lo facilmente por quinze minutos — orientou Amy, ao se aproximarem da primeira parada, tendo pegado emprestada a sombrinha branca e sido inspecionadas por Meg, com um bebê em cada braço.

— Deixe-me ver... "calma, fria e tranquila"! Sim, acho que posso prometer isso. Fiz o papel de uma jovem empertigada no palco, e vou tentar repeti-lo. Tenho grande competência, como você vai ver; fique em paz, minha cara.

Amy pareceu aliviada, mas a travessa Jo tomou-a ao pé da letra; e durante a primeira visita, sentou-se com cada membro graciosamente disposto, o caimento perfeito de cada dobra de tecido, a calma de um mar de verão, a frieza de um banco de neve e o silêncio de uma esfinge. A sra. Chester aludiu em vão a seu "romance encantador", e as srtas. Chester discorreram sobre festas, piqueniques, ópera e modas. A cada tópico, sem exceção, Jo lhes respondia com um sorriso, um meneio e um recatado e indiferente "Sim" ou "Não". Em vão, Amy murmurinhou a palavra "conversa", tentou arrastá-la para fora e aplicou-lhe cutucadas secretas com o pé. Jo permaneceu insipidamente alheia a tudo, com uma postura digna do rosto de "Maud", "friamente regular, esplendidamente nula".

— Que criatura arrogante e desinteressante é essa srta. March mais velha! — foi o comentário de uma das senhoras, infelizmente audível, quando a porta se fechou atrás das convidadas. Jo riu-se silenciosamente por toda a antessala, mas Amy parecia desgostosa do fracasso de suas instruções e, muito naturalmente, colocou a culpa em Jo.

— Como você pôde entender tão mal o que disse? Apenas pedi que se portasse com calma e dignidade, e você se fez pau e pedra. Tente ser sociável na casa dos Lamb; fofoque como as outras garotas, mostre-se interessada em roupas e flertes e qualquer tolice que surja. Elas circulam na melhor sociedade, são pessoas valiosas para nós conhecermos, e não quero deixar de causar uma boa impressão por uma bobagem.

— Vou ser agradável. Vou fofocar e dar risadinhas, e ficar espantada e encantada sobre qualquer ninharia que você queira. Até gosto disso, e agora vou imitar o que é chamado de "uma moça encantadora". Posso fazer isso, pois tenho May Chester como modelo, e vou aperfeiçoá-lo. Veja se os Lamb não dirão: "Que criatura vivaz e agradável é Jo March!".

Amy ficou muito apreensiva, pois quando Jo se fazia assim estranha, não se sabia onde ela poderia parar. O rosto de Amy tinha expressão indescritível quando viu a irmã deslizar pela sala de visitas seguinte, beijar todas as jovens com efusão, sorrir expansivamente aos jovens cavalheiros e juntar-se à conversa com um espírito que maravilhou quem a via. Amy foi tomada pela sra. Lamb, que a adorava, e forçada a ouvir um longo relato do último ataque de Lucrécia, enquanto três agradabilíssimos jovens cavalheiros pairavam perto, esperando por uma pausa para poder entrar e resgatá-la. Em tal situação, ela não tinha forças para interromper Jo, que parecia possuída por um espírito de travessura, e tagarelava com a mesma volubilidade da velha dama. Um grupo cerrado de cabeças se reuniu em torno dela, e Amy esticou os ouvidos para escutar o que se passava, pois as frases entrecortadas a enchiam de medo, olhos arregalados e mãos erguidas a enchiam de curiosidade, e as gargalhadas frequentes a deixavam louca para participar da diversão. Pode-se imaginar seu sofrimento ao ouvir tais fragmentos de conversa:

— Ela cavalga esplendidamente. Quem lhe ensinou?

— Ninguém. Ela costumava montar, segurar as rédeas e sentar-se ereta em uma sela velha em uma árvore. Agora monta qualquer coisa, pois não sabe o que é medo, e o cavalariço a deixa cavalgar a um baixo preço, porque ela treina tão bem os cavalos para conduzirem damas. Ela tem tanta paixão por isso que sempre lhe digo que, se nada mais der certo, pode se tornar uma bela domadora e ganhar a vida dessa forma.

Diante dessa terrível conversa, Amy se conteve com dificuldade, pois a impressão era de que ela era uma jovem muito despachada, algo a que tinha especial aversão. Mas o que poderia fazer? Pois a velha estava no meio do caso que contava e, muito antes de terminar, Jo já desembestara a falar de novo, fazendo mais revelações e cometendo erros ainda mais terríveis.

— Sim, Amy estava em desespero naquele dia, pois todos os bons animais haviam desaparecido e, dos três restantes, um era coxo, o outro, cego, e o terceiro, tão empacado que era preciso colocar lama em sua boca para ele começar a andar. Belo animal para um passeio agradável em grupo, não é?

— Qual ela escolheu? — perguntou rindo um dos cavalheiros, que gostara do assunto.

— Nenhum deles. Ela ouviu falar de um cavalo jovem na casa de fazenda subindo o rio e, embora nunca uma dama o tivesse montado, decidiu tentar, porque ele era bonito e vigoroso. Dava pena de vê-la lutar; não havia ninguém que levasse o cavalo à sela, então ela levou a sela ao cavalo. Minha cara criatura, ela remou com a sela rio acima, colocou-a na cabeça e marchou até o celeiro para o total assombro do velho!

— Ela montou o cavalo?

— É claro que sim, e foi ótimo. Eu esperava vê-la trazida para casa em pedaços, mas ela foi impecável, e foi a alegria do passeio.

— Bem, a isso dou o nome de coragem! — e o jovem sr. Lamb lançou um olhar de aprovação a Amy, imaginando o que sua mãe podia estar dizendo para fazer a garota parecer tão vermelha e desconfortável.

Ela ficou ainda mais vermelha e desconfortável um instante depois, quando uma mudança repentina na conversa introduziu o tópico vestimenta. Uma das moças perguntou a Jo onde ela conseguira o lindo chapéu ocre que usara no piquenique; e a estúpida Jo, em vez de mencionar o local onde fora comprado havia dois anos, precisou necessariamente responder, com franqueza desnecessária:

— Ah, Amy pintou. Não é possível comprar esses tons suaves, por isso pintamos os nossos da cor que queremos. É um grande conforto ter uma irmã artística.

— Mas se não é uma ideia original! — exclamou a srta. Lamb, que se divertia com Jo.

— Isso não é nada, se comparado a alguns de seus momentos mais brilhantes. Não há nada que aquela menina não possa fazer. Ora, ela queria um par de botas azuis para a festa de Sallie, então ela pintou as brancas que tinha, já gastas, com a mais bela tonalidade de azul cor do céu que vocês já viram, e elas se pareceram exatamente com cetim — acrescentou Jo, com um ar de orgulho das realizações de sua irmã que exasperou Amy até que ela sentiu que seria um alívio poder jogar sua caixinha de cartões de visitas nela.

— Nós lemos uma história sua noutro dia, e gostamos muito — observou a srta. Lamb mais velha, desejando elogiar a literata, que naquele momento não pareceu sê-lo, verdade seja dita. Qualquer menção a suas "obras" sempre teve um efeito ruim sobre Jo, que ou ficava dura e parecia ofendida, ou mudava de assunto com uma observação brusca, como foi o caso:

— Sinto muito por você não ter encontrado nada melhor para ler. Escrevo esse lixo porque vende, e pessoas comuns gostam. Você vai a Nova York neste inverno?

Como a srta. Lamb havia "gostado" da história, as palavras não foram exatamente agradecidas ou elogiosas. No instante em que as disse, Jo percebeu o erro; mas, temendo piorar a situação, lembrou-se subitamente de que cabia a ela dar o primeiro passo para partir, e assim o fez, com uma brusquidão que deixou três pessoas com frases meio incompletas em suas bocas:

— Amy, *precisamos* ir. Até *logo*, querida, venha nos ver. Estamos *loucas* por uma visita. Não me atrevo a convidar o senhor, sr. Lamb, mas caso venha, não acho que terei coragem de mandá-lo embora.

Jo o disse com uma imitação tão ridícula do estilo jovial de May Chester que Amy saiu da sala o mais rápido possível, sentindo um enorme desejo de rir e chorar ao mesmo tempo.

— Não fui bem? — perguntou Jo, com um ar satisfeito enquanto se afastavam.

— Nada poderia ter sido pior — foi a resposta esmagadora de Amy. — O que a levou a contar essas histórias sobre a minha sela, e os chapéus e as botas, e todo o resto?

— Ora, é engraçado e diverte as pessoas. Eles sabem que somos pobres, então não adianta fingir que temos cavalariços, compramos três ou quatro chapéus por estação e temos coisas tão à mão e finas quanto eles.

— Você não precisa se pôr a contar todos os nossos pequenos truques e expor nossa pobreza daquela maneira absolutamente desnecessária. Você não tem um mínimo de orgulho próprio e nunca aprenderá quando calar e quando falar — disse Amy, desesperada.

Jo, coitada, mostrou-se envergonhada e esfregou silenciosamente a ponta do nariz com o lenço duro, como se estivesse se penitenciando por suas travessuras.

— Como devo me comportar aqui? — perguntou, quando se aproximaram da terceira mansão.

— Como quiser. Lavo minhas mãos — foi a resposta curta de Amy.

— Então vou me divertir. Os meninos estão em casa, e vamos ficar à vontade. Deus sabe que preciso variar um pouco, pois a elegância tem um efeito ruim sobre minha constituição — respondeu Jo, mal-humorada e perturbada por suas dificuldades em se adequar.

As boas-vindas entusiasmadas de três garotos enormes e várias criancinhas bonitas rapidamente lhe acalmaram os sentimentos, e deixando Amy entreter a anfitriã e o sr. Tudor, que por acaso também fazia uma visita à família, Jo dedicou-se aos jovens e achou a mudança revigorante. Ouviu as histórias da faculdade com interesse profundo, acariciou pointers e poodles sem uma queixa, concordou cordialmente que "Tom Brown era ponta firme", a despeito da forma imprópria do elogio; e, quando um garoto propôs uma visita ao tanque de sua tartaruga, ela o acompanhou com um entusiasmo que arrancou um sorriso da mãe, enquanto a dama em questão ajeitava a touca, que ficara em péssimo estado em virtude dos abraços filiais, dignos de um urso, mas carinhosos, e mais caros a ela do que a *coiffure* mais irrepreensível das mãos de uma francesa inspirada.

Deixando a irmã por sua própria conta, Amy começou a se divertir, para a alegria de seu coração. O tio do sr. Tudor se casara com uma dama inglesa que era prima de terceiro grau de um lorde vivo, e Amy via a família inteira com grande respeito, pois apesar de seu nascimento e criação americana, ela possuía aquela reverência por títulos que reside nos melhores de nós — aquela lealdade não reconhecida à fé primitiva nos reis que colocou a nação mais democrática deste mundo em polvorosa com a chegada de um rapazinho nobre de cabelos loiros, há alguns anos, e que ainda tem algo a ver com o amor que o jovem país tem pelo velho, como um filho crescido o tem por uma mãezinha tirânica, que o segurou enquanto pôde e o deixou partir com uma reprimenda de despedida quando ele se rebelou. Mas até mesmo a satisfação de conversar com alguém de parentesco distante com a nobreza britânica não fez com que Amy se esquecesse do tempo, e quando o número apropriado de minutos tinha transcorrido, ela separou-se, não sem muita hesitação, do convívio dessa sociedade aristocrática e procurou por Jo, esperando de todo o fervoroso coração que a incorrigível irmã não fosse encontrada em qualquer atitude que trouxesse desgraça ao nome dos March.

Poderia ter sido pior; mas Amy considerou ruim, pois Jo estava sentada na grama, com um regimento de meninos em torno de si, e um cachorro de patas imundas sobre a saia de seu vestido de pompa e ocasiões públicas, enquanto discorria sobre uma das brincadeiras de Laurie para uma admirada audiência. Uma criança pequena estava cutucando tartarugas com a querida sombrinha de Amy, uma segunda comendo biscoito de gengibre sobre a melhor touca de Jo, e uma terceira jogando bola com as luvas. Mas todas estavam se divertindo; e quando Jo recolheu a propriedade danificada para partirem, seu séquito a acompanhou, implorando-lhe que voltasse, "foi divertido ouvir sobre as brincadeiras de Laurie".

— Rapazes maravilhosos, não? Sinto-me de novo bastante jovem e revigorada depois disso — disse Jo, caminhando com as mãos para trás, em parte por hábito, em parte para esconder o guarda-chuva coberto de salpicos.

— Por que você sempre evita o sr. Tudor? — perguntou Amy, contendo sabiamente qualquer comentário sobre a ruína da aparência de Jo.

— Não gosto dele; é afetado, arrogante com as irmãs, preocupa o pai e não fala respeitosamente sobre a mãe. Laurie diz que ele é um libertino, e *eu* não o considero um contato desejável, então fico longe dele.

— Você pode tratá-lo com civilidade, pelo menos. Você acenou a ele com frieza, e agora mesmo curvou-se e sorriu da forma mais educada para Tommy Chamberlain, cujo pai mantém uma mercearia. Se tivesse invertido o aceno e o cumprimento, teria sido correto — disse Amy, em tom de reprovação.

— Não, não teria — retrucou Jo. — Não gosto, não respeito, nem admiro Tudor, ainda que a sobrinha do sobrinho do tio do avô dele *seja* prima de terceiro grau de um lorde. Tommy é pobre, tímido, bom e muito inteligente; gosto dele, e gosto de demonstrar o que sinto, pois é um cavalheiro, apesar dos pacotes de papel pardo.

— Não adianta tentar discutir com você — começou Amy.

— Nem um pouco, minha querida — interrompeu Jo. — Por isso, vamos parecer amáveis e deixar um cartão de visitas aqui, já que os King visivelmente não estão, pelo que sou profundamente grata.

Depois que o cartão de visitas da família cumpriu com seu dever, as moças seguiram em frente, e Jo pôde manifestar novamente sua gratidão, ao chegar à quinta casa e ser informada de que as moças estavam ocupadas.

— Agora vamos para casa, e esqueçamos a tia March por hoje. Podemos visitá-la a qualquer momento, e é realmente uma pena arrastarmo-nos pela poeira em nossos melhores peitilhos e golas de vestido, quando estamos cansadas e zangadas.

— Fale por si mesma, se quiser. Agrada à tia March que lhe façamos a honra de visitá-la com estilo em uma visita formal; é tão pouco, mas ela gosta muito, e não creio que vá estragar suas roupas sequer a metade do que deixar cachorros sujos e garotos enlameados acabarem com elas. Abaixe-se e deixe-me tirar as migalhas da sua touca.

— Que boa menina você é, Amy! — disse Jo, olhando arrependida de seu próprio traje em petição de miséria para o de sua irmã, ainda novo e imaculado. — Gostaria que fosse fácil para mim fazer pequenas coisas para agradar os outros, como é para você. Penso nelas, mas levo muito tempo para fazê-las; então espero uma oportunidade de fazer um grande favor, e deixo os pequenos passarem; mas, no fim, acho que eles são mais bem recebidos.

Amy sorriu e se acalmou de imediato, dizendo com um ar maternal:

— As mulheres devem aprender a ser agradáveis, particularmente as pobres; pois não há outra maneira de retribuírem a gentileza que recebem. Se você se lembrasse disso, e praticasse isso, seria mais querida do que eu, porque tem mais a oferecer.

— Sou uma coisinha teimosa e sempre serei, mas estou disposta a reconhecer que você está certa; apenas é mais fácil arriscar minha vida por uma pessoa do que ser agradável com ela quando não tenho vontade. É uma grande infelicidade ter gostos e desgostos tão fortes, não é?

— É pior ainda quando não se é capaz de escondê-los. Não me importo de dizer que desaprovo o comportamento de Tudor tanto quanto você; mas ninguém pede a minha opinião; tampouco a sua, e não faz sentido tornar-se desagradável só porque ele é.

— Mas acho que as meninas devem demonstrar quando desaprovam os rapazes; e como podem fazê-lo, senão por suas maneiras? Dar sermão não faz bem algum, como infelizmente sei, desde que passei a ter que lidar com Teddy. Mas há muitas pequenas formas de influenciá-lo sem uma palavra e acho que devemos fazer isso em relação aos outros, se pudermos.

— Teddy é um menino maravilhoso e não pode ser tomado como uma amostra dos outros garotos — disse Amy, num tom de solene convicção, que teria levado o "menino maravilhoso" à loucura, caso a tivesse ouvido. — Se fôssemos beldades, ou mulheres de riqueza e posição, talvez pudéssemos fazer alguma coisa; mas, em nosso caso, franzir o cenho para um grupo de jovens cavalheiros simplesmente porque não os aprovamos e sorrir para outro grupo, pelo motivo contrário, não faz efeito algum, e só seríamos consideradas estranhas e puritanas.

— Então, devemos apoiar as coisas e as pessoas que detestamos apenas porque não somos bonitas e milionárias, é isso? Que bela forma de moralidade.

— Não sou capaz de debater sobre isso, apenas sei que é assim que o mundo funciona; e as pessoas que se colocam contra isso só são ridicularizadas por seu esforço. Não gosto de reformadores, e espero que você nunca tente ser uma.

— Gosto deles, e serei uma, caso possa, pois, apesar do ridículo, o mundo nunca progrediria sem eles. Não conseguiremos concordar quanto a isso, pois você pertence ao mundo antigo, e eu, ao novo. Você viverá momentos melhores, mas eu certamente serei mais feliz. Prefiro aproveitar as críticas e as vaias, acho.

— Bom, recomponha-se e não incomode a tia com suas ideias novas.

— Tentarei, mas diante dela sou sempre tomada pela gana de explodir com algum discurso particularmente contundente ou sentimento revolucionário. É a minha desgraça, não consigo evitar.

Elas encontraram a tia Carrol com a velha senhora, ambas mergulhadas em algum assunto muito interessante; mas o abandonaram quando as meninas entraram, com um olhar preocupado que traiu que estavam falando de suas sobrinhas. Jo não estava de bom humor, e a explosão de teimosia retornou; mas Amy, que havia virtuosamente cumprido seu dever, mantido a calma e agradado a todos, estava em um estado de espírito absolutamente angelical. O ânimo amistoso foi de imediato sentido, e ambas as tias a "queridaram" com muito carinho, observando o que depois afirmaram enfaticamente:

— Essa menina melhora a cada dia.

— Você vai ajudar na feira, querida? — perguntou a sra. Carrol, enquanto Amy se sentava ao lado dela com o ar confiante de que os idosos tanto gostam nos jovens.

— Sim, tia. A sra. Chester me perguntou se eu iria, e me ofereci para cuidar de uma banca, já que não tenho nada além do meu tempo para oferecer.

— Eu não — respondeu Jo, decidida. — Detesto complacência, e os Chester acham que é um grande favor nos permitir ajudar em sua feira tão bem frequentada. Fico espantada que você tenha aceitado, Amy; eles só querem que você trabalhe.

— Estou disposta a trabalhar. É para os libertos, tanto quanto para os Chester, e acho muito gentil da parte deles me deixar participar do trabalho e da diversão. A benevolência não me incomoda quando é bem-intencionada.

— Correto e apropriado. Gosto do seu espírito de gratidão, minha querida; é um prazer ajudar as pessoas que apreciam nossos esforços. Não é o caso de outras, e isso é difícil — observou a tia March, olhando por cima dos óculos para Jo, que estava sentada à parte, balançando-se, com uma expressão um tanto sombria.

Se Jo soubesse que estava em jogo uma grande felicidade para uma delas, não teria levado um minuto para se transformar em uma pombinha; mas infelizmente não temos janelas em nossos peitos e não conseguimos ver o que se passa nas mentes dos nossos amigos. Em geral, é melhor que não possamos; mas de vez

em quando seria um alívio, uma economia de tempo e humor. Nas palavras seguintes, Jo se privou de vários anos de prazer e recebeu uma lição oportuna na arte de calar-se.

— Não gosto de favores; eles me oprimem e fazem com que eu me sinta uma escrava. Prefiro fazer tudo por mim mesma e ser perfeitamente independente.

— Como!? — tossiu a tia Carrol baixinho, olhando para a tia March.

— Eu lhe disse — devolveu a tia March, com um aceno decidido para a tia Carrol.

Felizmente inconsciente do que fizera, Jo sentou-se com o nariz para o alto e uma postura revolucionária que era tudo, menos convidativa.

— Você fala francês, querida? — perguntou a sra. Carrol, colocando a mão sobre a de Amy.

— Muito bem, graças à tia March, que deixa Esther conversar comigo o quanto eu quiser — respondeu Amy, com um olhar agradecido, que fez a velha sorrir com simpatia.

— Como você vai em idiomas? — perguntou a sra. Carrol a Jo.

— Não sei uma palavra. Sou muito estúpida para estudar o que quer que seja; não suporto francês, é uma língua meio boba, meio escorregadia — foi a resposta brusca.

As senhoras trocaram um novo olhar, e a tia March disse a Amy:

— Creio que você esteja bem forte e saudável agora, querida! Os olhos não a incomodam mais, não é?

— De modo algum; obrigada, senhora. Estou muito bem e pretendo fazer grandes coisas no inverno que vem para estar pronta para ir a Roma, assim que chegar esse momento feliz.

— Boa menina! Você merece ir, e tenho certeza de que vai um dia — disse a tia March, com um tapinha de aprovação na cabeça de Amy, que pegava o novelo de linha para ela.

— Ponto cruzado, porta fechada, se esquenta e costura! — berrou Polly, inclinando-se de seu poleiro ao espaldar da cadeira para espiar o rosto de Jo, com um ar tão cômico de indagação impertinente que era impossível não rir.

— Que pássaro observador — comentou a velha senhora.

— Vamos dar uma volta, querida? — exclamou Polly, pulando em direção ao armário de porcelana, com um olhar que sugeria um cubo de açúcar.

— Obrigada, eu vou... Vamos, Amy. — E Jo encerrou a visita, sentindo, com mais força do que nunca, que as visitas de fato afetavam pessimamente sua constituição. Cumprimentou as senhoras de forma cavalheiresca, mas Amy beijou as tias, e as moças partiram, deixando para trás a impressão de sombra e luz do sol, a qual fez com que a tia March dissesse, enquanto elas desapareciam:

— Vai ser melhor, Mary; vou fornecer o dinheiro.

E a tia Carrol respondeu decididamente:

— Não tenha dúvida de que o farei, se o pai e a mãe consentirem.

30. CONSEQUÊNCIAS

A FEIRA DA SRA. CHESTER era tão elegante e seleta que as moças da vizinhança consideravam uma grande honra serem convidadas a cuidar de uma banca, e todos ficavam muito interessados no assunto. Amy foi convidada, mas Jo não; o que foi bastante adequado a todas as partes, pois a literata de fato andava às turras com o mundo naquele período de sua vida, e foram necessários muitos e fortes golpes para ensiná-la a seguir com tranquilidade. A "criatura arrogante e desinteressante" foi deixada sozinha, enquanto o talento e o gosto de Amy foram devidamente reconhecidos pela oferta da banca de arte, e ela se esforçou para preparar e assegurar contribuições adequadas e valiosas.

Tudo transcorreu tranquilamente até a véspera da abertura da feira; então houve uma dessas pequenas escaramuças que são quase impossíveis de se evitar, quando cerca de vinte e cinco mulheres, velhas e jovens, com todos os seus orgulhos feridos e preconceitos particulares, tentam trabalhar juntas.

May Chester tinha um pouco de inveja de Amy, porque esta era mais querida do que ela; e justamente nesse período muitas e insignificantes circunstâncias surgiram para dar força a esse sentimento. O delicadíssimo trabalho a bico de pena de Amy eclipsou inteiramente os vasos pintados de May; esse foi o primeiro espinho. Em seguida, o conquistador Tudor dançara quatro vezes com Amy numa festa recente e apenas uma vez com May; esse foi o segundo. Mas a queixa que de fato lhe feria a alma e justificava a conduta hostil era um boato que uma fofoqueira cortês lhe havia sussurrado segundo o qual as March haviam zombado dela na casa dos Lamb. Toda a culpa disso deveria ter recaído sobre Jo, pois sua imitação inapropriada fora realista demais para escapar à identificação, e os Lamb brincalhões permitiram que a piada escapasse. Nenhum sinal disso chegara aos culpados, entretanto, e pode-se imaginar o desânimo de Amy quando, na noite anterior à feira, enquanto ela dava os toques finais à sua bonita banca, a sra. Chester, que, evidentemente, se ressentira do suposto ridículo da filha, disse, em tom suave, mas com um olhar frio:

— Creio, querida, que as jovens nutrem a opinião de que eu não poderia dar essa banca para ninguém, senão para minhas garotas. Como é a mais proeminente e, alguns dizem, a mais atraente de todas... e como elas são as principais organizadoras da feira, é melhor que fiquem com este lugar. Sinto muito, mas sei que você está muito sinceramente interessada na causa para se importar com uma decepçãozinha pessoal, e você terá outra banca, se quiser.

A sra. Chester imaginara de antemão que seria fácil fazer esse breve discurso; mas, chegada a hora, achou bem difícil proferi-lo com naturalidade, tendo os olhos inocentes de Amy encarando-a, cheios de surpresa e preocupação.

Amy sentiu que havia algo por trás disso, mas não podia adivinhar o quê, e disse em voz baixa, sentindo-se e demonstrando-se magoada:

— Talvez a senhora prefira que eu não fique com nenhuma banca?

— Ora, minha querida, não se sinta mal, por favor. É apenas uma questão de conveniência; minhas garotas vão assumir naturalmente a liderança, e esta banca é considerada o lugar adequado. Acho muito apropriada a você, e me sinto muito grata por seus esforços para fazê-la tão bonita; mas devemos abrir mão de nossos desejos particulares, é claro, e vou providenciar um outro bom lugar para você. Não gostaria de ficar com a banca de flores? As meninas menores se responsabilizaram por ela, mas estão desanimadas. Você poderia deixá-la um encanto, e a banca de flores é sempre atraente, você sabe.

— Especialmente aos cavalheiros — acrescentou May, com um olhar que esclareceu Amy sobre uma das causas da repentina perda das graças da família.

Ela corou de raiva, mas deixou de prestar atenção ao sarcasmo infantil da menina e respondeu com inesperada amabilidade:

— Faça como quiser, sra. Chester. Deixo meu lugar aqui agora mesmo e cuido das flores, se for do seu agrado.

— Você pode colocar suas próprias coisas em sua banca, se preferir — começou May, sentindo-se um pouco ferida em sua consciência, enquanto olhava para os lindos cavalinhos, as conchas pintadas e as pitorescas iluminuras que Amy tão cuidadosamente fizera e tão graciosamente arranjara. Ela não o disse por mal, mas Amy não entendeu o sentido e falou rapidamente:

— Ah, certamente, se estão no seu caminho. — E, enchendo o avental com todas as suas peças, desordenadamente, afastou-se, sentindo que ela e suas obras de arte haviam sido insultadas sem perdão.

— Agora ela está com raiva. Ai, Deus, antes não tivesse lhe pedido para falar, mamãe — lamentou-se May, olhando desconsolada para os espaços vazios em sua banca.

— Brigas de menina acabam logo — retrucou a mãe, sentindo-se um pouco envergonhada de seu papel naquela, como de fato deveria se sentir.

As garotinhas saudaram Amy e seus tesouros com deleite, e a recepção cordial em certa medida lhe acalmou o espírito perturbado, e ela começou a trabalhar, decidida a ter sucesso com as flores, uma vez que o artístico lhe fora tolhido. Mas tudo parecia contra ela; já era tarde, e estava cansada; todos estavam ocupados demais com seus próprios assuntos para ajudá-la; e as meninas não passavam de obstáculos, pois tagarelavam e se agitavam de um lado para o outro como se fossem passarinhos, fazendo muita confusão em seus esforços ingênuos de conservar a mais perfeita ordem. O arco de folhagem perene não permaneceu firme depois que ela o ergueu; balançou e ameaçou cair sobre sua cabeça quando as cestas foram cheias. Seu melhor azulejo recebeu um borrifo d'água, que deixou uma lágrima cor de sépia na bochecha do Cupido. Ela feriu as mãos enquanto usava o martelo, e se resfriou trabalhando sob uma corrente de ar frio, aflição que a encheu de apreensões para o dia seguinte. Qualquer menina leitora que tenha sofrido aflições do tipo sentirá compaixão da pobre Amy e lhe desejará boa sorte em sua tarefa.

Houve grande indignação em casa quando ela contou sua história naquela noite. Sua mãe disse que era uma vergonha, mas reiterou que fizera o certo. Beth declarou que não iria à feira de forma alguma, e Jo quis saber por que não tirava de lá todas as suas coisas bonitas e deixava aquelas pessoas más abandonadas à própria sorte.

— A maldade delas não justifica a minha. Odeio essas coisas, e apesar de achar que tenho o direito de me sentir ferida, não tenho a intenção de demonstrá-lo. Eles vão sentir isso mais do que discursos ou ações raivosas, não vão, Mami?

— Esse é o espírito correto, minha querida; um beijo em resposta ao golpe é sempre melhor, embora não seja muito fácil de dar, às vezes — disse a mãe, com o ar de quem aprendera a diferença entre pregar e praticar.

Apesar de várias tentações muito naturais de se ressentir e de retaliar, Amy aferrou-se a sua decisão no dia seguinte, empenhada em derrotar o inimigo com bondade. Ela começou bem, graças a um lembrete silencioso que chegou a ela inesperada, porém muito oportunamente. Enquanto arrumava a banca naquela manhã, ao mesmo tempo que as garotinhas enchiam as cestas na antessala, ela tomou em mãos sua produção favorita, um livrinho, cuja capa antiga seu pai encontrara entre seus tesouros, e na qual, sobre folhas de velino, ela havia lindamente ilustrado diferentes textos. Ao virar as páginas, ricas em delicados ornamentos, com orgulho muito perdoável, seus olhos pousaram em um verso que a fez parar e pensar. Emolduradas em um brilhante *rollwerk* escarlate, azul e dourado, com pequenos e bondosos espíritos ajudando-se por entre os espinhos e flores, estavam as palavras: "Amarás o teu próximo como a ti mesmo".

"Eu deveria, mas não amo", pensou Amy, enquanto seus olhos deixavam a página brilhante e encontravam o rosto descontente de May atrás dos grandes vasos, incapazes de esconder os vazios que seu lindo trabalho outrora preenchera. Amy ali permaneceu um instante, virando as folhas que tinha em mãos e lendo em cada uma delas doces reprimendas ao rancor e à falta de caridade do espírito. Muitos sermões sábios e verdadeiros nos são pregados todos os dias por pastores improváveis na rua, na escola, no escritório ou em casa; mesmo uma banca de feira pode se tornar um púlpito, se puder oferecer as palavras boas e úteis, que nunca estão fora de moda. Naquele momento, a consciência de Amy pregou-lhe um breve sermão a partir daquele texto, e ela fez o que muitos de nós nem sempre fazem: levou o sermão a sério, e logo o colocou em prática.

Um grupo de garotas estava de pé próximo à banca de May, admirando o que ali havia de bonito e conversando sobre a mudança de vendedora. Elas baixaram a voz, mas Amy sabia que falavam dela, ouvindo um lado da história e julgando de acordo com ele. Não foi agradável, mas ela se viu possuída de um espírito melhor, e, então, surgiu uma oportunidade para prová-lo. Ela ouviu May dizer com tristeza:

— É muito ruim, pois não há tempo para fazer outras coisas, e não a quero preencher com miscelâneas. A banca estava completa antes... agora está um horror.

— Talvez ela colocasse as peças de volta, se você pedisse a ela — sugeriu alguém.

— Como eu poderia, depois de toda a confusão? — começou May, porém sem terminar, pois a voz de Amy veio do outro lado do corredor, dizendo de modo agradável:

— Pode ficar com elas; ofereço-as com gosto, sem que peça, caso você as queira. Estava agora mesmo pensando em oferecê-las de volta para sua banca, pois pertencem a ela, não à minha. Aqui estão, por favor, aceite-as e me perdoe se fui rude ao levá-las comigo ontem à noite.

Enquanto falava, Amy devolveu sua contribuição com um meneio de cabeça e um sorriso e se afastou apressadamente, sentindo que era mais fácil ser cordial do que ficar ali e ser agradecida por isso.

— Que gentil da parte dela, não é? — exclamou uma garota. Não foi possível ouvir a resposta de May, mas outra jovem, cujo humor estava um tanto azedo pela limonada que fizera, acrescentou, com uma risada desagradável:

— Muito amável, pois sabia que não os venderia em sua própria banca.

Isso, sim, foi difícil. Quando fazemos pequenos sacrifícios, gostamos ao menos de vê-los serem apreciados; e, por um minuto, Amy lamentou tê-lo feito, sentindo que a virtude nem sempre vale por si mesma como recompensa. Mas o fato é que vale, como ela em seguida descobriu; pois seu ânimo começou a se elevar, e sua banca a florescer sob suas mãos habilidosas. As menininhas foram muito gentis, e aquele pequeno ato parecia ter purificado a atmosfera de forma surpreendente.

Foi um dia muito longo e difícil para Amy, sentada atrás de sua banca, muitas vezes sozinha, pois as menininhas logo desertavam. Poucos se importavam em comprar flores no verão, e seus buquês começaram a murchar muito antes do anoitecer.

A banca de arte *era* a mais atraente da sala; uma multidão cercou-a o dia todo, e os compradores constantemente passavam de um lado para o outro com rostos cheios de urgência e tilintando caixas de dinheiro. Amy muitas vezes olhava melancolicamente em sua direção, desejando estar ali, onde se sentia em casa e feliz, em vez de ficar em um canto onde nada havia para fazer. Pode não parecer difícil para alguns de nós; mas para uma jovem bonita e feliz, era não apenas tedioso, como uma verdadeira provação, e o pensamento de ser encontrada ali à noite por sua família, por Laurie e seus amigos, tornou aquilo um absoluto martírio.

Ela não foi para casa senão quando já caía a noite, e parecia tão cansada e quieta que todos entenderam que o dia fora difícil, embora ela não tenha feito qualquer reclamação, e sequer tenha contado o que fizera. Sua mãe lhe deu uma calorosa xícara a mais de chá. Beth ajudou-a a vestir-se e fez uma pequena guirlanda para o cabelo, enquanto Jo surpreendeu a família, animando-a com cuidados nada costumeiros e insinuando, de forma sombria, que a sorte estava prestes a mudar na feira.

— Não faça nada rude, eu lhe peço, Jo; não quero confusão, então deixe tudo passar e se comporte — implorou Amy, enquanto partia cedo, na esperança de encontrar um reforço de flores para dar vida a sua pobre banca.

— Apenas pretendo me tornar encantadoramente agradável a todos que conheço, e mantê-los no seu canto o maior tempo possível. Teddy e seus camaradas vão dar uma mãozinha, e nós ainda vamos nos divertir — devolveu Jo, inclinando-se sobre o portão para esperar por Laurie. Logo o matreiro tão bem conhecido de todos foi ouvido no crepúsculo, e ela correu para encontrá-lo. — É o meu garoto?

— Tão certo como é a minha garota! — E Laurie enfiou a mão dela sob o seu braço com o ar de um homem cujos desejos todos estavam satisfeitos.

— Ai, Teddy, cada coisa! — e Jo contou as dificuldades de Amy com zelo fraternal.

— Um bando da nossa rapaziada vai passar na feira logo, logo, e eu me mato se não os fizer comprar todas as flores de Amy e acampar na frente da banca depois — disse Laurie, advogando em favor da causa com ardor.

— As flores não estão nem um pouco bonitas, a Amy disse, e as frescas podem não chegar a tempo. Não quero ser injusta ou desconfiada, mas não me surpreenderia se não chegassem. Quando as pessoas fazem uma coisa ruim, não é estranho que façam outra — observou Jo, num tom enojado.

— Hayes não lhe deu o melhor dos nossos jardins? Eu pedi a ele.

— Eu não sabia disso; ele se esqueceu, suponho, e, como seu avô não estava bem, eu não quis preocupá-lo pedindo, embora quisesse algumas.

— Jo, como pôde pensar que havia alguma necessidade de pedir? Elas são tão suas quanto minhas. Nós não dividimos sempre tudo? — começou Laurie, no tom que sempre fazia Jo ficar espinhosa.

— Meu Deus! Espero que não! Metade de algumas coisas suas não me serviriam de nada. Mas não devemos ficar flertando aqui. Tenho que ajudar Amy; então vá lá e seja esplêndido; se você for gentil a ponto de fazer Hayes levar algumas belas flores até o salão, eu lhe serei muito grata.

— Você não poderia ser grata agora? — perguntou Laurie, tão sugestivamente que Jo fechou o portão na cara dele com uma pressa nada hospitaleira e disse por entre as grades:

— Vá embora, Teddy, estou ocupada.

Graças aos conspiradores, a sorte realmente *virou* naquela noite, pois Hayes enviou um bosque inteiro de flores, com uma linda cesta arrumada com absoluto capricho para figurar no centro da banca; então, a família March compareceu em peso, e Jo se esforçou para fazer valer o plano, pois as pessoas não apenas vinham, como ficavam e riam de seus despautérios, admirando o gosto de Amy e, aparentemente, se divertindo muito. Laurie e seus amigos galantemente cumpriram seu papel, compraram os buquês, montaram acampamento diante da banca e fizeram daquele canto o local mais animado da sala. Amy estava à vontade agora, e, nem que só por gratidão, mostrou-se tão viva e graciosa quanto possível, chegando à conclusão, naquele momento, de que a virtude *valia* por si mesma, afinal.

Jo comportou-se com adequação exemplar e, quando Amy foi cercada por sua guarda de honra, circulou pelo salão, de ouvidos atentos a vários trechos de fofoca que a esclareceram sobre a questão da mudança de base dos Chester. Ela se censurou por seu quinhão no mal-estar e decidiu livrar Amy do constrangimento o mais rápido possível; também descobriu como Amy lidara com as coisas pela manhã e a considerou um modelo de magnanimidade. Ao passar pela banca de arte, procurou as coisas da irmã, mas não viu sinal delas. "Escondidas longe da vista, talvez", pensou Jo, que podia perdoar seus próprios erros, mas se ressentia veementemente de qualquer insulto à sua família.

— Boa noite, srta. Jo. Como está Amy? — perguntou May com ar conciliador, pois queria mostrar que também poderia ser generosa.

— Vendeu tudo o que tinha que valia a pena vender, e agora está se divertindo. A banca de flores é sempre atraente, sabe?, "especialmente para os cavalheiros".

Jo não conseguiu resistir àquela alfinetada, mas May aceitou-a tão humildemente que ela se arrependeu no instante seguinte e pôs-se a elogiar os grandes vasos, que ainda não haviam sido vendidos.

— As iluminuras de Amy estão em algum lugar? Fiquei com vontade de comprar uma para o meu pai — disse Jo, muito ansiosa para saber o destino do trabalho da irmã.

— Tudo de Amy foi vendido há muito tempo. Cuidei para que as pessoas certas as vissem, e elas renderam uma boa quantiazinha para nós — respondeu May, que naquele dia superara várias pequenas tentações, assim como Amy.

Muito feliz, Jo correu de volta para contar as boas-novas; e Amy mostrou-se ao mesmo tempo tocada e surpresa com o relato das palavras e da postura de May.

— Agora, senhores, quero que vocês vão e cumpram o seu dever com as outras bancas tão generosamente quanto fizeram com a minha… em especial com a banca de arte — pediu ela ao "povo do Teddy", como as garotas chamavam os amigos da faculdade. — "Ao ataque, Chester, bala na agulha!" é o lema daquela mesa; vamos à *arte* do investimento, cavalheiros — disse a incontrolável Jo, enquanto a fiel falange se preparava para a campanha.

— Ouvir é obedecer, mas *março* é infinitamente mais belo do que *maio* — disse o pequeno Parker, fazendo um esforço frenético para ser espirituoso e terno, mas imediatamente frustrado por Laurie, que emendou um:

— Muito bom, meu filho, para um menininho! — com direito a um tapinha paternal em sua cabeça.

— Compre os vasos — sussurrou Amy para Laurie, como um derradeiro golpe sobre a cabeça de sua inimiga.

Para grande deleite de May, o sr. Laurence não apenas comprou os vasos, como circulou por todo o salão com um debaixo de cada braço. Os outros senhores especularam com igual ousadia com todos os tipos de ninharias frágeis, e depois vagaram desamparados, sobrecarregados de flores de cera, leques pintados, portfólios de filigranas e outras compras úteis e adequadas.

A tia Carrol estava lá, ouviu a história, pareceu satisfeita e disse alguma coisa para a sra. March num canto, que fez a dama sorrir de satisfação, observando Amy com um rosto carregado de uma mescla de orgulho e ansiedade, embora não tenha traído a razão de sua alegria senão vários dias depois.

A feira foi declarada um sucesso, e quando May deu boa-noite a Amy, ela não "se derramou" como de costume, mas deu-lhe um beijo carinhoso e um olhar que dizia "perdoe-me e esqueça". Isso satisfez Amy, que, ao chegar em casa, encontrou os vasos perfilados na lareira da sala, com um grande buquê em cada um.

— A recompensa ao mérito de uma magnânima March — anunciou Laurie com floreios.

— Amy, você tem muito mais princípios e generosidade e nobreza de caráter do que eu julgava. Você se comportou docemente, e eu a respeito de todo o meu coração — parabenizou Jo, calorosamente, enquanto escovavam os cabelos juntas no fim da noite.

— Sim, todas sentimos o mesmo, e a amamos por estar tão pronta para perdoar. Deve ter sido terrivelmente difícil, depois de trabalhar tanto tempo e doar-se de corpo e alma para vender suas próprias coisas, tão bonitas. Não acredito que eu poderia ter feito isso tão gentilmente quanto você — acrescentou Beth, de seu travesseiro.

— Ora, meninas, vocês não precisam me elogiar tanto; só fiz o que devia fazer. Vocês riem de mim quando digo que quero ser uma dama, mas quero dizer uma verdadeira dama, em pensamentos e boas maneiras, e tento fazer isso tanto quanto sei. Não consigo explicar exatamente, mas quero estar acima da mesquinhez, da falta de bom senso e dos erros que estragam tantas mulheres. Estou longe disso agora, mas faço o meu melhor, e espero ser um dia o que a mamãe é.

Amy falou com sinceridade, e Jo disse, com um abraço cordial:

— Entendo agora o que quer dizer, e nunca mais vou rir de você. Está progredindo mais rápido do que imagina, e aprenderei com você a verdadeira gentileza, pois acho que você sabe o segredo. Vá em frente, mana, e receberá sua recompensa algum dia, e ninguém ficará mais satisfeita do que eu.

Uma semana depois, Amy recebeu sua recompensa, e Jo, coitada, achou difícil ficar satisfeita. Chegou uma carta de tia Carrol, e o rosto da sra. March se iluminou tanto quando leu que Jo e Beth, que estavam com ela, exigiram saber quais eram as boas-novas.

— A tia Carrol vai para o exterior no mês que vem e quer...

— Que eu vá com ela! — explodiu Jo, voando da cadeira em um êxtase incontrolável.

— Não, querida, não você. Amy.

— Ai, mãe! Ela é muito jovem; é a minha vez, sou mais velha e quero isso há tanto tempo... Ia me fazer tão bem, e além disso seria esplêndido. Eu *preciso* ir!

— Receio que seja impossível, Jo. A tia Carrol diz com convicção que será Amy, e não cabe a nós impor a nossa vontade quando ela oferece tal favor.

— É sempre assim. Amy fica com toda a diversão, e eu com todo o trabalho. Não é justo, ah, não é justo! — exclamou Jo, apaixonadamente.

— Receio que seja em parte culpa sua, querida. Quando a tia Carrol falou comigo outro dia, ela lamentou suas maneiras bruscas e seu espírito independente demais; e aqui ela escreve, como se estivesse citando algo que você disse: "Pensei a princípio em pedir a Jo, mas como 'favores a sobrecarregam', e ela 'não suporta francês', acho que não me atrevo a convidá-la. Amy é mais doce, será uma boa companheira para Flo e receberá com gratidão qualquer vantagem que a viagem lhe possa oferecer".

— Ai, minha língua, minha língua abominável! Por que não sou capaz de aprender a mantê-la em silêncio? — gemeu Jo, lembrando as palavras que tinham sido sua debacle.

Quando ouviu a explicação das frases citadas, a sra. March disse com tristeza:

— Gostaria que você fosse, mas desta vez não há esperança, então tente suportar com alegria, e não acabe com o prazer de Amy com críticas ou lamúrias.

— Vou tentar — respondeu Jo, piscando com força quando se ajoelhou para pegar a cesta que tinha alegremente chutado. — Vou tentar agir como ela, e tentar não só parecer, mas ser feliz, e não me ressentir de um minuto sequer da felicidade dela. Mas não será fácil, pois é uma decepção terrível. — E a pobre Jo orvalhou a almofadinha de alfinetes que tinha em mãos com muitas lágrimas amargas.

— Jo, querida, sou muito egoísta, mas não poderia ficar sem você, e estou feliz que você ainda não esteja indo — sussurrou Beth, abraçando-a, com cesta e tudo, com um toque tão emocionado e um semblante tão carinhoso que Jo se sentiu confortada, apesar do arrependimento agudo que a fazia querer bater em si mesma e humildemente implorar a tia Carrol que a sobrecarregasse com aquele favor, e visse quão agradecida ela o suportaria.

Quando Amy chegou, Jo conseguiu participar do júbilo da família, talvez não tão calorosamente como de costume, mas sem demonstrar descontentamento ante a boa sorte de Amy. A moça recebeu a notícia como as boas-novas de uma grande alegria, perambulou num solene êxtase e começou a separar as tintas e a guardar os lápis naquela noite mesmo, deixando coisas de pouca monta, como roupas, dinheiro e passaportes para os menos arrebatados do que ela por visões de arte.

— Não é uma mera viagem de prazer para mim, garotas — declarou ela de forma contundente, enquanto raspava sua melhor paleta. — Ela vai decidir minha carreira; pois, se tenho alguma genialidade, vou descobri-lo em Roma e farei algo para provar isso.

— E se não tiver? — perguntou Jo, terminando de costurar, com os olhos vermelhos, os colarinhos novos que seriam entregues a Amy.

— Então voltarei para casa e ganharei a vida como professora de desenho — respondeu a aspirante à fama, com compostura filosófica; no entanto, fez uma careta ante a perspectiva, e raspou a paleta, como quem estivesse propensa a vigorosas providências antes de desistir de suas esperanças.

— Não, você não vai; você detesta o trabalho duro, e vai se casar com algum homem rico, e voltar para casa para se entregar aos braços do luxo todos os seus dias — vaticinou Jo.

— Suas previsões às vezes se realizam, mas não acredito que seja o caso dessa. Não tenho dúvida de que ia adorar, pois se não puder ser uma pintora, gostaria de poder ajudar os que são — devolveu Amy, sorrindo, como se o papel de lady Bountiful fosse mais adequado a ela do que o de uma pobre professora de desenho.

— Hum! — suspirou Jo. — Se você quiser, assim será, pois seus desejos são sempre realizados... e os meus, nunca.

— Você gostaria de ir? — perguntou Amy, achatando reflexivamente o nariz com a faca.

— Lógico!

— Bom, daqui a um ou dois anos mando buscar você, e vamos procurar relíquias no Fórum e realizar todos os planos que fizemos tantas vezes.

— Obrigada. Vou lembrá-la de sua promessa quando esse dia feliz chegar, se é que vai — retrucou Jo, aceitando o vago porém magnífico oferecimento com a maior gratidão possível.

Não havia muito tempo para preparativos, e a casa permaneceu em polvorosa até Amy partir. Jo aguentou firme até a última onda de fita azul ao vento desaparecer; e então se retirou em seu refúgio, o sótão, e ali chorou até que as lágrimas secassem. Amy também se aguentou com bravura até o momento em que o vapor zarpou; quando o passadiço estava prestes a ser recolhido, ela subitamente se deu conta de que logo um oceano inteiro rolaria entre ela e todos os que mais amava, e se agarrou a Laurie, o último a permanecer, dizendo com um soluço:

— Ai, cuide deles por mim, e se alguma coisa acontecer...

— Cuidarei, querida, cuidarei; e se alguma coisa acontecer, irei até você confortá-la — sussurrou Laurie, sem sonhar que logo teria de honrar sua palavra.

Então Amy partiu para encontrar o Velho Mundo, que é sempre novo e belo para os olhos jovens, enquanto seu pai e seu amigo a observavam da praia, esperando ardentemente que nada além da boa sorte surgisse no caminho da garota feliz, que acenou para eles até que não pudessem ver nada além do deslumbrante sol de verão no mar.

31. NOSSA CORRESPONDENTE ESTRANGEIRA

Londres

Meus queridos,

Estou sentada aqui à janela da frente do Bath Hotel, em Piccadilly. Não é um lugar da moda, mas o tio esteve aqui há alguns anos e não quer nenhum outro. No entanto, não queremos ficar muito tempo, então esse não é um grande problema. Como posso começar a contar o quanto estou gostando de tudo? Não sei, então só vou lhes dar trechos do meu caderno, porque não fiz nada além de esboçar e rabiscar desde que parti.

Enviei um telegrama de Halifax, quando me senti muito triste, mas depois disso prossegui às mil maravilhas, quase nunca enjoada, no convés o dia todo, com muita gente agradável para me distrair. Todos foram muito gentis comigo, especialmente os oficiais. Não ria, Jo, cavalheiros realmente são muito necessários a bordo, para as horas de dificuldades, ou para atender-nos; e como eles não têm nada para fazer, é uma bênção torná-los úteis, caso contrário, receio que fumariam até morrer.

A tia e Flo ficaram enjoadas a viagem toda, e preferiam não ser incomodadas, então, quando eu tinha feito o que podia por elas, saía e me divertia. Que passeios no convés, que poentes, que ar,

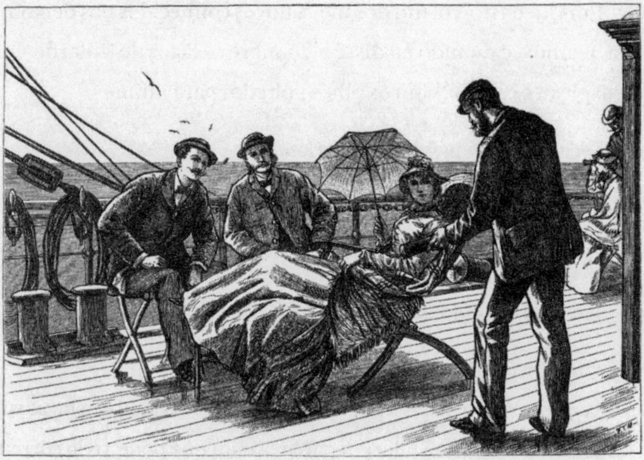

que ondas esplêndidas! Foi quase tão emocionante quanto cavalgar um cavalo veloz, enquanto avançávamos com tanta grandeza. Queria que Beth tivesse vindo, isso teria feito muito bem a ela. Quanto a Jo, ela teria subido e ficado na gávea da bujarrona, ou sabe-se lá que nome tem aquele lugar alto, feito amizade com os engenheiros e, ao soar o porta-voz do capitão, teria entrado em êxtase.

Foi tudo sublime, mas fiquei contente de ver a costa irlandesa, e a achei muito linda, tão verde e ensolarada, com cabanas marrons aqui e ali, ruínas em algumas das colinas e mansões rurais de famílias nobres nos vales, com veadinhos pastando. Era de manhãzinha, mas não me arrependi de ter me levantado para ver, pois a baía estava cheia de barquinhos, a praia era *tão* pitoresca, e o céu rosa sobre nós. Nunca vou me esquecer.

Em Queenstown, um dos meus novos conhecidos nos deixou, o sr. Lennox, e quando eu disse algo sobre os lagos de Killarney, ele suspirou e cantou, com os olhos voltados para mim:

Oh, você já ouviu falar de Kate Kearney
Ela vive nas margens de Killarney
Do olhar dos olhos dela
Evite o perigo e voe,
Pois fatal é o olhar de Kate Kearney.

Que coisa mais absurda, não?

Paramos em Liverpool por apenas algumas horas. É um lugar sujo e barulhento e fiquei feliz em partir. Assim que pôde, o tio correu à terra firme e comprou um par de luvas de couro, alguns sapatos grossos e feios e um guarda-chuva, e fez a barba deixando só as costeletas. Então se gabou de que parecia um verdadeiro britânico, mas quando precisou pela primeira vez limpar a lama dos sapatos, o pequeno engraxate soube que era um americano que estava dentro deles e disse, com um sorriso: "Pronto, senhor. Dei um brilho ao estilo ianque". E o tio se divertiu muitíssimo. Ai, *preciso* contar o que aquele maluco do Lennox fez! Ele mandou um amigo, o Ward, que seguiu viagem conosco, comprar um buquê para mim, e a primeira coisa que vi no meu quarto foi um arranjo lindo, com "os cumprimentos de Robert Lennox" no cartão. Não é divertido, meninas? Adoro viajar.

Não vou conseguir *nem* falar de Londres, se não me apressar. A viagem de trem foi como cavalgar por uma longa galeria de pinturas, cheia de paisagens encantadoras. Eu me deliciei com as casas de fazenda; com telhados de colmo, hera subindo até os beirais, treliças nas janelas e mulheres fortes às portas, com crianças rosadas. O próprio gado, com trevo até os joelhos, parecia mais tranquilo do que o nosso; e as galinhas tinham um cacarejo contente, como se nunca ficassem nervosas como as ianques. Nunca vi cores tão perfeitas: uma grama tão verde, um céu tão azul, um trigo tão amarelo, bosques tão escuros — fiquei em êxtase o caminho inteiro. Flo também, e continuávamos pulando de um lado para o outro, tentando ver tudo enquanto corríamos a cem quilômetros por hora. A tia estava cansada e foi dormir, mas o tio ficou lendo o guia dele e não se surpreendia com nada. Foi assim que seguimos: Amy levanta de supetão:

— Oh, deve ser Kenilworth, aquele lugar cinza entre as árvores!

E Flo corre para a minha janela:

— Que lindo! Precisamos ir lá algum dia, não, papai?

O tio, calmamente admirando as botas:

— Não, minha querida, a não ser que você queira cerveja; é uma cervejaria.

Uma pausa — então Flo exclamou:

— Ai, meu Deus, é uma forca e um homem subindo.

— Onde, onde? — grita Amy, olhando para dois postes altos com uma trave e algumas correntes pendentes.

— Uma mina de carvão — observa o tio, com um brilho nos olhos.

— Ali está um belo bando de cordeiros, todos deitados — diz Amy.

— Veja, papai, não são bonitos? — acrescenta Flo, sentimentalmente.

— São gansos, mocinhas — responde o tio, num tom que nos manteve em silêncio até que Flo se sentou para apreciar *As aventuras amorosas do Capitão Cavendish*, e fiquei com a paisagem só para mim.

Claro que choveu quando chegamos a Londres, e não havia nada para ser visto além de neblina e guarda-chuvas. Descansamos, desfizemos as malas e fizemos compras entre uma pancada de chuva e outra. Tia Mary me deu algumas coisas novas, pois saí de casa com tanta pressa que não estava nem um pouco pronta. Um chapéu branco bonito com uma pena azul, um vestido de musselina curioso para combinar e o xale mais lindo que vocês já viram na vida! Fazer compras na Regent Street é uma coisa maravilhosa; tudo parece tão barato, fitas lindas a apenas seis *pence* o metro. Fiz um estoque, mas devo comprar minhas luvas em Paris. Isso tudo não soa muito fino e muito chique?

Flo e eu, por diversão, pedimos um cabriolé, enquanto a tia e o tio estavam fora, e saímos para um passeio, embora tenhamos sido informadas depois de que andar sozinhas neles não era a melhor coisa para moças. Foi tão divertido! Pois quando a porta se fechou, o homem dirigiu tão rápido que Flo ficou assustada, e pediu que eu o parasse, mas ele estava lá fora em algum lugar, e eu não conseguia falar com ele. Não me ouviu chamar, nem me viu bater minha sombrinha na frente, e lá fomos nós, completamente indefesas, sacudindo o tempo todo, e quase derrapando nas curvas numa velocidade louca. Por fim, no meu desespero, vi uma portinha no teto e, ao bater nela até abrir, apareceu um olho vermelho, e uma voz com bafo de cerveja disse: "Que foi, madame?". Dei a minha ordem da maneira mais sóbria que pude, e fechando a porta com um "Tá certo, madame" o velho fez seu cavalo andar como se fosse a um funeral. Voltei a cutucar e disse: "Um pouquinho mais rápido", então ele foi embora, naquela loucura, e nos resignamos à nossa sorte.

Hoje o dia estava bonito, e fomos ao Hyde Park, aqui perto, porque somos mais aristocráticas do que parecemos. O duque de Devonshire mora perto.

Muitas vezes vejo seus lacaios à toa no portão dos fundos, e a casa do duque de Wellington não fica longe. Que cenas, minhas queridas! Era tão bom quanto o que se vê na *Punch*, pois havia viúvas nobres e gordas circulando em suas carruagens vermelhas e amarelas, com criados lindos em meias de seda e casacos de veludo atrás e cocheiros de rosto empoado na frente. Criadas elegantíssimas, com as crianças mais coradas que já vi; garotas lindas, parecendo meio sonadas; dândis com estranhos chapéus ingleses e luvas lavanda; e soldados altos, com jaquetas vermelhas curtas e gorros inclinados de lado, parecendo tão engraçados que eu quis muito desenhá-los.

Rotten Row significa "*Route de Roi*", ou o caminho do rei; mas agora é mais como uma escola de equitação do que qualquer outra coisa. Os cavalos são esplêndidos, e os homens, especialmente os cavalariços, cavalgam bem, mas as mulheres são rígidas e saltitam, o que não está de acordo com as nossas regras. Quis muito mostrar-lhes um galope americano furioso, pois elas trotavam solenemente para cima e para baixo, em suas roupas frugais e chapéus altos, parecendo as mulheres numa Arca de Noé de brinquedo. Todo mundo anda a cavalo — homens velhos, senhoras gordas, criancinhas —, e os jovens flertam bastante aqui; vi um casal trocando botões de rosa, porque é a moda usar um no buraco do botão, e achei uma ideiazinha muito boa.

À tarde, fomos à Abadia de Westminster; mas não esperem que eu a descreva, porque é impossível — então só vou dizer que foi sublime! Esta noite vamos ao teatro assistir ao Fechter, que será um final apropriado para o dia mais feliz da minha vida.

Meia-noite

É muito tarde, mas não posso postar minha carta de manhã sem lhes contar o que aconteceu ontem à noite. Quem vocês acham que chegou, quando estávamos no chá? Os amigos ingleses de Laurie, Fred e Frank Vaughn! Fiquei *muito* surpresa, pois não os teria reconhecido, se não fosse pelos cartões. Os dois estão altos e usam bigode; Fred é bonito no estilo inglês, e Frank está muito melhor, pois apenas manca um pouquinho e não usa muletas. Eles souberam por Laurie onde estávamos e vieram nos convidar para ir à casa deles, mas o tio não quer ir, então responderemos ao convite e os veremos quando pudermos. Eles foram ao teatro conosco, e foi *ótimo*, porque Frank se dedicou a Flo, e Fred e eu conversamos sobre diversões passadas, presentes e futuras, como se nos conhecêssemos desde sempre. Digam a Beth que Frank perguntou por ela e lamentou saber de sua saúde debilitada. Fred riu quando falei de Jo e enviou seus "respeitosos cumprimentos ao chapéu grande". Nenhum deles tinha se esquecido do Acampamento Laurence, nem do quanto nos divertimos lá. Parece que faz mil anos, não é?

A tia está batendo na parede pela terceira vez, então *tenho* que parar. Eu realmente me sinto como uma bela senhora londrina cansada, escrevendo aqui tão tarde, com o quarto cheio de coisas bonitas, e a cabeça uma confusão de parques, teatros, vestidos novos e criaturas cheias de elegância que dizem "Ah!" e torcem os bigodes loiros com a verdadeira dignidade de um lorde inglês. Sinto muita saudade de vocês todas, e apesar da minha loucura, continuo sendo a sua dedicada

Amy

Paris

Manas queridas,

Na última carta contei sobre nossa visita a Londres — ai, como os Vaughn foram amáveis! Que festas agradáveis fizeram para nós! Adorei os passeios em Hampton Court e no Museu Kensington mais do que qualquer outra coisa, pois em Hampton vi os cartões de Rafael e, no museu, salas cheias de quadros de Turner, Lawrence, Reynolds, Hogarth e outras grandes figuras. O dia em Richmond Park foi encantador, pois fizemos um piquenique inglês típico, e vi um esplendor de carvalhos e bandos de cervos maior do que pude copiar; também ouvi um rouxinol e uma revoada de cotovias. "Fizemos" Londres inteirinha, graças a Fred e Frank, e lamentamos ter de ir embora; pois embora os ingleses demorem a aceitar companhia nova, quando decidem fazê-lo é impossível serem superados na hospitalidade, *eu* acho. Os Vaughn esperam nos encontrar em Roma no inverno que vem, e ficarei terrivelmente desapontada se não forem, pois Grace e eu fizemos amizade, e os rapazes são muito simpáticos, especialmente Fred.

Mal tínhamos nos instalado aqui, quando ele apareceu de novo, dizendo que viera de férias e estava a caminho da Suíça. A tia pareceu séria no começo, mas ele estava tão tranquilo que ela não conseguiu dizer uma palavra. E agora estamos seguindo bem, e muito felizes por ele ter vindo, pois fala francês como um nativo, e não sei o que faríamos sem ele. O tio não conhece dez palavras e insiste em falar inglês muito alto, como se isso fizesse com que as pessoas o entendessem. A pronúncia da tia é antiquada, e Flo e eu, embora nos vangloriássemos de saber muito, descobrimos que não é bem assim, e estamos muito agradecidas por Fred "fazer o *parlez-vous*", como diz o tio.

São momentos tão deliciosos! Passeios de manhã até a noite, parando para bons almoços nos *cafés* alegres e vivendo todo tipo de aventura divertida. Os dias chuvosos, passo no Louvre, deliciando-me com os quadros. Jo torceria o nariz malvado dela para alguns dos melhores, porque não tem alma para a arte; mas *eu* tenho, e estou cultivando o olhar e o gosto tão rápido quanto posso. Ela ia gostar mais das relíquias das grandes figuras, pois vi o tricórnio e o casaco cinza de Napoleão, seu berço de bebê e sua velha escova de dentes; também vi um sapatinho de Maria Antonieta, o anel de Saint Denis, a espada de Carlos Magno e muitas outras coisas. Vou falar por horas sobre elas quando voltar, mas não tenho tempo para escrever.

O Palais Royal é o céu, tão cheio de *bijouterie* e coisas lindas que estou quase triste de não poder comprá-las. Fred queria me dar algumas, mas é claro que não permiti. O Bois e o Champs-Élysées são *très magnifique*. Vi a família imperial várias vezes — o imperador era um homem feio e de aparência dura, a imperatriz pálida e bonita, mas de um péssimo gosto em matéria de roupas, *eu* acho — vestido roxo, chapéu verde e luvas amarelas. O Napoleãozinho é um menino bonito, que fica de conversa com o preceptor e manda beijos com a mão para as pessoas quando passa em sua caleche de quatro cavalos, com os postilhões em jaquetas de cetim vermelho e uma guarda montada na frente e atrás.

Costumamos passear nos Jardins das Tulherias, porque são lindos, embora os antigos Jardins de Luxemburgo me sejam mais agradáveis. O Père-Lachaise é muito curioso, porque muitos dos túmulos são como pequenos aposentos; quando se olha para dentro, dá para ver uma mesa, com esculturas ou retratos dos mortos, e cadeiras para os enlutados se sentarem quando vêm para lamentar seus mortos. É tão francês — *n'est-ce pas?*

Nossos aposentos ficam na rue de Rivoli e, sentadas na varanda, ficamos observando a rua longa e iluminada. É tão agradável passarmos as noites conversando — quando o dia nos deixou cansadas demais para sairmos. Fred é muito divertido, e é o jovem mais agradável que já conheci — exceto por Laurie, cujos modos são mais charmosos. Queria que Fred fosse moreno, porque não gosto de homens claros; no entanto, os Vaughn são muito ricos e vêm de uma excelente família, então não vou achar problema em seus cabelos loiros, já que os meus são mais.

Na semana que vem viajaremos para a Alemanha e a Suíça e, como será rápido, só poderei escrever cartas apressadas. Mantenho meu diário e tento "recordar corretamente e descrever claramente tudo o que vejo e admiro", como o papai aconselhou. É uma boa prática para mim e, com meu caderno de esboços, dará a vocês uma ideia melhor da minha viagem do que esses rabiscos.

Adeus,

Com um abraço carinhoso em todas,

Votre Amie

Heidelberg

Minha mamãe querida,

Tendo uma hora tranquila antes de partirmos para Berna, tentarei lhe contar o que aconteceu, pois algumas coisas são muito importantes, como você verá.

A viagem de navio pelo rio Reno foi perfeita, e desfrutei dela com todas as minhas forças. Pegue os velhos guias de viagem do papai e leia a respeito. Não tenho palavras bonitas o suficiente para descrevê-la. Em Koblenz, tivemos um momento maravilhoso, pois alguns alunos de Bonn, com quem Fred travou contato no navio, fizeram uma serenata para nós. Era uma noite de luar, e mais ou menos à uma hora da manhã, Flo e eu fomos acordadas com a mais deliciosa música sob nossas janelas. Levantamos imediatamente e nos escondemos atrás das cortinas, mas umas espiadelas discretas nos mostraram Fred e os alunos cantando lá embaixo. Foi a coisa mais romântica que já vi — o rio, a ponte flutuante, a grande fortaleza em frente, o luar por toda parte e a música capaz de derreter um coração de pedra.

Quando terminaram, jogamos algumas flores e os vimos lutando por elas, mandando beijos para as mulheres invisíveis e indo embora rindo — fumando e bebendo cerveja, suponho. Na manhã seguinte, Fred me mostrou uma das flores amassadas no bolso do colete e parecia muito sentimental. Ri dele e disse que não havia sido eu, mas Flo, quem as tinha jogado, o que pareceu desagradá-lo, porque ele a jogou pela janela e fez-se sério novamente. Acho que vou ter problemas com esse garoto — é o que começa a parecer.

Os banhos em Nassau foram muito alegres, assim como Baden-Baden, onde Fred perdeu algum dinheiro, e eu o repreendi. Ele precisa de alguém para cuidar dele quando Frank não está por perto. Kate disse uma vez que esperava que ele se casasse logo, e concordo com ela, pois seria bom para ele. Frankfurt foi uma delícia. Vi a casa de Goethe, a estátua de Schiller e a famosa "Ariadne", de Dannecker. Foi muito lindo, mas teria gostado mais se conhecesse melhor a história. Não quis perguntar, pois todos sabiam ou fingiam que a conheciam. Queria que Jo me contasse tudo sobre isso. Preciso ler mais, pois acho que não sei nada — e isso acaba comigo.

Agora vem a parte séria — porque aconteceu aqui, e Fred acabou de sair. Ele tem sido tão gentil e alegre que todos nós ficamos muito apegados a ele. Nunca pensei em nada além de uma amizade de viagem, até a noite da serenata. Desde então, comecei a sentir que as caminhadas ao luar, as conversas na varanda e as aventuras diárias eram para ele algo mais do que divertido. Não flertei, mãe, juro; mas lembrei do que você me disse e fiz o meu melhor. Não posso evitar que as pessoas gostem de mim; mas não tento seduzi-las, e me preocupa se não correspondo ao sentimento delas, embora Jo diga que não tenho nenhum coração. Sei que mamãe vai sacudir a cabeça, e que as garotas vão dizer: "Ah, mercenariazinha miserável!", mas me decidi, e se Fred me pedir em casamento, vou aceitar, embora não esteja loucamente apaixonada. Gosto dele e ficamos bem juntos. Ele é bonito, jovem, doce e muito rico — muito mais rico que os Laurence. Não acho que a família dele se oporia, e eu seria muito feliz, pois são todos gentis, bem-educados, generosos e gostam de mim. Fred, como o gêmeo mais velho, ficará com a propriedade, suponho — e que esplendor ela é! Uma casa urbana em uma rua da moda — não tão vistosa quanto nossos casarões, mas duas vezes mais confortável e cheia de luxo de verdade, como creem os ingleses. Gosto, porque é genuína. Vi a prataria, as joias da família, os velhos criados e as pinturas do campo, com seu parque, a casa grande, os jardins adoráveis e belos cavalos. Ah, seria tudo que eu podia querer! E preferiria tê-lo a qualquer título, que as garotas rapidamente agarram sem encontrarem nada por trás. Posso ser mercenária, mas odeio a pobreza, e não quero ter de suportá-la um minuto a mais, se puder evitá-la. Uma de nós precisa de um bom casamento. Meg não fez, Jo não quer, Beth ainda não pode — então eu o farei, e tornarei tudo agradável em toda parte. Não me casaria com um homem que odiasse ou desprezasse. Pode ter certeza disso; e embora Fred não seja meu herói-modelo, ele se sai muito bem, e com o tempo, vou gostar dele o bastante, se ele gostar muito de mim e me deixar fazer as coisas como gosto. Então pensei bastante na questão na última semana, pois foi impossível não ver que Fred gostava de mim. Ele não disse nada, mas pequenas coisas o demonstraram; ele nunca caminha com Flo, sempre fica ao meu lado na carruagem, à mesa ou nos passeios; parece sentimental quando estamos sozinhos; e franze o cenho para qualquer outra pessoa que se arrisca a falar comigo. Ontem, no jantar, quando um oficial austríaco ficou nos olhando e depois disse alguma coisa a seu amigo, um barão de aparência elegante, sobre "*ein wunderschönes Blondchen*", Fred ficou feroz como um leão e cortou a carne com tanta raiva que ela quase voou do prato. Ele não é um inglês do tipo frio e duro; tem um temperamento um pouco forte, pois tem sangue escocês, como se poderia imaginar por seus lindos olhos azuis.

Bem, ontem à noite subimos ao castelo perto do pôr do sol — todos menos Fred, que nos encontraria lá depois de ir à posta-restante para buscar a correspondência. Foram momentos encantadores, investigando as ruínas, as adegas onde está o barril monstruoso, e os jardins bonitos construídos pelo príncipe-eleitor há muito tempo para sua esposa inglesa. Gostei muito do grande terraço, pois a vista era divina; por isso, enquanto os demais saíram para ver o inventor do castelo, sentei-me tentando esboçar a cabeça do leão de pedra cinza na parede, com ramos de madressilva escarlate pendurados ao redor. Era como se tivesse me transformado em uma princesa, sentada ali, observando o rio Neckar correndo pelo vale, escutando a música da banda austríaca abaixo, e esperando o meu amor, como uma verdadeira moça dos contos de fadas. Tinha a sensação de que algo ia acontecer, e estava pronta para isso. Não me senti vermelha, nem trêmula; estava muito tranquila e só um pouquinho animada.

Não demorei a ouvir a voz de Fred, e então ele veio correndo pelo grande arco para me encontrar. Parecia tão agitado que me esqueci de mim mesma e perguntei qual era o problema. Ele disse que acabara de receber uma carta implorando para que voltasse para casa, pois Frank estava muito doente; ele estava partindo imediatamente, no trem noturno, e só tinha tempo de se despedir. Fiquei muito triste por ele, e desapontada por mim mesma, mas apenas por um instante, pois ele disse, quando trocávamos um aperto de mão — e de uma forma que eu não podia entender de outro jeito: "Volto em breve; você não vai me esquecer, vai, Amy?".

Não prometi, mas olhei para ele, e ele pareceu satisfeito; e não havia tempo para nada além de mensagens e despedidas, pois ele tinha de partir em uma hora, e todos sentimos muita falta dele. Sei que ele queria falar, mas acho, por causa de uma coisa que ele insinuou uma vez, que prometera a seu pai não fazer nada desse tipo ainda — porque ele é um menino intempestivo, e o velho cavalheiro teme uma nora estrangeira. Em breve nos encontraremos em Roma, e então, se não mudar de ideia, direi "Sim, obrigada", quando ele perguntar: "Você aceita?".

Claro que tudo isso é *muito particular*, mas quis que você soubesse o que estava acontecendo. Não fique preocupada comigo; lembre-se de que sou sua Amy "tão prudente" e tenha certeza de que não farei nada precipitadamente. Envie-me tantos conselhos quanto quiser; vou me valer deles, se puder. Gostaria de poder vê-la para uma boa conversa, Mami.

Ame e confie em mim.

Sempre sua,

Amy

32. DOCES PREOCUPAÇÕES

— JO, ESTOU PREOCUPADA com Beth.

— Por quê, mamãe? Ela parece particularmente bem, desde que os bebês nasceram.

— Não é a saúde dela que me incomoda agora; é o ânimo. Alguma coisa anda se passando nos pensamentos dela, e quero que você descubra o que é.

— O que a faz pensar assim, mãe?

— Ela fica muito sozinha, e não conversa com o pai tanto quanto costumava conversar. Um dia desses a encontrei chorando junto dos bebês. Quando canta, as músicas são sempre tristes, e de vez em quando vejo um olhar no rosto dela que não entendo. Não é da Beth ser assim, e isso me preocupa.

— Você perguntou a ela sobre isso?

— Tentei uma ou duas vezes; mas ela ou evitou minhas perguntas, ou pareceu tão angustiada que parei. Nunca forço a confiança das minhas filhas, e raramente preciso esperar muito.

A sra. March fitava Jo enquanto falava, mas o rosto que tinha diante de si parecia nada saber sobre qualquer inquietação secreta; e depois de costurar com o semblante pensativo por um minuto, Jo disse:

— Acho que ela está crescendo e começando a sonhar, a ter esperanças e medos e inquietações, sem saber a razão, nem ser capaz de explicá-los. Ora, mãe, Beth tem dezoito anos, mas não temos percepção disso e a tratamos como uma criança, esquecendo-nos de que já é uma mulher.

— É verdade. Meu Deus, como vocês estão crescendo rápido — respondeu a mãe, com um suspiro e um sorriso.

— É inevitável, Mami; por isso, é melhor você se resignar a todo tipo de preocupação e deixar seus passarinhos voarem para fora do ninho, um a um. Prometo nunca voar muito longe, se isso for algum conforto para você.

— É um grande conforto, Jo. Agora que Meg se foi, sempre me sinto forte quando você está em casa. Beth é muito frágil, e Amy muito jovem para que eu possa confiar nela, mas quando as dificuldades surgem, você está sempre a postos.

— Ora, você sabe que não me importo de fazer o trabalho pesado, e toda família tem que ter alguém para isso. Amy é esplêndida em trabalhos de costura delicados, eu não; mas sei o que fazer quando todos os tapetes devem ser retirados, ou metade da família fica doente de uma só vez. Amy está se destacando no exterior; mas se alguma coisa estiver errada em casa, sou seu braço direito.

— Confio Beth a seus cuidados, então, pois ela abrirá seu coraçãozinho carinhoso para a Jo, que ela ama tanto, mais cedo do que para qualquer outra pessoa. Seja bem gentil, não permita que ela pense que alguém a observa ou fala a seu respeito. Bastava vê-la forte e alegre de novo, eu não teria mais desejos nessa vida.

— Que mulher feliz! Tenho milhares.

— Minha querida, quais são eles?

— Primeiro resolverei os problemas de Beth, e então falo dos meus. Não são tão sérios, podem esperar. — E Jo voltou a costurar com um meneio sábio de cabeça que tranquilizou o coração da mãe a seu respeito, ao menos por ora.

Embora aparentemente concentrada em seus próprios assuntos, Jo observou Beth, e depois de muitas suposições conflitantes, aferrou-se, por fim, em uma que parecia explicar a mudança na irmã. Um pequeno incidente ofereceu a Jo a pista do mistério, como lhe pareceu, e a fantasia viva e o coração amoroso fizeram o resto. Ela fingia-se ocupadíssima escrevendo em uma tarde de sábado, quando ela e Beth estavam juntas a sós. No entanto, enquanto rabiscava, mantinha os olhos na irmã, que parecia estranhamente quieta. Beth estava sentada à janela, muitas vezes abandonando a costura ao colo e apoiando a cabeça sobre a mão, numa postura melancólica, enquanto os olhos pousavam na paisagem nublada de outono. De repente, alguém passou abaixo, assobiando como um melro operístico, e uma voz gritou:

— Tudo tranquilo! Apareço hoje à noite.

Beth se assustou, inclinou-se à frente, sorriu e acenou com a cabeça, observando o passante até que este desapareceu em sua rápida caminhada; em seguida, disse baixinho, como que para si mesma:

— Parece tão forte, bem e feliz, esse menino querido...

— Hum... — fez Jo, ainda atenta ao semblante da irmã, pois o brilho da cor se desfez tão rapidamente quanto surgiu, o sorriso desapareceu e, então, uma lágrima caiu reluzente no parapeito da janela. Beth secou-a de imediato e voltou-se com apreensão a Jo; mas ela rabiscava furiosamente, parecendo mergulhada em seu "O juramento de Olímpia". No instante em que Beth se virou, Jo tornou a observá-la, viu-a levar a mão aos olhos mais de uma vez e, em seu rosto semiescondido, leu uma dolorosa tristeza que fez seus próprios olhos marejarem. Temendo trair-se, ela se afastou, murmurando algo sobre precisar de mais papel.

— Misericórdia, Beth ama Laurie! — exclamou, sentando-se em seu quarto, pálida com o espanto da descoberta que acreditava ter acabado de fazer. — Nunca me passou pela cabeça uma coisa dessas. *O que* mamãe vai dizer? Será que ele... — E Jo interrompeu-se e ficou vermelha com um pensamento repentino. — Se ele não corresponder a seu amor, será terrível. Ele *precisa* corresponder. Vou obrigá-lo! — E balançou a cabeça ameaçadoramente para o retrato do garoto de aparência travessa rindo dela da parede. — Ai Deus, estamos crescendo rápido demais. Veja só Meg, casada e com filhos; Amy desabrochando em Paris; e Beth apaixonada. Sou a única que tem bom senso para se manter a salvo.

Concentrada, Jo pensou por um minuto com os olhos fitos na imagem; em seguida, alisou a testa enrugada e disse, dirigindo ao rosto que tinha diante de si um meneio decidido de cabeça:

— Não, obrigada, senhor, você é muito charmoso, mas é tão estável quanto um cata-vento; não precisa escrever bilhetinhos tocantes e sorrir de maneira insinuante, pois não vai fazer bem nenhum, e não quero.

Em seguida, ela suspirou e entregou-se a um devaneio do qual não acordou até que o crepúsculo a fez descer e prosseguir com novas observações, as quais só vieram a confirmar sua suspeita. Embora Laurie flertasse com Amy e brincasse com Jo, sua postura para com Beth sempre fora peculiarmente doce e gentil, mas todos a tratavam assim; portanto, não ocorreu a ninguém que ele se importasse mais com ela do que com as demais. De fato, nos últimos tempos prevalecia na família uma impressão geral de que "nosso garoto" ficava cada vez mais afeiçoado a Jo, que, no entanto, não queria ouvir uma palavra sobre o assunto e repreendia violentamente quem quer que ousasse sugeri-lo. Se tivessem conhecimento dos vários momentos de ternura do ano que passara, ou antes as tentativas de ternura, cortadas pela raiz, teriam a imensa satisfação de dizer: "Eu bem que falei". Mas Jo detestava a "paquera", e não a permitia, tendo sempre uma piada ou uma carranca pronta ao menor sinal de perigo.

Logo que Laurie fora para a faculdade, ele se apaixonava em média uma vez por mês; mas as chamas dessas pequenas paixões eram tão breves quanto ardentes, não causavam dano e muito divertiam Jo, que tinha grande interesse na sucessão de esperanças, desesperos e resignações que lhe eram confidenciados em conferências semanais. Mas chegou um momento em que Laurie deixou de adorar deusas em diversos altares, aludiu enigmaticamente a uma paixão que tudo mobilizava e era acometido por vezes de ataques de melancolia dignos de Byron. Então passou a evitar por completo o doce tema, escreveu anotações filosóficas para Jo, tornou-se estudioso e deu a entender que trabalharia "como um mouro" para se formar em grande estilo. A mudança convinha à jovem, mais do que as confidências crepusculares, o delicado toque das mãos e os olhares eloquentes, pois, em Jo, o cérebro se desenvolvera antes do coração, e ela preferia os heróis imaginários aos verdadeiros, porque, se cansava, podia trancar os primeiros no assador de metal até que fossem reconvocados, e os últimos eram menos manejáveis.

Esse era o estado de coisas quando a grande descoberta foi feita, e Jo observou Laurie naquela noite como nunca o fizera antes. Se não tivesse a nova ideia em mente, não teria visto nada incomum no fato de Beth estar muito calada, e Laurie ser muito gentil com ela. Mas, tendo dado asas à viva imaginação, voou com ela em alta velocidade, e o bom senso, bastante enfraquecido por um longo processo de escrita de romance, não veio em seu socorro. Como de costume, Beth estava deitada no sofá, e Laurie perto dela, sentado em uma cadeira baixa e divertindo-a com todo tipo de fofoca; pois ela adorava seus "causos" semanais, e ele nunca a decepcionava. Naquela noite, porém, Jo fantasiou que os olhos de Beth pousavam com particular prazer sobre o vivo rosto moreno ao seu lado; e que escutava com intenso interesse o relato de uma empolgante partida de críquete, embora o jargão do desporto lhe fosse tão inteligível quanto sânscrito. Ela também imaginou, disposto o coração a tanto, ver certo aumento de gentileza nos modos de Laurie, que baixava a voz de vez em quando, ria menos do que o habitual, mostrava-se um pouco distraído e arrumava o cobertor nos pés de Beth com carinhosíssimo desvelo.

"Quem sabe? Acontece de tudo nessa vida", pensou Jo, enquanto se agitava pela sala. "Ela fará dele um anjo, e ele tornará a vida da minha querida deliciosamente tranquila e agradável, apenas de amarem um ao outro. Não vejo como poderia ser diferente; e acredito que ele o faria, se todos nós saíssemos do caminho."

Como todos estavam fora do caminho, exceto ela própria, Jo começou a sentir que deveria se afastar imediatamente. Mas ir para onde? E, ansiosa para se fazer presente no altar da devoção fraternal, sentou-se para resolver a questão.

Pois bem, o velho sofá tinha a dignidade de um patriarca: comprido, largo, bem almofadado e baixo, um pouco gasto, como se podia esperar, pois as meninas tinham dormido e se esparramado nele quando bebês; brincado de pescaria no encosto, cavalgado nos braços, feito pequenos zoológicos debaixo dele quando crianças; e recostado suas cabeças cansadas, sonhado e escutado palavras carinhosas quando moças. Todos o adoravam, pois era um refúgio da família, e um dos cantos sempre fora o local de descanso favorito de Jo. Entre as muitas almofadas que adornavam o venerável sofá havia uma, dura, redonda, coberta de uma crina de cavalo que pinicava e provida de botões salientes nas extremidades. Essa almofada repulsiva era sua propriedade especial, usada como arma de defesa, barricada ou dura prevenção a cochilos demorados.

Laurie conhecia bem a almofada e tinha motivos para considerá-la com profunda aversão; depois de ter sido impiedosamente atacado com ela em tempos pregressos, quando a folia era permitida, e então frequentemente excluído por ela do lugar que mais cobiçava, ao lado de Jo, no canto do sofá. Se "a salsicha", como a chamavam, estava de pé, era um sinal de que ele poderia se aproximar e repousar; mas se ela estivesse estirada no sofá, ai do homem, mulher ou criança que ousasse perturbá-la! Naquela noite, Jo se esqueceu de barricar seu canto e não estava ali havia cinco minutos, quando formas imensas surgiram ao lado dela e, com os dois braços estendidos no encosto do sofá, as duas longas pernas esticadas à frente, Laurie exclamou, com um suspiro satisfeito:

— Ô, coisa boa!

— Atenção ao linguajar — estalou Jo, derrubando o travesseiro para ficar de atravessado em seu lugar. Porém, era tarde demais; já não havia mais espaço para ele e, ao cair no chão, desapareceu de maneira muito misteriosa.

— Por favor, Jo, não seja arisca. Depois de estudar até quase virar um esqueleto a semana inteira, um sujeito merece carinho e deve recebê-lo.

— Beth vai cuidar de você. Estou ocupada.

— Não, ela não deve se preocupar comigo; mas você gosta desse tipo de coisa, a não ser que de repente tenha perdido o interesse. Você odeia o "seu menino" e quer atirar travesseiros nele?

Raramente se via algo mais sedutor do que aquele apelo tocante; mas Jo desanimou "o menino dela" voltando-se a ele com uma pergunta severa:

— Quantos buquês você enviou à srta. Randal esta semana?

— Nenhum, juro. Ela está noiva. Então...

— Fico feliz, porque essa é uma das suas extravagâncias tolas: ficar mandando flores e coisas para garotas pelas quais não dá dois alfinetes — continuou Jo, em tom de reprovação.

— Garotas sensatas, pelas quais dou pacotes inteiros de alfinetes, não me deixam mandar "flores e coisas" para elas, então o que posso fazer? Preciso dar *vazão* a meus sentimentos.

— Mamãe não aprova o flerte nem como diversão, e você flerta sem parar, Teddy.

— Daria qualquer coisa para poder responder "e você também". Como não posso, vou apenas dizer que não vejo nenhum problema nesse joguinho agradável, se todas as partes entenderem que é apenas um jogo.

— Bem, parece mesmo agradável, mas não consigo entender como se faz. Tentei, porque a gente se sente desconfortável quando está com outras pessoas e não faz o que todo mundo está fazendo; mas parece que não adianta — disse Jo, esquecendo-se do papel de Mentor.

— Siga o exemplo de Amy; ela tem um talento danado para isso.

— Sim, ela o faz belamente, e nunca parece ir longe demais. Suponho que é natural para algumas pessoas agradar sem tentar, e para outras sempre dizer e fazer a coisa errada no lugar errado.

— Fico feliz por você não ser capaz de flertar; é realmente animador ver uma garota sensata e clara, que pode ser alegre e gentil sem fazer papel de boba. Cá entre nós, Jo: algumas das garotas que conheço agem com uma rapidez que constrange. Não é por mal, disso tenho certeza; mas se soubessem o que nós, rapazes, falamos delas depois, se emendariam, imagino.

— Elas fazem o mesmo, e como as línguas delas são mais afiadas, pior para vocês, porque são tão bobos quanto elas, sem tirar nem pôr. Se vocês se comportassem corretamente, elas se comportariam; mas sabendo que vocês gostam da falta de bom senso delas, elas continuam, e então vocês as culpam.

— Quanta sabedoria, senhora! — exclamou Laurie, com tom de superioridade. — Não gostamos de brincadeiras e flerte, embora possamos agir como se gostássemos, às vezes. Entre cavalheiros, as moças bonitas e humildes nunca são mencionadas, senão respeitosamente. Ah, meu Deus... estivesse no meu lugar por um mês, você veria coisas que a surpreenderiam um pouco. Juro que, quando vejo uma dessas garotas impetuosas, sempre quero fazer minhas as palavras do nosso amigo Cock Robin: "Que vergonha, sua maldita, porca atrevida!".

Era impossível não rir do engraçado conflito entre a relutância cavalheiresca de Laurie de falar mal das mulheres e sua aversão natural à parvoíce pouco feminina da qual a boa sociedade fornecia muitos exemplos. Jo sabia que "o jovem Laurence" era considerado um bom partido pelas mães desse mundo, ganhava sorrisos de suas filhas e elogios de senhoras de todas as idades, o bastante para se tornar muito vaidoso; então ela o observava um tanto apreensiva, temendo que ficasse mimado, e mais feliz do que podia admitir ao descobrir que ele ainda acreditava em moças humildes. Retornando repentinamente ao tom admonitório, ela disse, baixando a voz:

— Se precisa dar "vazão", Teddy, dedique-se a uma das "moças bonitas e humildes" que você respeita e não perca seu tempo com as bobas.

— Isso é realmente um conselho? — E Laurie mirou-a com uma estranha mistura de ansiedade e alegria no rosto.

— Sim, é; mas, no geral, é melhor você esperar acabar a faculdade e se preparar para tal posição enquanto isso. Você não chega nem perto de ser bom o suficiente para... bem, para quem quer que seja a moça humilde. — E Jo pareceu igualmente um pouco estranha, pois um nome quase lhe escapara.

— Isso é verdade! — reconheceu Laurie, com uma expressão de modéstia bastante nova para ele, ao baixar os olhos e enrolar distraidamente no dedo a borla do avental de Jo.

"Deus tenha piedade de nós, isso não vai funcionar", pensou Jo, acrescentando em voz alta:

— Cante para mim. Estou louca para ouvir música, e sempre gosto das suas.

— Prefiro ficar aqui, obrigado.

— Bom, você não pode; não tem espaço. Vá, faça-se útil, já que você é grande demais para ficar de enfeite. Pensei que você odiasse ficar na barra do avental de uma mulher — replicou Jo, citando certas palavras rebeldes ditas pelo rapaz.

— Ah, isso depende de quem usa o avental! — E Laurie deu um puxão audacioso na borla.

— Vai começar? — insistiu Jo, mergulhando na direção da almofada.

Ele saiu imediatamente, e no instante em que estava bem "Nas toucas da bela Dundee", ela se afastou e não voltou senão quando o jovem cavalheiro já havia partido bastante contrariado. Jo permaneceu acordada naquela noite, e estava prestes a cair no sono quando o som de um soluço abafado a fez voar em direção à cama de Beth, com a preocupada pergunta:

— O que foi, querida?

— Pensei que você estivesse dormindo — soluçou Beth.

— É a dor antiga, meu tesouro?

— Não, é nova, mas posso suportar. — E Beth tentou conter as lágrimas.

— Conte-me de que se trata e deixe-me cuidar de você como muitas vezes fiz com a outra.

— Você não pode; não há cura.

A voz de Beth cedeu e, agarrada à irmã, chorou tão desesperadamente que Jo ficou assustada.

— Onde está a dor? Devo chamar a mamãe?

Beth não respondeu à primeira pergunta; mas, no escuro, uma das mãos involuntariamente se encaminhou ao coração, como se a dor estivesse lá; enquanto a outra segurava firme a de Jo, e Beth sussurrava, nervosa:

— Não, não, não a chame, não diga a ela. Logo estarei melhor. Deite-se aqui e me faça cafuné. Vou ficar quietinha e dormir...

Jo assentiu; porém, enquanto sua mão acariciava suavemente a testa quente de Beth e suas pálpebras molhadas, Jo sentia o coração apertar e uma vontade enorme de falar. Mas, mesmo jovem, ela aprendera que corações, como flores, não podem ser tratados com indelicadeza e devem se abrir naturalmente; assim, embora acreditasse conhecer a causa da nova dor de Beth, ela tão somente disse, em seu tom mais carinhoso:

— Alguma coisa a preocupa, querida?

— Sim, Jo! — depois de uma longa pausa.

— Não seria um conforto para você me dizer o que é?

— Agora não, ainda não.

— Então não vou perguntar; mas lembre-se, Beth, de que a mamãe e eu sempre ficaremos felizes em ouvi-la e ajudá-la, se pudermos.

— Sei disso. Logo eu digo.

— A dor melhorou?

— Ah, sim, estou muito melhor; você é sempre um conforto, Jo.

— Durma, querida. Eu ficarei com você.

De rostos colados, elas adormeceram; e, no dia seguinte, Beth voltou a se sentir bem, pois, aos dezoito anos, nem as cabeças nem os corações doem muito, e uma palavra amorosa pode remediar a maioria das doenças.

Mas Jo havia se decidido, e depois de refletir sobre um projeto durante alguns dias, ela o confidenciou à mãe.

— Noutro dia, você me perguntou quais eram minhas vontades. Vou lhe contar uma delas, Mami — começou ela, enquanto se sentavam juntas. — Quero ir embora para algum lugar neste inverno, para mudar um pouco de ares.

— Por que, Jo? — E a mãe ergueu os olhos rapidamente, como se as palavras sugerissem um duplo sentido.

Com os olhos em sua costura, Jo respondeu sobriamente:

— Quero algo novo. Sinto-me inquieta e ansiosa por ver, fazer e aprender mais. Fico presa demais em meus pequenos assuntos e preciso de um pouco de agitação; e como posso ser dispensada neste inverno, gostaria de saltitar um pouco por aí e experimentar minhas asas.

— Onde você quer saltitar?

— Em Nova York. Ontem tive uma brilhante ideia, e é isso. Lembra que a sra. Kirke lhe escreveu perguntando sobre uma jovem respeitável que costurasse e ensinasse seus filhos? É muito difícil encontrar alguém com essas duas qualidades, mas acho que eu serviria se tentasse.

— Minha querida, sair para trabalhar naquela pensão enorme! — E a sra. March mostrou-se surpresa, mas não descontente.

— Não é exatamente sair para trabalhar, pois a sra. Kirke é sua amiga... a alma mais gentil de que já se teve notícia... e tornaria as coisas agradáveis para mim, tenho certeza. A família dela não se mistura aos pensionistas, e ninguém me conhece por lá. Não me importo se conhecerem; é um trabalho honesto e não tenho vergonha disso.

— Nem eu. Mas e a sua escrita?

— Tanto melhor a mudança. Vou ver e ouvir coisas novas, obter novas ideias, e mesmo que não tenha muito tempo lá, trarei para casa bastante material para o meu lixo.

— Não tenho nenhuma dúvida, mas essas são as únicas razões para essa fantasia súbita?

— Não, mãe.

— Posso saber as outras?

Jo olhou para cima, Jo olhou para baixo, e então disse devagar, com as bochechas repentinamente coradas.

— Pode ser vaidoso e errado dizer isso, mas... receio... que Laurie esteja gostando demais de mim.

— Então você não gosta dele da maneira que é evidente que ele começa a gostar de você? — E a sra. March traiu alguma ansiedade ao fazer a pergunta.

— Misericórdia, não! Amo aquele menino, como sempre amei, e estou imensamente orgulhosa dele, mas quanto a qualquer coisa a mais, está fora de questão.

— Fico feliz de ouvir isso, Jo.

— Por quê?

— Porque, filha... não acho que vocês sirvam um para o outro. Como amigos, vocês são muito felizes; sempre brigam, e logo fazem as pazes. Mas temo que vocês dois se rebelariam se ficassem juntos por toda a vida. Vocês são muito parecidos e gostam muito de liberdade, para não falar dos temperamentos intempestivos e das vontades fortes, para continuarem felizes juntos, em uma relação que requer paciência e tolerância infinitas, tanto quanto amor.

— Foi exatamente isso que eu intuí, embora não fosse capaz de expressá-lo. Fico feliz que ache que ele está apenas começando a gostar de mim. Ficaria muito incomodada se o deixasse infeliz, pois não poderia me apaixonar por um grande amigo somente por gratidão, poderia?

— Tem certeza do sentimento dele por você?

O vermelho das bochechas de Jo ficou mais intenso ao responder, com o olhar de prazer, orgulho e dor misturados que as garotas têm quando falam dos primeiros amores.

— Receio que seja isso, mãe. Ele não disse nada, mas é muito o que parece. Acho melhor partir antes que alguma coisa aconteça.

— Concordo com você, e se isso puder ser contornado, você deve ir.

Jo pareceu aliviada, e depois de uma pausa, disse, sorrindo:

— Como a sra. Moffat ficaria espantada com sua falta de planos para as filhas, se ela soubesse; e como se alegrará de saber que Annie ainda pode ter esperança.

— Ah, Jo, as mães podem diferir em seus planos, mas a esperança é a mesma em todas: o desejo de ver os filhos felizes. Meg está feliz, e estou contente com o sucesso dela. Você, eu deixo aproveitar a liberdade até que se canse dela; pois só então descobrirá que há algo mais doce. Amy é meu principal cuidado agora, mas o bom senso dela vai ajudá-la. Para Beth, não tenho maior esperança senão que possa estar bem. A propósito, ela pareceu mais animada nestes últimos dias. Você conversou com ela?

— Sim, ela admitiu que tinha um problema, e prometeu me dizer logo. Não fiz mais perguntas, pois acho que sei do que se trata. — E Jo contou sua pequena história.

A sra. March sacudiu a cabeça e não teve uma perspectiva tão romântica do caso, mas pareceu séria, e repetiu a opinião de que, por Laurie, Jo deveria partir por um tempo.

— Não vamos dizer nada sobre isso a ele até que o plano esteja acertado; e então eu fujo antes que ele consiga se recompor e ser trágico. Beth deve pensar que vou partir para agradar a mim mesma, como vou, porque não posso falar sobre Laurie com ela; mas ela pode lhe dar carinho e consolá-lo depois de eu partir, e assim curá-lo dessa ideia romântica. Ele já passou por tantas dessas pequenas provações que está acostumado e logo terá superado sua privação de amor.

Jo o disse com esperança, mas não conseguiu se livrar, no íntimo, do medo de que essa "pequena provação" seria um pouco mais difícil do que as outras, e de que Laurie não fosse superar sua "privação de amor" tão facilmente quanto antes.

O plano foi discutido em um conselho de família e recebeu a aprovação de todos; pois a sra. Kirke aceitou Jo com alegria e prometeu lhe oferecer um lar agradável. A atividade como professora a tornaria independente; ademais, teria tempo livre, que poderia empregar de forma lucrativa escrevendo, enquanto as novas cenas e a sociedade lhe seriam úteis e agradáveis. Jo gostava da perspectiva e estava ansiosa para partir, pois o ninho doméstico estava ficando muito pequeno para sua natureza inquieta e espírito aventureiro. Quando tudo foi resolvido, contou a Laurie com medo e tremor; porém, para sua surpresa, ele recebeu a notícia com muita tranquilidade. Nos últimos tempos, se mostrara mais sério do que o normal, mas muito agradável; e, quando acusado, em tom de brincadeira, de estar virando uma nova página em sua vida, respondeu com seriedade:

— Pois estou, e quero dizer que esta vai ficar virada.

Jo ficou muito aliviada por ele ter um de seus ataques de virtude justo então, e realizou os preparativos da viagem com o coração leve, pois Beth parecia mais alegre — e ela esperava estar fazendo o melhor para todos.

— Uma coisa deixo a seu especial cuidado — disse ela, na noite anterior à partida.

— Você quer dizer seus escritos? — perguntou Beth.

— Não... é meu menino. Você vai ser muito boa para ele, não vai?

— Claro que vou, mas não posso preencher o seu lugar, e ele vai sentir muito a sua falta.

— Ele não vai se machucar com isso; então, por favor: eu o deixo sob sua responsabilidade, para atormentar, dar carinho e manter bem cuidado.

— Farei o meu melhor, por você — prometeu Beth, perguntando-se por que Jo a olhava de forma tão estranha.

Quando Laurie se despediu, ele sussurrou, de forma expressiva:

— Não vai servir de nada, Jo. Estou de olho é em você; por isso, tome cuidado com o que faz, ou trago você de volta.

33. DIÁRIO DE JO

Nova York, novembro

Queridas Mami e Beth,

Vou escrever um bocado, porque tenho um monte de coisa para contar, apesar de não ser uma mocinha linda e educada viajando pela Europa. Quando perdi de vista o rosto tão querido do papai, me senti um pouco melancólica, e teria sido até capaz de derramar uma ou duas gotinhas salgadas, não fosse uma senhora irlandesa com quatro filhos pequenos, todos chorando, menos ou mais, ter me desviado a atenção; me diverti deixando cair pedaços de biscoito de gengibre no assento toda vez que abriam a boca para chorar.

Logo o sol saiu e, tomando-o como bom presságio, também me desanuviei e aproveitei a viagem com todo o meu coração.

A sra. Kirke me acolheu tão gentilmente que me senti em casa na hora, mesmo naquele lugar enorme e cheio de estranhos. Ela me deu uma salinha de estar divertida no último andar da casa — tudo o que ela tinha; mas com um fogão e uma bela mesa perto de uma janela ensolarada, para que eu pudesse me sentar aqui e escrever sempre que quisesse. Uma bela vista e uma torre de igreja em frente compensam o cansaço dos muitos degraus, e gosto muito do meu cantinho. O quarto das crianças, onde fico para costurar e dar aulas, é uma sala agradável próxima à sala particular da sra. Kirke, e as duas menininhas são adoráveis — talvez um pouco mimadas, mas gostaram de mim depois de eu ler para elas "Os sete porquinhos malvados", e não tenho dúvida de que me sairei um exemplo de governanta.

Faço minhas refeições com as crianças, se eu preferir isso à mesa dos adultos, e por enquanto sim, porque *sou* tímida, embora ninguém acredite.

— Agora, minha querida, sinta-se em casa — disse a sra. K. à sua maneira maternal. — Trabalho dia e noite, como você pode imaginar, com uma família assim; mas me livro de uma grande preocupação, sabendo que as crianças estão seguras com você. Meus quartos estão sempre abertos para você, e o seu próprio estará tão confortável quanto eu puder deixá-lo. Há gente agradável na casa, caso você queira socializar, e suas noites serão sempre livres. Procure-me se acontecer alguma coisa de errado, e seja o mais feliz possível. É o sino do chá; preciso correr e trocar meu gorro. — E ela saiu, deixando-me para que eu me acomodasse no meu novo ninho.

Quando desci, logo depois, vi algo de que gostei. Os lances de escada são muito compridos nesta casa alta, e enquanto esperava, no alto do terceiro, que uma pequena criada subisse um pouco desajeitada, vi um homem estranho se aproximar por trás dela, tirar o pesado balde de carvão de sua mão, carregá-lo até o alto, colocá-lo em uma porta próxima e ir embora, dizendo, com um meneio gentil de cabeça e um sotaque estrangeiro:

— Vai serr melhorr assim. Os costas suas são muito novas parra tanto peso.

Não foi gentil da parte dele? Gosto de coisas assim; pois, como diz o papai, o caráter se revela nas menores coisas. Quando mencionei isso à sra. K., naquela noite, ela riu e disse:

— Deve ter sido o professor Bhaer, ele está sempre fazendo coisas desse tipo.

A sra. K. me disse que ele era de Berlim, muito instruído e um bom homem, mas sem nem um gato para puxar pelo rabo, e dá aulas para se sustentar e tem dois pequenos sobrinhos órfãos que está educando aqui, seguindo os desejos de sua irmã, que se casou com um americano. Não é uma história muito romântica, mas me interessou; e fiquei feliz em saber que a sra. K. empresta a sala de visitas para alguns dos alunos dele. Há uma porta de vidro entre essa sala e o quarto das crianças; vou espiá-lo para depois lhes contar como ele é. Ele tem quase quarenta anos; então, não há perigo, Mami.

Depois do chá e da folia da hora de ir para a cama com as meninas, ataquei a grande cesta de costura e tive uma noite tranquila conversando com meu novo amigo. Vou escrever uma carta em forma de diário e enviá-la uma vez por semana. Boa noite. Tem mais amanhã.

Terça-feira, noite

Esta manhã o grupo esteve bem animado. As crianças não paravam, pareciam moleques, e em certo momento realmente achei que lhes devia dar uma bela sacudida. Um bom anjo me inspirou a propor uma ginástica, e foi o que fiz, até que acharam bom se sentarem quietas. Depois do almoço, a criada as levou para passear, e cuidei do meu bordado feito uma pequena Mabel "bem disposta". Estava agradecendo minha sorte por ter aprendido a fazer lindas casas de botão, quando a porta da sala de estar abriu e fechou, e alguém começou a murmurejar "Kennst du das Land" como uma grande abelha. Era terrivelmente impróprio, eu sei, mas não pude resistir à tentação, e levantando uma ponta da cortina da porta de vidro, eu o espiei. O professor Bhaer estava lá, e, enquanto arrumava seus livros, dei uma bela olhada. Um alemão comum — bastante robusto, com cabelos castanhos caindo por toda a cabeça, uma barba espessa, nariz engraçado, os olhos mais bondosos que já vi, e um belo vozeirão que soa bem aos ouvidos, diante da nossa tagarelice americana, aguda ou desleixada. Suas roupas eram puídas, as mãos, grandes, e ele não tinha um traço bonito no rosto, exceto pelos dentes, lindos, mas gostei dele, pois tem uma bela cabeça; o linho das roupas era elegante, e parecia um cavalheiro, embora lhe faltassem dois botões no paletó e houvesse um remendo em um dos pés dos sapatos. Parecia bastante sério, apesar dos zunidos que fazia, até que foi à janela virar os bulbos de jacinto para o sol e acariciar o gato, que o recebeu como um velho amigo. Então ele sorriu e, quando ouviu uma batida à porta, exclamou, alto e rápido:

— Aqui!

Eu ia correr, quando vi rapidamente um pedacinho de gente carregando um grande livro, e parei para olhar o que estava acontecendo.

— Eu queio meu Bhaer — disse a coisinha, largando o livro no chão e correndo para encontrá-lo.

— Vai terr sua Bhaer. Vem, então, e dá uma abrraço nela, meu Tina — disse o professor, tomando-a nos braços com uma risada, e segurando-a tão alto sobre a cabeça que ela precisou inclinar o rostinho para beijá-lo.

— Agoia faz dever — prosseguiu a coisinha engraçada.

Então, ele a colocou na mesa, abriu o grande dicionário que ela havia trazido e deu-lhe um papel e um lápis, e ela pôs-se a rabiscar, virando uma folha de vez em quando, passando o dedinho na página, como se estivesse encontrando uma palavra, tão concentrada que quase me traí com uma risada, enquanto o sr. Bhaer acariciava seu cabelo bonito, com um olhar paternal que me fez pensar que ela devia ser filha dele, embora parecesse mais francesa que alemã.

Outra batida, e a aparição de duas educadas moças me mandou de volta para a linha e para a agulha, e lá permaneci virtuosamente, acompanhando todo o barulho e a tagarelice que acontecia ao lado. Uma das moças continuava a rir afetadamente e dizia "Vamos, professor", num tom coquete, e a outra pronunciava seu alemão com um sotaque que devia tornar difícil para ele manter-se sério.

Ambas pareciam testar dolorosamente sua paciência, pois mais de uma vez o ouvi dizer enfaticamente:

— Não, não, assim não é, vocês não prresta atenção ao que eu digo.

E a determinada altura se ouviu um barulho alto, como se ele tivesse batido com um livro na mesa, seguido da exclamação desesperada:

— *Prut!* Tudo vai mal nesta dia.

Pobre homem, senti pena dele; e quando as meninas se foram, dei mais uma espiada para ver se ele sobrevivera. Parecia ter se jogado de volta à cadeira, cansado, e ficou sentado com os olhos fechados até o relógio bater duas horas, quando deu um pulo, colocou os livros no bolso, como se estivesse pronto para outra aula, e, pegando no colo a pequena Tina, que adormecera no sofá, levou-a silenciosamente para longe. Imagino que tenha uma vida difícil.

A sra. Kirke me perguntou se eu não desceria à refeição das cinco; e, sentindo um pouco de saudade de casa, pensei que era uma boa ideia, só para ver que tipo de pessoas estão sob o mesmo teto que eu. Então me fiz respeitável e tentei entrar discretamente atrás da sra. Kirke, mas como ela é baixa, e eu sou alta, meus esforços para me esconder foram um fracasso. Ela me deu um assento ao lado dela, e, depois que meu rosto esfriou, tomei coragem e olhei ao redor. A mesa comprida estava cheia, e todos determinados a jantar, especialmente os cavalheiros, que pareciam estar comendo com horário, pois engoliam a comida e *desapareciam* assim que terminavam. Havia a costumeira variedade de moços, absortos nos próprios pensamentos; jovens casais, absortos um no outro; mulheres casadas, em seus bebês; e velhos cavalheiros, na política. Acho que não tenho muito a ver com nenhum deles, exceto por uma solteirona de semblante doce. É como se houvesse algo nela.

Abandonado à ponta distante da mesa estava o professor, gritando respostas às perguntas de um cavalheiro surdo e inquisitivo, de um lado, e falando de filosofia com um francês do outro. Se Amy estivesse aqui, teria lhe dado as costas para sempre, porque, é triste dizê-lo, tinha um belo apetite e comia como um esganado, de um modo que aterrorizaria "milady". Não me importei, pois me agrada ver "o povo comer com gosto", como diz Hannah, e o pobre homem devia estar precisando de um belo prato, depois de ensinar idiotas o dia todo.

Enquanto eu subia, depois do jantar, dois dos moços ajeitavam as cartolas diante do espelho do corredor, e ouvi um dizer para o outro, baixinho:

— Quem é a nova?

— Governanta, ou coisa do gênero.

— E que diabo estava fazendo na nossa mesa?

— Amiga da senhora.

— Bela cabeça, mas sem estilo.

— Nem um pouco. Acenda nossos charutos e vamos.

Senti-me irritada de início, e depois não dei bola, pois governanta é uma profissão tão boa quanto amanuense, e, embora eu não tenha estilo, tenho bom senso, a ver pelos comentários dos elegantes seres que saíram falando ruidosamente, fumando como chaminés. Odeio gente vulgar!

Quinta-feira

Ontem foi um dia tranquilo, que se passou entre as aulas, a costura e a escrita no meu quartinho, que é muito aconchegante, com luz e fogo. Aprendi algumas coisinhas novas e fui apresentada ao professor. Parece que Tina é filha da francesa que passa belamente a roupa na lavanderia daqui. A coisinha entregou o coração para o sr. Bhaer e o segue por toda parte feito um cachorrinho, sempre que ele está em casa, o que o encanta, pois ele gosta muito de crianças, apesar de "solterro". Kitty e Minnie Kirke também o veem com afeição e contam todo tipo de coisa sobre as peças que ele inventa, os presentes que traz e as esplêndidas histórias que conta. Os moços fazem troça dele, ao que parece, chamam-no de Velho Fritz, Cerveja, Ursa Maior e bolam todo tipo de brincadeiras com seu nome. Mas ele se diverte com isso como um menino, diz a sra. K., e leva tudo tão pacificamente que todos gostam dele, apesar dos modos estranhos.

A solteirona é a srta. Norton, rica, educada e gentil. Falou comigo hoje no jantar (porque fui à mesa de novo; é muito divertido ver as pessoas) e convidou-me para ir visitá-la. Ela tem bons livros e quadros em seu quarto, conhece pessoas interessantes e parece amigável; então vou me fazer agradável, pois *quero* estar em boa companhia — apenas não é do mesmo tipo de que Amy gosta.

Eu estava em nossa sala na noite passada, quando o sr. Bhaer entrou com alguns jornais para a sra. Kirke. Ela não estava, mas Minnie, que às vezes parece tão adulta, apresentou-me de um jeito muito gracioso:

— Esta é a amiga de mamãe, a srta. March.

— Sim, e ela é alegre e gostamos muito dela — acrescentou Kitty, que é uma *enfant terrible.*

Nós nos cumprimentamos com um meneio de cabeça e então rimos, pois a formalidade da apresentação e a franqueza do acréscimo formavam um contraste cômico.

— Ah, sim; eu escuta os pestinhas deixando louco a senhorrita. Se fizerrem de novo, chama e eu aparreço — disse ele, com um cenho ameaçador que encantou as pestinhas.

Prometi que o chamaria, e ele saiu; mas me parece que estava condenada a vê-lo muitas vezes, pois hoje, quando passei pela porta dele enquanto saía, bati sem querer nela com o meu guarda-chuva. A porta se abriu quase imediatamente, e lá estava ele, de roupão, com uma meia azul enorme em uma das mãos e uma agulha na outra; não parecia nada constrangido, pois quando expliquei o que acontecera e corri, ele acenou, de meia na mão e tudo, dizendo com sua voz forte e alegre:

— A dia está bonita parra um caminhada. *Bon voyage, mademoiselle.*

Ri por todos os lances de escada; mas era também um pouco ridículo pensar no pobre homem ter de consertar as próprias roupas. Os senhores alemães bordam, eu sei, mas cerzir meias é outra coisa, e não muito bonita.

Sábado

Nada digno de ser anotado, exceto uma visita à srta. Norton, que tem uma sala cheia de coisas bonitas e foi muito encantadora, pois me mostrou todos os seus tesouros e perguntou se eu às vezes não a poderia acompanhar em palestras e concertos, se fosse do meu agrado. Ela colocou isso como um favor; mas tenho certeza de que a sra. Kirke contou a ela sobre nós, e ela faz isso por gentileza. Sou tão orgulhosa quanto Lúcifer, mas favores como esse, vindos de pessoas como ela, não me sobrecarregam, e aceitei com gratidão.

Quando voltava para o quarto das crianças, havia um tumulto tão grande na sala de visitas que decidi ver do que se tratava, e lá estava o sr. Bhaer sobre as mãos e os joelhos, com Tina em suas

costas, Kitty conduzindo-o com uma corda de pular, e Minnie alimentando dois menininhos com sementes, enquanto eles rugiam e entravam em jaulas feitas de cadeiras.

— Estamos brincando de zoolóchico — explicou Kitty.

— Este é meu elevante! — acrescentou Tina, segurando o cabelo do professor.

— A mamãe sempre deixa a gente fazer o que gosta no sábado à tarde, quando o Franz e o Emil vêm, não é, sr. Bhaer? — disse Minnie.

O "elevante" sentou-se, com um olhar tão sério quanto os demais, e disse-me sobriamente:

— Eu darr meu palavrra que deixa. Se fizerrmos barrulho muito alta, é só pedirr "Silêntzio!", e nós brrincamos sem tanta barrulho.

Assim o prometi, mas deixei a porta aberta e aproveitei para me divertir tanto quanto eles, porque folia mais gloriosa nunca havia presenciado. Eles brincaram de pega-pega e de soldado, dançaram e cantaram, e quando começou a escurecer, todas as crianças se apinharam sobre o professor no sofá, enquanto ele contava lindos contos de fadas sobre cegonhas nos topos das chaminés, e pequenos "*Kobolds*" que cavalgam os flocos de neve que caem. Gostaria que os americanos fossem tão simples e naturais quanto os alemães... O que vocês acham?

Gosto muito de escrever, ficaria contando histórias para sempre se os motivos econômicos não me impedissem; pois embora use papel barato e escreva bem, tremo ao pensar nos selos de que esta longa carta vai precisar. Por favor, enviem as de Amy tão logo o possam. Minhas pequenas novidades vão soar muito simplórias diante dos esplendores dela, mas vocês vão gostar, eu sei. Teddy por acaso está estudando tanto que não consegue encontrar tempo para escrever para a amiga? Cuide bem dele para mim, Beth, e conte-me tudo sobre os bebês, e mande muito amor a todos.

Da sua fiel,

Jo

P.S. Ao reler minha carta, ela me parece "Bhaérica" demais, mas estou sempre interessada em pessoas estranhas, e realmente não tinha mais nada sobre o que escrever. Deus os abençoe!

Dezembro

Betsey, meu tesouro,

Como esta vai ser uma carta meio garranchuda, dirijo-a a você, porque pode distraí-la e dar uma ideia das minhas maluquices;

pois, embora calmas, são bastante divertidas, portanto, oh, sorria! Depois do que Amy chamaria de esforços herculâneos, no terreno da agricultura mental e moral, minhas jovens ideias começam a brotar, e meus pequenos galhos a dobrar, como eu desejava. Não são tão interessantes para mim como Tina e os meninos, mas com eles faço o meu dever, e eles gostam de mim. Franz e Emil são garotos alegres, bem ao meu estilo, pois a mistura de espírito alemão e americano produz neles um estado de constante agitação. As tardes de sábado são horas tumultuadas, sejam elas passadas em casa ou fora; em dias agradáveis todos saem para passear, em grupo, com o professor e eu para manter a ordem; e é um divertimento sem fim!

Somos bons amigos agora, e comecei a ter aulas. Realmente não pude evitar, e tudo aconteceu de uma maneira tão divertida que preciso contar. Para começar do começo, a sra. Kirke me chamou um dia quando passei pelo quarto do sr. Bhaer, que ela remexia.

— Já viu um mafuá desses, minha cara? Venha aqui me ajudar a botar esses livros em ordem, pois virei tudo de cabeça para baixo tentando descobrir o que ele fez com os seis novos lenços que lhe dei há pouco tempo.

Entrei e, enquanto trabalhávamos, olhei ao meu redor, pois era “um mafuá”, com certeza. Livros e papéis por toda parte, um *Meerschaum* quebrado e uma velha flauta abandonados sobre a prateleira da lareira; uma ave sem cuidados e sem penas no rabo gorjeava no assento de uma janela e uma caixa de ratinhos brancos enfeitava a outra. Barcos semiacabados e pedaços de barbante estavam entre os manuscritos. Pequenas botas sujas de lama secavam diante do fogo, e vestígios de menininhos amados, pelos quais ele se fazia escravo de si mesmo, eram vistos por todo o cômodo. Depois de muito remexer, três dos artigos que faltavam foram encontrados, um sobre a gaiola de pássaro, outro coberto com tinta e um encardido e queimado, tendo sido usado para pegar alguma coisa no fogo.

— Esse homem! — riu, bem-humorada, a sra. K., enquanto colocava as relíquias no saco de pano. — Suponho que os outros tenham sido rasgados para aparelhar navios, atar dedos cortados ou fazer rabiolas de pipa. É terrível, mas não posso repreendê-lo. É tão distraído e bem-humorado, e deixa aqueles garotos montarem em cima dele. Concordei em lavar e consertar, mas ele se esquece de entregar as coisas, e eu esqueço de examiná-las, então, às vezes, ele fica num triste estado.

— Deixe-me consertá-las — disse eu. — Não me importo, e ele não precisa saber. Eu gostaria, ele é muito gentil comigo, sempre traz minhas cartas e me empresta livros.

Então coloquei as coisas dele em ordem, e costurei calcanhares em dois pares de meias, porque já haviam perdido o formato, mal remendadas que tinham sido. Nada foi dito, e eu esperava que ele não descobrisse, mas um dia, na semana passada, ele me flagrou. Ouvir as aulas que ele dá aos outros interessou-me e divertiu-me tanto que tive vontade de aprender; pois Tina entra e sai, deixando a porta aberta, e consigo ouvir. Estava sentada perto dessa porta, terminando a última meia e tentando entender o que ele dizia para uma nova estudante, que é tão burra quanto eu. A moça tinha ido embora, e pensei que ele também, tudo estava tão silencioso, e eu estava ocupada balbuciando um verbo sem sucesso, e balançando de um lado para o outro de um jeito meio absurdo, quando uma risadinha me fez olhar para cima, e lá estava o sr. Bhaer me observando e rindo baixinho, enquanto fazia sinais para Tina não traí-lo.

— Pois bem! — disse ele, eu ali parada, fitando-o como uma pata. — Você olha parra mim, eu olho parra você, e isso não é ruim, mas veja, não estou brrincando quando perrgunto, querr aprrenderr alemão?

— Sim, mas o senhor é muito ocupado. E sou muito burra para aprender — respondi, vermelha como uma beterraba.

— *Prut!* Vamos encontrrar a tempo e não falharr de encontrrarr o inteligência. No noite vou darr uma aulinha com muito alegrria; porrque, veja você, senhorrita Marsch, esse dívida tenho a pagarr. — E ele apontou para a minha costura. — Sim, dizem uma para a outro, esses moças tão gentis, "ele é um velho estúpido, não vai verr o que fazemos; nunca vai verr que o calcanharr de seus meias não tem mais burracos; vai pensarr que suas botões crrescem novos quando caem; e acrredita que as cadarrços se fazem sozinhos". Ah! Mas eu tenho uma olho, e vejo muita. Uma corração tenho e sou grrato por isso. Porr favorr, um aulinha, de vez em quando, ou... não querro mais a fadinha conserrtando as roupas minhas e dos meninos.

Claro que fiquei sem palavras depois disso, e como é realmente uma oportunidade esplêndida, fizemos o trato e começamos. Fiz quatro aulas e depois fiquei atolada em um pântano gramatical. O professor foi muito paciente comigo, mas deve ter sido um tormento para ele, e de vez em quando me olhava com uma expressão de leve desespero, tão clara que eu não sabia se ria ou se chorava. Tentei as duas coisas; e quando me saiu uma fungada de total humilhação e angústia, ele simplesmente jogou a gramática no chão e marchou para fora do quarto. Senti-me desgraçada e abandonada para sempre, mas não o culpei, de forma alguma, e estava reunindo apressada meus papéis, com vontade de correr para o meu quarto e me controlar, quando ele veio, tão vivo e radiante como se eu tivesse coberto meu nome de glória:

— Vamos tentarr um novo caminho. Você e eu vamos lerr essas pequenos e agrradáveis *Märchen* juntas, e não martelarr mais naquele livrro durro, que está de castigo porr nos causarr prroblemas.

Ele foi tão gentil no falar e tão convidativo ao abrir os contos de fadas de Hans Andersen diante de mim que fiquei mais envergonhada do que nunca e prossegui na minha aula com uma postura de tudo ou nada que parecia diverti-lo imensamente. Desfiz-me de minha timidez e mourejei (nenhuma outra palavra irá expressá-lo) com todas as minhas forças, empacando em palavras longas, pronunciando de acordo com a inspiração do momento e dando o meu melhor. Quando terminei de ler minha primeira página e parei para respirar, ele bateu palmas e exclamou de forma calorosa:

— *Das ist gut!* Agorra estarr indo bem! Minha vez. Agorra sou eu na alemão, escuta.

E assim ele seguiu, galgando as palavras com sua voz forte e um prazer que era bom de ver e ouvir. Felizmente a história era "O soldadinho de chumbo", que é divertida, para que eu pudesse rir, e eu ri, embora não tenha entendido a metade do que ele leu, porque não pude me controlar, ele estava tão sério, e eu tão animada, e a coisa toda foi muito engraçada.

Depois disso, seguimos melhor, e agora leio muito bem minhas lições; pois essa maneira de estudar combina mais comigo, e posso ver que a gramática se esconde nos contos e na poesia como nós fazemos quando damos comprimidos no meio da geleia. Gosto muito, e ele ainda não parece cansado, o que é muito bom da parte dele, não é? Quero dar alguma coisa a ele no Natal, porque não me atrevo a oferecer dinheiro. Me dê alguma sugestão boa, Mami.

Fico feliz que Laurie pareça tão feliz e ocupado, que ele tenha parado de fumar e deixe crescer o cabelo. Você vê que Beth lida melhor com ele do que eu. Não sou ciumenta, querida; faça o seu melhor, só não faça dele um santo. Temo que não possa gostar dele sem um tempero de desobediência e capricho. Leia-lhe pedaços das minhas cartas. Não tenho tempo para escrever muito, e isso vai servir igualmente. Graças a Deus Beth continua muito bem.

Janeiro

Um feliz Ano-Novo para todos vocês, minha querida família, o que obviamente inclui o sr. L. e um jovem que atende pelo nome de Teddy. Não sou capaz de lhes dizer o quanto gostei do pacote de Natal, porque só chegou agora à noite, e eu havia perdido a esperança de recebê-lo. A carta de vocês veio pela manhã, mas vocês não disseram nada sobre um pacote, querendo que fosse uma surpresa; então fiquei desapontada, pois tinha uma "intuição" de que vocês não se esqueceriam de mim. Senti-me um pouco desanimada em meus pensamentos quando me sentei no meu quarto depois do chá; e quando o pacote grande, surrado e coberto de lama me foi trazido, apenas o abracei e me pus a saltitar. Tinha tanto a cara de casa e era tão revigorante que me sentei no chão e li e olhei e comi e ri e chorei, do meu jeito absurdo de sempre. Eram exatamente as coisas que eu queria, e tudo melhor por ter sido feito, em vez de comprado. O novo "babador de tinta" de Beth foi ótimo, e a caixa de biscoitos de gengibre de Hannah será um tesouro. Tenho certeza de que usarei as belas flanelas que você enviou, Mami, e lerei atentamente os livros que o papai sugeriu. Obrigada a todos, muito, muito!

Falar de livros me lembra de que estou ficando rica nesse quesito, pois no dia de Ano-Novo o sr. Bhaer me deu um Shakespeare lindo. É um que ele estima muito, e eu sempre admirei, colocado no lugar de honra da estante ao lado da Bíblia em alemão, de Platão, Homero e Milton; então você pode imaginar como me senti quando ele o pegou, sem a sobrecapa, e mostrou o meu próprio nome nele escrito, acompanhado de um "do seu amigo Friedrich Bhaer".

— Você costuma dizerr que deseja um biblioteca. Aqui lhe dou uma, pois entrre esses duas tampas (ele quis dizer capas) há muitas livrros em uma. Leia bem, e ela a ajudarrá muita; pois o estudo do alma humano nesta livro vai ajudarr você a lê-la na mundo e retrratá-la com seu pena.

Agradeci-lhe da melhor forma que pude, e falo agora sobre "meu biblioteca", como se tivesse cem livros. Nunca soube o quanto havia em Shakespeare antes; mas nunca tive um Bhaer para me explicar. Por favor, *não* riam de seu nome horrível. Não é pronunciado como "bar", nem "ber", como as pessoas *irão* pronunciá-lo, mas algo entre os dois, como só os alemães são capazes de fazer. Fico feliz que vocês dois gostem do que conto sobre ele e espero que o conheçam algum dia. A mamãe admiraria o calor de seu coração; o papai, a seriedade de seus pensamentos. Admiro ambos e me sinto rica com meu novo "amigo Friedrich Bhaer".

Sem ter muito dinheiro, ou saber do que ele gostaria, consegui várias pequenas coisas e as coloquei na sala, onde ele as encontraria inesperadamente. Eram úteis, bonitas ou engraçadas, um novo tinteiro em sua mesa, um pequeno vaso para sua flor — ele sempre tem uma: ou um pouco de verde em um copo, para manter o frescor, diz ele —, e um pegador para o fole, para que não precise queimar o que Amy chama de "*mouchoirs*". Fiz como os que Beth inventou — uma grande borboleta com um corpo gordo, asas pretas e amarelas, patas de lã e olhos de contas. O pegador despertou-lhe imensamente a fantasia, e ele o colocou sobre a prateleira da lareira como um objeto de *virtu*; o que o provou, afinal, um fracasso. Apesar de pobre, ele não se esqueceu de sequer um empregado ou criança na casa; e nenhuma alma aqui, da lavadeira francesa à srta. Norton, dele se esqueceu. Fiquei muito feliz por isso.

Eles organizaram um baile de máscaras, e tivemos momentos muito felizes na véspera de Ano-Novo. Como eu não tinha vestido, não quis descer. Mas, no último minuto, a sra. Kirke lembrou-se de alguns brocados antigos, e a srta. Norton me emprestou rendas e penas; assim, acabei enfeitada feito a sra. Malaprop e desci que mais parecia um pavão com uma máscara. Ninguém me reconheceu, pois disfarcei a voz, e ninguém sonhava que a silenciosa e altiva srta. March (pois a maioria deles acha que sou muito dura e fria, e por isso presunçosa) seria capaz de dançar e se arrumar e explodir em um "belo desarranjo de epitáfios, como num couro de vozes". Eu me diverti muito; e quando tirei a máscara, foi engraçado vê-los me encarando. Ouvi um dos rapazes dizer a outro que sabia que eu era atriz; na verdade, ele achava que se lembrava de ter me visto em um dos teatros pequenos. Meg vai gostar dessa piada. O sr. Bhaer era Nick Bottom e Tina era Titânia — uma fadinha perfeita em seus braços. Vê-los dançar era "uma paisagem e tanto", para usar um teddyismo.

Enfim, tive uma festa de Ano-Novo muito feliz, e quando pensei sobre esse tempo todo em meu quarto, senti que talvez tenha progredido um pouco, apesar dos meus muitos fracassos; pois agora fico alegre o tempo todo, trabalho com vontade, e tenho mais interesse em outras pessoas do que antes, o que é bom. Deus os abençoe! Sempre com amor,

Jo

34. UM AMIGO

EMBORA MUITO FELIZ na atmosfera social que tinha em torno de si, e muito ocupada com o trabalho diário que lhe pagava o pão e cujo esforço o tornava mais saboroso, Jo ainda encontrava tempo para os trabalhos literários. O propósito que então a mobilizava era natural para uma garota pobre e ambiciosa; mas os meios que adotara para alcançar seus objetivos não eram os melhores. Jo percebeu que o dinheiro conferia poder; assim, dinheiro e poder ela decidiu ter, não para serem usados unicamente consigo, mas com aqueles a quem amava mais do que a si própria. O sonho de encher o lar de confortos, de dar a Beth tudo o que ela queria, de morangos no inverno a um órgão em seu quarto; de viajar para o exterior sozinha, e de sempre ter *mais* do que o bastante, para se entregar ao luxo da caridade, havia sido por anos seu mais querido castelo de vento.

A experiência do conto premiado parecia ter aberto um caminho que, após longas andanças e muito esforço monte acima, levaria a esse delicioso *château en Espagne*. Mas a catástrofe com o romance tolheu-lhe a coragem por um tempo, pois a opinião pública é um gigante que assustou Joões de coração ainda mais intrépido que o dela diante de pés de feijão ainda maiores. Como o herói imortal, ela descansou um pouco depois da primeira tentativa, que resultou em queda e no menos adorável dos tesouros do gigante, se bem me lembro. Mas o espírito de "sacudir a poeira e tentar de novo" era tão forte em Jo quanto em João; assim, ela enveredou pé de feijão acima, dessa vez pelo lado das sombras, e obteve mais ganhos; porém, quase deixando para trás o que era muito mais precioso do que sacos de dinheiro.

Começou a escrever contos sensacionalistas — pois naqueles tempos sombrios, até mesmo os Estados Unidos, do alto de sua perfeição, liam lixo. Não contou a ninguém, mas preparou um "conto excitante" e levou-o, cheia de ousadia, ao sr. Dashwood, editor do *Weekly Volcano*. Ela nunca havia lido *Sartor Resartus*, mas tinha um instinto feminino de que as roupas possuíam sobre muitos uma influência mais poderosa do que o valor do caráter ou o encanto dos modos. Assim, vestiu o que tinha de melhor e, procurando se convencer de que não estava agitada ou nervosa, subiu intrepidamente dois lances de escadas escuras e sujas para se encontrar em uma sala bagunçada, sob uma nuvem de fumaça de charuto e na presença de três cavalheiros sentados, cujos calcanhares se encontravam bem mais altos que os chapéus, artigo de vestimenta que nenhum deles se dera ao trabalho de tirar. Um pouco intimidada por essa recepção, Jo hesitou no umbral, murmurando com muita vergonha:

— Com licença, estava procurando o escritório do *Weekly Volcano*. Gostaria de falar com o sr. Dashwood.

Os calcanhares mais elevados, então, foram ao chão, e ergueu-se o cavalheiro mais fumegante; este, tratando com carinho o charuto entre os dedos, veio à frente com um aceno de cabeça e um semblante que expressava nada além de sono. Sentindo que precisava ir direto ao assunto de algum modo, Jo apresentou seu manuscrito e, ficando mais vermelha a cada frase, disparou fragmentos do breve discurso cuidadosamente preparado para a ocasião.

— Uma amiga quis que lhe oferecesse... um conto... apenas como experiência... Gostaria da sua opinião... Ficaria feliz em escrever mais se este servir.

Enquanto corava e tagarelava, o sr. Dashwood tomava o manuscrito em mãos e virava as folhas com um par de dedos um tanto sujos, lançando olhares críticos pelas páginas asseadas.

— Não é uma primeira tentativa, presumo — comentou ele, observando que as páginas estavam numeradas e usadas apenas de um lado, e *não* estavam amarradas com uma fita, índice inequívoco de um iniciante.

— Não, senhor. Ela já tem alguma experiência e ganhou um prêmio por um conto no *Blarneystone Banner*.

— Ah, ganhou, é? — E o sr. Dashwood lançou a Jo um rápido olhar, que parecia tomar nota de tudo o que ela vestia, desde o laço em sua touca até os botões de suas botas. — Bem, pode deixá-lo, se quiser. No momento, já temos o bastante desse tipo de coisa, mas passo os olhos por ele e lhe dou uma resposta na semana que vem.

Ora, Jo *não* gostou da ideia de deixá-lo, pois o sr. Dashwood decididamente não a agradara; mas, diante das circunstâncias, não havia o que pudesse ser feito, senão cumprimentá-lo e partir, fazendo-se particularmente alta e digna, como era capaz de mostrar-se quando irritada ou constrangida. Naquele momento, era assim que se sentia; pois olhares trocados entre os cavalheiros evidenciavam que, sem dúvida alguma, a historieta de sua "amiga" fora considerada uma boa piada; e uma risada, produzida por alguma observação inaudível do editor ao fechar a porta, completou o embaraço de Jo. Meio decidida a nunca mais voltar, foi para casa e se livrou de sua irritação costurando vigorosamente aventais; e em uma ou duas horas estava tranquila o bastante para rir da cena e ansiar pela semana seguinte.

Quando retornou, o sr. Dashwood estava sozinho, o que a alegrou. O editor estava muito mais acordado do que antes — o que foi agradável —, e não tão imerso na fumaça de seu charuto a ponto de se esquecer de ter modos; assim, a segunda entrevista foi muito mais satisfatória do que a primeira.

— Nós aceitamos o texto — editores nunca dizem "eu" —, desde que você não se oponha a algumas mudanças. É muito longo... mas cortando as passagens que assinalei terá a extensão correta — sugeriu ele, com tom de quem faz negócios.

Jo mal reconhecia seu manuscrito, tão amassadas e sublinhadas estavam suas páginas e parágrafos; mas sentindo-se como um pai carinhoso ante o pedido de cortar as pernas de seu bebê para que coubesse em um novo berço, ela olhou para as passagens marcadas e ficou surpresa ao descobrir que todas as reflexões morais — que cuidadosamente colocara para compensar o excesso de ação romanesca — haviam sido eliminadas.

— Mas, senhor, pensei que toda história devesse ter algum tipo de moral, então cuidei para que alguns de meus pecadores se arrependessem.

A gravidade editorial de Dashwood relaxou sob a forma de um sorriso, pois Jo havia se esquecido da "amiga" e falado como só um autor poderia tê-lo feito.

— As pessoas querem se divertir, não ouvir sermões. A moral não vende hoje em dia. — O que, a propósito, não era uma afirmação correta.

— Então o senhor acha que venderia, com essas alterações?

— Acho, é uma trama nova, e muito bem trabalhada; também tem um bom estilo, e assim por diante — foi a resposta afável de Dashwood.

— O que o senhor... isto é, qual seria a compensação... — começou Jo, não sabendo exatamente como se expressar.

— Ah, sim; bem, pagamos de vinte e cinco a trinta dólares por coisas desse tipo. É pago quando publicado — respondeu o sr. Dashwood, como se esse ponto lhe tivesse fugido; essas ninharias não raro escapam à mente editorial, diz-se.

— Muito bem, pode ficar com ela — aceitou Jo, devolvendo-lhe a história com um ar satisfeito. Depois do trabalho de um dólar a coluna, mesmo vinte e cinco dólares lhe pareciam um bom pagamento. — Devo dizer a minha amiga que o senhor vai comprar outra se ela tiver uma melhor que essa? — perguntou Jo, inconsciente de seu pequeno deslize de linguagem e animada com o sucesso.

— Bem, vamos examinar. Não posso prometer a compra. Diga a ela para fazê-la curta e excitante, sem se importar com a moral. Com que nome sua amiga gostaria de assinar? — perguntou em um tom casual.

— Nenhum, se possível; ela não deseja que seu nome apareça e não tem *nom de plume* — disse Jo, corando apesar do esforço em contrário.

— Como ela desejar, é claro. A história vai sair na semana que vem. Você virá para receber o pagamento, ou devo enviá-lo? — perguntou Dashwood, que sentia um natural desejo de saber quem seria seu novo colaborador.

— Eu virei. Bom dia, senhor.

Quando ela partiu, o sr. Dashwood levantou-se, com a graciosa observação:

— Pobre e orgulhosa, como de costume, mas vai sevir.

Seguindo as instruções do sr. Dashwood, e fazendo da sra. Northbury seu modelo, Jo mergulhou precipitadamente nas profundezas do agitado mar da literatura sensacionalista; porém, graças à boia salva-vidas que foi lançada por um amigo, ela voltou à superfície, sem maiores danos.

Como a maioria dos jovens escritores, ela viajou em busca de personagens e cenários, e bandoleiros, condes, ciganos, freiras e duquesas apareceram em seu palco, e interpretaram seus papéis com tanta precisão e espírito quanto se poderia esperar. Seus leitores não eram preciosistas sobre questões como gramática, pontuação e verossimilhança, e Dashwood gentilmente permitia que ela preenchesse as colunas de seu jornal pelos preços mais baixos, considerando desnecessário dizer-lhe que a verdadeira causa da hospitalidade era o fato de que um de seus contratados, ao receber oferta mais atrativa, deixara-o miseravelmente em apuros.

Jo logo se interessou por seu trabalho, pois sua carteira magra engordou, e o pequeno fundo que estava acumulando para levar Beth às montanhas no verão seguinte cresceu lenta, mas seguramente, à medida que as semanas se passaram. Uma coisa perturbou sua satisfação: o fato de não ter contado a ninguém em casa. Tinha o pressentimento de que seu pai e sua mãe não aprovariam, e assim preferiu tomar suas próprias decisões e, depois, pedir-lhes perdão. Era fácil manter o segredo, pois nenhum nome aparecia com as histórias. O sr. Dashwood, é claro, descobriu logo, mas prometeu ficar mudo; e, por milagre, manteve a palavra.

Ela julgava que isso não lhe faria mal algum, pois sinceramente não pretendia escrever nada do que pudesse se envergonhar, e acalmou todos os pruridos de consciência antecipando o minuto feliz em que apresentaria seus ganhos e se riria do segredo bem guardado.

Mas o sr. Dashwood rejeitava tudo que não fossem histórias emocionantes; e como não é possível produzir emoção a não ser atormentando os nervos dos leitores, passagens históricas e romances, terras e mares, ciência e arte, registros policiais e manicômios lunáticos tinham de ser saqueados para tal objetivo. Jo logo descobriu que sua experiência inocente lhe dera tão somente alguns vislumbres do mundo trágico que está por trás da sociedade; assim, constatando-o à luz dos negócios, começou a suprir suas deficiências com particular energia. Ansiosa por encontrar material para as histórias, e empenhada em torná-lo original na trama, se não plenamente dominado em sua execução, procurou nos jornais acidentes, incidentes e crimes. Suscitou suspeitas de bibliotecários públicos, pedindo obras sobre venenos. Estudou rostos na rua — e personagens, boas, más e indiferentes, tudo ao seu redor. Mergulhou na poeira dos tempos em busca de fatos ou ficções antigos que fossem tão bons quanto novos, e apresentou-se à loucura, ao pecado e à miséria, tanto quanto suas limitadas oportunidades permitiam. Julgou que progredia muito bem, mas inconscientemente começava a profanar alguns dos atributos mais femininos do caráter de uma mulher. Passou a viver em má companhia; e ainda que imaginária, foi por ela influenciada, pois supria o coração e a imaginação com alimentos perigosos e insubstanciais, e o contato prematuro com o lado mais sombrio da vida, que chega para todos nós, levava-a a se desfazer rapidamente do desabrochar inocente de sua natureza.

Ela estava começando a sentir isso, mais do que ver, pois o esforço de descrever paixões e sentimentos de outras pessoas a levou a estudar e a especular sobre si mesma — um divertimento mórbido ao qual mentes jovens e saudáveis não se entregam voluntariamente. O erro sempre traz sua própria punição; e, quando Jo mais precisou da sua, teve-a.

Não sei se o estudo de Shakespeare a ajudou a interpretar o caráter, ou foi o instinto natural de uma mulher pelo que era honesto, corajoso e forte; mas, ao mesmo tempo que dotava seus heróis imaginários de todas as perfeições existentes sob o sol, Jo descobria um herói vivo, que a interessava apesar das muitas imperfeições humanas. O sr. Bhaer, em uma de suas conversas, aconselhou-a a estudar personagens simples, verdadeiros e amáveis, onde quer que ela os encontrasse, como um bom treinamento para um escritor; Jo seguiu o conselho ao pé da letra, pois calmamente passou a estudá-lo — um procedimento que o teria surpreendido muito, se soubesse disso, pois o digno professor era bastante humilde na ideia que tinha de si mesmo.

A princípio, o que intrigava Jo era a razão de todos gostarem dele. Não era nem rico, nem portentoso, nem jovem, tampouco bonito — não era, em nenhum aspecto, o que se entendia por fascinante, imponente ou brilhante; e, mesmo assim, revelava-se tão atraente quanto uma chama amiga, e as pessoas pareciam reunir-se em torno dele tão naturalmente quanto se ele fosse uma lareira quente. Era pobre, mas sempre parecia estar dando alguma coisa; um estranho, mas todo mundo era seu amigo; maduro, mas feliz como um menino; insosso, porém seu rosto parecia bonito a muitos; e suas esquisitices eram sempre perdoadas por serem suas. Jo frequentemente o observava, tentando descobrir o encanto, e finalmente decidiu que era a benevolência que operava o milagre. Se tinha alguma tristeza, "metia a cabeça embaixo da asa", e ele voltava apenas seu lado ensolarado para o mundo. Havia linhas em sua testa, mas o Tempo parecia tê-lo tocado gentilmente, lembrando-se de como ele era gentil com os outros. As curvas agradáveis em torno de sua boca davam testemunho das muitas palavras de amizade e das risadas animadoras; seus olhos jamais transmitiam frieza ou dureza; e sua mão grande tinha um aperto forte e quente que era mais expressivo que palavras.

Mesmo suas roupas pareciam compartilhar da natureza hospitaleira do usuário. Aparentavam estar à vontade e gostar de deixá-lo confortável; seu largo colete sugeria um grande coração; o casaco surrado tinha um ar sociável, e os bolsos folgados eram prova clara de que mãos pequenas muitas vezes entravam vazias e saíam cheias; até as botas eram benevolentes; e os colarinhos nunca se mostravam duros e ásperos como os de outras pessoas.

— É isso! — disse Jo para si mesma, quando por fim descobriu que a genuína boa vontade para com os semelhantes poderia embelezar e dignificar até mesmo um robusto professor de alemão, que comia como um ogro, costurava as próprias meias e carregava o fardo do nome Bhaer.

Jo valorizava muito a bondade, mas também possuía um respeito bastante feminino pelo intelecto, e uma pequena descoberta que fez sobre o professor acrescentou muito a sua consideração por ele. Nunca falava de si mesmo, e ninguém jamais soube que em sua cidade natal fora um homem muito honrado e estimado por seu saber e integridade, até que um conterrâneo veio vê-lo e, em conversa com a srta. Norton, divulgou essa agradável informação. Jo soube pela srta. Norton — e gostou mais ainda do que ouviu porque o sr. Bhaer nunca havia falado sobre aquelas coisas. Sentiu-se orgulhosa de saber que ele era um professor honrado em Berlim, embora fosse apenas um pobre docente de línguas nos Estados Unidos, e sua vida caseira e trabalhadora ganhou cores ainda mais belas com o tempero do romance que essa descoberta lhe dava.

Outro dom, ainda melhor que o intelecto, lhe foi revelado de forma inesperada. A srta. Norton tinha *entrée* nos círculos literários, que Jo não teria oportunidade de conhecer senão por seu intermédio. A mulher solitária ficou interessada na garota ambiciosa e, gentil, ofereceu muitos favores desse tipo a Jo e ao professor. Ela os levou consigo uma noite para uma seleta reunião, realizada em homenagem a várias celebridades.

Jo foi preparada para se curvar e reverenciar os poderosos que adorara à distância com entusiasmo juvenil. Mas seu respeito solene à genialidade sofreu um abalo severo naquela noite, e levou algum tempo para se recuperar da descoberta de que, afinal, as grandes criaturas eram tão somente homens e mulheres. Imagine seu desalento ao roubar um olhar de tímida admiração ao poeta cujos versos sugeriam um ser etéreo alimentado de "espírito, fogo e orvalho" e contemplá-lo devorando sua ceia com um ardor de mandar por água abaixo a compostura intelectual. Desviando o olhar como que de um ídolo caído, ela fez outras descobertas que rapidamente dissiparam suas ilusões românticas. O grande romancista oscilava entre duas garrafas com a regularidade de um pêndulo; o famoso teólogo flertava abertamente com uma das Madames de Staël da época, que fuzilava com o olhar outra Corinne, enquanto esta a satirizava amigavelmente, depois de superá-la em suas manobras para absorver o profundo filósofo, que tomava o chá como um Johnson e parecia dormitar — a loquacidade da senhora lhe tornava o discurso impossível. As celebridades científicas, esquecendo-se de seus moluscos e períodos glaciais, fofocavam sobre arte, enquanto se dedicavam a ostras e sorvete com particular energia; o jovem músico, que encantava a cidade como um segundo Orfeu, falava sobre cavalos; e o espécime da nobreza britânica presente era o homem mais comum da festa.

Antes que a noite estivesse perto do fim, Jo sentiu-se tão *désillusionnée* que se sentou a um canto para se recuperar. O sr. Bhaer logo se juntou a ela, parecendo um tanto deslocado, e em pouco tempo vários dos filósofos, todos montados em seus cavalos de batalha, aproximaram-se em seu furta-passo para um torneio intelectual. As conversas estavam a quilômetros da compreensão de Jo, mas ela gostou, embora Kant e Hegel fossem deuses desconhecidos, os termos Subjetivo e Objetivo, ininteligíveis, e a única coisa que "se desenvolveu de sua consciência interior", depois que tudo chegou ao fim, foi uma forte dor de cabeça. Aos poucos, formou-se em sua mente a ideia de que o mundo era feito em pedaços e reunido segundo princípios novos e, de acordo com os debatedores, infinitamente melhores do que os antigos; que a religião seguia a passos largos um processo de redução racional ao nada; e o intelecto se tornaria o único Deus. Jo não sabia nada sobre filosofia ou metafísica de qualquer tipo, mas foi acometida de uma excitação curiosa, a meio caminho entre o prazer e a dor, enquanto ouvia tudo com a sensação de estar à deriva no tempo e no espaço, como um jovem balão que subisse em um dia de festa.

Ela olhou em torno para ver se aquilo agradava ao professor, e deparou-se com ele fitando-a com a expressão mais sombria que já vira estampada em seu rosto. Ele balançou a cabeça e fez sinal para que ela saísse, mas naquele momento ela estava fascinada pela liberdade da Filosofia Especulativa e se manteve ali, tentando descobrir em que os sábios senhores pretendiam se apoiar depois de terem aniquilado todas as antigas crenças.

Pois bem: o sr. Bhaer era um homem inseguro, que hesitava no momento de oferecer suas próprias opiniões, não porque não fossem bem fundamentadas, mas por serem sinceras e honestas demais para serem emitidas levianamente. Enquanto seus olhos passavam por Jo e os vários outros jovens atraídos pelo brilho da pirotecnia filosófica, ele franzia o cenho, desejoso de falar, temendo que alguma alma jovem e inflamável fosse desencaminhada pelos fogos de artifício e descobrisse, quando o espetáculo chegasse ao fim, que tinha somente uma vareta vazia ou a mão queimada.

Suportou a sessão tanto quanto pôde, mas quando foi instado a emitir uma opinião, inflamou-se com sincera indignação e defendeu a religião com toda a eloquência da verdade — uma eloquência que conferiu musicalidade a seu inglês ruim e beleza a seus traços comuns. O embate foi renhido, pois os sábios argumentaram bem; mas ele não reconhecia os golpes, e defendeu sua posição como um homem. Para Jo, enquanto ele falava, o mundo de alguma forma encontrava novamente concerto; as antigas crenças, tão duradouras, pareciam melhores que as novas. Deus não era uma força cega, e a imortalidade não era um lindo conto de fadas, mas um fato abençoado. Ela sentiu como se novamente tivesse chão sólido debaixo de seus pés; e quando o sr. Bhaer fez uma pausa, calado pela voz do oponente, porém nem um pouco convencido, Jo quis bater palmas e agradecer-lhe.

Ela não fez nem uma coisa nem outra; mas registrou a cena e dedicou ao professor seu mais sincero respeito, uma vez que reconhecia o esforço que lhe custara falar naquele momento, pois sua consciência não o deixara ficar em silêncio. Ela passou a perceber que o caráter é uma posse melhor do que o dinheiro, a posição, o intelecto ou a beleza, e a sentir que, se a grandeza é o que um sábio homem definiu como "a verdade, a reverência e a bondade", então seu amigo Friedrich Bhaer não era apenas bom, mas grande.

Essa crença se fortaleceu diariamente. Jo valorizava o apreço do professor, cobiçava seu respeito, queria ser digna de sua amizade; e, justamente quando o desejo foi mais sincero, quase colocou tudo a perder. O estopim foi um tricórnio; pois uma noite o professor entrou para dar aula para Jo com um chapéu de soldado na cabeça, feito de papel, que Tina colocara ali e ele se esquecera de tirar.

"É evidente que ele não se demora um segundo no espelho antes de descer", pensou Jo, com um sorriso, enquanto ele a cumprimentava com um "bom-noite" e sentava-se sério, sem absolutamente perceber o contraste ridículo entre o chapéu e o tema da aula, pois começava a ler *A morte de Wallenstein*.

Ela nada disse a princípio, pois gostava de ouvi-lo rir quando algo engraçado acontecia; assim, deixou-o descobrir por si mesmo, e logo se esqueceu do assunto; ouvir um alemão declamar Schiller exigia não pouca atenção. Depois da leitura, veio a aula, que foi animada, pois Jo estava de bom humor naquela noite, e o tricórnio lhe manteve os olhos dançando de alegria. Sem entender aquela atitude, o professor parou, por fim, para lhe perguntar com um ar de leve surpresa que foi irresistível:

— Senhorrita Marsch, porr que ri do carra da seu mestrre? Não tem respeito porr mim, parra agirr tão mal?

— Como posso ser respeitosa, se o senhor se esquece de tirar o chapéu? — respondeu Jo.

Levando a mão à cabeça, o professor distraído apalpou e removeu o tricórnio, muito sério, olhou para ele por um instante, e então lançou a cabeça para trás, rindo como um alegre contrabaixo.

— Ah! Agorra vejo; foi aquele diabinho do Tina que me fez de bobo com meu chapéu. Bom, não é nada, mas atenção: se esse lição não derr cerrta, você também o vai usarr.

Mas a lição não prosseguiu, pois o sr. Bhaer vislumbrou uma imagem no chapéu e, desdobrando-o, disse com ar de grande repugnância:

— Gostarria que essas jorrnais não entrrassem no casa. Não são parra os crrianças verrem, nem parra os jovens lerrem. Não está bem, e não tem paciência com os que fazem esse mal.

Jo olhou para a folha e viu uma adorável ilustração, composta de um lunático, um cadáver, um vilão e uma víbora. Ela não gostou; mas o impulso que a fez virá-la não foi de repulsa, mas de medo, porque por um instante imaginou que fosse uma página do *Volcano*. Não era, porém, e seu pânico diminuiu quando se lembrou de que, mesmo que fosse e se tratasse de um de seus contos, não haveria nenhum nome para traí-la. Contudo, ela se traiu com um olhar e um rubor; pois, embora fosse um homem distraído, o professor via muito mais do que as pessoas imaginavam. Ele sabia que Jo escrevia, e a encontrara próximo ao escritório do jornal mais de uma vez; mas como ela nunca falara sobre isso, não fez perguntas, apesar de um forte desejo de ver seu trabalho. Naquele momento lhe ocorreu que ela estava fazendo algo que tinha vergonha de assumir, e isso o incomodou. Ele não disse para si mesmo "Não é da minha conta. Não tenho o direito de dizer o que seja", como muitas pessoas teriam feito; apenas se lembrou de que ela era jovem e pobre, uma menina distante do amor da mãe e do cuidado do pai; e foi movido para ajudá-la com um impulso tão rápido e natural quanto o que o levaria prontamente a estender a mão para salvar um bebê de um lago. Tudo isso brilhou em sua mente em um instante, mas nenhuma evidência surgiu em seu rosto, e quando a página foi virada e Jo pareceu menos incomodada, ele se viu pronto para dizer com naturalidade, mas muito seriamente:

— Sim, tem razão em afastarr isso de você. Não acho que bons moças devam verr coisas desse tipo. Elas são agrradáveis parra alguns, mas prefirro darr pólvorra parra as minhas meninos brrincarrem do que esse lixo ruim.

— Pode não ser ruim... apenas bobo; e, sabe?, se há procura por isso, não vejo mal em supri-la. Muitas pessoas respeitáveis fazem uma vida honesta com esses tais contos sensacionalistas — disse Jo, raspando as pregas do vestido tão energicamente que o broche deixou uma fileira de pequenas fendas.

— Há um prrocurra porr uísque, mas acho que você e eu não vamos quererr vendê-lo. Se os pessoas respeitáveis soubessem o mal que podem causarr, não sentirriam que vivem de forrma honesto. Eles não têm a dirreito de colocarr venena no balinha de açúcarr e deixarr os crriancinhas comerr. Não, elas devem pensarr um pouco e lavarr o lama do calçada antes de fazerr um coisa desses!

O sr. Bhaer falou energicamente e caminhou até o fogo, amassando o jornal em suas mãos. Jo ficou quieta, sentindo que era como se o fogo tivesse se aproximado dela; pois suas bochechas arderam ainda muito tempo depois de o tricórnio ter se transformado em fumaça e subido pela chaminé sem causar danos.

— Eu terria gostado muita que todo a resta tivesse ido junta — murmurou o professor, retornando com um ar aliviado.

Jo imaginou o tamanho da chama que sua pilha de papéis, no andar de cima, produziria, e seu dinheiro suado pesou bastante em sua consciência naquele minuto. Em seguida, pensou, de forma consoladora: "As minhas não são como essas, são apenas bobas; ruins, nunca, então não vou me preocupar", e pegando o livro, disse, com um rosto estudioso:

— Vamos prosseguir? Senhor, serei muito boa e ficarei comportada agora.

— Esperro que sim — foi tudo o que ele disse, porém querendo dizer mais do que ela imaginava, e o olhar sério e gentil que lhe dirigiu a fez se sentir como se as palavras *Weekly Volcano* se imprimissem em letras grandes em sua testa.

Assim que foi ao quarto, pegou as publicações e releu cuidadosamente cada um de seus contos. Sendo um pouco míope, o sr. Bhaer às vezes usava óculos, e Jo os experimentara uma vez, sorrindo para ver como ampliavam a boa impressão de seu livro; agora ela também parecia se valer dos óculos mentais ou morais do professor, pois os erros dessas pobres histórias a encaravam terrivelmente e a enchiam de tristeza.

— *São* lixo, e em breve serão piores do que lixo, se eu prosseguir, pois uma é mais apelativa do que a outra. Segui sem pensar, ferindo a mim e a outras pessoas por causa de dinheiro. Sei que é assim; pois não consigo ler essas coisas com honestidade e seriedade sem me sentir muito, muito envergonhada; e *o que* farei se forem vistas em casa ou se o sr. Bhaer as tiver em mãos?

Jo ficou agitada com a mera ideia e enfiou todo o pacote em seu fogareiro, quase incendiando a chaminé.

"Sim, esse é o melhor lugar para esse absurdo inflamável; é melhor incendiar a casa, suponho, do que permitir que outras pessoas explodam com a minha pólvora", pensou ela, enquanto observava o "Demônio do Jura" escapulir, uma cinzinha preta com olhos de fogo.Mas, quando nada restava de seus três meses inteiros de trabalho, exceto um monte de cinzas e o dinheiro em seu colo, Jo pareceu calma, sentando-se no chão para imaginar o que deveria fazer a respeito de seus ganhos.

— Acho que não causei muito estrago *ainda*, e posso ficar com isso para pagar pelo meu tempo — ponderou ela, depois de meditar longamente, acrescentando com impaciência: — Estou a ponto de desejar não ter consciência, é tão inconveniente. Se não me importasse em fazer o certo, e não me sentisse desconfortável fazendo coisas erradas, poderia seguir muito bem. Não consigo evitar desejar, às vezes, que mamãe e papai não tivessem sido tão terrivelmente rigorosos sobre essas coisas.

Ah, Jo, em vez de desejar isso, agradeça a Deus que "papai e mamãe *foram* rigorosos", e tenha piedade, do fundo de seu coração, daqueles que não têm tais guardiões para cercá-los de princípios que podem parecer muros de prisão a moças impacientes, mas que se provam fundamentos seguros para a construção do caráter na maturidade.

Jo não escreveu mais contos sensacionalistas, depois de decidir que o dinheiro não compensava seu quinhão em tais sentimentos; indo para o outro extremo, porém, como pessoas de seu tipo fazem, tomou o rumo da sra. Sherwood, da srta. Edgeworth e de Hannah More; e então produziu um conto que poderia ter sido mais apropriadamente chamado de ensaio ou sermão, tamanha sua intensidade moral. Desde o início ela guardou dúvidas sobre tal guinada, pois sua viva imaginação e sua tendência feminina ao romântico pareciam pouco à vontade no novo estilo, como teria ocorrido caso se disfarçasse com as roupas duras e pesadas do século XVIII. Enviou a pérola didática a várias praças, mas não encontrou comprador; e viu-se inclinada a concordar com o sr. Dashwood: a moral não vendia.

Então tentou um conto infantil, que poderia facilmente ter descartado, não tivesse sido mercenária o suficiente para exigir um lucro imundo dele. A única pessoa que ofereceu o suficiente para fazer valer a pena sua incursão na literatura juvenil foi um digno cavalheiro que sentia ser sua missão converter o mundo inteiro à sua crença particular. Contudo, por mais que gostasse de escrever para crianças, Jo não podia concordar em retratar todos os seus garotos travessos sendo devorados por ursos ou lançados ao ar por touros bravos porque não iam ao catecismo, nem todas as boas crianças que iam, claro, recompensadas com todo tipo de felicidade, desde biscoitos dourados de gengibre a escoltas de anjos, quando partiam desta vida com salmos ou sermões em suas línguas balbuciantes. Assim, nada surgiu dessas provações, e Jo tampou seu tinteiro e disse num ataque de saudável humildade:

— Não sei de nada; vou esperar até saber antes de tentar de novo, e enquanto isso "lavar a lama da rua", se não for capaz de nada melhor... ao menos é honesto.

A decisão provou que sua segunda queda do pé de feijão lhe fizera bem.

Enquanto essas revoluções internas ocorriam, sua vida externa estivera tão ocupada e desprovida de acontecimentos quanto de costume; e se ela às vezes parecia séria ou um pouco triste, ninguém o notava, exceto o professor Bhaer. Fazia-o tão discretamente que Jo nunca soube que ele a observava para ver se ela aceitaria seu reproche e lucraria com ele; mas ela passou no teste, e ele ficou satisfeito; pois, embora não tivessem trocado palavras a respeito, sabia que ela desistira da escrita. Ele o adivinhou não apenas por notar a falta de tinta no segundo dedo de sua mão direita, mas porque ela passara a frequentar a sala à noite, não era mais vista nas imediações do escritório do jornal e estudava com uma obstinada paciência, o que lhe assegurava que estava empenhada em ocupar a mente com algo útil, se não agradável.

Ele ajudou-a de várias maneiras, provando-se um verdadeiro amigo, e Jo ficou feliz; pois enquanto sua pena permanecia ociosa, ela aprendia outras coisas além do alemão e lançava as fundações para a história excitante de sua própria vida.

Foi um inverno agradável, e bem longo, pois ela não deixou a sra. Kirke até junho. Todo o mundo parecia triste quando chegou a hora; as crianças ficaram desconsoladas, e o sr. Bhaer estava completamente descabelado (porque, quando perturbado, bagunçava muito o cabelo).

— Indo parra casa! Ah, você é feliz porr terr um casa parra irr — disse ele, quando ela lhe contou, e sentou-se em silêncio, em um canto, cofiando a barba, enquanto ela dava uma pequena recepção na noite da véspera.

Jo partiria cedo, então se despediu de todos durante a noite; e, quando chegou a vez dele, ela disse calorosamente:

— Por favor, senhor, não vá se esquecer de nos visitar, se algum dia viajar pela região. Nunca o perdoarei se o fizer, pois quero que todos conheçam meu amigo.

— Querr? Devo irr? — perguntou ele, olhando-a com uma expressão ansiosa, que ela não notou.

— Sim, venha no mês que vem. É quando Laurie se forma, e o senhor ia gostar da formatura. Seria algo novo.

— Esse é o seu melhorr amiga, de quem fala? — quis saber, com tom alterado.

— Sim, meu garoto Teddy. Tenho muito orgulho dele e gostaria que o senhor o conhecesse.

Jo então ergueu o olhar, sem atenção ao que não fosse a própria alegria ante a perspectiva de apresentá-los um ao outro. Algo no rosto do sr. Bhaer de repente sugeriu-lhe que ele talvez visse em Laurie algo mais do que um melhor amigo, e, apenas por não querer que parecesse que havia algo mais em questão, involuntariamente ela enrubesceu; e quanto mais tentava controlar a situação, mais crescia o rubor. Não fosse por Tina em seu joelho, ela não sabia o que lhe poderia ter acontecido. Felizmente, a criança queria muito abraçá-la; assim, ela conseguiu esconder o rosto por um instante, esperando que o professor não o visse. No entanto, ele viu, e o seu próprio rosto mudou mais uma vez daquela ansiedade momentânea para a expressão usual, enquanto disse cordialmente:

— Receio não terr tempo parra isso, mas desejo muita sucesso ao amigo e felicidade a todas vocês. Que Deus as abençoe! — E com isso, apertou-lhe as mãos calorosamente, colocou Tina nos ombros e saiu.

Mas depois que os meninos foram colocados na cama, ele ficou bastante tempo sentado diante do fogo, com o olhar cansado e a *Heimweh*, a saudade de casa, calando fundo em seu coração. Quando se lembrou de Jo, sentada com a menininha no colo e aquela leveza e frescor no semblante, ele apoiou a cabeça sobre as mãos por um instante e em seguida caminhou pela sala, como quem procurasse algo que fosse incapaz de encontrar.

— Não é parra mim; não posso esperarr isso agorra — constatou consigo mesmo, com um suspiro que era quase um gemido; então, como que censurando-se pelo anseio que não podia reprimir, foi beijar as duas cabecinhas despenteadas sobre o travesseiro, pegou o seu *Meerschaum* raramente usado e abriu seu Platão.

Ele fez o melhor que pôde, e o fez com coragem; mas creio que não acreditou que uma dupla de meninos travessos, um cachimbo ou mesmo o divino Platão fossem substitutos muito satisfatórios para uma esposa, um filho e um lar.

De manhã cedinho, no dia seguinte, foi à estação para ver Jo partir; e, graças a isso, ela começou sua viagem solitária com a lembrança agradável de um rosto familiar sorrindo seu adeus, um ramo de violetas para lhe fazer companhia e, o melhor de tudo, um pensamento feliz:

— Bem, o inverno acabou, e não escrevi um livro, nem ganhei fortuna; mas fiz um amigo que vale a pena, e vou tentar conservá-lo por toda a vida.

35. DOR DE COTOVELO

QUALQUER QUE FOSSE SEU MOTIVO, Laurie "rachou de estudar" naquele ano, pois formou-se com honra e conferiu ao discurso em latim, segundo os amigos, a graça de um Phillips e a eloquência de um Demóstenes. Estavam todos ali presentes, seu avô — ah, quanto orgulho! —, o sr. e a sra. March, John e Meg, Jo e Beth, e todos o celebraram com a sincera admiração de que os garotos fazem pouco na época, mas que não conseguem receber do mundo por quaisquer êxitos posteriores.

— Preciso ficar para essa porcaria de jantar, mas estarei em casa amanhã cedo; vocês virão me visitar como sempre, meninas? — perguntou Laurie, ao levar as irmãs à carruagem, depois do fim das alegrias do dia.

Ele disse "meninas", mas se referia a Jo, pois era a única que mantinha o velho costume; ela não tinha coragem de recusar o que fosse a seu esplêndido garoto de sucesso, e respondeu calorosamente:

— Irei, Teddy, faça chuva ou faça sol, e marcharei a sua frente tocando "Vede, eis que chega o conquistador" numa harpa de boca.

Laurie agradeceu-lhe com um olhar que a fez pensar, num súbito pânico: "Ai, meu Deus! Sei que ele vai dizer alguma coisa. O que devo fazer?".

A meditação à noite e a ocupação pela manhã de algum modo lhe aliviaram os medos, e, tendo decidido que não seria vaidosa a ponto de pensar que alguém seria louco de propor casamento quando ela já dera todas as indicações de qual seria a resposta, apresentou-se na hora marcada, esperando que Teddy não a obrigasse a fazer nada que ferisse os pobres sentimentos dele. Uma visita a Meg, com direito a roubar um cheirinho e um beijinho de Daisy e Demijohn, fortaleceu-a ainda mais para o *tête-à-tête*, mas quando ela viu a figura portentosa que aparecia à distância, sentiu um forte desejo de dar meia-volta e fugir.

— Onde está a harpa de boca, Jo? — gritou Laurie, assim que se viu a uma distância adequada a falar.

— Esqueci. — E Jo animou-se de novo, pois a saudação não podia ser considerada própria de um namorado.

Era seu costume oferecer-lhe o braço nessas ocasiões; naquele momento, ela não o fez, e ele não se queixou — o que era um mau sinal —, mas falou rapidamente sobre assuntos os mais variados, até que se afastaram da estrada tomando uma trilhazinha que os levava para casa pelo bosque. Foi quando ele passou a caminhar mais devagar e a perder de repente a fluência das palavras; por vezes, havia um terrível silêncio. Para resgatar a conversa de um desses repetidos abismos, Jo disse apressada:

— Agora você terá um bom e longo período de descanso!

— É o que pretendo.

Algo em seu tom decidido fez Jo erguer os olhos rapidamente, e encontrá-lo fitando-a com uma expressão que lhe deu a certeza de que o temido momento havia chegado. Então, ela estendeu a mão como quem implorasse e disparou:

— Não, Teddy. Por favor, não!

— Eu quero, e você vai me ouvir. Não adianta, Jo; precisamos fazer isso, e quanto mais cedo, melhor para nós dois — respondeu ele, inflamando-se e corando.

— Diga o que quer, então; e eu escutarei — assentiu Jo, com uma espécie de paciência desesperada.

Laurie era um apaixonado novato, mas estava decidido e queria "botar tudo para fora", ainda que morresse enquanto o fizesse; assim, mergulhou no assunto com particular ímpeto, dizendo em uma voz que vez por outra engasgava, apesar do esforço viril de mantê-la firme:

— Amo você desde que a conheci, Jo... Foi impossível evitar, você sempre foi muito boa para mim. Tentei mostrar isso... mas você não permitiu. Agora vou fazer você me ouvir e me dar uma resposta, porque não posso mais continuar assim.

— Queria poupá-lo disso. Pensei que você entenderia... — começou Jo, achando muito mais difícil do que esperava.

— Sei que você quis; mas as garotas são tão estranhas... Você nunca sabe o que elas querem dizer. Elas dizem "não" quando querem dizer "sim", e deixam um homem fora de si apenas por diversão — respondeu Laurie, entrincheirando-se atrás de um fato inegável.

— *Eu* não. Nunca quis fazer você gostar de mim desse jeito, e fui embora para que de forma nenhuma acontecesse.

— Foi o que pensei; era bem você, mas não adiantou. Só amei você ainda mais, e dei muito duro para agradá-la, e larguei o bilhar e tudo de que você não gostava, e aguardei e jamais me queixei, pois esperava que você me amasse, embora eu não chegasse perto de ser bom o bastante...

Aqui, o engasgo não pôde ser controlado; então, ele decapitou botões-de-ouro enquanto limpava sua "porcaria de garganta".

— Não, Laurie... Você é bom o bastante para mim, e sou muito grata a você, e tenho tanto orgulho e gosto tanto de você... Só não sei por que não sou capaz de amá-lo como você quer que eu ame. Tentei, mas não consigo mudar esse sentimento, e estaria mentindo se dissesse que amo.

— Realmente, de verdade, Jo? — Ele parou de repente, e tomou-lhe as duas mãos enquanto fazia a pergunta com um olhar que perdurou muito tempo em sua lembrança.

— Realmente, de verdade, querido.

Eles estavam no bosque agora — próximos da escadinha que cruzava a cerca; e quando as últimas palavras deixaram, relutantes, os lábios de Jo, Laurie largou-lhe as mãos e virou-se como quem fosse saltar a cerca, mas pela primeira vez em sua vida a cerca mostrou-se demais para ele; então, apenas recostou a cabeça na trave coberta de musgo e ficou tão quieto que Jo ficou assustada.

— Ai, Teddy, me desculpe, eu lamento tanto...! Seria capaz de me matar, se isso ajudasse! Queria que não tomasse tudo isso com tanta dureza; é mais forte do que eu. Você sabe que é impossível forçar o amor, quando ele não existe — exclamou Jo, sem delicadeza, mas com remorso, enquanto gentilmente lhe dava tapinhas no ombro, lembrando-se de quando ele a confortara, havia muito tempo.

— Às vezes não — disse ele, com uma voz abafada, ainda recostado à trave.

— Não acredito que seja o tipo certo de amor, e prefiro não tentar — foi a resposta decidida.

Fez-se um longo silêncio, enquanto um melro cantava alegremente no salgueiro junto ao rio, e a relva alta farfalhava ao vento. Foi quando Jo disse, com muita seriedade, enquanto se sentava no degrau da escadinha:

— Laurie, quero lhe contar uma coisa.

Ele se assustou como se tivesse levado um tiro, ergueu de pronto a cabeça e exclamou em tom feroz:

— *Não* me conte, Jo, não vou suportar isso agora!

— Contar o quê? — perguntou ela, surpreendendo-se com a violência dele.

— Que você ama aquele velho.

— Que velho? — quis saber Jo, pensando que ele se referia a seu avô.

— Aquele professor diabólico sobre quem você escreve o tempo todo. Se disser que o ama, sei que farei algo desesperado. — E ele parecia pronto a cumprir com sua palavra, fechando as mãos em punho com fúria nos olhos.

Jo quis rir, mas se conteve e disse calorosamente, pois também estava ficando agitada com tudo aquilo:

— Não fale assim, Teddy! Ele não é velho, nem ruim; é uma boa pessoa, um homem gentil, e meu melhor amigo, depois de você. Peço que não perca a cabeça: quero ser gentil, mas sei que ficarei brava se você maltratar meu professor. Não tenho a menor intenção de amá-lo ou a quem quer que seja.

— Mas não vai demorar para que você o ame... e depois o que vai ser de mim?

— Você vai amar outra pessoa também, como um garoto sensato, e esquecer toda essa questão.

— Não sou capaz de amar mais ninguém, e nunca vou esquecer você, Jo, nunca! Nunca! — Batendo o pé para dar mais ênfase às palavras apaixonadas.

— *O que* fazer com ele? — suspirou Jo, descobrindo que as emoções eram mais incontroláveis do que ela esperava. — Você não ouviu o que eu queria lhe dizer. Sente-se e ouça, pois de fato quero agir bem e fazê-lo feliz — disse ela, esperando acalmá-lo com um pouco de razão, o que provava que ela nada sabia sobre o amor.

Vendo um raio de esperança naquelas últimas palavras, Laurie se pôs de joelhos na grama a seus pés, apoiou o braço no degrau mais baixo da escada e olhou para ela com o semblante cheio de esperanças. Pois bem: essa postura não era propícia a palavras tranquilas ou pensamentos claros, da parte de Jo; pois *como* ela poderia dizer coisas duras a seu menino enquanto este a observava com olhos cheios de amor, e cílios ainda úmidos das lágrimas dolorosas que a dureza do coração da moça lhe havia arrancado? Ela gentilmente virou a cabeça dele para longe, enquanto lhe acariciava o cabelo ondulado, cabelo que ele deixara crescer por causa dela — e como era comovente tudo aquilo!

— Concordo com a minha mãe: você e eu não somos adequados um para o outro; pois nosso temperamento e impetuosidade provavelmente nos tornariam muito infelizes, caso fôssemos tolos a ponto de... — Jo fez uma pausa nas últimas palavras, mas Laurie as pronunciou com uma expressão arrebatadora.

— De nos casarmos! Não, não seríamos tolos! Se você me amasse, Jo, eu seria o mais absoluto santo, pois você pode fazer de mim o que quiser.

— Não, não posso. Tentei e fracassei, e não vou arriscar nossa felicidade com um experimento tão sério. Nós não somos compatíveis, nunca seremos, então seguiremos bons amigos por toda a vida, mas não vamos fazer nada precipitado.

— Sim, seremos compatíveis, se tivermos uma oportunidade — murmurou Laurie, rebelde.

— Agora seja razoável, e tenha uma visão sensata do caso — implorou Jo, perto de perder a cabeça.

— Não vou ser razoável. Não quero ter o que você chama de "uma visão sensata". Não vai me ajudar... aliás, só torna tudo mais difícil. Não acredito que você tenha coração.

— Gostaria de não ter.

Fez-se um ligeiro tremor na voz de Jo. Pensando se tratar de um bom augúrio, Laurie se virou, empenhando todos os seus poderes de persuasão ao dizer, no tom lisonjeiro que jamais fora tão perigosamente lisonjeiro:

— Não nos decepcione, querida! Todos esperam por isso. Vovô tem absoluta fé em nosso casamento, sua família vê com bons olhos, e não posso ficar sem você. Diga que sim, e sejamos felizes.

Jo compreendeu apenas meses depois a força de espírito que tivera para se aferrar à decisão que tomara quando decidiu que não amava seu garoto, nem jamais poderia amá-lo. Era muito difícil fazê-lo, mas foi o que fez, sabendo que postergar era inútil e cruel:

— Não posso dizer "sim" com sinceridade, então não vou dizer. Você verá que estou certa, cedo ou tarde, e me agradecerá por isso... — começou ela, com seriedade.

— Nunca! — exclamou Laurie num salto, indignado ante a simples ideia.

— Não, você agradecerá! — insistiu Jo. — Passado um tempo, você terá superado tudo isso, encontrará alguma garota linda e bem-educada, que vai adorar você e se tornar uma boa senhora para a sua bela casa. Isso não seria possível comigo. Sou caseira e desajeitada e estranha e velha, e você teria vergonha de mim, e nós brigaríamos... não somos capazes de evitá-lo mesmo agora, você não percebe?... E não me agradariam as companhias elegantes, ao contrário de você; e você odiaria minha escrita, e eu seria incapaz de viver sem ela, e seríamos infelizes e desejaríamos não ter feito isso, e tudo seria horrível!

— Algo mais? — perguntou Laurie, achando difícil ouvir com paciência esse arroubo profético.

— Nada mais, exceto que não acredito que me casarei algum dia. Estou feliz como sou e amo demais a minha liberdade para sair me afobando e abrir mão dela por qualquer homem mortal.

— Que bobagem! — irrompeu Laurie. — Você pensa assim agora; mas chegará um momento em que *vai* gostar de alguém, e o amará tremendamente e viverá e morrerá por ele. Eu sei que vai... é o seu jeito... e só me restará assistir. — E o enamorado em desespero jogou o chapéu no chão com um gesto que teria parecido cômico, se a expressão de seu rosto não fosse tão trágica.

— Sim, vou *mesmo* viver e morrer por ele, se ele surgir e me fizer amá-lo a despeito de mim mesma, e você deverá fazer o melhor que puder! — exclamou Jo, perdendo a paciência com o pobre Teddy. — Fiz tudo que pude, mas você *não quer* ser razoável, e é egoísta da sua parte continuar insistindo com o que não posso dar. Sempre gostarei de você... muito mesmo, como amiga, mas nunca me casarei com você; e quanto mais cedo você acreditar nisso, melhor será para nós dois, então basta!

Essas palavras foram como pólvora. Laurie fitou-a por um instante, como se não soubesse o que fazer de si mesmo; em seguida, virou-se bruscamente e se afastou, dizendo em tom desesperado:

— Vai se arrepender um dia, Jo.

— Oh, para onde está indo? — exclamou ela, pois a expressão no rosto do rapaz a assustou.

— Para o diabo! — foi a resposta consoladora.

Por um instante, o coração de Jo paralisou-se, enquanto ele descia a margem em direção ao rio; mas é preciso muita loucura, pecado ou tristeza para levar um jovem a uma morte violenta, e Laurie não fazia o tipo fraco que se rende por um simples fracasso. Ele não pensava em um mergulho melodramático; porém, foi um instinto cego que o levou a atirar chapéu e casaco em seu barco e remar para longe com toda a força, fazendo melhor tempo rio acima do que realizara em qualquer corrida. Jo respirou fundo e soltou as mãos agarradas uma à outra enquanto observava o pobre sujeito tentando superar a desordem que levava no coração.

"Isso vai fazer bem a ele, e ele vai voltar para casa em um estado de espírito tão terno e arrependido que não ousarei vê-lo", refletiu ela, acrescentando, enquanto caminhava lentamente para casa, sentindo como se tivesse assassinado uma coisinha inocente e a enterrado sob as folhas: "Agora tenho que ir e preparar o sr. Laurence para ser muito gentil com meu pobre menino. Gostaria que ele amasse Beth; talvez a ame, quando for a hora, mas começo a pensar que estava enganada sobre ela. Oh, Deus! Como podem as garotas gostarem de ter homens apaixonados e recusá-los? É horrível".

Com a certeza de que ninguém poderia fazê-lo tão bem quanto ela, Jo se dirigiu diretamente ao sr. Laurence, contou a dura história com bravura e depois desmoronou, chorando com tanta tristeza por sua própria insensibilidade que o velho cavalheiro, embora profundamente desapontado, não disse palavra de reproche. Achava difícil entender como qualquer garota pudesse resistir a amar Laurie, e tinha a esperança de que ela mudasse de ideia, mas sabia ainda mais do que Jo que o amor não pode ser forçado; por isso, balançou a cabeça com tristeza e decidiu conduzir o menino para longe do perigo; pois as palavras do Jovem Impetuoso ao despedir-se de Jo o perturbaram mais do que o confessou.

Quando Laurie chegou em casa, morto de cansaço, mas bastante calmo, o avô foi ao seu encontro como se nada soubesse e manteve tal aparência com muito sucesso por uma ou duas horas. Porém, quando se sentaram juntos sob a luz crepuscular, momento de que tanto costumavam desfrutar, foi difícil para o velho discorrer como de costume, e ainda mais difícil para o jovem escutar os elogios do sucesso do ano anterior, que para ele agora pareciam trabalhos de amor perdidos. Ele suportou o máximo que pôde, depois foi ao piano e pôs-se a tocar. As janelas estavam abertas, e Jo, caminhando no jardim com Beth, pela primeira vez entendia melhor a música do que sua irmã, pois Laurie tocava a "Sonata Patética" como nunca antes.

— É muito bom, eu diria, mas é triste o bastante para fazer uma pessoa chorar. Dê-nos algo mais alegre, rapaz — disse o sr. Laurence, cujo velho coração estava cheio de compaixão, que ele queria demonstrar, mas não sabia como.

Laurie irrompeu em uma melodia mais viva, tocou tempestuosamente por vários minutos e teria terminado com bravura se, em um breve momento de calmaria, a voz da sra. March não tivesse sido ouvida chamando:

— Jo, querida, entre. Preciso de você.

Era exatamente o que Laurie queria dizer, com um sentido diverso! Ao escutá-la, ele perdeu o prumo, a música terminou com um acorde quebrado, e o músico ficou em silêncio no escuro.

— Não posso mais aguentar isso — murmurou o velho cavalheiro. Levantou-se, caminhou a passos vacilantes até o piano, pousou as mãos gentis nos ombros largos do jovem e disse, com a gentileza de uma mulher: — Eu sei, meu rapaz, eu sei.

Nenhuma resposta por um instante, então Laurie perguntou bruscamente:

— Quem lhe contou?

— Jo, ela mesma.

— Então está encerrado o assunto! — E ele afastou as mãos de seu avô com um movimento impaciente; pois, embora agradecido pela compaixão, seu orgulho viril não era capaz de suportar que outro homem sentisse pena dele.

— Não é bem assim; quero dizer uma coisa, e depois o assunto estará encerrado — respondeu o sr. Laurence com uma delicadeza incomum. — Talvez você não queira ficar em casa agora... é isso?

— Não pretendo fugir de uma garota. Jo não pode impedir que eu a veja, e vou ficar e vê-la o quanto quiser — interrompeu Laurie, em um tom desafiador.

— Não se você for o cavalheiro que penso que é. Estou triste, mas é mais forte do que ela; e a única coisa que resta é se afastar por um tempo. Para onde você vai?

— Para qualquer lugar. Não me importo com o que aconteça comigo. — E Laurie levantou-se com uma risada exagerada que doeu no ouvido do avô.

— Aceite como um homem, e não faça nada de imprudente, pelo amor de Deus. Por que não ir para o exterior, como planejou, e esquecer tudo isso?

— Não consigo.

— Mas você estava ávido para ir, e prometi que o faria quando terminasse a faculdade.

— Ah, mas eu não queria ir sozinho! — E Laurie atravessou rapidamente a sala com uma expressão que foi bom seu avô não ter visto.

— Não peço que vá sozinho; há quem esteja disposto e feliz em ir com você para qualquer lugar do mundo.

— Quem, senhor? — Parando para ouvir.

— Eu mesmo.

Laurie voltou tão depressa quanto saiu e estendeu-lhe a mão, dizendo com a voz rouca:

— Sou um bruto egoísta; mas... você sabe... vovô...

— Deus me ajude, sim, eu sei, porque já passei por tudo isso antes, uma vez em meus próprios dias de juventude, e depois com seu pai. Agora, meu querido menino, sente-se calmo e ouça meu plano. Está tudo arranjado e pode ser posto em prática imediatamente — começou o sr. Laurence, segurando o jovem como se tivesse medo de o neto fugir, como o pai antes dele.

— Bem, senhor, que plano é esse? — E Laurie sentou-se sem qualquer sinal de interesse no rosto ou na voz.

— Há negócios em Londres que necessitam de atenção; pensei que você poderia cuidar disso, mas melhor eu mesmo fazê-lo, e as coisas aqui vão seguir muito certo com Brooke à frente delas. Meus sócios fazem quase tudo; estou apenas esperando até que você assuma o meu lugar, e possa partir a qualquer momento.

— Mas o senhor odeia viajar. Não posso lhe pedir isso na sua idade — começou Laurie, agradecido pelo sacrifício, mas preferindo ir sozinho, se ia de qualquer maneira.

O velho cavalheiro sabia disso muito bem e desejava particularmente evitá-lo; pois o ânimo do neto lhe dava a certeza de que não seria sensato deixá-lo por sua própria conta. Assim, reprimindo um natural arrependimento ao pensar nos confortos caseiros que deixaria para trás, disse vigorosamente:

— Não me aposentei ainda. Gosto muito da ideia. Vai me fazer bem, e meus velhos ossos não vão sofrer, pois viajar hoje em dia é quase tão confortável quanto ficar sentado em uma cadeira.

Um movimento inquieto de Laurie sugeriu que a cadeira *dele* não era confortável ou que não gostava do plano, o que levou o velho a acrescentar apressadamente:

— Não tenho a intenção de ser um desmancha-prazeres ou um fardo. Vou porque acho que você se sentiria mais feliz do que se eu fosse deixado para trás. Não pretendo ficar seguindo você, mas deixá-lo livre para ir aonde quiser, enquanto me divirto à minha maneira. Tenho amigos em Londres e Paris e gostaria de visitá-los. Enquanto isso, você pode ir à Itália, Alemanha, Suíça, aonde quiser e desfrutar de pinturas, música, paisagens e aventuras... o que quer que traga alegria a seu coração.

Pois bem, Laurie sentiu naquele momento que seu coração estava completamente despedaçado, e que o mundo era um deserto atroz; porém, ao som de certas palavras que o velho cavalheiro habilmente introduzira em sua frase final, o coração partido produziu um salto inesperado, e um ou dois oásis verdes apareceram de repente no deserto atroz. Ele suspirou e depois disse, num tom sem emoção:

— Como quiser, senhor; não me importa para onde vou ou o que faça.

— Para mim importa... lembre-se disso, meu rapaz. Dou-lhe toda a liberdade, mas confio em você para fazer dela um uso honesto. Prometa-me isso, Laurie.

— O que for do gosto do senhor.

"Bom!", pensou o velho cavalheiro. "Você não se importa agora, mas haverá um momento em que a promessa vai mantê-lo longe de problemas, ou estou muito enganado."

Sendo um indivíduo enérgico, o sr. Laurence malhou o ferro ainda quente, e, antes que o ser abatido recobrasse o espírito a ponto de se rebelar, eles partiram. Durante o tempo necessário para os preparativos, Laurie comportou-se como um jovem cavalheiro em tais circunstâncias. Mostrou-se alternadamente melancólico, irritado e pensativo; perdeu o apetite; negligenciou a aparência e dedicou muito tempo a tocar tempestuosamente o piano; evitou Jo, mas se consolou observando-a da janela, com um rosto trágico que a oprimia com um pesado sentimento de culpa durante o dia e lhe povoava os sonhos à noite. Ao contrário de alguns sofredores, nunca falou de sua paixão não correspondida e não permitiu que ninguém, nem mesmo a sra. March, tentasse consolá-lo ou lhe oferecesse compaixão. Em certa medida, foi um alívio para os amigos; mas as semanas que lhe precederam a partida foram muito desconfortáveis, e todos comemoraram que "o pobre sujeito, tão querido, estava partindo para esquecer sua dor e voltar para casa feliz". Evidentemente, ele lançava um sorriso sombrio à ilusão de todos e lhes fazia ouvidos moucos, com a triste superioridade de alguém que sabia que sua fidelidade, como seu amor, era inalterável.

Quando foi chegada a hora da despedida, ele afetou bom humor para esconder certas emoções inconvenientes que pareciam inclinadas a se afirmar. Tal alegria não convenceu quem fosse, mas todos tentaram parecer convencidos, para o bem dele, e Laurie seguiu firme até que a sra. March o beijou, com um sussurro cheio de cuidado maternal. Então, sentindo que ia fraquejar, ele as abraçou todas, sem esquecer a aflita Hannah, e desceu correndo as escadas como quem lutasse pela própria vida. Jo seguiu um minuto depois para lhe acenar, caso ele olhasse. Ele o fez, voltou, abraçou-a no degrau acima dele e fitou-a com uma expressão que tornou seu breve apelo eloquente e apaixonado.

— Ah, Jo, você não consegue?

— Teddy, querido, eu queria conseguir!

Isso foi tudo, exceto por uma pequena pausa; então, Laurie se endireitou e disse:

— Tudo bem, não ligue. — E foi embora sem mais nada dizer.

Ah, mas não estava tudo bem, e Jo ligava, sim; pois enquanto a cabeça de cabelos encaracolados recostou-se em seu braço um minuto depois de sua resposta dura, ela sentiu como se tivesse esfaqueado o melhor amigo; e quando ele a deixou sem olhar para trás, soube que o menino Laurie nunca mais voltaria.

36. O SEGREDO DE BETH

Quando retornou ao lar naquela primavera, Jo ficou impressionada com a mudança de Beth. Ninguém falava a respeito, tampouco parecia ciente, pois tudo se passara muito sutil e gradualmente para assustar os que a viam todos os dias; mas para os olhos que a ausência aguçara, era tudo muito claro, e um grande peso se abateu sobre o coração de Jo quando viu o rosto da irmã. Não estava mais pálido que no outono, apenas um pouco mais fino; aparentava, porém, uma estranheza translúcida, como se a face mortal tivesse sido lentamente depurada, e a imortal reluzisse através da fragilidade da carne com uma beleza tocante e indescritível. Jo viu e sentiu, mas nada disse no momento, e logo a primeira impressão perdeu muito do seu poder, pois Beth parecia feliz — ninguém duvidava de que ela estava melhor; e, assim, preocupada com outras coisas, Jo por um tempo se esqueceu de seu temor.

Mas quando Laurie se foi, e a paz novamente prevaleceu, a vaga preocupação retornou e assombrou-a. Ela havia confessado seus pecados e sido perdoada; mas quando mostrou suas economias e propôs uma viagem à montanha, Beth agradeceu-lhe calorosamente, porém implorou para não ir tão longe de casa. Preferia outra rápida visita à praia; e como não foi possível convencer a vovó a deixar os bebês, Jo levou Beth para o lugar tranquilo, onde podia permanecer o tempo que quisesse ao ar livre e permitir que a brisa fresca do mar infundisse um pouco de cor em suas bochechas pálidas.

Não era um lugar da moda, mas, mesmo entre as pessoas agradáveis de lá, as meninas fizeram poucos amigos, preferindo viver uma para a outra. Beth era muito tímida para desfrutar da sociedade, e Jo estava dedicada demais a cuidar da irmã para se interessar por qualquer outra pessoa; assim, elas se acompanharam em tudo, e iam para toda parte sem dar atenção ao interesse que despertavam nas pessoas ao redor, que observavam, com compaixão, a irmã saudável e a frágil, sempre juntas, como se sentissem no mais íntimo que não estava longe o momento de uma longa separação.

Era o que ambas sentiam, porém nenhuma delas falou sobre isso; pois muitas vezes, entre nós e aqueles que nos são mais próximos e queridos, existe uma reserva muito difícil de superar. Jo teve a sensação de que um véu caíra entre o seu coração e o de Beth; mas quando estendia a mão para erguê-lo, parecia haver algo sagrado no silêncio, e ela esperava que Beth falasse. Ela imaginava, e ficava agradecida por isso, que seus pais não viam o que ela via; e durante as semanas tranquilas, enquanto as sombras ficavam tão evidentes para ela, nada disse para os de casa, acreditando que tudo se desvelaria quando Beth retornasse sem qualquer melhora. Ela ia além, e se perguntava se a sua irmã de fato vislumbrava a dura verdade e que pensamentos lhe ocorriam durante as longas horas em que se deitava nas pedras quentes com a cabeça no colo de Jo, enquanto os ventos sopravam saúde sobre ela, e o mar produzia música a seus pés.

Um dia Beth lhe contou. Jo achou que a irmã dormia, tão imóvel estava; e, depois de baixar o livro, ficou olhando para ela com olhos melancólicos, procurando sinais de esperança na cor pálida das bochechas de Beth. Mas não conseguia encontrar o suficiente para se contentar: as bochechas estavam muito encovadas e as mãos pareciam fracas demais para segurar até mesmo as conchinhas rosadas que haviam colecionado. Ocorreu-lhe com mais tristeza do que nunca que Beth pouco a pouco se despedia dela, e instintivamente seus braços a cingiram como se reforçassem o domínio sobre seu mais querido tesouro. Por um instante, os olhos de Jo ficaram turvados demais para ver, e, quando se desanuviaram, Beth olhava para ela com tanta ternura que quase não havia necessidade de dizer:

— Jo, querida, estou feliz por você saber. Tentei lhe contar, mas não consegui.

Não houve resposta, exceto a face da irmã encostada na dela — nem mesmo lágrimas —, pois, quando mais profundamente comovida, Jo não chorava. Naquele momento, ela era a mais fraca, e Beth tentou consolá-la e lhe dar apoio, abraçando-a e confortando-a com as palavras suaves que lhe sussurrava no ouvido.

— Já sei disso há um bom tempo, querida, e agora estou acostumada, não é difícil pensar a respeito, nem suportar. Tente ver dessa forma e não se preocupe comigo, porque é melhor; de fato é.

— Foi isso que a deixou tão infeliz no outono, Beth? Você não sentiu isso naquela época e guardou para si mesma por tanto tempo, guardou? — perguntou Jo, recusando-se a ver ou dizer que *era* o melhor, mas feliz por saber que Laurie não era parte do problema de Beth.

— Sim, desisti de ter esperança naquela época, mas não me agradava admiti-lo. Tentei pensar que era uma fantasia doentia, e não deixei isso incomodar ninguém. Mas quando via todas vocês tão bem e fortes e cheias de planos felizes, era difícil sentir que nunca poderia ser como vocês... e então fiquei muito infeliz, Jo.

— Ai, Beth, e você não me contou... Não me deixou confortá-la e ajudá-la? Como pôde me deixar afastada e aguentar tudo sozinha?

A voz de Jo estava repleta de uma carinhosa reprovação, e seu coração lhe doeu ao pensar na luta solitária que Beth travara aprendendo a se despedir da saúde, do amor e da vida, e a carregar sua cruz com tanta leveza.

— Talvez tenha sido errado, mas tentei fazer o certo; não tinha certeza, nada havia sido dito, e esperava estar enganada. Teria sido egoísta assustar vocês todas quando Mami estava tão preocupada com Meg, e Amy estava longe, e você tão feliz com Laurie... pelo menos eu pensava dessa forma.

— E eu pensei que você o amava, Beth, e fui embora porque não era capaz de corresponder a ele — exclamou Jo, feliz em dizer toda a verdade.

Beth mostrou-se tão impressionada com a ideia que Jo sorriu, apesar de sua dor, e acrescentou em voz baixa:

— Então você não o amava, querida? Fiquei com medo, imaginei seu coraçãozinho lamentando o amor não correspondido todo esse tempo.

— Ora, Jo! Como era possível, se ele gostava tanto de você? — perguntou Beth, com a inocência de uma criança. — Eu o amo muito; ele é muito bom para mim, como posso fazer diferente? Mas nunca poderia ser para mim mais do que um irmão. Espero que ele realmente seja, um dia.

— Não por meu intermédio — emendou Jo, com tom de decisão. — Resta Amy, e os dois combinariam perfeitamente... Mas não tenho coração para tais coisas agora. Não me importo com o que aconteça com quem quer que seja, apenas com você, Beth. Você *precisa* ficar boa.

— Eu quero, ai, tanto! E tento, mas todo dia pioro um pouco e tenho mais certeza de que nunca vou me recuperar. É como a maré, Jo, quando vira... vai devagar, mas não pode ser parada.

— *Há* de ser parada... Sua maré não pode virar tão cedo... Dezenove anos é muito cedo, Beth, não posso deixar você partir. Vou trabalhar e orar e lutar contra isso. Vou preservá-la, apesar de tudo; deve haver uma maneira... não pode ser tarde demais. Deus não será cruel a ponto de tirar você de mim — exclamou a pobre Jo em revolta, pois seu espírito era muito menos submisso e devoto que o de Beth.

Pessoas simples e sinceras raramente falam muito de sua devoção; esta se mostra em atos, não em palavras, e tem mais influência do que homilias ou protestos. Beth não conseguia racionalizar ou explicar a fé que lhe dava coragem e paciência para desistir da vida e ter alegria à espera da morte. Como uma criança confiante, não fazia perguntas; tão somente deixava tudo nas mãos de Deus e da natureza, Pai e Mãe de todos nós, com a certeza de que eles, e somente eles, podiam ensinar e fortalecer o coração e o espírito para a vida atual e a vindoura. Ela não repreendeu Jo com discursos pios, apenas a amou mais por sua afeição apaixonada e agarrou-se ainda mais intimamente ao amor humano, do qual nosso Pai nunca quer que sejamos desmamados, através do qual Ele nos aproxima de Si mesmo. Não era capaz de dizer: "Fico feliz em partir", pois a vida era muito doce para ela; só conseguiu soluçar: "Vou tentar estar disposta", enquanto se agarrava a Jo, quando a primeira onda amarga dessa grande tristeza quebrou sobre ambas.

Por fim, Beth perguntou, com a serenidade recobrada:

— Você vai lhes contar isso, quando formos para casa?

— Acho que todos verão, sem palavras — suspirou Jo, pois agora parecia que Beth mudava todos os dias.

— Talvez não. Ouvi dizer que as pessoas que mais amam são muitas vezes cegas para tais coisas. Se elas não virem, você contará por mim. Não quero segredos, e é mais gentil prepará-las. Meg tem John e os bebês para consolá-la, mas você vai dar apoio ao papai e à mamãe, não vai, Jo?

— Se eu puder, mas, Beth, não desisti ainda. Vou acreditar que é uma fantasia doentia, e não deixar você pensar que é verdade — disse Jo, tentando soar alegre.

Beth pensou por uns instantes, e então disse calmamente:

— Não sei como me expressar, e não deveria tentar fazê-lo com ninguém além de você, porque não sou capaz de falar livremente, senão para a minha Jo querida. Só quero dizer que tenho a sensação de que não fui feita para viver por muito tempo. Não sou como todas vocês, nunca fiz planos sobre o que faria quando crescesse; nunca pensei em me casar, como todas vocês fizeram. Não conseguia me imaginar senão como a Beth bobinha, correndo pela casa, sem utilidade em qualquer outro lugar, exceto lá. Nunca quis ir embora, e a parte difícil agora é deixar vocês todos. Não tenho medo, mas parece que vou sentir saudade de vocês mesmo no céu.

Jo não conseguia falar e, durante vários minutos, não houve outro som além do suspiro do vento e da maré. Uma gaivota de asas brancas voou próxima, com o sol reluzindo em seu peito prateado; Beth a observou até que desapareceu, e seus olhos estavam cheios de tristeza. Um pequeno pássaro marinho de penas cinzentas veio tropeçar pela praia, piando suavemente para si mesmo, como se estivesse desfrutando do sol e do mar. Chegou bem perto de Beth, fitou-a com um olhar amistoso e acomodou-se numa pedra quente, ajeitando as penas molhadas, bem à vontade. Beth sorriu e se sentiu confortada, pois a coisinha parecia oferecer sua amizade e lembrá-la de que um mundo agradável ainda estava para ser aproveitado.

— Que querido! Veja, Jo, como é manso. Gosto mais dos pilritos do que das gaivotas. Não são tão selvagens e bonitos, mas parecem felizes, confidenciando coisinhas. Costumava chamá-los de meus pássaros, no verão passado; e mamãe disse que eles a faziam se lembrar de mim: criaturas ocupadas, penas cinzentas, sempre perto da praia e sempre cantando a musiquinha contente deles. Você é a gaivota, Jo, forte e selvagem, que gosta da tempestade e do vento, voando longe da praia, sobre o mar, e feliz em sua solidão. Meg é a rolinha, e Amy é como a cotovia sobre a qual ela escreve, tentando se levantar entre as nuvens, mas sempre caindo no ninho de novo. Querida garotinha! É tão ambiciosa, mas seu coração é bom e carinhoso, e não importa o quão alto ela voe, nunca se esquecerá de casa. Espero vê-la novamente, mas ela parece *tão* distante.

— Ela virá na primavera, e quero que você esteja pronta para vê-la e aproveitar a companhia. Você vai estar bem e corada quando ela chegar — disse Jo, sentindo que de todas as mudanças em Beth, a mudança na conversa era a maior, pois parecia não lhe custar qualquer esforço agora, enquanto apresentava seus pensamentos em voz alta, de uma forma bem diferente da tímida Beth.

— Jo, querida, não tenha mais esperança. Isso não fará nenhum bem, tenho certeza. Não fiquemos tristes, apenas desfrutemos da companhia uma da outra enquanto esperamos. Teremos momentos felizes, porque não sofro muito, e acho que a maré vai recuar tranquila, se você me ajudar.

Jo se inclinou para beijar o rosto sereno; com aquele beijo silencioso dedicou seu corpo e sua alma a Beth.

Ela estava certa: não houve necessidade de palavras quando retornaram a casa, pois o pai e a mãe viam claramente, então, o que haviam orado para serem poupados de ver. Cansada de sua breve viagem, Beth foi imediatamente para a cama, dizendo-se feliz por estar em casa e, quando Jo desceu, descobriu que seria poupada da difícil tarefa de contar o segredo de Beth. Seu pai estava de pé, apoiando a cabeça na prateleira da lareira, e não se virou quando ela entrou; mas a mãe estendeu-lhe os braços como num pedido de ajuda, e Jo foi consolá-la sem dizer uma palavra.

37. NOVAS IMPRESSÕES

ÀS TRÊS HORAS DA TARDE, toda a sociedade sofisticada de Nice pode ser vista na Promenade des Anglais — um lugar cheio de encanto; pois o passeio amplo, cercado de palmeiras, flores e arbustos tropicais, é delimitado de um lado pelo mar e, do outro, pela grande via, na qual hotéis e *villas* se perfilam sobre um fundo de laranjais e colinas. Muitas são as nações ali representadas; muitas as línguas faladas; muitos os trajes usados; e, em um dia de sol, o espetáculo tem o brilho e a alegria de um carnaval. Ingleses altivos, franceses animados, alemães sóbrios, espanhóis bonitos, russos feios, judeus humildes, americanos descontraídos: em passeios a pé, em suas carruagens ou simplesmente sentados, todos tagarelam sobre as novidades e criticam as últimas celebridades chegadas — Ristori ou Dickens, Vitor Emanuel ou a rainha das Ilhas Sandwich. As carruagens são tão variadas quanto a companhia e atraem igual atenção, em especial as caleches baixas em que senhoras conduzem a si mesmas atrás de parelhas de intrépidos pôneis, sob alegres redes que impedem que os volumosos folhos de suas roupas transbordem dos diminutos veículos e com pequenos cavalariços empoleirados atrás.

Ao longo da via, no dia de Natal, um homem alto caminhava devagar, com as mãos para trás e uma expressão um tanto ausente. Tinha a aparência de um italiano, os trajes de um inglês e o ar independente de um americano — combinação que fazia com que variados pares de olhos femininos o mirassem com aprovação e uma variedade de dândis em ternos de veludo preto, com gravatas cor-de-rosa, luvas amarelo-claras e flores de laranjeira nas casas de botão dessem de ombros e depois lhe invejassem a estatura. Havia muitos rostos bonitos para admirar, mas o jovem pouco lhes dava atenção, exceto para mirar vez por outra alguma moça loira ou dama vestida em azul. Ele caminhou, então, para fora do passeio e parou por um instante no cruzamento, como se indeciso entre ouvir a banda no Jardin Publique ou percorrer a praia em direção à Colina do Castelo. O trote rápido das patas dos pôneis fez com que olhasse para cima, enquanto uma das pequenas carruagens, levando consigo uma única jovem, descia rapidamente a rua. Era uma jovem dama, loira e vestida de azul. Ele a observou por um instante; em seguida, todo o seu rosto se acendeu, e, agitando o chapéu como um garoto, correu a seu encontro.

— Laurie, é você mesmo? Pensei que você nunca viria! — exclamou Amy, soltando as rédeas e estendendo as mãos, para o enorme escândalo de uma matrona francesa, que apressou os passos de sua filha, temendo más influências ao assistir às maneiras livres desses "ingleses malucos".

— Fiquei preso no caminho, com algumas interrupções, mas prometi passar o Natal com você e aqui estou.

— Como está seu avô? Quando você chegou? Onde vai ficar?

— Muito bem... ontem à noite... na Chauvain. Passei no seu hotel, mas você havia saído.

— *Mon Dieu!* Tenho tanto a dizer, não sei por onde começar! Suba, e poderemos conversar à vontade. Estava saindo para dar uma volta, ansiando por companhia. Flo está se guardando para esta noite.

— O que tem esta noite? Um baile?

— Uma festa de Natal no nosso hotel. Há muitos americanos lá, e eles darão esse baile em comemoração à data. Você vem com a gente? A titia ficará encantada.

— Claro. Para onde, agora? — perguntou Laurie, reclinando-se e cruzando os braços, procedimento que convinha a Amy, que preferia conduzir o veículo; pois seu chicote-sombrinha e as rédeas azuis, sobre as costas dos pôneis brancos, lhe proporcionavam infinita satisfação.

— Vou primeiro ao banco buscar as cartas, e depois para a colina do Castelo. A vista de lá é tão adorável, e gosto de alimentar os pavões. Já esteve lá?

— Muitas vezes, anos atrás; mas não me importo de visitá-la novamente.

— Agora me conte tudo sobre você. A última vez que ouvi falar de você, seu avô escreveu dizendo que o esperava retornar de Berlim.

— Sim, passei um mês lá e depois me juntei a ele em Paris, onde fixou residência para o inverno. Ele tem amigos por lá e encontra muita diversão, então vou e volto, e vivemos ótimos momentos.

— É um arranjo amistoso — comentou Amy, sentindo falta de alguma coisa nos modos de Laurie, embora não soubesse dizer o quê.

— Ora, veja você: ele odeia viajar, e odeio ficar quieto; então um se ajusta ao outro e não há problema. Estou frequentemente com ele, e ele gosta de minhas aventuras, enquanto gosto de sentir que alguém fica feliz em me ver quando volto de minhas andanças. Um buraco velho e sujo, não? — acrescentou ele, com uma careta de repulsa, enquanto atravessavam o boulevard em direção à praça Napoléon, na cidade velha.

— A sujeira é pitoresca, por isso não me incomoda. O rio e as colinas são deliciosos, e adoro esses vislumbres das ruelas transversais. Agora teremos que esperar que a procissão passe. Ela vai para a igreja de São João.

Enquanto Laurie observava sem qualquer interesse a procissão de padres sob dosséis e freiras de véu branco com círios acesos e alguma irmandade de azul, cantando pelo caminho, Amy observou-o e sentiu-se imbuída de um novo tipo de timidez, pois ele havia mudado, e ela não conseguia encontrar o menino de rosto alegre que ela deixara no homem de aparência melancólica que tinha ao lado de si. Estava mais bonito do que nunca, pensou, e bastante melhorado; mas agora que o arroubo de prazer ao encontrá-la havia acabado, parecia cansado e desanimado — não doente, nem exatamente infeliz, porém mais velho e soturno do que era esperado de um ou dois anos de vida próspera. Ela não conseguia entender e não se atreveu a fazer perguntas; então, balançou a cabeça e deu rédeas aos pôneis, ao mesmo tempo que a procissão atravessava os arcos da ponte Paglioni e desaparecia na igreja.

— *Que pensez-vous?* — perguntou ela, exibindo-lhe seu francês, que melhorara em quantidade, se não em qualidade, desde que fora para o exterior.

— Que *mademoiselle* fez bom uso de seu tempo, e o resultado é encantador — respondeu Laurie, curvando-se, com a mão em seu coração e um olhar de admiração.

Ela corou de prazer; porém, de alguma forma, o cumprimento não a satisfez como os elogios francos e diretos que Laurie costumava lhe dedicar em casa, quando andava ao seu redor em ocasiões festivas e dizia a ela que estava "incrivelmente jovial", com um sorriso sincero e um tapinha de aprovação na cabeça. Ela não gostava do novo tom; pois embora não fosse *blasé*, soava indiferente, apesar do olhar.

"Se é assim que ele vai amadurecer, gostaria que permanecesse um menino", pensou, com uma curiosa sensação de decepção e desconforto, tentando, enquanto isso, parecer muito tranquila e alegre.

Na casa Avigdor, encontrou as preciosas cartas da família e, entregando as rédeas a Laurie, leu-as com enorme prazer, enquanto percorriam a via umbrosa entre sebes verdes, onde as rosas-chá floresciam com tanto frescor quanto em junho.

— Beth não está bem, diz minha mãe. Muitas vezes acho que devo ir para casa, mas todos dizem "fique"; então eu fico, pois nunca terei outra oportunidade como essa — disse Amy, olhando séria para a página.

— Acho que você está certa; não pode fazer nada em casa, e é um grande conforto para eles saber que está bem e feliz, e aproveitando muito, minha querida.

Ao dizê-lo, Laurie se aproximou um pouco mais e mostrou-se mais condizente com seu antigo eu; e o medo que por vezes pesara sobre o coração de Amy aliviou-se, pois o olhar, o gesto, o fraternal "minha querida" pareciam lhe assegurar que, no caso de qualquer problema, ela não estaria sozinha em uma terra estranha. Assim, ela riu e mostrou a ele um pequeno esboço de Jo em seus trajes de escrita, com o laço furiosamente em riste sobre o gorro e as palavras: "O gênio está em chamas!" lhe saindo pela boca.

Laurie sorriu, pegou-o, colocou-o no bolso do colete "para evitar que voasse" e escutou com interesse a carta animada que Amy lhe lia.

— Este será um feliz Natal para mim, como deve ser, com presentes pela manhã, você e cartas à tarde, e uma festa à noite —

descreveu Amy, enquanto desembarcavam em meio às ruínas do antigo forte e um bando esplêndido de pavões vinha em sua direção, esperando docilmente serem alimentados. Enquanto Amy se ria sobre um banco acima dele e espalhava migalhas para os pássaros alegres, Laurie a observava como ela o fizera, com uma curiosidade natural de ver as mudanças que o tempo e a distância haviam operado. Nada encontrou que o assustasse ou decepcionasse, porém muito que aprovasse e admirasse, pois, afora algumas pequenas afetações de fala e modos, ela revelava a antiga graça e vivacidade, às quais se acrescia aquele toque indescritível do vestir e do portar-se a que chamamos elegância. Sempre madura para a idade, adquirira certo *aplomb*, certo aprumo tanto de modos quanto de conversa, que a fazia parecer mais senhora do mundo do que verdadeiramente era; porém, seu antigo capricho se manifestava de vez em quando, sua teimosia permanecia viva, e sua franqueza nativa, intocada pela polidez estrangeira.

Laurie não identificou tudo isso enquanto a observava alimentar os pavões, mas viu o suficiente para satisfazê-lo e interessá-lo, e levou consigo uma linda imagem de uma garota de semblante vivaz sob a luz do sol, que realçava os matizes suaves de seu vestido, o frescor de seu rosto, o brilho dourado de seus cabelos, e fazia sua figura se destacar na cena agradável.

Quando chegaram à elevação de pedra que coroava a colina, Amy acenou como se lhe desse boas-vindas ao seu refúgio favorito e disse, apontando aqui e ali:

— Você se lembra da catedral e do *corso*, dos pescadores arrastando as redes na baía e da adorável estrada para Villa Franca, da Torre de Schubert, logo abaixo, e, o melhor de tudo, daquela manchinha lá longe no mar, que dizem ser a Córsega?

— Eu me lembro. Não mudou muito — respondeu ele, sem entusiasmo.

— O que Jo não daria para ver aquela manchinha famosa! — exclamou Amy, sentindo-se de bom humor e ansiosa para vê-lo no mesmo estado.

— É verdade — foi tudo o que disse, mas se virou e forçou a vista para ver a ilha que agora uma usurpadora ainda maior que Napoleão tornava interessante a seus olhos.

— Dê uma boa olhada nela em nome de Jo, e então venha e me conte o que tem feito da vida durante todo esse tempo — pediu Amy, sentando-se, pronta para uma boa conversa.

Mas sem sucesso; pois, embora Laurie tenha se unido a ela e respondido a todas as suas perguntas livremente, ela só conseguiu saber que ele havia percorrido o continente e ido à Grécia. Assim, depois de perambular por uma hora, voltaram para casa; e, após cumprimentar a sra. Carrol, Laurie os deixou, prometendo voltar à noite.

Deve-se registrar, quanto a Amy, que ela deliberadamente "se enfeitou" naquela noite. O tempo e a distância haviam feito seu trabalho nos dois jovens. Ela vira seu velho amigo sob uma nova luz, não como "nosso garoto", mas como um homem bonito e agradável, e tinha consciência de um desejo muito natural de se fazer bela a seus olhos. Amy conhecia seus pontos positivos e os explorava ao máximo, com o gosto e a habilidade que são belos dons para uma mulher pobre e bonita.

Tarlatana e tule eram tecidos baratos em Nice; assim, ela os usava fartamente em tais ocasiões e, seguindo a sensata moda inglesa de vestidos simples para moças, enfeitava-se de flores frescas, umas poucas bijuterias e todos os tipos de adornos delicados, a um só tempo baratos e eficazes. É preciso confessar que a artista às vezes se apossava da mulher, que se deliciava com *coiffures* à moda antiga, posturas altivas e drapejados clássicos. Mas, queridas, todos temos nossas pequenas fraquezas, e julgamos fácil perdoá-las nos jovens, que satisfazem nossos olhos com sua beleza e trazem alegria a nossos corações com suas vaidades desprovidas de artifício.

— Quero que ele pense que estou bonita, e o diga a todos em casa — falou Amy para si mesma, enquanto punha o velho vestido de seda branca de baile de Flo e o cobria com um vaporoso tule, do qual os alvos ombros e a cabeça dourada emergiam com o mais estético dos efeitos. Os cabelos, teve a sensibilidade de deixá-los à vontade, depois de reunir as bastas ondas e cachos em um coque digno de uma Hebe.

— Não está na moda, mas é bonito, e não posso me dar ao luxo de causar espanto — costumava dizer, quando aconselhada a frisar, armar ou trançar conforme o estilo do momento.

Não tendo ornamentos finos o suficiente para essa ocasião importante, Amy amarrou na saia aveludada pequenos buquês rosados de azaleia e emoldurou os ombros brancos com delicados ramos de videiras verdes. Lembrando-se das botas pintadas, examinou suas sapatilhas de cetim branco com satisfação infantil, e deslizou como uma bailarina pelo quarto, admirando a sós os pés aristocráticos.

— Meu novo leque combina perfeitamente com as flores, as luvas são um encanto, e a renda no *mouchoir* da tia dá uma aura ao vestido inteiro. Se eu tivesse um nariz e boca clássicos, estaria perfeitamente feliz — disse, examinando-se com olhos críticos e uma vela em cada mão.

Apesar dessa aflição, parecia anormalmente alegre e graciosa ao se afastar com passos suaves. Era raro que corresse — não combinava com seu estilo, pensava ela —, pois, sendo alta, a postura imponente, própria de uma Juno, era mais adequada do que a ágil ou provocativa. Caminhou de um lado para o outro pelo comprido salão enquanto esperava por Laurie, e por fim se acomodou sob o lustre, o que teve bom efeito sobre seus cabelos; em seguida pensou melhor, e seguiu para o outro lado da sala, como se envergonhada do desejo infantil de ter uma primeira imagem favorável. Acontece que não poderia ter feito coisa melhor, pois Laurie entrou tão silenciosamente que ela não o ouviu; e enquanto ela se postava na janela distante, com a cabeça meio virada e uma das mãos recolhendo o vestido, a figura branca e esguia contra as cortinas vermelhas produzia uma impressão tão forte quanto uma estátua bem colocada.

— Boa noite, Diana! — cumprimentou-a Laurie, com a expressão de satisfação que Amy gostava de ver nos olhos dele quando repousavam nela.

— Boa noite, Apolo! — respondeu ela, sorrindo de volta, pois ele também lhe parecia extraordinariamente *débonnaire*, e a ideia de adentrar o salão de baile conduzida por um homem tão atraente fez com que Amy lamentasse pelas quatro srtas. Davis do fundo do coração.

— Aqui estão suas flores! Eu mesmo fiz o buquê, lembrando que você não gostava do que Hannah chamava de "'ranjo de flor" — disse Laurie, entregando-lhe um delicado ramalhete, em um bracelete que ela por muito tempo cobiçara ao passar diante da vitrine da Cardiglia.

— Como você é gentil! — exclamou ela, agradecida. — Se soubesse que viria, teria alguma coisa pronta para você hoje... embora não tão bonita quanto isso, receio.

— Obrigado; não é o que deveria ser, mas você o torna melhor — acrescentou ele, enquanto ela fechava a pulseira de prata em seu pulso.

— Por favor, não faça isso!

— Pensei que você gostasse desse tipo de coisa!

— Não de você; não parece natural, e gosto mais da sua antiga franqueza.

— Fico feliz por isso! — respondeu ele, com uma expressão de alívio; em seguida, ele lhe abotoou as luvas e perguntou se sua gravata estava reta, como costumava fazer quando iam a festas, em casa.

O grupo reunido na comprida *salle à manger*, naquela noite, era tal como não se vê em outro lugar que não a Europa. Os hospitaleiros americanos convidaram todos os conhecidos que tinham em Nice, e sem qualquer preconceito contra os títulos de nobreza, conseguiram alguns para acrescentar brilho ao baile natalino.

Um príncipe russo teve a bondade de sentar-se em um canto por uma hora e conversar com uma senhora enorme, vestida como a mãe de Hamlet, em veludo preto, com uma brida de pérolas sob o queixo. Um conde polonês, de dezoito anos, dedicou-se às damas, que o declaravam "um rapaz fascinante", e uma Sereníssima sei-lá-o-quê alemã, tendo vindo jantar sozinha, vagou sem destino, procurando o que poderia devorar. O secretário particular do barão de Rothschild, um judeu narigudo que vestia botas apertadas, causava afável impressão em todos, como se o nome de seu patrão o tivesse coroado com um halo de ouro. Um francês forte, que conhecia o imperador, entregou-se a sua paixão por dançar, e Lady de Jones, uma matrona britânica, enfeitava a cena com sua pequena família de oito pessoas. É claro que havia muitas moças americanas de voz aguda e pés ligeiros, suas contrapartidas inglesas, bonitas e sem vida, e algumas *demoiselles* francesas, simples, mas ousadas. Do mesmo modo havia os costumeiros jovens cavalheiros, que se portavam alegremente, enquanto as mães de todas as nações perfilavam-se junto às paredes e sorriam com bondade ao verem suas filhas dançando com eles.

Qualquer moça é capaz de imaginar o estado de espírito de Amy ao "entrar em cena" aquela noite, apoiando-se no braço de Laurie. Ela tinha consciência da boa aparência, adorava dançar, sentia que seus pés encontravam solo conhecido num salão e desfrutava da deliciosa sensação de poder que advém quando as moças descobrem o novo e lindo reino que nasceram para governar em virtude da beleza, da juventude e da feminilidade. Ela sentia pena das Davis, que eram desajeitadas, simples e desprovidas de companhia — a não ser por um pai mal-humorado e três tias solteironas ainda mais ranzinzas —, e, enquanto passava, ela se curvou em sua direção valendo-se de seus modos mais gentis; o que foi bom, uma vez que lhes permitia que vissem o seu vestido e ardessem de curiosidade para saber quem podia ser seu amigo de tão distinta aparência. Com o primeiro irromper da banda, Amy sentiu o sangue corar-lhe as faces, seus olhos começaram a brilhar, e seus pés a bater no chão com impaciência; pois ela dançava bem e queria que Laurie soubesse disso; daí que seu espanto pôde ser mais bem imaginado do que descrito, quando ele perguntou, em um tom perfeitamente tranquilo:

— Gostaria de dançar?

— É o que se faz em um baile!

Seu olhar espantado e a resposta rápida fizeram com que Laurie reparasse o erro o mais rápido possível.

— Quis dizer a primeira dança. Posso ter a honra?

— Posso conceder uma dança, se eu deixar o conde para depois. Ele dança divinamente; mas vai me desculpar, já que você é um velho amigo — disse Amy, esperando que o nome impressionasse Laurie e lhe mostrasse que ela não estava para brincadeiras.

Toda a satisfação que ela obteve, porém, foi:

— É um menininho simpático, mas um polonês pequeno demais para conduzir os passos de "uma filha dos deuses, de formosa altura e beleza".

O grupo em que se encontravam era composto de ingleses, e Amy foi obrigada aos passos decorosos de um cotilhão, enquanto no íntimo sentia que dançaria a tarântula com gosto. Laurie resignou-a ao "menininho simpático" e foi cumprir seu dever com Flo, sem assegurar a Amy futuras alegrias. A reprovável falta de premeditação foi devidamente castigada, pois ela de pronto se comprometeu até o jantar, pretendendo ceder desde que ele desse algum sinal de arrependimento. Mostrou-lhe a caderneta de baile com recatada satisfação, quando ele caminhou, em vez de se apressar, para convidá-la à dança seguinte, uma gloriosa polca redova; mas o arrependimento educado de Laurie não a convenceu, e quando ela galopou para longe com o conde, viu Laurie sentar-se junto à sua tia com uma verdadeira expressão de alívio.

Aquilo foi imperdoável! Amy o ignorou por um longo tempo, exceto por uma ou duas palavrinhas vez ou outra, quando, no intervalo entre as danças, ia até sua dama de companhia à procura de um grampo necessário ou de um momento de descanso. A raiva, porém, surtiu um ótimo efeito, porque Amy a escondia sob um rosto sorridente, e ela parecia particularmente feliz e brilhante. Os olhos de Laurie seguiram-na com prazer, pois ela não se excedia em alegria, tampouco perdia a destreza do passo, mas dançava com espírito e graça, fazendo justiça ao que deveria ser aquele prazeroso passatempo. Muito naturalmente, ele passou a estudá-la a partir desse novo ponto de vista; e, antes que a noite terminasse, decidira que "a pequena Amy será uma mulher muito encantadora".

O ambiente estava bastante animado, pois logo o espírito da temporada social tomava conta de todos, e a alegria natalina tornava os rostos reluzentes, os corações, felizes e os pés, leves. Os músicos se entregavam com gosto aos metais, percussões e cordas; quem podia dançava; e os que não podiam admiravam os vizinhos com carinho incomum. As Davis estavam soturnas, e muitos dos Jones saltitavam como um bando de jovens girafas. O secretário dourado disparou pela sala como um meteoro junto a uma francesa impetuosa que encarpetava o piso do salão com a cauda de seu vestido de cetim rosa. O sereníssimo teutão encontrou a mesa de jantar e se refestelou, comendo os pratos do cardápio um após o outro e consternando os garçons pelos estragos causados. Mas o amigo do imperador cobriu-se de glórias, pois dançava *tudo*, quer soubesse ou não, e introduzia piruetas improvisadas quando os passos o desnorteavam. Encantava ver o abandono juvenil daquele homem corpulento, pois, embora "fosse um nome de peso", dançava como uma bola de borracha. Corria, voava, saltava; seu rosto brilhava, sua careca reluzia, a cauda do fraque tremulava como louca, os sapatos faiscavam no ar; e, quando a música parava, ele enxugava as gotas da testa e sorria aos semelhantes como um Pickwick francês sem óculos.

Amy e seu polonês distinguiam-se por idêntico entusiasmo, porém dotados de uma agilidade mais graciosa; e Laurie viu-se involuntariamente marcando o tempo para a subida e descida rítmica das sapatilhas brancas, que, infatigáveis, voavam como se fossem aladas. Quando o pequeno Vladimir por fim a deixou, frisando que se sentia "arrasado por ter de sair tão cedo", ela estava pronta para descansar e ver como seu cavaleiro desleal suportara o castigo.

Ela fora bem-sucedida; pois, às onze horas da noite, afetos em frangalhos encontram bálsamo no contato amigo, e os nervos jovens se excitam, o sangue jovem dança, e os joviais espíritos saudáveis se elevam, quando submetidos ao encantamento da beleza, da luz, da música e do movimento. Laurie tinha uma aparência desperta quando se levantou para lhe oferecer a cadeira em que estava; e, quando ele saiu correndo para lhe trazer um pouco do jantar, ela disse para si mesma, com um sorriso satisfeito:

— Ah, pensei que isso lhe faria bem!

— Você se parece com a "Femme peinte par elle-même", de Balzac — comentou ele, enquanto a abanava com uma das mãos e segurava sua xícara de café na outra.

— Meu *rouge* não quer sair. — E Amy esfregou a bochecha brilhante e mostrou-lhe a luva branca com uma simplicidade sóbria que o fez rir abertamente.

— Como você chama isso? — perguntou ele, tocando uma dobra de seu vestido que fora soprada em cima de seu joelho.

— Em francês, ilusão.

— Bom nome. É muito bonito... coisa nova, não é?

— É tão antigo quanto a Terra. Você já viu em dezenas de garotas, nunca se deu conta de que era bonito até agora... *stupide*!

— Nunca vi isso antes em você, o que explica o erro.

— Nada disso, eu o proíbo. Prefiro ganhar café a elogios, por ora. Não, não relaxe, isso me deixa nervosa.

Laurie pôs-se imediatamente ereto na cadeira e, como um criado, tomou-lhe o prato vazio sentindo um estranho tipo de prazer em ter a "pequena Amy" ministrando-lhe ordens; pois ela perdera a timidez e sentia um irresistível desejo de maltratá-lo, tal como as garotas fazem, de forma absolutamente adorável, quando os senhores da criação mostram quaisquer sinais de sujeição.

— Onde você aprendeu essas coisas? — perguntou ele, com um olhar interrogativo.

— "Essas coisas" é uma expressão vaga; você poderia explicá-la, por gentileza? — devolveu Amy, sabendo perfeitamente bem a que "essas coisas" se referia, mas deixando perversamente que ele descrevesse o indescritível.

— Bem... o ar geral, o estilo, o domínio de si mesma, a... ilusão... sabe? — riu Laurie, já sem palavras e livrando-se do embaraço com a nova palavra.

Amy ficou satisfeita, mas, é claro, não o demonstrou, e respondeu lentamente:

— A vida no exterior traz polidez, mesmo que a pessoa não perceba. Estudo tanto quanto me divirto; e quanto a isto... — apontando com um gesto ligeiro o vestido — ora, o tule custa pouco, e estou acostumada a tirar o máximo proveito de minhas coisinhas baratas.

Amy quase se arrependeu da última frase, temendo que não fosse de bom gosto; mas Laurie gostou ainda mais de Amy por ela, e viu-se admirando e respeitando a corajosa paciência que fazia o melhor de cada oportunidade e o espírito alegre que cobria a pobreza com flores. Amy não sabia por que ele a fitava com tanta doçura, nem por que ele assinou a caderneta dela com o próprio nome, e dedicou-se a ela pelo resto da noite da maneira mais deliciosa; mas o impulso que provocou essa adorável mudança foi o resultado de uma das novas impressões que ambos inconscientemente deram e receberam.

38. DE CANTO

Na França, as jovens conhecem um tempo monótono até se casarem, quando "*Vive la liberté!*" torna-se seu lema. Nos Estados Unidos, como é de conhecimento geral, as meninas assinam cedo uma declaração de independência e desfrutam de sua liberdade com entusiasmo republicano; mas as jovens senhoras geralmente abdicam do trono com o nascimento do primeiro herdeiro e recolhem-se a uma clausura digna de convento francês, embora de forma alguma tão tranquilo. Gostem ou não, elas são virtualmente colocadas de canto tão logo a excitação com a novidade do casamento acaba, e a maioria pode reclamar, como o fez uma mulher muito bonita há pouco:

— Estou bonita como sempre, mas ninguém mais me nota, pois estou casada.

Não sendo uma beldade ou mesmo uma moça sofisticada, Meg não experimentou tal aflição até que seus bebês completassem um ano de idade; pois em seu mundinho prevaleciam os antigos costumes, e ela se via mais admirada e amada do que nunca.

Como era uma mulherzinha feminina, o instinto maternal lhe era muito forte, e ela se viu totalmente dedicada aos filhos, chegando a excluir tudo e todos. Dia e noite, cuidava deles com incansável devoção e ansiedade, deixando John à mercê da delicadeza da criada — pois o departamento da cozinha passara à competência de uma senhora irlandesa. Como homem caseiro, John sem dúvida sentia falta do desvelo que estava acostumado a receber da esposa; mas como tinha adoração por seus bebês, abandonou com alegria o conforto por algum tempo, supondo, com ignorância masculina, que a paz logo seria restaurada. No entanto, três meses se passaram, e não houve restabelecimento da tranquilidade; Meg parecia cansada e nervosa — os bebês absorviam cada minuto de seu tempo —, a casa era negligenciada, e Kitty, a cozinheira, que levava a vida "na frauta", o deixava à míngua. Quando saía pela manhã, ia desorientado com as pequenas tarefas para as quais a mãe cativa o destacava; e se aparecesse alegremente à noite, louco para abraçar a família, era desestimulado por um "Shhh! Eles acabaram de pegar no sono; perturbaram o dia inteiro...". Caso propusesse um pouco de diversão em casa, ouvia um "Não, isso vai incomodar os bebês". Se sugerisse palestra ou concerto, recebia um olhar de reprovação e um decidido "Deixar meus filhos por prazer, jamais!". Seu sono era interrompido por lamentos infantis e visões de um vulto que caminhava silenciosamente de um lado para outro à noite. Suas refeições eram interrompidas, sem ao menos ser de todo servido, quando a entidade soberana da casa se ausentava ao mínimo chiado no ninho do segundo andar; e quando lia seu jornal à noite, a cólica de Demi entrava na lista de embarques e as quedas de Daisy afetavam o preço das ações, pois a sra. Brooke tinha por único interesse o noticiário doméstico.

O pobre homem estava muito incomodado, pois os filhos o haviam privado de sua esposa; o lar era tão somente uma creche, e o perpétuo "Shhh!" fazia com que se sentisse um intruso brutal, sempre que adentrava as muralhas da sagrada Bebelândia. Ele suportou muito pacientemente por seis meses, e quando desistiu de esperar por qualquer sinal de mudança, fez o que outros pais exilados fazem: tentou obter um pouco de conforto alhures. Scott se casara e se mudara para uma casa não muito distante, e John passou a frequentá-la durante uma ou duas horas à noite, quando sua própria sala de estar estava vazia, e sua esposa entoava canções de ninar que pareciam não ter fim. A sra. Scott era uma moça animada e bonita, sem nada a fazer além de ser agradável — o que realizava com absoluto sucesso. A sala estava sempre iluminada e convidativa, o tabuleiro de xadrez pronto, o piano afinado, a conversa sempre divertida e um belo jantar tentadoramente a postos.

John teria preferido sua própria lareira, não tivesse ela se tornado tão solitária; mas, como assim era, aproveitou com gratidão a segunda melhor opção e desfrutou da sociedade de seu vizinho.

A princípio, Meg até aprovava o novo arranjo, e considerou um alívio saber que John se divertia em vez de cochilar na sala de estar ou vagar pela casa, acordando as crianças. Pouco a pouco, porém, quando se foi a preocupação com a dentição, e os ídolos passaram a dormir em horários apropriados, permitindo que a mãe descansasse, ela começou a sentir saudade de John e a encarar com tédio a companhia da cesta de costura, quando ele não estava sentado diante de si, em seu roupão velho, chamuscando deliciosamente as pantufas no guarda-fogo. Ela não lhe pedia que ficasse em casa; contudo, sentia-se magoada por ele não saber que ela o queria sem que ela lhe dissesse — esquecendo-se inteiramente das muitas noites em que a esperara em vão. Estava nervosa e exausta, com tantas vígilias e preocupações, e vivia naquele estado irracional de espírito que a melhor das mães vez por outra experimenta, quando os cuidados domésticos a oprimem, a falta de exercício lhe rouba a alegria, e a devoção excessiva ao ídolo das mulheres americanas — o bule de chá — faz com que se sintam apenas nervos e nenhum músculo.

— Sim — dizia ela, olhando no espelho. — Estou ficando velha e feia. John não me acha mais interessante, então deixa a esposa já sem graça e vai ver a vizinha bonita, que não tem nenhuma obrigação. Bem, os bebês me amam; eles não se importam se estou magra e pálida e não tenho tempo para frisar o cabelo; eles são meu conforto, e algum dia John vai ver o que tenho sacrificado com alegria por eles... não vai, meus lindinhos?

A essa interpelação dolorosa, Daisy respondia com um arrulho, Demi com outro, e Meg deixava o lamento de lado para deleitar-se com a maternidade, o que lhe dirimia a solidão por um breve momento. Mas a dor aumentou à medida que a política absorveu John, que estava sempre passando na casa de Scott para a discussão de pontos interessantes, sem perceber que Meg sentia falta dele. Mesmo assim, ela nada disse, até que certo dia sua mãe a encontrou aos prantos e quis saber qual era o problema, pois o desânimo de Meg não lhe havia escapado.

— Não contaria a ninguém, exceto a você, mamãe; mas realmente preciso de conselhos, pois se John continuar assim por muito mais tempo, viverei quase como uma viúva — respondeu a sra. Brooke, enxugando as lágrimas no babador de Daisy com um ar ferido.

— Continuar assim como, minha querida? — perguntou sua mãe, ansiosa.

— Ele fica fora o dia todo, e à noite, quando quero vê-lo, sempre vai para a casa dos Scott. Não é justo que eu tenha o trabalho mais difícil, e nunca algum divertimento. Os homens são muito egoístas, mesmo o melhor deles.

— Assim como as mulheres. Não culpe John até entender onde você errou.

— Mas essa negligência dele não pode ser certa.

— Você não o negligencia?

— Ora, mãe, achei que você ficaria do meu lado!

— Mas estou, no que diz respeito à compaixão; só acho que a culpa é sua, Meg.

— Não vejo como.

— Deixe que eu lhe demonstre. John alguma vez a negligenciou, como você diz, enquanto você fazia questão de oferecer a ele sua companhia durante a noite... o único momento de lazer dele?

— Não, mas não posso fazer isso agora, com dois bebês para cuidar.

— Acho que poderia e deveria, querida. Quero falar com liberdade... você vai se lembrar que uma mãe tanto aponta defeitos quanto se compadece?

— Claro que sim! Fale comigo como se eu fosse de novo a pequena Meg. Muitas vezes sinto como se precisasse, mais do que tudo, aprender, já que esses bebês dependem de mim para tudo.

Meg aproximou a cadeira baixa da de sua mãe e, com ligeiras interrupções de cada parte, as duas mulheres se balançaram e conversaram amorosamente, sentindo que os laços da maternidade as tornavam mais próximas do que nunca.

— Você só cometeu o erro que a maioria das jovens esposas comete: esqueceu-se de seu dever para com seu marido em nome do amor aos filhos. Um erro muito natural e perdoável, Meg, mas que é melhor remediar antes que vocês se afastem; pois os filhos deveriam aproximá-los mais do que nunca, não os separar... como se fossem apenas seus, e John nada tivesse a fazer além de sustentá-los. Percebi que isso estava acontecendo, mas não fiz qualquer comentário. Tinha certeza de que tudo se acertaria a seu tempo.

— Receio que não. Se pedir a ele que fique, vai pensar que estou com ciúme, e não o insultaria com tal ideia. Ele não vê que eu o quero, e não sei como lhe dizer sem palavras.

— Torne a casa tão agradável que ele não queira ir embora. Minha querida, ele quer muito a casinha dele, mas esta não é a casa dele sem você, e você está sempre no quarto das crianças.

— Mas eu não deveria estar lá?

— Não o tempo todo; confinamento demais deixa você nervosa, e desse jeito você fica sem condições de fazer o que seja. Além disso, você deve cuidar de John tanto quanto dos bebês. Não abandone o marido em favor dos filhos, não o exclua do quarto das crianças, ensine-o a ajudar. O lugar dele é lá, assim como o seu, e as crianças precisam dele, que ele sinta que tem uma parte a fazer, e ele o fará de bom grado e fielmente, e isso será o melhor para todos vocês.

— Acha mesmo, mãe?

— Sei do que estou falando, Meg, porque tentei, e raramente dou conselhos, a menos que tenha provado sua viabilidade. Quando você e Jo eram pequenas, vivi exatamente como você, sentindo que era como se não estivesse cumprindo meu dever a menos que me dedicasse totalmente a minhas filhas. O pobre pai de vocês se agarrou aos livros, depois de eu lhe ter recusado todas as ofertas de ajuda, e se afastou para que eu tivesse a minha experiência sozinha. Lutei bravamente, fiz o melhor que pude, mas Jo era demais para mim. Quase lhe fiz mal, com tanta permissividade. Você estava fraquinha, e me preocupei com você até eu mesma ficar doente. Então seu pai veio a meu socorro, cuidando tranquilamente de tudo, e se fazendo tão útil que percebi o meu erro, e depois disso nunca mais fui capaz de seguir sem ele. Esse é o segredo da felicidade de nosso lar: ele não deixa que o trabalho o afaste dos pequenos cuidados e deveres que afetam a todos nós, e tento não deixar que as preocupações domésticas destruam meu interesse por suas atividades. Cada um faz a sua parte sozinho em muitas coisas, mas em casa trabalhamos juntos, sempre.

— Você tem razão, mamãe; e meu grande desejo é ser para o meu marido e para os meus filhos o que você tem sido para os seus. Mostre-me como, farei tudo que você disser.

— Você sempre foi a filha pronta a aprender. Bem, querida, se eu fosse você, deixaria John ter mais contato com a criação de Demi... pois o menino precisa de disciplina, e nunca é cedo demais para começar. Então faça o que muitas vezes propus: deixe Hannah vir ajudá-la, ela é uma ótima babá, e você pode lhe confiar seus bebês enquanto se dedica mais às tarefas domésticas. Você precisa do exercício, Hannah gostaria do descanso, e John encontraria sua esposa de novo. Saia mais, mantenha-se alegre e ocupada... pois você é quem irradia luz para a família, e se ficar triste, tudo vai se anuviar. Eu também tentaria me interessar pelas coisas de que John gosta; converse com ele, deixe que ele leia para você, troquem ideias e ajudem um ao outro dessa forma. Não se feche em uma caixa de costura apenas porque é uma mulher; entenda o que está acontecendo, e aprenda a ter seu papel na máquina do mundo, pois tudo isso afeta você e os seus.

— John é tão atento, acho que ele pensará que sou idiota, se fizer perguntas sobre política e coisas do gênero.

— Não creio que ele vá pensar dessa forma. O amor cobre uma multidão de pecados, e a quem você poderia perguntar mais livremente do que a ele? Tente, e veja se ele não acha sua companhia muito mais agradável que os jantares da sra. Scott.

— Perguntarei. Pobre John! Acho que o negligenciei terrivelmente, mas pensei que fosse o certo, e ele nunca disse nada.

— Ele tentou não ser egoísta, mas se sentiu um pouco desamparado, imagino. Esta é a hora, Meg, em que os jovens casais tendem a se afastar, e também o momento em que mais deveriam estar juntos; pois a primeira ternura logo desaparece, a menos que se tome cuidado para preservá-la. E nenhum momento é tão belo e precioso para os pais quanto os primeiros anos das pequenas vidas que lhes foram dadas para cultivar. Não deixe John se tornar um estranho para os bebês, pois eles serão a melhor coisa para mantê-lo a salvo e feliz neste mundo de provação e tentação, e por meio deles vocês aprenderão a conhecer e amar um ao outro como devem. Agora, querida, adeus; pense nas palavras da sua mãe, aja a partir delas, se lhe pareceram boas, e que Deus abençoe todos vocês!

Meg pensou bem nelas todas, julgou-as boas e agiu de acordo, embora a primeira tentativa não tenha se dado exatamente como planejara. Evidentemente, as crianças a tiranizavam e passaram a governar a casa assim que descobriram que chutes e berros lhes traziam o que queriam. A mãe era uma humilhada escrava de seus caprichos, mas o pai não era tão facilmente subjugado, e vez por outra ela afligia seu doce esposo pedindo-lhe que tentasse impor a disciplina paterna a seu filho intratável. Pois Demi herdara um pouco da firmeza de caráter do progenitor — a ela não chamaremos *teimosia* —, e quando ele decidia, em seus pequenos pensamentos, ter ou fazer qualquer coisa, nem todos os cavalos e homens do rei poderiam fazer com que mudasse de ideia. A mãe achava o queridinho muito jovem para ser ensinado a controlar as próprias vontades, mas o pai acreditava que nunca era cedo demais para aprender a obedecer. Assim, o pequeno Demi logo descobriu que, quando tentava "bigar" com o "paipai", sempre se dava mal; mas, como os ingleses, o bebê respeitava o homem que o dominava, e amava o pai cujo gravíssimo "Não" causava-lhe mais impressão do que todos os carinhos de amor da mãe.

Poucos dias depois da conversa com a mãe, Meg decidiu ter uma noite social com John; assim, pediu um bom jantar, arrumou a sala de estar, vestiu-se lindamente e colocou as crianças na cama cedo, para que nada interferisse em sua experiência. Infelizmente, porém, a vontade mais incontrolável de Demi era de *não* ir para a cama, e naquela noite ele decidiu fazer escândalo. A pobre Meg cantava e o balançava, contava histórias e tentava todas as artimanhas que podia imaginar para fazê-lo dormir, mas nada funcionava: os olhos grandes do menino não se fechavam; e muito tempo depois de Daisy ter mergulhado no soninho, bolinha pacata e cheia de dobrinhas que era, o travesso Demi ainda tinha os olhos abertos, com uma expressão desanimadoramente desperta.

— Demi vai ficar deitadinho feito um bom menino, enquanto a mamãe vai descer e servir chá para o coitadinho do papai? — perguntou Meg, fechando suavemente a porta e se encaminhando na ponta dos pés para a sala de jantar.

— Queio sá! — disse Demi, preparando-se para participar do festim.

— Agora não tem chá; mas vou guardar para você uns bolinhos para o café da manhã, se você for nanar, feito a Daisy. Você vai, amorzinho?

— Vaiii! — E Demi fechou os olhos com força, como se quisesse pegar no sono e apressar o dia desejado.

Aproveitando o momento propício, Meg se afastou e correu para cumprimentar o marido com um sorriso no rosto e o laço azul no cabelo, de que ele tanto gostava. Ele a viu imediatamente e disse, surpreso:

— Ora, mãezinha, quanta felicidade hoje à noite. Espera companhia?

— Só você, querido.

— É um aniversário ou coisa do gênero?

— Não, estou cansada de parecer desleixada, então me arrumei, para variar um pouco. Você sempre está elegante à mesa, não importa o quanto esteja cansado, então por que eu não deveria fazer o mesmo quando tenho tempo?

— Faço isso por respeito a você, minha querida — disse o antiquado John.

— E eu o mesmo, sr. Brooke — riu Meg, parecendo novamente jovem e bonita, olhando para ele por cima do bule de chá.

— Bem, isso tudo é uma delícia, e como nos velhos tempos. Está muito gostoso; bebo à sua saúde, querida. — E John tomou um gole de chá com um ar de tranquilo arrebatamento, porém de duração curtíssima, pois quando pousou a xícara, a maçaneta da porta tremeu misteriosamente, e uma vozinha foi ouvida, dizendo, impaciente:

— Ábi. Queio saí!

— Mas que menino travesso. Disse para ir dormir sozinho, e aqui está ele, aqui embaixo, arriscando pegar um resfriado horrível, descalço nesse chão frio — disse Meg, atendendo ao chamado.

— É de amanhã, já — anunciou Demi em tom alegre quando entrou, com sua longa e graciosa camisola de festonê sobre o braço e cada cachinho balançando feliz, enquanto ele saltitava em torno da mesa, fitando os "boinhos" com olhos adoráveis.

— Não, ainda não é de manhã; você precisa ir para a cama e não incomodar a coitada da mamãe; depois você vai ganhar o bolinho com açúcar.

— Queio paipai — disse o astuto, preparando-se para subir no joelho paterno e se refestelar com alegrias proibidas. Mas John sacudiu a cabeça e disse a Meg:

— Se você falou para ele ficar lá em cima e dormir sozinho, faça-o obedecer, ou ele nunca vai aprender a dar atenção ao que você diz.

— Sim, claro; venha, Demi. — E Meg levou o filho embora, sentindo um forte desejo de dar umas palmadas no pequeno desmancha-prazeres que saltitava ao lado dela, achando que receberia o suborno tão logo chegassem ao quarto.

E ele não ficou desapontado, pois a mulher, incapaz de antecipar o que aconteceria, acabou por lhe dar um torrãozinho de açúcar, enfiando-o em seguida na cama e proibindo-lhe mais passeios até a manhã seguinte.

— Tá bom! — disse Demi, o perjuro, chupando alegremente seu torrãozinho e considerando sua primeira tentativa um eminente sucesso.

Meg retornou ao seu lugar, e o jantar seguia agradavelmente; quando o fantasminha voltou a andar e expôs a delinquência materna exigindo com ousadia:

— Queio mais suca, mamã.

— Isso não vai dar certo — falou John, perdendo a paciência com o pequeno pecador. — Não saberemos o que é paz até que esse menino aprenda a ir para a cama sozinho. Você fez de si uma escrava por muito tempo; agora chega. Dê-lhe uma lição, e então ele vai parar. Ponha-o na cama e deixe-o, Meg.

— Ele não fica, nunca fica, a menos que me sente ao lado dele.

— Vou cuidar disso. Demi, suba e vá para a cama, como mamãe mandou.

— Num queio! — respondeu o jovem rebelde, servindo-se do cobiçado "boio" e começando a comê-lo com tranquila audácia.

— Você nunca deve falar assim com o papai. Se não for para a cama, vou levá-lo.

— Vaimboia, num goita paipai. — E Demi retirou-se para as saias da mãe em busca de proteção.

Mas mesmo esse refúgio se mostrou inútil, pois foi entregue ao inimigo, com um "Seja gentil com ele, John", para o espanto do culpado; pois se a mãe o abandonava, o dia do Juízo Final estava próximo. Privado do bolo, enganado em sua alegria e levado por mãos fortes àquela cama detestável, Demi, pobre coitado, não foi capaz de conter a fúria e desafiou abertamente o pai, chutou e gritou vigorosamente todo o caminho escada acima. No minuto em que foi colocado na cama de um lado, rolou para fora do outro e foi para a porta, para ser ignominiosamente pego pela cauda de sua pequena toga e posto de volta na cama, animadíssimo processo que se manteve até o esgotamento do rapazinho, quando então ele se dedicou a rugir o mais alto que podia. O exercício vocal geralmente derrotava Meg; John, por sua vez, permaneceu imóvel como um poste, que se acredita popularmente ser surdo. Sem agrados, sem açúcar, sem nana-neném, sem historinha: até mesmo a vela foi apagada, restando apenas o brilho vermelho da lareira a animar a "grande escuridão", que Demi observou com curiosidade, mais do que com medo. Essa nova ordem de coisas muito o desagradou, e ele uivou com tristeza por sua "mamã", enquanto suas paixões enfurecidas se acalmavam, e recordações da delicada serva acometiam o autocrata cativo. O choro triste que sucedeu o rugido apaixonado calou fundo no coração de Meg, e ela correu para dizer, em tom de súplica:

— Deixe-me ficar com ele; ele vai ficar bem agora, John.

— Não, minha querida. Disse que ele deve ir dormir, assim como você pede a ele; e ele vai, nem que eu fique aqui a noite toda.

— Mas ele vai chorar até ficar doente — implorou Meg, recriminando-se por abandonar o filho.

— Não, não vai, está tão cansado que logo vai pegar no sono, e então o assunto estará resolvido, pois ele vai entender que precisa obedecer. Não interfira; vou cuidar disso.

— Ele é meu filho e não consigo ver seu espírito ser domado com dureza.

— Ele é meu filho, e não deixarei que seu temperamento seja estragado por mimos. Desça, minha querida, e deixe o menino comigo.

Quando John falava naquele tom de autoridade, Meg sempre obedecia e nunca se arrependia da própria docilidade.

— Por favor, deixe-me dar um só beijinho, John?

— Claro. Demi, diga boa-noite à mamãe, e deixe-a ir descansar, pois ela está muito cansada de cuidar de vocês o dia todo.

Meg sempre fazia questão disso, que o beijo selasse o convencimento; e, uma vez dado, Demi soluçou mais baixinho e ficou imóvel no fundo da cama, onde se encolhera em sua angústia mental.

"Coitado do meu homenzinho! Está exausto de sono e choro; vou cobri-lo e, depois, acalmar o coração de Meg", pensou John, aproximando-se discretamente do lado da cama, na esperança de encontrar seu herdeiro rebelde dormindo.

Mas ele não estava; e, no momento em que seu pai olhou para ele, os olhos de Demi se abriram, seu queixinho começou a tremer, e ele ergueu os braços, dizendo com um soluço penitente:

— Bonzinho, agoia.

Sentada na escada do lado de fora, Meg inquietava-se com o longo silêncio que se seguiu ao alvoroço; e, depois de imaginar toda sorte de acidentes possíveis, entrou de mansinho no quarto para dirimir seus medos. Demi ferrara no sono; não em sua habitual posição espalhada, de braços e pernas abertos, mas numa trouxinha rendida, enroladinho em si mesmo, cingido pelos braços do pai e segurando o dedo de John, como quem sentisse que a justiça fora temperada pela misericórdia, e adormecera como um bebê mais triste, porém mais sábio. Assim preso, John esperara com feminina paciência até que a mãozinha relaxasse; e, enquanto esperava, adormeceu, mais esgotado por aquela luta com o filho do que pelo trabalho do dia inteiro.

Enquanto Meg observava os dois rostos no travesseiro, sorriu para si mesma e, em seguida, afastou-se novamente, dizendo num tom satisfeito:

— Jamais preciso temer que John seja muito duro com meus bebês. Ele *sabe* como cuidar deles e será de grande ajuda, pois Demi *está* ficando demais para mim.

Quando John finalmente desceu, esperando encontrar uma esposa melancólica ou pronta a reprová-lo, teve a agradável surpresa de encontrar Meg costurando placidamente uma touca e ser saudado com o pedido para que lesse alguma coisa sobre a eleição, caso não estivesse muito cansado. John percebeu de pronto que havia algum tipo de revolução em andamento, mas prudentemente não fez perguntas: sabia que Meg era uma pessoinha tão transparente que não seria capaz de guardar um segredo sequer para salvar sua vida, e que, portanto, a pista logo surgiria. Leu um longo debate com a mais amável disposição e explicou-o da maneira mais lúcida, enquanto Meg tentava parecer profundamente interessada, fazer-lhe perguntas inteligentes e evitar que seus pensamentos passassem das condições da nação para as condições de sua touca. Em seu íntimo, no entanto, ela concluiu que a política era tão ruim quanto a matemática, e que a missão dos políticos parecia a de xingar uns aos outros; mas conservou essas ideias femininas para si mesma, e quando John parou, ela balançou a cabeça e disse, com o que considerou uma ambiguidade diplomática:

— Bem, realmente não sei onde vamos parar.

John riu e ficou observando-a por um minuto, enquanto preparava um pequeno e bonito arranjo de tule e flores em sua mão, para o qual olhava com o interesse genuíno que a arenga que ele acabara de ler não conseguira despertar.

"Ela está tentando gostar de política por minha causa; então vou tentar me interessar e gostar de costura por ela; é razoável", pensou John, o Justo, acrescentando em voz alta:

— Isso é muito bonito. É o que você chama de gorro matinal?

— Meu marido querido, é uma touca!... minha melhor touca, para concertos e teatro.

— Perdoe-me; é tão pequenininha... naturalmente confundi isso com uma dessas coisinhas esvoaçantes que você às vezes usa. Como fica preso?

— Esses pedaços de renda ficam presos debaixo do queixo com um botão de rosa... assim. — E Meg o ilustrou vestindo a touca e o fitando com um ar de tranquila satisfação, que era irresistível.

— É um amor de touca, mas prefiro o rosto debaixo dela, pois parece jovem e feliz de novo. — E John beijou o rosto sorridente, para grande prejuízo do botão de rosa sob o queixo.

— Fico feliz que tenha gostado, pois queria que você me levasse a um desses novos concertos uma noite dessas. Realmente preciso de um pouco de música para me colocar em sintonia. Você me leva?

— Claro que levo, com todo o meu coração, ou a qualquer outro lugar que seja do seu gosto. Faz tanto tempo que você está trancada em casa... isso não lhe fará nenhum bem, e vou adorar, mais do que tudo. O que a levou a pensar nisso, mãezinha?

— Bem, tive uma conversa com a minha mãe outro dia, e contei a ela o quão nervosa e irritada me sentia, e ela disse que eu precisava mudar e me preocupar menos; então Hannah vai me ajudar com as crianças, e vou cuidar mais das coisas da casa e de vez em quando me divertir um pouco, só para evitar que me torne uma velha impaciente e arruinada antes da hora. É apenas uma experiência, John, e quero experimentar por você, tanto quanto por mim, porque ultimamente eu o negligenciei demais, e vou fazer da nossa casa o que ela costumava ser, se puder. Você não se opõe, espero?

Não importa o que John disse, nem o triz pelo qual a touquinha escapou da completa destruição; cabe-nos saber apenas que John *não* pareceu se opor, a julgar pelas mudanças que gradualmente tiveram lugar na casa e em seus habitantes. De forma alguma se instalou um Paraíso pleno; mas o sistema de divisão do trabalho fez bem a todos. As crianças prosperaram sob o cetro paterno, pois John, firme e confiável, trouxe ordem e obediência à Bebelândia, enquanto Meg recuperava o ânimo e acalmava os nervos com exercícios saudáveis, alguns prazeres e muitas conversas íntimas com o marido sensato. O lar voltou a parecer um lar, e John não queria deixá-lo, a menos que levasse Meg consigo. Agora, os Scott visitavam os Brooke, e todos acharam a casinha um lugar alegre, cheio de felicidade, contentamento e amor familiar. Até Sallie Moffat gostava de visitá-la. "É sempre tão calmo e agradável aqui; isso me faz bem, Meg", ela costumava dizer, fitando-a com um olhar melancólico, como se estivesse tentando descobrir o feitiço, para que pudesse usá-lo em sua mansão, cheia de esplêndida solidão, pois lá não havia bebês irascíveis e de rosto radiante, e Ned vivia em um mundo particular, onde não havia lugar para ela.

A felicidade no lar não chegou de uma só vez, mas John e Meg descobriram a chave para ela, e cada ano da sua vida de casados lhes ensinava como usá-la, desvelando os tesouros reais do amor doméstico e da ajuda mútua, que os mais pobres podiam possuir e os mais ricos, jamais comprar. Esse é o tipo de canto no qual as esposas e mães jovens podem consentir em ficar, a salvo do inquietante agito e febre do mundo, encontrando amor leal nos filhinhos e filhinhas que se agarram a elas, sem jamais serem ameaçadas pela tristeza, pela pobreza ou pela velhice; caminhando lado a lado, por dias de sol ou de tempestade, com um amigo fiel, que é, no verdadeiro sentido da boa e velha palavra saxônica, o "elo da casa", e aprendendo, como Meg aprendeu, que o reino mais feliz da mulher é o lar, e sua maior honra, a arte de governá-lo — não como rainha, mas como sábia esposa e mãe.

39. LAURENCE, O PREGUIÇOSO

Laurie foi para Nice com a intenção de ficar uma semana e permaneceu um mês. Estava cansado de perambular sozinho, e a presença familiar de Amy parecia dar um encanto caseiro às cenas estrangeiras das quais participava. Sentia falta dos "mimos" que costumava receber, e ter um gostinho disso novamente lhe fez bem: pois a atenção de estranhos, por mais lisonjeira que fosse, jamais chegava aos pés da adoração fraternal das meninas em casa. Amy nunca o mimaria como as outras, mas estava muito feliz em vê-lo e bastante agarrada a ele — sentindo que ele era o representante da família querida, da qual tinha mais saudade do que admitia. Eles naturalmente se confortaram na companhia um do outro e passavam bastante tempo juntos — cavalgando, caminhando, dançando ou sem o que fazer —, pois em Nice não há quem consiga ser muito produtivo durante a temporada feliz. Mas, embora aparentemente se divertissem da maneira mais despreocupada, estavam fazendo descobertas e construindo uma opinião um sobre o outro. Amy crescia diariamente na estima do amigo; ele, porém, dia após dia decaía na dela, e sentiram a verdade antes que qualquer coisa fosse dita. Amy queria agradá-lo e conseguia, pois se sentia grata pelos muitos prazeres que ele lhe proporcionava, recompensando com os pequenos serviços nos quais as mulheres dotadas de feminilidade sabem infundir indescritível encanto. Laurie não fazia qualquer esforço; apenas se deixava levar o mais confortavelmente possível, tentando esquecer e com o sentimento de que todas as mulheres lhe deviam uma palavra gentil pois uma delas o tratara com frieza. Não lhe custava qualquer esforço ser generoso, e ele teria dado a Amy todas as bugigangas em Nice se ela as tivesse aceitado — porém, ao mesmo tempo, sentia que não podia mudar a opinião que ela construía a seu respeito, e até temia os olhos azuis que pareciam olhá-lo com uma surpresa meio triste, meio desdenhosa.

— Foram todos passar o dia em Mônaco; preferi ficar em casa e escrever cartas. Terminei-as, e estou a caminho de Valrosa para desenhar; quer vir comigo? — perguntou Amy, num dia de sol, ao se encontrar com Laurie, que estava entregue à preguiça, como de costume, perto do meio-dia.

— Bem... sim, mas não está muito quente para uma caminhada tão longa? — quis saber ele, lentamente, pois o *salon* umbroso parecia convidativo, diante da claridade do lado de fora.

— Vou ficar com a carruagem pequena, e Baptiste pode dirigir... então você não terá nada a fazer além de segurar sua sombrinha e ficar com suas lindas luvas — respondeu Amy, com um olhar sarcástico para os acessórios imaculados, que eram um ponto fraco de Laurie.

— Então vou com prazer — e ele estendeu a mão ao caderno de desenho dela. Amy, porém, enfiou-o debaixo do braço com um agudo:

— Não se incomode. Não é um esforço para mim, mas você não parece achar o *mesmo*.

Laurie ergueu as sobrancelhas e seguiu-a a passos lentos, enquanto ela corria escada abaixo; mas, quando entraram na carruagem, ele próprio tomou as rédeas e não deixou ao pequeno Baptiste nada a fazer, a não ser cruzar os braços e adormecer na boleia.

Os dois não brigaram; Amy era muito bem criada e, naquele momento, Laurie estava com preguiça demais; de modo que, num instante, espreitou por baixo da aba do chapéu com um ar indagador; ela respondeu com um sorriso, e eles seguiram juntos amigavelmente.

Foi um passeio adorável ao longo de estradas sinuosas, ricas de cenários pitorescos que encantam os olhos amantes da beleza. Aqui um antigo mosteiro, de onde o cântico solene dos monges descia até eles. Ali, um pastor de pernas nuas, com tamancos de madeira, chapéu pontudo e uma jaqueta rústica sobre um ombro, surgiu sentado numa pedra, enquanto suas cabras saltavam ou se deitavam a seus pés. Burros cinzentos, humildes, carregados com um cesto de relva recém-cortada de cada lado do lombo, passavam com uma linda menina com um amplo chapéu sentada entre os dois montes verdes, ou uma mulher idosa, que fiava enquanto seguia seu caminho. Crianças morenas e de olhos suaves saíam dos casebres de pedra para oferecer buquês ou cachos de laranjas ainda no galho. Oliveiras nodosas e retorcidas cobriam de folhagem escura as colinas, frutas pendiam douradas no pomar e grandes flores escarlate margeavam a es-

trada, enquanto, para além das encostas verdes e das alturas escarpadas, os Alpes Marítimos erguiam-se, agudos e alvos, contra o azul do céu italiano.

Valrosa merecia seu nome — pois naquele clima de verão sem fim rosas floresciam por toda parte. Pendiam do arco de entrada, irrompiam de entre as barras do grande portão com uma doce recepção aos passantes e davam contornos à alameda, serpenteando entre limoeiros e palmeiras até a *villa* na colina. Cada recanto umbroso, onde bancos convidavam à parada e ao descanso, era uma massa de botões; cada gruta fresca tinha sua ninfa de mármore sorrindo sob um véu de flores; e cada fonte refletia rosas vermelhas, brancas ou rosa pálido, curvando-se para sorrir à sua própria beleza. As rosas cobriam as paredes da casa, desciam como cortinas das cornijas, subiam pelos pilares e corriam em tumulto sobre a balaustrada do amplo terraço, de onde se avistavam o ensolarado Mediterrâneo e a cidade de muralhas brancas na margem.

— Este é o típico paraíso de lua de mel, não acha? Já tinha visto rosas assim? — perguntou Amy, parando no terraço para apreciar a vista e um delicioso aroma de perfume que pairava.

— Não, nem sentido esses espinhos — devolveu Laurie, com o polegar na boca, depois de uma tentativa vã de capturar uma solitária flor escarlate que crescia um pouco além de seu alcance.

— Tente mais baixo, e colha as que não têm espinhos — sugeriu Amy, reunindo com habilidade três das minúsculas rosas cor creme que reluziam como estrelas na parede atrás de si. Ela as colocou na casa de botão de Laurie como uma oferta de paz, e ele permaneceu um instante olhando para elas com uma expressão curiosa, pois na parte italiana de sua natureza havia um toque de superstição, e justo então ele estava naquele estado de doce e amarga melancolia em que jovens criativos encontram sentido em ninharias e alimento para o romance em toda parte. Ele pensara em Jo ao tentar alcançar a rosa vermelha cheia de espinhos — pois as flores combinavam com ela —, e ela costumava usar rosas como aquela, colhidas de seu jardim de inverno em casa. As rosas pálidas que Amy lhe deu eram do tipo que os italianos colocavam em mãos mortas — jamais em grinaldas de noiva —, e por um momento ele se perguntou se o presságio era para Jo ou para si mesmo. No instante seguinte, porém, seu bom senso americano extraiu o melhor do sentimentalismo, e disso resultou a risada mais alegre que Amy ouvira desde o reencontro.

— É um bom conselho: é melhor aceitá-lo e salvar os dedos — disse ela, pensando que sua fala o divertia.

— Obrigado, aceito — devolveu ele em tom de brincadeira, e alguns meses depois ele o disse a sério.

— Laurie, quando você vai encontrar seu avô? — perguntou ela, então, enquanto se acomodava em um banco rústico.

— Muito em breve.

— Você disse isso umas dez vezes nas últimas três semanas.

— É possível; respostas curtas poupam problemas.

— Ele espera por você, e você realmente deveria ir.

— Mas que criatura hospitaleira! Sei disso.

— Então por que não vai?

— Depravação natural, suponho.

— Indolência natural, você quer dizer. É realmente horrível! — E Amy fez-se séria.

— Não é tão ruim quanto parece, pois eu só o atormentaria se fosse; então posso muito bem ficar e atormentá-la um pouco mais... Você é capaz de me suportar melhor; na verdade, acho que isso lhe cai muitíssimo bem. — E Laurie se recompôs para acomodar-se preguiçosamente na larga saliência da balaustrada.

Amy balançou a cabeça e abriu o caderno de esboços com um ar resignado, mas decidira passar um sermão "naquele garoto" e, no minuto seguinte, recomeçou:

— O que vai fazer agora?

— Observar lagartos.

— Não, não. Quero dizer: o que pretende e deseja fazer?

— Fumar um charuto, se me permitir.

— Você está chato! Não gosto de charutos, e só o permitirei com a condição de que me deixe colocá-lo no meu esboço. Preciso de uma figura humana.

— Com todo o prazer. Como você me quer: de corpo inteiro, três quartos ou de ponta-cabeça? Com todo o respeito, sugiro uma postura reclinada, depois se coloque nela também e dê o título: *Dolce far niente*.

— Fique como está, e pode dormir se quiser. *Eu* pretendo trabalhar duro — disse Amy em seu tom mais enérgico.

— Que entusiasmo delicioso! — E ele se inclinou contra uma urna alta com um ar de total satisfação.

— O que Jo diria se o visse agora? — perguntou Amy, impaciente, na esperança de agitá-lo com a menção do nome de sua irmã ainda mais enérgica.

— O de sempre: "Vá embora, Teddy. Estou ocupada!".

Ele riu enquanto falava, mas a risada não soou natural, e uma sombra cruzou-lhe a face, pois o som do nome familiar tocou a ferida ainda aberta que trazia em si. Tanto o tom quanto a sombra chamaram a atenção de Amy, pois ela os vira e ouvira antes, e naquele momento ela o fitara a tempo de captar uma nova expressão no rosto de Laurie — um olhar duro e amargo, cheio de dor, insatisfação e lamento. Ele se desfez antes que ela pudesse estudá-lo, e a expressão indiferente retornou. Ela observou-o por um momento com prazer artístico, pensando em como ele parecia um italiano, deitado ao sol com a cabeça descoberta e os olhos cheios de fantasias mediterrâneas, pois aparentava ter se esquecido dela e caído num devaneio.

— Você parece a efígie de um jovem cavaleiro dormindo no túmulo — disse ela, traçando cuidadosamente o perfil bem delineado contra a pedra escura.

— Antes fosse!

— Que desejo tolo... a menos que tenha estragado a sua vida. Você está tão mudado que às vezes penso...

Ali Amy parou, com um olhar meio tímido e meio melancólico, mais significativo do que a frase inacabada.

Laurie viu e entendeu a preocupação afetuosa que ela hesitava em expressar e, mirando-a diretamente nos olhos, disse, usando as mesmas palavras que costumava dizer à mãe dela:

— Está tudo bem, senhora.

Isso a satisfez e tranquilizou as dúvidas que começavam a preocupá-la nos últimos tempos. A resposta também a tocou, e ela o demonstrou pelo tom cordial em que disse:

— Fico feliz! Não acho que você tenha sido um menino muito mau, mas imaginei que pudesse ter desperdiçado dinheiro naquela terrível Baden Baden, entregado seu coração a uma encantadora francesa casada ou se metido em algumas das encrencas que os jovens parecem considerar parte necessária de uma viagem pelo exterior. Não fique aí no sol; venha e deite-se na grama aqui e "sejamos amiguinhos", como Jo costumava dizer quando chegávamos no canto do sofá e contávamos segredos.

Laurie obedientemente se jogou na relva e começou a se divertir colando margaridas nas fitas do chapéu de Amy, que estava ali.

— Estou pronto para os segredos. — E ele olhou para cima com uma expressão decidida de interesse em seus olhos.

— Não tenho nada para contar; você pode começar.

— Não fui agraciado com nenhum segredo. Pensei que talvez você tivesse notícias de casa.

— Você ouviu tudo o que veio ultimamente. Não recebe notícias com frequência? Imaginei que Jo lhe enviasse centenas de cartas.

— Ela é muito ocupada; e tenho viajado tanto, é impossível escrever com regularidade, sabe? Quando você vai começar sua grande obra de arte, Rafaela? — indagou ele, mudando de assunto abruptamente depois de outra pausa, durante a qual se perguntou se Amy sabia de seu segredo e queria falar sobre isso.

— Nunca — respondeu ela, com ar desanimado, mas decidido. — Roma acabou com toda a minha vaidade. Depois de ver as maravilhas lá, senti a insignificância da minha vida e desisti por completo de todas as minhas tolas esperanças.

— E por que, se tem tanta disposição e talento?

— Justamente por isso: talento não é genialidade, e não há disposição no mundo que o possa transformar nisso. Quero ser grande, ou nada. Não quero ser uma amadora cheia de clichês, então não pretendo mais tentar.

— E o que vai fazer agora, posso saber?

— Polir meus outros talentos e me tornar um ornamento para a sociedade, se tiver a oportunidade.

Foram palavras curiosas, que soaram ousadas; mas a audácia é adequada à juventude, e a ambição de Amy tinha bases sólidas. Laurie sorriu, porém gostou do espírito com o qual ela assumiu um novo propósito, sem perder tempo se lamentando, uma vez que o antigo, tão longamente cultivado, se fora.

— Bom! E aqui é que Fred Vaughn entra, imagino.

Amy preservou um silêncio discreto, mas havia uma aparência consciente em seu rosto abatido que fez Laurie sentar-se e dizer gravemente:

— Agora vou brincar de irmão e fazer perguntas. Posso?

— Não prometo responder.

— Seu rosto vai, se a sua língua não o fizer. Você não é uma mulher cosmopolita o suficiente para esconder os sentimentos, minha cara. Ouvi rumores sobre Fred e você no ano passado, e é minha opinião pessoal que, se ele não tivesse sido obrigado a voltar para casa tão repentinamente e lá demorado por tanto tempo, algo aconteceria... não?

— Não posso afirmar nada a respeito — foi a resposta precisa de Amy; mas seus lábios sorriam, e havia um brilho em seu olhar que traía o conhecimento que tinha de seu poder e o prazer que sentia em tê-lo.

— Você não está noiva, espero? — E Laurie pareceu muito sério de repente, como um irmão mais velho.

— Não.

— Mas ficará, se ele voltar e muito adequadamente cair de joelhos, não vai?

— Muito provável.

— Então gosta do nosso Fred?

— Se tentar, talvez goste.

— Mas não pretende tentar até o momento certo? Meu Deus, quanta prudência! Ele é um bom sujeito, Amy, mas não é o homem de quem imaginei que você gostaria.

— Ele é rico, um cavalheiro, e tem modos encantadores — começou Amy, tentando ser bem fria e digna, mas sentindo um pouco de vergonha de si mesma, apesar da sinceridade de suas intenções.

— Entendo... as rainhas da sociedade não podem ficar sem dinheiro, então você quer um bom par e começar desse jeito? Muito certo e apropriado, tal como o mundo é, mas soa estranho ouvir uma coisa dessas dos lábios de uma das filhas de sua mãe.

— Sim, é verdade.

As palavras foram breves, mas a firmeza pacífica com que foram proferidas contrastou curiosamente com a jovem oradora. Laurie o sentiu instintivamente e tornou a deitar, com uma sensação de decepção que não conseguiu explicar. Seu olhar e silêncio, bem como certa desaprovação interna, irritaram Amy — e fizeram com que ela resolvesse dar seu sermão sem demora.

— Gostaria que você me fizesse o favor de despertar um pouco — disse ela, bruscamente.

— Faça isso por mim, querida menina.

— Eu conseguiria, se tentasse. — E ela dava a impressão de que gostaria de fazê-lo imediatamente.

— Tente, então. Dou-lhe permissão — devolveu Laurie, que gostava de ter alguém para provocar, depois da longa abstinência de seu passatempo favorito.

— Você ficaria com raiva em cinco minutos.

— Nunca fico com raiva de você. São necessárias duas lascas para fazer fogo; e você é fria e leve como a neve.

— Você não sabe do que sou capaz: a neve queima e faz formigar, se bem usada. Sua indiferença é um tanto afetada, e uma boa sacudida provaria isso.

— Pode sacudir, não vai me machucar e pode diverti-la, como disse o sujeito grande quando sua esposa pequena bateu nele. Pense que sou um marido ou um tapete, e bata até ficar cansada, se esse tipo de exercício a agrada.

Decididamente irritada, e desejando vê-lo livre da apatia que tanto o mudara, Amy afiou a língua e o lápis e começou:

— Flo e eu temos um novo nome para você: é Laurence, o Preguiçoso. Gostou?

Ela pensou que o incomodaria, mas ele apenas cruzou os braços sob a cabeça, com um imperturbável:

— Não é ruim. Obrigado, senhoras.

— Quer saber o que sinceramente penso de você?

— Mal posso esperar.

— Pois bem: eu o desprezo.

Se ela tivesse dito "eu o odeio" em um tom irritante ou caprichoso, ele teria rido e gostado, mas o tom grave, quase triste, em sua voz fez com que ele abrisse os olhos e perguntasse rapidamente:

— Diga-me a razão, por favor?

— Porque, com todas as oportunidades de ser bom, útil e feliz, você é indolente, preguiçoso e infeliz.

— Palavras fortes, *mademoiselle*.

— Se for do seu agrado, continuarei.

— Por favor, é bem interessante.

— Pensei que você acharia, mesmo. Pessoas egoístas sempre gostam de falar sobre si mesmas.

— *Eu* sou egoísta? — A pergunta escapou involuntariamente e num tom de surpresa, pois a única virtude da qual Laurie se orgulhava era a generosidade.

— Sim, muito egoísta — continuou Amy, com uma voz calma e fria, duas vezes mais eficaz do que uma zangada. — Vou demonstrar, porque estudei você enquanto nos divertíamos, e não estou nada satisfeita. Já está no exterior há quase seis meses, e não fez mais do que desperdiçar tempo e dinheiro e decepcionar os amigos.

— Será que um sujeito não pode ter algum prazer depois de estudar como um condenado por quatro anos?

— Não me parece que você tenha estudado tanto; de qualquer forma, isso não o faz melhor, tanto quanto posso ver. Falei, quando nos reencontramos, que você tinha melhorado; agora retiro o que disse, porque não o vejo nem um pouco tão gentil como quando o deixei em casa. Você ficou terrivelmente preguiçoso; gosta de fofoca; perde tempo com coisas frívolas; fica contente de ser mimado e admirado por gente estúpida, em vez de ser amado e respeitado por gente sábia. Tendo dinheiro, talento, posição, saúde e beleza... ah, você gosta da velha vaidade, isso sim! Mas é a verdade, então não posso deixar de dizer... Com todas essas coisas esplêndidas que tem a seu dispor, para usar e desfrutar, só consegue mesmo é seguir sem rumo, e em vez de ser o homem que deveria ser, você é apenas... — E aqui ela parou, com um olhar que trazia a um só tempo dor e pena.

— São Laurie na grelha — acrescentou o rapaz, completando a frase com tranquilidade.

Mas o sermão de Amy começou a surtir efeito, pois agora havia um brilho bem desperto nos olhos de Laurie, e a indiferença dava lugar a uma expressão que oscilava entre a irritação e a mágoa.

— Imaginei que você receberia dessa forma. Vocês, homens, dizem que somos anjos, e dizem que podemos fazer de vocês o que quisermos; mas no instante em que tentamos sinceramente fazer bem a vocês, se riem de nós e não nos escutam, o que prova quanto vale a sua bajulação.

Amy falou duramente e deu as costas ao irritante mártir a seus pés.

Num instante, ele pousou a mão na página, de tal modo que a impedia de desenhar, e disse, imitando uma criança penitente:

— Vou ficar bonzinho, vou ficar bonzinho!

Amy não riu, porém, pois falara muito a sério; e batendo na mão estendida com o lápis, disse sobriamente:

— Você não tem vergonha dessa mão? É macia e branca como a de uma mulher, e parece que nunca fez nada além de usar as melhores luvas de Jouvin e escolher flores para as moças. Você não é um dândi, graças aos céus!, por isso fico feliz de não encontrar diamantes ou grandes anéis de sinete, apenas o pequeno que Jo lhe deu há muito tempo. Nossa! Como gostaria que ela estivesse aqui para me ajudar!

— Eu também!

A mão desapareceu tão de repente quanto veio, e na voz que ecoou seu desejo havia energia suficiente para satisfazer até mesmo Amy. Ela olhou para Laurie com um novo pensamento em mente; mas ele estava deitado com o chapéu encobrindo-lhe parcialmente o rosto, à guisa de sombra, e seu bigode lhe escondia a boca. Ela só viu seu peito subir e descer, com uma respiração comprida que poderia ter sido um suspiro, e a mão que portava o anel aninhada na relva, como se escondesse algo muito precioso ou muito sensível para ser mencionado. Em um instante, várias sugestões e pequenas coisas assumiram forma e sentido nos pensamentos de Amy, e estes lhe contaram o que sua irmã jamais lhe confidenciara. Lembrou-se de que Laurie nunca falava voluntariamente de Jo; lembrou-se da sombra em seu rosto naquele instante, da mudança de humor e do uso do anelzinho, enfeite inadequado para uma mão bonita. As meninas são rápidas em ler esses sinais e sentem sua eloquência; Amy imaginara que talvez uma dor de amor estivesse no fundo da transformação, e agora tinha certeza disso. Seus olhos aguçados marejaram, e quando tornou a falar, foi com uma voz que poderia ser lindamente suave e gentil quando ela queria.

— Sei que não tenho o direito de falar assim com você, Laurie, e se você não fosse o sujeito mais doce do mundo, estaria muito zangado comigo. Mas todas temos muito orgulho e gostamos muito de você. Não suportei pensar que elas ficariam desapontadas com você em casa como fiquei, embora talvez entendessem a mudança melhor do que eu.

— Acho que entenderiam — veio de sob o chapéu, num tom melancólico, tocante e rouco.

— Elas deviam ter me falado; assim eu não teria me perdido entre equívocos e repreensões, quando deveria ter sido mais gentil e paciente do que nunca. Jamais gostei daquela srta. Randal, e agora a odeio! — disse a habilidosa Amy, desejando se certificar dos fatos desta vez.

— Ora, mas quem se importa com a srta. Randal? — E Laurie tirou o chapéu do rosto com um olhar que não deixou dúvidas sobre seus sentimentos em relação àquela jovem.

— Mil perdões; achei... — E ela fez uma pausa diplomática.

— Não, não pensou; você sabia perfeitamente bem que nunca gostei de ninguém além de Jo — Laurie disse em seu antigo tom impetuoso, virando o rosto ao falar.

— Acho que sim; mas como elas nunca disseram nada a respeito, e você foi embora, supus que estava enganada. E Jo não foi gentil com você? Ora, eu tinha certeza de que ela o amava muito.

— Ela *foi* gentil, mas não no caminho certo; e é uma sorte para ela não me amar, se sou o sujeito que não presta para nada que você pensa que sou. Mas é culpa dela, e você pode dizer isso a ela.

A dureza e o amargor do olhar manifestaram-se mais uma vez enquanto ele o dizia, e isso desconcertou Amy, pois ela não sabia que bálsamo aplicar.

— Eu estava errada, não sabia. Desculpe ter sido tão azeda, mas não posso deixar de desejar que você suportasse isso de um modo melhor, Teddy, querido.

— Pare! É assim que ela me chama. — E Laurie levantou a mão com um gesto rápido para interromper as palavras ditas no tom entre o gentil e o repreensor de Jo. — Espere até chegar sua vez de passar por isso — acrescentou ele em voz baixa, enquanto arrancava punhados de grama.

— Eu o aceitaria com coragem e me faria respeitada, se não conseguisse ser amada — exclamou Amy, com a decisão de alguém que nada sabia sobre o que dizia.

Pois bem, Laurie lisonjeava-se por *ter* sido muito forte: sem se lamentar, sem pedir compaixão, e partido com seu problema para vivê-lo sozinho. O sermão de Amy colocou o assunto sob nova perspectiva, e pela primeira vez lhe pareceu fraqueza e egoísmo desanimar ao primeiro fracasso e se isolar com indiferença taciturna. Sentiu como se de repente tivesse sido sacudido em meio a um sonho melancólico e achasse impossível voltar a dormir. Logo ele se sentou e perguntou lentamente:

— Você acha que Jo me desprezaria como você?

— Sim, se ela o visse agora. Ela odeia gente preguiçosa. Por que você não faz alguma coisa esplêndida, e *faz* com que ela o ame?

— Fiz o que pude, mas não adiantou.

— Graduando-se com honras, você quer dizer? Isso era o mínimo que devia ter feito, pelo seu avô. Seria vergonhoso fracassar depois de tanto tempo e dinheiro gastos, quando todos sabiam que você *poderia* se sair bem.

— Fracassei, diga o que quiser, pois Jo não me amaria — começou Laurie, apoiando a cabeça em uma postura desanimada.

— Não, você não fracassou, e vai reconhecer no final... pois isso foi bom para você, e provou que você poderia fazer algo, se quisesse. Se você se dedicasse a outra coisa, em breve voltaria a ser o sujeito feliz e animado que era e esqueceria o problema.

— Impossível.

— Pois tente, que você verá. Não precisa encolher os ombros e pensar "oh, como ela se faz de sabida…". Não tenho a pretensão de ser sábia, mas *sou* observadora, e vejo muito mais do que você imaginaria. Eu me interesso pelas experiências e inconsistências de outras pessoas; e, embora não possa explicar, lembro e faço uso delas para meu benefício próprio. Ame Jo todos os dias de sua vida, se quiser; mas não deixe que isso estrague você. É perverso jogar fora tantos bons dons porque não pode ter o presente que quis. Pronto. Não vou mais dar sermão, porque sei que você vai acordar e ser um homem apesar da frieza daquela garota.

Passou algum tempo sem que nenhum dos dois falasse. Laurie se sentou girando o anelzinho no dedo; e Amy deu os toques finais no esboço apressado em que havia trabalhado enquanto falava. Em seguida, colocou-o sobre o joelho dele, dizendo apenas:

— Gosta?

Ele olhou e sorriu. Era impossível não sorrir: era um desenho muito bom. A figura longa e preguiçosa na grama, com o semblante perdido, olhos semicerrados e uma das mãos segurando um charuto, de onde vinha uma pequena grinalda de fumaça que cingia a cabeça do sonhador.

— Como você desenha bem! — elogiou ele, com uma surpresa e prazer genuínos ante a habilidade de Amy, acrescentando, com uma meia risada: — Sim, sou eu.

— Tal como você está. E aqui, tal como você *era*. — E Amy pôs outro esboço ao lado do que ele segurava.

Não era tão bem-feito, mas havia nele uma vida e espírito que compensavam muitos dos defeitos da execução, e recordava o passado tão vividamente que uma súbita mudança tomou o rosto do jovem quando ele olhou. Era apenas um esboço de Laurie domando um cavalo; sem chapéu e casaco, e cada linha da ativa figura, de rosto resoluto e postura altiva, estava cheia de energia e sentido. O belo animal, recém-domado, estava de pé, com o pescoço arqueado entre as rédeas firmemente puxadas, uma pata impacientemente batendo no chão, e as orelhas espetadas como se estivesse escutando a voz que o dominara. Na crina eriçada, nos cabelos ao vento e na postura ereta do cavaleiro, havia uma sugestão de movimento subitamente contido, de força, coragem e jovialidade que contrastava nitidamente com a graça letárgica do esboço do "*Dolce far niente*". Laurie nada disse; mas enquanto seus olhos iam de um para o outro, Amy o viu corar e unir os lábios, como lesse e aceitasse a pequena lição recebida. Isso a satisfez, e sem esperar que ele falasse, ela disse, à sua maneira alegre:

— Não se lembra do dia em que interpretou Rarey, cavalgando Puck, e todas o observamos? Meg e Beth estavam assustadas, mas Jo bateu palmas e saltitou, e eu sentei na cerca e o desenhei. Encontrei o esboço na minha pasta outro dia, retoquei-o e guardei para mostrar a você.

— Muito agradecido. Você melhorou imensamente desde então, meus parabéns! Posso me aventurar a sugerir em "um paraíso de lua de mel" que cinco horas é a hora do jantar em seu hotel?

Laurie levantou-se enquanto falava, devolveu os retratos com um sorriso e uma reverência e olhou para o relógio, como que para lembrá-la de que mesmo sermões morais deviam ter um fim. Tentou retomar o ar tranquilo e indiferente, mas agora *era* afetação — pois o despertar fora mais eficaz do que ele era capaz de confessar. Amy sentiu a sombra de frieza em seus modos, e disse para si mesma:

"Agora eu o ofendi. Bom, se isso lhe fizer bem, ficarei feliz... e se levá-lo a me odiar, lamento; mas é verdade, e não posso voltar atrás."

Eles riram e conversaram durante todo o caminho de casa, e o pequeno Baptiste, atrás, pensou que *monsieur* e *mademoiselle* demonstravam um humor encantador. Mas ambos se sentiam pouco à vontade; a franqueza fraternal fora perturbada, havia uma sombra no caminho do sol, apesar da aparente alegria, havia um descontentamento secreto no coração de cada um.

— Vamos vê-lo esta noite, *mon frère*? — perguntou Amy, quando se separavam na porta da tia.

— Infelizmente, tenho um noivado. *Au revoir, mademoiselle.* — E Laurie se inclinou como pretendesse beijar-lhe a mão, à moda estrangeira, que assimilara melhor do que muitos homens. Algo em seu rosto fez Amy dizer rápida e calorosamente:

— Não; seja você mesmo comigo, Laurie, e despeça-se da boa e velha forma. Prefiro ter um caloroso aperto de mão em inglês do que todas as saudações sentimentais francesas.

— Adeus, querida. — E com estas palavras, pronunciadas no tom que a agradava, Laurie a deixou, depois de um aperto de mão quase doloroso em seu entusiasmo.

Na manhã seguinte, em vez da visita habitual, Amy recebeu uma nota que a fez sorrir no início e suspirar no final:

Minha cara Mentor,

Por favor, deixe o meu *adieux* à sua tia e comemore, pois "Laurie, o Preguiçoso" deixou a cidade para visitar seu avô, como o melhor dos rapazes. Um inverno agradável para você, e que os deuses lhe possam conceder uma feliz lua de mel em Valrosa! Creio que faria bem a Fred alguém que o despertasse. Diga-lhe isso, com meus cumprimentos.

Grato.

Do seu,

Telêmaco

— Bom menino! Estou feliz por ele ter partido — disse Amy, com um sorriso de aprovação.

No minuto seguinte, viu-se um ligeiro desânimo estampar-lhe o rosto, ao olhar ao redor para a sala vazia e acrescentar, com um suspiro involuntário:

— Sim, *estou* feliz, mas como sentirei falta dele.

40. O VALE DA SOMBRA

FINDA A PRIMEIRA DOR, a família aceitou o inevitável e tentou enfrentá-lo com alegria, ajudando-se uns aos outros com a crescente afeição que vem estreitar carinhosamente os laços das famílias em momentos de dificuldade. Todos afastaram a dor, e cada qual fez sua parte para tornar aquele último ano da vida de Beth um ano feliz.

O cômodo mais agradável da casa foi reservado para ela, e nele foi reunido tudo o que mais amava: flores, quadros, o piano, a mesinha de costura e os adorados gatinhos. Os melhores livros do pai ali encontraram lugar, bem como a poltrona da mãe, a escrivaninha de Jo, os mais adoráveis desenhos de Amy; e, todos os dias, Meg trazia seus filhinhos em uma peregrinação amorosa para alegrar a titia Beth. Discretamente, John separou uma pequena quantia para ter a alegria de manter a inválida abastecida das frutas que mais amava e desejava. A velha Hannah mostrava-se incansável no preparo de deliciosos pratos, com o intuito de despertar um apetite caprichoso, chorando enquanto trabalhava; e, do outro lado do mar, vinham pequenos presentes e cartas alegres, que pareciam trazer lufadas de calor e perfumes de terras onde o inverno era ignorado.

Ali, tratada com os mimos de um santo num altar doméstico, ficava Beth, tranquila e ocupada como de costume; pois nada era capaz de desviar-lhe a natureza doce e desprendida; e mesmo enquanto se preparava para deixar a vida, tentava torná-la mais feliz para os que ficavam para trás. Os dedos fracos jamais se encontravam ociosos, e um de seus prazeres era realizar singelezas para as crianças da escola que passavam diariamente de lá para cá. Jogar luvas de frio pela janela para um par de mãozinhas roxas, uma cartela de agulhas para a mãezinha de muitos bonecos, limpa-penas para jovens copistas em dura faina através de florestas de arabescos, álbuns de recortes para olhos apaixonados por imagens, e toda sorte de objetos agradáveis, até que os relutantes escaladores da montanha do aprendizado encontraram seu caminho coberto de flores, por assim dizer, e vieram a pensar na moça gentil como uma espécie de fada-madrinha que, do alto, derramava presentes milagrosamente adequados a seus gostos e necessidades. Se Beth queria alguma recompensa, encontrou nos rostinhos brilhantes sempre voltados à janela, com acenos e sorrisos, e nas cartinhas engraçadas que lhe chegavam, cheias de borrões e gratidão.

Os primeiros meses foram muito felizes, e Beth costumava olhar ao redor e dizer "Que lindo!", enquanto todos se reuniam em seu quarto ensolarado, com os bebês no chão entre chutes e balbucios, a mãe e as irmãs próximas, empenhadas na costura, e o pai lendo, com sua voz agradável, dos sábios livros antigos que pareciam ricos em boas palavras de conforto, pertinentes hoje como há séculos, quando foram escritas — uma pequena capela, onde um pastor paternal ensinava a seu rebanho as difíceis lições que todos devem aprender, tentando mostrar-lhes que a esperança pode trazer conforto ao amor e a fé tornar a resignação possível. Sermões simples, que calavam fundo nas almas dos que os ouviam, pois o coração do pai se fazia presente na religião do ministro, e os frequentes vacilos na voz imprimiam uma dupla eloquência nas palavras que ele falava ou lia.

Foi bom para todos que esse tempo de paz lhes tenha sido dado como preparação para as tristes horas que viriam; pois não tardou para que Beth dissesse que a agulha estava "muito pesada", e então a deixou para sempre. Falar a cansava, os rostos a incomodavam, a dor a queria toda para si, e seu espírito tranquilo foi tristemente perturbado pelos males que lhe atormentavam a carne frágil. Ah, meu Deus! Dias tão pesados, noites longas, intermináveis, corações tão cheios de dor e preces de súplica, quando aqueles que mais a amavam eram forçados a ver-lhe as mãos macilentas estendidas em sua direção, suplicantes, a ouvir o grito eivado de dor, "Ajudem-me, ajudem-me!"; e a sentir que não havia ajuda possível. Um triste eclipse da alma serena, uma luta renhida da jovem vida com a morte; mas ambos foram misericordiosamente breves, e então, com o fim da rebelião da natureza, a velha paz voltou mais bela do que nunca. Com os destroços do corpo frágil, a alma de Beth se fortaleceu; e, apesar de pouco falar, os que a cercavam sentiam-se preparados, viram que o primeiro peregrino a ser chamado era também o mais digno, e esperaram com ela na praia, tentando ver a chegada dos iluminados para recebê-la quando ela atravessou o rio.

Jo nunca mais a deixou, por uma hora que fosse, depois que Beth disse "Sinto-me mais forte quando você está aqui". Ela dormia em um sofá no quarto, acordando com frequência para atiçar o fogo, alimentar, erguer ou velar a criatura paciente que raramente pedia qualquer coisa e "tentava não ser um problema". Passava o tempo todo no quarto, com ciúme de qualquer outra enfermeira e mais orgulhosa de ser a escolhida então do que de qualquer honra que sua vida lhe tivesse oferecido. Horas preciosas e úteis para Jo, pois então seu coração recebia a aula de que precisava; as lições de paciência lhe eram tão docemente ensinadas que não podia deixar de aprendê-las; a caridade para todos, o espírito amável capaz de perdoar e esquecer verdadeiramente a indelicadeza, a lealdade ao dever que torna tranquilo o caminho mais difícil, e a fé sincera que não conhece medo, mas sim a confiança inabalável.

Muitas vezes, quando acordava, Jo encontrava Beth lendo em seu livrinho surrado, ouvia-a cantar baixinho para fazer passar o tempo da noite sem dormir ou a via deitar o rosto nas palmas das mãos, enquanto as lágrimas escorriam lentas por entre seus dedos transparentes; e Jo ali permanecia, observando-a com pensamentos profundos demais para chorar, sentindo que Beth, à sua maneira simples e altruísta, tentava se desprender da velha vida e se preparar para a vida por vir mediante palavras sagradas de conforto, orações silenciosas e a música que tanto amava.

Assistir a tudo isso fez mais por Jo do que as mais sábias pregações, os mais santos hinos, as mais fervorosas orações que qualquer voz pudesse pronunciar; pois, com os olhos lavados de lágrimas sem fim e um coração enternecido pela mais doce tristeza, ela reconheceu a beleza da vida da irmã — sem acontecimentos dignos de nota, sem ambições, mas repleta das genuínas virtudes "que recendem a doçura e florescem no pó", o desprendimento de si que faz com que o mais humilde em vida seja lembrado mais cedo no céu, o verdadeiro sucesso, que é possível a todos.

Certa noite, quando Beth procurou entre os livros sobre a mesa algo que a fizesse se esquecer do cansaço mortal que era tão difícil de suportar quanto a dor, enquanto folheava seu velho e querido *O peregrino*, encontrou um papelzinho escrito com a letra de Jo. O nome chamou-lhe a atenção, e o borrão dos versos informava que lágrimas haviam caído sobre eles.

"Coitada da Jo! Está dormindo; não vou acordá-la para pedir licença. Ela me mostra todas as suas coisas, e não acho que vá se importar se eu vir isso", pensou Beth, olhando para a irmã, deitada no tapete, com a tenaz da lareira à mão, pronta para acordar no minuto em que a lenha se quebrasse.

Minha Beth

Sentada paciente na sombra
   À espera da luz abençoada que dos céus desce,
Uma presença serena e santa
   Nosso perturbado lar aquece.
Alegrias terrenas e esperanças e tristezas
   Quebram em meio à corrente

Do rio profundo e solene
Onde agora estão seus pés diligentes.

Ó minha irmã, que vejo partir
Para além do cuidado humano e das querelas
Deixe-me, como um presente, as virtudes
Que sempre tornaram sua vida tão bela.
Lega-me, querida, essa grande paciência
Que tem o poder de sustentar
Um espírito alegre mesmo na dor,
Sem dessa prisão se queixar.
Dê-me, pois preciso dolorosamente disso,
A coragem, sábia e doce, que você tem
E que tornou verde sob seus pés diligentes
O caminho do dever e do bem.
Dê-me essa natureza altruísta
Que com caridade divinal
Pode perdoar o erro pelo bem do amor —
Coração manso, perdoe-me o meu, não é por mal!

Assim nossa despedida diária perde
Algo de sua dor que amarga o peito,
E enquanto aprendo essa dura lição,
Minha grande perda se torna meu proveito.
Pois minha natureza selvagem há de ser
Serenada pelo toque do pesar,
Que dá à vida novas aspirações —
Uma nova confiança no que não se vê com o olhar.

Doravante, a salvo do outro lado do rio,
　　Verei para sempre, e mais,
Um espírito amado e familiar
　　Aguardando por mim no cais.
Esperança e fé, nascidas da minha tristeza,
　　Serão anjos da guarda a me abrigarem sob suas asas,
E a irmã que se foi antes de mim
　　Pelas mãos celestes me conduzirá para casa.

Ainda que borrados e manchados, ainda que imperfeitos e frágeis, os versos trouxeram um aspecto de inexprimível consolo ao rosto de Beth, pois seu grande lamento era o de ter feito tão pouco; e o poema parecia assegurar-lhe que sua vida não fora vã — que sua morte não trazia o desespero que ela temia. Enquanto estava ali sentada com o papel dobrado entre as mãos, a lenha queimada na lareira se desfez em pedaços. Jo assustou-se, atiçou o fogo e caminhou silenciosamente até o leito, esperando encontrar Beth dormindo.

— Não estou dormindo; mas estou muito feliz, querida. Veja, achei isto e li. Sabia que você não se importaria. Fui tudo isso para você, Jo? — perguntou ela, com melancólica e humilde seriedade.

— Oh, Beth, foi tanto... mas tanto! — E a cabeça de Jo desceu sobre o travesseiro ao lado da cabeça da irmã.

— Então não sinto como se tivesse desperdiçado a vida. Não sou tão boa como você me vê, mas tentei fazer o certo. E agora, que é tarde demais para começar a fazer melhor, é um conforto imenso saber que alguém me ama tanto e sente que eu ajudei.

— Mais do que qualquer outra pessoa no mundo, Beth. Tinha para mim que não seria capaz de deixá-la partir, mas estou aprendendo a sentir que não a perco; que você será mais para mim do que nunca, e que a morte não pode nos separar, embora pareça.

— Sei que não pode, e não tenho mais medo, pois tenho certeza de que ainda serei sua Beth, para amá-la e ajudá-la mais do que nunca. Você deve tomar o meu lugar, Jo, e ser tudo para o papai e a mamãe, quando eu partir. Eles vão se voltar a você... não lhes falte; e se for difícil trabalhar sozinha, lembre-se de que não me esquecerei de você, e que você se sentirá mais feliz fazendo isso do que escrevendo esplêndidos livros ou conhecendo o mundo; pois o amor é a única coisa que podemos levar conosco quando partimos, e isso torna o fim muito tranquilo.

— Vou tentar, Beth. — E naquele instante e lugar Jo renunciou à sua antiga ambição e prometeu-se a outra, nova e melhor, reconhecendo a pobreza de outros desejos e sentindo o abençoado consolo de uma crença na imortalidade do amor.

Então os dias de primavera se sucederam, o céu ficou mais iluminado, a terra mais verde, as flores surgiram belas e cedo, e os pássaros retornaram a tempo de se despedir de Beth, que, como uma criança cansada mas confiante, agarrou-se às mãos que a haviam conduzido por toda a sua vida, enquanto o pai e a

mãe a guiaram carinhosamente pelo Vale da Sombra e a entregaram a Deus.

Raramente, exceto nos livros, os moribundos proferem últimas palavras memoráveis, têm visões ou partem com semblantes beatificados; e aqueles que acompanharam muitas almas que partiram sabem que, para a maioria, o fim vem natural e simplesmente como o sono. Como Beth havia esperado, a "maré virou tranquila" e, no crepúsculo que antecede o amanhecer, no colo em que respirara pela primeira vez, ela silenciosamente respirou pela última vez, sem adeus, apenas um olhar amoroso e um pequeno suspiro.

Com lágrimas, orações e mãos ternas, a mãe e as irmãs a prepararam para o longo sono que a dor nunca mais estragaria —

vendo com gratidão a bela serenidade que logo substituiu a tocante paciência que tanto atormentava seus corações e sentindo com alegria reverente que para sua querida a morte era um anjo benigno, não um fantasma cheio de horror.

Quando a manhã chegou, pela primeira vez em muitos meses o fogo estava apagado, o lugar de Jo estava vazio, e o quarto em profundo silêncio. Mas, perto, um pássaro cantava alegremente num galho em flor, e pequenas campânulas desabrochavam viçosas na janela, e o sol da primavera inundava como uma bênção o rosto plácido no travesseiro — um rosto tão cheio de paz sem dor que aqueles que mais o amavam sorriram por entre as lágrimas, e agradeceram a Deus que Beth estava finalmente bem.

41. APRENDENDO A ESQUECER

As palavras de Amy fizeram bem a Laurie, embora, é claro, ele não o tenha reconhecido senão muito tempo depois; os homens raramente o fazem, pois quando as mulheres são as conselheiras, os senhores da criação não aceitam o conselho até que se convençam de que é exatamente o que pretendiam fazer; então agem conforme e, se têm sucesso, dão à mulher metade do crédito. No caso de fracasso, eles generosamente o oferecem por inteiro. Laurie foi ao encontro de seu avô e a ele dedicou-se por várias semanas, e com tamanha devoção que o velho cavalheiro declarou que o clima de Nice havia aprimorado maravilhosamente sua condição, e que o rapaz devia retornar à cidade. Nada havia que Laurie quisesse mais... porém nem mesmo elefantes o teriam arrastado de volta depois da reprimenda que recebera. O orgulho proibia... e sempre que o desejo ficava demasiado forte, ele reforçava a resolução, repetindo as palavras que haviam calado mais fundo em seu coração: "Eu o desprezo"; "Por que você não faz alguma coisa esplêndida, e *faz* com que ela o ame?".

Laurie revolveu o assunto em seus pensamentos tantas vezes que logo teve de confessar que *fora* egoísta e preguiçoso; mas quando um homem sente uma grande dor, entrega-se a toda sorte de descaminhos, até que a tenha vivido por completo. Ele sentia que, àquela altura, os sofrimentos que o haviam corroído já estavam mortos, e, embora jamais fosse deixar de ser um fiel enlutado pelo que perdera, não era ocasião para ostentar seus crepes. Jo não o amaria, mas ele poderia *fazer* com que ela o respeitasse e *admirasse* realizando algo que provasse que o "Não" de uma garota não lhe havia arruinado a vida. Sempre fora sua vontade fazer alguma coisa, e o conselho de Amy era totalmente desnecessário. Ele apenas havia esperado até que os sofrimentos, acima mencionados, estivessem devidamente enterrados; com isso, sentiu-se pronto para "esconder o coração ferido e, ainda assim, trabalhar".

Como Goethe, que, quando tinha uma alegria ou pesar, o colocava numa canção, Laurie decidiu embalsamar a tristeza do seu amor na música e compor um requiém que lacerasse a alma de Jo e derretesse o coração de todos os ouvintes. Assim, tão logo o velho cavalheiro o percebeu inquieto e mal-humorado e o fez partir, ele rumou para Viena, onde tinha amigos musicais, e começou a trabalhar com a firme determinação de granjear distinção. Porém, fosse o problema uma tristeza vasta demais para ser transformada em música, ou a música etérea demais para elevar uma aflição mortal, fato é que Laurie logo descobriu que o Réquiem estava, naquele momento, para além de suas capacidades. Era evidente que sua mente ainda não estava pronta para o trabalho, e suas ideias precisavam de clareza; pois muitas vezes, no meio da tensão melancólica, ele se via cantarolando uma melodia dançante que recordava vivamente o baile de Natal em Nice — em especial, o robusto francês — e lhe impunha um obstáculo intransponível na composição trágica.

Em seguida, tentou uma ópera — pois nada parecia impossível no começo —, mas aqui, mais uma vez, dificuldades imprevistas o acossaram. Queria Jo no papel de heroína e invocou a memória para o suprir das doces lembranças e românticas visões de seu amor. A memória, porém, fez-se traidora; e, como possuída pelo espírito travesso da garota, só trazia à tona as esquisitices, os defeitos e as manias de Jo, só a mostrava sob aspectos mais comezinhos — batendo o pó de tapetes com a cabeça coberta de um lenço, fazendo a almofada do sofá de barricada ou jogando água fria sobre sua paixão à la Gummidge — e uma risada irresistível estragava a imagem melancólica que ele se esforçava em pintar. Jo não seria colocada na ópera a qualquer preço, e ele se viu forçado à desistência com um "Meu Deus, que tormento é essa garota!" e um puxão de cabelos, como convinha a um compositor exasperado.

Quando olhou em torno de si em busca de outra donzela, menos intratável, que pudesse imortalizar na melodia, a memória veio de pronto a seu socorro. Tratava-se de um fantasma de muitas máscaras, mas que sempre surgia com cabelos dourados, envolto em uma nuvem diáfana, flutuando com leveza em seus pensamentos em meio a um agradável caos de rosas, pavões, pôneis brancos e fitas azuis. A essa aparição doce e insistente, ele não deu um nome; contudo, tomou-a por sua heroína e tornou-se bastante afeiçoado a ela, como devia, pois dotou-a de todos os dons e graças concebíveis, e escoltou-a, ilesa, através de provações que teriam aniquilado qualquer mulher mortal.

Graças a essa inspiração, seguiu a passos largos por algum tempo, mas aos poucos o trabalho perdeu o encanto, e ele se esquecia de compor, enquanto permanecia imerso em pensamentos, de pena à mão, ou perambulava pela cidade feliz para obter novas ideias e descansar a mente, que lhe parecia em um estado um tanto quanto instável naquele inverno. Não produziu muito, porém pensou bastante e viu-se consciente de uma espécie de mudança em andamento, à sua revelia. "É o gênio começando a ferver, talvez. Vou deixá-lo fervilhar e ver o que acontece", dizia ele, o tempo todo com uma suspeita secreta de que não era o gênio, mas algo muito mais comum. Fosse o que fosse, fervilhava por alguma razão, pois ele ficou cada vez mais descontente com a vida sem rumo, começou a desejar o empenho, de corpo e alma, em algum trabalho real e sério, e finalmente chegou à sábia conclusão de que amar a música e escrever música não eram a mesma coisa. Ao retornar de uma das grandes óperas de Mozart, esplendidamente encenada e interpretada no Teatro Real, ele examinou a sua, tocou algumas das melhores partes, fitou os bustos de Mendelssohn, Beethoven e Bach, e voltou ao exame. Então, de repente, rasgou suas partituras, uma a uma, e quando sua mão abandonou a última ao ar, disse sobriamente para si mesmo:

— Ela tem razão! Talento não é genialidade, e você não pode fazer uma coisa dessas assim. Aquela música arrancou a vaidade de dentro mim, assim como Roma arrancou-a de dentro dela, e não serei mais uma farsa. Agora, o que devo fazer?

Era uma pergunta difícil de responder, e Laurie começou a desejar que tivesse de trabalhar para comer do próprio pão. Naquele momento, é possível dizer, surgia uma oportunidade de "ir ao diabo" (como certa vez ostensivamente colocou), pois tinha muito dinheiro e nada para fazer, e o diabo, como se sabe, gosta de instalar sua oficina nas mentes vazias. O pobre sujeito estava bastante tentado, interna e externamente, porém resistiu muito bem — pois, por mais que valorizasse a liberdade, tinha em maior conta a boa-fé e a confiança —, e assim a promessa feita ao avô e o desejo de poder olhar com honestidade nos olhos das mulheres que o amavam e dizer "Está tudo bem" o mantiveram firme e a salvo.

É muito provável que alguma sra. Grundy de plantão comente: "Não boto fé; os meninos serão sempre meninos; os rapazes devem sempre semear tempestades por aí, e as mulheres não devem nunca esperar milagres". *Você* talvez não, sra. Grundy, mas ainda assim é verdade. As mulheres realizam muitos milagres, e tenho para mim que podem até mesmo realizar o milagre de elevar o padrão dos homens ao se recusarem a repetir ditos como esses. Que os meninos sejam meninos — quanto mais tempo melhor —, e que os jovens semeiem suas tormentas, já que devem. Porém mães, irmãs e amigas podem ajudar a diminuir a safra de tormentas ou impedir que muito joio estrague a boa colheita, crendo (e demonstrando crer) na possibilidade de ser leal às virtudes que tornam os homens mais homens aos olhos das boas mulheres. Se é uma ilusão feminina, deixe-nos desfrutá-la enquanto podemos, pois sem ela metade da beleza e do romance da vida se perdem, e tristes presságios macculariam todas as nossas esperanças nos garotinhos corajosos e gentis, que ainda amam suas mães mais do que a si mesmos e não têm vergonha de admitir isso.

Laurie pensava que a tarefa de esquecer seu amor por Jo o absorveria por completo durante anos; mas, para sua grande surpresa, descobriu que se tornava mais fácil a cada dia. Recusou-se a acreditar, a princípio — ficou zangado consigo mesmo e não conseguiu entender; mas esses nossos corações são coisas curiosas e contraditórias, e o tempo e a natureza realizam sua vontade apesar de nós. O coração de Laurie *não* doía; a ferida insistia em curar-se com uma rapidez que o surpreendia, e em vez de tentar esquecer, ele se viu tentando lembrar. Não previra essa guinada e não estava preparado para ela. Estava, sim, enojado de si mesmo, surpreso diante da própria inconstância, e cheio de uma estranha mistura de desapontamento e alívio por ser capaz de se recuperar tão rapidamente de um golpe tão tremendo. Atiçava com cuidado as brasas de seu amor perdido, mas elas se recusaram a erguer-se em chamas; tão somente havia um brilho confortável que o aquecia e lhe fazia bem, sem deixá-lo febril, e ele se viu obrigado, com alguma relutância, a confessar que sua paixão juvenil aos poucos arrefecia, transformando-se em um sentimento mais tranquilo — muito doce, um pouco triste e ainda ressentido —, que certamente passaria com o tempo, restando uma afeição fraternal que duraria intacta até o fim.

Quando a palavra "fraternal" passou-lhe pela cabeça em um de seus devaneios, ele sorriu e voltou-se ao retrato de Mozart que estava à sua frente: "Bem, ele era um grande homem; e quando não pôde se casar com uma irmã, casou-se com a outra e foi feliz".

Laurie não pronunciou as palavras, mas pensou; e no instante seguinte beijou o velho anelzinho, dizendo para si mesmo:

— Não, não vou! Não esqueci, e nunca conseguirei. Vou tentar de novo, e se não der certo, ora então...

Deixando a frase inacabada, muniu-se de pena e papel e escreveu para Jo, dizendo-lhe que não poderia dar atenção a coisa alguma enquanto houvesse a menor esperança de que ela mudasse de ideia. Ela não poderia, não quereria deixá-lo voltar para casa e ser feliz? Enquanto esperava por uma resposta, ele nada fez — e nada fez energicamente, pois sofria de uma impaciência febril. A resposta finalmente chegou, e definiu-lhe os pensamentos em um ponto — pois Jo decididamente não podia e não queria. Ela era toda cuidados com Beth, e nunca mais queria ouvir a palavra "amor". Assim, implorou-lhe que fosse feliz com outra pessoa, mas sempre conservando um cantinho em seu coração para sua amada irmã Jo. Em um pós-escrito, pediu-lhe que não dissesse a Amy que Beth estava pior; ela retornaria para casa na primavera e não havia necessidade de entristecer o restante de sua estadia. Daria tempo, pela graça de Deus! — mas Laurie deveria escrever para Amy com frequência, para não deixá-la se sentir sozinha, ansiosa ou com saudade de casa.

— Então escreverei já. Pobrezinha; temo que será um retorno triste para casa. — E Laurie abriu a escrivaninha, como se escrever para Amy fosse a conclusão adequada da sentença deixada inacabada semanas antes.

Mas não escreveu a carta naquele dia, pois enquanto vasculhava a escrivaninha em busca de seu melhor papel, deparou-se com algo que mudou seu propósito. Em uma parte da mesa, em meio a notas, passaportes e letras comerciais de toda sorte, borbotavam várias cartas de Jo, e em outro compartimento, três bilhetes de Amy, cuidadosamente amarrados com uma de suas fitas azuis e docemente sugestivos das rosinhas mortas guardadas dentro deles. Com uma expressão que oscilava entre a curiosidade e o arrependimento, Laurie reuniu todas as cartas de Jo, alisou, dobrou e colocou-as com cuidado em uma pequena gaveta da escrivaninha, ficou por um instante pensativo, girando o anel em seu dedo, e então tirou-o lentamente, depositou-o junto às cartas, trancou a gaveta e saiu para ouvir a Missa Solene na catedral de Santo Estêvão, como quem deixasse um enterro; e, embora não estivesse mergulhado em sofrimento, pareceu-lhe aquela uma forma mais adequada de passar o resto do dia do que escrevendo cartas para moças encantadoras.

A carta foi logo enviada, porém, e prontamente respondida, pois Amy *estava* com saudade de casa e confessou-o da maneira mais delicada e confidente. A correspondência floresceu esplendidamente; e as cartas voaram de um lado para o outro com uma regularidade infalível durante todo o início da primavera. Laurie vendeu os bustos, transformou as partituras de sua ópera em acendedores de lareira e retornou a Paris, torcendo para que alguém chegasse em breve. Ele queria desesperadamente ir para

Nice, mas não quis fazê-lo antes que o solicitassem; e Amy não o solicitou, pois naquele momento vivia pequenas e particulares experiências, que a faziam preferir a distância dos olhos intrigados de "nosso garoto".

Fred Vaughn havia retornado e feito a pergunta à qual ela havia decidido responder: "Sim, obrigada"; no entanto, a resposta foi um "Não, obrigada", gentil mas firme; pois, quando chegou a hora, a coragem lhe faltou, e ela descobriu que era necessário algo mais do que dinheiro e posição para satisfazer o novo desejo que lhe enchia o coração tão pleno de doces medos e esperanças. As palavras "Fred é um bom sujeito, mas não é o homem de quem imaginei que você gostaria" e o rosto de Laurie ao dizê-las continuaram vindo-lhe à mente, assim como sua própria imagem ao dizer, mesmo se não em palavras, "Eu me casarei por dinheiro". Causava-lhe incômodo lembrar isso agora — se pudesse voltar atrás!; soava-lhe tão pouco digna de uma mulher. Não queria que Laurie a considerasse uma criatura venal e sem coração; importava-lhe ser, então, mais do que uma rainha da sociedade, uma mulher merecedora de amor. Estava feliz por ele não a odiar pelas coisas terríveis que dissera, e tê-las compreendido lindamente e sido mais gentil do que nunca. Suas cartas eram um consolo; pois a correspondência doméstica era muito irregular e não tão satisfatória quanto a dele quando chegava. Não era apenas um prazer, mas um dever responder-lhe as cartas, pois o pobre rapaz estava abandonado e precisava de carinho, uma vez que Jo não arredara pé em sua frieza. Ela devia ter feito o esforço de amá-lo, não seria muito difícil, muitas pessoas ficariam orgulhosas e felizes de ter um garoto tão adorável gostando delas; mas Jo nunca agia como as outras garotas, então nada restava a fazer senão ser muito gentil e tratá-lo como um irmão.

Se todos os irmãos fossem tão bem tratados quanto Laurie nesse período, haveria uma raça de seres muito mais felizes. Amy não incorreu em sermões; perguntava-lhe sua opinião sobre todos os assuntos, interessava-se por tudo o que ele fazia, enviava-lhe encantadores presentinhos e escrevia-lhe duas cartas por semana, repletas de fofocas animadas, confidências fraternas e desenhos cativantes dos cenários que a cercavam. Como poucos irmãos têm a honra de ver suas cartas carregadas nos bolsos da irmã, lidas e relidas à exaustão, lamentadas quando curtas, beijadas quando longas e tratadas como verdadeiros tesouros, não vamos sugerir que Amy tenha incorrido em qualquer uma dessas tolices e delicadezas. É fato, porém, que ela se tornou um tanto pálida e reflexiva naquela primavera, perdendo muito de seu gosto pela sociedade e saindo bastante para desenhar sozinha. Nunca tinha muito a mostrar quando retornava; estudava, penso eu, a natureza, enquanto ficava por horas sentada, de mãos entrelaçadas, no terraço de Valrosa, ou distraidamente desenhando qualquer fantasia que lhe ocorresse: um intrépido cavaleiro esculpido em um túmulo, um jovem repousando na relva, com o chapéu cobrindo-lhe os olhos, ou uma garota de cabelos cacheados belamente vestida, desfilando rumo a um salão de baile acompanhada de um cavalheiro alto, ambos os rostos borrões, seguindo os ditames da última moda artística, no que eram aceitáveis, porém não de todo satisfatórios.

Sua tia pensou que ela se arrependia da resposta a Fred; e, considerando as negativas inúteis, e as explicações impossíveis, Amy permitiu que ela pensasse o que bem entendesse, cuidando que Laurie soubesse que Fred partira para o Egito. Foi só o que ela lhe contou, mas ele entendeu o recado, parecendo aliviado ao dizer a si mesmo, com ar soberbo:

— Tinha certeza de que ela pensaria melhor. Pobre sujeito! Já passei por isso, sei como é.

Com isso, deu um longo suspiro e, em seguida, como tivesse cumprido seu dever com o passado, pôs os pés no sofá e apreciou a carta de Amy com gosto.

Enquanto essas transformações ocorriam no exterior, as provações acometiam o lar. Porém, a carta que dizia que Beth os deixava nunca chegou às mãos de Amy; e quando a seguinte a encontrou, a irmã jazia sob um tapete de grama. Amy recebeu a triste notícia em Vevey, pois o calor os expulsara de Nice em maio, e eles haviam viajado lentamente à Suíça, passando por Gênova e pelos lagos italianos. Suportou muito bem e, silenciosamente, submeteu-se ao decreto familiar, segundo o qual não deveria abreviar sua viagem, pois, uma vez que era tarde demais para se despedir de Beth, era melhor que ficasse e deixasse a distância amenizar-lhe a tristeza. Mas ela sentia o coração pesar-lhe; queria muito estar em casa, e todos os dias olhava melancolicamente para o lago, esperando que Laurie chegasse e a confortasse.

Ele logo chegou; pois o mesmo correio trazia cartas de ambos, mas ele estava na Alemanha, e a carta levou alguns dias para alcançá-lo. Assim que a leu, fez a mala, deu adeus a seus companheiros de caminhada e partiu para cumprir sua promessa, com um coração cheio de alegria e tristeza, esperança e expectativa.

Ele conhecia bem Vevey; e, tão logo o barco tocou o pequeno cais, correu pela praia em direção a La Tour, onde os Carrol estavam vivendo *en pension*. O funcionário lamentou terrivelmente que toda a família tivesse saído para um passeio no lago — mas talvez a *mademoiselle* loira pudesse estar no jardim do *château*. Se não fosse incômodo *monsieur* aguardar, ele a traria num piscar de olhos. Mas *monsieur* não podia esperar nem um "piscar de olhos", e sem terminar de ouvi-lo partiu para procurar ele mesmo por *mademoiselle*.

Um agradável jardim antigo às margens do lindo lago, com castanheiras farfalhando ao alto, hera subindo por toda parte, e a sombra negra da torre projetando-se sobre a água iluminada do sol. A um canto do muro baixo e largo havia um banco, e ali Amy frequentemente se sentava para ler ou coser, ou ainda encontrar consolo na beleza que a cercava. Naquele dia, ela estava ali, a cabeça apoiada na mão, o coração com saudades de casa e os olhos pesados, pensando em Beth e perguntando-se por que Laurie não viera. Ela não o ouviu atravessar o gramado, nem o viu parar sob o arco que abria o caminho para o jardim inferior. Ele ficou um minuto olhando para ela com novos olhos, vendo o que ninguém nunca tinha visto antes: o lado mais caloroso do caráter de Amy. Tudo nela sugeria amor e tristeza; as cartas manchadas em seu colo, a fita preta que lhe amarrava os cabelos, a dor feminina e a paciência no rosto; aos olhos de Laurie, até mesmo a cruzinha de ébano em seu pescoço pareceu enternecedora, pois ele a tinha presenteado, e ela usava como seu único ornamento. Se tinha alguma dúvida sobre a recepção que ela lhe daria, ela se dissipou no minuto em que Amy olhou para cima e o viu; pois, deixando cair tudo, correu para ele, exclamando em um tom inconfundível de amor e saudade:

— Oh, Laurie, Laurie, sabia que você viria!

Penso que tudo se definiu naquele momento; pois, enquanto estavam juntos, em silêncio, a cabeça castanha curvada sobre a loira como se a protegesse, Amy sentiu que ninguém lhe poderia dar tanto conforto e apoio quanto Laurie, e Laurie decidiu que Amy era a única mulher no mundo capaz de ocupar o lugar deixado por Jo e fazê-lo feliz. Ele não o disse a ela; mas ela não ficou desapontada, pois ambos sentiram a verdade, encontraram a paz e alegremente deixaram o resto ao silêncio.

Não passado mais de um minuto, Amy voltou para onde estivera; e, enquanto ela enxugava as lágrimas, Laurie recolheu os papéis espalhados, encontrando à vista, na variedade das cartas bastante surradas e nos esboços sugestivos, bons augúrios para o futuro. Quando ele se sentou ao seu lado, Amy sentiu-se tímida de novo e enrubesceu, à lembrança de sua impulsiva saudação.

— Foi mais forte do que eu; estava tão triste e solitária, e fiquei muito feliz em vê-lo. Foi uma surpresa olhar para cima e encontrar você no momento em que eu estava começando a temer que não viria — confessou ela, procurando falar naturalmente, mas em vão.

— Vim no instante em que soube. Gostaria de poder dizer algo para a consolar pela perda da Beth, tão querida, mas só consigo sentir, e...

Ele não foi capaz de prosseguir, pois também se sentiu tímido de repente, e não sabia bem o que dizer. Tudo que desejava era deitar a cabeça de Amy em seu ombro e dizer-lhe que chorasse o quanto quisesse, mas não ousou, por isso pegou a mão dela e apertou-a em compaixão, que era melhor do que palavras.

— Não precisa dizer nada... isso me conforta — ela quebrou o silêncio, suavemente. — Beth está bem e feliz, e não devo desejá-la de volta... mas tenho medo de ir para casa, tanto quanto quero muito encontrá-los todos. Não vamos falar sobre isso agora, pois isso me faz chorar, e quero desfrutar da sua companhia. Você não precisa voltar logo, precisa?

— Não se você me quiser com você, querida.

— Quero muito. A tia e Flo são muito gentis, mas você é como um membro da família, e seria muito reconfortante tê-lo comigo por algum tempo.

Amy falava, e se parecia tanto com uma criança angustiada e saudosa do lar que Laurie perdeu de pronto a timidez e deu a ela exatamente o que ela queria: o carinho a que estava acostumada e a conversa alegre de que precisava.

— Pobrezinha! Olho para você e é como estivesse se sentindo até doente! Vou cuidar de você; então não chore mais, só venha caminhar comigo, o vento está frio demais para você ficar assim paradinha — disse ele, do jeito meio carinhoso e meio mandão de que Amy gostava, enquanto lhe amarrava o chapéu, tomava-lhe o braço e começava a andar pela trilha ensolarada sob as folhas novas dos castanheiros. Sentia-se mais à vontade de pé, e Amy achou agradável ter um braço forte em que se apoiar, um rosto familiar que lhe sorrisse e uma voz gentil para falar deliciosamente só para ela.

O jardim, antigo e encantador, abrigara muitos casais de namorados e parecia expressamente feito para eles, tão ensolarado e recluso, com nada além da torre para observá-los ao alto, e a grandeza do lago para levar o eco de suas palavras em seu marulhar. Durante uma hora, o novo casal caminhou e conversou, ou descansou no muro, desfrutando das doces influências que davam tamanho encanto ao tempo e lugar; e quando uma sineta de jantar os chamou, tão pouco romanticamente, Amy sentiu como se tivesse deixado para trás, no jardim do castelo, seu fardo de tristeza e solidão.

No instante em que a sra. Carrol deparou-se com o rosto alterado da moça, uma nova ideia iluminou-a, e exclamou para si mesma: "Agora entendo tudo... a menina queria o jovem Laurence. Nunca me ocorreria uma coisa dessas!". Com discrição louvável, a boa senhora nada disse, nem demonstrou qualquer sinal de iluminação, mas cordialmente pediu a Laurie que ficasse e incentivou Amy a aproveitar sua companhia, pois isso lhe faria mais bem do que tanta solidão. Amy era um modelo de docilidade; e como sua tia estava bastante ocupada de Flo, ela foi deixada para entreter seu amigo, e fez isso com mais do que seu sucesso habitual.

Em Nice, Laurie se fizera preguiçoso e Amy o repreendera. Em Vevey, Laurie não parou um instante: estava sempre caminhando, cavalgando, remando ou estudando com absoluta energia, enquanto Amy admirava tudo o que ele fazia e seguia seu exemplo tanto e tão depressa quanto podia. Disse ele que a mudança era devida ao clima, e ela não o contradisse, satisfeita que estava com desculpa similar para recuperar a saúde e o ânimo.

O ar revigorante fez bem a ambos, e o exercício farto trouxe mudanças saudáveis às mentes tanto quanto aos corpos. Ambos pareciam ter uma compreensão mais clara da vida e do dever ali em cima, entre as colinas eternas; os ventos frescos afastavam o desalento das dúvidas, a ilusão das fantasias e o mau humor que tudo nublava. O sol quente da primavera trouxe todo tipo de ideias ambiciosas, doces esperanças e pensamentos felizes — o lago parecia diluir os problemas do passado, e as primevas e elevadas montanhas olhavam benignas para baixo, como se dissessem: "Crianças, amem-se uma a outra".

Apesar da nova tristeza, foi um tempo muito feliz: tão feliz que Laurie não queria perturbá-lo com uma palavra sequer. Ele precisou de um pouco de tempo para se recuperar da surpresa de ver-se curado de seu primeiro e (como firmemente acreditava) último e único amor. Consolou-se da aparente deslealdade ao pensar que a irmã de Jo era quase como a própria Jo, e a convicção de que seria impossível amar tão cedo e tanto outra mulher que não fosse Amy. A primeira corte fora de tipo tempestuoso, e ele olhava retrospectivamente para ela como fosse necessário atravessar muitos anos, com um sentimento de compaixão que se misturava ao remorso. Não se envergonhava do que via, mas a conservava como uma das amargas experiências de sua vida, pela qual poderia ser grato quando a dor se dissipasse. A segunda corte, decidiu ele, deveria ser feita com toda a calma e simplicidade; não havia necessidade de brigas — nem mesmo qualquer necessidade de dizer a Amy que a amava, pois ela o sabia sem palavras e lhe dera sua resposta há muito tempo. Tudo aconteceu tão naturalmente que não havia espaço para queixas, e ele sabia que todos ficariam satisfeitos, inclusive Jo. Mas quando nossa primeira paixãozinha foi esmagada, preferimos a cautela e a calma ao fazer uma segunda tentativa; assim, Laurie deixou os dias transcorrerem, aproveitando cada hora e legando a uma oportunidade fortuita o uso da palavra que poria fim à primeira e mais doce parte do novo romance.

Imaginara que o desdobramento se daria no jardim do castelo à luz da lua, e da maneira mais graciosa e decorosa; mas ocorreu exatamente o contrário, pois o assunto resolveu-se no lago ao meio-dia, em poucas e diretas palavras. Haviam remado por toda a manhã, da umbrosa Saint-Gingolph à ensolarada Montreux, com os Alpes de Saboia de um lado, o monte Saint Bernard e o Dent du Midi do outro, a bonita Vevey no vale, e Lausanne na colina além, com o azul do céu sem nuvens ao alto, e o lago ainda mais azul abaixo, pontilhado de pitorescos barcos que mais pareciam gaivotas de asas brancas.

Haviam estado a falar de Bonnivard enquanto deslizavam por Chillon, e de Rousseau enquanto olhavam para Clarens, onde ele escrevera sua *Heloísa*. Nenhum dos dois lera, mas sabiam que era uma história de amor, e tanto Amy quanto Laurie se perguntaram se chegaria a ser tão interessante quanto a deles. Amy estivera patinhando com a mão na água durante o breve silêncio que se fez entre eles, e quando ela olhou para cima, Laurie estava debruçado em seus remos com uma expressão nos olhos que a fez dizer apressadamente, apenas para falar alguma coisa:

— Você deve estar cansado. Descanse um pouco e deixe-me remar. Vai me fazer bem, porque desde que você chegou, tenho sido completamente preguiçosa e caprichosa.

— Não estou cansado, mas você pode tomar um remo, se quiser. Há espaço suficiente, embora eu tenha de me sentar quase no meio do barco, ou ele não se equilibrará — respondeu Laurie, como se preferisse tal arranjo.

Sentindo que não havia adiantado de muita coisa, Amy aceitou o terço do assento oferecido, limpou os cabelos do rosto e aceitou um remo. Ela remava tão bem quanto realizava muitas outras coisas; e, embora usasse as duas mãos, e Laurie apenas uma, os remos sincronizaram-se e o barco deslizou suavemente pela água.

— Trabalhamos muito bem juntos, não? — perguntou Amy, que se opôs ao silêncio naquele momento.

— Tão bem que desejo que possamos sempre levar o mesmo barco. Você quer, Amy? — muito ternamente.

— Sim, Laurie — bem baixinho.

Então os dois pararam de remar e, inconscientemente, acrescentaram um delicado *tableau* de amor e felicidade humanos à paisagem que se projetava, mutável como numa luneta mágica, sobre a superfície da água.

42. SOZINHA

FOI FÁCIL PROMETER-SE abnegada quando estava completamente envolvida com outra pessoa, e o coração e a alma se purificavam por um doce exemplo; mas quando a voz encorajadora se calou, a lição diária findou, a amada presença partiu, e nada restou além de solidão e tristeza — nesse momento, Jo sentiu a dificuldade de fazer valer sua promessa. Como poderia "confortar pai e mãe" quando seu próprio coração sentia a dor pungente da saudade da irmã? Como seria capaz de "trazer alegria ao lar" quando toda a luz, calor e beleza pareciam tê-la abandonado no instante em que Beth deixara o antigo lar pelo novo; e onde neste mundo poderia "encontrar alguma ocupação útil e feliz" que tomasse o lugar da dedicação repleta de amor que fora sua própria recompensa? Tentou cumprir seu dever com desesperada cegueira, porém se rebelando contra ele em segredo o tempo todo, pois parecia injusto que suas poucas alegrias fossem diminuídas, seus fardos se tornassem mais pesados, e a vida ficasse cada vez mais sofrida em meio ao esforço. Algumas pessoas pareciam ter toda a luz do sol; outras, toda a sombra. Não era justo, pois ela tentava mais do que Amy ser boa, mas nunca recebera qualquer recompensa — apenas decepção, problemas e trabalho árduo.

Pobre Jo! Foram dias sombrios para ela, pois foi tomada por algo como o desespero quando pensou em passar toda a sua vida naquela casa silenciosa, dedicada a cuidados aborrecidos, parcos prazeres e o dever que nunca parecia se tornar mais fácil. "Não posso fazer isso. Não fui feita para uma vida como essa, e sei que vou me afastar e cometer uma loucura se alguém não vier ao meu socorro", pensou consigo, quando seus primeiros esforços fracassaram e ela caiu no estado de mau humor e tristeza que muitas vezes surge quando as vontades fortes se veem obrigadas a ceder ao inevitável.

Mas alguém veio a seu socorro, embora Jo não reconhecesse de imediato seus anjos bons, pois eles se valiam de formas familiares e feitiços simples mais adequados à mera humanidade. Muitas vezes à noite ela se levantava assustada, pensando que Beth a chamava; e quando a visão da caminha vazia a fazia exclamar com as lágrimas amargas de uma tristeza renitente "Oh, Beth, volte! Volte!", não era em vão que ela estendia os braços ansiosos; pois sua mãe, rápida em ouvi-la soluçar como ela própria fora em ouvir o sussurro mais fraco da irmã, vinha confortá-la, não apenas com palavras, mas com a paciente ternura que acalma com um toque, lágrimas que eram lembretes mudos de um pesar maior que o de Jo, e sussurros embargados, mais eloquentes do que orações, porque a resignação esperançosa andava de mãos dadas com a tristeza natural. Momentos sagrados! Quando coração falava com coração no silêncio da noite, transformando aflição em bênção, que moderava o pesar e fortalecia o amor. Sentindo isso, parecia mais fácil a Jo carregar seu fardo, o dever tornava-se mais doce, e a vida parecia mais suportável, quando vista do abrigo seguro dos braços da mãe.

Quando o coração dolorido viu-se um pouco consolado, a mente aflita também encontrou ajuda; um dia ela foi ao escritório e, inclinando-se sobre a boa cabeça cinzenta que se erguera para recebê-la com um sorriso tranquilo, disse muito humilde:

— Pai, fale comigo como você fazia com Beth; preciso mais do que ela, porque não estou bem.

— Minha querida, nada pode me confortar como isso — respondeu ele, com a voz vacilante, e ambos os braços em torno dela, como se ele, também, precisasse de ajuda, e não temesse pedir por isso.

Então, sentada na poltroninha de Beth ao lado dele, Jo contou suas aflições, a dor amarga de sua perda, os esforços infrutíferos que a desestimulavam, a falta de fé que fazia a vida tão sombria, e toda a triste desorientação a que chamamos desespero. Ela confiou totalmente nele; ele deu-lhe a ajuda necessária, e ambos encontraram consolo no processo; pois chegara a hora em que podiam conversar não apenas como pai e filha, mas como homem e mulher, capazes e felizes de servir um ao outro com compaixão e amor recíprocos. Jo viveu ditosos momentos de reflexão no velho escritório, que chamava de "a igreja de um homem só", e de onde saía com coragem renovada, alegria recuperada e um espírito mais resignado — pois os pais que ensinaram uma filha a enfrentar a morte sem medo tentavam então ensinar a outra a aceitar a existência sem desesperança ou desconfiança, e usufruir das belas oportunidades com gratidão e vigor.

Jo dispunha ainda de outros auxílios, deveres e prazeres humildes e saudáveis, aos quais não se poderia negar o papel de auxiliá-la, e que ela lentamente aprendeu a ver e a valorizar. Vassouras e panos de prato jamais poderiam ser desagradáveis como outrora, pois Beth cuidara de ambos; e algo de seu espírito doméstico parecia infundido no esfregãozinho e na velha escova, que nunca foram jogados fora. Ao usá-los, Jo se via a murmurar as melodias que Beth costumava murmurar, imitando os modos ordeiros da irmã, e dando os pequenos toques, aqui e ali, que mantinham tudo limpo e aconchegante, o primeiro passo para fazer o lar feliz, embora ela não o soubesse, até que Hannah disse com um cumprimento de aprovação:

— Você tá pensativa, criatura; tá fazendo de tudo pra gente não sentir a falta daquele cordeirinho. A gente não fala muito, mas bserva, e Deus vai te abençoar por isso, ô se vai.

Enquanto costuravam juntas, Jo descobriu o quanto sua irmã Meg melhorara; como era capaz de falar bem, o quanto sabia sobre os impulsos, pensamentos e sentimentos femininos, o quão feliz era com o marido e os filhos, e como faziam bem uns para os outros.

— No final das contas, o casamento é uma coisa excelente. Fico pensando se eu chegaria a desabrochar tanto quanto você, se tentasse, isto é, caso conseguisse — disse Jo, enquanto fazia uma pipa para Demi em meio à bagunça do quarto das crianças.

— É exatamente do que você precisa para mostrar a ternura feminina de sua natureza, Jo. Você é como o fruto do castanheiro: espinhoso por fora, mas por dentro suave e ocultando uma castanha doce, quando se consegue chegar até ela. O amor vai fazer com que você mostre seu coração um dia, e então a casca áspera vai cair.

— O frio abre a casca das castanhas, senhora, e é preciso uma bela sacudida para derrubá-las. Os meninos colhem castanhas, e eu não gostaria de ser ensacada por eles — devolveu Jo, colando a pipa que vento nenhum seria capaz de erguer, pois Daisy se amarrara a ela como uma rabiola.

Meg riu, pois estava feliz por ver um vislumbre do velho espírito de Jo, mas achava que era seu dever impor sua opinião com todos os argumentos que tivesse à disposição; e as conversas entre irmãs não eram desperdiçadas, especialmente porque dois dos argumentos mais eficazes de Meg eram os bebês, que Jo amava ternamente. Para alguns corações, o que os abre é o sofrimento, e o coração de Jo estava quase pronto para ser ensacado; depois de um pouco mais de luz do sol para amadurecer a noz, ela caiu não com o chacoalhão impaciente de um menino, mas pela mão de um homem, que gentilmente colheu-a, venceu a casca áspera e alcançou a doce castanha. Se suspeitasse disso, Jo teria se calado e ficado mais áspera do que nunca; felizmente, não estava pensando em si mesma, e então, quando chegou a hora, caiu.

Ora, se tivesse sido a heroína de um livro de histórias morais, nesse período da vida teria se tornado a imagem da virtude, renunciado ao mundo e continuado a fazer o bem sob uma touca abnegada, com panfletos no bolso. Mas, vocês sabem, Jo não era uma heroína; era apenas uma garota humana na luta, como centenas de outras, dando expressão à sua natureza, com tristeza, irritação, desânimo e vigor, ao sabor dos humores. É altamente virtuoso dizer que seremos bons, mas não podemos fazer tudo de uma vez, e é preciso um bom tranco, um tranco forte, para que alguns de nós fiquemos de pé e sejamos postos no caminho certo. Jo tinha chegado até ali e aprendia a cumprir com seu dever e a se sentir infeliz caso não o fizesse; mas fazê-lo com alegria, ah, isso era outra coisa! Muitas vezes, dissera que queria realizar algo esplêndido, por mais difícil que fosse; e agora tinha seu desejo atendido — pois o que poderia ser mais bonito do que dedicar a vida ao pai e à mãe, tentando fazer com que o lar fosse tão feliz para eles quanto eles o tinham feito para ela? E se dificuldades fossem necessárias para aumentar a grandeza do esforço, o que poderia ser mais difícil para uma menina inquieta e ambiciosa do que abrir mão de suas próprias esperanças, planos e desejos, e viver alegremente para os outros?

A Providência a levara ao pé da letra; ali estava a tarefa — não o que ela esperava, e sim melhor, porque não havia espaço para seu íntimo ali; mas ela conseguiria dar conta? Decidiu que tentaria; e em sua primeira tentativa encontrou as ajudas que mencionei. Ainda outra tarefa lhe foi dada, e a tomou para si, não como recompensa, mas como conforto, assim como o Cristão aceitara o descanso oferecido pela pequena pérgola onde repousara, enquanto subia a colina chamada Dificuldade.

— Por que você não escreve? Você ficava tão feliz quando escrevia — opinou a mãe certa feita, quando o desânimo se estampava no rosto de Jo.

— Não tenho disposição para escrever, e mesmo se tivesse, ninguém gosta do que escrevo.

— Nós gostamos; escreva algo para nós, e não se importe com o resto do mundo. Experimente, querida. Tenho certeza de que lhe faria bem, e nos agradaria muito.

— Não acredito que consiga. — Mas Jo foi a sua escrivaninha e começou a revisar seus manuscritos incompletos.

Uma hora depois, a mãe a espiou, e lá estava ela escrevendo, de avental preto e expressão absorta, o que fez a sra. March sorrir e se afastar, satisfeita com o sucesso da sugestão. Jo nunca soube como isso aconteceu, mas algo entrou naquela história que calou fundo no coração dos que a leram; quando sua família riu e chorou por causa da história, seu pai a enviou, muito contra a vontade da autora, para uma revista popular, e Jo, para sua grande surpresa, não só recebeu um pagamento, como outros pediram licença para publicar. Cartas de muitas pessoas, cujo elogio era uma honra, seguiram-se ao aparecimento da historinha, os jornais a copiaram, e estranhos, assim como amigos, admiravam-na. Para uma coisa à toa, foi um grande sucesso; e Jo ficou mais surpresa do que quando seu romance foi elogiado e condenado de uma só vez.

— Não entendo. O que pode haver em uma historinha simples como essa para fazer as pessoas a elogiarem dessa forma? — perguntou-se ela, bastante desnorteada.

— Há verdade nela, Jo... esse é o segredo. Humor e emoção a tornam viva; e você finalmente encontrou seu estilo. Você escreveu sem pensamentos de fama e dinheiro, e colocou seu coração nela, minha filha; você conheceu a amargura, agora vem a doce recompensa. Dê o seu melhor, e fique tão feliz quanto nós estamos com o seu sucesso.

— Se há algo de bom ou verdadeiro no que escrevo, não é meu. Devo tudo a você e a mamãe e Beth — agradeceu Jo, mais tocada pelas palavras do pai do que por qualquer elogio do mundo.

Recebidas, então, as lições do amor e da tristeza, Jo escreveu suas pequenas histórias e as despachou para que fizessem amizades por si mesmas e por ela, considerando este um mundo muito caridoso para aquelas humildes viajantes, pois eram gentilmente acolhidas e mandavam confortáveis sinais para sua mãe em casa, como filhas obedientes tocadas pela boa sorte. Quando Amy e Laurie escreveram sobre o noivado, a sra. March receou que Jo achasse difícil ficar feliz por ele, mas seus temores logo se dissiparam; pois, embora Jo tenha se mostrado um tanto séria de imediato, acabou por aceitar tudo com tranquilidade e já estava cheia de esperanças e planos para "as crianças" antes de ler a carta duas vezes. Era uma espécie de dueto escrito, em que um cantava as glórias do outro com absoluta paixão, muito agradável de se ler e cheia de pensamentos felizes, pois ninguém tinha qualquer objeção a fazer.

— Você gosta disso, mãe? — perguntou Jo, enquanto baixavam as folhas inteiramente cobertas de letras miúdas e olhavam uma para a outra.

— Sim, esperava que fosse assim, desde que Amy escreveu dizendo que recusara Fred. Tinha certeza, então, de que seria tomada por algo melhor do que o que você chama de "espírito mercenário", e uma sugestão aqui e ali em suas cartas me levou a suspeitar que o amor e Laurie sairiam vitoriosos.

— Quanta perspicácia, Mami... e quanto silêncio! Não me falou nada.

— As mães precisam de olhos agudos e línguas discretas quando têm meninas para criar. Fiquei com um pouco de medo de colocar a ideia em sua cabeça e você escrever parabenizando-os antes que a coisa estivesse estabelecida.

— Não sou a cabeça oca que era; pode confiar em mim. Sou séria e sensata o bastante para ser a *confidante* de qualquer pessoa.

— Sim, você é, minha querida, e eu devia ter lhe confidenciado tudo; apenas pensei que poderia doer em você saber que o seu Teddy amava outra pessoa.

— Ora, mãe, você realmente achou que eu poderia ser tão boba e egoísta, depois de ter recusado o amor dele, quando era mais vivo, se não melhor?

— Sabia da sinceridade de sua decisão, Jo, mas nos últimos tempos pensei que, se ele voltasse e lhe pedisse de novo, talvez você pudesse dar outra resposta. Perdoe-me, querida; não consigo deixar de notar que está muito solitária, e às vezes há uma fome em seus olhos que me toca o coração. Então imaginei que seu menino pudesse preencher esse vazio, se tentasse agora.

— Não, mãe, é melhor assim, e fico feliz que Amy tenha aprendido a amá-lo. Mas você está certa em uma coisa: *sinto-me* sozinha, e, se Teddy tivesse tentado de novo, talvez pudesse ter dito "Sim", não porque o ame mais, mas porque me preocupo mais em ser amada do que quando ele foi embora.

— Fico feliz por isso, Jo, pois mostra que você está seguindo em frente. Há muita gente que a ama; procure satisfazer-se com seu pai e sua mãe, irmãs e irmãos, amigos e sobrinhos, até que alguém que a ame mais do que tudo venha lhe trazer sua recompensa.

— Não há quem ame *mais* do que uma mãe, mas não me importo de dizer a Mami, baixinho, que gostaria de experimentar todos os tipos. É muito curioso, mas quanto mais tento me satisfazer com todos os tipos de afetos naturais, mais pareço desejar. Não imaginava que os corações pudessem receber e desejar tanto... o meu é tão elástico que, agora, parece nunca estar cheio, e eu costumava estar bastante contente com a minha família. Não entendo.

— Eu, sim. — E a sra. March deu seu sábio sorriso, enquanto Jo virava as folhas para ler o que Amy escrevera sobre Laurie.

> É tão bonito ser amada tanto quanto Laurie me ama. Ele não é sentimental; não fala muito sobre isso; mas vejo e sinto em tudo o que diz e faz, e isso me deixa tão feliz e me faz tão humilde que não pareço ser a mesma garota que era. Nunca soube quão bom e generoso e terno ele era até agora, pois me deixa ler seu coração, e eu o encontro cheio de nobres impulsos e esperanças e propósitos, e me sinto orgulhosa de saber que ele é meu. Ele diz que sente como se "pudesse fazer uma viagem de prosperidade comigo ao seu lado

como imediata e com o lastro de muito amor". Rezo para que possa, e tente ser tudo que diz para mim, pois amo meu valente capitão de todo o meu coração, com toda a força da minha alma, e nunca o abandonarei, enquanto Deus nos permitir ficar juntos. Oh, mãe, nunca soube o quanto o mundo poderia se parecer com o paraíso, quando duas pessoas amam e vivem uma pela outra!

— E essa é a nossa Amy, tão bela, discreta e cosmopolita! Realmente, o amor faz milagres. Eles serão muito, muito felizes! — E Jo uniu com zelo as folhas farfalhantes, como quem fechasse a capa de um romance encantador, que prende a atenção do leitor até o fim, quando então este se vê novamente sozinho no mundo cotidiano.

Pouco depois, Jo seguiu para o andar de cima, meio à toa, pois o dia estava chuvoso e ela não podia sair para uma caminhada. Foi tomada por uma inquietação, e o sentimento antigo voltou, não amargo feito antes, mas uma perplexidade dolorosamente resignada: por que uma irmã deveria ter tudo o que pedia, e a outra nada? Não era verdade; ela sabia disso e tentou sufocar essa sensação, mas era forte o anseio natural por afeto, e a felicidade de Amy despertou em Jo a fome de alguém que a "amasse de corpo e alma, alguém que se unisse a ela, enquanto Deus o permitisse".

No sótão, aonde as inquietas perambulações de Jo a levaram, havia quatro caixotes de madeira perfilados, cada qual assinalado com o nome da dona, cada qual cheio de relíquias da infância e da mocidade então finda para todas. Jo olhou para eles e, quando se aproximou do seu próprio, apoiou o queixo na borda

e olhou distraída para a coleção caótica, até que um monte de velhos cadernos de exercícios lhe chamou a atenção. Ela os puxou para fora, virou-os e reviveu aquele inverno agradável na casa da bondosa sra. Kirke. Primeiro sorriu, depois pareceu pensativa, em seguida triste e, quando chegou a um bilhetinho escrito na caligrafia do professor, seus lábios começaram a tremer, os livros deslizaram de seu colo e ela ficou olhando para as palavras de amizade, como se estas ganhassem um novo significado, e tocassem um ponto sensível em seu coração.

> Esperre porr mim, minha amiga. Posso estarr um pouquinho atrrasado, mas cerrtamente irrei.

— Ah, se ele viesse! Tão gentil, tão bom, sempre tão paciente comigo; meu querido e velho Fritz, não o valorizei o suficiente quando o tive, mas agora ia gostar tanto de vê-lo... pois todos parecem se afastar de mim, e estou completamente sozinha.

E segurando firme o papelzinho, como se fosse uma promessa a ser cumprida, Jo deitou a cabeça em um confortável saco de trapos e chorou, como em resposta à chuva que tamborilava no telhado.

Era só autocomiseração, solidão ou melancolia? Ou foi o despertar de um sentimento que respeitara seu tempo tão pacientemente quanto aquele que o inspirara? Quem poderá dizer...?

43. SURPRESAS

Jo ESTAVA SOZINHA, no crepúsculo, deitada no velho sofá, olhando para o fogo e pensando. Era sua maneira preferida de passar a hora do anoitecer. Ninguém a incomodava, e ela costumava se deitar no pequeno travesseiro vermelho de Beth, planejando histórias, sonhando sonhos ou pensando doces pensamentos sobre a irmã que nunca parecia muito distante. Tinha o rosto cansado, sério e bastante triste; pois o dia seguinte era seu aniversário, e refletia sobre a rapidez com que passavam os anos, no avançar de sua idade e em quão pouco parecia ter realizado. Quase vinte e cinco, e nada para mostrar por tê-los vivido — Jo se enganava neste ponto; havia muito a mostrar, e logo ela o viu, e ficou grata por isso.

— Uma solteirona... eis o que serei. Uma solteirona literata, com uma pena por esposa, uma família de histórias no lugar de filhos e, daqui a vinte anos, talvez um pouco de fama, quando, como o pobre Johnson, for velha e não puder apreciá-la... solitária e sem ter com quem dividi-la, independente e sem precisar disso. Bom, não preciso ser uma santa azeda, nem uma pecadora egoísta; e, é possível dizer, as solteironas têm uma vida muito confortável quando se acostumam à solteirice, mas... — E aqui Jo suspirou, como se a perspectiva não fosse convidativa.

Raramente é, a princípio; e, para quem tem vinte e cinco anos, os trinta soam como o fim de todas as coisas; mas não é tão ruim quanto parece, e é possível seguir muito feliz caso se tenha algo em si para recorrer. Aos vinte e cinco anos, as moças começam a falar sobre serem solteironas, mas no íntimo decidem que nunca serão. Aos trinta anos, nada dizem a respeito, mas aceitam tranquilamente o fato; e, se forem sensatas, consolam-se lembrando que têm mais vinte anos úteis e felizes, nos quais podem aprender a envelhecer graciosamente. Não riam das solteironas, garotas queridas, pois romances muito delicados e trágicos escondem-se nos corações que batem tão silenciosamente sob os vestidos sóbrios, e muitos sacrifícios mudos de juventude, saúde, ambição e do próprio amor fazem os rostos sem viço serem bonitos aos olhos de Deus. Até mesmo as irmãs tristes e azedas devem ser tratadas com gentileza, nem que seja porque perderam a parte mais doce da vida; e olhando para elas com compaixão, não desprezo, as moças na flor da idade devem lembrar que também podem perder o tempo de desabrochar; que as bochechas rosadas não duram para sempre, que os fios de prata chegarão ao cabelo castanho bonito, e que, cedo ou tarde, gentileza e respeito serão tão doces quanto amor e encantamento.

Cavalheiros, isto é, meninos, sejam corteses com as solteironas, não importa quão pobres, simples e decorosas sejam, pois o único cavalheirismo que vale a pena ter é o mais disposto a prestar deferência aos velhos, proteger os fracos e servir às mulheres, independentemente de classe, idade ou cor. Lembrem-se das boas tias que, mais do que dar sermões e se queixar, cuidaram e deram carinho, muitas vezes sem um agradecimento em troca — as situações difíceis de que os tiraram, os "dinheirinhos" que lhes deram de sua lojinha, os pontos de linha com que seus dedos pacientes costuraram suas roupas, os passos que os pés velhos e dispostos caminharam, e ofertem com gratidão às velhas senhoras as pequenas atenções que as mulheres adoram receber enquanto vivem. As garotas de olhos brilhantes são rápidas em ver tais qualidades, e vão gostar de vocês ainda mais; e, se a morte, praticamente o único poder capaz de separar mãe e filho, tomar-lhe a sua, você com certeza encontrará um doce e bem-vindo carinho maternal de alguma tia, que conservou o cantinho mais quente de seu velho e solitário coração para "o melhor sobrinho do mundo".

Jo deve ter adormecido (como talvez também minha leitora, durante essa breve homilia), pois de repente o fantasma de Laurie parecia estar diante dela. Um fantasma substancial e real, inclinado sobre ela, com o mesmo olhar que costumava ter quando sentia muito e não queria mostrar isso. Mas, como a Jenny na balada, Jo "não podia crer que fosse ele", e ficou olhando fixamente a imagem, num silêncio assustado, até que ele se inclinou e a cumprimentou com um beijo. Então ela soube que era Laurie e saltou sobre ele, chorando com alegria:

— Oh, meu Teddy! Meu Teddy!

— Querida Jo, está assim feliz em me ver?

— Muito! Meu menino abençoado, não há palavras que expressem minha felicidade. Onde está Amy?

— Sua mãe segurou-a lá na casa de Meg. Nós paramos lá no caminho, e não houve como tirar minha esposa das garras deles.

— Sua o quê?! — exclamou Jo, pois Laurie pronunciou aquelas duas palavras com um orgulho e uma satisfação inconscientes que o traíram.

— Ah, que diabo! Agora está feito. — E ele parecia tão culpado que Jo caiu sobre ele como um raio.

— Vocês se casaram?

— Sim, senhora, mas prometo que nunca mais farei isso. — E ele caiu de joelhos, apertando as mãos em penitência e com um sorriso cheio de malícia, alegria e triunfo.

— Casados de verdade?

— Muito casados, obrigado.

— Misericórdia. Que coisa terrível você fará em seguida? — E Jo desabou no sofá com um suspiro.

— São cumprimentos bem curiosos, ainda que não muito corteses — retrucou Laurie, ainda afetando dor, mas radiante de satisfação.

— O que esperava? Você entra aqui rastejando como um ladrão, quase me mata do coração e ainda deixa escapar essa? Levante-se, seu garoto ridículo, e me conte tudo.

— Nem uma palavra, a menos que você me deixe tomar meu antigo lugar e prometa não fazer barricadas.

Jo riu do pedido como não fazia há muitos e muitos dias e deu um tapinha convidativo no sofá, enquanto dizia em tom cordial:

— A almofada está no sótão, e nós não precisamos disso agora; venha cá e confesse, Teddy.

— Como é bom ouvir você dizer "Teddy"! Só você me chama assim. — E Laurie sentou-se com um ar de grande contentamento.

— Como Amy o chama?

— Milorde.

— É a cara dela... bem, é isso mesmo que você parece. — E os olhos de Jo claramente demonstraram que ela achou o menino mais elegante do que nunca.

A almofada se fora, mas *havia* uma barricada — uma barricada natural, criada pelo tempo, pela distância e pela mudança de coração. Ambos a sentiram, e por um instante se entreolharam como se aquela barreira invisível projetasse uma pequena sombra sobre eles. Ela se desfez de pronto, contudo, pois Laurie disse, com uma tentativa vã de dignidade:

— Não pareço um homem casado, um chefe de família?

— Nem um pouco, e nunca vai. Você cresceu mais, está mais bonito, mas é o mesmo patife de sempre.

— Ora, convenhamos, Jo... você devia me tratar com mais respeito — começou Laurie, que se divertia imensamente com tudo.

— Mas como? Se pensar em você casado e estabelecido é tão irresistivelmente engraçado que não consigo ficar séria! — respondeu Jo, com um sorriso que lhe tomava todo o rosto, tão contagiante que eles tiveram outro ataque de riso, e então se acalmaram para uma boa conversa, bem à agradável moda antiga.

— Não faz sentido você sair no frio para buscar Amy, pois todos estão vindo para cá; mas eu não podia esperar, queria estar só para lhe contar a grande surpresa, e "ficar com o creme", como costumávamos dizer quando brigávamos para ver quem ficava com a espuma do leite.

— Lógico... e estragou sua história começando da ponta errada. Agora, comece certo, e me diga como tudo aconteceu; estou louca para saber.

— Bem, foi para agradar Amy — começou Laurie, com um brilho nos olhos que fez Jo exclamar:

— Mentira número um: Amy fez isso para agradá-lo. Prossiga e diga a verdade, de preferência, meu senhor.

— Agora ela está começando a assumir ares de senhora. Não é uma delícia ouvi-la? — perguntou Laurie ao fogo, e o fogo brilhou e cintilou como se concordasse. — É tudo a mesma coisa, sabe?, ela e eu somos um. Planejávamos voltar para casa com os Carrol, um mês ou mais atrás, mas de repente eles mudaram de ideia e decidiram passar mais um inverno em Paris. Mas o vovô queria voltar; ele foi à Europa para me agradar, e eu não podia deixá-lo voltar sozinho, nem poderia deixar Amy; e a sra. Carrol tinha umas ideias inglesas sobre acompanhantes, uma baita tolice, e não queria deixar Amy vir conosco. Resolvi a dificuldade dizendo: "Vamos nos casar e depois podemos fazer o que quisermos".

— Claro. Você sempre dobra as coisas à sua vontade.

— Nem sempre. — E algo na voz de Laurie fez Jo dizer apressadamente:

— Como você conseguiu que a tia concordasse?

— Foi um trabalho árduo; mas, entre nós, a convencemos, pois tínhamos muitos bons motivos do nosso lado. Não havia tempo para escrever e pedir licença, mas todos vocês gostavam da ideia, e teriam consentido cedo ou tarde... e era só uma questão de "ocasião ofortuna", como diz a minha esposa.

— Como estamos orgulhosos dessas duas palavras, como gostamos de repeti-las! — interrompeu Jo, dirigindo-se ao fogo, e observando com prazer a luz feliz que parecia acender nos olhos que tinham se mostrado tão tragicamente sombrios quando os vira pela última vez.

— Uma bobagenzinha, talvez; ela é uma mulherzinha tão cativante que não consigo deixar de ter orgulho dela. Pois então: o tio e a tia estavam ali para manter o decoro; estávamos tão imersos um no outro que não havia sentido algum em ficarmos separados; e esse acordo encantador tornaria tudo mais fácil em toda parte; então assim fizemos.

— Quando, onde, como? — perguntou Jo, numa febre de interesse e curiosidade femininos, pois não conseguia se convencer minimamente do ocorrido.

— Seis semanas atrás, na casa do cônsul americano, em Paris... um casamento muito tranquilo, claro; pois mesmo em nossa felicidade não nos esquecemos da querida Beth.

Jo colocou a mão na dele quando disse isso, e Laurie gentilmente alisou o travesseirinho vermelho, do qual ele se lembrava bem.

— Por que não nos avisaram depois? — perguntou Jo, num tom mais baixo, depois de terem ficado em silêncio por alguns instantes.

— Queríamos fazer uma surpresa; achávamos que estávamos vindo direto para casa, no início; mas nosso velho e querido cavalheiro, assim que nos casamos, descobriu que ainda precisaria de um mês para partir, pelo menos, e nos mandou passar a lua de mel onde nos agradasse. Amy já tinha dito que Valrosa era um lugar ideal para uma lua de mel; então fomos para lá e fomos felizes como só se é uma vez na vida. Por Deus! Amor entre as rosas...

Laurie pareceu se esquecer de Jo por um minuto, e Jo ficou feliz; pois o fato de ele lhe dizer essas coisas com tanta liberdade e naturalidade lhe garantia que tinha perdoado e esquecido o que se passara entre ambos. Ela tentou afastar a mão, mas, como se tivesse adivinhado o pensamento que provocou o impulso quase involuntário, Laurie segurou-a com rapidez e disse, com uma gravidade viril que ela nunca vira nele antes.

— Jo, querida, quero dizer uma coisa, e depois vamos colocar uma pedra sobre esse assunto para sempre. Como disse em minha carta quando escrevi que Amy tinha sido tão gentil comigo, nunca vou deixar de amar você; mas o amor se transformou, e aprendi a ver que assim é melhor do que era. Amy e você trocaram de lugar em meu coração, e isso é tudo. Acho que era para ser assim, e teria acontecido naturalmente, se eu tivesse esperado, como você tentou propor; mas nunca fui capaz de ser paciente, então sofri com o amor não correspondido. Eu era um menino, então... teimoso e impetuoso; e foi difícil compreender o meu engano. Pois foi um engano, Jo, como você disse, e eu o percebi, depois de fazer papel de bobo. Juro, estava tão confuso em meus pensamentos, a certa altura, que não sabia quem mais amava, se você ou Amy, e tentei amar as duas da mesma forma;

mas não fui capaz; e quando encontrei Amy na Suíça, tudo pareceu se esclarecer de uma vez. Vocês duas tomaram seus devidos lugares, e tive a certeza de que estava bem distante do amor antigo, antes de estar próximo do novo; que seria honestamente capaz de doar meu coração à irmã Jo e à esposa Amy, e amá-las muito. Você acredita, e vamos voltar aos velhos tempos felizes de quando nos conhecemos?

— Acredito, com todo o meu coração; mas, Teddy, nunca mais poderemos ser menino e menina... os velhos tempos felizes não podem voltar, e não devemos esperar por isso. Somos homem e mulher agora, com trabalho sério a fazer, pois o tempo de brincar acabou, e devemos parar com a folia. Tenho certeza de que você sente o mesmo; vejo a mudança em você, e vai encontrá-la em mim. Sentirei falta do meu garoto, mas amarei muito o homem, e o admirarei ainda mais, porque ele quer ser o que eu esperava que fosse. Não podemos ser mais amiguinhos de brincadeiras, mas seremos irmão e irmã, para amar e ajudar um ao outro por todas as nossas vidas, não, Laurie?

Ele não disse uma palavra, mas tomou a mão que ela lhe ofereceu e levou-a ao próprio rosto por um minuto, sentindo que, da sepultura de uma paixão de menino, surgira uma linda e forte amizade que abençoava os dois. Então Jo disse com alegria, pois não queria que o retorno ao lar fosse triste:

— Não consigo crer que vocês dois, umas crianças, estão de fato casados e vão cuidar de um lar. Ora, parece que foi ontem que eu abotoava o avental de Amy e puxava o seu cabelo quando você me provocava. Misericórdia, como o tempo voa!

— Como uma das crianças é mais velha que você, não precisa falar como uma avó. Gosto muito de ser um "cavalhero feito", como Peggotty diz sobre David; e quando você vir Amy, encontrará uma criança precoce — disse Laurie, parecendo divertir-se com o ar maternal.

— Você pode ser um pouco mais velho em anos, mas sou muito mais velha em sentimentos, Teddy. As mulheres sempre são, e este último ano foi tão difícil que é como se eu tivesse quarenta anos.

— Pobre Jo! Deixamos você aqui sozinha com tudo, enquanto seguíamos nos divertindo. Você *está* mais velha; aqui vejo uma linha, e mais outra; a menos que sorria, seus olhos parecem tristes, e quando toquei a almofada, agora mesmo, senti uma lágrima. Você suportou muita coisa, e teve de fazê-lo sozinha. Que animal egoísta eu fui! — E Laurie puxou o próprio cabelo com um olhar de remorso.

Jo, porém, apenas virou a almofada que a traíra e respondeu, tentando infundir alegria à voz:

— Não; tive meu pai e minha mãe para me ajudar, e os bebezinhos de Meg para me consolar, e o pensamento de que você e Amy estavam bem e felizes, para tornar os problemas aqui mais fáceis de suportar. *Sinto-me* sozinha, às vezes, mas talvez seja bom para mim e...

— Você nunca mais estará sozinha — interrompeu Laurie, colocando o braço em torno dela, como quisesse isolá-la de todos os males humanos. — Amy e eu não podemos prosseguir sem você; precisará ensinar as crianças a cuidarem da casa, e a dividirem tudo, como costumávamos fazer, e deixar que nós lhe demos carinho, e todos seremos abençoadamente felizes juntos.

— Se eu não for atrapalhar, seria um prazer. Já começo a me sentir bastante jovem de novo; pois, de alguma forma, todos os meus problemas sumiram quando você chegou. Você sempre foi um conforto, Teddy. — E Jo deitou a cabeça em seu ombro, como fizera anos antes, quando Beth ficara doente, e Laurie lhe dissera para se apoiar nele.

Ele olhou para ela, perguntando-se se ela se lembrava daquele momento, mas Jo sorria para si mesma, como se na verdade seus problemas *tivessem* desaparecido com a chegada dele.

— Você é ainda a mesma Jo, que chora num minuto e ri no outro. Vejo uma malícia em seu olhar; em que está pensando, vovó?

— Em como você e Amy se dão, juntos.

— Como anjos!

— Sim, claro, inicialmente... mas quem manda?

— Não me importo de lhe dizer que, hoje, é ela; pelo menos eu a deixo pensar assim... Pois lhe agrada, sabe? Logo revezaremos, pois o casamento, segundo dizem, é dividir os direitos e duplicar as obrigações.

— Vocês vão seguir do jeito que começaram, e Amy vai mandar em você todos os dias de suas vidas.

— Bem, ela faz isso tão imperceptivelmente que não acho que vou me importar muito. É o tipo de mulher que sabe mandar; na verdade, gosto disso, pois ela sabe como fazer qualquer um comer em sua mão com muita delicadeza, e você se sente como se ela lhe estivesse fazendo um favor o tempo todo.

— Quem diria que viveria para vê-lo como um marido dominado e gostando disso! — exclamou Jo, com as mãos erguidas.

Era bom ver Laurie ajeitar os ombros e sorrir com desprezo masculino ante a insinuação, enquanto respondia, com seu ar "elevado e poderoso":

— Amy é bem-educada demais para isso, e não sou o tipo de homem que se sujeitaria a uma coisa dessas. Eu e minha esposa respeitamos demais a nós mesmos e um ao outro para nos tiranizarmos ou brigarmos.

Jo gostava do que ouvia e achava a nova dignidade muito apropriada, mas o menino parecia se transformar muito rápido no homem, e um pesar misturou-se a seu prazer.

— Tenho certeza disso. Amy e você nunca brigaram como nós costumávamos brigar. Ela é o sol, e eu o vento da fábula, e o sol lida melhor com o homem, lembra?

— Ele pode destruí-lo, tanto quanto iluminá-lo — riu Laurie. — Que sermão recebi em Nice! Dou-lhe minha palavra que foi pior do que qualquer uma de suas broncas. Um verdadeiro despertar; um dia conto como foi... ela *nunca* vai contar, porque, depois de me dizer que me desprezava e sentia vergonha de mim, entregou seu coração ao mau partido e se casou com o inútil.

— Que maldade! Bem, se ela o maltratar, venha até mim, e eu o defendo.

— Causo a impressão de que vou precisar, não é? — perguntou Laurie, levantando-se e postando-se de tal modo que passava da altivez ao arrebatamento, quando se ouviu a voz de Amy chamando:

— Onde ela está? Onde está minha querida e velha Jo?

A família inteira entrou em marcha, e todo mundo se abraçou e se beijou novamente, e depois de inúmeras e vãs tentativas, os três andarilhos foram postos sentados para serem admirados e comemorados. O sr. Laurence, saudável e vivaz como sempre, recebera tanto quanto os outros as boas influências da viagem pelo exterior, pois a irritabilidade parecia quase finda, e os antiquados modos corteses haviam recebido um polimento que os tornava mais gentis do que nunca. Foi bom vê-lo sorrir expansivamente a "meus filhos", como chamava o jovem casal; era ainda melhor ver Amy oferecer-lhe o respeito e o afeto de uma filha, com os quais conquistara por completo seu velho coração; e, o melhor de tudo, ver Laurie orbitar em torno dos dois, como se nunca se cansasse de apreciar o lindo retrato que formavam.

No minuto em que pôs os olhos em Amy, Meg percebeu que seu próprio vestido não tinha um ar parisiense, que a jovem sra. Moffat seria totalmente eclipsada pela jovem sra. Laurence, e que "milady" era, sem dúvida alguma, uma mulher absolutamente elegante e graciosa. Jo pensou, enquanto observava o casal: "Como ficam bem juntos! Eu estava certa, e Laurie encontrou a moça linda e refinada que cuidaria melhor de sua casa do que a desajeitada Jo, e que será um orgulho, não um tormento para ele". A sra. March e o marido sorriram um para o outro com a felicidade estampada no rosto — pois viram que a filha mais nova se saíra bem, não apenas na vida material, mas nas riquezas maiores do amor, da confiança e da felicidade.

Pois o rosto de Amy estava repleto do brilho suave que indicava um coração em paz, sua voz tinha uma nova ternura, e a postura fria e decorosa transformara-se em uma dignidade gentil, a um só tempo feminina e vitoriosa. Não havia a mínima afetação que a maculasse, e a doçura cordial de seus modos era mais encantadora do que a nova beleza ou a velha graça, pois nela imprimia o inconfundível sinal da verdadeira dama que esperava se tornar.

— O amor fez muito pela nossa garotinha — sussurrou a mãe.

— Ela teve um bom exemplo diante de si toda a vida, minha querida — respondeu, baixinho, o sr. March com um olhar amoroso para o rosto cansado e a cabeça grisalha ao lado.

Daisy julgou impossível tirar os olhos da "titia linda" e se prendeu como um cachorrinho de colo à maravilhosa *châtelaine* cheia de doces encantos. Demi hesitou um instante, refletindo sobre o novo relacionamento, antes de comprometer-se aceitando impulsivamente um regalo sob as formas tentadoras de uma família de ursos de madeira, trazida de Berna. Uma manobra hábil produziu, porém, uma rendição incondicional, pois Laurie sabia como fazê-lo:

— Meu jovem, quando tive a honra de conhecê-lo, você me acertou no rosto; agora exijo retratação de um cavalheiro. — E com isso o tio enorme começou a descabelar e a lançar o pequeno sobrinho ao alto de tal forma que, a um só tempo, lhe feria a dignidade filosófica e encantava sua alma de menino.

— Ô meu Deus, se num é ela de seda da cabeça aos pés; mas num é uma coisa linda de se ver essa moça sentada ali bonita feito um violino e ouvir todo mundo chamando a pequena Amy de "sra. Laurence"! — murmurou a velha Hannah, que não resistia a uma "espiadinha" pelas treliças da porta da cozinha, enquanto arrumava a mesa sem qualquer cuidado.

Misericórdia, como falaram! Primeiro um, depois o outro, depois todos tagarelando juntos — tentando contar a história de três anos em meia hora. Que sorte não foi o chá estar à mão, para acalmar e refrescar — pois teriam ficado roucos e desmaiado se tivessem continuado por muito mais tempo. Que procissão tão feliz seguiu à pequena sala de jantar! O sr. March conduziu orgulhosamente a "sra. Laurence"; com igual sentimento, a sra. March entregou o braço aos cuidados de "seu filho"; o velho cavalheiro levou Jo com um sussurrado "Você será minha garotinha, agora", e um olhar ao canto vazio próximo à lareira que fez Jo responder de volta, baixinho:

— Vou tentar preencher o lugar dela, senhor.

Os gêmeos saltitavam atrás, sentindo que o paraíso na terra estava próximo — pois todos tanto se ocupavam dos recém-chegados que ambos foram deixados a celebrar à vontade, e tenham certeza de que aproveitaram ao máximo a oportunidade. Eis que roubaram bicadinhas de chá, comeram biscoitos de gengibre *ad libitum*, pegaram nacos de bolo quente e, no auge das transgressões, enfiaram cativantes tortinhas em seus bolsos de criança, que ali traiçoeiramente grudaram e se esfarelaram — o que lhes ensinou sobre a fragilidade inerente tanto à confeitaria quanto à natureza humana. Sob o pesado fardo da consciência culpada pela subtração das tortas, e temendo que o olhar penetrante de "Dodô" atravessasse o fino disfarce de cambraia e merino que lhes escondia os espólios, os pequenos pecadores se agarraram ao "bobô", que não estava de óculos. Amy, que circulava entre todos como uma jarra de refresco, retornou à sala de visitas no braço do velho sr. Laurence; os demais formaram seus pares como antes, arranjo que deixou Jo sem companheiro. Ela não notou no momento, pois demorou a responder à ansiosa pergunta de Hannah.

— A srta. Amy vai montar no quipê — cupê — dela e usar toda aquela prataria linda guardada lá na casa deles?

— Você não deveria se surpreender se ela conduzisse seis cavalos brancos, comesse em pratos de ouro, usasse diamantes e pontos de renda todos os dias. Teddy não vê limites para fazer os gostos dela — retrucou Jo, com infinita satisfação.

— Tomara! Quer guisado ou bolinhos de peixe no almoço? — perguntou Hannah, que sabiamente misturava poesia e prosa.

— Tanto faz. — E Jo fechou a porta, sentindo que a comida era um assunto incompatível com aquele momento. Ela ficou um minuto olhando para o grupo que desaparecia escada acima, e enquanto o xadrez das pernas curtas de Demi atingia o último degrau, uma súbita sensação de solidão acometeu-a tão fortemente que ela olhou em volta com os olhos turvos, como se quisesse encontrar algo em que se apoiar. Até mesmo Teddy a abandonara. Se ela soubesse do presente de aniversário que se aproximava, minuto a minuto, não teria dito para si mesma: "Vou chorar um chorinho quando for para a cama; não vai ser bom ficar triste agora". Depois, passou a mão sobre os olhos, pois um de seus hábitos de menino era nunca saber onde estava o lenço, e acabava de conseguir armar um sorriso quando se escutaram batidas à porta da varanda.

Ela abriu a porta com pressa hospitaleira e assustou-se como se outro fantasma viesse surpreendê-la — pois lá estava um cavalheiro robusto e de barba, cujo semblante se iluminava em meio à escuridão como um sol da meia-noite.

— Oh, sr. Bhaer, *como* estou feliz em vê-lo! — exclamou Jo, agarrando-lhe a mão como se temesse que a noite o engolisse antes que ela pudesse trazê-lo para dentro.

— E eu de verr a srta. Marsch... mas não, tem um festa aqui. — E o professor interrompeu-se ao ouvir o som das vozes e o barulho de pés dançantes.

— Não, não é uma festa... apenas minha família. Minha irmã e meus amigos acabaram de chegar, e todos estamos muito felizes. Entre e junte-se a nós.

Apesar de ser um homem muito sociável, penso que o sr. Bhaer teria ido decorosamente embora e retornado noutro dia; mas como poderia, quando Jo fechou a porta atrás dele e o privou do chapéu? Talvez o rosto dela tivesse algo a ver com isso, pois ela se esqueceu de esconder a alegria que sentira ao vê-lo e revelou-a com uma franqueza irresistível ao homem solitário, cujas boas-vindas superaram em muito suas mais ousadas esperanças.

— Se eu não forr o Monsieur de Trop, ficarrei muito feliz de verr todo mundo. A senhorrita estava doente?

Ele colocou a questão abruptamente, pois, quando Jo pendurou o casaco, a luz incidiu sobre seu rosto, e o sr. Bhaer observou nele uma mudança.

— Não doente, mas cansada e triste. Tivemos dificuldades desde que o vi pela última vez.

— Ah, sim, eu soube. Meu corração ficou dolorrido porr você quando soube. — E ele apertou-lhe as mãos novamente, com um rosto tão compassivo que Jo sentiu que nenhum conforto poderia ser igual ao olhar amável e à pressão de suas mãos grandes e quentes.

— Pai, mãe, este é meu amigo, professor Bhaer — apresentou-o, com um semblante e tom de orgulho e prazer tão incontidos que poderia igualmente ter tocado uma trombeta e aberto a porta com um floreio.

Se o estranho tinha quaisquer dúvidas sobre sua recepção, foi tranquilizado pelo cordial acolhimento que recebeu. Todos foram muito gentis, a princípio por causa de Jo, e logo por terem-no apreciado por conta própria. Era irresistível, pois trazia consigo o talismã que abre todos os corações, e aquelas pessoas simples entusiasmaram-se com ele de pronto, sentindo-se ainda mais amistosas porque era pobre — pois a pobreza enriquece os que vivem acima dela e é um passaporte seguro para espíritos verdadeiramente hospitaleiros. O sr. Bhaer ficou sentado olhando para todos com o ar de um viajante que bate em uma porta estranha e, quando esta se abre, encontra-se em casa. As crianças foram até ele como abelhas na direção de um pote de mel; e, cada qual se acomodando em um joelho, passaram a cativá-lo revirando-lhe os bolsos, puxando-lhe a barba e investigando-lhe o relógio com audácia juvenil. As mulheres comunicaram sua aprovação com discretos olhares umas para as outras, e o sr. March, sentindo no homem o espírito de um semelhante, ofereceu o que tinha de mais seleto para o benefício do convidado, enquanto o silencioso John escutava e apreciava a conversa, porém sem pronunciar uma palavra, e o sr. Laurence achou impossível recolher-se.

Se Jo não estivesse absorvida de outro modo, o comportamento de Laurie a teria divertido; pois uma pontada leve, não de ciúme mas de algo como uma suspeita, fez com que o cavalheiro em questão se portasse com indiferença, a princípio, e observasse o recém-chegado com circunspecção fraterna. Mas não durou muito; o interesse foi mais forte e, antes que o percebesse, passara a integrar a roda, pois o sr. Bhaer falou bem nessa atmosfera amigável e fez justiça a si mesmo. Ele raramente se dirigia a Laurie, mas olhava para ele com frequência, e uma sombra atravessou-lhe o rosto, como se lamentasse a própria juventude perdida, enquanto observava o jovem em seu auge. Então seus olhos se voltavam para Jo tão melancolicamente que ela certamente teria respondido ao questionamento mudo, se o tivesse visto; mas Jo tinha seus próprios olhos para cuidar, e, sentindo que não podia confiar neles, prudentemente os mantinha sobre a pequena meia que tricotava, como uma tia solteirona exemplar.

Olhares furtivos vez por outra refrescavam-na como goles de água fresca depois de uma caminhada em meio ao pó, pois as espreitadelas de soslaio revelavam-lhe vários e propícios presságios. O rosto do sr. Bhaer perdera a expressão distraída, e parecia vivo de interesse naquele instante — na verdade, jovem e bonito, pensou ela, esquecendo-se de compará-lo com Laurie, como costumava fazer com homens estranhos, para grande prejuízo deles. Parecia, naquele momento, bastante inspirado; embora os costumes funerários dos antigos, rumo que a conversa tomara, não pudessem ser considerados um tópico estimulante. Jo resplandeceu em triunfo quando Teddy viu seus argumentos esgotados em uma discussão, e pensou consigo mesma, ao observar o rosto absorto do pai: "Como ele gostaria de ter um homem como o meu professor para conversar todos os dias!". E, para completar, o sr. Bhaer estava vestido com um belo e novo terno preto, que o fazia parecer mais do que nunca um cavalheiro. Seus cabelos crespos haviam sido cortados e bem penteados, mas não permaneciam em ordem por muito tempo, pois em momentos excitantes ele os bagunçava à maneira cômica e costumeira, e Jo os preferia espetados e revoltos, pois julgava que davam à sua bela testa um ar imponente. Pobre Jo! Como louvou em seu íntimo, em silêncio, aquele homem comum, enquanto dedicava-se a costurar sem deixar, porém, que nada lhe escapasse, nem mesmo o fato de que o sr. Bhaer trazia abotoaduras douradas em seus punhos imaculados.

"Querido e velho companheiro! Se tivesse saído para fazer a corte, não teria se arrumado com mais cuidado", pensou Jo com seus botões, e então um pensamento súbito, nascido dessas palavras, a fez corar tão terrivelmente que precisou deixar seu novelo cair e abaixar-se para pegá-lo, para assim esconder o rosto.

A manobra não teve, porém, o sucesso esperado; pois, embora em meio ao gesto de acender uma pira funerária, o professor soltou a tocha, metaforicamente falando, e mergulhou na direção da bolinha azul. É claro que eles bateram as cabeças em cheio, viram estrelas e se levantaram corados e rindo, sem o novelo, para retomar seus assentos, desejando não tê-los deixado.

Ninguém sabia para onde seguiria a noite, pois antes da hora habitual Hannah engenhosamente levou os bebês, que dormitavam balançando as cabecinhas como duas papoulas rosadas, e o sr. Laurence voltou para casa para descansar. Os outros sentaram-se em torno do fogo, tagarelando sem a mínima atenção à passagem do tempo, até que Meg, cuja mente maternal fora tomada pela firme convicção de que Daisy caíra da cama e Demi ateara fogo em sua camisola ao estudar a estrutura dos fósforos, fez um movimento para sair.

— Vamos cantar como costumávamos fazer, pois estamos todos reunidos novamente — disse Jo, sentindo que um bom grito seria uma saída segura e agradável para as emoções exultantes de sua alma.

Eles não estavam *todos* lá, mas ninguém julgou as palavras impensadas ou falsas; pois Beth ainda parecia estar entre eles — uma presença pacífica —, invisível, porém mais querida do que nunca, já que a morte não poderia romper os elos familiares que o amor tornava indissolúveis. A cadeirinha estava em seu antigo lugar; a cesta arrumada, com a pouca costura que ela deixara inacabada quando a agulha ficou "pesada demais", ainda jazia na prateleira de costume. O piano amado, raramente tocado agora, permanecia em seu lugar e, acima dele, o rosto de Beth, sereno e sorridente, como nos primeiros dias, olhava para baixo, parecendo dizer: "Sejam felizes! Estou aqui".

— Toque alguma coisa, Amy; deixe-os ouvir o quanto você melhorou — sugeriu Laurie, com orgulho perdoável de sua aluna promissora.

Mas Amy sussurrou, com os olhos cheios, enquanto girava o banquinho gasto:

— Não esta noite, querido; não posso me exibir esta noite.

Mas ela mostrou algo melhor que brilhantismo ou virtuosismo, pois cantou as canções de Beth com uma música delicada na voz, que o melhor mestre não poderia ter ensinado, e tocou os corações dos ouvintes com um poder mais doce do que qualquer outra inspiração poderia ter lhe dado. A sala estava muito quieta, quando a voz clara falhou repentinamente, no último verso do hino favorito de Beth. Era difícil dizer: "A terra não tem tristeza que o céu não pode curar"; e Amy se inclinou contra o peito do marido, que estava de pé atrás dela, sentindo que sua recepção em casa não era perfeita sem o beijo de Beth.

— Agora, devemos terminar com a música de Mignon, pois o sr. Bhaer a canta — disse Jo, antes que a pausa se tornasse dolorosa; e o sr. Bhaer limpou a garganta com grato "hem!", quando se aproximou do canto em que Jo estava, dizendo:

— Você vai cantarr comigo? Cantamos muito bem juntos.

Uma mentira agradável, pois Jo não sabia mais de música do que um gafanhoto; mas se ele tivesse proposto cantar uma ópera inteira, ela teria cantado desbragadamente, com alegria, a despeito do tempo e da afinação. Não importava muito, pois o sr. Bhaer cantava como um verdadeiro alemão, bem e com gosto; e Jo não demorou a se restringir a um murmurar sutil, que a permitisse ouvir a voz melodiosa que parecia cantar somente para ela.

"Sabes qual é o terra onde a cidrra florresce" costumava ser o verso favorito do professor, pois "o terra" representava a Alemanha para ele; mas agora ele parecia frisar, com peculiar calor e melodia, as palavras: "... Lá, oh, eu poderria irr contigo, oh, meu amada", e uma ouvinte ficou tão emocionada com o convite que desejou dizer que conhecia "o terra", e partiria para lá com alegria, assim que quisesse.

A música foi considerada um grande sucesso, e o cantor se recolheu timidamente, coberto de louros. Mas, alguns minutos depois, ficou desconcertado ao mirar Amy amarrando a touca — pois ela fora apresentada simplesmente como "minha irmã", e ninguém a chamara por seu novo nome desde que ele chegara. Ficou ainda mais perdido quando Laurie disse, à sua maneira mais educada, na despedida:

— Minha esposa e eu estamos muito felizes de conhecê-lo, senhor. Por favor, lembre-se de que sempre haverá uma casa pronta a recebê-lo, ali do outro lado.

Em seguida, o professor agradeceu-lhe com tanta alegria e pareceu tão subitamente iluminado de satisfação que Laurie o julgou o sujeito mais deliciosamente expressivo que já conhecera.

— Também prreciso irr; mas voltarrei alegrremente, se a senhorra me derr licença, querrido madame, porque um pequena negócio na cidade me manterrá aqui porr alguns dias.

Ele falava com a sra. March, mas olhava para Jo, e a voz da mãe deu um assentimento tão cordial quanto os olhos da filha; pois a sra. March não era tão cega ao interesse de seus filhos quanto a sra. Moffat supunha.

— Suspeito que seja um homem sábio — observou o sr. March, com plácida satisfação, do capacho da lareira, depois que o último convidado se foi.

— Sei que é bom — acrescentou a sra. March, com decidida aprovação, enquanto dava corda ao relógio.

— Imaginei que gostariam dele — foi tudo o que Jo disse, enquanto se afastava para a cama.

Ela se perguntava qual seria o negócio que trouxera o sr. Bhaer à cidade e, por fim, concluiu que ele fora nomeado para alguma grande honra, em algum lugar, mas fora modesto demais para mencionar o fato. Se tivesse visto o rosto dele quando, já em seu próprio quarto, olhou para o retrato de uma jovem severa e rígida, de cabelos bastos, que parecia mirar sombriamente o futuro, isto poderia ter lançado alguma luz sobre o assunto, especialmente quando ele apagou a lamparina e beijou o retrato no escuro.

44. MILORDE E MILADY

— Por favor, madame mãe, a senhora poderia me emprestar minha esposa por meia hora? A bagagem acabou de chegar, e estou no meio da barafunda das preciosidades que Amy trouxe de Paris, tentando encontrar algumas coisas de que preciso — pediu-lhe Laurie, ao chegar no dia seguinte e encontrar a sra. Laurence sentada no colo da mãe, como se tivesse se transformado no "bebê" novamente.

— Claro! Vá, querida, esqueci que você tem outro lar além deste. — E a sra. March apertou a mão branca que usava a aliança, como se pedisse perdão por sua cobiça materna.

— Não teria vindo se pudesse evitar, mas sem minha mulherzinha fico como...

— O cata-vento sem o vento — sugeriu Jo, quando ele interrompeu a fala em busca de um símile. Jo voltara à velha forma atrevida, desde que Teddy retornara.

— Exatamente; pois Amy me mantém apontando para o oeste a maior parte do tempo, com apenas uma ou outra sopradinha para o sul, e não tenho passado um instante no leste desde que me casei. Nada sei sobre o norte, mas sou completamente saudável e agradável... não, milady?

— O clima é bom até agora. Não sei quanto tempo vai durar, mas não tenho medo de tempestades, pois estou aprendendo a navegar. Vamos para casa, querido, e encontrarei sua calçadeira. Deve ser por causa dela que está fuçando minhas coisas. Os homens são *tão* indefesos, mãe — comentou Amy, com um ar matronal que encantou o marido.

— O que vocês vão fazer depois de se estabelecerem? — perguntou Jo, abotoando a capa de Amy como fazia com seus aventais.

— Temos nossos planos; não queremos falar muito sobre eles, porque tudo ainda é muito novo, mas não pretendemos ficar ociosos. Vou adentrar o mundo dos negócios com uma devoção que encantará meu avô, e provar a ele que não sou mimado. Preciso de algo do tipo para me manter firme. Estou cansado de perder tempo; vou trabalhar como um homem.

— E Amy, o que ela vai fazer? — perguntou a sra. March, satisfeita com a decisão de Laurie e com a energia com que falava.

— Depois de fazer a ronda e exibir nossa melhor touca, vamos surpreendê-los com a elegante hospitalidade de nossa mansão, a brilhante sociedade que atrairemos em torno de nós e a influência benéfica que vamos exercer sobre o mundo como um todo. É isso, não, madame Récamier? — perguntou Laurie, com um olhar intrigante para Amy.

— O tempo vai dizer. Vamos, Impertinência, e não assuste minha família me chamando por apelidos na frente deles — respondeu Amy, decidindo que deveria haver uma casa com uma boa esposa antes de estabelecer um *salon* como rainha da sociedade.

— Como essas crianças parecem felizes juntas! — observou o sr. March, achando difícil mergulhar em seu Aristóteles depois que o jovem casal se foi.

— Sim, e acho que vai durar — acrescentou a sra. March, com a expressão tranquila de um piloto que trouxesse um navio com segurança ao porto.

— Eu sei que vai. Que bom para Amy! — E Jo suspirou, então sorriu luminosamente quando o professor Bhaer abriu o portão com um empurrão impaciente.

Mais tarde, à noite, depois de encontrar sossego em relação à calçadeira, Laurie chamou subitamente a esposa, que corria de um lado para o outro arrumando suas coisas:

— Sra. Laurence.

— Milorde!

— Esse homem pretende se casar com a nossa Jo!

— Espero que sim, não é, querido?

— Bem, meu amor, eu o considero um trunfo, no mais pleno sentido dessa expressiva palavra, mas gostaria que fosse um pouco mais jovem e bem mais rico.

— Ora, Laurie, não seja muito preciosista e materialista. Se eles se amam, não importa quantos anos têm, nem quão pobres são. As mulheres *nunca* devem se casar por dinheiro — Amy assustou-se com as palavras que saíram de sua boca e olhou para o marido, que respondeu, com maliciosa gravidade:

— Certamente que não, embora você ouça meninas encantadoras dizerem que pretendem fazer isso às vezes. Se não me falha a memória, foi o que você pensou, certa feita: era seu dever encontrar um pretendente rico. Isso talvez explique você ter se casado com um irresponsável como eu.

— Oh, meu garoto querido, não, não diga isso! Esqueci-me de sua riqueza quando disse "Sim". Teria me casado com você mesmo que não tivesse um centavo, e às vezes queria que você que fosse pobre para que eu pudesse mostrar o quanto o amo.

E Amy, que era muito digna em público e muito amorosa em particular, deu provas convincentes da verdade de suas palavras.

— Você não acha mesmo que sou uma criatura tão mercenária quanto tentei ser no passado, não é? Ficaria arrasada se não acreditasse que eu estaria feliz no mesmo barco com você ainda que você precisasse ganhar a vida remando.

— Sou um idiota e um bruto? Como poderia pensar assim, quando você recusou um homem mais rico por mim, e não me deixa lhe dar metade do que quero agora, quando tenho o direito? Meninas fazem isso todos os dias, coitadas, e são ensinadas a pensar que é a única salvação delas, mas vocês tiveram uma educação melhor e, embora tenha temido por você um dia, não fiquei desapontado... A filha foi fiel aos ensinamentos da mãe. E ela parecia tão feliz e grata quanto se eu tivesse lhe dado um cheque de um milhão para ser gasto em caridade. Você não está ouvindo minhas observações morais, sra. Laurence. — E Laurie fez uma pausa, pois Amy tinha o olhar ausente, embora fixo em seu rosto.

— Sim, estou, e admirando a covinha em seu queixo ao mesmo tempo. Não quero que fique vaidoso, mas devo confessar que tenho mais orgulho do meu lindo marido do que de todo o seu dinheiro. Não ria... mas o seu nariz é um conforto para mim. — E Amy fez-lhe um carinho suave no nariz, com satisfação artística.

Laurie recebera muitos elogios na vida, mas nunca um que lhe coubesse melhor, como demonstrou claramente, embora tenha se rido do gosto peculiar da esposa, enquanto esta lhe dizia, bem devagar:

— Posso lhe fazer uma pergunta, querido?

— Claro que pode.

— Você se importa se Jo se casar com o sr. Bhaer?

— Ah, esse é o problema, é? Realmente pensei que havia algo na covinha que não combinava com você. Não sendo um cachorro na manjedoura, mas o sujeito mais feliz do mundo, garanto que posso dançar no casamento de Jo com um coração tão leve quanto meus pés. Duvida disso, *mon amie*?

Amy olhou para ele e ficou satisfeita; seu pequeno medo ciumento desapareceu para sempre, e ela agradeceu, com um rosto cheio de amor e confiança.

— Gostaria que pudéssemos fazer algo por esse ótimo e velho professor. Não poderíamos inventar um parente rico, que morreu em algum lugar da Alemanha e lhe deixou uma pequena fortuna? — sugeriu Laurie, quando começaram a andar de um lado para o outro na comprida sala de estar, de braços dados, como gostavam de fazer, relembrando o jardim do castelo.

— Jo nos desmascararia e estragaria tudo; está muito orgulhosa dele assim como ele é, e disse ontem que achava a pobreza uma coisa linda.

— Ai, meu Deus! Ela não pensará assim quando tiver um marido literato, e uma dúzia de pequenos *Professors* e *Professorins* para sustentar. Não vamos interferir agora, mas fiquemos atentos à oportunidade e façamo-lhes um bom favor, a despeito do que pensem. Devo parte da minha educação a Jo, e ela acredita que as pessoas devem pagar suas dívidas com honestidade, então vou contorná-la dessa maneira.

— Como é delicioso poder ajudar os outros, não é? Esse sempre foi um dos meus sonhos: ter o poder de doar livremente; e, graças a você, o sonho se tornou realidade.

— Ah, vamos praticar muito o bem, não é? Existe um tipo de pobreza que particularmente gosto de ajudar. Os mendigos de verdade recebem auxílio, mas pessoas pobres e gentis comem mal porque não vão pedir, e as pessoas não se atrevem a oferecer-lhes caridade; mas existem milhares de maneiras de ajudá-las, se soubermos fazê-lo tão delicadamente que não ofenda. Devo dizer: agrada-me mais servir um cavalheiro em dificuldades do que um mendigo que adula. Creio que é errado, mas ajudo, embora seja mais difícil.

— Porque é preciso ser um cavalheiro para fazê-lo — acrescentou o outro membro da Sociedade de Admiração Doméstica.

— Obrigado. Receio porém não merecer esse belo elogio. Mas eu ia dizer que, enquanto perdia meu tempo, vi muitos jovens talentosos fazendo todo tipo de sacrifícios e enfrentando dificuldades reais para realizar seus sonhos. Esplêndidos companheiros, alguns deles, trabalhando como heróis, pobres e sem amigos, mas tão cheios de coragem, paciência e ambição que eu tinha vergonha de mim mesmo, e ansiava por lhes dar um bom e justo empurrãozinho. São pessoas que é uma satisfação ajudar, pois, quando são dotadas de genialidade, é uma honra poder servi-las e não deixar que a percam ou a adiem por falta de combustível para manter a panela em ebulição; e quando não são, é um prazer consolar as pobres almas e mantê-las longe do desespero, quando o descobrem.

— Sim, de fato; e há outra classe que não consegue pedir, e que sofre em silêncio. Sei alguma coisa disso, porque pertencia a ela antes de você fazer de mim uma princesa, como o rei faz da mendiga na velha história. Meninas ambiciosas têm dificuldades, Laurie, e muitas vezes acabam por ver a juventude, a saúde e as oportunidades preciosas se perderem, apenas por falta de uma pequena ajuda no momento certo. As pessoas têm sido muito gentis comigo, e sempre que vejo garotas lutando, como costumávamos fazer, quero estender minha mão e ajudá-las, como fui ajudada.

— E assim você deve fazer, como o anjo que é! — exclamou Laurie, resolvendo, com um lampejo de zelo filantrópico, fundar e financiar uma instituição expressamente em prol de moças com tendências artísticas. — Os ricos não têm o direito de ficar sentados se divertindo ou deixar seu dinheiro acumulando para que outros o desperdicem. Legar um monte de heranças quando se morre passa longe de ser tão sensato quanto usar o dinheiro com sabedoria em vida e com ele fazer a felicidade de seus semelhantes. Vamos viver bem e acrescentar uma alegria a mais ao nosso próprio prazer dando a outras pessoas um gostinho generoso. Você será uma pequena Dorcas, saindo para esvaziar uma grande cesta de confortos e enchê-la com boas ações?

— De coração, se você for um corajoso são Martinho, parando, enquanto cavalga valorosamente pelo mundo, para compartilhar sua capa com o mendigo.

— Trato feito, e vamos tirar o melhor partido dele!

Assim, o jovem casal selou o acordo com um aperto de mão e voltou a caminhar alegremente, sentindo que sua casa agradável tinha mais de lar por guardarem consigo a esperança de iluminar outras casas, acreditando que seus próprios pés trilhariam com mais firmeza o caminho florido que tinham diante de si se aplainassem as vias irregulares para outros pés, e sentindo que seus corações estavam mais intimamente unidos por um amor que podia se lembrar com carinho dos menos abençoados que eles.

45. DAISY E DEMI

NÃO POSSO SENTIR QUE CUMPRI meu dever como humilde cronista da família March sem dedicar ao menos um capítulo aos dois membros mais preciosos e importantes dela. Daisy e Demi tinham chegado à idade da razão; pois, nesses tempos afobados, crianças de três ou quatro anos afirmam seus direitos, assim como os conquistam, o que é mais do que fazem muitos de seus pais. Se algum dia houve um par de gêmeos que correu o risco de ser completamente mimado pela adoração, foram esses Brooke tagarelas. Eram as crianças mais notáveis que já nasceram, claro; como será demonstrado quando eu mencionar que começaram a caminhar aos oito meses, a falar fluentemente aos doze e, aos dois anos, a tomar seus lugares à mesa e a se comportar com uma propriedade que encantava todos que os viam. Aos três anos, Daisy quis uma "agúia" e, de fato, fez uma bolsinha. Também gostava de brincar de dona de casa no aparador, e cuidava de um microscópico fogão com uma habilidade que fazia brotar lágrimas de orgulho nos olhos de Hannah, enquanto Demi aprendia as letras com o avô, que inventou um novo modo de ensinar o alfabeto formando as letras com seus braços e pernas — unindo assim os exercícios para a mente e para o corpo. O menino logo desenvolveu um gênio mecânico que encantou o pai e levou a mãe à loucura, pois tentava copiar todas as máquinas que via e mantinha o quarto das crianças em uma situação caótica, com sua "quininha de costuia" — uma misteriosa estrutura de cordões, cadeiras, pregadores de roupa e carretéis, para as rodas ficarem "giando giando". Também havia uma cesta pendurada no encosto de uma cadeira, na qual ele tentou em vão içar a irmã, que, com dedicação feminina e excessiva confiança, deixou que sua cabecinha batesse sucessivas vezes até ser resgatada, quando o jovem inventor indignado comentou:

— Mas mamã, é meu leivador, e tô tentando puxar minha imãzinha.

Embora tivessem temperamentos completamente diferentes, os gêmeos se davam muito bem e era raro brigarem mais do que três vezes por dia. Demi tiranizava Daisy, claro, e galantemente a defendia de todos os outros agressores, enquanto Daisy se submetia e adorava o irmão como o único ser perfeito no mundo. Uma alma rosadinha, gorduchinha e iluminada: essa era Daisy, que encontrava o caminho para o coração de todos e neles se aninhava. Uma dessas crianças cativantes, que parecem feitas para serem beijadas e abraçadas, adoradas e enfeitadas como pequenas deusas, e que surgem em todas as ocasiões festivas para a aprovação geral. Suas pequenas virtudes eram tão doces que ela teria sido bastante angelical, não fossem algumas pequenas travessuras que a mantinham deliciosamente humana. Tudo era céu azul em seu mundo, e todas as manhãs ela se aproximava cambaleante da janela em sua camisolinha para olhar e dizer, não importando se chovia ou brilhava: "Ai, que dia lindo, que dia lindo!". Todos eram para ela amigos, e ela oferecia beijos a um estranho com tanta confiança que o solteiro mais convicto cedia, e os amantes de bebês tornavam-se fiéis adoradores.

— Eu adoio todo mundo — disse certa feita, abrindo os braços, com a colher na mão e a caneca na outra, como se estivesse ansiosa para abraçar e alimentar o mundo inteiro.

Enquanto ela crescia, sua mãe começou a sentir que o Pombal seria abençoado pela presença de uma moradora tão serena e amorosa como a que ajudara a fazer da antiga casa um lar, e a rezar para que fosse poupada de uma perda como aquela que recentemente lhes ensinara por quanto tempo haviam abrigado um anjo sem o perceber. Seu avô costumava chamá-la de "Beth", e sua avó cuidava dela com incansável dedicação, como se tentasse reparar algum erro do passado, que nenhum olho além do dela poderia ver.

Demi, como um verdadeiro ianque, tinha uma postura questionadora, desejosa de tudo saber, a ponto de não raro ficar muito perturbado por não ser capaz de obter respostas satisfatórias para o perpétuo "Por que?".

Também dispunha de inclinação filosófica, para o grande deleite do avô, que com ele costumava manter diálogos socráticos, em que o aluno precoce ocasionalmente calava o professor, para a indisfarçada satisfação das mulheres.

— O que faz minhas peinas andaiem, bobô? — perguntou o jovem filósofo, observando as partes ativas do corpo com um ar meditativo, enquanto descansava depois de uma brincadeira de antes de ir para a cama.

— É a sua pequena mente, Demi — respondeu o sábio, acariciando a cabecinha loira, respeitosamente.

— O que é uma pequena mente?

— É algo que faz seu corpo se mover, como as molas que moviam as engrenagenzinhas do meu relógio, quando mostrei para você.

— Me ábi, bobô. Queio ver como é.

— Não posso fazer isso, da mesma forma que você não poderia abrir um relógio. Deus dá corda em você, e você vai funcionando até que Ele o faz parar.

— É? — E os olhos castanhos de Demi ficaram enormes e brilhantes quando ele compreendeu o novo pensamento. — Tenho coda que nem o relógio?

— Tem, mas não posso mostrar como é; porque isso é feito quando não vemos.

Demi apalpou as próprias costas, como se esperasse encontrar a corda de um relógio, e então gravemente observou:

— Acho que o Deus faz isso quando tô doimindo.

Seguiu-se uma explicação cuidadosa, à qual ele ouviu tão atentamente que sua ansiosa avó disse:

— Meu querido, acha sensato falar sobre essas coisas com nosso menininho? Ele está ficando com os olhos cansados e aprendendo a perguntar coisas irrespondíveis.

— Se ele tem idade para perguntar, tem idade para receber respostas verdadeiras. Não estou colocando pensamentos em sua cabeça, mas ajudando-o a desenvolver os que já estão lá. Essas crianças são mais sábias do que nós, e não tenho dúvida de que o menino entende cada palavra que lhe digo. Agora, Demi, me diga: onde você guarda a mente?

Se o menino tivesse respondido como Alcibíades, "Pelos deuses, Sócrates, não sei dizer", seu avô não teria ficado surpreso; mas quando, depois de ficar um momento em uma perna, como uma jovem cegonha meditativa, ele respondeu, em um tom de serena convicção, "Na minha baiguinha", o velho cavalheiro só pôde unir-se ao riso da avó e encerrar a aula de metafísica.

Podia ter havido motivo para ansiedade materna, se Demi não tivesse dado provas convincentes de que era um menino real, bem como um aprendiz de filósofo; pois muitas vezes, depois de discussões que faziam Hannah profetizar, com acenos sinistros, "Essa criança não é deste mundo", ele dava meia-volta e lhe dirimia os medos com alguma dessas brincadeiras com que esses queridos, sujos e travessos diabinhos irritam e encantam as almas dos pais.

Meg estabeleceu muitas regras morais e tentou mantê-las; mas que mãe faz frente às artimanhas vencedoras, às evasivas engenhosas ou à audácia tranquila desses homens e mulheres em miniatura que tão cedo se mostram arrematados Matreiros?

— Sem mais passas, Demi. Você vai ficar doente — diz a mamãe ao jovem que oferece seus préstimos na cozinha com infalível regularidade nos dias em que há pudim de ameixa.

— Gosto de ficar doente.

— Não quero você aqui... então corra e ajude Daisy a fazer os bolinhos.

Ele parte com relutância, mas seus erros lhe pesam sobre o espírito; e, quando surge uma oportunidade para repará-los, dobra a mamãe com uma habilidosa barganha.

— Vocês foram filhinhos obedientes, e vou brincar do que quiserem — diz Meg, conduzindo seus assistentes de cozinha para o andar de cima, quando o pudim está a salvo na panela.

— De vedade, mamã? — pergunta Demi, com uma ideia brilhante em sua cabeça bem polvilhada de talco.

— Sim, de verdade. O que quiserem — responde a mãe incauta, preparando-se para cantar "Os três gatinhos" uma meia dúzia de vezes, ou para levar sua família "À feira" sem fazer caso do cansaço. Mas Demi a encurrala com a resposta fria:

— Então vamos brincar de comer todas as passas.

Tia Dodô era a companheira de brincadeiras e *confidante* de ambas as crianças, e o trio virava a casinha de pernas para o ar. Tia Amy era ainda apenas um nome para eles e tia Beth logo se transformou em uma lembrança agradavelmente vaga, mas tia Dodô era uma realidade viva, e eles a aproveitaram ao máximo — preferência pela qual ficou profundamente grata. Mas, com a chegada do sr. Bhaer, Jo negligenciou seus companheiros de jogo, e desânimo e desolação se abateram sobre suas alminhas. Daisy, que gostava de sair para vender beijos, perdeu sua melhor cliente e faliu. Demi, com perspicácia infantil, logo descobriu que Dodô gostava de brincar com o "homem urso" mais do que com ele; mas, embora magoado, escondia a angústia, pois não tinha coragem de insultar um rival que mantinha uma mina de gotas de chocolate no bolso do colete e um relógio que podia ser retirado de seu estojo e livremente chacoalhado por admiradores ardentes.

Algumas pessoas poderiam ter considerado essas agradáveis liberdades como subornos; mas Demi não as via sob essa luz, e continuava a prestigiar o "homem urso" com afabilidade contemplativa, enquanto Daisy dedicou-lhe pequenos carinhos na terceira visita, e tomou seu ombro como um trono, seu braço como um refúgio, e seus presentes como tesouros de incomparável valor.

Os cavalheiros são às vezes tomados por uma súbita admiração pelos jovens parentes das mulheres que honram com sua estima; mas esse falso amor à prole do próximo não lhes cai bem e a ninguém convence. A devoção do sr. Bhaer era sincera, contudo, e igualmente eficaz — pois a honestidade é a melhor postura, no amor como no direito. Ele era um desses homens que ficam em casa com crianças, e mostrava-se particularmente bem quando os rostinhos faziam um contraste agradável com a virilidade do seu. Seus assuntos, quaisquer que fossem, o detinham durante os dias, mas às noites raramente ele deixava de fazer suas visitas — bem, ele sempre procurava o sr. March; logo, suponho que *ele* era a atração. O excelente pai iludia-se que assim fosse, e deleitava-se em longas discussões com o espírito semelhante, até que uma observação casual de seu neto mais observador de repente o iluminou.

O sr. Bhaer apareceu uma noite e interrompeu o passo à porta do escritório, espantado com o espetáculo que seus olhos encontraram. Deitado no chão estava o sr. March, com suas respeitáveis pernas no ar, e ao lado dele, em igual posição, Demi, tentando imitar o movimento com as próprias pernas curtas, envoltas em meias escarlate, ambos tão seriamente absortos em seu exercício que não perceberam a presença de espectadores, até que o sr. Bhaer riu sua risada sonora, e Jo exclamou, com uma expressão escandalizada:

— Pai, pai, o professor está aqui!

Ao chão vieram as pernas vestidas de preto e ao alto subiu a cabeça cinzenta, enquanto o professor dizia, com imperturbável dignidade:

— Boa noite, sr. Bhaer. Peço licença por um momento. Estamos terminando nossa lição. Agora, Demi, faça a letra e diga seu nome.

— Eu conhece ele! — E, depois de alguns esforços convulsivos, as pernas vermelhas assumiram a forma de um compasso, e o pupilo inteligente gritou triunfalmente:

— É um uvê, bobô, é um uvê!

— É um Weller nato — riu Jo, enquanto seu pai se levantava e seu sobrinho tentava ficar de cabeça para baixo, como o único modo de expressar sua satisfação pelo fim da aula.

— O que você fez hoje, *Bübchen*? — perguntou o sr. Bhaer, pegando o ginasta.

— Fui ver a Maryzinha.

— E o que fez lá?

— Beijei ela — começou Demi, com ingênua franqueza.

— *Prut!* Começou cedo. O que a Marryzinha disse a isso? — perguntou o sr. Bhaer, tomando a confissão do jovem pecador, que estava de pé sobre seus joelhos, explorando o bolso do colete.

— Ah, ela gostou, e ela beijou eu, e eu gostei. Menininho não gosta de menininha? — perguntou Demi, com a boca cheia e um ar de gentil satisfação.

— Franguinho precoce... quem colocou isso na sua cabeça? — espantou-se Jo, divertindo-se com a revelação inocente tanto quanto o professor.

— Não tá na minha cabeça, tá na minha língua — respondeu Demi literalmente, abrindo a boca, na qual se escondia uma gota de chocolate, pensando que a tia fazia alusão ao confeito, não às ideias.

— Guarrde um pouco parra a amiguinho. Doces parra a docinha, homenzinha. — E o sr. Bhaer ofereceu a Jo alguns, com um olhar que a fez se perguntar se o chocolate não era o néctar dos deuses. Demi também viu o sorriso, ficou impressionado e indagou inocentemente:

— Menino gande gosta de menina gande também, pofessor?

Como o jovem Washington, o sr. Bhaer "não sabia mentir"; então ofereceu uma resposta um tanto vaga, segundo a qual acreditava que às vezes eles gostavam, em um tom que fez o sr. March depor a escova de roupas, olhar para o rosto tímido de Jo e depois afundar na cadeira, com ar de que o "franguinho precoce" colocara em *sua* mente uma ideia a um só tempo doce e azeda.

Por que Dodô, quando o pegou no armário de porcelana meia hora depois, quase o fez perder o fôlego com um abraço carinhoso, em vez de sacudi-lo por estar ali? E por que, além disso, ela lhe deu de inesperado presente uma grande fatia de pão com geleia? Foram questões nas quais Demi empenhou todo o seu pequeno juízo, mas que, no entanto, quedaram sem solução para sempre.

46. DEBAIXO DO GUARDA-CHUVA

ENQUANTO LAURIE E AMY faziam passeios conjugais sobre tapetes de veludo, arrumando a casa e planejando um ditoso futuro, Bhaer e Jo deleitavam-se com passeios diferentes, por estradas enlameadas e campos encharcados.

— Sempre dou uma volta próximo do anoitecer e não sei por que deveria parar só porque quase sempre encontro o professor em sua caminhada — disse Jo para si mesma, depois de dois ou três encontros; pois, embora houvesse dois caminhos para a casa de Meg, fosse qual fosse que tomasse, era certo que o encontrasse, na ida ou na volta. Ele sempre andava com celeridade, e nunca parecia vê-la senão quando muito perto, como se os seus olhos míopes não fossem capazes de reconhecer a dama que se aproximava até aquele instante. Então, se ela estava indo para a casa de Meg, ele tinha sempre algo para as crianças; se o rosto dela estivesse voltado para casa, ele apenas havia saído para ver o rio e já estava perto de retornar, temendo que a família estivesse cansada de suas frequentes visitas.

Nessas circunstâncias, o que Jo poderia fazer, senão cumprimentá-lo com educação e convidá-lo a entrar? Se estava cansada de suas visitas, escondia seu cansaço com absoluta habilidade e cuidava para que houvesse café no jantar, uma vez que "Friedrich... quero dizer, o sr. Bhaer... não gosta de chá".

Na segunda semana, todos sabiam perfeitamente o que estava acontecendo, mas todos tentavam se mostrar cegos às mudanças na expressão de Jo. Nunca perguntaram a razão de ela cantar enquanto costurava, de arrumar o cabelo três vezes por dia e ficar tão exuberante com seu exercício vespertino; e ninguém demonstrava suspeitar minimamente que o professor Bhaer, enquanto conversava sobre filosofia com o pai, dava aulas de amor à filha.

Jo não foi sequer capaz de entregar seu coração de uma maneira apropriada: tentou, severamente, reprimir os próprios sentimentos; e, ao fracassar em seu intento, levou uma vida em certa medida agitada. Tinha um medo mortal de ser ridicularizada por se render, depois de suas muitas e veementes declarações de independência. Laurie lhe causava especial pavor, mas graças à sua nova gerente, ele se comportou com adequação digna de louvor; nunca chamou o sr. Bhaer de "um velho camarada" em público, nunca aludiu, nem remotamente, à melhora na aparência de Jo ou expressou a mínima surpresa ao ver o chapéu do professor na mesa dos March praticamente todas as noites. Contudo, comemorou em privado, e ansiava pelo tempo vindouro, quando pudesse presentear Jo com um prato estampado com um urso e uma bengala gasta à guisa de brasão.

Por quinze dias, o professor foi e voltou com a regularidade de um namorado; então afastou-se por três dias inteiros e não deu sinal de vida — procedimento que chamou a atenção de todos e tornou Jo, a princípio, pensativa, e depois — para o prejuízo do romance — muito zangada.

— Irritado, talvez... foi para casa tão de súbito quanto chegou. Não significa nada para mim, é claro; mas acho que devia ter vindo se despedir de nós como um cavalheiro — disse para si mesma, com um olhar desesperado ao portão, enquanto se arrumava para a costumeira caminhada, numa tarde nublada.

— É melhor você pegar o guarda-chuvinha, querida. Está com cara de chuva — disse a mãe, notando que ela vestia sua touca nova, mas sem aludir ao fato.

— Sim, Mami; quer alguma coisa da cidade? Tenho que correr para buscar um pouco de papel — devolveu Jo, puxando o laço sob o queixo diante do espelho como uma desculpa para não olhar para a mãe.

— Sim, quero um pouco de fazenda sarjada, uma cartela de agulhas número nove e dois metros de fita estreita cor de lavanda. Está com suas botas grossas, e algo quente sob a capa?

— Creio que sim — respondeu Jo, distraída.

— Se encontrar o sr. Bhaer, traga-o para o chá. Quero bastante ver o caro homem — acrescentou a sra. March.

Jo ouviu *isso*, mas em resposta apenas beijou a mãe e afastou-se rapidamente, pensando com um brilho de gratidão, apesar da mágoa: "Como ela é boa para mim! O *que* fazem as moças que não têm mães para ajudá-las a superar seus problemas?".

As lojas de secos e molhados não ficavam entre as casas de contabilidade, bancos e armazéns, nas quais os cavalheiros mais se reúnem; mas Jo se viu naquela parte da cidade antes de realizar sua única tarefa, caminhando a esmo como quem esperasse por alguém, examinando instrumentos de precisão em uma vitrine e amostras de lã em outra, com o menos feminino dos interesses; tropeçando em barris, escapando de ser esmagada por fardos de feno, empurrados sem cerimônia por homens ocupados que pareciam se perguntar "Como diabos ela veio parar aqui?". Uma gota de chuva em sua bochecha conclamou seus pensamentos das esperanças frustradas às fitas arruinadas; pois as gotas continuavam a cair, e, sendo mulher além de enamorada, sentiu que, embora fosse tarde demais para salvar seu coração, poderia ao menos poupar o chapéu. Ela se lembrou, então, do guarda-chuvinha que havia esquecido ao se apressar; mas lamentar-se de nada adiantava, e nada lhe restava senão tomar um emprestado ou ficar encharcada. Ela olhou as nuvens pesadas ao alto, o laço vermelho já respingado abaixo, a rua lamacenta à frente e, depois, num longo e demorado olhar para trás, um certo armazém imundo, com uma placa "Hoffmann, Swartz, & Co." em cima da porta, e disse para si mesma, com um ar severamente reprovador:

— Bem-feito! Que tinha eu de vestir minhas melhores coisas e vir toda coquete até aqui, na esperança de ver o professor? Jo, tenho vergonha de você! Não, você não deve ir lá pedir aos colegas dele que lhe emprestem um guarda-chuva ou deem notícias do paradeiro do professor. Caia fora daqui, faça o que tiver de fazer na chuva, e se pegar uma gripe ou destruir a sua touca, não é mais do que merece. Ande logo!

Com isso, ela correu para o outro lado da rua tão impetuosamente que escapou por pouco de ser aniquilada por uma carroça que passava e se precipitou nos braços de um velho cavalheiro, que disse: "Ora, senhora!", e pareceu mortalmente ofendido. Um pouco desanimada, Jo endireitou-se, abriu o lenço sobre as adoradas fitas e, deixando a tentação para trás, apressou-se, com os tornozelos cada vez mais úmidos e o retinir dos guarda-chuvas que se chocavam sobre sua cabeça. Chamou-lhe a atenção o fato de um guarda-chuva azul um tanto quebrado proteger-lhe constantemente a touca; ao olhar para cima, ela viu o sr. Bhaer olhando para baixo:

— Sinto conhecerr o senhorra obstinada que avança tão corrajoso debaixo de muitas narrizes de cavalo e tão rápido no meio desse monte de lama. O que está fazendo aqui, meu amiga?

— Estou fazendo compras.

O sr. Bhaer sorriu, enquanto olhava da fábrica de conservas, de um lado, para o armazém de couros e peles, do outro; mas apenas disse, educadamente:

— Não tem guarrda-chuva; posso irr junto e pegarr as pacotes para você?

— Sim, obrigada.

As bochechas de Jo estavam tão vermelhas quanto a fita, e ela se perguntou o que ele pensava a seu respeito; mas não se importou, pois no minuto seguinte viu-se caminhando de braços dados com seu professor, sentindo como se o sol tivesse irrompido com um brilho incomum, pois o mundo estava em ordem de novo, e uma mulher absolutamente feliz chapinhava no meio da chuva naquele dia.

— Pensamos que tivesse partido — disse Jo, apressadamente, pois sabia que ele estava olhando para ela: a touca não era grande o bastante para esconder-lhe o rosto, e ela temia que ele pudesse pensar na alegria que seu semblante traía sem o menor pudor.

— Achou que eu partirria sem me despedirr dos que forram tão bondosas comigo? — perguntou ele, num tamanho tom de reprovação que ela sentiu como se o tivesse insultado com a sugestão, respondendo sinceramente:

— Não, *eu* não. Sabia que estava ocupado com seus próprios assuntos, mas nós sentimos muito a sua falta... meu pai e minha mãe, especialmente.

— E você?

— Estou sempre feliz em vê-lo, senhor.

Em sua ansiedade de manter a voz bastante calma, Jo fez com que a frase soasse muito fria, e a gelada palavra final pareceu arrepiar o professor, pois seu sorriso desapareceu, enquanto ele dizia gravemente:

— Eu agrradeço. Farrei um novo visita antes de parrtirr.

— *Está* partindo, então?

— Não tem mais nenhuma negócio aqui, está feito.

— Bem-sucedido, espero? — perguntou Jo, ouvindo a amargura da decepção em sua curta resposta.

— Querro pensarr que sim, pois tenho uma caminho aberrta parra mim pela qual posso ganharr a meu pão e ajudarr muito minhas *Jünglings*.

— Conte-me, por favor! Gosto de saber tudo sobre os... os garotos — disse Jo, avidamente.

— Isso é tão gentil, eu de bom grrado lhe digo. Meus amigas me arrumam uma emprrego num faculdade, onde eu ensino como em casa, e ganho o suficiente parra darr um vida mais trranquilo parra Franz e Emil. Deverria serr grrato porr isso, não?

— Mas claro! Que esplêndido será ter o senhor fazendo o que gosta e poder vê-lo com frequência, e os meninos! — exclamou Jo, agarrando-se aos rapazes como desculpa para a satisfação que não era capaz de deixar de trair.

— Ah! Mas não vamos nos encontrarr muitas vezes, acho; a lugarr fica na oeste.

— Que longe! — E Jo soltou as saias no chão enlameado, como se não lhe importasse mais o fim de suas próprias roupas.

O sr. Bhaer era capaz de ler em vários idiomas, porém não aprendera a ler as mulheres. Ele se vangloriava por conhecer Jo muito bem e, portanto, ficou muito impressionado com as contradições de voz, rosto e modos que ela lhe apresentou em rápida sucessão naquele dia: uma meia dúzia de diferentes humores no transcorrer de meia hora. Quando ela o encontrou, pareceu surpresa, embora fosse impossível afastar a suspeita de que ela fora até lá com esse específico propósito. Quando ele lhe ofereceu o braço, ela o tomou com um olhar que o encheu de prazer; porém, quando perguntou se ela sentia sua falta, ela lhe devolveu uma resposta tão formal e fria que o desespero se abateu sobre ele. Ao ser informada de sua boa-nova, ela quase bateu palmas — a alegria era toda dedicada aos meninos? Em seguida, ao ouvir seu destino, ela disse: "Que longe!", em um tom de desespero que lhe deu grandes esperanças; contudo, no minuto seguinte ela o levou novamente ao chão, observando, como estivesse absolutamente imersa na tarefa:

— É aqui que preciso entrar para fazer o que tenho de fazer. Quer vir? Não vai demorar muito.

Jo era um tanto quanto orgulhosa de sua capacidade de fazer compras e, em particular, desejava impressionar o acompanhante com a organização e a desenvoltura com que realizaria o negócio. Mas, devido à agitação em que estava, tudo correu mal: ela virou a bandeja de agulhas, não se lembrou de que a fazenda devia ser "sarjada" até que o tecido fosse cortado, informou a quantidade errada e se encheu de vergonha ao pedir uma fita lavanda no balcão de chita. O sr. Bhaer ficou parado, observando-a enrubescer e errar; e, enquanto observava, sua própria perplexidade pareceu diminuir, pois começava a perceber que, em algumas ocasiões, as mulheres, como os sonhos, devem ser lidos pelo avesso.

Quando saíram, ele colocou o embrulho debaixo do braço com um semblante mais alegre, e pisou nas poças como se gostasse, em geral.

— Não deverríamos fazerr uma pouco do que você chama de comprras parra os bebês, e terr uma banquete de despedida hoje à noite se eu forr parra meu último visita em seu casa tão agrradável? — perguntou ele, parando diante de uma vitrine cheia de frutas e flores.

— O que vamos comprar? — perguntou Jo, ignorando a última parte de seu discurso e inspirando a mistura de cheiros com uma afetação de prazer quando entraram.

— Eles podem gostarr de larranjas e figos? — perguntou o sr. Bhaer, com um ar paternal.

— Eles comem, quando podemos comprar.

— Você gosta de nozes?

— Como um esquilo.

— Vinho moscatel... vamos beberr ao mãe pátrria com eles?

Jo franziu o cenho com aquele item de extravagância e perguntou por que ele não levava uma cesta de tâmaras, um barril de passas e um saco de amêndoas, e encerrava a compra? Ao que o sr. Bhaer confiscou-lhe a carteira, sacou a sua própria e terminou a compra com quilos de uvas, um vaso de margaridas rosadas e um lindo pote de mel, tão grande que mais poderia ser visto como um garrafão. Então, deformando os bolsos com os pacotes e dando-lhe as flores para segurar, ele ergueu o velho guarda-chuva e os dois seguiram novamente.

— Srta. Marsch, tenho uma grrande favorr parra pedirr-lhe — começou o professor, depois de um passeio úmido de meio quarteirão.

— Sim, senhor. — E o coração de Jo começou a bater com tanta força que ela teve medo de que ele ouvisse.

— Ouso dizerr isso apesarr da chuva, porrque tenho um tempo muito currta aqui.

— Sim, senhor. — E Jo quase esmagou o pequeno vaso com o aperto súbito que ela lhe aplicou.

— Gostarria de comprrarr uma vestidinho parra a minha Tina, e sou muito estúpido parra irr sozinha. A senhorrita me farria o gentileza de me oferrecer um palavrra de bom gosto e ajuda?

— Sim, senhor. — E Jo sentiu-se calma e fria de repente, como se tivesse entrado em um refrigerador.

— Talvez também uma xale parra o mãe de Tina, que é tão pobrre e doente, e o marrido é tão cuidadoso... Sim, sim, uma xale grrossa e quente serria um coisa gostoso parra levarr parra a mãezinha.

— Com prazer, sr. Bhaer.

"Estou indo muito rápido, e ele está ficando cada vez mais adorável", acrescentou Jo para si mesma; em seguida, com um chacoalhão mental, tomou para si a tarefa com uma energia boa de se ver.

O sr. Bhaer deixou tudo sob seus cuidados; assim, ela escolheu um lindo vestido para Tina, e em seguida pediu os xales. O balconista, um homem casado, dignou-se a dar atenção ao casal, que parecia fazer compras para a família.

— Sua esposa pode preferir isso. É um artigo de alta qualidade, de uma cor muito apreciada, bastante casto e elegante — disse ele, abrindo numa sacudidela um confortável xale cinzento e lançando-o sobre os ombros de Jo.

— Este é do agrado do senhor? — perguntou ela ao professor, virando-se de costas para ele e sentindo-se profundamente grata pela oportunidade de esconder o rosto.

— Excelente, ficarremos com ela — respondeu o sr. Bhaer, sorrindo para si mesmo ao pagar, enquanto Jo continuava a revirar os balcões como uma rematada caçadora de pechinchas. — Agorra vamos parra casa? — perguntou ele, como se as palavras lhe fossem muito aprazíveis.

— Sim, está tarde, e estou *muito* cansada.

A voz de Jo era mais expressiva do que ela notava, pois naquele momento o sol parecia ter partido tão de repente quanto surgira, e o mundo ficou enlameado e triste de novo, e pela primeira vez ela percebia que seus pés estavam gelados, sua cabeça latejava e seu coração estava mais frio que os pés e mais dolorido que a cabeça. O sr. Bhaer partiria; seus sentimentos por ela eram os de um amigo, era tudo um equívoco, e quanto mais cedo terminasse, melhor. Com essa ideia em mente, ela chamou um ônibus que se aproximava com um gesto tão apressado que as margaridas caíram do vaso e ficaram muito danificadas.

— Este não é nossa ônibus — disse o professor, acenando para que o veículo lotado seguisse e parando para pegar as pobres flores.

— Mil desculpas. Não vi o nome direito. Mas não importa, consigo andar. Estou acostumada a caminhar na lama — devolveu Jo, piscando forte, porque teria preferido morrer a enxugar os olhos diante do professor.

O sr. Bhaer viu as gotas em suas bochechas, embora ela tivesse virado o rosto. A visão pareceu tocá-lo muito, pois de repente se curvou e perguntou num tom que traía o peso de suas palavras:

— Corração tão querrida, por que chorra?

Pois então: se Jo não fosse novata nesse tipo de coisa, teria dito que não estava chorando, que estava resfriada ou qualquer outra mentirinha feminina adequada à ocasião. Em vez disso, a estabanada criatura respondeu com um soluço irreprimível:

— Porque o senhor está indo embora.

— *Ach, mein Gott*, isso é *muito* bom! — exclamou o sr. Bhaer, conseguindo apertar as mãos apesar do guarda-chuva e dos embrulhos. — Jo, não tenho nada além de muita amorr parra te darr. Vim parra verr se você gostarria da minha amorr, e esperrei parra terr cerrteza de que erra algo mais que uma amigo. Eu sou? Você pode dar uma lugarrzinho em seu corração parra a velho Fritz? — acrescentou ele, de um só fôlego.

— Ai, sim! — respondeu Jo, e ele ficou bastante satisfeito, pois ela fechou as duas mãos em seu braço, e olhou para ele com uma expressão que mostrava claramente como ela ficaria feliz de andar ao lado dele pela vida afora, mesmo que não tivesse melhor abrigo do que o guarda-chuva velho, caso ele o levasse.

Era, sem dúvida, um pedido de casamento sob enormes adversidades; pois, mesmo que tivesse desejado fazê-lo, o sr. Bhaer não poderia ficar de joelhos, por causa da lama, tampouco era capaz de oferecer a Jo sua mão, exceto figurativamente, pois ambas estavam carregadas; muito menos poderia incorrer em doces demonstrações de afeto no meio da rua, embora estivesse muito próximo delas. Assim, o único expediente que tinha à disposição para expressar seu arrebatamento era olhar para ela, com uma expressão que iluminava seu rosto a tal ponto que de fato parecia haver pequenos arco-íris nas gotas que reluziam em sua barba. Se não fosse tamanho o amor que sentia por Jo, creio que não teria sido capaz de fazer isso *naquele momento*, pois ela parecia bem longe de estar bonita, com as saias em um estado deplorável, as botas de borracha molhadas até os tornozelos, e a touca em petição de miséria. Felizmente, o sr. Bhaer a considerava a mulher mais linda do mundo, e ela o via mais imponente do que nunca, embora a aba de seu chapéu estivesse deformada pelos pequenos riachos que escorriam sobre seus ombros (pois ele segurava o guarda-chuva por cima de Jo), e todos os dedos de suas luvas precisassem de remendos.

Para os transeuntes provavelmente não se tratava de mais do que dois lunáticos inofensivos, pois esqueceram-se completamente de chamar o ônibus e saíram em calmo passeio, alheios ao crepúsculo e ao nevoeiro. Pouco se importavam com o que se pensava deles, pois desfrutavam da hora feliz que raramente acontece mais de uma vez na vida de qualquer pessoa — o momento mágico que confere juventude à velhice, beleza à simplicidade, riqueza à pobreza e dá aos corações humanos um gostinho do céu. Era como se o professor tivesse conquistado um reino, e o mundo nada mais tivesse a oferecer no caminho da felicidade, enquanto Jo se arrastava ao seu lado, como se o seu lugar sempre tivesse sido ali, perguntando-se como poderia ter escolhido qualquer outro destino. Claro, ela foi a primeira a falar — inteligivelmente, quero dizer, pois os comentários emocionados que sucederam seu impetuoso "Ai, sim" não eram de caráter coerente ou relatável.

— Friedrich, por que você não...

— Ah! Ela me chama da nome que ninguém fala desde que Minna morreu! — exclamou o professor, parando no meio de uma poça para contemplá-la com agradecido prazer.

— É assim que sempre o chamo para mim mesma... não prestei atenção; mas não o farei mais, a menos que goste.

— Gostarr! É mais doce parra mim do que eu pode exprressarr. Diga "vós", e eu dirrei que sua língua é quase tão bonita quanto a minha.

— Mas "vós" não é um pouco sentimental? — perguntou Jo, pensando no íntimo que era um adorável monossílabo.

— Sentimental? Sim. Grraças a Deus, nós, alemãos, acreditamos na sentimento, e a sentimento nos mantém jovens. O "senhorr" é tão frria... diga "vós", mulherr mais querrida do minha corração, significa muita parra mim — suplicou o sr. Bhaer, mais como um estudante romântico do que um sério professor.

— Bem, então, por que vós não me contastes tudo isso mais cedo? — perguntou Jo, timidamente.

— Agorra eu devo mostrarr-vos todo o minha corração, e eu de bom grrado vou, porrque deveis cuidarr dela no futurro. Vede, então, minha Jo... ai, que nomezinha querrida e engrraçada!... tive um desejo de dizerr-vos algum coisa no dia em que disse adeus em Nova York; mas achei que o bonito amigo estava prrometido a vós, e porr isso não falei nada. Terríeis dito "Sim", então, se eu tivesse falado?

— Não sei. Creio que não, porque sentia que não tinha um coração naquele momento.

— *Prut!* Não acredito. Estava adorrmecido, e então o prríncipe encantado veio atrravés da florresta, e o desperrtou. Ah, bem, "*Die erste Liebe ist die beste*", mas isso eu não podia esperrarr.

— Sim, o primeiro amor *é* o melhor; mas alegrai-vos, pois nunca tive outro. Teddy era apenas um menino e logo superou sua pequena fantasia — esclareceu Jo, ansiosa para corrigir o erro do professor.

— Ótimo! Então vou sossegarr feliz, com a cerrteza de que me destes tudo. Esperrei tanta tempo que fiquei egoísta, como descobrrirreis, *Professorin*.

— Gosto disso — exclamou Jo, encantada com o novo nome. — Agora me diga o que o trouxe, afinal, justo quando eu mais o quis?

— Isto. — E o sr. Bhaer tirou um papelzinho gasto do bolso do colete.

Jo desdobrou-o, e sentiu-se muito envergonhada, pois era uma de suas próprias contribuições para um jornal que pagava por poesia, o que justificava que ela enviasse uma tentativa fortuita.

— Como isso pode tê-lo trazido? — perguntou ela, imaginando o que ele queria dizer.

— Eu o encontrrei porr acaso. Soube o que erra pelos nomes e as iniciais, e nele havia um versinho que parrecia me chamar. Leia e encontre-o; vou cuidar parra você não caminharr no molhado.

Jo obedeceu e releu depressa as linhas que havia batizado:

No sótão

Quatro bauzinhos perfilados,
    Sujos de poeira, desgastados pela história,
Há muito construídos e abarrotados
    Por crianças que vão crescidas agora.
Lado a lado, quatro chavinhas finas,
    Alegres e corajosas, com laços desbotados,

Presas ali com orgulho infantil, de meninas.
Em um dia chuvoso, lá atrás no passado.
Quatro pequenos nomes, um em cada tampa esculpido,
Por mão com jeito de menino valente;
Por baixo disso jazem escondidos
Lembranças e registros da trupe contente
Que aqui brincava, tendo muitas vezes parado
Para ouvir o doce refrão,
Que ia e vinha no telhado,
Com a chuva de verão.

Leio "Meg", em letras belas e gentis, e ergo a primeira tampa.
Espio dentro com olhos cheios de emoção,
E eis que bem-embrulhadas aqui acampam,
As peças de uma boa coleção:
Os registros de uma vida em paz
Presentes para a menina de jeito meiguinho,
Um vestido de noiva, versos esponsais,
Um cachinho de bebê, um belo sapatinho.
Os brinquedos foram levados embora,
Deles nenhum resta nesta primeira arca
Pois todos fazem parte agora
Da nova brincadeira dessa jovem matriarca.
Ah, mãe feliz! Bem sei que ouves soar
Sempre e sempre, num doce refrão,
Suaves canções de ninar
Na chuva de verão.

Na tampa seguinte vejo o nome “Jo”, arranhado e desgastado,
E dentro todo um vasto mundo
De bonecas sem cabeça, livros escolares rasgados,
Pássaros e bestas agora mudos.
Despojos roubados ao chão
Que apenas pés jovens podem pisar,
Sonhos de um futuro que não chegou,
Memórias de um passado que não passou;
Poemas incompletos, histórias loucas,
Diários que uma criança teimosa escreveu,
Cartas primaveris, inseguras e roucas,
Prenúncios de uma mulher que cedo envelheceu,
Uma mulher solitária neste lar,
Escutando, como um triste refrão —
“Seja digna do amor, e o amor virá”,
Ressoando na chuva de verão.

Na tampa que leva seu nome, “Beth”, minha flor,
Não há resquício de sujeira ou pó:
Foram lavados por olhos que choram de amor,
Ou por mão cuidadosa que vem, acompanhada ou só.
A morte nos deu uma santa exemplar,
Cada vez mais divina e menos humana,
Guardamos suas relíquias neste santo altar,
Com um doce lamento, que nos irmana.
O sino de prata, que tão raramente soava,
O gorrinho que ela usava no fim,

A bela Catarina, falecida, que voava
Acima de sua porta, suspensa por querubins.
As canções que ela cantou, sem se lamuriar,
Suportando sua dolorosa prisão,
Misturadas sempre hão de estar
Com a chuva de verão.

Sobre a última tampa de madeira
Há um bravo cavaleiro que nada teme
(A lenda agora é justa e verdadeira)
E em dourado e azul seu escudo diz: "Amy".
Dentro há sapatilhas, puídas de tanto dançar,
As redinhas que amarravam seus cabelos,
Leques já sem a faina de refrescar,
E flores desbotadas guardadas com desvelo.
Pretendentes felizes, todos chama finda,
Coisinhas que participaram dessa novela
De esperanças e medos e vergonhas de menina;
Registros de um coração de donzela
Que agora aprende encantos mais belos e reais,
Ouvindo, como um alegre refrão,
O som prateado de sinos nupciais
Ecoando na chuva de verão.

Quatro bauzinhos, perfilados,
Sujos de poeira, desgastados pela história;
Quatro mulheres, doces soldados
Que têm no amor e no trabalho sua vitória.

Quatro irmãs, separadas por um momento,
    Nenhuma desgarrada, apenas uma mais cedo chamada.
A quem o amor, esse imortal sentimento,
    Tornou ainda mais próxima e amada.
Oh, quando esses nossos estoques secretos
    Se abrirem aos olhos do Pai Celestial,
Que sejam de boas ações repletos,
    E de horas luminosas um manancial.
Vidas cuja música corajosa há de soar
    Como uma melodia que emocione e renove,
Almas que de bom grado hão de subir e brilhar
    Feito a luz do sol, depois que chove.

J.M.

— É um poema muito ruim, mas era o que sentia quando o escrevi, um dia, quando estava muito solitária, e chorei muito sobre um saco de trapos. Nunca pensei que acabasse chegando a um lugar em que pudesse ter algum significado a mais — disse Jo, rasgando os versos que o professor tanto estimara.

— Deixe que vá… já cumprriu sua deverr, e terrei um novo quando eu lerr toda a caderrno marrom em que ela guarrda seus segrredinhas — disse o sr. Bhaer, sorrindo, enquanto observava os fragmentos voarem para longe no vento. E acrescentou com seriedade: — Sim, eu leio a poema e penso comigo mesma: "Ela tem um trristeza, ela está sozinho, ela encontrraria conforrto no amorr verrdadeirro". Eu tenho um corração cheio, cheio de amorr parra ela. Então devo irr e dizerr: "Se isto não é um prresente pobrre demais em trroca do que esperro receberr, tome-o, em nome de Deus".

— E então você chegou à conclusão de que não era pobre demais, e sim a única coisa preciosa de que necessito — sussurrou Jo.

— Não tive corragem de pensarr isso a prrincípio, tão celestialmente gentil foi a recepção que você me fez. Mas logo comecei a terr esperranças, e então disse: "Eu vou tê-la se lutarr até a fim parra tê-la!" — exclamou o sr. Bhaer, lançando a cabeça desafiadoramente para trás, como se as paredes de névoa que se fechavam ao redor fossem barreiras que ele deveria superar ou corajosamente derrubar.

Jo achou aquilo esplêndido e resolveu ser digna de seu cavaleiro, embora ele não tenha chegado a galope sobre um cavalo belamente adornado.

— O que fez você ficar longe tanto tempo? — perguntou ela, imediatamente, achando tão agradável fazer perguntas confidenciais e receber respostas tão deliciosas que não podia ficar calada.

— Não foi fácil, mas não conseguia encontrarr corragem para tirarr você daquela lar tão feliz até que eu pudesse terr um perspectiva parra oferrecer, depois de muita tempo, talvez, e trrabalho durro. Como eu podia pedirr parra você desistirr de tanto coisa porr um sujeito velho e pobrre, só com a forrtuna de um pouco de aprrendizado?

— Estou feliz por você *ser* pobre. Não conseguiria suportar um marido rico — disse Jo, decidida, acrescentando em um tom mais suave: — Não tenha medo da pobreza. Conheço-a há tempo o bastante para não a temer e ser feliz trabalhando para aqueles que amo; e não se diga velho: nunca pensei nisso... seria inevitável para mim amá-lo mesmo que tivesse setenta anos!

O professor achou tão tocante que teria sacado o lenço, se pudesse alcançá-lo. Como não podia, Jo enxugou-lhe os olhos e disse, rindo, enquanto tomava alguns pacotes:

— Posso ser teimosa, mas ninguém pode dizer que não sei como me comportar, já que a missão especial da mulher, supõe-se, é secar as lágrimas e carregar fardos. Carregarei o que me cabe, Friedrich, e ajudarei nas contas de casa. Aceite isso, ou nada — acrescentou ela resolutamente, enquanto ele tentava recuperar os pacotes.

— Vamos verr. Você tem paciência parra esperarr um longo tempo, Jo? Prreciso parrtirr e fazerr a minha trrabalho sozinha. Prreciso ajudarr meus meninos em prrimeirro lugarr, porrque, mesmo porr você, não posso quebrarr o meu palavrra parra Minna. Você pode perdoarr isso e serr feliz enquanto conserrvamos a esperrança e aguarrdamos?

— Sim, sei que consigo, pois nos amamos, e isso torna todo o resto fácil de suportar. Também tenho meu dever e meu trabalho. Não poderia ser feliz se os negligenciasse, nem mesmo por você... Então, não há necessidade de pressa ou impaciência. Faça seu papel no oeste... posso fazer o meu aqui... e ambos ficaremos felizes esperando pelo melhor e deixando que o futuro seja como Deus quiser.

— Ah! Vós me dais tanta esperrança e corragem, e não tenho nada parra darr em trroca a não ser uma corração cheia e esses mãos vazias — exclamou o professor, bastante comovido.

Jo nunca, nunca aprenderia a agir adequadamente; pois quando ele disse aquilo, já nos degraus da casa, ela colocou as mãos sobre as dele, sussurrando com ternura:

— Não estão vazias agora.

E, inclinando-se, beijou seu Friedrich sob o guarda-chuva. Era terrível, mas ela o teria feito mesmo se os pardais encharcados sobre a sebe fossem seres humanos — pois estava tão entregue, e tão desinteressada de tudo que não fosse sua própria felicidade. Embora tenha ocorrido de forma tão singela, aquele foi o momento culminante de suas vidas: quando, retornando da noite e da tempestade e da solidão para a luz e o calor e a paz doméstica que os esperava para recebê-los com um feliz "Bem-vindos ao lar!", Jo conduziu seu namorado para dentro de casa e fechou a porta.

47. TEMPO DE COLHEITA

AO LONGO DE UM ANO, Jo e seu professor trabalharam e aguardaram, alimentaram esperanças e amaram, encontraram-se ocasionalmente e escreveram tamanha quantidade de cartas que fizeram aumentar o preço do papel, segundo Laurie. O segundo ano começou com alguma sobriedade, pois as perspectivas não melhoraram, e tia March morreu subitamente. Mas quando a primeira dor se dissipou — pois todos amavam a velha senhora, apesar de sua língua ferina —, eles perceberam que tinham razão para celebrar, pois ela havia deixado Plumfield para Jo, o que possibilitava todos os tipos de coisas alegres.

— É um lugar belo e antigo e vai trazer uma bela soma, pois é claro que você pretende vendê-lo, não? — perguntou Laurie, enquanto todos conversavam sobre o assunto, umas semanas mais tarde.

— Não, não pretendo — foi a resposta decidida de Jo, enquanto ela acariciava o poodle gordo, que ela havia adotado, em respeito a sua antiga senhora.

— Você não pensa em viver lá, pensa?

— Sim, penso.

— Mas, minha querida garota, é uma casa imensa, e vai precisar de um bocado de dinheiro para ser mantida em ordem.

O jardim e o pomar, sozinhos, precisam de dois ou três homens, e o cultivo, presumo, não é a especialidade de Bhaer.

— Ele vai tentar, se eu o propuser.

— E vocês esperam viver do que o lugar produzir? Bem, soa paradisíaco, mas vocês vão descobrir que será um trabalho insano.

— Os grãos que vamos produzir são lucrativos. — E Jo riu.

— E em que consistem esses belos grãos, senhora?

— Meninos. Quero abrir uma escola para menininhos... uma escola bonita, alegre, bem com cara de casa. Vou tomar conta dos meninos, e Fritz vai ser o professor.

— Um projeto bem com a cara de Jo! Não é? — exclamou Laurie, voltando-se à família, que parecia tão surpresa quanto ele.

— Eu gostei — endossou a sra. March, com firmeza.

— Eu também — acrescentou o marido, que comemorou a ideia de uma oportunidade para estabelecer o método socrático de educação para a juventude moderna.

— Vai ser um imenso trabalho para Jo — comentou Meg, acariciando a cabeça de seu filho, que lhe exigia toda a atenção.

— Jo dá conta, e será feliz com isso. É uma esplêndida ideia. Conte-nos tudo! — exclamou o sr. Laurence, que havia desejado dar uma ajuda ao casal, mas sabia que a recusariam.

— Sabia que o senhor me apoiaria. Amy também... vejo em seus olhos, embora ela prudentemente espere refletir melhor sobre o assunto antes de falar. Ora, meus queridos — continuou Jo, com seriedade —, apenas entendam que esta não é uma ideia só minha, mas um plano longamente cultivado. Antes que meu Fritz viesse, eu costumava pensar que, quando fizesse minha fortuna e ninguém mais precisasse de mim em casa, eu alugaria um casarão, recolheria menininhos órfãos pobres e desamparados e tomaria conta deles e tornaria a vida deles feliz antes que fosse tarde demais. Vi tanta gente se arruinando por falta de ajuda na hora certa que desejo muito fazer alguma coisa por eles, sinto que conheço suas necessidades e me compadeço de suas dificuldades... e, ai, ia gostar tanto de ser uma mãe para eles!

A sra. March estendeu a mão a Jo, que a tomou, sorrindo, com lágrimas nos olhos e prosseguiu à sua velha maneira entusiasmada, que eles não viam fazia um bom tempo.

— Contei meu plano para Fritz uma vez, e ele disse que era exatamente o que gostaria de fazer e concordou em tentar quando ficássemos ricos. Abençoado seja seu coração: ele vem fazendo isso a vida inteira... quero dizer, ajudando meninos pobres, não ficando rico, isso ele jamais será. O dinheiro não fica em seu bolso tempo suficiente para se acumular. Mas agora, graças a minha boa e velha tia, que me amou mais do que mereci, *sou* rica, pelo menos assim me sinto, e podemos viver perfeitamente bem em Plumfield, se tivermos uma escola próspera. É o lugar ideal para meninos, a casa é grande, e a mobília forte e simples. Há bastante lugar para dezenas de meninos na casa, e um esplêndido espaço do lado de fora. Eles poderiam ajudar no jardim e no pomar. Um trabalho desses é saudável, não é mesmo? Então Fritz poderia educá-los a seu modo, e o papai também vai ajudá-lo. Posso alimentar e cuidar e dar carinho e repreendê-los, e a mamãe me dará apoio. Sempre desejei ter muitos meninos ao meu redor, e nunca os tive o suficiente, agora posso encher a casa e me divertir com eles à vontade. Imaginem a felicidade: Plumfield minha, e um bando maluco de meninos para desfrutar dela comigo!

Enquanto Jo gesticulava e dava um suspiro de arrebatamento, a família embarcou em um vendaval de alegria, e o sr. Laurence riu a ponto de acharem que havia sofrido um ataque apoplético.

— Não vejo a menor graça — disse ela gravemente, quando pôde ser ouvida. — Nada poderia ser mais natural ou apropriado do que meu professor abrir uma escola e eu preferir residir em minha propriedade.

— Já está toda cheia de si — disse Laurie, que via a ideia à luz de uma ótima piada. — Mas posso perguntar como pretende sustentar o estabelecimento? Se todos esses pupilos são uns menininhos maltrapilhos, receio que sua lavoura não será lucrativa num sentido mundano, sra. Bhaer.

— Não seja um desmancha-prazeres, Teddy. É claro que terei alunos ricos, também... talvez comecemos com eles. Então, quando as coisas estiverem encaminhadas, posso aceitar um ou dois menininhos maltrapilhos, por satisfação. Os filhos de gente rica muitas vezes precisam de cuidado e carinho, tanto quanto os pobres. Já vi criaturinhas desafortunadas legadas aos criados, outras atrasadas das quais se exige muito, quando isso é uma verdadeira crueldade. Algumas ficam malcriadas por negligência ou falta de cuidados adequados, e algumas perderam a mãe. Além disso, os melhores têm de superar a fase desajeitada, e esse é o momento em que mais precisam de paciência e gentileza. As pessoas riem deles, os pressionam, tentam mantê-los afastados, e esperam que se transformem, de uma hora para outra, de lindas crianças em belos moços. Eles não reclamam muito… intrépidas almazinhas… mas sentem. Passei um pouco por coisa parecida, e sei tudo sobre isso. Tenho um especial interesse em tais ursinhos, e gosto de mostrar a eles que vejo os corações cheios de calor, honestidade e boas intenções que eles têm, a despeito dos braços e pernas desajeitados e dos pensamentos confusos. Tenho experiência, também, pois não criei um menino que é a honra e o orgulho de sua família?

— Sou testemunha de que você tentou fazê-lo — disse Laurie, com um olhar grato.

— E fui bem-sucedida para além de minhas esperanças, pois aqui está você, um homem de negócios sensato e ativo, fazendo muita coisa boa com o seu dinheiro e acumulando as bênçãos dos pobres, em lugar de dólares. Mas você não é apenas um homem de negócios, você ama coisas boas e belas, desfruta delas e divide com os outros, como sempre fez comigo nos velhos tempos. Tenho orgulho de você, Teddy, pois você melhora ano após ano, e todos sentem isso, embora você não permita que os outros o digam. Sim, e quando tiver meu rebanho, vou apontar para você e dizer: "Aqui está seu modelo, rapazes."

O pobre Laurie não sabia para onde olhar, pois, embora fosse um homem, algo da velha timidez acometeu-o enquanto essa explosão de elogios fez todos os rostos voltarem-se a ele com aprovação.

— Por favor, Jo, já é demais — começou ele, à sua velha maneira de menino. — Vocês todos fizeram mais por mim do que jamais poderei agradecer, exceto fazendo o melhor possível para não os desapontar. Ultimamente você anda me afastando, Jo, mas tenho tido a melhor ajuda. Então, se pude seguir em frente, agradeça a esses dois por isso. — E ele colocou uma das mãos gentilmente na cabeça de seu avô, e a outra sobre os cabelos loiros de Amy, pois os três jamais se separavam.

— Penso que as famílias são as coisas mais lindas do mundo! — bradou Jo, que estava num estado de espírito particularmente elevado naquele dia. — Quando tiver a minha própria, espero que seja tão feliz quanto as três que conheço e mais amo. Se John e meu Fritz estivessem aqui, seria um pequeno paraíso na terra — acrescentou ela, mais tranquila. E aquela noite, quando foi para o seu quarto depois de um alegre serão de conselhos familiares, esperanças e planos, seu coração estava tão cheio de felicidade que só pôde acalmá-lo ajoelhando-se ao lado da cama vazia sempre próxima à sua e pensando em Beth, docemente.

Foi um ano impressionante, pois as coisas pareciam acontecer de forma incrivelmente rápida e deliciosa. Antes que se desse conta, Jo se viu casada e morando em Plumfield. Então uma família de sete meninos brotou como cogumelos e prosperou surpreendentemente, meninos pobres, tanto quanto ricos, pois o sr. Laurence estava a todo tempo encontrando algum caso tocante de destituídos e pedindo aos Bhaer que se compadecessem da criança, pois ele daria uma pequena contribuição para o seu sustento. Desse modo, o astucioso velho cavalheiro dobrou a orgulhosa Jo provendo-a com os meninos que mais a agradavam.

É claro que havia trabalho duro e desafiador a ser feito, e Jo cometeu alguns enganos, mas o sábio professor a conduzia com segurança a águas mais calmas, e o pobre menininho mais irascível rendia-se no final. Como Jo desfrutou de seu "bando de meninos loucos" e como a pobre tia March teria lamentado, caso estivesse ali para ver as sacras dependências de sua asseada e organizada Plumfield postas de pernas para o ar por Toms, Dicks e Harrys! Havia nisso tudo uma espécie de justiça poética, pois a velha senhora fora o terror de todos os meninos num raio de quilômetros, e então os exilados fartavam-se com absoluta liberdade das ameixas proibidas, chutavam a brita com botas profanas sem que fossem repreendidos, jogavam críquete no enorme campo de onde a irritadiça "vaca de chifre torto" costumava expulsá-los. O lugar se tornou uma espécie de paraíso dos meninos, e Laurie sugeriu que fosse batizado de "jardim dos ursos", em homenagem a seu senhor e por apropriado a seus habitantes.

A escola nunca se tornou uma instituição elegante, e o professor nunca amealhou fortuna, mas foi o que Jo queria que ela se tornasse: "uma escola bonita, alegre, bem com cara de casa, um lugar para meninos que precisem de ensino, cuidado e carinho". Todos os cômodos da casa logo se viram cheios. Todo pequeno espaço no jardim logo encontrou seu dono. Um bom recanto para animais surgiu no celeiro e no barracão, pois animais de estimação eram permitidos — e três vezes por dia, Jo sorria para Fritz da ponta de uma longa mesa cujas laterais traziam fileiras de jovens rostos felizes, todos os quais voltavam-se a ela com olhos cheios de afeto e palavras de confiança e corações agradecidos plenos de amor pela "Mãe Bhaer". Ela já tinha muitos meninos e não se cansava deles, embora não fossem de forma alguma anjos, e alguns deles fossem motivo de bastante preocupação e problemas para o *Professor* e a *Professorin*. Mas a sua fé no lugar bom que existia no coração dos mais travessos, provocativos e impertinentes menininhos maltrapilhos deu-lhe paciência, habilidade e, a seu tempo, sucesso, pois nenhum menino poderia resistir por muito tempo tendo um Pai Bhaer bom feito o sol e uma Mãe Bhaer que os perdoava sempre que o perdão fosse solicitado. Muito caros a Jo eram a amizade dos meninos, seus sussurros e chorinhos depois de algum malfeito, suas confidências engraçadas ou tocantes, seus bons entusiasmos, esperanças e planos, mesmo seus reveses, pois estes apenas os tornavam mais queridos. Havia meninos lentos e tímidos, frágeis e intrépidos, meninos de língua presa e meninos gagos, um ou dois mancos, e um lindo mestiço, que não era aceito em parte alguma mas que era bem-vindo ao "jardim dos ursos", embora algumas pessoas predissessem que essa admissão arruinaria a escola.

Sim, Jo era uma mulher muito feliz ali, a despeito do trabalho duro, das muitas preocupações e de uma perpétua algazarra. Divertia-se muito e considerava o aplauso dos meninos mais satisfatório do que qualquer elogio do mundo, pois agora não contava histórias senão a seu rebanho entusiasmado que nela acreditava e a admirava. Com o passar dos anos, dois menininhos vieram a aumentar sua felicidade — Rob, batizado com o nome do avô, e Teddy, um bebê tranquilo, que parecia ter herdado o temperamento solar do pai, bem como o espírito vivaz da mãe. Como sobreviveram naquele turbilhão de meninos foi um mistério para seus avós e tias, mas cresceram como dentes-de-leão na primavera, e suas babás rudes os amaram e a eles serviram.

Havia um grande número de dias de folga em Plumfield, e um dos mais deliciosos era o dia anual da colheita das maçãs. Em tal data, os March, os Laurence, os Brooke e os Bhaer eram todos esforços. Cinco anos depois do casamento de Jo, ocorreu um desses festivais frutivos, em um ameno dia de outubro, quando o ar estava repleto de um frescor empolgante que animava os espíritos e fazia o sangue dançar com saúde nas veias. O velho pomar vestia seus trajes de feriado. As varas-de-ouro e os ásteres margeavam os muros musgosos. Os gafanhotos saltavam cheios de energia na grama seca, e os grilos cantavam como pífanos mágicos num festim. Os esquilos se ocupavam de sua mínima colheita. Os pássaros gorjeavam seu adeus dos amieiros na alameda, e cada árvore estava pronta a despejar sua chuva de maçãs vermelhas e amarelas ao primeiro sacudir. Todos estavam lá. Todos riam e cantavam, subiam e desciam. Todos declaravam que nunca haviam vivido um dia perfeito como aquele ou visto um grupo tão alegre para desfrutá-lo, e todos se entregavam aos simples prazeres da vez, tão livres como se não houvesse coisas como preocupação e dor no mundo.

O sr. March caminhava placidamente pelo pomar, citando Tusser, Cowley e Columella ao sr. Laurence, enquanto apreciava "o sumo vinoso da maçã gentil". O professor percorria vigorosamente os verdes canteiros como um forte cavaleiro teutão, com um bastão no lugar da lança, conduzindo os meninos, um exército de ganchos e escadas, realizando maravilhas acrobáticas no chão e no ar. Laurie se dedicava aos pequenos, conduzindo sua filhinha em uma cesta, erguendo Daisy entre os ninhos dos passarinhos e cuidando para que Rob não quebrasse o pescoço. A sra. March e Meg permaneciam entre as maçãs como um par de Pomonas, selecionando as contribuições que não paravam de ser despejadas, enquanto Amy, com uma bela expressão maternal no rosto, desenhava os vários grupos e observava um menininho pálido, sentado, adorando-a, com sua pequena muleta ao lado.

Naquele dia, Jo estava à vontade, e correu por toda parte, com a barra da saia erguida e o chapéu em qualquer lugar, menos na cabeça, e seu bebezinho no colo, pronta para qualquer aventura que pudesse surgir. O pequeno Teddy vivia uma vida encantada, pois nada de mau lhe acontecia, e Jo nunca sentia qualquer preocupação quando ele era erguido para subir em uma árvore por um garotinho, galopava nas costas de outro ou era abastecido de maçãs azedas por seu indulgente papai, que parecia achar, germanicamente, que os bebês eram capazes de digerir qualquer coisa, de repolho em conserva a botões, unhas e seus próprios sapatinhos. Ela sabia que o pequeno Ted ressurgiria, rosado e a salvo, sujo e sereno, e ela sempre o receberia de volta com um coração feliz, pois Jo amava ternamente seus bebês.

Às quatro horas, houve uma pausa, e as cestas permaneceram vazias, enquanto os catadores de maçãs descansavam e comparavam cortes e arranhões. Então Jo e Meg, com um destacamento dos garotos maiores, prepararam o jantar na relva — pois um chá ao ar livre era sempre a maior alegria do dia. A terra literalmente manava leite e mel em tais ocasiões, pois os rapazes não eram obrigados a sentar à mesa, podendo comer como quisessem — uma vez que a liberdade é o tempero mais amado por uma alma de menino. Eles aproveitavam-se plenamente do raro privilégio: alguns tentavam o agradável experimento de beber leite de ponta-cabeça, outros emprestavam um charme à brincadeira de pular carniça, comendo torta nas pausas do jogo. Os bolinhos eram semeados pelo campo, e os pastéis de maçã empoleiravam-se nas árvores como uma nova espécie de ave. As garotinhas faziam um chá particular, e Ted transitava docemente e à vontade pelos comestíveis.

Quando todos estavam empanturrados, o professor propôs o primeiro brinde comedido, que sempre se fazia nessas ocasiões:

— Tia March, que Deus a abençoe!

Um brinde calorosamente oferecido pelo bom homem, que nunca esqueceu o quanto lhe devia, e silenciosamente sorvido pelos meninos, que aprenderam a manter sua memória viva.

— Agora, ao sexagésimo aniversário da vovó! Longa vida para ela, com três vivas!

Esse foi celebrado com gosto, como vocês podem muito bem acreditar; e os vivas, uma vez iniciados, custaram a findar. Propôs-se um brinde à saúde de cada um, desde o sr. Laurence, considerado o especial patrono do grupo, até um assustado porquinho-da-índia, desgarrado, à procura de seu jovem senhor.

Então Demi, como o neto mais velho, presenteou a rainha do dia com vários presentes, tão numerosos que foram levados ao cenário festivo em um carrinho de mão. Presentes engraçados, alguns deles, mas o que seriam defeitos a outros olhos eram ornamentos para a avó — pois os presentes das crianças haviam todos sido feitos por elas. Os pontos que os dedinhos pacientes de Daisy colocaram nos lenços cuja barra ela fez eram melhores que bordado para a sra. March. A caixa de sapatos de Demi era um milagre da habilidade mecânica, embora a tampa não fechasse; o banquinho de Rob tinha um balanço em suas pernas irregulares que ela declarou ser relaxante; e nenhuma página do precioso livro que a filhinha de Amy lhe deu era tão bela quanto aquela em que apareciam, em maiúsculas infirmes, as palavras "Para a vovó querida, da sua pequena Beth".

Durante a cerimônia, os meninos desapareceram misteriosamente; e, quando a sra. March tentou agradecer às filhas e começou a chorar, enquanto Teddy lhe enxugava os olhos em seu avental, de repente o professor começou a cantar. Então, do alto, as vozes se sucederam em acompanhar-lhe as palavras, e de árvore em árvore ecoou a música do coro invisível, enquanto os meninos cantavam, com todo o sentimento, a cançãozinha que Jo escrevera, Laurie musicara e o professor ensaiara com seus rapazes para imprimir-lhe o melhor efeito. Tratava-se de algo completamente novo, e provou-se um grande sucesso, pois a sra. March, incapaz de superar a surpresa, quis apertar as mãos de cada um dos pássaros sem penas, desde os grandes Franz e Emil até o pequeno mestiço, que dentre todos tinha a voz mais doce.

Depois disso, os meninos se dispersaram para uma folia final, deixando a sra. March e suas filhas debaixo da árvore do festival.

— Não posso voltar a me chamar de "Jo azarada", quando meu maior desejo foi tão maravilhosamente realizado — disse a sra. Bhaer, tirando do jarro de leite o punhozinho de Teddy, que ele batia com a empolgação de uma desnatadeira.

— E, ainda assim, sua vida é muito diferente da que imaginou há tanto tempo. Você se lembra de nossos castelos de vento? — perguntou Amy, sorrindo enquanto observava Laurie e John jogando críquete com os meninos.

— Queridos companheiros! Faz bem ao meu coração vê-los se esquecerem dos negócios e divertirem-se por um dia — respondeu Jo, que agora falava de modo maternal de toda a humanidade. — Sim, eu me lembro; mas a vida que queria naquele tempo me parece hoje egoísta, solitária e fria. Não desisti de escrever um bom livro, mas posso esperar, e tenho certeza de que será ainda melhor, por experiências e iluminações como essas. — E Jo apontou para os meninos que brincavam felizes, à distância; para o sr. March, que se apoiava no braço do professor, enquanto caminhavam de um lado para o outro sob a luz do sol, profundamente envolvidos em uma daquelas conversas de que tanto gostavam; e depois para a mãe, reinando em meio às filhas, com as crianças no colo e a seus pés, como se todos encontrassem auxílio e alegria no rosto que jamais envelheceria para elas.

— Meu castelo foi, de todos, o que chegou mais perto de ser realizado. Pedi coisas esplêndidas, é certo; mas, no mais profundo de meu íntimo, sabia que estaria satisfeita se tivesse uma casinha e John e filhinhos queridos como os meus. Tenho tudo isso, graças a Deus, e sou a mulher mais feliz do mundo. — E Meg colocou a mão na cabeça de seu menino grande, com um rosto cheio de doce e devoto contentamento.

— Meu castelo é muito diferente do que planejei, mas não o alteraria, embora, como Jo, não abandone todas as minhas esperanças artísticas, ou me limite a ajudar os outros a realizarem seus sonhos de beleza. Comecei a esculpir a figura de nossa filhinha, e Laurie diz que é a melhor coisa que já fiz. Concordo, e quero fazer em mármore, para que, aconteça o que acontecer, possa ao menos manter a imagem do meu anjinho.

Enquanto Amy falava, uma lágrima grossa caiu sobre os cabelos dourados da criança adormecida em seus braços; pois sua filha amada era uma criaturinha frágil, e o pavor de perdê-la era a sombra na vida ensolarada de Amy. Essa cruz fazia muito pelo pai e pela mãe, pois amor e tristeza formavam, juntos, um forte laço. A natureza de Amy tornava-se, com o passar do tempo, mais doce, profunda e carinhosa. Laurie estava mais sério, forte e firme, e ambos aprendiam que a beleza, a juventude, a boa sorte, até mesmo o amor, não são capazes de proteger os mais abençoados da preocupação e da dor, da perda e do sofrimento, pois "em cada vida há de chover um pouco, e de haver dias de sombra, medo e tristeza".

— Ela está melhorando, tenho certeza disso, minha querida; não desanime... tenha esperança e continue feliz — disse a sra. March, quando a doce Daisy se inclinou para deitar a bochecha rosada contra o rostinho pálido da priminha.

— Nunca desanimarei, enquanto tiver você para me encorajar, Mami, e Laurie para suportar mais da metade de todos os fardos — respondeu Amy, calorosamente. — Ele nunca permite que eu veja sua ansiedade, e é tão doce e paciente comigo, tão dedicado a Beth, e tão pronto a me confortar e dar apoio sempre, que não sou capaz de dar todo o amor que ele merece. Assim, apesar da única cruz que carrego, posso fazer coro com Meg: "Graças a Deus, sou uma mulher feliz".

— Não preciso dizê-lo, pois todos podem ver que sou muito mais feliz do que mereço — acrescentou Jo, enquanto seu olhar passava do bom marido aos filhos gordinhos, que tropeçavam na grama ao lado dela. — Fritz está ficando grisalho e forte; e eu, magra como uma sombra e já passei dos trinta. Nunca seremos ricos, e Plumfield pode arder em chamas a qualquer noite, pois Tommy Bangs... essa praga... *insiste* em fumar charutos debaixo da coberta, apesar de já ter se queimado três vezes. Mas, apesar desses fatos nada românticos, não tenho do que me queixar, e minha vida nunca foi tão incrível. Desculpem o comentário, mas vivendo entre garotos, é impossível não usar de suas expressões de vez em quando.

— Sim, Jo, creio que sua colheita será boa — começou a sra. March, espantando um enorme grilo preto que encarava e incomodava Teddy.

— Nunca tão boa quanto a sua, mãe. Nunca seremos capazes de agradecer por toda a sua paciência em semear e colher — exclamou Jo, com a carinhosa vivacidade que jamais mudaria.

— Espero que haja mais trigo e menos joio a cada ano — disse Amy, baixinho.

— Um feixe enorme, e sei que há espaço em seu coração para ele, mãe querida — acrescentou a voz terna de Meg.

Comovida, a sra. March apenas esticou os braços, como se quisesse abarcar filhas e netos, e disse, com o rosto e a voz cheios do amor, da gratidão e da humildade de uma mãe:

— Oh, minhas meninas, por mais tempo que possam viver, jamais poderei desejar a vocês felicidade maior do que esta!

CRONOLOGIA

Vida e obra de Louisa May Alcott

1832 | 29 NOV.: Nasce em Germantown, Pensilvânia, Louisa May Alcott, filha de Amos Bronson Alcott, teólogo e educador, e de Abigail "Abba" May Alcott, abolicionista, militante do sufrágio feminino e ativista do movimento da temperança. Nascida no dia do aniversário do pai, Louisa era a segunda filha do casal, que já tinha Anna Bronson Alcott (16 mar. 1831).

1834: A família muda-se para Boston, onde Amos funda sua Temple School.

1835 | 24 JUN.: Nasce Elizabeth Sewall Alcott, a terceira filha de Amos e Abba.

1840 | ABR.: Diante do fechamento da escola, no ano anterior, e das dificuldades enfrentadas em Boston, a família vai para Concord, Massachusetts, ocupando o Hosmer Cottage. | 26 JUL.: Nasce Abigail May Alcott.

1841: O filósofo Ralph Waldo Emerson, amigo e constante fonte de apoio para a família, torna-se uma espécie de preceptor de Louisa May Alcott. A família segue endividada.

1843 | JUN.: Mudam-se novamente, agora para a comunidade vegetariana Fruitlands, em Harvard, fundada por Amos e parceiros. Louisa May Alcott começa a escrever um diário e poesia.

1844 | JAN.: Fruitlands fracassa, e a família se muda para Still River. Anna e Louisa frequentam a escola e escrevem e dirigem peças de teatro em que as irmãs atuam. | NOV.: A família volta para Concord.

1845: Com algum auxílio de Emerson, Abba Alcott compra uma casa, e a família se instala. As crianças têm uma tutora durante o verão e, no inverno, frequentam a escola de John Hosmer.

1847: A família dá acolhida a um escravo em fuga. Louisa May Alcott lê *Jane Eyre*, *Os anos de aprendizado de Wilhelm Meister* e livros de Nathaniel Hawthorne, Dante e Shakespeare.

1848: Escreve "The rival painters", seu primeiro conto. A família se muda para Boston. | JUL.: A Convenção de Seneca Falls, NY, primeira convenção sobre os direitos da mulher nos Estados Unidos, resulta no documento "Declaração de sentimentos", que Louisa lê e apoia.

1849: Escreve seu primeiro romance, *The Inheritance*, que permanece desconhecido até 1988. As irmãs Alcott fundam seu Pickwick Club.

1850: A família se muda para a região mais pobre de Boston. Todos contraem varíola, mas saram.

1851: Publica o poema "Sunlight" na *Peterson's Magazine*, sob o pseudônimo de Flora Fairfield.

1852: A família se muda para outro endereço em Boston, e Anna e Louisa abrem uma escola na casa. Publica "The Masked Marriage".

1854 | NOV.: "The Rival Prima Donnas" sai na *Saturday Evening Gazette*. | DEZ.: Publica seu primeiro livro, *Flower Fables*. Tem um manuscrito rejeitado pelo editor James T. Fields, que recomenda: "Fique com o ensino, srta. Alcott. A senhorita não sabe escrever."

1855: A família se muda para New Hampshire. Anna e Louisa atuam em peças amadoras. Vai a uma palestra do escritor britânico William Makepeace Thackeray.

1856: Publica contos e poemas na *Saturday Evening Gazette*. Elizabeth e Abigail contraem escarlatina ao ajudarem uma família necessitada. Elizabeth não se recupera inteiramente e, nos anos seguintes, a família devotará imensa dedicação a ela, cuidando e alegrando-a, inclusive com encenações teatrais das quais participam John Bridge Pratt e Alfred Whitman, jovens estudantes que terão papel importante na vida das irmãs.

1858 | 14 MAR.: Morte de Elizabeth Alcott, aos 22 anos. | 7 ABR.: Anna Alcott fica noiva de John Pratt. Ambos os eventos têm grande impacto sobre Louisa. | JUL.: A família se muda para Orchard House, em Concord, onde finalmente se estabelecerá, por quase vinte anos. Louisa May Alcott começa a trabalhar como tutora em Boston, entra em depressão e considera o suicídio, recebendo ajuda de seus pais e do reverendo Theodore Parker para se reerguer. Começa a se corresponder com Alfred Whitman, que será uma das inspirações para o personagem Laurie de *Mulherzinhas*.

1859: Amos Bronson Alcott é nomeado superintendente das escolas de Concord, seu primeiro emprego regular em vinte anos. | 2 DEZ.: Amos discursa no enterro do abolicionista e revoltoso John Brown, no qual Louisa também está presente.

1860 | 23 MAIO: Anna Alcott e John Pratt se casam. Ralph Waldo Emerson e Henry David Thoreau, também amigo da família, comparecem.

1861 | 12 ABR.: Começa a Guerra de Secessão. As filhas de John Brown vão viver com a família Alcott. Louisa May Alcott resumirá o ano: "Escrevendo e cavando como sempre".

1862 | DEZ.: Contribuindo nos esforços de guerra, inicia o serviço como enfermeira no Union Hospital, em Washington, no dia mais pesado das batalhas de Fredericksburg; atendia feridos de ambos os lados do conflito. Seu conto "Pauline's Passion and Punishment" recebe o prêmio de cem dólares oferecido pelo *Frank Leslie's Illustrated Newspaper*, uma grande ajuda para a família sempre em dificuldades.

1863 | JAN.: Contrai febre tifoide e se vê obrigada a deixar o serviço, passando dois meses acamada e sofrendo também envenenamento com a substância usada no tratamento; nunca recuperará inteiramente a saúde. | MAR.: Nasce o primeiro filho de Anna e John, Frederick Alcott Pratt. | AGO.: Lança *Hospital Sketches*, relato ficcionalizado do período como enfermeira; a obra tem boa recepção. | SET.: Seu poema "Thoreau's Flute", ode fúnebre a Henry David Thoreau, personagem importante na sua formação, é publicado na *Atlantic Monthly*, por iniciativa de Amos Bronson Alcott.

1864 | DEZ.: Lança *Moods*, seu primeiro romance de fôlego a ser publicado.

1865 | FEV.: Começa a publicar histórias sensacionalistas serializadas no popular periódico literário *The Flag of Our Union*, em geral sob o pseudônimo A.M. Barnard. A contribuição durará dois anos. | JUN.: Nasce John Sewall Pratt, segundo filho de Anna e John. | NOV.: Em Vevey, na Suíça, conhece Ladislas Wiesniewski, jovem pianista e nacionalista polonês exilado, que também servirá de inspiração para o personagem Laurie de *Mulherzinhas*.

1866 | JUL.: Retorna da Europa. Escreve doze contos em menos de três meses.

1867 | SET.: Thomas Niles, editor da Roberts Brothers, convida-a para escrever um livro para meninas. | OUT.: Aceita o convite para ser a editora de uma revista para crianças, *Merry's Museum*.

1868: Escreve "Happy Women", um ensaio em que afirma que o casamento não é essencial para a plena realização de uma mulher, e publica *Morning Glories and Other Stories*. | OUT.: Publica *Mulherzinhas*, obtendo grandes vendas e reconhecimento; entre a primeira edição e a venda da editora, trinta anos mais tarde, a Roberts Brothers imprimiria mais de 1,7 milhão de exemplares das obras de Louisa May Alcott.

1869 | ABR.: Publica a continuação de *Mulherzinhas* (que na Inglaterra receberá o nome de *Boas esposas*, com publicação no mês seguinte). Com o sucesso, quita todas as dívidas da família. | JUL.: Inicia a publicação serializada de *An Old-Fashioned Girl* na *Merry's Museum*.

1870 | ABR.: Inicia nova viagem pela Europa. Publicação em livro de *An Old-Fashioned Girl*. | NOV.: John Pratt morre.

1871 | MAIO-JUN.: Publica *Little Men*, a fim de levantar fundos para ajudar Anna Alcott. Retorna para casa.

1872: Publica *My Boys* e *Shawl-Straps* (os dois primeiros dos seis volumes da série *Aunt Jo's Scrap-Bag*). Ajuda a recuperar escritos e bens de Emerson quando a casa deste pega fogo.

1873: Publica *Cupid and the Chow-Chow* (o terceiro volume da série *Aunt Jo's Scrap-Bag*), *Work: A Story of Experience* e o satírico "Transcendental Wild Oats", sobre as experiências de sua família em Fruitlands. Registra em seu diário: "Um tempo difícil e enfadonho... Concord mais parecida com uma tumba do que nunca".

1874: Problemas de saúde. Publica o conto "How I Went Out to Service".

1875: Publica *Eight Cousins, or The Aunt-Hill*. Vai a Niágara, Nova York e a um congresso feminino em Syracuse. Amos Bronson Alcott faz uma bem-sucedida turnê de palestras no meio-oeste, "pegando carona na carruagem de Louisa e adorado como o avô de *Mulherzinhas*".

1876 | JUN.: Publica *Silver Pitches*. | SET.: Abigail May Alcott parte para a Europa. | NOV.: Publicação de *Rose in Bloom*.

1877 | ABR.: Publica anonimamente *A Modern Mephistopheles*, na série No-Name da Roberts Brothers. | MAIO: Louisa e Anna compram a casa que fora de Thoreau; a família deixará Orchard House e se mudará para lá. | 25 NOV.: Abba Alcott morre, aos 77 anos. Louisa registra: "Meu dever está cumprido, e agora eu ficaria feliz de segui-la".

1878 | MAR.: Abigail casa-se na Europa com Ernest Nieriker, empreendedor suíço. | OUT.: Louisa May Alcott publica *Under the Lilacs* e *My Girls* (este o quarto volume da série *Aunt Jo's Scrap-Bag*).

1879: Torna-se a primeira mulher de Concord a se registrar para poder votar. | OUT.: Publica *Jimmy's Cruise in the Pinafore* (quinto volume da série *Aunt Jo's Scrap-Bag*). | NOV.: Abigail dá à luz sua filha

Louisa May Nieriker ("Lulu"). | 29 DEZ.: Abigail morre aos 39 anos, em decorrências de complicações pós-parto.

1880 | MAIO: Abatida pela morte de Abigail, Louisa May Alcott refere-se a si mesma em seu diário como "uma mulher velha e gasta". | JUL.-AGO.: Vai a Nova York com os sobrinhos, filhos de Anna. | SET.: A filha de Abigail é trazida para Boston, e Louisa torna-se sua guardiã. | OUT.: Publicação de *Jack and Jill*.

1881: A saúde de Louisa May Alcott torna-se mais frágil. | JUL.: Vai pela primeira vez com Lulu para Nonquitt, à beira-mar; farão a viagem pelos quatro verões seguintes. Tenta fundar um clube sufragista em Concord, sem sucesso; torna-se cada vez mais enfastiada com a indiferença da cidade aos movimentos reformistas.

1882 | 27 ABR.: Morte de Ralph Waldo Emerson. | OUT.: Publica *An Old-Fashioned Thanksgiving* (último volume da série *Aunt Jo's Scrap-Bag*) e começa a escrever *Jo's Boys*. Amos Bronson Alcott tem um derrame, que o deixa parcialmente incapacitado para sempre; Louisa será responsável por boa parte dos cuidados com ele pelos anos seguintes.

1883: Às voltas com as dificuldades para cuidar de Lulu e do pai, com recorrentes batalhas em busca de cuidadores adequados. Registra em seu diário: "Nunca conseguirei ter minha própria vida".

1884: Vende Orchard House e compra um chalé em Nonquitt. | NOV: Publica *Spinning-Wheel Stories*. Exaure-se na escrita de *Jo's Boys*.

1885 | FEV.: Sofrendo com a saúde, submete-se a tratamentos de cura pela mente, com pouco resultado. No verão vai para Nonquitt com Lulu pela última vez e escreve o primeiro volume de *Lulu's Library*.

Queima boa parte de sua correspondência antiga. | OUT.: Muda-se para Boston com Anna, os meninos e Lulu.

1886 | JAN.: Começa tratamento com o dr. Rhoda Lawrence. | SET.-OUT.: Publica *Jo's Boys, and How They Turned Out*, o último livro da trilogia da família March. | DEZ.: Transfere-se para Dunreath Place, a casa de cuidados e repouso do dr. Lawrence, sentindo-se mais amparada; o médico ordena que ela se poupe de escrever ou "de qualquer coisa que demande pensar demais".

1887: Os diários registram basicamente alterações na saúde e um tédio contínuo. | JUL.-AGO.: Viaja a Princeton. Faz seu testamento e adota legalmente o sobrinho John Pratt, para que ele assuma o copyright de sua obra. | OUT.: Publica o segundo volume de *Lulu's Library*. | NOV.: Publica *A Garland for Girls*.

1888 | 1º MAR.: Visita o pai em Boston; quando Louisa lhe pergunta por que ele sorri, Amos aponta para o alto e responde: "Estou indo. Venha comigo", ao que ela responde: "Eu gostaria de poder ir". | 4 MAR.: Amos Bronson Alcott morre, aos 88 anos. Louisa tem uma apoplexia e não chega a saber da notícia. | 6 MAR.: Horas antes do funeral do pai, Louisa May Alcott morre, aos 55 anos. É enterrada no cemitério Sleepy Hollow, em Concord, Massachusetts, como seus parentes, Emerson e Thoreau.

1889 | OUT.: Publicação do terceiro volume de *Lulu's Library*.

1893 | 17 JUL.: Morre Anna Alcott Pratt, a última das "mulherzinhas", aos 62 anos. | OUT.: Publicação de *Comic Tragedies: Written by "Jo" and "Meg" and Enacted by the "Little Women"*, reunindo as peças teatrais que Anna e Louisa May Alcott criaram.

ESTA OBRA FOI COMPOSTA POR MARI TAROADA EM AMALIA PRO
E IMPRESSA EM OFSETE PELA GEOGRÁFICA SOBRE PAPEL PÓLEN NATURAL
DA SUZANO S.A. PARA A EDITORA SCHWARCZ EM AGOSTO DE 2023

A marca FSC® é a garantia de que a madeira utilizada na fabricação do papel deste livro provém de florestas que foram gerenciadas de maneira ambientalmente correta, socialmente justa e economicamente viável, além de outras fontes de origem controlada.